ullstein

Marc Raabe

VIOLAS VERSTECK

Thriller

Ullstein

Besuchen Sie uns im Internet:
www.ullstein.de

ISBN: 978-3-86493-152-9

Originalausgabe im Ullstein Paperback

Gesetzt aus der Kepler Std
Satz: Pinkuin Satz und Datentechnik, Berlin
Druck und Bindearbeiten: CPI books GmbH, Leck
Printed in Germany

Für Meike

Prolog

Da stimmt was nicht! Lotte Wißmann sieht zu den beiden Männern am Gleis der U-Bahn-Station. Sofort kommt ihr die Stimme ihres Vaters in den Sinn, sonor und halblaut: »Unsinn, das bildest du dir ein, Lotte.« Dazu seine Hand, die wedelt, als könnte man Gedanken wie Fliegen verscheuchen.

Nur nicht diesen Gedanken. Oder besser: dieses Gefühl. Als wären die zwei Männer am Gleis von einer dunklen Wolke umgeben. »Jetzt komm mir bitte nicht mit Schwingungen, Schatz«, wäre die Antwort ihres Vaters.

Lotte versucht, die beiden Männer am Gleis zu ignorieren, wegzusehen.

Schwingungen. Tss. Aber vielleicht hat er ja wirklich recht. Gegen ihn ist ohnehin kein Kraut gewachsen, ihm haben schon immer alle zugestimmt. Papa der Macher, Papa der Chef, Papa der Realist.

Sie schaut erneut zu den beiden Typen. Sie stehen ganz am Rand des Bahnsteigs, abseits von den anderen, auffällig nah am Gleis. Der eine hat sich von hinten an den anderen gedrängt, es wirkt irgendwie seltsam, fast schon aggressiv.

Da ist was, flüstert ihr sechster Sinn.

Lotte stupst Christian mit dem Ellenbogen an und fasst nach seiner Hand. Seine kräftigen warmen Finger umschließen ihre, und sofort fühlt sie sich geborgen. »Hast du die beiden Typen da drüben gesehen?«, fragt sie halblaut.

»Hm?« Christian runzelt die Stirn. Sein Blick irrt durch die Berliner U-Bahn-Station Hermannplatz, springt zwischen den Fahrgästen hin und her, die sich vor den gelb glänzenden Wandfliesen abheben. Es ist kurz vor fünf am Nachmittag, Hauptverkehrszeit. Trotz Corona ist viel los. Aber nicht so viel, dass Chris die beiden nicht bemerken könnte. Typisch, dass er es nicht direkt sieht. Frauen haben für Gefahrensituationen einfach einen anderen Blick, notgedrungen, denkt Lotte. Sie ist jetzt dreiundzwanzig, und den ersten Übergriff hat sie mit zwölf erlebt, ein Geschäftsfreund ihres Vaters, der mit seinen wulstigen Fingern durch ihre seidigen blonden Haare kämmte und dann in ihre Brustwarze kniff. Ganz schön frühreif, flüsterte er und zwinkerte ihr zu. Ihr Vater bekam nichts davon mit, und sie erzählte ihm auch nichts davon. Wahrscheinlich hätte er ihr auch nicht geglaubt oder die Sache heruntergespielt. Es war ja auch nicht viel passiert, dachte sie damals. Drei Jahre später dann der zweite Übergriff. Der Typ, der sie auf dem Nachhauseweg ins Gebüsch zerrte und ... Sie verscheucht den Gedanken. Sie will sich nicht schmutzig fühlen und auch nicht jammern, schließlich hätte es noch schlimmer enden können. Sie lebt ja noch.

»Was genau meinst du?«, fragt Christian.

»Na, die beiden da«, sagt Lotte, »direkt am Tunnelausgang.«

Christians Blick folgt ihrem. Jetzt sieht er, was sie meint. Neben der lindgrün gefliesten Säule, die den Aufgang zum Hermannplatz vom U-Bahn-Tunnel der Linie 7 trennt, stehen zwei Männer, der eine auffällig dicht hinter dem anderen.

»Was soll das, was machen die da?«, fragt Lotte.

»Na ja«, murmelt Christian. »Könnte alles sein, oder?«

Die beiden Männer stehen mit dem Gesicht zum Gleis, der vordere hat graues, schütteres Haar, der hintere ist kräftiger und größer, trägt einen weiten dunkelblauen Anorak und eine schwarze Schildmütze mit Ohrenklappen. Irgendwie wirkt es, als bedrängte er den Grauhaarigen, der jetzt sein Portemonnaie herausgeholt hat. Der Kerl mit der Schildmütze nimmt es und steckt es ein.

»Hast du das gesehen?«, flüstert Lotte.

»Gibt's ja nicht«, sagt Christian, »der beklaut den.«

Statt von dem Grauhaarigen abzulassen, bedrängt der Mann mit der Mütze ihn weiter. Er zischt dem Älteren etwas ins Ohr, sie kann die Worte nicht verstehen, aber seine Gestik jagt ihr einen Schauer über den Rücken.

»Du, der schiebt den näher ans Gleis«, sagt Christian alarmiert und macht einen Schritt nach vorn.

»Chris, wart mal.« Lotte drückt warnend seine Hand, doch Christian ignoriert sie, geht weiter und zieht sie mit, immer näher an die beiden heran. Die Füße des Grauhaarigen überschreiten jetzt die weiße geriffelte Sicherheitslinie am Boden. Bis zur Bahnsteigkante sind es höchstens noch dreißig Zentimeter.

»Ich sag doch, ich hab's nicht mehr«, stöhnt er. Lotte und Christian sind jetzt so nah herangekommen, dass sie jedes Wort verstehen.

»Dann eben 'ne Kopie«, zischt der Mann mit der Mütze und drängt den anderen noch näher ans Gleis.

»Shit, das gibt's doch nicht«, knurrt Christian. Er hat so eine Art Polizisten-Gen. Wenn es Ärger gibt, will er einschreiten, schlichten, helfen. Lotte liebt das an ihm, aber gerade wünscht sie sich etwas anderes – und schämt sich zugleich dafür. »Chri-his«, bettelt sie und zerrt mit beiden Händen an seinem Arm, um ihn aufzuhalten. »Vorsicht.«

»Ich hab keine Kopie«, beteuert der Alte.

»Kopien gibt's immer.«

Es sind nur noch zehn Zentimeter bis zur Bahnsteigkante.

»Siehst du nicht, was da läuft?« Chris versucht, sie abzuschütteln. Sie kommt sich vor wie ein Klammeraffe, aber sie will ihn um jeden Preis aufhalten. Wenn Chris nur nicht so stark wäre.

»Ich schwör's, ich hab keine Kopie, bitte!«

»Dann sag mir, wo sie ist.«

»Ich weiß es doch nicht!« Die Schuhspitzen des Grauhaarigen ragen jetzt bereits über die Bahnsteigkante hinaus.

»He, Sie«, ruft Christian. Er ist nur noch drei Schritte von den beiden entfernt. »Lassen Sie den Mann los.«

Einen Moment lang ist es, als hätte jemand die Zeit angehalten. Die gelben Kacheln leuchten matt, die Tunnelöffnung ist ein schwarzer Schlund. Der Mann mit der Mütze zieht mit irritierender Ruhe eine medizinische Schutzmaske über Mund und Nase, erst dann dreht er sich um. Nur die Augenpartie seines Gesichts ist zu sehen, ein schmaler Schlitz, mit einem kalten, wütenden Blick.

»Chris!«, sagt Lotte voller Unbehagen.

»Halt dich raus, Junge.« Die Stimme klingt dumpf durch das blaue Vlies der Maske.

»Erst lassen Sie den Mann los!«, erwidert Chris entschlossen. Er hat sich zu seiner vollen Größe aufgerichtet, sein Kreuz, seine Schultern, seine Oberarme, er weiß nur zu gut, dass die meisten bei diesem Anblick klein beigeben. Doch der Typ mit der komischen Mütze ist nicht wie die meisten, das spürt Lotte überdeutlich. Sie möchte weglaufen, Christian von dem Mann wegziehen, selbst wenn es bedeutet, den netten alten Herrn im Stich zu lassen. »Chris, bitte!« Sie zieht noch einmal an seinem Arm.

»Hör auf deine Freundin«, knurrt der Mann. Die Maske über seinem Mund bewegt sich im Rhythmus der Worte.

Ein dumpfes Grollen dringt aus dem Tunnel. Weit hinten leuchten die Scheinwerfer der U7.

»Verdammt noch mal!« Christian reißt sich von Lotte los und stürzt sich auf den Mann mit der Mütze. Der alte Herr strauchelt am Bahnsteigrand, und plötzlich blitzt ein Messer in der Hand des anderen Mannes. Lotte schreit laut auf. Christian wehrt das Messer mit dem linken Unterarm ab, packt den Arm des Angreifers mit eisernem Griff. Der alte Herr kommt Christian zu Hilfe, greift dem Mann von hinten an den Hals und würgt ihn ungeschickt.

»Chris!«, schreit Lotte. »Vorsicht!«

Das Grollen im Tunnel wird rasch lauter, die Scheinwerfer fliegen heran. Der Mann mit der Mütze tritt Chris die Beine weg. Mit einer kräftigen Körperdrehung zieht er seinen Arm zurück, sodass Chris – der ihn immer noch festhält – in einer Pirouette an ihm vorbei- und über die Bahnsteigkante hinauswirbelt. Lotte versucht noch, Chris beizustehen und sich auf den Angreifer zu stürzen, doch es ist zu spät. Für einen Augenblick scheint Chris über dem Gleis zu schweben. Aus dem Tunnel drückt ein Stoß kalter Luft, dem die U-Bahn folgt wie ein Geschoss. Die gelbe Schnauze der U7 rammt Christian frontal und reißt ihn mit. Der Aufprall seines Körpers geht im Brausen des in die Station einschießenden Zuges unter.

Ungläubig starrt Lotte dahin, wo gerade noch Chris war. Scheiben, Holme, Türen, Gesichter, Spiegelungen – die Bahn verwischt zu Strichen ohne Anfang und Ende. Der Mann packt sie an ihren langen Haaren, zieht sie daran hoch und schlägt ihr in den Bauch. Stöhnend lässt sie von ihm ab, torkelt rückwärts, sieht noch aus dem Augenwinkel, wie der Mann mit der Mütze dem Grauhaarigen den Ellenbogen vor die Brust rammt. Der Alte knallt mit dem Rücken an die vorbeifahrende Bahn, wird über den Bahnsteig geschleudert und landet hart auf dem Steinboden.

Das Kreischen der Bremsen ist ohrenbetäubend.

O Gott, Chris!

Lotte liegt auf dem Bahnsteig und krümmt sich vor Schmerzen. Die Bahn steht. Die Türen springen auf. Der Mann mit der Mütze lässt das Messer in der Anoraktasche verschwinden. Lotte wundert sich, woher das Blut an der Klinge kommt. Eine Frau tritt aus der U-Bahn, sieht Lotte mit großen Augen an und *beg*innt zu schreien. Im selben Moment hat der Mann sich umgedreht und geht zügig zur Treppe, die zum Hermannplatz führt. Die Menge verschluckt ihn. Sekunden später ist es, als wäre er nie da gewesen. Lotte zittert plötzlich wie Espenlaub und schlingt die Arme um sich. Erst jetzt bemerkt sie, wie feucht es an ihrem Bauch ist. Die Welt um sie herum wird enger und enger.

Ein Mann beugt sich zu ihr herab und tätschelt hektisch ihre Wange. »Hallo? Können Sie mich hören?«

»Papa?«, flüstert sie. Tränen laufen ihr über die Wangen. »Er hat Chris umgebracht!«

»Ssssch. Nicht anstrengen! Bleiben Sie ruhig. Wir holen Hilfe.«

»Papa, du musst ihn kriegen. Bitte. Ich will, dass du ihn ...«, ihre Stimme versagt, und sie nimmt alle Kraft für die letzten Worte zusammen, »... dass du ihn ... fertigmachst.«

Sechs Wochen später

Kapitel 1

Tom öffnet die Augen mit dem diffusen Gefühl, dass irgendetwas nicht stimmt. Es ist dunkel, und seine Kehle ist wie ausgedörrt. Er versucht, sich aufzusetzen, will ins Bad, ein Glas Wasser wäre jetzt gut, schön kalt, um wieder klar zu werden – doch ein plötzliches unangenehmes Stechen in seinem Kopf lässt ihn ins Kissen zurücksinken. Das Bett kommt ihm auf einmal seltsam schmal vor, als wäre es geschrumpft, und das Kopfkissen ist merkwürdig dick.

Wo ist Anne?

Was ist das für ein Bett?

Von irgendwoher kommt ein monotones Atmen.

Sein Blick tastet das Zimmer ab, die Wände. Die Proportionen stimmen nicht. Das Fenster fehlt. Und da ist ein Fenster, wo keins sein sollte. In der Ferne leuchtet ein Gebäude gelblich in der Nacht. Ein großes Gebäude. So etwas wie ein Schloss, mit einem hohen schlanken Turm.

Einen langen stillen Moment ruht sein Blick auf dem Gebäude mit dem Turm. Er blinzelt. Der helle Fleck da oben, ist das etwa eine Uhr?

Natürlich ist das eine Uhr!, flüstert Viola in seinem Kopf. *An Kirchtürmen ist doch immer eine Uhr.*

Tom will ihr widersprechen: Meistens! An Kirchtürmen ist meistens eine Uhr – nicht immer. Außerdem gibt es keinen Kirchturm vor meinem Fenster!

Viola übertreibt manchmal gerne. Aber gut, welche Zehnjährige tut das nicht?

Du bist so ein Blödmann, wispert sie.

Tom unterdrückt ein Seufzen. Schon gut, Vi. Hab's nicht so gemeint.

Viola kann es nicht ausstehen, wenn er den großen Bruder raushängen lässt. Vor seinem inneren Auge sitzt sie auf der Bettkante, in ihrem gestreiften, viel zu großen Schlafanzug, und schaut aus dem Fenster, das nicht da ist, wo es sein sollte. Er kann ihr Gesicht nicht sehen, nur ihre Nasenspitze. Ihre widerspenstigen blonden Locken geraten in Bewegung, sie fummelt gedankenverloren an etwas herum, das an einer Schnur um ihren Hals hängt.

Der verdammte Schlüssel, natürlich.

Tom will sie nicht schon wieder danach fragen, er hat es schon viel zu oft getan, und eine Antwort hat er nie bekommen. Es ist und bleibt seine Schuld, dass Viola damals spurlos verschwunden ist. Hätte er ihr nicht von dem Schlüssel erzählt, den er damals gefunden hatte, dann wäre sie vielleicht noch da.

Er will ihre Hand nehmen, in der verrückten Hoffnung, dass sie aus Fleisch und Blut ist, fasst aber ins Leere. Erneut schaut Tom aus dem Fenster in die Nacht, sucht in seiner Erinnerung nach einem Match für das gelb leuchtende Gebäude mit dem Turm und der Uhr, aber so ein Gebäude gibt es nicht am Heckmannufer, da, wo er wohnt. Ihm fällt kein Gebäude in Kreuzberg ein, das so aussieht. Noch nicht einmal eins in Berlin.

Wenn er es nicht besser wüsste, dann würde er sagen, es ist das britische Parlament mit Big Ben.

Der Gedanke verhallt in seinem Kopf.

Er blinzelt, schaut noch einmal hin. Der Turm, die Uhr, die Umrisse des Gebäudes daneben mit den neugotischen Spitzen, die sich hell vor dem Nachthimmel abzeichnen. *Das* ist *Big Ben. Und daneben liegt das britische Parlament.*

Mit einem Ruck setzt er sich auf und starrt aus dem Fenster auf das nächtliche London.

Hinter ihm ertönt ein durchdringendes Alarmsignal.

Kapitel 2

Es beginnt fast immer gleich: Violas Zunge malt einen Kreis auf ihren Lippen. Konzentriert zieht sie an dem losen Stein, der in der Wand sitzt. Der Ziegel macht ein schleifendes Geräusch in der Stille des Kellers, das ihr durch Mark und Bein geht. Plötzlich überkommt sie wieder dieses Gefühl, nicht allein zu sein, und sie blickt sich hastig um.

Nichts.

Der Kellerraum hinter ihr scheint zu atmen. Die Regale links und rechts werfen schwankende Schatten, von der Decke baumelt die eklige Spinnenlampe mit ihrem müden Licht und den flockigen Netzen rundherum.

Viola fasst den Stein mit den Fingerspitzen an den Kanten und zieht erneut daran, doch der Ziegel klemmt. Als wollte er sich wehren.

Ihr Gewissen meldet sich und zupft an ihrem Ohr.

Geh weg. Lass mich in Ruhe!

Für einen Augenblick ist es, als würde sie schweben und sich selbst von oben sehen, wie sie vor der Wand steht und zögert. Ist das nicht gemein, was sie hier tut?

Sie hat Tom lieb, wirklich! Auch wenn er manchmal echt blöd ist. Großer Bruder halt. Vierzehn! Sie ist nur vier Jahre jünger. Doch Tom tut so, als müsste er sie vor allem beschützen. Ein Wunder, dass er ihr das mit dem Schlüssel überhaupt gesagt hat. Und das mit dem Toten im Wasser hat er bestimmt nur erfunden. So was macht er manchmal, wenn er sie von etwas fernhalten will.

Als wenn sie darauf noch reinfallen würde.

Also noch mal, mit Gefühl.

Da! Wer sagt's denn?!

Mit einem fiesen Kratzen löst sich der Ziegel aus der Wand. Die Spinnenlampe malt ihren Schatten auf die Mauer, da, wo jetzt das Loch ist. Sie streicht sich die Haare aus dem Gesicht, und ihr Schatten tut es ihr gleich; ihre Locken sehen plötzlich aus wie dunkle Flammen auf der Mauer. Aus dem schwarzen Loch kommt ein leises Flüstern, als wenn *er* sie rufen würde.

Ja? Oder nein?

Sie beißt sich auf die Lippen. Der Schlüssel ist Toms Geheimnis. Er liegt in Toms Versteck.

Also nein.

Doch Tom weiß nicht, dass es noch ein anderes Geheimnis gibt. *Ihr* Geheimnis. Denn sie weiß, wem der Schlüssel wirklich gehört. Und wenn sie den Schlüssel nicht zurückgibt, dann wird es nichts mit der versprochenen Überraschung.

Also ja!

Wieder schwebt sie über allem, sieht sich von oben, wie sie mit spitzen Fingern in dem Loch nach dem Schlüssel angelt, ihn zu fassen bekommt, ihn hastig einsteckt und dann den kleinen Zettel in die Öffnung legt.

Tschuldigung. Vi, hat sie darauf geschrieben.

Die Luft draußen ist frisch und nass.

Ihr rotes Fahrrad wartet im Schuppen auf sie. Früher hat sie sich immer vorgestellt, es sei ein Pferd, das leise zur Begrüßung schnaubt. Als sie sich in den Sattel schwingt, quietscht es leise. Der Dynamo jault, und das Licht flackert gelb. Noch nie war sie so spät allein draußen. Sie tritt fest in die Pedale, hoch über ihr fliegen Straßenlaternen vorbei.

Das Haus der Pastorin liegt am Ende der Straße. Sie klappt

den Ständer aus. »Bin gleich wieder da«, flüstert sie und streicht über den Sattel. Die Klingel ist laut und schrill, wie ein Alarm. Hinter der erleuchteten Scheibe in der Tür taucht jetzt ein Schatten auf. Die Wellen im Glas zerren an der Gestalt, die bedrohlich in die Höhe wächst. Dann geht die Tür auf, und Viola stockt der Atem. Vor ihr steht ein dicker, unförmiger Mann mit einem schrecklich bleichen, aufgedunsenen Gesicht, Zahnlücken und milchigen Augen, als wäre er tot und hätte tagelang im Wasser gelegen.

Kapitel 3

Kurz nachdem das durchdringende Piepsen eingesetzt hat, schwingt die Tür auf, und das Deckenlicht geht an. Tom kneift die Augen zusammen. Eine blasse rothaarige Frau im Arztkittel steht plötzlich im Zimmer, sie trägt einen weißen Mund-Nasen-Schutz und sagt etwas zu ihm, doch er versteht kein Wort. Tom braucht einen Moment, bis er begreift, dass sie ihn auf Englisch anspricht – er solle sich doch bitte wieder hinlegen.

Ihm ist schwindelig, er hat das Gefühl, nicht zu funktionieren.

Alles um ihn herum ist falsch.

Die Ärztin bittet ihn noch einmal, sich wieder hinzulegen, und tritt zu ihm ans Bett. Ihr Blick ist besorgt, hellblaue, kühle Augen schauen ihn an. Sie ist jung, zumindest für eine Ärztin, höchstens Ende zwanzig. Die Haare sind zu einem Pferdeschwanz gebunden, aus dem sich Strähnen gelöst haben, die ihr ins Gesicht fallen. Sie wischt sie beiseite. Ihr Blick geht zu einem der Monitore hinter Tom. Von dort kommt auch das Piepsen. Zu seiner Linken versperrt ihm eine spanische Wand die Sicht.

»Wo bin ich?«, fragt Tom. »Ist das ein Krankenhaus?« Er merkt, dass er schleppend spricht, seine Stimme klingt verwaschen.

Sie runzelt die Stirn.

Er versucht es auf Englisch.

Jetzt lächeln die Augen über der Maske. »Glückwunsch«,

sagt sie auf Englisch. »Den zweiten Test haben Sie also auch bestanden.«

»Test«, nuschelt Tom. »Was war denn der erste ... Test?«

»Das Aufwachen.«

Tom weiß nicht, ob das ein Scherz sein soll oder ob sie es ernst meint. Sein Blick fällt auf ihr Revers, an dem ein glänzendes weißes Schild angebracht ist. *Dr. Jillian Harris.*

Dr. Harris hat schlanke Finger, die jetzt ein paar Knöpfe drücken. Das Piepsen verstummt. Hinter der spanischen Wand meint er das Geräusch einer Beatmungsmaschine zu hören.

»Legen Sie sich bitte wieder hin«, sagt Dr. Harris noch einmal.

»Ich will mich nicht hinlegen«, murmelt Tom. »Ich will wissen, wo ich bin.«

Sie quittiert seinen Trotz mit gehobenen Augenbrauen und leuchtet ihm im nächsten Moment mit einer kleinen Taschenlampe in die Augen. »Im St Thomas' Hospital in London«, sagt sie beiläufig. Ihre Stimme klingt gedämpft durch die Maske. Ihr Gesicht ist jetzt ganz nah, und er kann violette Ringe unter ihren Augen schimmern sehen. »Folgen Sie bitte mit den Augen meinem Finger, ohne dabei den Kopf zu bewegen.«

»Warum?«, fragt Tom.

Ihr Blick verrät, dass sie seine Fragen störrisch findet oder zumindest irritierend. »Ich muss einen Blickrichtungstest –«

»Nein, warum ich hier bin, in London.«

Dr. Harris lässt den Finger sinken. »Sie wissen nicht, weshalb Sie hier sind?«

»Ich weiß nicht mal, wie ich überhaupt nach England gekommen bin.«

Sie schweigt einen Moment. »Welchen Tag haben wir heute?«

»Ich, äh ... Montag?« Er hätte genauso gut Samstag sagen können.

»Hm. Freitag. Wie heißen Sie?«

»Tom. Tom Babylon.«

Sie nickt. »Dr. Jillian Harris.« Ein flüchtiges Lächeln streift ihre Augenpartie.

»Ich weiß«, brummt Tom.

»Sieh an, und lesen können Sie auch. Was sind Sie von Beruf, Mr Babylon?«

»Polizist. Ich arbeite bei der Mordkommission in Berlin.«

»Mordkommission Berlin. Deutschland also. Mmh.« Sie nimmt den Test mit dem Finger wieder auf. »Und Sie haben keine Ahnung, warum Sie hier sind? Können Sie sich an irgendetwas erinnern?«

Tom versucht, sich zu konzentrieren, dabei meldet sich in seinem Kopf ein stechender Schmerz, aber keine Erinnerung. Jedenfalls keine, die erklärt, warum er in London ist. Er zuckt mit den Achseln und fasst sich an die pochende Stirn. Seine Finger ertasten ein großes Pflaster, die leichte Berührung lässt ihn vor Schmerzen zusammenzucken.

»Sie haben vermutlich einen Schlag auf den Kopf bekommen«, stellt Dr. Harris fest. »Wahrscheinlich hat Ihr Gedächtnis dabei etwas gelitten.«

»Wie bin ich hierhergekommen?«

»Mit einer Ambulanz. Sie sind in einem Hinterhof in Clerkenwell von einem der Anwohner gefunden worden, in einem Müllcontainer.«

»In einem was?«

»Ein Sammelcontainer für Hausmüll. Sie waren bewusstlos.«

»Ich ... okay.« Tom ist immer noch etwas schwindelig, sein Blick geht zum Fenster, und er versucht, sich auf das Parlament zu konzentrieren, aber alles ist seltsam unscharf.

Plötzlich spürt er Dr. Harris' warme Hände, eine auf seiner Schulter, eine auf seiner Brust. Mit sanftem Druck zwingt sie ihn, sich hinzulegen. Das Kissen gibt leise raschelnd unter seinem Kopf nach. Es fühlt sich gut an zu liegen. »Haben Sie meine Frau schon informiert?«

»Ihre Frau?« Dr. Harris sieht ihn bedauernd an. »Das war leider nicht möglich. Ich wusste bis gerade ja noch nicht einmal Ihren Namen ...«

»In meiner Jacke ist mein Portemonnaie und mein Telefon ...«

»Sie hatten nichts bei sich«, sagt Dr. Harris.

»Was heißt das, ich hatte nichts bei mir?«

»Na ja, keine Papiere, kein Geld, keine Kleidung ...«

»Keine Tasche oder einen Koffer?«

In ihren Augen ist wieder dieses Lächeln, und sie schüttelt erneut bedauernd den Kopf. Sie kann das wirklich gut, das mit dem Bedauern. »Nein, gar nichts. Wie gesagt, noch nicht einmal Kleidung. Man hat Sie nackt aus diesem Container herausgeholt.«

Nackt. In einem Müllcontainer. Einen absurden Moment lang überlegt Tom, was von beidem ihm schlimmer erscheint.

Dr. Harris mustert ihn schweigend. Das Hellblau in ihren Augen strahlt über der weißen Maske. Um das Vlies herum bemerkt er ein paar Sommersprossen und muss an Viola denken.

Sie runzelt die Stirn, als hätte sie Vi in seinen Augen vorüberhuschen sehen. »Haben Sie sich gerade an etwas erinnert?«

»Nur an meine Schwester«, sagt Tom.

»Eine Erinnerung, die länger her ist? Oder aus den letzten Tagen?«

»Was macht das für einen Unterschied?«

»Sie haben offensichtlich eine retrograde Amnesie. Rückwärtsgewandt sozusagen«, erklärt Dr. Harris. Sie deutet auf das Pflaster an seinem Kopf. »Sie wurden niedergeschlagen. Alles, was vor dem Schlag war, haben Sie vergessen. Die Frage ist nur, wie lang der Zeitraum ist, an den Sie sich nicht erinnern können. Es würde helfen, wenn Sie sich an irgendetwas aus der letzten Zeit erinnern. Dann könnten wir eingrenzen, wie viel Ihnen entfallen ist.«

»Wie viel ist es denn üblicherweise?«

»Ein ›Üblich‹ gibt es bei einer Amnesie nicht. Es ist immer anders. Manchmal sind es nur Stunden. Manchmal Tage. Es gibt Menschen, die haben ihr ganzes Leben vergessen.«

Tom starrt sie an. *Ihr ganzes Leben.* Immerhin weiß er noch, wie er heißt und wo er arbeitet.

»Und?«, fragt sie.

»Was und?«

»Ihre Schwester. Von wann ist die Erinnerung?«

»Ist lange her«, sagt er. »Von ihrer Beerdigung.« Sie muss nicht wissen, dass Viola gerade erst hier im Krankenzimmer bei ihm war. Die neurologischen Untersuchungen, die sie dann mit ihm anstellen würde, wären vermutlich endlos.

»Oh. Das ... das tut mir leid. Wie alt war sie denn, als sie ...?«

»Zehn.« Er räuspert sich. »Zehn Jahre alt ...« Seine Stimme leiert jetzt nicht mehr, dafür klingt er heiser.

Für einen Moment herrscht Stille.

»Soll ich jemanden für Sie anrufen?«, wechselt Dr. Harris das Thema. »Ihre Frau? Oder Ihre Eltern?«

»Ich, äh ... Was glauben Sie, wann ich hier rauskann?«

Sie zuckt mit den Achseln. »Mit etwas Glück in ein paar Tagen. Wir müssen einige Tests machen.«

Tom nickt.

»Wenn Ihnen die Telefonnummern Ihrer Angehörigen nicht einfallen, sagen Sie mir einfach die Namen und wo sie wohnen. Den Rest bekommen wir dann schon hin.«

»Wie spät ist es?«, fragt Tom.

»Kurz vor Mitternacht.«

So spät? Er überlegt, wie viel Sinn ein Anruf um diese Uhrzeit macht. Anne würde nur verrückt vor Sorge werden, und ändern könnte sie gerade ohnehin nichts. Und sein Vater? Ein Schatten wischt durch seine Erinnerung, ein Streit, das trotzige, wächserne Gesicht seines Vaters und das Gefühl, dass sie nicht mehr miteinander sprechen. Aber warum?

»Vielleicht besser morgen«, murmelt Tom erschöpft. »Die Nummer meiner Frau ist ...«, er stockt. Tatsächlich will ihm Annes Telefonnummer nicht einfallen. Das kommt davon, wenn man sich nur noch auf den Rufnummernspeicher seines Handys verlässt. »Sie heißt Anne. Anne Babylon. Wir wohnen in Kreuzberg ... oder Sie rufen beim Landeskriminalamt Berlin an, im Dezernat.« Er stockt erneut. Auch die Nummer des Dezernats ist ihm entfallen. »Bei der Mordkommission ... die kennen mich ... meine Frau auch.«

»Mordkommission, Landeskriminalamt Berlin. Und Ihre Frau heißt Anne. Ich kümmere mich darum. Direkt morgen früh rufe ich dort an.« Dr. Harris nickt ihm zu. »Ich lasse Sie jetzt allein. Sie brauchen Ruhe.«

»Danke«, flüstert Tom schläfrig.

Sie ist schon beim Lichtschalter und knipst die Deckenbeleuchtung aus. Die Notbeleuchtung übernimmt. Krankenhausdämmerung. Diffuse Schatten. Das Atemgeräusch des anderen Patienten hinter der spanischen Wand. Das in der

Nacht leuchtende Parlament am Themseufer, wie ein altes Schlachtschiff, mit einem zu weit rechts gesetzten Mast, der für Schlagseite sorgt. Wie zum Teufel bin ich nach London gekommen? Und warum?

»Ich sehe nachher noch mal nach Ihnen«, sagt Dr. Harris leise. Sie klingt irgendwie mütterlich. Wie Anne, wenn sie Phil sagt, dass sie später noch einmal nach ihm schaut. Ihr gemeinsamer Sohn ist drei, das weiß Tom, und auf einmal überkommt ihn das merkwürdige Gefühl, Phil lange nicht mehr gesehen zu haben. Tom vermisst ihn, und der Schmerz ist beinah körperlich. Hinter der spanischen Wand hört er Dr. Harris leise mit dem anderen Patienten sprechen, dann schläft er ein und fällt in einen wirren Traum, in dem er von der Tower Bridge springt und auf dem Grund der Themse nach Viola sucht, doch da ist nur ein aufgeblähter bleicher Mann, eingewickelt in Kaninchendraht.

Kapitel 4

Viola starrt die fiese Gestalt an, die ihr die Tür geöffnet hat.

»Mein Gott, Kind. Was suchst *du* denn hier? Weißt du, wie spät es ist?« Aus der schrecklichen Erscheinung ist plötzlich die Pastorin geworden. »Du bist doch Viola, oder? Die Kleine von Werner.«

Viola nickt, bringt aber kein Wort heraus.

»Weiß dein Papa, dass du hier bist?«

Viola nickt. Was natürlich gelogen ist.

»Willst du hereinkommen?«

»Ich, äh, Entschuldigung ... ist Ihr Mann zu Hause?«

Die Pastorin schaut sie überrascht an. »Nein. Er ist für eine Weile weggefahren ...«

Viola schluckt. Sie tastet nach dem Schlüssel in ihrer Tasche.

Tu's nicht, flüstert Tom in ihrem Kopf.

Geh weg!, denkt sie. Das ist mein Schlüssel.

Ist er nicht!

Die Pastorin schaut sie an, als hätte sie das gehört. »Was willst du denn von meinem Mann?«

»Ich ... ich hab da was gefunden, was ihm gehört, glaube ich.« Viola holt den Schlüssel aus der Tasche. Er liegt ganz unschuldig in ihrer Hand.

Die Pastorin nimmt ihn und blickt mit gerunzelter Stirn auf die Zahl, die in die graue Schlüsselkappe eingeritzt ist. »Danke, das ist lieb von dir«, sagt sie leise. »Jetzt aber schnell nach Hause, ja? Ich ruf eben deinen Papa an, dass du unterwegs bist.« Sie scheint darauf zu warten, dass Viola geht, doch Viola bleibt stehen wie angewachsen.

Die Pastorin hebt fragend die Augenbrauen.

»Er ... ähm ...«, stottert Viola.

»Ja?«

»Also ... Ihr Mann ... er hat gesagt, er hat eine Überraschung für mich«, sprudelt es aus ihr heraus. »Ich dachte, wenn ich ihm den Schlüssel bringe, es ist ja seiner ...« Viola hält inne, hofft, dass die Pastorin irgendwie reagiert, bis ihr plötzlich klar wird: Die Pastorin weiß von nichts. Ihr Mann hat die Sache mit der Überraschung vor ihr geheim gehalten.

Viola beißt sich auf die Zunge. Hätte sie doch bloß nichts gesagt. Es ist wie das Spiel mit diesem kippeligen Turm aus vielen Hölzern. Gerade hat sie das Gefühl, das unterste Holz herausgezogen zu haben, sie kann sehen, wie der ganze Turm fällt.

»Ich glaube, du gehst jetzt besser schnell heim«, sagt die Pastorin. Ihre Stimme klingt belegt. »Geh heim, Schätzchen, ja? Geh bitte.« Dann schließt sie die Tür.

Viola geht zurück zu ihrem Fahrrad, radelt ein Stück, bis zur nächsten Straßenecke, dort bleibt sie stehen und schaut zurück zum Haus der Pastorin.

Fahr!, flüstert Tom ihr zu. *Noch kannst du abhauen.*

Sie weiß genau, sie sollte besser auf Tom hören, doch jetzt verlässt die Pastorin das Haus, und sie schaut sich dabei um wie jemand, der etwas macht, bei dem er nicht beobachtet werden will. Bei manchen Erwachsenen kann man Geheimnisse schon von ewig weit weg riechen – und irgendetwas sagt Viola, das hier hat etwas mit dem Schlüssel zu tun. Sie folgt der Pastorin durch Stahnsdorf, eine Straße, dann die nächste und wieder die nächste, sie hält Abstand, bis die

Pastorin in den Waldweg abbiegt. Hier gibt es keine Straßenlaternen mehr. Die Bäume neigen ihre Wipfel, wachsen über ihr zusammen. Ein bleicher scharfer Sichelmond zittert zwischen den Blättern.

Viola überlegt umzukehren.

Gute Entscheidung!, raunt Tom. *Fahr. Fahr schnell!*

Aus der Dunkelheit schält sich ein allein stehendes einstöckiges Haus. Viola geht den Weg entlang, ein kleines Stück darauf zu.

Es sieht alt aus, heruntergekommen, mit dicken rissigen Wänden und Gittern vor den Fenstern.

Die Pastorin fischt einen Schlüssel aus ihrem Mantel und öffnet vorsichtig die Tür. Ist das Toms Schlüssel?

»Hallo?«, ruft sie ins Haus.

Viola schleicht heran, legt ihr Fahrrad hinter einem Gebüsch ab und linst durch das Geäst.

Die Pastorin hat ein Feuerzeug. Die kleine Flamme tanzt wie ein Glühwürmchen auf ihrer Faust. Mit unsicheren Schritten betritt sie das finstere Gebäude.

Viola hält den Atem an.

Hin und wieder huscht ein gespenstisches Licht hinter den zugezogenen Vorhängen vorbei. Nach einer ganzen Weile kommt die Pastorin wieder heraus, in Begleitung einer jungen Frau. Ihre beiden Gesichter flackern im Licht des Feuerzeugs. Die fremde Frau ist mager. Wie ein Gespenst kommt sie Viola vor in ihrem hellen Nachthemd. Ständig fliegen ihre Augen hin und her. Die Arme vor der Brust verschränkt, hält sie ein Buch, rot mit einem goldenen Kreuz drauf. Viola schaudert, sie muss an Lucy und Mina denken, aus Dracula. Hätte sie den blöden Film doch bloß nie gesehen. Aber Tom hatte es unbedingt gewollt, also hatte sie die Zähne zusammengebissen. Schließlich war sie ja kein Baby mehr.

Letzte Chance, flüstert Tom. *Hau ab, Schwesterherz.*

Es riecht plötzlich unangenehm. So wie das Mathebuch auf dem Herd, als die Platte noch an war. Das ganze Haus hatte gestunken.

Irgendwo splittert Glas, Rauch dringt aus der Tür, und der Gestank wird immer stärker. Die Pastorin muss es doch auch riechen, warum tut sie nichts? Sie steht nur da und schaut, und Lucy – oder Mina oder wie auch immer sie heißt – hält sich an ihrer Bibel fest. Jetzt schlagen Flammen aus dem Haus, immer höher, die beiden weichen zurück, und dann, ganz plötzlich, taucht wie aus dem Nichts ein Mann auf, eine große schwarze Gestalt. Viola bekommt eine Gänsehaut am ganzen Körper. O Gott, bitte nein, ist das etwa?

Nein, ist er nicht.

Diesen Mann hat sie schon ein paarmal gesehen, im Dorf. Aber könnte er nicht trotzdem ...?

Das war ein Film, Vi, flüstert Tom. *Dracula gibt es nicht.*

Tom hat gut reden. Irgendwie hat der Blödarsch nie Angst.

Du musst jetzt weg hier, kleine Schwester!

Nenn mich nicht KLEINE Schwester!!

Der Mann fängt an zu schimpfen, zeigt auf das brennende Haus. Im Schein des Feuers kann Viola jetzt etwas am Wegesrand erkennen, ganz in ihrer Nähe. Eine schwarze Kutsche ohne Pferde.

Nein, ein Auto! Vielleicht gehört es dem Mann.

Die Erwachsenen streiten miteinander, dann brüllt der Mann plötzlich Lucy an, sie soll endlich aufhören, dummes Zeug zu quatschen und sich an ihrer Scheißbibel festzuhalten, sonst passiert was. Zornig reißt er ihr das Buch aus der Hand und pfeffert es davon. Viola duckt sich schnell, und das Buch schlägt raschelnd ins Gebüsch ein, direkt neben ihr bleibt es in den Zweigen hängen und rutscht zu Boden.

Lucy weicht vor dem Mann zurück. Beißender Rauch weht herüber, Viola blinzelt und bückt sich nach dem Buch. Es ist groß, etwas abgestoßen an den Kanten, aber wunderschön mit dem goldenen Kreuz darauf und einer kleinen Schnalle, die es verschließt. Sie streicht mit der Hand darüber und nimmt sich vor, es Lucy zurückzugeben. In diesem Moment explodiert eine helle Flammenwolke. Feuer züngelt am ganzen Haus empor und schlägt hoch in den Nachthimmel. Der Mann lässt von Lucy ab. Aus dem Haus kommen plötzlich Schreie, laut und durchdringend.

Die Pastorin rennt zum Haus, muss aber vor dem Feuer zurückweichen. Die Schreie wollen und wollen nicht aufhören und gehen Viola durch Mark und Bein. Die Hitze glüht auf ihrer Haut. Es knistert und kracht, die Flammen erleuchten alles taghell, sogar das Gebüsch. Lucy schaut in die Richtung, wohin der Mann ihre Bibel geworfen hat, und ihre Augen weiten sich, als sie Viola sieht. Der Mann bemerkt ihren Blick, und dann schaut auch der Mann zu ihr. Er starrt sie förmlich an. Seine Augen sind glühende Kohlenstücke, sein Mund öffnet sich, als wollte er sie verschlingen. Dann rennt er los.

Viola springt hinter dem Busch hervor, schwingt sich auf ihr Fahrrad, strauchelt, tritt neben die Pedale. Der Mann hat sie schon fast erreicht, streckt seine grobe fleischige Hand nach ihrem Gepäckträger aus. Ihre Füße finden die Pedale, und sie tritt wie verrückt. Ihr Fahrrad wiehert ängstlich und fliegt mit ihr den Waldweg hinunter. Hinter ihr brüllt der Mann, kommt näher, immer näher, hat sie gleich, dann plötzlich ein schriller Klingelton.

Einmal.

Noch einmal, und sehr lange.

Der Waldweg und die Dunkelheit verschwinden. Der Traum zerreißt.

Viola öffnet die Augen.

Gott sei Dank. Wenigstens der Teil im Loch ist ihr erspart geblieben.

Sie liegt auf dem Chesterfield-Sofa in ihrem Arbeitszimmer in London. Ihre Wange klebt schweißnass am Leder, ihr Nacken ist verspannt. Der Sichelmond steht über dem Park. Das Fenster ist eine Handbreit geöffnet, feuchtkalte Londoner Luft stiehlt sich ins Zimmer und atmet gegen die bullernde Heizung an.

Hat es etwa gerade an der Tür geklingelt?

Der kleine Digitalwecker auf der Kommode zeigt 23:37 Uhr.

Sie schüttelt den Traum ab. Sie weiß, dass er wiederkommen wird, mit all seinen Details, und er ist nie willkommen. Sie richtet sich auf, stellt die Füße auf den Boden. Ihr ist schwummerig und ein wenig übel. Sie starrt auf die Wand, auf ihre Schwarz-Weiß-Fotos im Licht der Stehlampe. Männer mit Gewehren starren zurück.

Wofür man heutzutage Preise bekommt, denkt sie. Und dass sie gerne den Preis persönlich entgegengenommen hätte. Was das angeht, wird sie wohl nie frei sein.

Sie steht auf und geht durch den dunklen Flur zur Wohnungstür. »Mama? Wer ist das?«, fragt Finja verschlafen aus ihrem Zimmer. Die Tür ist einen Spaltbreit geöffnet. Sie hat sich in ihrem Bett aufgesetzt.

»Alles gut, Schatz. Schlaf weiter.« Viola zieht die Tür zu ihrem Zimmer zu. Eigentlich ist Finja längst zu alt für diesen Alles-gut-Quatsch. Draußen im Hausflur ist Licht, ein heller Streifen quillt unter der Tür hindurch. War da ein Schatten? Sie hat das Gefühl, eine kalte Hand würde nach ihrem Herzen fassen. Die drittletzte Diele vor der Tür knarzt. Der Spion, den sie extra in die Tür hat einbauen lassen, glimmt wie das

Auge eines Raubtieres, das sich in die Nähe eines Lagerfeuers geschlichen hat.

Sie schaut durch den Spion.

Niemand da.

Der kleine in weißes Plastik gefasste Monitor der Sprechanlage neben der Tür zeigt ebenfalls nur einen leeren Flur. Sie schaltet die Videoeingänge durch. Alle drei WLAN-Kameras zeigen das Gleiche: Niemand ist im Hausflur. Noch einmal schalten. Auch draußen vor dem Haus ist niemand.

Sie löst den Panzerriegel und dann die Sicherungskette, schließt die Wohnungstür auf. Kühle Luft aus dem Flur kommt ihr entgegen und der typische muffige Geruch, der aus dem Keller aufsteigt. Wer klingelt um diese Zeit an ihrer Tür? Ein Nachbar? Vielleicht hat jemand ein Paket für sie angenommen? Oder einen Brief? Sie würde gerne eine alltägliche Erklärung finden und sich selbst beruhigen, meistens hilft das. Aber da liegt nichts. Sie hebt die Fußmatte an und schaut darunter. Auch nichts.

Mit einem leisen Schnalzen fällt die Matte zurück an ihren Platz. Unten im Erdgeschoss, zwei Etagen tiefer, schlägt eine Tür hallend zu, und sie zuckt zusammen. Ihr Blick fällt auf den Fußboden, etwa einen Meter neben der Matte. Erst jetzt sieht sie den kleinen roten Fleck. Sie bückt sich, berührt ihn vorsichtig mit der Fingerspitze und zieht erschrocken die Hand wieder zurück. Der Fleck ist noch feucht, und an ihrem Finger haftet Blut.

Kapitel 5

Als Tom wieder aufwacht, ist es hell um ihn herum. Tageslicht füllt das Zimmer. Für einen Augenblick glaubt er, das nächtliche Krankenhaus und Dr. Jillian Harris seien nur ein Traum gewesen. Er blinzelt, stellt den Blick scharf und sieht aus dem Fenster. Das Themseufer, das Parlament und Big Ben sind immer noch da.

Verwirrt schließt er die Augen.

Er versucht, die bleierne Müdigkeit und den Nebel in seinem Kopf zu durchdringen, um irgendetwas zu finden, das ihm erklärt, wie er nach England gekommen sein könnte, und vor allem warum. Doch das Einzige, woran er sich erinnert, ist Dr. Harris, die ihm sagt, er sei in einem Müllcontainer in einem Viertel namens Clerkenwell gefunden worden. Dabei weiß er weder, wo Clerkenwell liegt, noch, wie es dort aussieht.

Als er die Augen wieder öffnet, kommen ihm das Fenster und der Ausschnitt von London vollkommen unwirklich vor, wie eine Inszenierung, ein Hologramm in der Wand, das ihm weismachen soll, er wäre in England.

Wie eine stimmige Fortsetzung der Inszenierung betritt eine Krankenschwester mit Mundschutz das Zimmer, begrüßt ihn auf Englisch als Mr Babylon; ihren eigenen Namen nennt sie nicht. Sie ist um die fünfzig, hat kurze blondierte Haare, ein aufgedunsenes Gesicht und ist offenkundig schlecht gelaunt. Tom fragt sie nach Dr. Harris, und sie zuckt mit den Schultern. Dr. Harris habe Nachtschicht, soweit sie wisse. Wie spät es denn sei? Halb zwölf, antwortet sie. Tom fragt, ob schon jemand seine Frau Anne informiert habe. Auch daraufhin zuckt sie mit den Schultern, verweist auf Covid und knurrt, dass sie weiß Gott gerade andere Sorgen hätten. Tom bleibt höflich, und immerhin fragt sie ihn jetzt nach Annes Telefonnummer. Dass er sie nicht weiß, scheint sie geradezu anstößig zu finden.

Wie schon in der Nacht erklärt Tom, dass seine Kollegen bei der Mordkommission beim LKA Berlin weiterhelfen könnten.

Die Schwester nickt, macht aber aus ihrem Unwillen keinen Hehl und lässt Tom mit dem Gefühl zurück, vollkommen ohnmächtig zu sein. Er würde jetzt gerne Annes Stimme und Phils fröhliches Geplapper hören.

Zehn Minuten vergehen.

Die Schwester wird niemanden anrufen, so viel ist sicher. Und was die verständnisvolle und besorgte Dr. Harris am Ende für ihn tun wird, ist unklar. Tom weiß, er ist einer unter vielen Patienten, warum sollte sie Zeit haben, sich mit seinen Telefonaten herumzuschlagen.

Tom betrachtet eine Weile seinen Puls und seine Herzkurve. Die Kopfschmerzen haben nachgelassen. Er beschließt, aufzustehen und die Sache selbst in die Hand zu nehmen. Einatmen, Decke beiseiteschieben, aufrichten, ausatmen. Einen Moment lang sitzt er im Bett, wartet auf den Schwindel, der aber ausbleibt.

So weit, so gut. Jetzt die Beine.

Tom hebt die Beine über die Bettkante, lässt sie baumeln und schaut auf seine nackten Füße, die unter dem Krankenhausleibchen hervorgucken. Ihm fällt ein, dass er keine Kleidung hat – und auch keine Schuhe. Zumindest wenn das stimmt, was Dr. Harris gestern Nacht gesagt hat.

Er rutscht mit dem Po näher an die Bettkante heran, bis seine Füße den Boden berühren. Linoleum oder PVC. Krankenhaus eben. Er fröstelt. Ganz langsam steht er auf, stützt sich dabei mit den Händen am Bett ab.

Und jetzt? Müsste nicht irgendwo hier im Zimmer ein Telefon sein?

Aber da sind nur ein paar leere Buchsen in der Wand.

Vielleicht in dem Schrank auf der anderen Seite? In vielen Krankenhäusern wurden die Telefone erst eingestöpselt, wenn die Patienten registriert waren und unterschrieben hatten, dass sie für die Kosten aufkamen.

Er lässt das Bett los und macht einen Schritt auf den Schrank zu, schwankt, und genau in diesem Moment geht die Tür auf.

»Was um Himmels willen machen Sie da?«

Dr. Harris steht in der Tür und starrt Tom an.

Tom verzieht das Gesicht, hat das Gefühl, nach vorne zu fallen, hält sich an dem Gestell mit dem Vitalfunktionsmonitor fest, doch das Gestell rollt zur Seite, und er verliert das Gleichgewicht.

Dr. Harris ist plötzlich neben ihm, ohne dass er versteht, wie sie so schnell dahin gekommen ist, und versucht, ihn aufzufangen. Sie ächzt und geht unter seinem Gewicht in die Knie. Mühsam bugsiert sie ihn zurück in Richtung Bett, dabei verrutscht ihr Mundschutz. Ein Metallgestänge mit einer Infusion stürzt klappernd um. Tom fällt rücklings auf die Matratze.

»Oh, mein Gott! Wie schwer sind Sie?«, stöhnt Dr. Harris. Sie richtet sich auf und sieht Tom vorwurfsvoll an. Ihr Gesicht ist rosarot von der Anstrengung.

»Keine Ahnung«, schnauft Tom. »Danke.« Erst jetzt fällt ihm auf, wie klein sie ist. Dass sie gerade einen Mann von fast zwei Metern aufgefangen hat, grenzt an ein Wunder.

»Was sollte das? Wo wollten Sie hin?« Rasch rückt sie ihren Mundschutz wieder zurecht.

»Meine Frau anrufen.« Tom hebt seine Beine zurück ins Bett. Das Krankenhausleibchen ist verrutscht, und er liegt halb frei da. Dr. Harris' Blick gleitet für einen Moment nach unten. Sie fasst in aller Ruhe nach der Decke und legt sie über Tom.

Er räuspert sich. »Sie haben keinen Arztkittel an.«

»Ich bin nicht im Dienst.«

»Warum sind Sie dann hier?«

Sie hebt die Brauen. »Soll ich wieder gehen?«

»Nein, nein. Bitte ... ich dachte nur, ich hab mich nur gewundert.«

Dr. Harris nickt. Dann seufzt sie. »Schon okay. Es ist so: Bei mir in der Familie gibt es einen Fall von Demenz. Also nicht, dass Sie dement wären, aber ... na ja. Ich habe mir vorgestellt, wie es wäre, wenn er ... so wie Sie ...« Es entsteht eine lange Pause. »Also, ich hatte Ihnen ja versprochen, Ihre Frau anzurufen«, fährt sie fort. »Deshalb bin ich hier.« Ihr Blick wandert zu dem Monitor mit den Vitalfunktionen, der jetzt etwas abseits steht, zieht ihn wieder ans Bett heran und drückt ein paar Knöpfe.

»Und, haben Sie sie erreicht?«, fragt Tom.

Dr. Harris lässt von den Monitoren ab und zögert einen Moment. »Heute früh habe ich beim LKA in Berlin angerufen, wie Sie mir gesagt hatten. Sie haben im Dezernat 11 gearbeitet, oder?«

Elf. Tom nickt. Die Zahl wäre ihm nicht eingefallen, aber jetzt, wo er sie hört, klingt sie richtig.

»Ich habe mit dem Dezernatsleiter gesprochen«, sie holt

ihr Handy hervor und sucht nach einer Notiz, »Joseph Morten.«

»Mein Chef, ja«, sagt Tom. Langsam kommt seine Erinnerung in Schwung.

Dr. Harris sieht ihn einen Moment an, mit diesem Blick, den Menschen haben, wenn sie eine unangenehme Wahrheit aussprechen müssen. »Mr Morten hat mir gesagt, dass Sie nicht mehr bei der Polizei arbeiten.«

Tom starrt sie verblüfft an. »Bitte, was?«

Sie hebt bedauernd die Schultern. »Sie arbeiten nicht mehr dort. Offenbar wurde Ihnen gekündigt.«

Der Schwindel, von dem er glaubte, ihn überwunden zu haben, kehrt zurück. »Ich ... ähm ...« *Das ist unmöglich*, will er sagen. Aber natürlich ist alles möglich, so wie es möglich ist, plötzlich in einem anderen Land aufzuwachen. »Wissen Sie, wann das gewesen sein soll?«

»Mr Morten meinte, vor vier Wochen. Sie können sich wirklich an nichts erinnern?«

Tom schüttelt den Kopf.

»Dann wissen wir immerhin, dass sich Ihre Erinnerungslücke über mindestens vier Wochen erstreckt.«

Ein schwacher Trost. Warum hat man ihn bloß bei der Polizei vor die Tür gesetzt? »Konnte Morten Ihnen wenigstens die Telefonnummer meiner Frau geben?«

»Hat er, ja, nur ...« Dr. Harris zögert. »Da gibt es ein Problem.«

»Was denn für ein Problem?«

»Unter der Nummer meldet sich jemand anders, ein Mr Kirsch oder Kursch oder so ähnlich. Er hat die Nummer seit etwa einer Woche. Ihre Frau hat sie wohl gekündigt.«

»Äh, vielleicht hatten Sie die falsche Nummer«, sagt Tom überrascht. »Haben Sie es noch mal probiert?«

»Dreimal. Außerdem habe ich auch die Festnetznummer probiert. Auch die ist gekündigt.«

»Das glaube ich nicht«, sagt Tom. »Die Nummern müssen falsch sein.

»Familie Babylon, Heckmannufer Nr. 9 in Berlin-Kreuzberg. Das ist doch Ihre Adresse, oder?«

Tom zögert, bekommt etwas in der Dunkelheit zu fassen. »Ja ... schon. Die Adresse stimmt.« In seinem Kopf formt sich ein Bild. Kreuzberg, der Landwehrkanal, die Maisonettewohnung mit der großen Wohnküche im Souterrain. Zum ersten Mal, seit er in London aufgewacht ist, hat er das beruhigende Gefühl, Herr seiner Erinnerung zu sein. Die Wohnung kommt ihm wie ein Anker vor, der ihn verlässlich mit seinem bisherigen Leben verbindet. »Da wohne ich«, sagt er, »gemeinsam mit Anne und meinem Sohn Phil.«

Dr. Harris fasst sanft nach seiner Hand, und im selben Moment ahnt er, dass diese Geste nichts Gutes bedeutet. Ihr Blick ist ruhig und fest, und da ist wieder dieses Bedauern, dieses stumme *Es tut mir leid ...* »Tom, ich habe mir wirklich Mühe gegeben ...«

Er zieht seine Hand weg. »Jetzt reden Sie nicht drum herum, sagen Sie, was los ist. Bitte.«

»Ihre Frau und Ihr Sohn wohnen dort nicht mehr.«

Tom starrt Dr. Harris mit offenem Mund an. »Das kann nicht sein.«

»Ich fürchte, doch. Die Wohnung wird im Internet zur Vermietung angeboten. In der Anzeige sind Fotos eingestellt.«

»Das muss ein Irrtum sein. Das ist ausgeschlossen. Sie haben die falsche Wohnung.«

»Es ist die Wohnung im Erdgeschoss, mit der großen Küche im Souterrain und der zusätzlichen kleinen Eingangstür, richtig?«

»Woher wissen Sie das?«, fragt Tom verblüfft.

»Ich habe mit dem Makler telefoniert, Tom. Er sprach recht gut Englisch, jedenfalls besser als Ihr Chef. Er konnte sich auch noch an Sie und Ihre Familie erinnern.« Sie hält inne, als wollte sie abwarten, ob er protestiert.

»Wann ... wann sind wir dort ausgezogen?«

»Vor vier Wochen.«

28 Tage vorher

Kapitel 6

Dr. Sita Johanns zwingt ihren alten Saab 900 in eine scharfe Rechtskurve und biegt auf die schmale Allgäuer Bergstraße in Richtung Hochplateau ein. Forensische Klinik Burg Tauenstein – 6 Kilometer, *verspricht ein Straßenschild. Die Kurve ist enger, als sie gedacht hat, und aus ihrem Kaffeebecher schwappt etwas auf die Tageszeitung, die auf dem Beifahrersitz liegt. Die Ausgabe der* Berliner Morgenpost *ist zwölf Tage alt. Der Aufmacher ist ein Foto der U-Bahn-Station Hermannplatz:*

»Zivilcourage nimmt tödliches Ende«

Die Seiten der Zeitung flattern auf. Der Wind am Berghang drückt durch die halb offene Scheibe.

Sita fröstelt und schließt das Seitenfenster. Mit jedem Höhenmeter wird es kälter. Aus den betagten Lautsprechern dringt Massive Attack, eine ihrer All-Time-Favorite-Bands, cool, schleppend und melancholisch. Irgendwie passend beim Blick auf die Alpen.

»The hunter gets captured by the game«, *singt Tracey Thorn.*

Sita muss an Tom denken, und ihr schwirrt der Kopf. In den vier Jahren, die sie sich jetzt kennen, gibt es niemanden, der ihr so nah gekommen ist, ohne dass sie mit ihm geschlafen hätte. Die Arbeit in den Sonderkommissionen des LKA Berlin ist ihr manchmal wie ein Rausch vorgekommen. Grenzüberschreitend, lebensgefährlich und voller persönlicher Verstrickungen.

All das, was Polizeiarbeit eigentlich nicht sein sollte – und manchmal trotzdem ist. Hat Tom zu oft die Grenzen überschritten? Ja, hat er.

Hat Tom die Kontrolle verloren? Auch das.

Und trotzdem ist sie auf seiner Seite. Ja, vielleicht ist es ein Fehler, zu Bruckmann zu fahren. Sie weiß noch nicht einmal, ob sie sagen wird, was Tom ihr aufgetragen hat. Sie weiß nur, dass sie Bruckmann sehen muss, um herauszufinden, ob Tom recht hat. Zuletzt haben sie alle Kollegen eindringlich gewarnt, Grauwein, Frohloff, Pfeiffer, sie alle haben ihr geraten, nicht auf Tom zu hören. Und Jo Morten, ihr direkter Vorgesetzter, hat sie dafür extra in sein Büro zitiert.

»Du bist doch Psychologin, und eine gute dazu.« Das waren seine einleitenden Worte gewesen. Chapeau, dachte Sita. Er lernt! Mit Komplimenten beginnen und dann gemeinsam das Unausweichliche betrachten. Sie ahnte, worauf das hinauslief. Doch in letzter Zeit hatte Morten ihr gegenüber gelegentlich eine andere Seite gezeigt, geduldiger und zugewandter. Vielleicht konnte sie ihn doch überzeugen.

»Siehst du nicht, was hier mit Tom passiert?«, fragte Morten.

»Doch, sehe ich«, erwiderte Sita. »Aber er könnte trotzdem recht haben.«

»Sita, bitte! Das, was Toms Vater zugestoßen ist, ist schrecklich. Keine Frage. Und von dem, was damals Toms Mutter zugestoßen ist, will ich gar nicht erst reden. Oder vielleicht doch … denn offiziell ist ihr Tod in den Archiven der NVA als Unfall vermerkt. Und falls sie tatsächlich erschossen wurde: Sie hat sich eine Grenzverletzung zuschulden kommen lassen. Die Grenzsoldaten hatten damals nun mal einen Schießbefehl, und ja, das war verbrecherisch, aber eine Tatsache. Dass Bruckmann behauptet hat, irgendetwas mit der Sache zu tun zu haben, das

hat ausschließlich Tom gehört. Niemand sonst. Bruckmann hat das später nie bestätigt, in keiner der Vernehmungen. Und wir hatten einige! Tom jagt einem Hirngespinst nach, Sita. Ich meine, ich versteh ja, warum. Ich bin schließlich kein Unmensch. Aber hier«, Morten tippte mit den sehnigen, vom Nikotin verfärbten Fingern auf das Bild der U-Bahn-Station in der Zeitung, »hier geht es um etwas ganz anderes. Das war nicht Bruckmann. Und ich erwarte, dass du deine profunden Kenntnisse hier bei uns einsetzt – und nicht für die privaten Belange eines Kollegen.«

»Und was ist mit dem verschwundenen Beweismaterial?«

»Sita, bitte! Der Vermisstenfall Viola Babylon ist dreiundzwanzig Jahre alt und längst abgeschlossen. Toms Schwester ist tot und beerdigt, so leid es mir tut. Das Material hätte schon vor dreiundzwanzig Jahren vernichtet werden sollen.«

»Wurde es aber nicht. Es lag bis vor einem Jahr im Archiv. Und jetzt ist es plötzlich weg? Wie kann das sein?«

»Das Archiv platzt aus allen Nähten, das weißt du doch. Irgendjemandem wird der Karton bei einer Revision aufgefallen sein, und dann hat man ihn endlich entsorgt.«

»Ohne ihn in der Liste auszutragen?«

»Wahrscheinlich wurde er schon vor dreiundzwanzig Jahren ausgetragen. Der Fehler ist doch, dass wir den Karton überhaupt so lange aufgehoben haben.« Morten atmete tief durch, so wie ein Lehrer, der eine schier übermenschliche Geduld für seine aufsässige Schülerin aufbringen musste.

»Und dass Bruckmann versucht hat, Toms Sohn zu töten, das zählt für dich nicht?«

»Was heißt denn bitte, das zählt für mich nicht?«, brauste Morten auf. Sein Geduldsfaden schien nun zu reißen. Der neue, ruhige Morten war nur Fassade. »Was glaubst du, was ich bin? Ein Monster? Ich hab selbst Kinder. Das war abscheulich. Aber

Bruckmann sitzt seit einem Jahr hinter Schloss und Riegel, achthundert Kilometer von hier entfernt, ohne jeden Kontakt zur Außenwelt.«

»Jo, aber was, wenn Tom doch recht hat? Du kennst doch Bruckmann. Willst du das wirklich riskieren? Warum lässt du mich nicht einfach ein paar Tage in die Richtung ermitteln? Unterschreib mir die Genehmigung für Tauenstein. Gib mir Frohloff oder meinetwegen auch Nicole Weihertal zur Seite. Vier, fünf Tage.«

»Nein«, sagte Morten schmallippig.

»Aber warum nicht?«

»Weil es nichts bringt, Sita!« Morten beugte sich vor und legte die rechte Hand auf die Zeitung. »Und weil wir unter Druck stehen. Der Vater von Charlotte Wißmann ist schließlich nicht irgendwer.«

»Ach, darum geht's, ja?« Sita funkelte ihren Vorgesetzten wütend an. »Politik?«

»Ach komm schon, Sita. Du weißt, wie das läuft. Das ist wie Domino. Rolf Wißmann ist mit Ahlgrimm befreundet, Ahlgrimm wird vermutlich bald neuer Innenminister, und der ruft natürlich bei der Polizeipräsidentin an.«

»Ach, und was, wenn doch Otto Keller neuer Innenminister wird? Keller ist nach seinem Rücktritt damals wieder obenauf. Was, wenn er sich durchsetzt? Dann ist Charlotte nicht mehr so wichtig?«

»Mal abgesehen davon, dass ich nicht glaube, dass Keller das Rennen macht«, sagte Morten, »Charlottes Tod ist ausgesprochen tragisch. Junge hübsche Frau, prominenter Vater, Zivilcourage ... für die Medien die perfekte Story. In den Social-Media-Kanälen läuft das Thema heiß. Die Welt ist nun mal, wie sie ist. Und der Polizeipräsident ist gut beraten, darauf zu reagieren.«

»Das ist mir ehrlich gesagt egal, das ist alles am Ende nicht wichtig. Es gab DREI Tote, und einer davon ist der Vater deines Kollegen. Wir sind es Tom einfach schuldig.«

»Und deswegen ermitteln wir ja auch mit Hochdruck, aber nicht in die Richtung, die sich Tom zusammenfantasiert. Ich kann dir nur dringend raten, nicht weiter mit ihm den Hang hinunterzurodeln.«

»Ich bleibe dabei: Was ist, wenn Tom recht hat?«

Morten holte tief Luft, setzte eine besorgte Miene auf und beugte sich vor. »Sita, ich höre immer nur Tom, Tom und noch mal Tom.«

»Was soll das heißen?«

»Sagen wir mal so«, begann Morten. »Wärst du ein Mann, würde ich dir jetzt dringend empfehlen, mit einem anderen Körperteil zu denken.«

Sita nahm wütend die Zeitung vom Tisch. »Du bist ein sexistisches Arschloch.«

»Ach ja? Und warum? Hab ich mich nicht gewählt genug ausgedrückt?«

»Sagen wir mal so«, ahmte Sita Mortens Tonlage nach. »Deine Scheißvorurteile sind jedenfalls nicht weniger scheiße, nur weil du rhetorische Schleifchen drumbindest.«

Mortens Miene wurde zu Eis. »Wir sehen uns morgen um halb neun. Lagebesprechung.«

Sita schnaubte verächtlich, stand auf und verließ ohne ein weiteres Wort sein Büro.

»Und lass dir bloß nicht einfallen, Urlaub einzureichen«, rief Morten ihr nach.

Am nächsten Morgen meldete Sita sich krank, verschaffte sich ein Attest und reichte es per Mail bei Mortens Assistentin ein.

Sita schreckt aus ihren Gedanken auf. Ein weißer Lieferwagen kommt ihr in halsbrecherischem Tempo entgegen, und die Straße ist so schmal, dass sie bis an den äußersten rechten Rand ausweichen muss. Die Leitplanke ist alt und brüchig, dahinter geht es steil bergab. Links von ihr brettert der Lieferwagen haarscharf an ihr vorbei und touchiert dabei ihren Außenspiegel. Erschrocken tritt sie auf die Bremse. Kaffee schwappt aus dem Becher auf ihre Hose, die Zeitung rutscht vom Sitz. Das rechte Vorderrad gerät auf den Schotterstreifen am Abgrund, und sie lenkt hastig zur Straßenmitte, wo der Saab zum Stehen kommt.

Ihr Herz schlägt rasend schnell. Im Rückspiegel sieht sie das Heck des Lieferwagens hinter der nächsten Biegung verschwinden. Ihr rechtes Hosenbein ist nass vom Kaffee. Sie atmet einmal tief durch und trinkt den im Becher verbliebenen Kaffee.

Wer zum Teufel fährt auf so einer Straße derart schnell?

Sie gibt vorsichtig Gas und nimmt die Fahrt wieder auf. Immerhin, jetzt ist sie wenigstens wach. Die acht Stunden am Steuer von Berlin bis hierher haben sie müde gemacht – und sie darf nicht müde sein, wenn sie die Höhle des Löwen betritt. Obwohl Sita sich im Grunde ihres Herzens weigert, jemanden wie Bruckmann als Löwen zu bezeichnen.

Löwen jagen, um zu überleben.

Dr. Walter Bruckmann hatte gejagt, um seine psychopathologischen sadistischen Triebe zu befriedigen. Über drei Jahrzehnte lang hatte er Verbrechen verübt, immer unter dem Deckmantel seiner Positionen. Vor 89 im Auftrag der Stasi unter dem Namen Benno Kreisler. Viele Jahre nach der Wende dann als Leiter des Berliner LKA 1 für Delikte am Menschen, mit einer großbürgerlichen Fassade als Familienvater von drei Kindern. Bruckmann ist kein wildes Tier, er ist ein hochintelligenter Narzisst, und darüber hinaus ist er ein gedemütigter

Narzisst; er ist verletzt, getrennt von seiner Familie und eingesperrt, was ihn, wie Tom sagte, nur noch gefährlicher macht. Doch auf Tom hat niemand hören wollen.

Die Straße wird jetzt noch steiler, und Sita schaltet einen Gang zurück. Die Sonne steht tief und streift den Kamm des Gebirges. Die letzten Strahlen flirren zwischen den Bäumen. Nach einer weiteren Serpentine verläuft die Straße im Schatten. Es ist Ende September, früher Abend, und das Wetter ist freundlich. Bei Schneefall und Temperaturen unter null ist die lange schmale Straße am Hang sicher kein Vergnügen.

Sita fragt sich, warum Bruckmann seit fast neun Monaten ausgerechnet hier eingesperrt ist, siebenhundertdreißig Kilometer von Berlin entfernt, mitten in der Einöde, in den nördlichen Kalkalpen, an der Grenze zu Österreich. Er hätte eigentlich nach Moabit in die JVA gehört.

Eine letzte Biegung, dann erreicht sie das Hochplateau. Burg Tauenstein, *steht auf einem braunen, verwitterten Schild.* Forensische Klinik und Psychiatrie. *Sita hält vor einem hohen grünen Gittertor. Links und rechts verliert sich ein Zaun mit einer Krone aus NATO-Stacheldraht zwischen haushohen Tannen. Vom Torpfosten aus wird sie durch eine Kamera beobachtet.*

Sie klingelt, nennt ihren Namen und erklärt, dass sie einen Termin mit Professor Dr. Forsberg vereinbart hat. Nach einer Weile fährt das Tor beiseite; auf seiner Spitze rotiert eine gelbe Warnlampe. Aus einem kleinen Häuschen in der Einfahrt nickt ihr ein Mann in dunkelgrüner Kleidung zu. Er trägt eine Schirmmütze, hat sich von seinem Stuhl erhoben und mustert ihren Saab, während sie an ihm vorbeifährt. An seiner Hüfte trägt er eine Schusswaffe im Holster und einen Schlagstock. Als sie im Rückspiegel sieht, wie sich das Tor hinter ihr wieder schließt, beschleicht sie ein mulmiges Gefühl.

Bevor Sita aus dem Wagen steigt, fischt sie die Zeitung aus dem Fußraum der Beifahrerseite und reißt den oberen Teil der ersten Seite mit Schlagzeile und Titelstory ab, faltet das Papier zusammen und steckt es in den Bund ihrer schwarzen Jeans. Sie überlegt, ob sie Tom noch einmal anrufen soll, entscheidet sich aber dagegen. Dann holt sie ihre Reisetasche aus dem Kofferraum und atmet tief durch. Gegenüber Tom hat sie sich wegen der bevorstehenden Begegnung mit Bruckmann unerschrocken gezeigt, doch jetzt sitzt ihr die Anspannung von Minute zu Minute mehr im Nacken.

Die Burg Tauenstein ragt finster wie ein aus dem Fels gewachsener Bunker mit zwei Türmen und einem verschachtelten roten Ziegeldach in den Himmel. Allein das Fundament ist drei Stockwerke hoch und wächst konisch aus dem Berg. Kleine vergitterte Fenster, kaum breiter als Schießscharten, lassen die ehemalige Wehranlage erkennen. Der obere Teil der Festung ist wie ein hellgrauer freudloser Aufsatz. Hier sind die Fenster zahlreicher und größer. Die Türme und das rote verwinkelte Dach wirken fremd auf dem kargen Gebäude, als hätte der Bauherr zum Schluss dem düsteren Gemäuer etwas Freundliches mitgeben wollen.

Professor Dr. Karl Forsberg, der Leiter der Forensischen Klinik, empfängt Sita mit einem reservierten Lächeln und einem festen Händedruck. Abwartend und offensiv zugleich. Ihr fällt auf, dass er keinen Ehering trägt. Sein Büro liegt auf der Rückseite der Festung, direkt über dem Steilhang, der fast zweihundert Meter in die Tiefe stürzt. Überrascht stellt Sita fest, dass beinah die ganze Außenwand des Büros durch eine moderne Glasfront ersetzt wurde. Die Aussicht in die Alpenlandschaft ist atemberaubend.

»Das schönste Zimmer hier«, sagt Forsberg schlicht. Er bietet Sita den Stuhl vor seinem Schreibtisch an. »Wir bekommen

nicht oft Besuch hier oben, erst recht nicht so spontan und … mit so einem Anliegen.«

Sita nimmt ihm gegenüber Platz. Die meisten Menschen kann sie schnell einschätzen. Forsberg entzieht sich einem klaren ersten Eindruck. Mitte fünfzig, schüttere graue Haare mit einem Seitenscheitel über einer hohen Stirn, offener Blick und grüblerische Falten zwischen den Brauen. Sympathisch eigentlich, aber sobald er nicht lächelt, sind seine Lippen schmal und kalt, und seine Mundwinkel bilden kleine abwärts gewandte Schattengruben.

»Umso dankbarer bin ich, dass Sie sich darauf eingelassen haben.« Sita lächelt verbindlich.

Forsberg nickt. Sein Blick ist ruhig, geübt und ungeniert. Er hat ihre hochgewachsene Figur registriert, die figurbetonten schwarzen Jeans, die braune Lederjacke, ihre raspelkurzen schwarzen Haare und die Brandnarbe, die von ihrem linken Ohr über die Wange abwärts verläuft.

»Woher kommen Sie?«, fragt Forsberg.

»Berlin«, erwidert Sita knapp, im Bewusstsein, dass er die Frage auf ihre etwas dunklere Hautfarbe bezogen hat.

Forsberg lächelt. »Und Ihre Eltern?«

»Meine Mutter ist Deutsche, mein Vater Kubaner. Und Sie?«

»Mein Vater war Schwede, daher der Name. Aber ich bin in Deutschland aufgewachsen.«

»Was hat Sie hierher verschlagen?«, fragt Sita.

»Sie sind ziemlich direkt«, sagt Forsberg. Er weiß genau, worauf Sita anspielt. Eine so abgelegene Klinik ist ein Abstellgleis im Nirgendwo; als ihr Leiter ist er ein besserer Gefängniswärter für Menschen, vor denen die Gesellschaft beschützt werden soll. »Sagen wir so: Irgendjemand muss es machen; das Honorar ist gut; ich war das Leben in der Stadt leid – und mich interessiert

die dunkle Seite. Einen besseren Ort als diesen für Studien zu meinen Publikationen gibt es nicht.«

»Wie viele Häftlinge haben Sie hier?«, fragt Sita.

»Ich bevorzuge immer noch den Begriff Patienten«, erwidert Forsberg. »Zurzeit sind zweiundsechzig von siebzig Plätzen belegt.«

»Alle in der Geschlossenen? Oder gibt es auch einen Reha-Bereich?«

Forsberg lächelt bedauernd. »Die meisten Menschen, die hierherkommen, sind in der Regel nicht mehr zugänglich für Rehabilitationsmaßnahmen. Paranoide, Schizoide und Schizophrene, Borderliner, Narzissten – hier landen überwiegend die Patienten, deren Persönlichkeitsstörungen in Verbrechen geendet haben. Mal aus Verzweiflung, mal aus Unzurechnungsfähigkeit, mal aus einem unstillbaren Trieb heraus. Kurz: Hierher kommen Leute, die man gerne als«, Forsberg zeichnet Anführungsstriche in die Luft, »böse bezeichnet. Aber das ist nur ein Teil der Wahrheit. Dennoch, für meine Patienten ist eine Wiedereingliederung in die Gesellschaft in der Regel fast unmöglich. Deshalb ja auch der abgelegene Standort.« Er deutet auf das Alpenpanorama. »Gestatten Sie mir eine Frage?«

»Natürlich.«

»Was ist das für ein Fall, zu dem Sie Bruckmann befragen wollen?«

»Oh, das tut mir leid«, sagt Sita. »Aber zu laufenden Ermittlungen darf ich Ihnen leider keine Auskunft geben.«

»Ich fürchte, da müssen Sie eine Ausnahme machen.«

»Und ich fürchte, da muss ich Sie enttäuschen.«

Forsberg lächelt und wirkt dabei fast ein wenig amüsiert. »Nun ja, ich glaube, die Enttäuschung wird auf Ihrer Seite ungleich größer sein. Wissen Sie, es ist im Grunde ganz einfach:

Ich bin derjenige, der in diesem Haus die Schlüssel in der Hand hat. Und wenn ich eins der Schlösser für Sie öffnen soll, dann tue ich das nur, wenn ich im Bild bin, was Sie vorhaben. Ich muss wissen, was mit meinen Patienten passiert. Oder übernehmen Sie die Verantwortung, wenn Bruckmann nach Ihrer Befragung wieder in seine Pathologie abrutscht und gewalttätig wird?«

»Ist er denn in der letzten Zeit gewalttätig geworden?«, fragt Sita.

»Es gab Vorfälle«, sagt Forsberg betont diffus.

»Was für Vorfälle?«

Forsberg taxiert sie. Schließlich zuckt er mit den Achseln. »Entweder wir bekommen beide unsere Antworten oder keiner.«

Sita blickt hinaus auf das Bergpanorama, um ebenfalls etwas Zeit zu gewinnen. Die Gipfel werfen lange Schatten, und der Himmel hat ein tiefes Dunkelblau angenommen. Von Österreich her schieben sich dunkle Wolken ins Blau. Es wird Regen geben. Und sie wird lügen müssen. Forsberg würde es nicht verstehen.

»In Ordnung«, seufzt sie. »Es geht um Bene Czech, er ist ein Nachtklubbesitzer und eine Kiezgröße in Berlin. Die Kollegen von der OK haben ihn seit Jahren im Visier, aber es ist nie jemandem gelungen, ihn festzunageln. Aktuell ist ein neuer Hinweis zu einem Mordfall aufgetaucht, der sechs Jahre zurückliegt. Bene Czech war darin verwickelt, und Bruckmann hat damals beim LKA die Ermittlungen geleitet. Reicht Ihnen das?«

»Kommt dieser Czech als Täter infrage?«

»Sonst wäre ich nicht hier.«

»Warum müssen Sie dann Bruckmann befragen? Sie haben doch sicher eine lückenlose Dokumentation in der LKA-EDV, oder?«

»Es gab damals eine informelle Befragung durch Bruckmann, nicht offiziell, keine Zeugen, kein Protokoll.«

»Verstehe«, sagt Forsberg leise, ohne sie aus den Augen zu lassen. »Wie ist Bruckmanns Verhältnis zu diesem Czech?«

»Er hasst ihn«, gibt Sita unumwunden zu, was auch den Tatsachen entspricht. Bene Czech und Bruckmann verbindet eine langjährige Feindschaft.

Forsberg nickt nachdenklich und macht sich mit einem vergoldeten Kugelschreiber eine Notiz auf einem kleinen karierten Block. »Gut. Im Zweifel werden wir seine Dosis erhöhen müssen«, sagt er so beiläufig, als ginge es um einen Nachtisch.

»Sagen Sie mir jetzt bitte etwas zu den Vorfällen?«, fordert Sita.

Forsbergs Lippen werden schmal, die Schatten in seinen Mundwinkeln länger. »Nun ja. Das ist etwas kompliziert.« Er dreht den goldglänzenden Stift zwischen seinen Fingern. »Es gibt einen jüngeren Patienten hier, sechsundzwanzig, männlich ...«

»Warum ist er hier?«

»Erweiterter Suizid. Er hat seine Frau und seine zwei Kinder getötet und dann versucht, sich selbst das Leben zu nehmen – was gescheitert ist. Er ist seit einem Jahr hier, und seit etwa sieben Monaten hat er regelmäßig Schnitte von einer Rasierklinge am Körper.«

»Er ritzt sich«, stellt Sita fest.

»Ja, das behauptet er.«

»Und was hat das mit Bruckmann zu tun?«

»Die Wunden sind tiefer als bei einem gewöhnlichen Ritzen. Außerdem finden wir bei ihm nie Rasierklingen, obwohl wir sein Zimmer mehrfach durchsucht haben. Und ein Teil der Wunden ist auf dem Rücken ... an Stellen, an die er selbst eigentlich nicht herankommen kann.«

Sita wird es mit einem Mal eiskalt. Sie muss an Klara Winter denken und die Wunden auf ihrem Rücken. Der Fall liegt vier Jahre zurück. Es hatte sich nie beweisen lassen, dass es Bruckmann war, der ihr die Wunden zugefügt hatte. Aber Tom und sie hatten es immer vermutet.

Forsbergs Blick ruht auf ihr, er beobachtet sie wie ein interessantes Forschungsobjekt. »Gibt es noch weitere Vorfälle?«, fragt sie mit gespielter Leichtigkeit.

»Nur noch den mit der Aushilfskraft in der Küche«, sagt Forsberg. »Frieda Scheuer. Sie ist sechzehn. Ein Kollege hat sie in einer Gefriertruhe bei den Kühlräumen im Erdgeschoss gefunden, buchstäblich in letzter Minute.«

»In einer Gefriertruhe?«

»Ja. Die Vorräte waren ausgeräumt und in einem der Kühlräume gelagert, ganz sorgfältig. Da hat jemand Platz gemacht. Frieda war unbekleidet, hatte Erfrierungen dritten Grades und Schnitte am ganzen Körper.«

»Oh, mein Gott«, murmelt Sita betroffen.

»Als sie wieder sprechen konnte, hat sie behauptet, sie sei selbst hineingestiegen und die Schnitte am Körper habe sie sich selbst zugefügt. Die weiteren Details erspare ich Ihnen.«

»Und Sie glauben, das war Bruckmann?«

»Es würde zu Bruckmann passen. Aber ich kann es nicht belegen.«

»Sie haben doch mit Sicherheit eine Videoüberwachung der Geschlossenen und der angrenzenden Bereiche.«

»Videoüberwachung, Schließanlagen, der primäre Zugang sogar mit Iris-Scan. Für den Maßregelvollzug gibt es harte Auflagen. Aber Bruckmann ist nichts nachzuweisen. Und wenn die Betroffenen auch noch behaupten, sie seien es selbst gewesen …« Er macht eine ratlose Geste mit den Händen und seufzt. »Vielleicht ist das alles aber auch nur ein Hirngespinst. Dieses

Haus«, er macht eine Pause und sieht in den dunkler werdenden Himmel über dem Gebirge, »es macht etwas mit den Menschen, die hier leben.«

In der großen Panoramascheibe spiegelt sich das hell erleuchtete Büro. Forsberg und Sita scheinen wie durchsichtige Gestalten auf den im Schatten liegenden Bergen zu sitzen.

28 Tage später

Kapitel 7

Vier Wochen, und ich erinnere mich an nichts davon.

Tom starrt aus dem Fenster. Er registriert die Tropfen auf der Scheibe, die tristen, immer dunkleren Wolken über London, die hellblauen Vorhänge, Jillian Harris, die Geräte ... um ihn herum ist alles seltsam unwirklich, wie eine alternative Realität, die nichts mit ihm zu tun hat. Eine Intensivschwester mit einer Nierenschale in den Händen betritt den Raum, bemerkt Dr. Harris und stutzt.

»Ich übernehme das schon«, sagt die Ärztin.

Die Schwester überlässt ihr die Schale und geht wieder aus dem Zimmer. Dr. Harris nimmt eine Ampulle aus der Nierenschale, zieht den Inhalt mit einer Spritze auf und will das Mittel in Toms Venenzugang injizieren.

»Was ist das?«, fragt Tom.

»Ein Beruhigungsmittel. Ihr Puls ist bei hundertfünfzehn.«

»Ich will kein Beruhigungsmittel.«

Dr. Harris runzelt die Stirn. »Tom, Sie sind erregt, das verstehe ich, mir würde es auch so gehen, aber wir müssen jetzt umso mehr dafür sorgen, dass Sie sich beruhigen.«

Leicht gesagt, denkt Tom. Wie soll ich mich beruhigen, wenn ich gerade erfahren habe, dass ich meinen Job, meine Wohnung und meine Familie verloren habe. »Ich will das Zeug nicht«, sagt Tom mit Blick auf die Spritze. »Ich muss klar bleiben.«

»Hoher Puls und hoher Blutdruck sind dabei nicht besonders hilfreich.«

»Benommenheit auch nicht.«

Dr. Harris seufzt und legt die Spritze beiseite. »Gut. Dann lasse ich Sie jetzt mal eine Weile allein. Ich sehe in der Nachtschicht wieder nach Ihnen.« Sie lächelt, nimmt ihre Jacke und nickt Tom an der Tür zum Abschied zu.

»Dr. Harris? Warten Sie«, ruft Tom. »Eine Bitte noch, darf ich einmal Ihr Telefon benutzen?«

Die Ärztin hat die Türklinke bereits in der Hand. »Tom, ich ...« Sie schaut auf ihre Armbanduhr und wirkt nervös, als müsste sie irgendwohin. »Wen wollen Sie denn anrufen?«

Für einen Moment erscheint Tom die Frage seltsam indiskret. Andererseits, sie hat sich engagiert, hat versucht, ihm zu helfen, und es ist *ihr* Handy, und das Telefonat, um das er bittet, geht ins Ausland. »Dr. Sita Johanns in Berlin«, sagt er. »Sie wird mir sicher helfen.«

»Ihre Ärztin?«, fragt Dr. Harris.

»Sie ist Psychologin.«

»Ihre Psychologin, verstehe.«

»Nein, nicht *meine* Psychologin«, beeilt sich Tom klarzustellen. »Sita ist Polizeipsychologin. Wir arbeiten zusammen.«

Dr. Harris seufzt, als hätte sie sich gerade wider besseres Wissen entschieden zu bleiben. »Haben Sie denn ihre Nummer?«

»Nicht im Kopf. Aber wenn Sie mich bei meiner Dienststelle anrufen lassen, die geben mir ihre Nummer.« Was er nicht sagt, ist, dass er hofft, noch einmal selbst mit Morten sprechen zu können. Vielleicht gab es ja Missverständnisse zwischen Dr. Harris und Morten. Soweit er sich erinnern kann, ist Mortens Englisch nicht das beste.

»Tom, vielleicht ruhen Sie sich auch erst mal etwas aus«, schlägt Dr. Harris vor. »Sie haben offensichtlich in den letzten Wochen ziemlich viel durchgemacht, und vielleicht sehen Sie klarer, wenn Sie etwas Ruhe hatten.«

»Ruhe? Ist das Ihr Ernst? Ich wache in einer fremden Stadt auf, wurde offensichtlich in einem Müllcontainer gefunden, ich habe meine Arbeit verloren, meine Wohnung wird vermietet, ich weiß nicht, wo meine Frau und mein Sohn sind ... und Sie wollen, dass ich mich ausruhe?«

Jillian Harris scheint einen Moment mit sich zu ringen, dann reicht sie ihm das Handy. »Wenn Sie bei Ihrer Dienststelle anrufen wollen – es ist die drittletzte Nummer.«

»Danke«, sagt Tom erleichtert. In der Anrufliste sind mehrere Nummern mit Berliner Vorwahl. Die Ärztin hat sich wirklich für ihn ins Zeug gelegt. Ihm fällt wieder ein, dass sie von einem Demenzfall in ihrer Familie gesprochen hat, und er fragt sich, wen sie damit gemeint hat. Ein Elternteil? Oder ein Geschwister?

Er wählt die drittletzte Nummer. Nach mehreren Freizeichen meldet sich eine schnarrende Stimme. »Jo Morten, LKA Berlin.«

»Jo? Gott sei Dank«, stöhnt Tom. »Ich bin es, Tom. Gut, dass ich dich erreiche.«

»Tom«, sagt Morten kühl. »Du bist in England, im Krankenhaus, hab ich gehört? Eine Dr. Harris aus dem St Thomas' Hospital hat mich vorhin angerufen.«

»Ja, ich weiß. Ich –«

»Wie bist du dahin gekommen?«

»Hör mal, ich habe ein paar ernste Probleme. Ich bin überfallen und niedergeschlagen worden. Der Schlag hat offenbar eine Amnesie bei mir ausgelöst. Ich brauche etwas Hilfe, vor allem muss jemand Anne Bescheid sagen, wo ich stecke.«

»Ja, Dr. Harris hat das schon angedeutet. Du kannst dich wirklich an nichts erinnern?«, fragt Morten.

»Nichts aus den letzten Wochen jedenfalls.«

»Okay«, sagt Morten, wobei er das Wort so dehnt, dass Tom den Verdacht hat, Morten glaubt ihm das nicht so recht.

»Kannst du mir sagen, wie ich Anne erreiche? Oder es für mich herausfinden?«

Es bleibt einen Moment still, dann räuspert sich Morten. »Tut mir leid, nein.«

Tom setzt sich in seinem Bett auf. In seinem Kopf spürt er einen kurzen stechenden Schmerz. »Warum nicht?«

»Das ist ...«, Morten zögert. Sein Schweigen dehnt sich wie Kaugummi. »Sagen wir mal ... kompliziert.«

»*Kannst* du mir nicht helfen oder *willst* du mir nicht helfen?«

»Selbst wenn ich wollte, ich kann nicht«, sagt Morten.

War das ein doppeltes Nein?, fragt sich Tom. Er kann nicht *und* er will nicht? »Was heißt das? Warum nicht?«, fragt Tom fassungslos.

»Weil Anne das nicht will.«

»Das ... äh, *bitte*? Warum? Was ist passiert?«

»Das musst du sie fragen, nicht mich«, weicht Morten aus.

»Aber ... wie soll ich sie denn fragen, wenn ich nicht weiß, wie ich sie erreichen soll?«

»Tom, ehrlich, ich kann dir da nicht helfen.«

»Das ist doch Blödsinn. Natürlich kannst du mir helfen, verdammt. Wo ist sie?«

Stille.

»Jo?!«

»Egal, wie oft du mich fragst: Die Antwort ist Nein.«

Tom schweigt betroffen. Warum um alles in der Welt will Anne nichts mehr mit ihm zu tun haben? Ungute Erinnerungen an den letzten Fall werden in ihm wach. »Also gut«, seufzt Tom. »Dann erklär mir wenigstens, warum ich meinen Job los bin.«

Morten zögert, als müsste er etwas abwägen. »Du hast gekündigt.«

»*Ich* habe …?« Tom verstummt. Sein Blick geht zu Dr. Harris, die ihn offenbar beobachtet hat und nun schnell beiseiteschaut. »Das ist ein Scherz«, sagt Tom heiser.

»Der Scherz liegt auf meinem Schreibtisch, mit deiner Unterschrift drunter.«

»O Gott«, stöhnt Tom. »Wieso?«

»Wenn du das selbst nicht weißt …« Morten wirkt verstimmt.

»Verdammt noch mal, nein! Ich weiß es nicht. Ich sagte doch schon, ich kann mich an nichts erinnern, ich bin überfallen worden, ich habe einen Schlag auf den Kopf bekommen. Ich brauche deine Hilfe. Also, warum lässt du mich hängen? Was ist passiert, Jo? Hab ich dir was getan? Worum geht's hier gerade?«

»Tom, ich kann dir nicht helfen. Bei deiner Frau darf ich es nicht, und bei allem anderen …« Er schweigt einen Moment. »Sagen wir so: Du musst in Zukunft ohne mich klarkommen – und ohne deine Kollegen.«

»Ist das dein Ernst, du lässt mich wirklich *so* auflaufen?«

»Hast du dir selbst eingebrockt. Jetzt sieh zu, wie du klarkommst. Ich wünsch dir –«

»Warte, Jo«, sagt Tom hastig. »Nicht auflegen …«

»Was noch?«, fragt Morten gereizt.

»Gibst du mir bitte wenigstens die Nummer von Sita?«

Auf der anderen Seite herrscht eine Weile Stille. »Die wird dir nichts helfen.«

»Wie … wie meinst du das?«, fragt Tom.

»Darf ich dir nicht sagen. Datenschutz.«

»Was ist mit Sita?«

Morten seufzt und klingt plötzlich viel weniger gereizt, eher als würde ihm etwas leidtun. »Sagen wir mal, sie hatte einen Rückfall.«

»Rückfall? Du meinst, Alkohol?«

»Du weißt es also«, stellt Morten fest.

»Ich weiß gar nichts, ich weiß nur, dass sie seit ewigen Zeiten trocken ist.«

»Na, dann wusstest du ja mehr als ich«, erwidert Morten säuerlich.

»Soll das heißen, sie trinkt wieder?«, fragt Tom ungläubig. Zu der Sita, die er kennt, passt das in keiner Weise.

»Vermutlich ja, und einiges mehr.«

»Einiges mehr? Ich ... okay. Du willst mir nichts sagen, klar. Also, gib mir einfach ihre Nummer, ich ruf sie an.«

»Die Nummer bringt dir nichts, Tom. Sie hat ihr Handy abgegeben. Du erreichst sie nicht.«

»Abgegeben? Ihr Diensthandy?«, fragt Tom verwirrt.

»Nein, beide Handys, aber nicht bei mir«, erwidert Morten.

Tom öffnet den Mund – und klappt ihn wieder zu. »Du meinst, sie ist wieder in einer Klinik?«

»Hör zu, Tom, ich hab dir schon mehr gesagt, als ich eigentlich dürfte. Ich habe gleich eine PK, ich habe einen Schreibtisch voller Arbeit, ich –«

»Okay, schick mir einfach ihre Nummer«, sagt Tom scharf. »Und wenn es das Letzte ist, was du für mich tust.«

»Unter einer Bedingung.« Mortens Stimme ist eisig. »Du lässt deine übrigen Kollegen da raus. Keine weiteren Anrufe, keine Fragen. Die werden dir auch nicht mehr sagen als ich.«

»Wenn die Kollegen mir doch sowieso nichts sagen, warum willst du mir dann verbieten, mit ihnen zu sprechen?«

»Weißt du, was dein Problem ist, Tom? Du hast keine Reißleine, du weißt einfach nie, wann Schluss ist.«

»Ach ja? Wer sagt das? Der Nikotinjunkie? Oder der Typ, der eine zweite Garderobe bei seiner Lieblingsnutte im Schrank hat«, kontert Tom hitzig. Schon im selben Augenblick bereut er seine Unbeherrschtheit. Es ist Jahre her, dass er Morten, der verheiratet ist und zwei Töchter hat, im Untergeschoss des *Odessa* gesehen hat, eines von Bene Czechs Klubs.

»Funktioniert ja noch recht gut, deine Erinnerung. Dann fällt dir der Rest ja sicher auch bald wieder ein«, sagt Morten gepresst. »Und wenn du auch nur ein einziges Wort zu meiner Frau sagst, dann sorge ich dafür, dass du sogar jetzt noch ein Verfahren wegen Betäubungsmittelmissbrauchs im Dienst am Hals hast.«

»Du kannst mich mal«, sagt Tom und legt auf. Sein Kopf glüht, und er hat Schmerzen. Dr. Harris sitzt auf einem Stuhl am Fenster und lässt ihn nicht aus den Augen. »Kein gutes Telefonat?«, fragt sie auf Englisch.

Tom seufzt. »Nein. Überhaupt nicht gut.«

»Tut mir leid.«

Er nickt und legt ihr das Telefon auf den Nachttisch. »Danke, dass ich telefonieren durfte.« Er lässt sich zurück ins Bett sinken und starrt an die Decke.

»Haben Sie überhaupt etwas erreicht?« Dr. Harris steht auf und nimmt ihr Handy wieder an sich. Ihr Blick streift besorgt den Monitor mit den Vitalfunktionen.

»Nein.«

»Was ist mit Ihren Eltern, können Sie die erreichen?«

»Meine Mutter ist seit Langem tot, und mein Vater ...« Tom stockt. Gestern Nacht war seine Erinnerung an ihren Streit noch diffus, aber jetzt kann er sich wie selbstverständlich erinnern. Vermutlich deshalb, weil das Zerwürfnis schon fast ein Jahr her ist. Die letzten Wochen liegen dagegen immer noch im Dunkeln. »Wir reden nicht mehr miteinander.«

»Vielleicht überdenken Sie das noch einmal«, schlägt Dr. Harris behutsam vor. »Sie scheinen nicht sonderlich viele Menschen zu haben, an die Sie sich wenden können.«

Tom verzieht den Mund. »Ausgeschlossen.«

Dr. Harris quittiert seine harte Haltung mit wenig Verständnis, als hielte er den entscheidenden Schlüssel in der Hand, aber weigerte sich, ihn ins Schloss zu stecken.

»Dr. Harris?«

»Mhm.«

»Wo genau hat man mich eigentlich gefunden?«

»In Clerkenwell, ein Stadtteil von London, etwa drei Kilometer nördlich von hier.«

»Wissen Sie vielleicht die Adresse?«

Ihr Blick wird streng. »Die besorge ich Ihnen, wenn Sie gesund sind.«

»Ich bitte Sie, ich hab nicht vor, da jetzt vorbeizugehen. Aber vielleicht hilft es mir, mich zu erinnern.«

Dr. Harris mustert ihn schweigend, schließlich nickt sie. »Gut. Kann etwas dauern.«

»Vielen Dank.«

Die Ärztin verlässt das Zimmer. Vergeblich versucht Tom, seine Fragen und die bruchstückhaften Erinnerungsfetzen zu sortieren. Er hat das Gefühl, sein Kopf drohe zu platzen, obwohl er gleichzeitig wie leer gefegt scheint. Er könnte jetzt einen Trip vertragen, irgendetwas, das ihn abschießt, ihm Linderung verschafft. Er hat nie Drogen genommen, bis auf das Methylphenidat, ein Medikament, das unter das Betäubungsmittelgesetz fällt und eigentlich dazu da ist, ADHS-Patienten zu einem besseren Leben zu verhelfen. Für ihn war es immer wie ein Aufputschmittel, das seine Konzentrationsfähigkeit gesteigert und ihn in müden Momenten wach gehalten hat.

Die Tür wird geöffnet, und Jillian Harris kommt zurück. Erst jetzt fällt ihm auf, dass die müde junge Ärztin eine anziehende Frau ist, und er fragt sich, wie sie ohne die Maske aussieht.

Dr. Harris tritt an sein Bett und legt ihm einen zusammengefalteten Zettel auf den Tisch.

»Danke.« Tom faltet das linierte Blatt auf.

WILMINGTON SQUARE
BACKYARD / ENTRANCE ROSEBERY AVE.

»Sagt Ihnen das etwas?«, fragt Dr. Harris.

Tom schüttelt den Kopf. »Im Moment nicht. Wissen Sie die Uhrzeit? Also, wann ich da gefunden wurde?«

»Der Notruf ging wohl um kurz nach Mitternacht ein, da sind dann auch Rettungswagen und Notarzt los.«

»Was ist das für ein Viertel, dieses Clerkenwell?«

Dr. Harris nimmt ihr Smartphone, öffnet Google Maps, gibt Wilmington Square ein und zeigt Tom das Foto einer hübschen Londoner Häuserreihe. Altbau, Souterrain und Hochparterre mit einer Fassade aus verputzten hellen Steinquadern, darüber liegen abgesetzt drei Stockwerke in Ziegelbauweise, mit großen weißen Sprossenfenstern, Balkonen mit schwarzem Geländer und einem schwarzen Zaun mit verzierten Spitzen, der das Haus vom Gehsteig abgrenzt.

»Und?«

»Immer noch nichts. Gibt es ein Foto von dem Hinterhof?«

»Leider nein, nur ein Luftbild.« Die Ansicht aus der Vogelperspektive will nicht so richtig zu der adretten Fassade des

Hauses passen. Der Hof ist länglich, mit ein paar angrenzenden Gärten, das Bild zeigt Asphalt, Parkplätze, mehr nicht.

»Keine Ahnung«, sagt Tom deprimiert.

Dr. Harris steckt das Telefon wieder ein. »Es ist vielleicht einfach noch zu früh. Warten Sie ein bisschen ab, in ein paar Wochen kommen die Erinnerungen zurück, eine nach der anderen. Erst in kleinen Schritten, Teil für Teil, und dann irgendwann ergibt sich wieder das ganze Bild.«

Ein paar Wochen?, denkt Tom. Ihm dreht sich der Magen um.

Jillian Harris verabschiedet sich mit einem aufmunternden Winken. »Und morgen reden wir darüber, ob wir Sie auf die Neurologie verlegen können.« Dann ist sie durch die Tür.

Tom schlägt die Decke zurück und sieht an sich hinab. Barfuß. Krankenhausleibchen. Keine Schuhe, kein Handy, kein Geld. Noch nicht einmal eine Unterhose.

Aber eine Adresse, denkt er und schaut auf den Zettel mit Jillian Harris' leidlich akkurater Handschrift: *Wilmington Square, Rosebery Ave.* Das ist ein Anfang.

Kapitel 8

Professor Dr. Forsberg hat sich im Gehen einen Arztkittel mit einem kleinen, etwas schief angesteckten Namensschild übergezogen und tritt vor den Iris-Scanner. Einen Moment später erscheint sein Name auf dem Display, der elektrische Türschnapper summt, die Sicherheitsriegel springen zurück, und Sita folgt ihm durch die erste Schleuse.

Forsberg nimmt ein schwarzes Gerät aus einem Regal; es ähnelt einem Walkie-Talkie. Er hängt es sich mit einem daran befestigten Band um den Hals, dann reicht er Sita ein weiteres Gerät und schaltet es für sie ein. »Wenn irgendetwas passiert«, er tippt auf einen roten Taster an der Seite des Gerätes, »drücken Sie hier, dann wissen wir, dass Sie Hilfe brauchen.«

Sita nickt. Sie ist nicht das erste Mal in einer geschlossenen Psychiatrie und kennt die Vorsichtsmaßnahmen. Nach der Schleuse betreten sie einen fensterlosen Flur, der zu einem Treppenhaus führt. Eine Gittertür versperrt den Zugang. Daneben ist ein in die Jahre gekommener Aufzug, ebenfalls mit einer Gittertür. Forsberg hält seine Codekarte vor einen Sensor, und die Fahrstuhltür gleitet klappernd zur Seite.

»Können wir die Treppe nehmen?«, fragt Sita.

Professor Forsberg hebt die Brauen. »Angst vor Fahrstühlen?«

»Ich sehe nur ganz gerne, wohin ich gehe«, meint Sita.

Der Anstaltsleiter mustert sie interessiert.

Das Treppenhaus ist kahl und düster, obwohl es von Sicherheitslampen taghell ausgeleuchtet wird. Die Stufen sind aus Beton, die Außenwände aus rohen Steinquadern, während auf der Innenseite ein mannshohes Metallgitter die Treppe vom Abgrund trennt. Der offene Fahrstuhlschacht in der Mitte scheint sich bis ins Innere des Berges zu bohren.

Bereits ein Stockwerk tiefer öffnet Forsberg mit seiner Karte die Tür zu einer weiteren Schleuse.

»Willkommen auf Station C«, sagt Forsberg.

Sita tritt in einen Flur mit einem brusthohen alten weißen Fliesenspiegel. Links und rechts sind Metalltüren mit Riegeln und Klappen, die an Justizvollzugsanstalten erinnern. Der intensive rosafarbene Wandanstrich oberhalb der Fliesen wirkt seltsam deplatziert.

»Cool-down-Pink«, erklärt Forsberg. »Soll Aggressionen mindern.«

Sita kennt die Studien dazu aus verschiedenen Fachzeitschriften. »Und? Hilft es?«

»Mmm«, brummt Forsberg unzufrieden. »Ist zumindest einen Versuch wert.« Er geht mit großen Schritten im Gang vor ihr her. Auf seinem Hinterkopf ist eine kreisrunde kahle Stelle mit einem kleinen schorfigen Fleck. Sein Aftershave riecht nach Zedernholz. »Und Sie sind wirklich sicher, dass Sie zu ihm reinwollen?«, fragt er.

»Sonst wäre ich nicht hier«, erwidert Sita.

Forsberg bleibt vor einer Tür stehen, die links und rechts von zwei Pflegern flankiert wird, große, breitschultrige Kerle in weißer Arbeitskleidung mit dem Habitus von Gefängnisaufsehern. Doch auch wenn der psychiatrische Maßregelvollzug ähnlich wie ein Gefängnis funktioniert, er ist keine Justizvollzugsanstalt im eigentlichen Sinne. Tatsächlich vertraut der Staat seine psychisch kranken Strafgefangenen häufig privaten Einrichtungen an, da hier eine andere medizinische Versorgung möglich ist.

»Hören Sie, Frau Dr. Johanns.« Forsberg tritt neben Sita, legt ihr in einem plötzlichen Anflug von Vertrautheit den Arm um

die Hüfte und setzt eine kollegial-ernste Miene auf. »Ich würde es mir nicht verzeihen, wenn ich Sie nicht noch einmal gewarnt hätte. Bruckmanns Verhalten ist schwer berechenbar. Wenn Sie da erst mal drin sind, kann ich Ihnen nicht mehr helfen.«

»Wie meinen Sie das denn?«, fragt Sita irritiert. »Wozu sind die beiden denn dann hier?« Sie deutet auf die Pfleger.

»Ja, natürlich, grundsätzlich haben Sie recht«, erwidert Forsberg. »Aber vor seinen Worten können Schäfer und Wirtz Sie nicht schützen. Passen Sie auf, was Bruckmann zu Ihnen sagt, er wird versuchen, in Ihren Kopf einzudringen und Sie zu manipulieren ...«

»Keine Sorge«, meint Sita kühl, »ich bin weder eine sechzehnjährige Auszubildende noch einer seiner Mitgefangenen, falls Sie darauf anspielen. Ich bin seit zwölf Jahren Psychologin, und ich kenne Bruckmann. Er war mehrere Jahre lang mein Chef. Und zur Not«, sie deutet auf die beiden Pfleger vor der Tür, »vertraue ich auf Herrn Schäfer und Herrn Wirtz. Richtig?«

Forsberg nickt bedächtig und seufzt, als würde er Sitas Entscheidung ehrlich bedauern.

»Im Besucherzimmer gibt es eine Videoüberwachung?«, fragt Sita.

Forsberg nickt. »Natürlich. Das ist Standard.«

»Und Audio?«

»Dürfen wir nicht.«

»Machen Sie es trotzdem?« Sita schaut ihm eindringlich in die Augen.

»Wo denken Sie hin?«

Sita ist erleichtert. Was sie mit Bruckmann besprechen will, ist nicht für fremde Ohren bestimmt, und wenn Bruckmann wüsste, dass jemand zuhört, würde er vermutlich über nichts als Belanglosigkeiten sprechen.

»Sind Ihre Pfleger für den Notfall gerüstet?«

Forsbergs Hand liegt immer noch auf ihrer Hüfte. Seine Finger gleiten wie zufällig etwas zu weit hinauf, in die Nähe ihres Brustansatzes, dorthin, wo ihre alte Verbrennung ist und wo das Tattoo entspringt, das sie verdeckt. Dass Sita keinen Abstand wählt, empfindet er offenbar als Einladung. »Die beiden können sich durchsetzen«, erwidert Forsberg.

»Sehr gut«, murmelt Sita. »Ach, eins noch.« Sie tippt Forsberg auf die Brust. »Ihr Schild ist etwas schief. Darf ich?«

Forsberg schaut verblüfft an sich hinunter. Sita löst die kleine Nadel, mit der das Namensschild an seinem Kittel befestigt ist, rückt das Schild zurecht und pikst ihm dabei in die Brust.

Forsberg zuckt zusammen und lässt von ihr ab.

»Verzeihung«, lächelt Sita. »Jetzt ist alles wieder da, wo es hingehört, oder? Wenn Sie mich dann jetzt zu Bruckmann lassen würden …«

Forsberg braucht einen Moment, um sich zwischen Ärger und innerer Größe zu entscheiden. »Schön«, sagt er schließlich schmallippig. »Dann wollen wir mal.« Er nickt einem der beiden Pfleger zu, der beflissen die Tür aufschließt und sie für Sita aufhält. »Kommen Sie ihm besser nicht zu nah, immer den Abstand einhalten«, murmelt der Pfleger. Er hat grüne, weit auseinanderstehende Augen und einen leblosen Blick. »Man weiß nie bei dem … und zur Not … Sie wissen ja.« Er deutet auf das kleine Funkgerät um ihren Hals.

Sita nickt und tritt an die Schwelle der Tür.

Der gesamte Raum ist pink gestrichen, die Wände sind fensterlos. In der Mitte ist ein im Boden verschraubter Tisch mit zwei ebenfalls verschraubten, einander gegenüberstehenden Stühlen. Dr. Walter Bruckmann sitzt dort, seine Hände liegen auf dem Tisch und sind mit einem Plastikriemen zusammengebunden, sein rechtes Fußgelenk ist an ein Stuhlbein gefesselt. Sein linkes Bein wirkt steif und steht in einem seltsamen Win-

kel von seinem Körper ab. Eine Prothese, denkt Sita. Durch die Hose kann sie nicht erkennen, ob Bruckmann bei seiner Verhaftung das ganze Bein verloren hat oder nur den Unterschenkel. Seinen Arm dagegen hat er offenbar behalten. Bruckmann hatte damals nur mit knapper Not überlebt, doch ein Jahr danach scheint er sich recht gut erholt zu haben. Seine wässrigen Augen fixieren Sita. Das matte Licht lässt seinen kahlen Schädel glänzen.

»Hallo, Sita«, sagt er, ohne eine Miene zu verziehen. »Wie geht es Tom?«

In diesem Moment weiß sie, dass Tom mit allem recht hat. Jetzt muss sie Bruckmann nur noch die Nachricht überbringen.

§ 50 PsychKHG: [...] Videoüberwachung

(2) Die Einrichtungen können das Klinikgelände sowie das Innere der Gebäude offen mittels Videotechnik beobachten. Die Anfertigung von Aufzeichnungen hiervon sowie die Beobachtung der unmittelbaren Umgebung der Einrichtung ist zulässig, sofern dies zum Zweck der Aufrechterhaltung der Sicherheit oder Ordnung der Einrichtung oder zur Verhinderung oder Verfolgung von Straftaten oder Ordnungswidrigkeiten, durch welche die Sicherheit oder Ordnung der Einrichtung gefährdet wird, erforderlich ist.

Kapitel 9

Sita Johanns betritt den Raum, ohne auf Walter Bruckmanns Frage nach Toms Befinden einzugehen. In einer Ecke des Zimmers, schräg gegenüber von ihrem ehemaligen Chef, ist die Überwachungskamera montiert. Sie ist direkt auf seinen Platz gerichtet, und eine kleine rote LED zeigt an, dass die Kamera aktiv ist. Eine stabile Haube aus Plexiglas und Stahl schützt sie vor unerwünschten Zugriffen.

Bruckmann registriert ihren Blick zur Kamera und lächelt.

Von der Tür bis zum Tisch sind es etwa vier Schritte. Die beiden Stühle haben einen Sicherheitsabstand von einer Körperlänge, sodass es nur zu einem Kontakt kommen kann, wenn Sita sich Bruckmann bewusst nähert.

Bruckmann nutzt den kurzen Weg von der Tür zum Stuhl, um jedes Detail ihrer Erscheinung in sich aufzunehmen. Die braune Lederjacke, die schwarzen Jeans, ihre Hüfte und der fehlende Schwung in ihrem Gang, weil sie nervös ist und ihm keinerlei Reiz bieten will, die Brandnarbe, die sich von ihrem Ohr über die Wange und den Hals entlangzieht, der Gürtel mit der auffälligen Schnalle, die Stiefel mit der spielerischen Andeutung von Sporen. Bruckmann war Stasimitarbeiter und leitender Polizeibeamter, aber er hätte auch einen guten Psychologen abgegeben, wenn er nicht ein psychopathologischer Narzisst wäre.

»Hallo, Walter.«

Bruckmann nickt. »Lässig«, sagt er.

»Schick«, erwidert Sita ironisch mit Blick auf Bruckmanns Kleidung und setzt sich ihm gegenüber. Ihr früherer Chef trägt

eine blaue Trainingshose, ein an den Ärmeln aufgekrempeltes Flanellhemd und Turnschuhe. Letztere sind vermutlich ein Zugeständnis an seine Prothese. Ansonsten werden oft Badeschlappen als fluchthemmende Kleidung angeordnet.

Bruckmann quittiert die Bemerkung mit einem schmalen Lächeln. Erst jetzt fallen Sita die Latexhandschuhe auf, die er an beiden Händen trägt. Auf seinen behaarten Unterarmen sind zahlreiche kleine rote Flecken. Er riecht etwas nach Schweiß.

»Allergie«, sagt Bruckmann, der offenbar jeden ihrer Blicke registriert. »Die Seife bekommt mir nicht. Oder das Essen oder sonst was ...« Er zuckt mit den Schultern. »Ärzte. Bis die was finden, ist man tot.«

»Verstehe«, erwidert Sita neutral. Bruckmann hatte früher nie gesundheitliche Probleme. Ist das ein Zeichen von Schwäche? Die Folge eines systemischen Zusammenbruchs? Bruckmann ist seit seiner Verhaftung körperlich behindert, und er weiß, dass er die Klinik nie wieder verlassen wird. Viele Menschen, selbst die, die immer unverwüstlich erschienen, fangen in existenziellen Krisen plötzlich an zu psychosomatisieren, sie entwickeln Magen- oder Herzbeschwerden, Migräne, pathologische Ticks oder Allergien. Was Psyche und Körper ein ganzes Leben lang mithilfe von Kognition und Immunsystem in Schach gehalten haben, bricht sich dann Bahn.

»Sie machen sich Sorgen um mich?«, fragt Bruckmann ironisch.

»Nein, sicher nicht.«

»Warum sind Sie dann hier?«

»Sie wissen, warum ich hier bin. Sonst hätten Sie nicht nach Tom gefragt.«

Walter Bruckmann hebt spielerisch die Brauen. »Das war Höflichkeit. Mehr nicht. Tom wurde übel mitgespielt. Er lag mir immer am Herzen.«

»SIE haben ihm übel mitgespielt. Niemand sonst.«

»Ich wollte für Tom immer nur das Beste. Ich war schon damals für ihn da, als seine kleine Schwester beerdigt wurde. Glauben Sie mir, Toms Schicksal hat mich zutiefst bewegt. Erst die Mutter, dann die Schwester ...«

Sita spürt, wie Wut in ihr aufsteigt. Morten hat recht. Bruckmann hat offiziell immer geleugnet, etwas mit dem Tod von Toms Mutter 1989 und dem damaligen Terror gegen Toms Familie zu tun zu haben. Er war bei vielem, was er getan hatte, so geschickt vorgegangen, dass es kaum Beweise gegen ihn gab – bis er 2020 endlich verhaftet und für seine Verbrechen der letzten zwei Jahre verurteilt worden war. »Walter, hören Sie auf, den Gutmenschen zu spielen. Wir wissen beide, dass Sie das nicht sind.«

»Ein Gutmensch? Oh, da haben Sie recht, das bin ich sicher nicht. Und glauben Sie mir, für einige Dinge, die ich getan habe, empfinde ich durchaus Reue. Sogar tiefe, manchmal. Reue habe ich hier gelernt, in diesem rosa Kaninchenbau ...«

Sita lehnt sich etwas zurück, hebt ihren Pullover an und fischt den Zeitungsartikel aus dem Bund ihrer Jeans hervor. Bruckmann verfolgt interessiert jede ihrer Bewegungen, während sie das Papier auseinanderfaltet und auf dem Tisch glatt streicht.

»Ist lange her, dass ich den Bauchnabel einer attraktiven Frau gesehen habe – und eine aktuelle Tageszeitung«, sagt er leise. »Schön, dass Sie an mich gedacht haben.«

»Das war vor zwei Wochen.« Sita deutet auf den Artikel und die Überschrift »Zivilcourage nimmt tödliches Ende«.

»Vor zwölf Tagen, wenn ich das Datum richtig interpretiere«, sagt Bruckmann. »Schade. Zivilcourage ist so wichtig. Das habe ich in meiner Zeit bei der Polizei immer sehr unterstützt.«

»Ich bin nicht hier, um über Zivilcourage zu reden«, stellt Sita klar. »Ich will wissen, warum das mit Toms Vater passiert ist.«

»Werner Babylon? Was soll mit ihm passiert sein?«

Sita tippt mit dem Finger auf das Foto der U-Bahn-Station. »Er war hier.«

»Wollen Sie damit sagen, Werner Babylon hat diese grauenvolle Tat begangen?«

»Im Gegenteil, er ist eins der drei Opfer. Und das wissen Sie.«

»Sita, Sie machen mich neugierig.« Bruckmann spitzt die Lippen, als müsste er überlegen. »Woher hätte ich das wissen sollen? Ich bekomme keine Tageszeitungen, ich darf kein Radio hören, hab kein Fernsehen, kein Internet ...«

»Eine junge Frau, Charlotte Wißmann, die bei diesem Vorfall so schwer verletzt wurde, dass sie später in der Klinik starb, hat kurz vor ihrem Tod noch eine Zeugenaussage gemacht. Und die lässt nur einen Schluss zu. Sie haben es immer noch auf Tom und seine Familie abgesehen.«

»Ach, das ist interessant. Sie meinen, diese ... junge Frau ... hat mich dort gesehen?«

»Sie haben die Dreckarbeit noch nie selbst gemacht.«

»Wenn es sich einrichten lässt, mache ich nur die Dinge selbst, die mir Freude machen«, lächelt Bruckmann. »Also, früher jedenfalls.« Er weist mit dem Kinn auf die gepolsterten rosa Wände. »Hier kommt die Freude etwas zu kurz. Aber jetzt sind Sie ja da. Darf ich?« Ohne Sitas Antwort abzuwarten, angelt er mit seinen gefesselten Händen nach der Zeitung, zieht sie zu sich hinüber und liest sich den Artikel vollständig durch. Sita beobachtet jede Regung in seinem Gesicht, doch Bruckmanns Miene ist undurchdringlich. Nach einer Weile dreht Bruckmann das Blatt um und wirft einen Blick auf die Rückseite.

»Das reicht«, meint Sita und greift nach der Zeitung.

Bruckmann hebt den Blick. Seine wässrigen Augen schauen förmlich durch sie hindurch, als wäre er mit seinen Gedanken an einem anderen Ort. »Ich glaube«, sagt er leise, »Sie verstehen nicht ganz, worum es hier geht. Oder vielmehr um wen.«

»Sie haben sich doch klar ausgedrückt, um wen es geht. Um Tom und um seine Familie.«

»Hab ich das?«, fragt Bruckmann milde erstaunt.

»Im Gerichtssaal, nach der Urteilsverkündung. Die kleine Geste, als Sie ihn angesehen haben und mit Ihrem Daumen über Ihre Kehle gefahren sind.«

»Oh, das.« Walter Bruckmann seufzt nachsichtig. »Ich bitte Sie, das war missverständlich. Ich hatte das auf mich bezogen. Ich wollte damit sagen, dass Tom gewonnen hat. Dass ich so gut wie tot bin, wenn man mich einsperrt. Ein hohes Tier der Polizei im Knast, Sie wissen, was da passiert. Ich war mir sicher, das überstehe ich nicht.«

»Machen Sie sich nicht kleiner, als Sie sind.«

»Finden Sie mich groß?«

»Ich finde Sie überheblich.«

»Das ist nur ein Spielart von Größe.«

»Ich verstehe, dass Sie glauben, nichts mehr zu verlieren zu haben«, erwidert Sita. »Aber Sie täuschen sich.«

»Erneut, Sie machen mich neugierig. Was könnte ich denn noch verlieren?«

Sita holt tief Luft. Sie hat den Satz auf der Fahrt von Berlin nach Tauenstein vor sich hergesagt, weil sie nicht sicher war, ob er ihr wirklich über die Lippen kommen würde, doch jetzt, wo sie Bruckmann gegenübersitzt, versteht sie Tom – obwohl sie findet, dass es der völlig falsche Weg ist und Tom damit eine Grenze überschreitet. »Ich soll Ihnen viele Grüße von Tom ausrichten ... ich soll Sie warnen.«

»Wovor denn?« Bruckmann lächelt. »Will er mich umbrin-

gen? Vielleicht gefällt mir das ja sogar besser als das hier.« Er hebt die gefesselten Hände.

»Er will, dass Sie aufhören«, sagt Sita. »Lassen Sie seine Familie in Ruhe. Wenn nicht, nimmt er Ihnen für jedes Mitglied seiner Familie eines von Ihrer.«

Für einen Moment ist es totenstill.

Bruckmann starrt sie an. Seine spielerische Ironie und sein Zynismus sind wie fortgewischt. »Das würde Tom niemals tun.«

»Er tut es, weil Sie ihn dazu gebracht haben. Sie haben versucht, seinen Sohn zu töten. Sie haben seine Mutter auf dem Gewissen.«

»Ich habe Inge geliebt, aber sie hat mich bitter enttäuscht.«

»Sie haben sie auf dem Gewissen«, wiederholt Sita. »Das ist alles, was zählt. Und jetzt auch noch Toms Vater ...«

»Tom sieht nur, was er sehen will. So war er schon immer.«

»Ja, vielleicht«, erwidert Sita. »Und vielleicht haben Sie ja sogar mit dem Tod von Toms Vater nichts zu tun. Aber für den Fall, dass Sie doch etwas damit zu tun haben, für diesen Fall bin ich hier und sage Ihnen, was Tom glaubt und was er tun wird, wenn Sie nicht aufhören.«

»Das ist ein Bluff«, sagt Bruckmann argwöhnisch. »Tom ist Polizist.«

»Tom hat gekündigt«, erwidert Sita, ohne eine Miene zu verziehen. »Also, versuchen Sie's. Dann bringe ich Ihnen bald wieder einen Zeitungsartikel. Der Inhalt wird Ihnen nicht gefallen.«

Bruckmann betrachtet sie eine lange Weile schweigend. Dann nickt er bedächtig. »Biblisch«, sagt er schließlich. »Wirklich biblisch.«

»Ja«, erwidert Sita. »Genau so ist es gemeint.«

»Und Sie geben sich dafür her, mir das zu überbringen?«

»Das war ich ihm schuldig.«

Bruckmann nickt erneut, als hätte er etwas nicht bedacht

und nun verstanden. Er schaut kurz nach oben zur Kamera an der Decke, dann richtet sich sein Blick wieder auf Sita. »Sie haben ja keine Ahnung …«, flüstert er.

»Muss ich auch nicht, ich überbringe nur die –« Sita verstummt.

Das Licht im Raum hat plötzlich angefangen zu flackern. Kaum eine Sekunde später geht es ganz aus. Mit einem Mal ist es stockdunkel und still. Bruckmann gibt keinen Laut von sich. Sie weiß, dass er gefesselt ist und weit genug von ihr entfernt, aber das hilft nichts. Sita ist wie erstarrt. Es ist, als hätte ihr jemand einen Sack über den Kopf gestülpt, wie damals in der Heide, als sie noch ein Teenager war, sie kann kaum atmen, ist wie blind und fühlt sich ausgeliefert. Wie immer in geschlossenen dunklen Räumen überkommt sie Panik. Ihre Narben brennen, sie hat die drei jungen Männer von damals vor Augen und krampft die Hände zusammen. Sie sind nicht hier – sie können dir nichts tun!, versucht sie sich einzureden. Und Bruckmann ist gefesselt, an seinen Stuhl gebunden, du bist außerhalb seiner Reichweite.

Sie beißt sich auf die Lippen, hofft, dass der Schmerz sie ablenkt. Ihr Gehirn sucht nach einem Ausweg, stößt plötzlich auf den Moment im Wald am Sacrower See, in der Nacht vor zwei Jahren. Für einen Sekundenbruchteil ist der Moment kristallklar in ihrem Kopf. Ein Hologramm in Zeitlupe. Die schwarzen Äste wie Gerippe, hoch über ihrem Kopf, glänzende Baumrinde, durchweichter Boden. Es schüttet, aber sie spürt den Regen nicht. Immer und immer wieder schlägt sie zu, das Handy in ihrer Faust, mit der Kante auf seinen Kopf, in sein Gesicht. Sie kann nicht aufhören, sie will, dass er stirbt, dass er für alle drei bezahlt. Sie hat die Kontrolle verloren; aber gleichzeitig hat sie die Kontrolle zurück, hat sich bewiesen, dass sie stark ist, dass sie keine Angst mehr haben muss. Dass sie handeln kann.

Bleib ruhig. Das Licht geht gleich wieder an.

Stattdessen knallt etwas dumpf direkt vor ihr auf den Tisch, und Bruckmann stöhnt.

Sita zuckt zusammen, ballt die Fäuste und drückt die Fingernägel in die Handinnenflächen.

Seine Beine sind am Stuhl fixiert!

Seine Hände sind gefesselt.

Er ist weit genug weg – was auch immer er vorhat, er kann dir nichts tun.

Und wenn doch?

Das Funkgerät fällt ihr ein. Sie tastet nach dem Notfallschalter und drückt ihn mehrmals. Auf der anderen Seite des Tisches raschelt es, dann ist es bedrückend still. Die Dunkelheit ist unerträglich. Sita wartet darauf, dass die Tür in ihrem Rücken aufgeht, dass die Pfleger und Forsberg ins Zimmer stürmen, aber nichts passiert.

Dann geht das Licht wieder an.

Sie blinzelt überrascht.

Bruckmann sitzt ihr gegenüber, sein Kopf hängt zur Seite, als wäre er bewusstlos. Sein Kopf steckt in einem Müllbeutel, der an seinem Hals mit einem Zugband zugezogen ist. Das Plastik vor seinem Mund hebt und wölbt sich im Rhythmus der flachen Atmung. Seine Hände liegen leblos im Schoß.

Entsetzt starrt Sita Bruckmann an. »Walter?«

Keine Reaktion.

Sie dreht sich zur Tür um, doch da ist niemand. Die Tür ist verschlossen. Die rote LED an der Kamera leuchtet. Sie winkt in die Kamera, rudert mit den Armen. Irgendjemand muss sie doch sehen!

Bruckmann sitzt immer noch reglos da. »Walter! Können Sie mich hören?«

Bruckmann atmet flach, der Beutel raschelt leise.

Sita beugt sich vor, stößt ihn an und zieht sich rasch wieder in sichere Entfernung zurück. »He! Walter!« Unter dem beschlagenen Plastik erkennt sie eine rote Schwellung auf Bruckmanns Stirn.

Sie überlegt, aufzustehen, ihm die Tüte vom Kopf zu reißen. Doch die Warnung von Professor Forsberg hält sie zurück.

»Kommen Sie ihm besser nicht zu nah.«

Ist das alles ein Trick? Eine Falle?

Das Licht flackert erneut und verlischt.

Die Dunkelheit löst eine weitere Panikattacke aus.

Sita steht auf und weicht bis an die Wand zurück. Hastig klopft sie an die Tür.

Das Licht springt wieder an.

Bruckmann hat sich nicht bewegt. Wie lange hält er unter dem Plastik aus, ohne zu ersticken?

Und warum zum Teufel kommt niemand? Es muss doch jemandem auffallen, was hier drinnen los ist. Sita schaut zur Kamera. Die rote LED brennt nicht mehr. Ist die Kamera ausgestiegen, ist das ein Stromausfall?

Bruckmann regt sich nicht, die Tüte klebt direkt vor seinem Mund.

Er hätte es verdient, denkt Sita. Er hätte es, verdammt noch mal, wirklich verdient!

Sie hämmert mit der Faust an die Tür.

Sieht zu Bruckmann.

Hat er sich den Beutel selbst über den Kopf gezogen? Will er sich umbringen? Oder hat jemand den Raum betreten, ohne dass sie es bemerkt hat?

Unmöglich.

Es könnte auch eine Falle sein. Bruckmann will, dass sie ihm nah kommt, dass sie den Abstand unterschreitet und sich in Gefahr begibt. Aber ist er bereit, so weit zu gehen? Wie lange ist er jetzt schon ohne Luft? Eine Minute? Zwei? Sie hat das Zeitgefühl verloren.

»Verdammt«, platzt es laut aus ihr heraus. Auch wenn Bruckmann ein Psychopath ist, sie muss etwas tun. Sie eilt zu ihm, lockert das Zugband und zieht ihm die Tüte vom Kopf.

Einen Moment lang passiert nichts. Sita tritt zurück und stellt wieder einen sicheren Abstand her.

Bruckmann holt plötzlich keuchend Luft. Es ist, als ob eine Welle durch seinen Körper liefe, und er öffnet die Augen. Sein Blick irrt kurz durch den Raum, dann konzentriert er sich auf sie.

Sita hält die Plastiktüte hoch. »Was zum Teufel war das? Wollen Sie sich umbringen?«

Bruckmann hustet und holt erneut Luft.

»So einfach lasse ich Sie nicht davonkommen.«

Bruckmanns Brustkorb hebt und senkt sich. Erneut hämmert Sita mit der Faust gegen die Tür. Bruckmann lächelt sie an, eine Spur zu selbstsicher, nein, zufrieden – er sieht selbstzufrieden aus. Wie kann das sein?

»Willkommen in meiner Welt«, flüstert Bruckmann heiser.

Die Tür springt auf. Forsberg und die beiden Pfleger stürmen ins Zimmer. Ihre weißen Kittel vor den pinken Wänden geben der Situation einen seltsam lieblichen Anstrich.

Forsberg bleibt mitten im Raum stehen, sieht den Zeitungsartikel auf dem Tisch, die Beule auf Bruckmanns Stirn und die Plastiktüte in Sitas Händen. »Was um Himmels willen haben Sie getan?«

Kapitel 10

Tom schreckt in seinem Bett auf, als der Alarm losgeht. Die Uhr auf seinem Vitalfunktionsmonitor zeigt 23:09 Uhr. Mehrere Leute hasten ins Zimmer, sehen kann er sie nicht, sie hantieren hinter der spanischen Wand. Zwei oder drei Stimmen rufen durcheinander. Konzentriert, angespannt. Er meint das Geräusch eines Defibrillators zu hören, den dumpfen Ton des Elektroschocks am Körper, das Wiederaufladen und dann den erneuten Schock.

Nach einer Weile herrscht Stille.

Niemand sagt etwas. Die monotonen Atemgeräusche sind verstummt.

Tom erfasst eine Woge tiefer Traurigkeit. Wer auch immer hinter der spanischen Wand gestorben ist, er ist allein gestorben, an Schläuche angeschlossen, umgeben von Fremden. Es hätte ihm genauso ergehen können. Es ist, als ob der Tod nur auf seine Seite der Wand hätte sehen müssen – und er hat es Gott sei Dank nicht getan.

Dr. Jillian Harris schaut kurz um die Ecke, sie ist nicht zum Reden aufgelegt. Ein kurzer prüfender Blick, dann ist sie wieder fort. Eine Weile lang hört Tom noch jemanden, der sich drüben am Bett des Verstorbenen zu schaffen macht. Tom stellt sich vor, wie Dr. Harris oder eine Schwester den Venenzugang abnimmt, die Sonden für die Vitalfunktionen, und wahrscheinlich den Tubus für die Beatmung zieht.

Dann verlässt sie das Zimmer, und es wird still.

Tom schaut auf seinen Monitor. Auf der rechten Seite unten ist ein Knopf mit einem durchgestrichenen Glockensymbol. Vermutlich der Reset-Button für den Alarm. Dr. Harris hat ihn zuletzt gedrückt, als sein Puls über den Normalwert gestiegen war.

Er versucht, in sich hineinzuhören, fragt sich, wie fit er ist und ob er weit genug kommen kann. Er würde gerne aufstehen, probieren, ein paar Schritte zu laufen, um dann eine Entscheidung zu treffen. Doch das Risiko ist zu groß. Die Intensivzimmer werden gut überwacht, und es würde sofort auffallen, wenn ein Patient nicht mehr in seinem Bett ist.

Es muss also schnell gehen.

Und einen besseren Zeitpunkt als jetzt gibt es nicht, denn nach dem Tod seines Bettnachbarn ist die Aufmerksamkeit vielleicht etwas geringer als sonst.

Tom zieht den Venenzugang aus seinem Handrücken und drückt das Pflaster wieder auf die Einstichstelle. Kein Alarm. Das ist gut.

Er richtet sich auf und schwingt die Beine aus dem Bett.

Kurz warten.

Kein Schwindel, nur leichte Kopfschmerzen.

Er entfernt die Sonden von seiner Brust und drückt sofort den Knopf mit der durchgestrichenen Glocke am Monitor. Dann rutscht er auf der Bettkante etwas vor und stellt die Füße auf den Boden.

Kühl, aber nicht unangenehm.

Dass er barfuß ist, gibt ihm das Gefühl von Kontrolle, aber auch von Verletzlichkeit.

Er steht auf und lässt das Bett los. Immer noch kein Schwindel. Seine Beine tragen ihn.

Mit unsicheren Schritten läuft er bis zur gegenüberliegenden Wand und lehnt sich dort kurz an. Von hier aus sieht er sein Bett und das andere Bett. Der Tote ist ein älterer Mann, sein Mund steht ein wenig offen; er sieht erbarmungswürdig und zugleich erlöst aus.

Tom visiert die Tür des Zimmers an. Etwa zehn Schritte. Das nächste Etappenziel. Er läuft los und erreicht die Tür.

Wie lange wird es dauern, bis sie bemerken, dass er aus dem Bett ist?

Er schaut an sich hinab. Er hat nur ein Krankenhausleibchen an, eine Art Schürze, die ihm gerade mal bis zu den Oberschenkeln reicht und am Rücken einen langen durchgehenden Schlitz hat. Er braucht etwas zum Anziehen, am besten jetzt sofort, sonst wird er nicht weit kommen. Andererseits muss er so schnell wie möglich die Intensivstation verlassen.

Er öffnet die Tür einen Spaltbreit und späht in den Flur. Die rechte Seite kann er nicht sehen, doch links, auf der gegenüberliegenden Seite, ist in etwa zehn Metern Entfernung eine Einbuchtung. Entweder ein weiterer Gang oder, mit etwas Glück, der Zugangsbereich der Intensivstation mit Umkleide und einem Vorrat an steriler Schutzkleidung. Da Tom schon häufiger auf Intensivstationen zu Besuch war, kennt er die Anatomie solcher Stationen. Bleibt nur zu hoffen, dass sich die englischen Krankenhäuser nicht allzu sehr von den deutschen unterscheiden.

Er öffnet die Tür, schlüpft in den Flur und geht – immer mit einer Hand an die Wand gestützt – auf die Einbuchtung zu. Das Leibchen klafft am Rücken und über dem Hintern auseinander. Es ist kühl, und er fühlt sich nackt. Als er es über den Gang schafft und die Einbuchtung erreicht, liegt die große Schiebetür mit der Aufschrift *Exit* direkt vor ihm, und er atmet auf.

Neben der Tür stehen gut gefüllte Regale mit Desinfektionsmitteln, Masken und steril verpackter Schutzkleidung, und rechts daneben ist eine Zimmertür mit der Aufschrift *Changing Room.* Hastig nimmt er ein Paket Kleidung der Größe XXL aus dem Regal.

Aus dem Schwesternzimmer dringen plötzlich Rufe.

Sein Blick geht zum *Changing Room.* Wenn sie bemerkt haben, dass er nicht mehr in seinem Bett liegt, werden sie erst die Nebenzimmer, den Flur und dann den Ausgangsbereich mit der Umkleide absuchen. Er muss hier raus, egal ob angezogen oder nicht.

Tom greift in die Schachtel mit den Schuhüberziehern, nimmt sich eine Atemschutzmaske und ein Face Shield und drückt den Taster für die Schiebetür, die mit einem elektrischen Summen auffährt. Viel zu langsam, viel zu laut. Im Flur sind schnelle Schritte zu hören. Rasch schlüpft er durch die Tür und sieht aus dem Augenwinkel Dr. Harris, die im Laufschritt über den Flur der Intensivstation in Richtung seines Zimmers eilt, ohne ihn zu bemerken. Tom drückt den Taster ein zweites Mal, und die Tür gleitet summend zu.

Geschafft. Er atmet kurz durch, dreht sich um und sieht direkt in ein paar weit geöffnete Augen. Ihm gegenüber sitzt eine ältere Dame im Wartebereich vor der Intensivstation. Ihr Gesicht ist verweint, und sie hält sich an ihrer Handtasche fest. Ihm schießt in den Sinn, dass es die Frau des verstorbenen Zimmernachbarn sein könnte, und er verspürt den absurden Impuls, ihr zu sagen, dass ihr Mann jetzt seinen Frieden gefunden habe.

Stattdessen legt er warnend den Finger auf die Lippen.

Sie öffnet den Mund, als wollte sie etwas sagen oder, schlimmer noch, jemanden rufen. Ihr Blick wandert zu Toms nackten Beinen und seinen Füßen, dann zu der gesammelten Schutzkleidung, die er mit einem Arm an seine Brust drückt. Dann klappt sie den Mund wieder zu.

Tom rutscht das Face Shield aus der Hand. Klappernd schlägt es auf dem Boden auf. Er bückt sich, hebt das Visier auf und spürt einen Stich im Kopf, begleitet von einem Schwindelanfall. Als er sich aufrichtet, muss er sich an der Wand abstützen. Die alte Dame beobachtet ihn jetzt interessiert.

Tief durchatmen.

Er schließt kurz die Augen. Öffnet sie wieder.

Sein Blick fliegt durch den Raum und den angrenzenden Gang. An der Wand sind Schilder mit Richtungspfeilen, *OP, Neurological Ward, Surgery Ward, Elevator, Restroom Visitors*, darunter ein weiteres improvisiertes Schild *Corona Quarantine Station*.

Tom entscheidet sich für die Besuchertoilette.

Die Frau sieht ihn immer noch an.

Er nickt ihr zu, versucht zu lächeln und legt erneut den Finger auf die Lippen. Sie nickt zögerlich. Was auch immer sie denkt und was auch immer das heißt.

Tom hastet los in Richtung Besuchertoilette, immer nah an der Wand entlang, in Erwartung eines weiteren Schwindelanfalls. Er biegt um die nächste Ecke in einen kurzen leeren Flur, findet die Toilette, einen weiß gefliesten Raum, betritt eine der Kabinen, sperrt ab und setzt sich für einen Moment auf den Toilettensitz.

Sein Atem geht schnell, sein Puls ebenfalls, und er fragt sich, ob seine Flucht von der Station wirklich die richtige Idee ist. Aber zurück kann er im Notfall ja immer noch.

Er reißt die Verpackung auf und zieht sich den blauen Einmalkittel an, eine passende Hose, und über die nackten Füße stülpt er die Überzieher. Dann setzt er den Mund-Nasen-Schutz und das Face Shield auf, das allerdings so auf seine Kopfwunde drückt, dass er es sofort wieder absetzt.

Am Waschbecken steht er seinem Spiegelbild gegenüber. Ein blasser Mann, die kurzen blonden Haare stumpf, Dreitagebart, tiefe Ringe unter den blauen Augen. Die Schutzkleidung erinnert ihn an die Overalls der Kriminaltechnik, die er immer am Tatort getragen hat. Zumindest was das angeht, funktioniert sein Gedächtnis noch.

Er verlässt die Toilette und geht langsam Richtung Aufzug. Erst jetzt fällt ihm auf, dass die Kleidung, die er trägt, vermutlich nur auf den Coronastationen vorgeschrieben ist und außerdem beim Verlassen der Station aus hygienischen Gründen entsorgt werden muss.

Mist.

Die Frage ist, wie er an normale Kleidung kommt.

Er wechselt die Richtung und folgt den Schildern zur Coronastation. Beim Betreten des Quarantänebereichs setzt er das Face Shield auf, ignoriert den Druck auf seiner Kopfwunde und versucht, sich so unauffällig wie möglich zu verhalten. Die Station ist brechend voll. Auf den Gängen stehen zusätzliche Betten, Rollwagen mit Hygieneartikeln, Metallständer für Infusionen. Tagsüber ist hier vermutlich die Hölle los. Jetzt herrscht Dämmerlicht, es ist Schlafenszeit. Er begegnet einem übernächtigten Arzt und zwei Schwestern, alle in der gleichen Montur wie er selbst. Ein weiterer Arzt kommt aus einem Zimmer, richtet noch seine Maske und läuft mit großen Schritten zu einem Krankenzimmer, über dem ein rotes Licht blinkt.

Tom bleibt stehen und wartet einen Moment ab. Dann öffnet er vorsichtig die Tür zu dem Zimmer, das der Arzt gerade verlassen hat. Es ist spartanisch eingerichtet, mit zwei Schreibtischen, älteren Bildschirmen darauf, zwei Betten und zwei Schränken. Offensichtlich ein Arztzimmer.

Neben der Tür hängen eine Jacke, ein dunkelblauer

Trenchcoat und ein Tweedjackett. Er entscheidet sich für den Trench und das Jackett. Auf einem der Betten liegt eine zerknitterte Bundfaltenhose, offenbar eilig ausgezogen. Mit Blick auf die Tür zieht Tom sich um. Die Hose ist etwas zu kurz, und er bekommt den Knopf am Bund nicht zu. Immerhin, durch den Gürtel hält die Hose. Trench und Jackett sitzen eng, aber es wird gehen. Die eine Seitentasche des Mantels ist auffällig schwer. Tom findet ein Portemonnaie und einen Autoschlüssel.

Den Schlüssel legt er auf einen der Schreibtische. Aus dem Portemonnaie nimmt er das Bargeld, etwa hundertfünfzig Pfund, und schaut sich die Adresse und den Namen auf dem Ausweis an, um später das Geld zurückgeben zu können. Das Passfoto zeigt einen etwa vierzigjährigen Mann mit dunkelblonden Haaren, einem Vollbart und einer Brille. Kurz entschlossen steckt Tom auch den Ausweis ein. Im Zweifelsfall würde jeder denken, er sei der Mann auf dem Foto, nur ohne Bart und Brille. Dann presst er seine Füße in ein Paar zu kleine Budapester-Halbschuhe, wirft sich erneut die Schutzkleidung über und verlässt die Station in Richtung Aufzug.

Kapitel 11

Der Taxifahrer trägt einen Mundschutz und eine Wollmütze, die er tief in die Stirn gezogen hat. Von seinem Gesicht sind nur die Augen und ein paar buschige dunkle Brauen zu sehen. Tom nennt ihm die Adresse, die Dr. Harris ihm gegeben hat. Wilmington Square, ein Hinterhof, mit der Einfahrt in der Rosebery Avenue.

Die Augenbrauen des Fahrers ziehen sich missbilligend zusammen. »Die Rosebery ist lang.« Seine Stimme ist knurrig und klingt dumpf durch die Maske. »Ich fahr Sie erst mal zum Wilmington Square.«

»Danke«, murmelt Tom erschöpft, sinkt in den schwarzen Ledersitz und streckt die Beine aus. Die Geräumigkeit der Londoner Taxis ist eine Wohltat für ihn, und die Trennscheibe zwischen ihm und dem Fahrer gibt ihm das Gefühl, einen Moment für sich zu haben.

Das St Thomas' Hospital zu verlassen und ein Taxi zu finden, hat an seinen Kräften gezehrt. Er ist außer Atem und spürt seinen viel zu schnellen Puls. Am liebsten würde er die Augen schließen und etwas schlafen, aber er hat Sorge, nicht wieder hochzukommen, wenn er sich gestattet, sich fallen zu lassen.

Die Uhr im Taxi zeigt 11:49 p.m., kurz vor Mitternacht. Die Straßen sind gespenstisch leer. London gleitet fast geräuschlos an ihm vorbei – das Taxi hat einen Elektroantrieb. Linker Hand, am Ende einer Querstraße, ragt das weiße Stahlgerippe des London Eye weit in den Himmel, das berühmte

Riesenrad am Themseufer. Die Gebäude am Straßenrand sind größtenteils modern, funktionale Bürogebäude und verspiegelte Hochhäuser; das hier ist nicht das alte romantische London. Dann öffnet sich der Blick, und sie überqueren die Themse. Auf der rechten Seite, hinter einer weiteren Brücke, liegt St Paul's Cathedral. Die riesige Kuppel erinnert ihn schmerzlich an den Berliner Dom, und er muss an Anne und Phil denken. Was um Himmels willen ist passiert, dass sie ausgezogen ist und nichts mit ihm zu tun haben will?

Der Gedanke quält ihn, gibt ihm aber zugleich neue Energie. Dass er in London ist, seinen Job bei der Polizei gekündigt hat, dass Anne ihn anscheinend verlassen hat – das alles muss irgendwie zusammenhängen.

Hinter der Brücke sind die Häuser etwas niedriger, die Straße ist von abweisend wirkenden Gebäuden gesäumt, nur hin und wieder blitzt Londons Charme auf. Auch hier ist es gespenstisch leer. Und dann plötzlich wird die Straße schmaler. Wohngebäude und Geschäfte wechseln sich ab, am Straßenrand stehen Bäume.

»Das hier ist die Rosebery«, sagt der Taxifahrer.

Tom beugt sich vor und sieht aufmerksam aus dem Fenster. Ziegelbauten mit Mietwohnungen, eine Bushaltestelle, Hofeinfahrten. Das Taxi biegt nach links ab. »Und direkt da vorne ist Wilmington Square.« Der Fahrer deutet auf einen kleinen Park, der im Dunkeln liegt. Ein paar Straßenlaternen malen helle Flecken zwischen hohen alten Bäumen.

Tom bittet ihn anzuhalten, bezahlt und steigt aus.

Die Luft ist kühl, vom Himmel fallen ein paar Regentropfen, und ein welkes Blatt segelt ihm vor die Füße. Niemand ist auf der Straße. Dennoch lässt er den Mundschutz an, als reine Vorsichtsmaßnahme, um bloß nicht erkannt zu werden.

Tom geht mit langsamen Schritten zum Park. Versucht, Kräfte zu sparen. Die Schuhe drücken und sind zu eng, die Hose kneift. Die Häuserzeile am Wilmington Square sieht genauso aus wie auf dem Bild, das ihm Jillian Harris gezeigt hat. Und nach der Luftaufnahme, die er auf Google gesehen hat, ist der Hinterhof auf der Rückseite dieser Häuserzeile. Er geht fünfzig Meter zurück, biegt in die Rosebery ein, und schon nach ein paar Schritten sieht er die Hofeinfahrt, versperrt von einem alten brusthohen Tor mit schwarzen Eisenstäben und langen Spitzen. Tom drückt gegen das Tor. Verschlossen. Er seufzt und überlegt, ob es sein Zustand überhaupt erlaubt, es mit dem Tor aufzunehmen. Aber er will nicht warten.

Er sammelt kurz Kraft, dann klettert er auf die hüfthohe Mauer neben dem Tor. Seine Hose spannt im Schritt und reißt dann plötzlich mit einem hässlichen Ton. Er hält sich am Gitter fest, klettert auf der anderen Seite hinunter.

Der Hof ist lang und dunkel. Ein paar Fenster sind erleuchtet, aus einer Wohnung dudelt Musik. An der Rückseite der Häuser am Wilmington Square stehen mehrere Abfalltonnen und ein großer schwarzer Müllcontainer auf Rollen, direkt neben einem Hinterausgang. Der Regen nimmt allmählich zu, dicke Tropfen pladdern auf die Tonnendeckel. Hier also ist er gefunden worden. Bewusstlos, unbekleidet, ohne Ausweis oder sonst etwas. Tom fragt sich, ob die Sanitäter sich die Mühe gemacht haben, im Müll nachzuschauen, ob dort etwas lag, das ihm gehörte. Ob die Polizei sich schon mit der Angelegenheit befasst hat?

Tom öffnet den Deckel des Containers. Die Lampe über der Hintertür springt an und erhellt den Platz bei den Mülltonnen. Der beißende Geruch von Abfall steigt ihm in die Nase. Vier kleine Müllsäcke liegen auf dem schmutzverkrusteten Boden des Containers, ansonsten ist er leer. Vermutlich war die Müllabfuhr gerade da. Enttäuscht schließt Tom den Deckel, tritt aus dem Lichtschein und sieht sich um. Fast jeder hier hat einen freien Blick auf den Container. Theoretisch gibt es also viele Zeugen. Die Frage ist, wer ihn gefunden hat und ob derjenige etwas bemerkt hat.

Seltsam ist nur, warum sollte sich jemand dem Risiko aussetzen, ihn in diesen Container zu legen, obwohl er mitten im Licht einer Lampe steht?

Wie aufs Stichwort verlischt in diesem Moment die Lampe. Tom geht auf die Hintertür zu, und das Licht springt wieder an. Ein Bewegungsmelder mit Zeitschaltuhr. Als er vor der Tür steht, sieht er, dass die Abdeckung der Leuchte beschädigt ist; das Plastik ist zersplittert, und die Birne dahinter scheint ihm direkt ins Gesicht.

Möglicherweise hat jemand die Birne herausgedreht oder eingeschlagen? Viel Lärm hätte das nicht gemacht. Und dann wäre es an dieser Stelle des Hofes dunkel gewesen.

Tom rüttelt vorsichtig am Knauf der Hintertür. Verschlossen.

Er dreht sich um und schaut zu den Fenstern der gegenüberliegenden Seite. In einem hell erleuchteten Zimmer im zweiten Stock steht ein bulliger Mann mit kahl rasiertem Schädel und starrt ihn an.

Tom winkt ihm freundlich zu, als wären sie gute Bekannte.

Zeit zu verschwinden, zumindest fürs Erste.

Er klettert wieder über die Mauer am Tor vorbei und macht den Fehler, auf der anderen Seite hinunterzuspringen. Als er aufkommt, hat er das Gefühl, dass sein Kopf zerspringt. Er schwankt einen Moment und muss sich am Tor festhalten. Im Hof hört er eine Tür schlagen und dann eine laute, aggressive Stimme: »He! Hallo?«

Die Stimme klingt, als könnte sie zu dem bulligen Typen am Fenster passen. Tom macht, dass er wegkommt, und stützt sich dabei immer mit einer Hand an der Mauer ab.

Ein paarmal dreht er sich noch um, doch niemand folgt ihm, und er hört auch keine weiteren Rufe. Erleichtert biegt er in die Straße am Park ein. Wilmington Square. Die Vorderseite der Häuser sieht deutlich gepflegter aus als die Hofseite. Der Gebäudeteil, zu dem der Hinterausgang mit dem Müllcontainer gehört, hat die Hausnummer 8–11. Die Tür, vor der er steht, ist dunkel lackiert und von einem hellen Steinbogen gerahmt. Tom wird schwindelig, seine Kräfte lassen plötzlich rapide nach. Er nimmt die Maske ab, um freier atmen zu können. Der Regen wird immer stärker; im Licht der Straßenlaterne vor dem Haus glitzern dichte silberne Fäden.

Tom macht ein paar Schritte in den Park und sucht unter dem herbstlichen Blätterdach Schutz. Zwischen den Bäumen sieht er die Umrisse einer großen Laube mit einer Laterne davor und hält darauf zu. Erschöpft tritt er unter das Dach und lässt sich auf eine Bank sinken. Ihm ist eiskalt, aber immerhin ist es hier trocken.

Ihm gegenüber hat sich ein Obdachloser für die Nacht eingerichtet und schnarcht. Seine Habseligkeiten hat er unter die Bank geschoben, mehrere prall gefüllte Plastiktüten. Sein Kopf ruht auf einem Rucksack, über die Decke hat er Zeitungen gebreitet, um sich zusätzlich zu wärmen. Toms Blick bleibt an der Kapuze seiner Jacke hängen. Dunkelgrün mit hellgrauem Futter und einem weichen Fellrand. Er kann sich erinnern, dass er selbst eine ganz ähnliche Jacke besitzt.

Sein Blick wandert zu den Füßen des Mannes, die in ungewöhnlich großen dunkelbraunen Boots stecken, die ihm genauso bekannt vorkommen wie der umgeschlagene Saum der schwarzen Hose. Tom steht auf und geht langsam zu dem Mann hinüber. Der Regen trommelt auf die Schindeln der Laube. Wasserfäden laufen von der Dachkante. Der Mann riecht ungewaschen, sein Gesicht ist halb von der Kapuze verdeckt. Ein struppiger, über Monate gewachsener dunkler Bart macht seine Züge unkenntlich. Vorsichtig hebt Tom die Zeitungen und die Decke hoch. Kein Zweifel, der schlafende Obdachlose trägt Toms Kleidung.

In diesem Moment öffnet der Mann die Augen, starrt Tom kurz an, dann stößt er einen Laut zwischen Grunzen und Schreien aus und schlägt um sich.

Tom versucht, ihn abzuwehren, und eine wilde Rangelei beginnt. Fauliger Atem steigt ihm in die Nase. Er bekommt einen Schlag in den Magen und taumelt rückwärts. Der Mann versucht, von der Bank zu springen, aber er ist schwerfällig. Dennoch kommt er auf die Beine und hastet zum Eingang der Laube. Mit zwei schnellen Schritten ist Tom hinter ihm, bekommt die Kapuze zu fassen, reißt den Mann zurück, ringt ihn zu Boden und setzt sich rittlings auf ihn. Toms Kopf rebelliert und bestraft ihn mit einem stechenden Schmerz. Der Mann schlägt ihm ins Gesicht, und Tom wird es kurz schwarz vor Augen. Reflexartig setzt er sich mit einem Faustschlag zur Wehr. Der Obdachlose schreit auf und hält sich jammernd die Nase.

»Woher hast du die Sachen?«, keucht Tom auf Englisch.

»Sorry, Mann. Ehrlich ... ich hab gedacht ... die brauchst du nicht mehr.«

»Was soll das heißen, die brauch ich nicht mehr?«

»Ich krieg keine Luft, geh runter von mir«, stöhnt der Mann.

»Nur wenn du mir sagst, wie du an die Sachen gekommen bist.« Erst jetzt fällt Tom auf, dass der Mann nicht einmal danach gefragt hat, welche Sachen Tom meint. Offensichtlich hat er ihn direkt wiedererkannt und weiß, dass die Kleidung ihm gehört.

»Ey, du hast mir die Nase gebrochen«, beschwert sich der Obdachlose.

Tom schiebt die Hand des Mannes beiseite und begutachtet dessen Gesicht. Aus der Nase läuft etwas Blut, aber auf den ersten Blick sieht sie alles andere als gebrochen aus. »Hör auf zu jammern, die Nase ist in Ordnung.«

»In Ordnung nennst du das?«

»Was ist mit den Klamotten?«

»Geh runter von mir, dann sag ich's dir.«

»Okay. Aber wenn du abhaust, dann brech ich dir die Nase wirklich, klar?«

»Ja, ja«, brummt der Mann.

Tom steht langsam auf, gibt jedoch acht, dass er dabei den Weg zum Ausgang versperrt. Der Obdachlose rappelt sich hoch, setzt sich stöhnend auf die Bank und macht Anstalten, sich das Blut unter der Nase mit dem Ärmel von Toms Jacke abzuwischen.

»Mach das ja nicht«, mahnt Tom, aber es ist schon zu spät.

»Alter, das tut weh.«

»Die Klamotten«, erinnert Tom.

Der Mann schnieft, dann spuckt er etwas Blut auf den Boden. Sein Bart ist dunkelbraun, so wie die verfilzten Haare. Die Augen liegen tief in den Höhlen, die Wangen sind voller geplatzter Äderchen. Tom schätzt ihn auf etwa fünfzig. »Wie heißt du?«, fragt er.

»Gerard«, sagt der Obdachlose. »Und du?«

»Miller«, erwidert Tom.

Gerard verzieht das Gesicht. »Is 'n super Name.« Er mustert Tom. »Vor- oder Nachname?«

»Beides.«

»Eigentlich hab ich was gut bei dir, Miller«, sagt Gerard.

»Wieso?«

»Ey, ich hab die Sanis gerufen. Ohne mich wärst du elend in dem versifften Kasten verreckt.«

»*Du* hast mich in dem Container gefunden?«

»Ja, Mann. Ich hab was zu essen gesucht, leere Flaschen, irgendwas, was Geld bringt, oder Zigaretten … und dann liegt da 'n Toter drin.«

»Ich war nicht tot.«

»Hast aber so ausgesehen.« Er tippt sich an den Kopf. »Hast geblutet und keinen Mucks von dir gegeben. Ich hab gedacht, der ist fertig, der braucht sein Zeug nich mehr.«

»Und dann hast du mir die Sachen geklaut.«

»Ey, das is doch kein Klauen«, protestiert Gerard. »Du warst tot, Mann.«

»Klar, deswegen hast du ja auch den Notdienst gerufen. Damit die 'nem Toten helfen.«

»Das hab ich ja erst später kapiert, du hast plötzlich so komisch gestöhnt.«

»Das hat dich aber nicht daran gehindert, dir trotzdem die Sachen unter den Nagel zu reißen und mich im Container liegen zu lassen.«

»Ey, ich wusste doch, die kommen dich gleich holen und legen dich in ein warmes Bett, mit Essen und hübschen Schwestern und so. Ich mein, guck dich doch mal um.« Er zeigt hinaus in den Regen. »Ich bin hier draußen. Tag und Nacht. Und wegen dem Scheißcovid bringt noch nich mal das Betteln was ein …«

Tom sieht ihn einen Moment schweigend an.

»Was is?«, fragt Gerard verunsichert.

»Wie spät war es, als du mich gefunden hast?«

»Äh, pfff.« Gerard kratzt sich am Kopf. »Ich glaub, so ... elf. Oder nee, eher zwölf. Ich wart immer ziemlich lang, bevor ich an den Container geh. Viele bringen spät noch mal Müll raus. Flaschen und so ... Essensreste ...«

»Hat das Licht über der Tür gebrannt, als du da warst?«

Gerard runzelt die Stirn. »Nee, hat's nich. Das war kaputt.«

»Okay«, murmelt Tom. »Ist dir sonst noch was aufgefallen?«

»Was soll mir denn aufgefallen sein?«

»Jemand, der dort rumgelaufen ist, aber dort nicht hingehört ... irgendetwas Besonderes, Ungewöhnliches ... Ich bin ja nicht freiwillig in den Container gesprungen.«

»Nope.«

»Hast du sonst noch was im Container gefunden? Eine Tasche, 'nen Rucksack oder was Ähnliches?«

»Nur die Klamotten. Mehr war da nich. Ach, und gestern und heute früh noch mal waren die Cops hier, wegen der Sache. Haben Fragen gestellt und so, ich hab mich vom Acker gemacht.«

»Okay«, sagt Tom. »Dann zieh dich mal aus.«

»Hä?«, sagt Gerard.

»Du hast mich schon verstanden.«

»Ey, Miller, ich –«

»Reg dich ab, du kriegst die Sachen, die ich anhab.«

»So 'n Feiner-Pinkel-Scheiß hilft mir nicht«, schnaubt Gerard.

Tom deutet auf die zahlreichen Plastiktüten unter der Bank. »Ich nehme mal an, in den Tüten da ist noch dein altes Zeug. Dann nimmst du halt das.«

Gerard seufzt und gibt sich geschlagen. Nach und nach zieht er die Jacke, die Schuhe, den Pullover und die Hose aus.

»Hast du irgendwas aus den Taschen rausgenommen? Ein Portemonnaie? Ein Telefon?«

»Nee. Nix.« Gerard reicht ihm die Sachen. »Nur das Foto.«

»Was für ein Foto?«

Gerard sieht ihn verwundert an. »Ist doch *deine* Jacke, Mann. Hat dein Gedächtnis etwa gelitten?«

»Was – für – ein – Foto?«, wiederholt Tom scharf.

»Ey, is ja gut. Is noch drin. In einer der Taschen ... Ich hab's nicht angerührt.«

Tom durchsucht hastig die Taschen seiner Jacke. Gerard fummelt einen streng riechenden Pullover aus einer prall gefüllten Sainsbury's-Plastiktüte. Als Tom das Foto in der linken Innentasche seiner Jacke findet, hat er plötzlich, noch bevor er das Foto sieht, eine Vorahnung, wie ein Gedankenblitz, was ihn erwartet. Er zieht es aus der Tasche, tritt an den Rand der Laube und hält es ins spärliche Licht der Laterne. Das Bild ist an den Rändern abgestoßen, es hat in der Mitte einen Knick, und es zeigt genau das, was er schon geahnt hat.

»Deine Ex, oder was? Schleichst du deswegen hier rum?«, fragt Gerard.

Tom starrt sprachlos auf das Bild.

»Is echt hübsch, Miller«, meint Gerard anerkennend, während er sich den Pullover überzieht. »Deswegen hab ich's auch behalten. Hab sie ein paarmal hier gesehen.«

Toms Finger zittern. Auf dem Foto ist eine Frau mit blonden Locken zu sehen, etwa dreißig Jahre alt, zusammen mit einem Mädchen von etwa zehn Jahren, das ihre Tochter sein könnte.

Tom erinnert sich noch genau an den Moment, als er das Foto zum ersten Mal gesehen hat. Er hatte im Keller seines Vaters nach alten Aufnahmen von seiner Mutter gesucht.

Im Unterschrank einer alten Werkbank, zwischen Staub und Sägespänen, hatte er eine Metallschachtel gefunden, in der dieses Bild obenauf lag. Auf den ersten Blick hatte er angenommen, es sei tatsächlich ein Bild seiner Mutter, gemeinsam mit Viola. Zum einen wegen der Ähnlichkeiten, und zum anderen, weil er genau das erwartet hatte.

Bis ihm die Details auffielen. Seine Mutter war 1989 gestorben, aber im Hintergrund des Bildes waren im Anschnitt ein Wagen neueren Typs zu sehen und ein Passant mit einem Smartphone. Beides hatte es 89 noch nicht gegeben. Und außerdem: Viola war noch ein Baby gewesen, als ihre Mutter starb. Wie konnte sie da als Zehnjährige neben ihrer quicklebendigen Mutter sitzen? Das Mädchen auf dem Foto war nicht Vi, und die Frau konnte auch nicht seine Mutter sein.

Die Frau auf dem Foto war Viola – und das Mädchen vermutlich ihre Tochter.

Tom berührt das Gesicht seiner Schwester mit den Fingerspitzen. Ein paar dünne erhabene Linien haben sich von hinten in den Fotokarton gedrückt. Als er das Bild umdreht, findet er auf der Rückseite eine Notiz, geschrieben mit Kugelschreiber, in seiner eigenen Handschrift.

Shona Miller, 8–11 Wilmington Square, London

Sein Herz rast. Dreiundzwanzig Jahre lang hat er diesen Moment herbeigesehnt. Er hat jeden Stein umgedreht, hat sich mit Violas Tod nie zufriedengegeben, ist von manchen mitleidig angeschaut, von anderen für verrückt erklärt worden. Jeder Meldung über ein vermisstes Mädchen aus dem Zeitraum von Violas Verschwinden ist er nachgegangen, hat sich die Nächte um die Ohren geschlagen, hat während seiner Polizeiarbeit immer wieder parallel eigene Ermittlungen angestellt, hat Dienstaufsichtsbeschwerden dafür in Kauf genommen und Anne belogen, seine Frau, die ihm zu Recht ein Ultimatum gestellt hatte: Viola oder ich.

Jetzt weiß er, warum er in London ist.

Kapitel 12

»Was um alles in der Welt hat Sie bloß geritten?«, sagt Forsberg. »Wirklich, ich begreife das nicht.«

»Wie oft soll ich Ihnen das noch erklären«, erwidert Sita verärgert. »Ich habe nichts gemacht, rein gar nichts.«

Professor Forsberg sitzt ihr mit verschränkten Armen gegenüber, auf der kargen Tischplatte zwischen ihnen spiegelt sich das intensive Cool-down-Pink der Wände. Sita kommt sich vor wie in einem schlechten Rollenspiel.

»Sie wollen doch nicht ernsthaft behaupten«, sagt Forsberg mit geradezu aufreizend ruhiger Stimme, »dass Bruckmann sich selbst verletzt, bis er bewusstlos ist, und sich dann eine Mülltüte über den Kopf zieht – und das alles mit gefesselten Händen.«

»Ich behaupte gar nichts. Aber Bruckmann ist ein hochintelligenter Psychopath und zu allem Möglichen in der Lage.«

»Und was hätte er davon?«

»Ich habe nicht die geringste Ahnung. Vielleicht will er mir schaden.«

»Hat er Sie angegriffen?«

»Nein, er ...« Sita verstummt und muss an Toms Drohung denken, die sie Bruckmann überbracht hat. »Nein«, sagt sie erneut. »Hat er nicht.«

»Warum haben Sie ihn dann angegriffen?«

»Das habe ich nicht«, sagt Sita.

»Aber Sie hatten die Plastiktüte in den Händen.«

»Weil ich sie Bruckmann vom Kopf genommen habe, er wäre sonst erstickt.«

»Die Videoaufzeichnung belegt, dass Sie damit so lange gewartet haben, dass er durchaus hätte sterben können.«

»Aber er ist nicht tot, oder? Und mal ganz abgesehen davon: Sie selbst haben mich doch eindringlich davor gewarnt, Bruckmann zu nahe zu kommen. Ehrlich gesagt, ich hatte Angst. Ich meine, erst der Stromausfall, dann hatte Bruckmann plötzlich die Tüte über dem Kopf … Ich konnte die Situation überhaupt nicht einschätzen. Also habe ich den Notfallknopf gedrückt, wie Sie es mir geraten hatten, und dann habe ich auf Hilfe gewartet. Aber Sie sind nicht gekommen.«

Forsberg seufzt. Es klingt, als wollte er sich selbst davon überzeugen, Nachsicht zu üben. »Sita. Ich möchte *Ihnen ja glauben, aber wir haben kein Notsignal empfangen.«*

»Herrgott, ja. Weil das Scheißding wahrscheinlich kaputt ist«, erwidert Sita gereizt.

»Ihr Ton hilft in der Sache nicht weiter. Lassen Sie uns das bitte vernünftig besprechen.«

»Ich BIN vernünftig. Aber vielleicht sind Sie es ja nicht.«

»Interessant«, stellt Forsberg fest.

Sita lehnt sich zurück. Die kantige Stuhllehne drückt ihr hart ins Kreuz. Am liebsten würde sie etwas vom Tisch abrücken, doch auch diese Stuhlbeine sind mit Schrauben im Boden verankert.

»Hatten Sie getrunken?«, fragt Forsberg neutral.

»Bitte, was?« Sita glaubt sich verhört zu haben.

Forsberg hebt abwehrend die Hände. »Ich suche nur nach Erklärungen.«

»Suchen Sie woanders.«

»Ich bitte Sie, Sie sind Alkoholikerin, da ist die Frage wohl noch erlaubt.«

*»*Trockene *Alkoholikerin. Machen Sie von mir aus eine Blutuntersuchung. Dann sehen Sie's.«*

Forsberg nickt. »Schön, das ist ein Fortschritt. Danke für Ihre Kooperation.«

»Hören Sie auf damit.«

»Womit soll ich aufhören?«, erkundigt sich Forsberg.

»Mich zu gaslighten.«

»Tue ich das?«

»Indem Sie mir sagen, dass ich einen Fortschritt mache, weil ich gerade kooperiere, unterstellen Sie mir gleichzeitig, dass ich vorher nicht kooperationsbereit war. Das stimmt aber nicht, und das wissen Sie genau. Also hören Sie auf mit Ihren plumpen psychologischen Spielchen. Ich bin zu schlau dafür.«

»Sie halten das für ein Spiel?«, entgegnet Forsberg.

Sita atmet tief ein und versucht, sich zu beruhigen. Ihr Blick geht an Forsberg vorbei zur leuchtend pinken Wand. Wenn die verdammte Farbe doch nur wirken würde.

»Warum haben Sie Bruckmann den Zeitungsartikel gezeigt?«, fragt Forsberg.

»Weil ich wissen wollte, ob er damit etwas zu tun hat«, erklärt Sita.

»Sie meinen, ein Mann, der in einer geschlossenen Psychiatrie sitzt, an der Grenze zu Österreich, könnte etwas mit einem tragischen Fall von Zivilcourage im Hunderte Kilometer entfernten Berlin zu tun haben? Hab ich Sie da richtig verstanden?«

»Sie wissen genauso gut wie ich, dass Zivilcourage einen Anlass braucht. Und auch wenn es unwahrscheinlich klingt, aber ich habe guten Grund, Bruckmann zu überprüfen. Und Sie dürfen nicht vergessen, der Mann hat Kontakte.«

»Interessant.« Forsberg nickt bedächtig. »Wirklich.«

Sita presst die Lippen aufeinander.

»Sie wissen, dass Bruckmann, was die Außenwelt angeht, eine Kontaktsperre hat?« Er lässt einen Moment verstreichen. »Oder war das bei Ihnen im LKA etwa nicht bekannt?«

Eine Kontaktsperre lässt sich umgehen, denkt Sita. Dennoch, Forsbergs Zweifel sind nicht unberechtigt. Morten und die Kollegen hatten ja genau dasselbe gesagt. Nur Tom war anderer Meinung gewesen – und hatte Sita damit überzeugt.

»Ich vermute«, sagt Professor Forsberg, »dass Bruckmann Ihre Fragen allesamt mit Nein beantwortet hat?«

»Inhaltlich schon, aber sein Antwortverhalten stand im krassen Widerspruch dazu, es war zynisch und voller provozierender Andeutungen. Die meisten seiner Antworten waren zweideutig.«

»Und diese ›zweideutigen‹ Antworten, die haben Sie einfach in Ihre Richtung gedeutet?« Forsberg hebt in einer Art mildem Erstaunen die Brauen.

»Mein Verdacht hat sich bestätigt«, räumt Sita ein.

»Und dennoch hat er geleugnet«, sagt Forsberg. »Also haben Sie versucht, Ihren Fragen noch etwas mehr … sagen wir mal … Nachdruck zu verleihen.«

»Blödsinn.«

»Objektiv betrachtet schon. Aber aus Ihrer Perspektive vielleicht sinnvoll.«

»Was versuchen Sie hier eigentlich? Sind Sie auf der Suche nach einem Sündenbock?«, fragt Sita gereizt. »Noch mal: Suchen Sie woanders. Was ist zum Beispiel mit Ihren Pflegern. Wo waren die? Warum haben Sie *mir nicht geholfen? Sämtliche Ihrer Notfallsysteme haben versagt. Das kann doch kein Zufall gewesen sein.«*

Forsberg mustert sie kühl. »Neigen Sie häufiger zu externer Attribution, wenn Sie rechtfertigen wollen, dass Sie zu weit gegangen sind?«

»Ich? Zu weit gegangen?«

»Sita, wir wissen beide, dass Sie durchaus bereit sind, die Grenze zu übertreten.«

»Von welcher Grenze reden Sie?«

»Sie wissen, welche Grenze ich meine.«

Sita starrt ihn an. Ihr fällt nur eine Situation in ihrem Leben ein, wo sie diese Grenze nicht eingehalten hat. Nicht einhalten konnte. Und obwohl es damals Notwehr war, weiß sie nur zu gut, dass es einen Punkt gegeben hatte, an dem sie hätte aufhören müssen. Doch davon kann Forsberg unmöglich wissen. Er blufft, denkt sie. Er fischt im Trüben, um irgendetwas zu finden.

Forsberg lehnt sich vor, faltet die Hände und legt sie auf den Tisch. »Sie haben ihn fast totgeschlagen damals, oder? Mit einem Handy.«

Sita läuft es eiskalt den Rücken hinunter. Woher zum Teufel hat er das? Niemand war in dieser Nacht im Wald dabei gewesen. Außer Tom.

»Ich weiß, Sie waren wütend damals. Ohne Wut schafft man so etwas nicht«, sagt Forsberg verständnisvoll. »Und ohne mangelnde Impulskontrolle auch nicht. Aber das kennen Sie ja als Alkoholikerin, oder?«

»Sie verdammtes –«

Forsberg hebt interessiert die Brauen.

»Wer hat Ihnen das erzählt?«, fragt Sita mühsam beherrscht.

»Ist das wichtig? Ich weiß es einfach. Das muss genügen.«

»Wer?!«, hakt Sita nach.

»Wenn Sie es wüssten, was würden Sie dann mit demjenigen machen?«

Sita presst die Kiefer aufeinander und hört ihre Zähne knirschen.

»Hören Sie«, sagt Forsberg, »ich glaube, Sie haben ein stark zu Ihren Gunsten verschobenes Gerechtigkeitsempfinden, ähnlich wie Bruckmann sind Sie sehr empfänglich für narzisstische Kränkungen und glauben, Gewalt gegen andere legitimiert sich

durch deren Fehlverhalten. Übrigens ein häufiges Problem von Menschen, die für Ermittlungsbehörden arbeiten. Aber was, wenn derjenige sich gar nicht falsch verhalten hat? Sondern nur Sie das Verhalten als falsch empfinden?«

»Sie meinen das hier«, stößt Sita hervor und deutet auf ihre Brandnarben an Wange und Hals, »und eine mehrfache Vergewaltigung, das ist nichts weiter als eine narzisstische Kränkung?«

Für einen Augenblick ist es vollkommen still im Raum.

»Es stimmt also«, sagt Forsberg schließlich leise. »Ich wollte es eigentlich nicht glauben ... aber Sie haben dem Mann das wirklich angetan.«

»Ich habe nichts getan.« Jedenfalls nichts, denkt sie, was ich bereuen würde. Was stimmt – und irgendwie auch nicht.

»Sie meinen, so wie Sie auch Bruckmann nichts getan haben?«, sagt Forsberg. Die Worte tropfen wie Gift aus seinem Mund.

»Das ist absurd«, faucht Sita.

»Natürlich ist es das. Aus Ihrer Perspektive«, entgegnet Forsberg.

»Sind Sie so beschränkt«, blafft Sita, »oder versuchen Sie, mir irgendetwas einzureden?

»Ich frage mich, wer sich hier etwas einredet. Und wann das bei Ihnen angefangen hat. Was ist, wenn Ihr Verstand Ihnen heute in aller Deutlichkeit sagt, Sie seien als Jugendliche brutal vergewaltigt worden – aber tatsächlich hatten Sie damals nur unter Drogen- und Alkoholeinfluss mit ein paar halbstarken Freunden am Lagerfeuer einvernehmlichen Sex, und danach waren Sie so betrunken, dass Sie sich am Feuer verbrannt haben.«

Sita kann nicht mehr an sich halten, mit einem Satz springt sie auf und gibt Forsberg eine schallende Ohrfeige. Der Schlag ist so kräftig, dass Forsbergs Kopf beiseiteruckt. Der Professor steht hastig auf, weicht zur Wand zurück und drückt den roten Knopf an seinem Notfallgerät. Seine Wange glüht, auf seiner Lippe sammelt sich etwas Blut.

Hinter Sita springt eine Tür auf.

Kapitel 13

Das Licht über der Haustür geht automatisch an.

Miller. Ohne einen Vornamen, ohne ein Kürzel oder sonst etwas davor. In ordentlichen Druckbuchstaben steht der Name auf einem kleinen weißen Plastikstreifen und ist offenbar vor längerer Zeit in den Ausschnitt des Klingelschildes geklebt worden, zwischen all die Namen der anderen Leute, die in Wilmington Square 8–11 leben. Über den Namensschildern ist ein gewölbtes dunkles Glasauge ins Metall eingelassen. Eine Kamera.

Toms Herz schlägt wie verrückt. Es ist weit nach Mitternacht, fast eins. Er schaut noch einmal auf das Foto. In der Nische vor der Haustür sind Violas Gesichtszüge nur verschwommen zu erkennen. *Shona Miller – ist das jetzt dein Name?* Ausgerechnet der Familienname, mit dem er sich selbst vor kaum einer halben Stunde Gerard vorgestellt hat. Ist das Zufall? Ironie? Gibt es dafür einen Grund? Seine Hände zittern. Die Erschöpfung, die Kopfschmerzen, seine Flucht aus dem Krankenhaus, das alles spielt keine Rolle mehr. Sein Finger berührt den Klingelknopf. Kühles helles Porzellan. Tausend Fragen wie Nadelstiche in seinem Kopf.

Warum drückst du nicht?, fragt Vi leise.

Tom muss nicht hinsehen, um zu wissen, dass sie hinter ihm steht. Zehn Jahre alt, die grünen Augen auf ihn gerichtet, in ihrem Schlafanzug oder in ihrem Anorak, vielleicht hat sie auch den Schlüssel um den Hals, wie zuletzt an seinem Bett im Krankenhaus. Vielleicht ist sie barfuß oder sie trägt Gummistiefel. Manchmal ist sie von Kopf bis Fuß durchnässt, als käme sie geradewegs aus dem Teltowkanal zu ihm, in dem sie damals angeblich ertrunken war. Viola ist schwer auszurechnen.

Tom?

Er schluckt.

Du musst einfach nur drücken.

Es ist mitten in der Nacht.

Ist doch egal jetzt, oder?

Was ist, wenn ... wenn sie mich nicht sehen will?

Warum? Wieso glaubst du das?

Keine Ahnung. Es muss doch einen Grund geben, warum sie sich nie gemeldet hat.

Und was für ein Grund sollte das sein?

Keine Ahnung. Sag du es mir.

Ich? Woher soll ich *das denn wissen? Ich bin doch nicht sie.*

Natürlich bist du sie.

Seh ich etwa erwachsen aus?

Tom dreht sich nach seiner kleinen Schwester um. Sie trägt ihren Anorak, hat die Kapuze aufgesetzt, die sie nun abnimmt. Mit herausforderndem Blick schaut sie ihn an.

Und?

Schon klar, murmelt Tom.

Klang aber nicht so.

Trotzdem. Warum hat sie sich all die Jahre versteckt? Warum hat sie sich nicht gemeldet?

Wenn du nicht klingelst, findest du es nie raus.

Tom zögert.

Soll ich*?*, fragt Vi und streckt die Hand aus.

Ohne weiter nachzudenken, drückt Tom die Klingel und lässt den Finger eine Weile auf dem Knopf. Eine Sekunde ...

zwei … Es bleibt still. Tom lässt den Knopf los, der ein leises Geräusch von sich gibt, als er zurückfedert.

Nichts regt sich. Auf den ausgetretenen Stufen der Hauseingangstreppe sammelt sich der Regen. Das Geländer glänzt wie frisch poliert.

Nach einer Minute versucht es Tom erneut.

Vielleicht ist die Klingel abgestellt?

Nach dem fünften Versuch wird ihm plötzlich schwarz vor Augen, und er muss sich auf den Boden setzen. Der Stein unter ihm ist kalt, aber immerhin trocken. Mit dem Rücken an der Haustür ruht er sich aus. Seine Kleidung verströmt Gerards strengen Geruch. Die feuchtkalte Luft geht ihm durch und durch, und er hat das Gefühl, Fieber zu bekommen. Er braucht Schmerzmittel, etwas Fiebersenkendes und einen trockenen Platz. Tom starrt auf die Treppe vor sich. Eine Plastikkarte oder etwas Ähnliches könnte reichen, um den Schnapper ins Schloss zu drücken.

Fahrig tastet er die Jackentaschen ab in der Hoffnung, irgendetwas Brauchbares zu finden, stößt aber nur auf ein billiges Feuerzeug, eine zerknautschte Packung Tabak, zusammengeknüllte Plastiktüten und einen Kugelschreiber. In den äußeren Brusttaschen steckt ein Kartenspiel, und darunter, in einer Stofffalte, ertastet er etwas kleines Hartes. Tom stutzt. Ist das etwa …? Tatsächlich. Kleine scharfe Zacken. Ein Schlüssel.

Er fischt ihn mit spitzen Fingern aus der Tasche und betrachtet ihn im Lichtschein der Außenlampe. Klein und silbern, ein typischer Haustürschlüssel. Toms Nackenhaare richten sich auf. Das Déjà-vu raubt ihm für einen Moment den Atem. Er ist auf dem Grund des Teltowkanals, hat den Toten vor Augen, den Schlüssel, den er um den Hals hatte, und im nächsten Augenblick steht er im Berliner Dom, schaut zur ermordeten Pastorin hoch, er will den Film in seinem Kopf anhalten, aber die Bilder prasseln nur so auf ihn ein. Ein Schlüssel hat ihn überhaupt erst hierhergebracht. Mit einem Schlüssel hat alles angefangen, vor dreiundzwanzig Jahren.

Tom schließt die Augen, wartet kurz, dann öffnet er sie wieder.

Der Schlüssel ist noch da.

Aber er sieht anders aus als der Schlüssel von damals, ganz anders. Keine graue Plastikkappe. Keine eingeritzte Siebzehn.

Er denkt an die Tür in seinem Rücken.

Vielleicht gibt es ja einen Grund, dass dieser Schlüssel in seiner Jacke steckt, so wie das Foto von Viola mit der Adresse auf der Rückseite. Einen Versuch ist es wert. Also steht er auf. Seine Beine schmerzen. Ihm ist schwindelig.

Auf der Straße rauschen Reifen durch eine Pfütze, ein leises Motorgeräusch mischt sich ins Prasseln des Regens. Er schaut zum Wilmington Square. Von der Tür aus kann er nur einen Ausschnitt der Straße sehen. Hinter den parkenden Autos glänzt der Asphalt im Licht der näher kommenden Autos. Jetzt rollt ein Wagen in sein Blickfeld, im Schritttempo. Er ist in Warnfarben lackiert, auf dem Dach ist ein Blaulicht, und auf der Tür steht in großen blauen Buchstaben *POLICE*, darüber das Signet der Metropolitan Police von London.

Sind die etwa wegen ihm hier?

Hat er jemanden durch sein Sturmklingeln erschreckt? Oder hat vielleicht sogar Viola die Polizei gerufen?

Tom wendet sich von der Straße ab, versucht, mit seinem Gesicht im Schatten zu bleiben, und stochert nervös mit dem Schlüssel nach dem Türschloss. Selbst wenn der Schlüssel nicht passt, will er wenigstens den Eindruck erwecken, er würde hierhergehören und gerade die Tür öffnen. Der Polizeiwagen hinter ihm wird langsamer und hält. Er meint das leise Surren eines elektrischen Fensterhebers zu hören.

»Sir?«

Tom weiß, dass es jetzt brenzlig wird. Er ist aus einer Klinik geflohen, hat gestohlen, lungert vor einer Tür herum, vor der er nichts zu suchen hat, und seine Kleider riechen, als hätte er sich wochenlang nicht gewaschen. Und zudem trägt er noch nicht einmal eine Atemschutzmaske.

In diesem Moment gleitet plötzlich der Schlüssel in den Zylinder. Verblüfft dreht ihn Tom, das Schloss klickt leise, und die Tür geht auf.

Kapitel 14

»Wohnen Sie hier?«, ruft der Polizist.

»Ja, warum?«, fragt Tom. Er zieht den Schlüssel ab und öffnet die Tür ein Stück.

»Wir haben Meldung bekommen, dass sich hier jemand herumtreibt.«

»Wirklich?« Tom versucht, besorgt zu klingen, und dreht sich um. »Ich hab niemanden gesehen.«

Der Polizist scheint zu zögern, vielleicht wägt er angesichts des Wetters ab, ob er aus dem Wagen aussteigen soll.

»Ich hatte meinen Schlüssel verloren«, sagt Tom. Er hält ihn demonstrativ hoch und steckt ihn dann ein. »Hab deshalb Sturm geklingelt. Vielleicht lag's daran ... Aber ich hab ihn gerade wiedergefunden.«

Der Officer mustert ihn. Tom ist heilfroh, dass es regnet und dass zwischen ihm und dem Polizeiwagen mindestens fünf oder sechs Meter liegen. Aus der Nähe würde der strenge Geruch seiner Kleidung sofort Verdacht erregen.

»Sind Sie Deutscher?«, ruft der Polizist.

»Ja, mein Akzent«, erwidert Tom, »der wird mich wohl ewig verraten, egal, wie lange ich hier lebe.« Er tritt wie selbstverständlich in den Flur. »Danke für Ihr wachsames Auge, Officer.«

»Sir.« Der Polizist nickt und tippt sich an die Mütze. »Gute Nacht. Und nächstes Mal Maske nicht vergessen!«

Tom hebt zum Abschied die Hand und lässt die Tür zufallen. In der Stille des dunklen Flurs atmet er tief durch.

Wie um alles in der Welt ist dieser Schlüssel in seine Jacke geraten?

Er schaltet das Licht an. Die Wände sind brusthoch mit dunklem Holz getäfelt und darüber in einem lichten Mokkaton gestrichen, die Wohnungstüren sind schwarz lackiert. Der Anstrich ist ein wenig in die Jahre gekommen. Auf Brusthöhe ist jeweils ein kleines Messingschild mit den Namen der Bewohner angebracht. Die Einzelheiten kommen ihm vage bekannt vor, trotzdem fehlt ihm jede Erinnerung daran, schon einmal hier gewesen zu sein. Ein langer Gang führt in den hinteren Teil des Hauses, wo die Treppe liegt und – ein paar Stufen tiefer – die Hintertür zum Hof mit dem Müllcontainer, wo Gerard ihn offenbar gefunden hat.

Tom hat noch vor Augen, dass die Klingel mit dem Namen Miller in der dritten Reihe von unten auf dem Schild war – die Wohnung liegt also vermutlich im zweiten Obergeschoss. Mit langsamen Schritten wankt er die Treppe hinauf, die rechte Hand immer am Geländer. Ihm ist schwindelig. Von Stufe zu Stufe fällt es Tom schwerer, die Beine zu heben, er ist am Ende seiner Kräfte und weiß, dass er dringend Ruhe bräuchte, doch er kann jetzt unmöglich warten oder umkehren, nicht nach dreiundzwanzig Jahren Suche.

Im zweiten Obergeschoss bleibt er einen Moment stehen und hält sich am Geländer fest. Er hätte jetzt gerne eine Methylphenidat, etwas Koffein oder wenigstens einen Energydrink. Mit einem leisen Klick geht das Licht aus. Er tastet sich an der Wand entlang bis zur nächsten Tür und schaltet das Licht wieder ein. *B. Wilcox*, steht auf der Tür. *Sarah M. Benningfield* auf der nächsten. Langsam geht er alle Türen ab. Der Name Miller kommt nicht vor, doch es gibt nur eine ohne Namensschild. Tom drückt auf die Klingeltaste neben der Tür. Aus der Wohnung dringt ein gedämpftes Schellen.

Er wartet eine Weile, doch nichts geschieht. Die schwarze Tür sieht aus wie ein dunkles Bollwerk gegen die Welt. Leise klopft er an. Keine Reaktion. Sein Blick fällt auf eine Kamera, die an der Decke des Flurs montiert ist und ihn stoisch im Blick behält. Viola scheint vorsichtig zu sein – wenn wirklich sie es ist, die hier wohnt.

Die Erschöpfung übermannt Tom, und er lehnt sich an die Wand. Seine Beine drohen nachzugeben. Die Kamera sieht aus, als würde sie sich bewegen, der ganze Flur scheint plötzlich zu wabern. Er klopft erneut, wartet und kneift die Augen zusammen in der Hoffnung, die zunehmenden Sehstörungen so zu überwinden. Das Einzige, was ihn noch aufrecht hält, ist der Gedanke an Viola.

Eine weitere Minute vergeht, ohne dass etwas geschieht. Das ganze Haus scheint im Tiefschlaf zu liegen.

Tom holt den Schlüssel aus der Tasche und probiert, ihn ins Schloss zu stecken. Erst beim dritten Versuch trifft er. Der Schlüssel lässt sich drehen, und die Tür schwingt auf. Ein Luftzug stößt ihm in den Nacken, als wollte er ihn in die Wohnung mitnehmen. Tom stockt der Atem. Die kleine Vi huscht an ihm vorbei in den Flur und reicht ihm die Hand.

Jetzt komm schon. Was wartest du noch?

Sie hat recht.

Er tritt über die Schwelle. Seine Pupillen brauchen etwas, um sich an die Dunkelheit zu gewöhnen – das Licht will er nicht anschalten. Unter seinen Schuhen knarzt altes Parkett. Von der Straßenseite fällt Laternenlicht durch die offenen Zimmertüren in den schmalen Wohnungsflur. Von irgendwoher kommt das Geräusch von Regen, der auf Blätter fällt.

Vi rät ihm mit einer Kopfbewegung, die Tür zu schließen. Dabei fallen ihm der Sperrriegel und die Sprechanlage mit der Videoüberwachung auf. Leise drückt er die Tür ins Schloss, dreht sich um und schaut in den Flur. Vi ist in der Dunkelheit verschwunden. Jetzt, da der Luftzug nachgelassen hat, steigt ihm ein schwerer süßlicher Geruch in die Nase. Irritiert fragt er sich, ob er überreizt ist und seine Sinne verrücktspielen.

»Hallo?«, sagt Tom halblaut. »Ist jemand zu Hause?«

Stille.

Der Flur ist ein schmaler Schlauch. Überall hängen Bilder. Hohe Fußleisten heben sich hell zwischen dem dunklen Dielenboden und den ebenfalls dunklen Wänden ab, deren Farbe in der Dunkelheit schwer auszumachen ist. Grün? Vielleicht Braun?

»Hallo?«, ruft er noch einmal lauter. Seine Stimme kommt ihm fremd vor, spröde, unsicher. Er hat das merkwürdige Gefühl, gegen eine starke Strömung anzulaufen. Der süßliche Geruch gehört nicht hierher. Das muss ein Fehler sein. Sein Verstand weigert sich anzunehmen, was sein Geruchssinn längst zweifelsfrei erkannt hat.

Er öffnet die Tür zu seiner Rechten. Das erste Zimmer zur Hofseite ist ein Schlafzimmer. Ein leeres Doppelbett, ungemacht. Zwei Schritte weiter stößt er an ein Sideboard im Flur. Eine Vase fällt zu Boden und zerspringt. Das Geräusch löst einen jähen Kopfschmerz aus, und der Schwindel wird noch stärker. Mit einer Hand an der Wand tastet er sich weiter. Neben dem Schlafzimmer liegt ein Kinderzimmer. Tom hat sofort das Foto von Viola mit dem Mädchen vor Augen. Das Bett ist leer, der Kleiderschrank sperrangelweit offen.

Tom geht zum nächsten Zimmer. Die Klinke mit der Rosette darunter spricht für ein Bad. Hinter den zwei schlanken geriffelten Scheiben in der Kassettentür ist es finster. Als er die Tür öffnet, nimmt es ihm den Atem. Der Geruch nach Fäulnis und Tod ist überwältigend. Doch viel schlimmer als der Geruch ist die Angst, wen er im Badezimmer findet.

27 Tage vorher

Zwangsmaßnahmen in psychiatrischen Einrichtungen für Erwachsene.

Auszug aus dem 16. Jahresbericht des Europäischen Komitees zur Verhütung von Folter und unmenschlicher oder erniedrigender Behandlung oder Strafe, kurz CPT.

Absatz 42.

Die Absonderung ist nicht unbedingt eine angemessene Alternative zum Einsatz mechanischer, chemischer oder anderer Zwangsmittel. Wenn ein Patient abgesondert wird, kann das kurzfristig eine beruhigende Wirkung haben, jedoch auch zu Desorientierung und Angstzuständen führen [...]. Das CPT ist besorgt über die in einigen psychiatrischen Krankenhäusern beobachtete Tendenz, routinemäßig die Absonderung gegenüber anderen Zwangsmaßnahmen zu bevorzugen.

Kapitel 15

Sita Johanns schlägt mit den Fäusten gegen die Tür. Das Metall wummert dumpf, und es dröhnt in ihren Ohren. Seit fast zwanzig Stunden sitzt sie inzwischen hier fest.

»Hallo? Hören Sie, es reicht! Das können Sie nicht machen.«

Ihr Rufen verhallt in der vier mal vier Meter großen Zelle zwischen den kahlen Wänden. Die Nachmittagssonne scheint durch das schmale Fenster, das Gitter vor der Scheibe wirft einen bizarren Schatten über ihre Beine. Das Gebirge wirkt durch das schießschartengroße Fenster wie eine schroffe steinige Einöde, aus der es kein Entkommen gibt. Erneut hämmert sie an die Tür. Ihre Hände schmerzen, weil sie das bereits seit Stunden tut; es kommt ihr grotesk vor, wie ein zorniger Teenager gegen die Tür zu bollern und ins Nichts zu rufen, doch es ist der einzige Weg, der ihr geblieben ist, um sich Gehör zu verschaffen.

»Hallo?!«

Diesmal schlägt sie mit der flachen Hand an die Tür. Dreimal hintereinander.

»Ich will Dr. Forsberg sprechen! Wenn Sie mir nicht sofort die Möglichkeit geben zu telefonieren, dann steht hier morgen das LKA Berlin wegen Freiheitsberaubung vor der Tür. Die wissen, dass ich hier bin. Wenn ich mich nicht melde, suchen die Kollegen nach mir!« Eine glatte Lüge, aber es ist das Beste, was ihr einfällt, um wenigstens ein klein wenig Druck aufzubauen. Sie hält einen Moment inne, hofft auf das Geräusch eines Schlüssels im Schloss oder auf irgendeine andere Reaktion. Doch es bleibt still. Es ist, als würde nur sie hier in dieser seltsamen

Festung auf dem Hochplateau sitzen. Frustriert lehnt sie sich mit dem Rücken an die Tür und starrt durch das gegenüberliegende Fenster hinaus.

Ihr Bett steht hinten rechts an der Wand, links davon ein Tisch und zwei Stühle. Direkt links neben ihr, hinter einer knapp einen Meter langen raumtrennenden Wand, liegt der Nassbereich, eine Toilette ohne Deckel und eine Waschgelegenheit aus abgerundetem Hartplastik. In die Zellendecke ist ein vergitterter Lüftungsschacht eingelassen, und in der rechten Ecke oberhalb der Tür ist eine Kamera mit Plexiglashaube montiert, die alles im Blick hat, bis auf den Nassbereich.

Plötzlich hört sie das Geräusch eines Schlüssels, der ins Schloss gesteckt wird. Der Riegel klackt, und Sita tritt von der Tür zurück. Gott sei Dank. Endlich.

Drei Pfleger in weißer Kleidung betreten schweigend die Zelle. Zwei halten sie an den Armen fest, der dritte zieht eine Spritze auf. Flurazepam *oder* Lorazepam *meint Sita auf der Ampulle zu lesen. Beides läuft auf das Gleiche hinaus: ein Sedativum, das sie, je nach Dosis, in einen mehr oder weniger starken Dämmerzustand versetzen wird.*

»Nein, bitte nicht«, sagt sie hastig. »Ist schon gut, ich bin ruhig. Sie müssen mir das nicht geben.«

Der Pfleger zieht die Nadel aus der Ampulle und drückt konzentriert die Luft aus dem Totraum der Spritze. Er sieht dabei aus, als würde er schielen. »Schön, wenn Sie kooperieren. Das macht es leichter.«

»Hören Sie, lassen Sie mich mit Dr. Forsberg sprechen, wir können das aufklären, das ist alles ein großes Missverständnis.«

»Sie haben recht«, sagt der Pfleger. »Professor Forsberg geht auch davon aus, dass Sie hier etwas missverstehen.« Seine Stimme ist ein tiefer Bariton mit Wiener Dialekt, sein Brust-

korb gleicht einem riesigen Resonanzkörper mit einem viel zu kurzen aufgesetzten Hals und einem seltsam kleinen Kopf mit einer Knollennase und wulstigen Lippen. Er legt die Spritze in eine Nierenschale, krempelt Sitas Ärmel hoch und bindet ihr mit einem Gurt am Oberarm die Vene ab.

»Hören Sie, Sie brauchen das nicht«, beteuert Sita. »Ich hab's verstanden. Ich verhalte mich ruhig.«

»Das wäre hilfreich«, erwidert der Pfleger. »Ansonsten müssten wir Sie fixieren, um Ihnen die Spritze zu geben.«

Sitas Blick fliegt zur offenen Tür. Sie hat Mühe, ihre Panik zu beherrschen. Was um Himmels willen ist hier los? Was hat Forsberg mit ihr vor? »Sie wissen, dass Sie mich nicht fixieren dürfen, oder? Genauso wenig dürfen Sie mich einfach so sedieren. Ich gebe Ihnen keinen Anlass für solche Zwangsmaßnahmen.«

»Nicht?«, fragt der Pfleger.

Sita deutet auf die Kamera, die im Rücken des Pflegers über der Tür angebracht ist. »Das werden die Aufnahmen sicher belegen.«

»Sie glauben, die läuft?« Die wulstigen Lippen des Pflegers verziehen sich zu einem amüsierten Lächeln. Er baut sich vor Sita auf, hält ihr die Spritze vors Gesicht und lässt sie zwischen zwei Fingern wippen. Seine toten braunen Augen gleiten über ihren Körper. »Bei attraktiven Patientinnen«, sagt er leise, »fällt so eine Kamera von Zeit zu Zeit aus.«

Sita erstarrt. Das hat er nicht ernst gemeint, oder?

»Keine Sorge«, sagt der Pfleger, mit genau dem ironischen Unterton, der sagt, dass sie sich unbedingt Sorgen machen sollte. Seine tiefe Stimme vibriert förmlich in Sitas Ohren. »Sie bekommen nicht allzu viel davon mit, und wir sind auch nur zu dritt.« Er lächelt erneut und steht so dicht vor ihr, dass sie seinen Schweiß riechen kann. Es herrscht einen Moment Stille; ein

paar Sekunden, die Sita vorkommen wie ein Loch, ein Augenblick, in dem er auf irgendetwas zu warten scheint.

»Das wagen Sie nicht«, zischt Sita.

»Was heißt denn hier ›wagen‹?« Er sieht seine beiden Kollegen an, die Sita immer noch festhalten. »Zieht sie doch schon mal aus, ja?«

Sita presst die Kieferknochen aufeinander, bäumt sich auf und tritt dem Pfleger, der direkt vor ihr steht, zwischen die Beine. Es gibt einen seltsamen Ton, als hätte sie gegen eine Plastikschale getreten. Der Pfleger stöhnt und geht in die Knie, doch irgendetwas stimmt nicht, es wirkt, als würde er den Schmerz, den er zeigt, gar nicht empfinden. Die Spritze fliegt klappernd durchs Zimmer. Sita bekommt ihren rechten Arm frei, schlägt dem Pfleger zu ihrer Rechten ins Gesicht, versucht, auch den dritten Pfleger abzuschütteln, um zur Tür zu kommen, doch der Griff des letzten Pflegers gleicht einem Schraubstock. Er zieht sie zurück, weicht ihren ungezielten panischen Schlägen aus und drückt sie gegen die Wand. Die beiden anderen packen mit an; zu dritt drücken sie Sita aufs Bett und fixieren sie mit Gurten.

Der Pfleger mit der Knollennase sieht auf sie herab. Schweißtropfen glänzen auf seiner Stirn. »So hat alles seine Ordnung«, murmelt er leise und zieht den Inhalt einer frischen Ampulle in eine neue Spritze auf. »Jungs?« Er nickt den Kollegen zu. »Ich brauch euch nicht mehr.«

Die beiden anderen nicken und verlassen das Zimmer.

Die Spritze dringt mühelos in Sitas Armbeuge und trifft die Ader. Als der Pfleger die Nadel wieder aus ihrem Arm herauszieht, deutet er mit einem fast schon entschuldigenden Lächeln auf die Kamera über der Tür. »Übrigens. Sie läuft doch. Die Dinger liefern sogar noch ein Bild, wenn's dunkel wird. Restlichtverstärker.«

Sita stöhnt.

Erst jetzt wird ihr klar, dass die Pfleger ihre Reaktion provoziert haben. Sie haben sie an ihrem empfindlichsten Punkt getroffen, und sie hat prompt reagiert. Zu spät fällt ihr ein, dass die Kameras in der Anstalt nur das Bild, aber keinen Ton aufzeichnen. Zu sehen sein wird also eine Frau, die um sich schlägt und das Personal angreift, statt zu kooperieren. Und der Plastikschutz zwischen den Beinen des Pflegers macht ihr schmerzlich klar, wie gut geplant das alles war.

»Was ... haben Sie mit mir vor?«, lallt Sita. Das Sedativum wirkt noch schneller, als sie befürchtet hat.

»Das kann Ihnen nur Professor Forsberg sagen.«

»Bitte«, stöhnt sie. »Machen Sie mich los.«

»Tut mir leid.« Er tätschelt ihren Arm. Für einen Moment sieht er aus, als würde er es tatsächlich so meinen. »Ich tue auch nur, was man mir sagt.«

Er steht auf und verlässt das Zimmer.

Sita ballt die Fäuste. Sie spürt die Tränen, die sich in den Augenwinkeln sammeln und von dort warm die Wangen hinablaufen. In wenigen Minuten wird sie auch das kaum mehr wahrnehmen, sondern teilnahmslos vor sich hin dämmern. Kaltgestellt und hilflos. Niemand weiß, dass sie hier ist, bis auf Tom. Doch Tom ist inzwischen in England und hat alle Brücken hinter sich abgebrochen.

»Wie erreiche ich dich?«, hatte sie ihn bei ihrem letzten Gespräch in der Nacht vor seiner Abreise gefragt. Es kommt ihr vor, als wäre es eine Ewigkeit her, dabei sind es erst drei Tage. Sie hatten sich in Berlin-Mitte auf der Friedrichsbrücke getroffen, in der dunklen Spree spiegelte sich der beleuchtete Dom wie eine stille, erhabene Göttin. Das Benzodiazepin in ihrem Blut gibt ihr das Gefühl, in die Erinnerung eintauchen zu kön-

nen, angstfrei und schwebend, als wären Tom und sie auf dem Grund der Spree und über ihnen, auf der Wasseroberfläche, waberte der Dom.

»Wie erreiche ich dich?« Ihre Stimme hat ein leichtes Echo und klingt weit entfernt.

»Auf keinen Fall über dein Handy«, erwidert Tom. Er nimmt ein Smartphone aus seiner Tasche und gibt es ihr. »Da ist eine Prepaidkarte drin. Im Verzeichnis ist nur eine einzige Nummer gespeichert, das ist meine neue Handynummer.«

»Findest du nicht, du übertreibst etwas?«

Tom sieht sie mit hochgezogenen Brauen an. »Du hörst dich schon an wie Morten.«

»Ich bezweifele, dass Bruckmann in der Lage ist, die Dinger zu orten, geschweige denn mitzuhören.«

»Ihm reicht ein *alter Kontakt beim LKA an der richtigen Stelle. Wenn er etwas gegen denjenigen in der Hand hat, dann weiß er sehr schnell, wo du bist – und wo ich bin.«*

Sita nimmt das Handy an sich. »Okay. Hast recht. Vorausgesetzt, es ist, wie du glaubst.«

»Bruckmanns Hass auf mich und meine Familie ist wie Gift. Und er hat nichts mehr zu verlieren. Denkt er jedenfalls.«

»Du dagegen sehr viel, ich weiß«, sagt sie leise. »Aber warum bleibst du nicht bei Anne und Phil, wenn du glaubst, dass Bruckmann sich immer noch rächen will?«

»Das hatten wir doch alles schon. Wieso fragst du noch?«

»Weil ich nicht glaube, dass Viola in Gefahr ist. Nicht mehr als Anne und Phil. Niemand weiß, dass sie noch lebt.«

»Mein Vater wusste es.«

»Aber er wusste nicht, wo.«

»Vielleicht ja doch. Er hatte das Foto.«

»Und wie sollte ausgerechnet Bruckmann davon erfahren haben?«

Tom zuckt mit den Schultern. »Glaub mir, er weiß, dass sie noch lebt. Deshalb wollte er ja auch das Foto.«

»Der Kerl in der U-Bahn hat deinen Vater nach einer Kopie gefragt. Nicht nach einem Foto. Eine Kopie, das kann alles Mögliche bedeuten.«

»Er meinte damit eine Kopie des Fotos von Viola«, sagt Tom nachdrücklich. »Außerdem hat Lotte Wißmann vor ihrem Tod ausgesagt, der Kerl hätte meinen Vater gefragt: ›Wo ist sie?‹ Wen sonst soll er damit wohl meinen, wenn nicht Viola?«

»Okay«, stöhnt Sita. Toms Beharrlichkeit geht ihr zunehmend auf die Nerven. Dass Tom immer wieder von Viola anfängt, hat etwas Manisches. Sie holt ihr Telefon raus und öffnet die Mail mit dem Vernehmungsprotokoll der toten jungen Frau am Bahnsteig, um noch mal das Gespräch, das sie mithören konnte, vor sich zu haben.

»Ich sag doch, ich hab's nicht mehr.«

»Dann eben 'ne Kopie.«

»Ich hab keine Kopie.«

»Kopien gibt's immer.«

»Ich schwör's, ich hab keine, bitte!«

»Dann sag mir, wo sie ist.«

»Ich weiß es doch nicht!«

Die Zeilen des Protokolls verschwimmen vor ihren Augen. Sie blinzelt, will Tom ansehen, doch Tom ist nicht mehr da. Stattdessen beugt sich Walter Bruckmann über sie. Er hat eine Beule auf der Stirn. Seine Augen haben dieses helle eisige Wasserblau, und er betrachtet die Gurte, die sie fixieren. Ist das real? Oder spielt ihr Gedächtnis verrückt? Wenn es real ist, dann sollte sie jetzt Angst haben. Doch sie ist seltsam ruhig, alles, was um sie herum passiert, scheint weit weg zu sein, und sie empfindet die gleiche Taubheit, die sie schon einmal dem Leben gegenüber empfunden hat, als sie sechzehn war und sich am Kottbusser Tor vor die U-Bahn stürzen wollte. Damals war Bene da gewesen und hatte sie buchstäblich in der letzten Sekunde vom Gleis gezogen. Sie erinnert sich an seine Jacke mit der Kobra auf dem Rücken, seine roten Haare und daran, wie schmal er damals war, wie unsicher ihr gegenüber; und trotzdem hatten sein linkisches, unwiderstehliches Gaunerlächeln und seine Dreistigkeit ihr Herz erobert, bevor sie es selbst begriff. Bene war einer, der genauso verloren war wie sie, aber er hatte beschlossen, um keinen Preis der Welt aufzugeben, und genau das hatte ihr den Lebensmut zurückgegeben.

Doch jetzt ist kein Bene da, um sie zu retten.

Bruckmann verzieht das Gesicht. Er sieht spöttisch auf sie herab und fasst mit seinem gesunden Arm in die Tasche seiner Anstaltskleidung. Als seine Hand wieder auftaucht, hält er eine Rasierklinge zwischen den Fingern.

Sitas Gefühle und ihr Verstand arbeiten in Zeitlupe. Ihr Blick streift die Kamera über der Tür. Irgendjemand muss doch sehen, was hier passiert! Aber Bruckmann wirkt, als würde ihn das nicht im Geringsten interessieren. Toms Worte fallen ihr ein. Bruckmanns Hass sei wie ein Gift und er habe nichts mehr zu verlieren.

Sie fragt sich, was er mit der Rasierklinge vorhat, ob es wehtun wird, denn nur davor verspürt sie gerade einen Rest von Angst, den selbst das Sedativum nicht dämpfen kann. Bitte nur keinen Schmerz. Dass es hier und jetzt vielleicht zu Ende geht, damit kann sie ihren Frieden machen. Es hätte schon damals am Bahnhof Kottbusser Tor zu Ende gehen müssen. Alles danach war geschenkte Zeit. Sie stellt sich vor, wie sie Benes Hand hält, sie stellt sich die Nacht vor, die sie mit Bene verbracht hat, im Drogenrausch; ihr erstes Mal, sein erstes Mal.

»Du musst dich zusammenreißen«, sagt Bruckmann und starrt auf sie herab.

»Ich hab keine Angst«, flüstert sie.

»Solltest du aber. Hör auf, dich zu wehren.«

»Ich wehr mich nicht.«

»Doch, tust du. Und solange du dich wehrst, nützt du mir nichts.«

Sita starrt Bruckmann an. Nützen? Was meint er damit?

»Hörst du mich?«, fragt Bruckmann.

»Ja …«, murmelt sie.

»Gib Forsberg keinen Grund mehr.« Bruckmann sieht sie prüfend an, als wollte er testen, ob sie versteht, was er meint. »Du musst die Gurte loswerden und das Lorazepam. Ich brauche deine Hilfe.«

»Hilfe?«, flüstert Sita. »Ich helf Ihnen nicht. Niemals. Sie sind der Teufel …«

»Wenn's gegen Gott geht«, sagt Bruckmann lakonisch, »dann ist der Teufel dein bester Verbündeter.«

»Welcher Gott?«, murmelt Sita verwundert.

»Der Mann im weißen Kittel. Und der Mann dahinter.«

»Forsberg?«

Bruckmann deutet ein Nicken an. Oder wiegt er den Kopf hin und her? »Spiel mit«, raunt er. »Das ist alles, was du im Moment tun musst. Wehr dich nicht. Wenn du wieder einen klaren Kopf hast, dann hilfst du mir.«

»Warum sollte ich das tun?«

»Weil du nur mit mir hier rauskommst.«

»Ich komm auch so hier raus«, nuschelt Sita kraftlos.

»Im Leben nicht.« Bruckmann lächelt kalt. Das Deckenlicht spiegelt sich auf seinem kahlen Schädel, die Beule auf seiner Stirn hat ein stumpfes Lila angenommen, und seine Augen wandern zu Sitas Körpermitte. »Das wollte ich schon immer

mal tun«, murmelt er. Mit seinem gesunden Arm zieht er Sitas Hose am Bund herab. Der Stoff verhakt sich unter den Gurten, und Bruckmann braucht eine Weile, bis Sita schutzlos vor ihm liegt. Einen endlosen schrecklichen Moment lang betrachtet er sie ungeniert, dann sucht er Sitas Blick. Sie weiß, was er zu finden hofft, und sie ist immer noch genug bei Verstand, um ihm genau das nicht zu geben, also tut sie das Einzige, was ihr im Moment wirklich leichtfällt: Sie schaut teilnahmslos zurück.

Bruckmann schnalzt leise mit der Zunge. »Schade, das mit dem Lorazepam«, murmelt er. »Aber vielleicht fühlst du ja doch mehr, als du mir zeigst?« Er lächelt und hält die Rasierklinge hoch.

Sita bemüht sich, ihren apathischen Blick beizubehalten. Nur ja keine Gefühle zeigen. Ihre Angst ist wie Dopamin für einen wie Bruckmann. Er würde immer nur mehr davon wollen. Also schaut sie ihm träge in die harten, kalten Augen, während sie sich wünscht, das Lorazepam wäre höher dosiert worden.

Bruckmann beugt sich vor und bringt seinen Mund ganz nah an ihr Ohr. »Das hier«, flüstert er, »ist, damit du nicht vergisst, dass ich wirklich bei dir war.« Einen Augenblick später spürt Sita die Klinge auf ihrer Haut.

27 Tage später

Kapitel 16

Der Geruch ist durchdringender als jeder andere Geruch, den er kennt. Wer ihn einmal gerochen hat, vergisst ihn nie wieder, hieß es in der Polizeischule. Kupfer, menschliche Exkremente und die schwere moschusartige Süße von verwesendem Fleisch.

Tom tastet im Dunkeln nach dem Lichtschalter neben der Badezimmertür. Das Plastik ist kühl, seine Finger sind schwitzig. Ein alter Bakelit-Kippschalter. Viola mag es vintage – ein absurder Gedanke, wie ein Irrlicht in diesem Moment. Der Schalter klickt leise und trocken, die Deckenlampe springt an. Alles ist gleißend hell, und er blinzelt.

Die Augen sind das Fenster zur Seele, sagt man. Jetzt gerade sind sie das Tor, durch das die Welt in ihn einfällt, mit all ihrem Wahnsinn und ihrer Hässlichkeit. Erschüttert schaltet er das Licht wieder aus.

Nach dem Klicken ist es dunkler als vorher.

Er wankt und hält sich am Türrahmen fest. Der Anblick des Badezimmers hat sich in seine Netzhaut eingebrannt – seltsam trüb, wie ein ausgewaschenes Traumbild, als gäbe es keine klaren Farben und Formen mehr auf der Welt, nur eine alles beherrschende Trostlosigkeit.

In der leeren Badewanne liegt ein Mann mit mehreren Stichwunden. Seine Kleidung ist voller Blut, ebenso wie die Wanne und die Badezimmerfliesen.

Tom hat schon viele Leichen gesehen. Er kennt den Geruch, den Anblick, die Aura, die ein Tatort verströmt, und er hat gelernt, die negative Energie als etwas zu akzeptieren, das er sich aufbürden muss, um zu begreifen, was passiert ist, und um dann auf die Jagd nach dem oder nach der Schuldigen zu gehen. Erst viel später, oft lange nach einem Geständnis oder einem Urteil, kann er diese negative Energie wieder abstoßen, herauslassen oder eine Mauer zwischen sich und dem Tod errichten. Er hat sich daran gewöhnt, damit zu leben und nicht darüber zu sprechen, es würde ohnehin niemand anders verstehen. Und die wenigen, die es verstehen, sind genauso allein damit wie er, denn Reden hilft nicht. Das Einzige, was manchmal hilft, ist ein gemeinsames Schweigen. Und obwohl er seine Seele so gepanzert hat, obwohl er glaubt, so viel über all diese Dinge gelernt und alles im Griff zu haben, funktioniert gerade nichts von alldem.

Was ist hier passiert?, flüstert Vi. Sie steht im Dunkeln hinter ihm.

Tom hat das Gefühl, nicht klar denken zu können.

Hat das was mit Viola zu tun?, fragt Vi ängstlich. *War sie das?* Ihr versagt die Stimme.

Tom kommt es strange vor, dass die kleine Vi so etwas ihrem erwachsenen Ich zutraut. Er räuspert sich, und der kehlige Laut hallt unheimlich im Badezimmer wider.

»Viola?«, ruft er halblaut in die Wohnung.

Stille.

»VIOLA?«

Keine Antwort.

Wie betäubt wankt er ins gegenüberliegende Wohnzimmer. Der Geruch der Leiche verfolgt ihn wie unsichtbare Tentakel, er braucht dringend frische Luft. Sein Kopf rebelliert, sendet ihm unmissverständliche Signale, fleht um Ruhe, Schlaf, etwas zu essen und Schmerzmittel.

Tom tritt ans Fenster. Die Regentropfen malen wirre Bahnen auf die Scheibe. Er will den Hebel lösen und die Scheibe nach oben schieben, als ihm der Polizeiwagen vor der Haustür auffällt.

Hastig tritt er vom Fenster zurück, stellt sich vorsichtig neben die Gardine und lugt am Stoff vorbei. Die Scheinwerfer des Wagens beleuchten den Asphalt, hinter dem Steuer erkennt er die Umrisse des Police Officer.

Toms Hände beginnen zu zittern, und ihm ist plötzlich so kalt, dass seine Zähne aufeinanderschlagen. Schüttelfrost. Auch das noch. Er braucht Medikamente, am besten sofort. Er läuft mit einer Hand an der Wand zurück in den Flur und dann in die Küche. Am Waschbecken dreht er das heiße Wasser auf, nimmt ein benutztes Glas aus der Spüle, füllt es und trinkt es aus. Das Zittern wird nicht besser. Hastig öffnet er eine Schublade nach der nächsten, dann die Klapptüren. In einem der Hochschränke findet er eine kleine Medikamentensammlung, darunter eine rote Packung Ibuprofen 200. Er drückt sich fünf Tabletten in die Hand und spült sie mit heißem Wasser hinunter.

Erst jetzt sieht er das braune Fläschchen mit Novalgin, einem starken, rezeptpflichtigen Schmerzstiller. Kurz entschlossen legt er den Kopf in den Nacken und träufelt sich das Mittel auf die Zunge, von wo es ihm bitter den Hals hinabläuft. Als er das Fläschchen absetzt, rutscht es ihm aus der Hand, fällt klappernd zu Boden und rollt unter die Küchenzeile. Tom flucht leise. Er öffnet eine weitere Schranktür und entdeckt eine Packung Toastbrot. Nacheinander stopft er sich zwei Scheiben in den Mund und zwingt sich trotz der Kopfschmerzen zu kauen. Dann geht er auf die Knie, bückt sich und versucht, das Novalgin unter der Küchenzeile herauszufischen, doch sein Körper spielt nicht mit. In seinem Kopf pocht es, als würde ihm der Schädel platzen.

Die Polizei ist immer noch vor der Tür, mahnt Vi.

Als wenn ich das nicht wüsste.

Wir müssen hier raus.

Auf allen vieren schleppt sich Tom zurück ins Wohnzimmer, richtet sich an der Wand auf und schaut aus dem Fenster. Der Wagen ist immer noch da. Der Officer hat den Motor abgestellt, und die Scheinwerfer sind erloschen. Viola hat recht, er muss hier weg; am besten wäre es, durchs Hinterhaus zu fliehen. In Gedanken betritt er den Hof, zu seiner Linken steht der Abfallcontainer, ein dunkles, sperriges und schlecht riechendes Ungetüm. Sein Verstand sagt ihm, dass er schon einmal diesen Weg genommen hat, doch es ist wie ein Déjà-vu ohne Bild, in seiner Erinnerung klafft eine Lücke, so groß wie die ganze Stadt. Ist er schon einmal in dieser Wohnung gewesen? Warum sonst hat er den Schlüssel in seiner Jackentasche gehabt. Und der Tote im Badezimmer? Ist das passiert, nachdem er hier war oder schon vorher?

In den Polizeiwagen vor dem Haus kommt Bewegung. Die Seitenscheibe fährt herunter. Der Officer bläst Rauch in die Nacht, streckt einen Arm aus dem Fenster und ascht eine Zigarette ab. Sein Blick scheint auf die Haustür von 8–11 gerichtet zu sein.

Tom schaut zum Flur. Seine Beine sind kraftlos und wollen ihn nicht tragen. Schon die wenigen Schritte bis zur Wohnungstür kommen ihm unendlich weit vor. Wie soll er es danach noch die Treppe hinab, durch den Hof und bis zur Straße schaffen? Ermattet geht er auf die Knie. Der Teppich im Wohnzimmer ist herrlich weich, und er verharrt einen Augenblick. Nur einen *ganz kurzen* Moment. Seine Zähne schlagen wieder aufeinander, und er zieht eine Decke vom nahen Sofa zu sich runter, wickelt sich darin ein und legt sich auf den Rücken. Eine Minute. Nur eine *einzige* Minute ausruhen.

Er starrt an die Zimmerdecke. Der Tote aus dem Badezimmer starrt zurück. Für einen schrecklichen Moment kommt ihm der Gedanke, dass er nicht vor oder nach dem Tod des Mannes in der Wohnung gewesen sein könnte, sondern *während* der Mann umgebracht wurde. Es kommt ihm vor wie ein Albtraum, der auf ihn lauert. Bloß nicht einschlafen!, denkt er.

Ein paar Atemzüge später fallen ihm die Augen zu.

Kapitel 17

Tom!

»Mmh ... lass mich«, brummt er.

He! Tom, wach auf ...

Viola rüttelt mit aller Kraft an seiner Schulter und leuchtet ihm mit einer grellen Taschenlampe ins Gesicht.

Tom schlägt die Augen auf.

Sonnenlicht fällt durch das große englische Sprossenfenster und blendet ihn. Er liegt mit dem Rücken auf dem Fußboden, über ihm ist eine weiße Altbaudecke mit Stuck. Ein paar Risse ziehen sich wie feine Adern durch den Putz. Die Zimmerwände sind moosgrün und leuchten intensiv im Tageslicht. Überall hängen Bilder.

Der Geruch von Verwesung steigt ihm in die Nase, und sofort hat er wieder das Badezimmer mit dem Toten vor Augen. Das Bild will nicht zu dem sonnendurchfluteten warmen Zimmer passen, und für einen Moment hofft er, nur geträumt zu haben. Vorsichtig richtet er sich auf. Sein Kopf schmerzt zwar noch etwas, doch er verspürt keinen Schwindel mehr. Die Medikamente und die Ruhe haben gutgetan. Plötzlich fällt ihm die nächtliche Begegnung mit dem Police Officer ein und der vor der Tür parkende Streifenwagen. Tom tritt ans Fenster und späht an der Gardine vorbei. Die Straße ist leer. Weit und breit keine Polizei zu sehen!

Er löst die Verriegelung des Sprossenfensters und schiebt den unteren Teil hoch, sodass frische Luft ins Zimmer strömt. Dankbar atmet er ein paarmal tief ein und aus. Direkt gegenüber liegt der Park unter einem blauen Himmel mit einzelnen Schleierwolken. Ein paar Vögel fliegen auf. Zwischen den Bäumen kann Tom den Pavillon erkennen. Seine Jacke riecht immer noch nach Gerard, doch als er einen Moment später vom Fenster zurücktritt, überlagert der süßliche Leichengeruch den des Obdachlosen.

Und jetzt?

Im Normalfall würde er sofort die Polizei rufen und einen Mord melden. Aber normal ist nichts von all dem, was in den letzten Tagen passiert ist. Er ist vollkommen verwirrt. Wie kann es sein, dass er nach über zwanzig Jahren Suche am Ziel ist und Viola gefunden hat, Viola und Finja – und nun ist sie wieder fort, und in ihrer Wohnung liegt ein toter Mann.

Wer ist dieser Mann? Und wo ist Viola? Hat sie etwas mit seinem Tod zu tun? Oder vielleicht sogar er selbst? Die Fragen der letzten Nacht sind wieder da. Er muss an das Foto der beiden und den Schlüssel in seiner Jacke denken.

Sein Kopf schwirrt von all den Fragen. Sein Magen rumort und erinnert ihn daran, dass er dringend etwas essen und trinken muss, wenn er bei klarem Verstand bleiben will. Mit wackeligen Knien geht er in die Küche. Das Parkett ist wie überall in der Wohnung dunkel, und die Wände sind ebenfalls grün. Die Küchenschränke sind weiß und von moderner Schlichtheit, ein antiker kleiner Tisch und eine Kommode dagegen sind aus Holz, vielleicht Kirsche oder Nussbaum. An den freien Wandflächen hängen ein Werbeplakat aus den Zwanzigern, zwei Abbildungen von Schmetterlingen, die Tom etwas morbid vorkommen, und ein paar ungewöhnliche Schwarz-Weiß-Fotos, die alles andere als Mainstream sind: zwei Kinder mit AK-47-Maschinengewehren an einem Schlagbaum in der Wüste, schlaksige Männer mit Gewehren, die einer Böe von Wind und Sand trotzen, ein

Marktstand auf einem Basar, dessen Besitzer seinen ganzen Stolz mit einem Grinsen und ein paar Zahnlücken präsentiert. Sein ausgezehrtes faltiges Gesicht erzählt den anderen Teil der Geschichte.

Toms Blick fällt auf die Uhr am Herd, die 4:35 p. m. anzeigt. Schon so spät? Die Erschöpfung hat ihn ewig schlafen lassen.

Tom trinkt zwei Gläser Wasser aus dem Hahn, setzt sich an den Tisch und schlingt ein paar Scheiben pappiges Toastbrot hinunter. Dann schluckt er zwei weitere Ibuprofen, fischt das Novalgin-Fläschchen unter der Küchenzeile hervor und träufelt sich etwas davon in den Mund.

Er ist immer noch nicht bereit für den Toten.

Er weiß, er muss sich dem stellen, aber alles in ihm wehrt sich dagegen, ins Bad zu gehen. Stattdessen steht er auf und geht zurück ins Wohnzimmer. Das allgegenwärtige Grün an den Wänden erinnert ihn an Violas Augenfarbe. Nach über zwei Jahrzehnten steht er plötzlich mitten im Leben seiner Schwester. Ein Ledersofa, auf dem Vi gesessen hat, Bilder, die sie aufgehängt hat. Ein leerer Kristallaschenbecher, der aussieht wie eine Kopie des Aschenbechers, den sie früher zu Hause gehabt hatten – für Gäste, die rauchten. Tom hatte den Geruch von Zigaretten nie gemocht, doch einmal war jemand gekommen, der Zigarre geraucht hatte, ein kubanisches Monstrum von der Größe einer Bockwurst. Der wunderbare Duft hatte sich über Tage im Wohnzimmer gehalten.

Toms Blick fällt auf eine kleine quadratische weiße Holzbox mit einer Glasscheibe, die wie ein Bild an der Wand aufgehängt ist. Im Innern sitzt ein daumengroßer schwarzer Hund mit weißen Flecken, genau wie der Welpe, den seine Mutter aus dem See hinter dem Haus gerettet hatte. Damals war er fünf gewesen und Viola noch ein Baby. Vom ersten

Augenblick an hatte Tom den Hund geliebt, er kann sich noch heute an das Gefühl erinnern, wenn seine Finger durch das weiche Fell wuschelten. *Lassie.* Er hatte darauf bestanden, ihn so zu nennen. Doch Lassie war nur wenige Tage geblieben, direkt nach dem Tod seiner Mutter hatte sein Vater den kleinen Hund weggegeben – das hatte er wenigstens behauptet. Manchmal hatte Tom den Verdacht, dass Lassie den Autounfall an der tschechoslowakischen Grenze, bei dem seine Mutter umgekommen war, ebenfalls nicht überlebt hatte. Vielleicht hatte es sein Vater nur nicht übers Herz gebracht, ihm das zu sagen.

Wehmütig betrachtet er den kleinen Hund hinter der Glasscheibe; der Welpe sieht Lassie zum Verwechseln ähnlich, und er fragt sich, ob Viola ihn nach dessen Vorbild hat anfertigen lassen oder ob das kleine Kunstwerk ein Zufallsfund ist. Viola war damals noch nicht einmal ein Jahr alt gewesen, wie konnte sie sich da überhaupt an Lassie erinnern?

Die Antwort ist wie ein Stich ins Herz. Natürlich. Weil er, Tom, ihr in den Jahren danach wieder und wieder von ihm erzählt hatte. Tränen steigen ihm in die Augen, und er wendet sich ab. Der Geruch des Toten liegt in der Luft, als würde er nach ihm rufen. Doch überall im Wohnzimmer ist Vi und ruft ebenfalls.

Zwei Schritte von dem kleinen Hund entfernt steht ein Schreibtisch an der Wand. Auf der Arbeitsfläche thront ein großer Apple-Monitor. Lose Kabel zum Anschließen eines Laptops liegen herum, doch das Laptop selbst fehlt. Neben dem Tisch steht eine geöffnete schwarze Transportbox aus Kunststoff, die mit Aufklebern übersät ist. In der Kiste findet er in Schaumstoff eingebettet zwei Fotoapparate und mehrere Objektive. Ist Viola Fotografin? Er nimmt eine der Kameras, eine digitale Leica M, und schaltet den Apparat ein.

Auf dem Display erscheint eine kleine Meldung, dass noch Platz für 520 Fotos auf der Speicherkarte ist. Er schaut, ob schon Aufnahmen auf der Karte sind, doch sie ist leer. Typisch Fotografin, alte Aufnahmen sichern und eine frische Karte ins Gerät. Er checkt die Karte in der zweiten Kamera, und auch sie ist blank. Dann durchsucht er die Kiste und die Schubladen des Schreibtisches. Keine weiteren Speicherkarten, weder benutzte noch neue. Seltsam. Tom blickt zum Flur. Von hier aus ist ein schmaler Streifen der Badezimmertür zu sehen. Er widersteht der Versuchung, das Zimmer noch genauer zu inspizieren, greift nach der Leica und geht zum Bad. Vor der Tür bleibt er stehen, nimmt den Objektivdeckel der Kamera ab, schaltet sie auf Automatik, atmet tief ein und versucht, den Mann in sich zu finden, der schon an so vielen Tatorten war und schon so viele Tote gesehen hat.

Als er die Tür öffnet, schlägt ihm der gestaute Leichengeruch entgegen. Links von ihm ist die Badewanne, sie steht frei und ruht auf vier bronzefarbenen Löwenfüßen. Ein paar Fliegen schwirren umher, der Luftzug der sich öffnenden Tür hat sie aufgescheucht. Der Tote in der Wanne ist in sich zusammengesackt, die Knie sind angezogen, sein Kinn liegt schlaff auf der Brust. Dem Zustand und dem Geruch der Leiche nach muss der Mann bereits zwei oder drei Tage hier liegen. Tom vermutet, dass er Mitte vierzig ist. Er hat einen sorgfältig gestutzten blonden Kinnbart, volles Haar und ein Gesicht, bei dem Tom nicht sicher ist, ob er die Züge hart oder weich nennen würde. Seine Augen sind halb geschlossen, in seiner linken Wange ist ein tiefer Schnitt, durch die Wunde sind ein paar Zähne zu sehen, als hätte er einen zweiten Mund. An seiner rechten Hand sind zwei Nägel abgerissen, an den Händen hat er Schrammen und Schnittwunden, und auf seinem Oberkörper zählt Tom acht Einstiche. Der weiße Emailleboden der Wanne ist blutverschmiert, eine getrocknete Sickerspur schlängelt sich in Richtung des Abflusses. Möglicherweise hat der Mann auch auf dem Rücken noch Einstiche, doch Tom wagt es nicht, ihn umzudrehen.

Neben der Badewanne hängt ein Waschbecken an der Wand, dahinter ist ein Fenster mit Milchglasfolie, das vermutlich zum Hof hinausgeht. Auch am Waschbecken, am Spiegel und am Fenster sind Blutspuren, sowohl Handabdrücke als auch Spritzmuster. Es sieht aus, als hätte der Mann versucht, das Fenster zu öffnen, vielleicht um zu fliehen oder um Hilfe zu rufen. Über der Wanne hängt ein Bild mit einem Flamingo, der auf den Toten herabschaut. Die ornamentalen Muster der Tapete sind grün und rosé. Auf dem Boden liegen Glasscherben, eine Tube Zahnpasta und drei Zahnbürsten, eine davon eine Kinderzahnbürste.

Tom beginnt, das Bad systematisch zu fotografieren. Dann tritt er an den Toten heran und beginnt mit Detailaufnahmen des Körpers – das Gesicht, die Schnittwunden an den Händen, die fehlenden Nägel und die Einstiche am Oberkörper. Vorsichtig hält er seinen eigenen Zeigefinger längs der Einstichstellen auf dem Hemd des Mannes, achtet dabei darauf, das Hemd auf keinen Fall zu berühren, und fotografiert erneut. Anhand der Länge seiner Fingerglieder wird er später recht genau die Klingenbreite der Stichwaffe rekonstruieren können.

Zuletzt öffnet er das Fenster im Bad einen Spalt und achtet darauf, dass ihn dabei niemand sehen kann. Danach fotografiert er den Flur, die angrenzenden Zimmer und geht in die Küche, wo er sich die Schmerzmittel in die Tasche steckt und anschließend Reinigungsmittel, zwei Geschirrhandtücher und eine Mülltüte zusammensucht. Raum für Raum geht er die Wohnung ab und reinigt alle Stellen, die er glaubt berührt zu haben.

Im Wohnzimmer bleibt er noch einmal vor der kleinen weißen Box mit dem Hund stehen und nimmt sie von der Wand, um den Welpen genauer betrachten zu können. In der Scheibe spiegelt sich sein Gesicht. Der Hund schaut aufmerksam an ihm vorbei ins Zimmer, als könnte er etwas sehen, das Tom verborgen bleibt. Wie gerne hätte Tom für einen Tag mit diesem Hund getauscht, hätte still an seiner Stelle in der Box gesessen und von hier aus Vi beobachtet, wie sie am Schreibtisch arbeitet, mit ihrer Tochter spricht oder vielleicht zu ihm herübersieht. Ob Vi wohl auch manchmal einen Tom um sich hat – eine vierzehnjährige Version von ihm?

Ein lautes Klingeln an der Tür reißt ihn plötzlich aus seinen Gedanken. Der Police Officer von letzter Nacht ist zurück!, schießt es ihm als Erstes in den Sinn.

Ruhig bleiben, mahnt er sich. Das ist nicht sehr wahrscheinlich, oder? Es könnte jeder sein. Ein Postbote, ein Kurier, ein Freund oder eine Nachbarin oder jemand, der das Gas oder den Strom ablesen will.

Aber was, wenn nicht? Am besten ist es, gar nicht zu reagieren. Es ist einfach niemand zu Hause.

Es klingelt erneut.

Ist das an der Haus- oder an der Wohnungstür?

Tom will gerade die Box mit Lassie wieder an ihren Platz an der Wand hängen, als ihm die Fingerabdrücke einfallen. Kurzerhand steckt er den Hund in seine Jackentasche. Auf der grünen Wand bleibt ein helles Quadrat mit einem dunklen Rand zurück.

Hastig wischt Tom noch seine Abdrücke von der Flasche mit dem Reinigungsmittel ab, dann holt er die Speicherkarte aus dem Fotoapparat und steckt sie ein, wischt auch die Kamera ab, stopft anschließend die schmutzigen Geschirrhandtücher in den Müllbeutel und schiebt das zusammengeknüllte Bündel in seine andere Jackentasche. Dann eilt er in den Flur, wo es gerade ein weiteres Mal klingelt.

Wer zum Teufel schellt dreimal hintereinander? Doch nur jemand, der *unbedingt* etwas will. Und jemand, der voraussetzt, dass einer zu Hause ist.

Sein Blick fällt auf die Videosprechanlage neben der Wohnungstür. Er zieht seinen Pulloverärmel lang, wickelt ihn um seinen Finger und drückt die Taste mit dem Kamerasymbol. Auf dem kleinen Display erscheint das blasse Bild einer jungen Frau, die vor der Haustür steht. Sie schaut unruhig ins Objektiv, dann wieder zur Tür. Tom braucht einen Moment, bis er begreift, wer sie ist, da sie nicht wie sonst ihren Mundschutz trägt. Die müden hellblauen Augen, die roten, zum Pferdeschwanz gebundenen Haare – vor der Tür wartet Dr. Harris, die Ärztin aus dem St Thomas' Hospital, und im Hintergrund erkennt Tom die Silhouette eines dunkel gekleideten Mannes im Sonnenlicht.

12 Tage vorher

Entscheidung des 2. Senats des Bundesverfassungsgerichts vom 24.07.2018 zur Fixierung von Patienten:

Psychiatriepatienten dürfen nur nach einer richterlichen Entscheidung längere Zeit ans Bett gefesselt werden. Wenn eine Fixierung absehbar länger als eine halbe Stunde dauert, reicht die Anordnung eines Arztes nicht aus.

Kapitel 18

Wie viele Tage waren es bisher? Vierzehn? Fünfzehn? Die Medikamente haben die Zeit zu einem verwaschenen Etwas gemacht, das sie nicht greifen kann. Sita hätte gerne mit einem spitzen Gegenstand oder einem Löffel eine Strichliste in die Wand gekratzt, doch es gibt keine spitzen Gegenstände in ihrer Zelle. Alles, was sie als Werkzeug oder Waffe benutzen könnte, ist ihr abgenommen worden, sogar ihre Kleidung; sie trägt jetzt einen grauen Jogginganzug und blaue Badeschlappen. Fluchthemmende Kleidung, laut Fachjargon der Klinikhandbücher.

Sie schaut aus dem kleinen vergitterten Fenster auf die Alpen. Regenwolken hängen am Gebirgskamm fest und türmen sich zu einer Schlechtwetterfront auf.

Seit drei Tagen ist die Fixierung aufgehoben, das ist das Einzige, was sie zeitlich sicher weiß. So sicher, wie sie weiß, dass sie gleich alles auf eine Karte setzen muss. Ja, sie hat sich Forsberg ergeben. Aber verdammt noch mal nur vorläufig. Es ist töricht, sich gegen Absonderung, Fixierung und Betäubungsmittel aufzulehnen; es macht schlicht keinen Sinn. Also hat sie versucht, die Demütigung und die Scham zu ertragen. Den letzten Rest ihrer Wut, den die Sedierung übrig gelassen hat, versucht sie gut zu verstecken.

Die meiste Zeit in ihrer Zelle war sie dauerfixiert, bis auf den Gang zur Toilette. Und jedes Mal, wenn sie dort saß, sah sie die Schnitte auf der Innenseite ihres linken Oberschenkels, die Bruckmann ihr zugefügt hatte: ein kleiner Kreis mit vier langen parallelen Geraden darüber. Und immer sah sie sich dabei selbst hinter Gitterstäben. Die Einschnitte waren weniger tief gewesen, als sie befürchtet hatte, und Bruckmann hatte eine Mullbinde darübergelegt, die das Blut aufsaugte, sodass es nicht durch ihre Kleidung drang und niemand etwas von ihrer Verletzung bemerkte.

Zunächst hatte sie überlegt, von Bruckmanns Übergriff zu erzählen, doch so wie die Dinge lagen, brachte sie sich damit wohl eher in eine noch schlimmere Situation. Denn Bruckmann würde natürlich alles leugnen, und damit stünden zwei weitere Argumente gegen sie im Raum. Erstens: Die Bestätigung ihrer angeblich paranoiden Fixierung auf Bruckmann – und damit die Annahme, dass sie ihm erneut etwas tun könnte. Und zweitens: Wenn es nicht Bruckmann war, der ihr die Schnitte beigebracht hatte, geriet sie in den Verdacht, es selbst getan zu haben. Damit bestand die Gefahr der Selbstverletzung, und die wurde in der Psychiatrie immer mit Zwangsmaßnahmen beantwortet.

Ein schroffes Klopfen an ihre Zellentür lässt sie zusammenzucken. Sie geht zu ihrem Bett, setzt sich hin und faltet ihre Hände, wie es von ihr erwartet wird.

Es ist der gleiche Assistenzarzt wie immer. Anton Hölscher, ein schmaler Mann Anfang dreißig mit dünnem Haar und einem flaumigen Kinnbart, betreut sie seit dem ersten Tag ihrer Absonderung. Seine Mundwinkel zeigen stets abwärts und geben ihm etwas Misanthropisches. In seiner linken Hand hält er einen Plastikbecher mit Wasser, in dem die Medikamente aufgelöst sind – nach einer Spritze die zweitsicherste Methode der kontrollierten Medikamentenvergabe. Pillen sind die letzte Wahl, sie geben den Patienten die Möglichkeit, sie nur zum Schein zu schlucken, sie im Mund aufzubewahren und später in der Toilette zu entsorgen.

Hölscher stellt ihr den Becher auf den kleinen Tisch mit den abgerundeten Ecken. »Ihr morgendliches Glas Heilwasser.« Sein Standardspruch, er bemüht sich um Lockerheit, aber seine Mimik ist das genaue Gegenteil.

Er tritt zwei Schritte von dem Tisch zurück und gibt damit Sita den Weg zum Becher frei, doch sie macht keine Anstalten aufzustehen.

»Würden Sie bitte«, fordert Hölscher sie auf. Bereits die kleine Verzögerung macht ihn nervös. In Gedanken ist er schon mit der Hand an der Tür und auf der Suche nach Hilfe. Sita fragt sich, was so jemand in einer Einrichtung wie dieser zu suchen hat, aber vielleicht liegt es schlicht am Personalmangel. Wer will schon in eine derart abgelegene Gegend.

»Ich würde Ihnen gerne einen Gefallen tun«, sagt Sita artig.

»Einen Gefallen?«, fragt Hölscher verwirrt. Sein Blick fällt auf den weißen Plastikbecher. »Damit Sie das nicht trinken müssen?«

Schnell im Kopf ist er auf jeden Fall. Irgendwie muss er ja auch durchs Studium gekommen sein.

»Das bringt nichts.« Er deutet auf die Kamera in der Ecke bei der Tür. »Es würde sowieso auffallen. Entweder Sie trinken das im Blickfeld der Kamera, oder ich komme mit Verstärkung zurück und injiziere Ihnen das Mittel.«

»Es würde nicht auffallen, wenn Sie mir beim nächsten Mal einfach Wasser bringen«, sagt Sita leise.

»Warum sollte ich das tun?«

»Wegen des Gefallens?«, schlägt Sita vor und steht auf, sie ignoriert den Becher und geht hinüber zur Toilette, wo sie sich direkt hinter der kleinen Trennwand in den einzigen toten Winkel im Raum stellt. Hölscher fasst an das Gerät mit dem Notfallknopf, das um seinen Hals hängt, ohne sie dabei aus den Augen zu lassen.

»Welcher Gefallen?«, fragt er.

»Haben Sie eine Freundin?«

»Bitte?«

»Sie tragen keinen Ring.«

»Das geht Sie nichts an.«

»Haben Sie nun eine Freundin oder nicht?«

»Was Sie mir anbieten wollen, funktioniert nicht«, sagt er heiser.

»Ihr Blick passt nicht zu dem, was Sie sagen«, erwidert Sita.

Hölschers Mund wird schmal. »Wenn Sie so weitermachen, lasse ich Sie wieder fixieren.«

Sita hebt erstaunt die Brauen. »Warum denn? Weil ich Sie nach Ihrer Freundin gefragt habe?«

»Ich warne Sie, ich verliere langsam die Geduld. Für morgen haben Sie zum ersten Mal Freigang mit den anderen Patienten. Versauen Sie es jetzt nicht. Trinken Sie Ihr Medikament und Schluss.«

»Also haben Sie keine Freundin, richtig?«

Hölscher seufzt. »Also gut, von mir aus. Wir machen einen Deal. Sie trinken Ihr Heilwasser, und dann gebe ich Ihnen die Antwort, die Sie wollen.«

»Nein«, erwidert Sita. »Sie geben mir die Antwort, und dann trinke ich das Zeug.«

Hölschers Wangen haben ein fleckiges Rot angenommen. »Schön«, sagt er gereizt. »Ich habe eine Freundin.«

»Sie lügen«, flüstert Sita. »Ich kann das sehen.«

»Meinetwegen«, sagt Hölscher gereizt. »Ich habe keine Freundin, aber das ändert nichts.«

»Stellen Sie sich vor, Sie hätten eine Freundin. Hier drinnen.«

Hölscher starrt sie an. Sein Blick wandert unwillkürlich zu Sitas Brüsten.

»Ich zum Beispiel habe nämlich einen Freund hier drinnen«, haucht Sita.

»Unmöglich«, sagt Hölscher und schluckt. »Sie hatten bisher gar keinen Kontakt zu anderen Patienten.«

Sita fasst an den Bund ihrer Hose und zieht sie herunter, sodass sie mit nackten Beinen vor Hölscher steht. »Sehen Sie das?« Sie zeigt auf die Innenseite ihres Schenkels. Hölscher starrt auf die frische Schnittwunde. »Mein Freund besucht mich«, erklärt Sita und setzt ein psychotisches Lächeln auf. »Ich bin seins, und er ist meins. Für mich hat er all die anderen hier aufgegeben.«

»Welche ... anderen?«

»Die kleine Scheuer aus der Küche zum Beispiel.«

Anton Hölscher sieht sie ungläubig an. »Sie wissen von Frieda Scheuer?«

»Natürlich«, lächelt Sita. »Sie musste in die Kühltruhe. Sie wollte nicht hören, das mag er gar nicht ...«

Hölscher schluckt. »Wie ... wie heißt denn Ihr Freund?«

»Er hat keinen Namen, das ist sicherer so, sagt er.«

»Und wie sieht er aus? Können Sie ihn mir beschreiben?«

»Das würde er nicht mögen.«

Hölscher schweigt einen Moment, in seinem Kopf arbeitet es. Die Aussicht, den Mann zu fassen zu bekommen, der in den letzten Monaten für die ungeklärten Grausamkeiten in der Klinik verantwortlich war, ist überaus verlockend. »Ist vielleicht Bruckmann Ihr Freund?«, fragt er vorsichtig.

Sita runzelt die Stirn. »Wer sagt denn, dass es ein Patient ist?«

Hölscher sieht sie an, als könnte er nicht glauben, was sie gerade gesagt hat. »Er ... er ist kein Patient?«

Sita zuckt mit den Achseln.

»Hören Sie, Sita. Reden Sie mit mir, sagen Sie mir, wer es ist. Wenn dieser Mann wirklich Ihr Freund ist, sind Sie in Lebensgefahr.«

Sita legt den Kopf schief und schaut ihn an, als hätte er etwas Seltsames gesagt. »Das glaube ich nicht.«

»Frieda war nicht sein erstes Opfer«, erklärt Hölscher. »Er hat bereits einen jungen Mann auf dem Gewissen. Und ich will unbedingt verhindern, dass Ihnen auch etwas passiert.«

»Mir passiert nichts, bestimmt«, versichert sie. »Aber Ihnen vielleicht. Ihnen könnte etwas passieren.«

»Mir?«, fragt Hölscher verblüfft. »Warum sollte denn ... warum mir?«

»Weil ich ihm sagen werde, dass Sie wollten, dass ich mich ausziehe. Und dass Sie dann Dinge mit mir gemacht haben.«

Der Assistenzarzt schaut sie wie vom Donner gerührt an. »Das ... das ist doch Blödsinn.«

»Das wird er anders sehen.«

»Was zum Teufel ... Wollen Sie mir drohen?«

»Ich will nur Wasser ohne Medikamente.«

»Glauben Sie ernsthaft, mich erpressen zu können?«

Sita zuckt mit den Schultern. »Verklagen Sie mich doch.«

»Sie sind krank.«

»Deshalb bin ich wohl hier, oder?«

Anton Hölscher öffnet den Mund – und schließt ihn wieder.

»Wasser ohne Medikamente«, wiederholt Sita, »und keine Spritzen mehr.«

»Damit kommen Sie nicht durch«, zischt Hölscher. »Ich informiere die Klinikleitung über Ihren dreisten Erpressungsversuch, und dann beschäftigen wir uns mit Ihrem Freund.«

»Tun Sie das«, lächelt Sita. »Für mich kann es nicht schlimmer werden. Für Sie dagegen ... Sie wissen ja, wozu er fähig ist.«

»Wir werden herausfinden, wer Ihr Freund ist, und dann hat der Spuk ein Ende.«

»Wenn Forsberg es bisher nicht herausgefunden hat, warum sollte es ihm jetzt gelingen?«

»Wir haben jetzt Sie«, sagt Hölscher und lächelt hämisch.

»Früher oder später kriegt Forsberg es aus Ihnen heraus, glauben Sie mir.«

»Und wenn es Forsberg selbst ist?«

»Professor Forsberg?« Hölscher starrt sie ungläubig an. »Wollen Sie allen Ernstes behaupten, Professor Forsberg wäre ...?« Er verstummt und scheint für einen Moment zu überlegen. »Niemals.«

Sita lächelt und zuckt mit den Schultern. »Möchten Sie's probieren? Hundert zu eins.«

»Bitte?«

»Hundert zu eins, dass Sie den Richtigen finden und ihn unschädlich machen.«

»Ich kann mich von Patienten nicht erpressen lassen«, sagt Hölscher. »Wo soll das hinführen?«

»Ich erpresse Sie nicht. Sie tun mir einen Gefallen – und ich schweige dafür. Niemand erfährt etwas, und alle sind froh. So einfach ist das.«

Hölscher zögert einen Moment. »Was haben Sie vor?«

»Was soll ich schon vorhaben?« Sita breitet die Arme aus und zeigt auf die Wände ihrer Zelle. »Nichts. Ich will nur endlich die verdammten Sedativa loswerden. Ist das zu viel verlangt?«

Der Assistenzarzt schaut sie nachdenklich an und kaut auf seiner Unterlippe. »Ich hab keine Angst vor Ihnen«, sagt er trotzig.

»Doch, haben Sie. Und das ist auch gut so.« Sie zieht sich die Hose hoch, geht an Hölscher vorbei und nimmt den weißen Becher vom Tisch. Dann schaut sie in die Kamera, versucht, sich ihren kleinen Triumph nicht anmerken zu lassen, trinkt den Becher leer und verzieht das Gesicht. »Das Zeug schmeckt wirklich scheußlich. Aber von heute Mittag an gibt es ja Wasser ohne Geschmack, richtig?«

Kapitel 19

Als am nächsten Morgen die Tür zu Sitas Zelle geöffnet wird, betritt Hölscher in Begleitung von Professor Forsberg den Raum.

»Sita, wie geht es Ihnen heute?«, fragt Forsberg launig, als wären sie alte Freunde und das Wiedersehen eine lang ersehnte Begegnung.

»Ganz gut«, erwidert Sita. »Ich hatte Zeit, nachzudenken und zu mir zu kommen.« Sie nimmt den weißen Plastikbecher, den Hölscher ihr reicht, und sieht prüfend hinein. Das Wasser ist ein wenig trüb, ein paar kleine Krümel schwimmen auf der Oberfläche.

»Das sind doch gute Nachrichten«, sagt Forsberg und mustert sie wie ein Studienobjekt. Sein Blick fällt auf den Plastikbecher, und er hebt die Brauen. »Stimmt etwas nicht?«

»Oh, doch«, lächelt Sita. Sie setzt den Becher an die Lippen und trinkt den Inhalt mit wenigen Zügen aus. Das Wasser ist weitgehend geschmacklos, bis auf den etwas mehligen Nachgeschmack auf der Zunge. Hölscher ist clever genug, dem Wasser etwas anderes beizumischen als die pulverisierten Medikamente, um den äußeren Anschein zu wahren. Die unmittelbare Folge ist, dass sie seit gestern Nachmittag wieder das Gefühl hat, Herrin ihres eigenen Kopfes zu sein.

»Gut«, lobt Professor Forsberg emotionslos, als sie den Becher absetzt. »Dann kann ich mich darauf verlassen, dass Sie weder eine Gefahr für sich selbst noch für andere sind?«

Sita verweist mit einer Handbewegung auf Hölscher, der sich bemüht im Hintergrund hält. »Fragen Sie Ihren Kollegen.«

Hölscher räuspert sich. »Äh, ja. Frau Johanns hat keinen Anlass mehr gegeben, aufgrund dessen ich an ihrer Impulskontrolle zu zweifeln hätte«, sagt er steif.

»Schön.« Forsberg nickt anerkennend.

»Wann kann ich dann hier raus?«, fragt Sita.

»Langsam. Sie haben gerade mal einen ersten Schritt gemacht.«

»Soll das heißen, Sie wollen mich ernsthaft weiter hierbehalten? Sie haben mich fixiert und eingesperrt, und zwar ohne richterlichen Beschluss, soweit ich das sehe.«

»Wie kommen Sie denn darauf?«, fragt Forsberg irritiert. »Hier sitzt niemand ohne einen richterlichen Beschluss. Sogar Ihr Rechtsbeistand war der Meinung, wir sollten Sie dringend vor sich selbst schützen.«

Sita bleibt der Mund offen stehen. »Welcher Rechtsbeistand?«

Forsberg legt die Stirn in Falten, als überlegte er angestrengt. Schließlich zuckt er mit den Schultern. »Bitte sehen Sie es mir nach, bei all den Patienten hier ... mir fällt gerade sein Name nicht ein. Ich sehe noch mal in Ihrer Krankenakte nach. Bis dahin«, er lächelt aufmunternd, »habe ich gute Nachrichten. Sie sind bereit für den nächsten Schritt. Sie bekommen zwei Stunden Ausgang im offenen Bereich mit den anderen Patienten.« Er wirft Sita einen warnenden Blick zu. »Vermasseln Sie es nicht.«

Sita reicht Hölscher den Becher zurück. »Wie könnte ich«, sagt sie mühsam beherrscht. Forsberg lächelt verkniffen und wendet sich an Hölscher, ohne ihn dabei anzusehen. »In einer Stunde.«

Hölscher nickt angestrengt. Er öffnet den Mund, als wollte er etwas sagen, doch dann überlegt er es sich offenbar anders.

»Gibt es gar keine ärztliche Nachbesprechung?«, fragt Sita

Forsberg. Die Augen des Psychiaters werden schmal. »Sie wollen eine Nachbesprechung?«

»Ist das nicht üblich? Eine ärztliche Nachbesprechung der Zwangsmaßnahmen mit dem Patienten, um zu –«

»Das hier war gerade unsere Nachbesprechung«, sagt Forsberg kühl.

»Oh, ich dachte nur … ich … Mir sind da in den letzten Tagen ein paar Dinge klar geworden, die würde ich gerne mit Ihnen persönlich –«

»Wir sprechen uns noch«, schneidet Forsberg ihr das Wort ab und klingt dabei, als würde er vielmehr davon ausgehen, nie wieder mit ihr sprechen zu müssen. Bei dem Gedanken wird es Sita plötzlich eiskalt.

Sie blickt von Hölscher zu Forsberg und überlegt, ob der Assistenzarzt sie doch bei seinem Chef gemeldet hat und die beiden etwas arrangiert haben. Sind die zwei Stunden Ausgang vielleicht eine weitere Falle und ihr soll in dieser Zeit etwas zustoßen? Würde Forsberg wirklich so weit gehen? Und wenn ja, warum? Wie könnte sie ihm gefährlich werden? Warum hält er sie hier fest?

Sie schaut kurz zu Hölscher, der ihren Blick meidet.

Was zum Teufel geht hier vor?

Forsberg dreht sich auf dem Absatz um und eilt aus der Tür. Der Assistenzarzt folgt ihm beflissen und schließt die Tür. Der Sperrriegel klingt wie ein Schuss, als er in Position gedrückt wird und anschlägt.

Eine Stunde später wird der Riegel wieder zurückgeschoben und die Tür geöffnet. Zwei Pfleger stehen draußen im Flur, der eine, Conny Varga, ist der Mann mit dem Wiener Akzent, der sie mit der Spritze und der Fixierung hereingelegt hat. Den zweiten Pfleger kennt sie von ihrer ersten Begegnung mit Bruck-

mann, Ulf Schäfer, der Mann mit den weit auseinanderstehenden grünen Augen und dem leblosen Blick. Er hatte mit seinem Kollegen Wirtz eigentlich für ihre Sicherheit sorgen sollen.

Conny Varga grinst freudlos. »Na, dann mal los, Frau Psychologin. Heute steht Ihr erster Spaziergang auf dem Plan.« Er deutet auf die Taschen ihrer Jogginghose. »Einmal vorzeigen, bitte ...«

Sita steckt die Hände in die Taschen, stülpt das Innere nach außen. Varga mustert die leeren Taschen und nickt.

»Kann ich Schuhe haben?«, fragt Sita und deutet auf ihre Badeschlappen.

»Klar«, sagt Varga launig. »Was hätten S' denn gern? Ein Paar Valentinos? Sollen's heut die sieben oder die neun Zentimeter hohen Pumps sein?«

Sita verzieht das Gesicht. »Sneakers würden reichen.«

Varga zeigt auf ihre Zehen, die aus den Badelatschen herauslugen. »Tut mir leid, gnädige Frau, wir haben nur Riemchensandaletten. Wenn Sie dann bitte würden ...« Spöttisch weist er auf die Tür. »Sonst sind Ihre zwei Stunden vorbei, bevor sie angefangen haben.«

Sita zögert und muss an Forsbergs seltsames Verhalten denken. Für Varga und Schäfer wäre es ein Leichtes, sie irgendwohin zu bringen und dort wer weiß was mit ihr anzustellen. Doch wenn sie wollten, könnten sie das vermutlich ebenso gut mit ihr gleich hier machen.

»Was ist?« Varga hebt die Brauen. »Machen Sie sich etwa ins Hemd? Sie sind doch Psychodoktor, da werden Sie doch klarkommen auf eine Truppe mit ein paar ...« Varga pfeift ein leises Vogelgezwitscher und lässt seinen Zeigefinger um die Schläfe kreisen.

Schäfer gluckst. Seine Augen bleiben dabei seltsam unberührt, als hätte er eine tief sitzende Depression.

Sita spürt eine zunehmende Beklemmung, die sich wie ein Ring um ihren Brustkorb legt, und da sie inzwischen nicht mehr unter Medikamenten steht, gibt es kein Halten mehr für ihre Ängste. Im Aufenthaltsbereich wird sie auf eine Reihe pathologischer Triebtäter und Mörder treffen. Schon in einer normalen, korrekt geführten Psychiatrie hätte sie dabei ein ungutes Gefühl, aber die Sicherheitsmaßnahmen in Tauenstein sind undurchsichtig, willkürlich und scheinen immer wieder unterlaufen oder manipuliert zu werden.

»Jetzt machen Sie schon.« Varga wedelt gereizt mit der Hand. »Ich hab nicht ewig Zeit.«

Sita tritt aus ihrer Zelle.

Alles ist besser als diese scheußlichen vier mal vier Meter und das Bett mit den Gurten, redet sie sich ein.

Der Weg zum Aufenthaltsbereich führt durch eine Sicherheitsschleuse und dann ins Treppenhaus. Ihre Badelatschen klatschen beim Laufen leise gegen ihre Fersen. Die Luft im Treppenhaus ist feucht und abgestanden.

Mit dem Fahrstuhl geht es zwei Etagen nach oben. Ein Gitter in der Kabine ist lose und klappert. Schäfer mustert sie von oben bis unten, und Sita wendet sich von ihm ab. Angesichts der Schleusen fragt sie sich, wie Bruckmann es geschafft hat, sie in ihrer Zelle zu besuchen. Er muss irgendjemanden haben, der ihm hilft – sonst wäre das nicht möglich.

Nach einer weiteren Sicherheitsschleuse betreten sie einen grauen Flur mit einigen offen stehenden Türen. Im Vorbeigehen sieht Sita Zellen, die ihrer gleichen, nur dass in manchen die Wände bekritzelt oder mit selbst gemalten Bildern im DIN-A3-Format beklebt sind. Nach etwa zwanzig Metern öffnet sich der Flur zu einem großen Aufenthaltsbereich mit mehreren vergitterten Fenstern, an die Regen peitscht. Das Unwetter, das sich seit gestern aufgebaut hat, ist im Begriff, sich zu entladen.

Der Boden des Aufenthaltsraums ist mit pinkem PVC ausgelegt, die Wände sind lichtgrau gestrichen und die Decke in einem freundlichen Himmelblau, das in einem seltsamen Kontrast zu den dunklen Wolkentürmen draußen steht. Im Raum verteilt stehen ein paar Sessel und zwei Sofas. Etwa ein Dutzend Männer, die mit Gesellschafts- oder Kartenspielen beschäftigt sind, sitzen an einfachen Tischen. Ein Pfleger schlendert mit auf dem Rücken gekreuzten Armen umher und kontrolliert die Anwesenden mit lustlosen Blicken. An einem der hinteren Tische sitzt Bruckmann, allein, mit einem Stift über ein Heft gebeugt.

»Leute!« Varga erhebt seinen Bariton. »Wir haben eine neue Bewohnerin. Sie heißt Sita. Behandelt sie gut, haltet euch an die Regeln.«

Bewohnerin, denkt Sita. Kein Zusatz wie ›vorübergehend‹, kein ›bis auf Weiteres‹. Einfach nur ›Bewohnerin‹.

Ein paar Männer sehen auf. Der Pfleger mustert sie neugierig.

»Viel Vergnügen«, sagt Varga zu Sita, »und nicht vergessen: Zwei Stunden, dann holen wir Sie wieder hier ab. Bis dahin«, er deutet auf eine der Kameras, die unter der Decke hängen, »haben wir ein Auge auf Sie.« Er nickt ihr zu und verlässt den Raum. Schäfer folgt ihm wie ein Anhängsel.

Sita kommt sich vor wie auf dem Präsentierteller und bemüht sich, niemanden anzusehen, um keinen der Anwesenden zu provozieren. Mit kleinen defensiven Schritten steuert sie auf Bruckmann zu, tritt an seinen Tisch und zieht sich einen Stuhl heran. Das Ding ist aus Plastik, und die Beine holpern mit einem unangenehmen Geräusch über den Boden.

»Hallo, Sita«, murmelt Bruckmann, ohne aufzusehen. Seine Aufmerksamkeit scheint von einem Kreuzworträtsel gefesselt zu sein.

Schweigend setzt sich Sita zu ihm an den Tisch.

»Das hat lange gedauert«, sagt er. »Geht es Ihnen gut?«

»Was für eine Frage«, erwidert Sita.

»Sagen Sie einfach Ja.«

»Warum sollte ich?«

»Weil es Normalität signalisiert. Seien Sie clever, seien Sie unauffällig und passen Sie sich an.«

»Verstehe«, meint Sita.

»Bestens«, sagt Bruckmann trocken und sieht zum ersten Mal von seinem Kreuzworträtsel auf. Sein Blick ist ruhig und dennoch energiegeladen. »Geht es Ihnen gut?«

»Nein.«

»Nicht clever. Aber gefällt mir.«

»Dann besser ja. Das Letzte, was ich will, ist, Ihnen zu gefallen.«

Bruckmann setzt ein Lächeln auf. »Höre ich da ein gewisses Maß an aufgestauten Gefühlen heraus?«

Sita setzt ein falsches Lächeln auf, das dem von Bruckmann in nichts nachsteht.

»Ich bin dafür, wir duzen uns«, sagt Bruckmann übergangslos. Dann steht er auf, eine agile, selbstverständliche Bewegung, trotz seiner Beinprothese. »Komm mit, ich zeig dir was.«

»Warum sollte ich?«, fragt Sita.

»Ich vergaß«, meint Bruckmann. »Dein Streben nach Autonomie ist vermutlich noch größer als meins, allein schon wegen deiner Minderwertigkeitsgefühle durch deine Hautfarbe und deine Herkunft.«

»Hier geht's nicht um meine Gefühle, sondern um Ihre Verbrechen«, kontert Sita.

Bruckmann nickt. »Verstehe. Du hast Angst.«

Sita schnaubt und versucht, es verächtlich klingen zu lassen.

»Aber du würdest dir lieber die Zunge abbeißen, als es zuzugeben.«

Am Nebentisch sehen zwei Männer auf, die Karten gespielt

haben. Bauernskat, soweit es Sita an den auf dem Tisch liegenden Karten erkennen kann. Der Kleinere der beiden, ein blasser Mann mit einem flaumigen Schnurrbart und kräftigen Armen, sieht sie direkt an und schüttelt dabei langsam den Kopf. Ist das eine Warnung?

»Warum bist du den weiten Weg von Berlin bis hierher gekommen?«, fragt Bruckmann. »Du wolltest mit mir reden, oder?«

»Sehr scharfsinnig«, entgegnet Sita.

»Dann sollten wir reden.«

»Ich hatte schlechte Träume in der letzten Zeit.« Sita deutet mit einem Blick auf ihren Oberschenkel.

Der Pfleger dreht ihnen den Rücken zu und verlässt den Raum.

»Aber ich hoffe, auch verheißungsvolle«, sagt Bruckmann. »Kommst du?«

Sita schaut dem Pfleger nach, dann zählt sie die Kameras an der Decke. Vier Stück, in jeder Ecke eine.

»Wir sollten über deine Träume reden.«

»In meinen Träumen gab es Richter und Anwälte.«

Bruckmann lächelt. »Und bestimmt haben die auf der dunklen Seite des Mondes gehockt und die Köpfe zusammengesteckt. So läuft das doch in schlechten Träumen, oder? Also, falls du reden willst, komm mit. Ansonsten bleib, wo du bist und verschwende nicht meine Zeit.« Er geht um den Tisch herum und schlängelt sich an ihr vorbei. Eine Mischung aus billigem Duschgel, Schweiß und Minze steigt ihr in die Nase. Sie zögert kurz, dann folgt sie ihm quer durch den Aufenthaltsraum. Bruckmann läuft mit erstaunlich schnellen Schritten vor ihr her, sein Gang ist asymmetrisch, aber nicht unsicher. Er geht in Richtung der Fenster und steuert eine Nische in einer der Ecken des Aufenthaltsraums an.

Er winkt Sita zu sich, dann öffnet er rasch eine Tür. Wind und Regen peitschen ins Zimmer. Hinter der Tür liegt ein Außenbalkon, der durch eine Art Gitterkäfig gesichert ist. Zwei Männer mit durchnässten Klamotten stehen an der vorderen Brüstung und starren sie überrascht an, als wären sie bei etwas Wichtigem gestört worden.

Bruckmann schiebt Sita nach draußen und bedeutet den Männern mit einer kurzen Kopfbewegung zu verschwinden. Die beiden räumen den Balkon widerspruchslos und schließen die Tür von innen. Der Balkon ragt aus der Außenmauer der Burg Tauenstein regelrecht ins Nichts. Sita tritt an die Brüstung und wirft einen Blick in die Tiefe. Dreißig oder vierzig Meter unter ihr ist ein kleines Felsplateau, von dort aus geht es weiter steil nach unten.

Bruckmann blinzelt. Von seiner Brille und seiner Glatze perlen Wassertropfen. Sitas Anstaltskleidung flattert im Wind und saugt den Regen auf wie ein Schwamm. Der gegenüberliegende Gebirgskamm ist zwischen den Wolkenbergen kaum noch zu erkennen.

»Einer der wenigen Plätze, wo man ungestört sprechen kann, zumindest bei diesem Sauwetter«, ruft Bruckmann gegen das Heulen des Windes an. »Drinnen sind überall Kameras – und in den Aufenthaltsbereichen auch Mikrofone. Aber hier draußen zeichnet das Mikro gerade nichts als ein verzerrtes Rauschen auf, und die Kamera«, Bruckmann deutet auf das kleine schwarze Gerät, das oberhalb der Tür befestigt ist, »die kommt gegen den Regen auf der Linse nicht an. Alles unscharf.«

Sitas Blick wandert über die mächtige Fassade von Tauenstein, die sich hinter dem Käfiggitter in alle Richtungen erstreckt. Das Gebirge auf der anderen Seite der Schlucht ist jetzt ganz in den Wolken verschwunden.

»Ich werde Sie nicht duzen«, stellt Sita fest.

Bruckmann zuckt mit den Achseln. Eine Windböe rüttelt an der Tür. Wasser peitscht in Sitas Rücken.

»Als Sie bei mir in der Zelle waren, da meinten Sie, Sie könnten mir hier raushelfen«, ruft Sita.

»Nur wenn Sie mir auch helfen«, erwidert Bruckmann.

»Was wollen Sie?«

»Raus hier, wie Sie. Aber das geht nur zusammen.«

»Bevor ich Ihnen helfe, hier rauszukommen, verrotte ich lieber in einer Zelle.« Sita wischt sich den Regen aus dem Gesicht. Ihre Kleidung klebt inzwischen auf der Haut.

»Sie glauben immer noch, es geht um Tom Babylon, aber Sie täuschen sich. Hier geht's um etwas ganz anderes.«

»Ihnen ging es immer nur um Tom, wegen ihm sitzen Sie hier drinnen. Sie sind besessen von der Idee, sich an ihm zu rächen.«

Bruckmann nimmt seine nasse Brille ab und steckt sie ein, dann holt er eine Packung Kaugummis aus seiner Hosentasche. Sita muss an den Minzgeruch von vorhin denken. »Sehen Sie den hier?«, fragt Bruckmann und fischt zwischen den Kaugummistreifen einen kleinen Schlüssel hervor. »Der ist für das Gitter hier.«

Sita folgt seinem Blick. Erst jetzt bemerkt sie die schmalen eisernen Angeln und das Vorhängeschloss. In die Seite des Käfigs ist eine Gittertür eingelassen.

»Ein Serviceausstieg.« Bruckmann steckt den Schlüssel ins Schloss, öffnet die Tür und stößt das Gitter auf. »Sehen Sie die Fallrohre? Das alles hier wurde nachträglich angebracht.«

Sita tritt an die Brüstung und schaut an den Rohren hinab in die Tiefe. »Und was heißt das? Wollen Sie mir etwa sagen, dass das *Ihr Fluchtplan ist? Das sind bestimmt dreißig, vierzig Meter. Und von dem Felsplateau da unten gibt es keinen Ausweg. Hier kommt niemand lebend runter.«*

»Wenn es nach Forsberg geht«, ruft Bruckmann hinter ihr,

dann ist das jetzt der Moment, in dem ich Sie über die Brüstung stoße.«

Sita dreht sich um und schaut ihn entgeistert an. Bruckmann steht zwischen ihr und der Tür zum Aufenthaltsraum. Sein Blick ist abwartend, er taxiert sie und sucht in ihren Augen nach dem, was ihn am meisten interessiert. Furcht.

Sita tritt einen Schritt zur Seite, streckt ihre Arme nach hinten aus und klammert sich mit beiden Händen an dem nassen Gitter in ihrem Rücken fest.

Bruckmann lächelt zufrieden. »Ich sagte, wenn's nach Forsberg geht.«

»Warum Forsberg? Was hat er davon?«, fragt Sita.

»Er will Sie aus dem Weg haben.«

»Warum sollte er das wollen«, wendet Sita ein, »und warum hat er es dann nicht schon längst versucht?«

»Oh, das hat er. Erinnern Sie sich an die Plastiktüte bei unserer ersten Begegnung? Die war für Sie bestimmt.«

Sita starrt ihren früheren Chef ungläubig an. »Forsberg hat Ihnen den Auftrag gegeben, mich umzubringen?«

Bruckmann nickt. »Für ihn bin ich der perfekte Sündenbock – ein Psychopath, der nichts mehr zu verlieren hat. Niemand hätte sich gewundert. Die Zeitungen hätten geschrieben: Sie wollten mich sehen, Sie seien gewarnt worden, Sie kannten das Risiko und hätten die Situation auf tragische Weise unterschätzt. Forsberg hat auch für die kurzen Stromausfälle und für die Unterbrechung des Notfall-Meldesystems gesorgt. Und intern wär's das gleiche Spiel gewesen. Niemand hätte Verdacht geschöpft.«

Was Bruckmann sagt, klingt unglaublich, und trotzdem könnte es wahr sein. Forsberg hat – wie Bruckmann – narzisstische Züge, er lebt in dieser abgeschiedenen Einrichtung in seinem eigenen Kosmos, und er hat sich ihr gegenüber vom ersten Moment an geradezu feindselig verhalten. Die Frage ist nur, warum?

»Sie können das Gitter übrigens loslassen«, ruft Bruckmann gegen den Wind an. »Ich tu Ihnen nichts.«

Sita mustert ihn. Walter Bruckmann versperrt ihr immer noch den Weg. Ihm zu vertrauen scheint ihr fast unmöglich. Schon immer hat alles, was er sagt und tut, einen doppelten Boden, und seine Lügen verknüpft er so eng mit der Wahrheit, dass man sich in ihnen verfängt wie in einem klebrigen Netz.

»Und warum haben Sie es nicht getan?«, ruft Sita. »Also, mich umgebracht?«

»Weil Sie hübscher sind als er?«, schlägt Bruckmann vor. Seine Augen funkeln listig, sein kahler nasser Schädel glänzt. »Und weil Forsberg falschliegt. Ich habe zwar nichts mehr zu verlieren. Aber ich habe immer noch etwas zu gewinnen.«

»Okay. Das heißt, Sie wollen mich nicht töten. Aber warum dann das Theater? Wieso haben Sie sich die Tüte selbst über den Kopf gezogen?«

»Ich wollte Forsberg einen Grund liefern, Sie hierzubehalten. Er war nicht glücklich darüber, aber ihm blieb keine andere Wahl, als Sie einzusperren. Immerhin konnte er Sie so aus dem Verkehr ziehen.«

»Aber das hält doch vor keinem Richter stand«, protestiert Sita.

»Der Richter ist nicht Forsbergs Problem. Er arbeitet mit jemandem in Sonthofen zusammen, der ihm die notwendigen Papiere unterschreibt. Das alte Spiel.«

»Ohne dass sich der Richter vor Ort ein Bild macht?«, fragt Sita empört. »Dazu ist er per Gesetz verpflichtet.«

»Er wird sagen, dass er sich ein Bild gemacht hat. Und wer sollte ihm widersprechen? Eine Frau unter Medikamenteneinfluss?«

Sita schweigt betroffen. Was Bruckmann sagt, bestätigt ihre schlimmsten Befürchtungen. Wenn Forsberg wirklich einen Richter hat, der ihm zuarbeitet, dann sitzt sie in der Falle. Dann sind längst alle notwendigen Dokumente unterzeichnet, und ihre Unterbringung ist amtlich. »Aber das erklärt immer noch nicht, warum mich Forsberg aus dem Weg haben will. Ich kenne den Mann doch überhaupt nicht. Was habe ich ihm denn getan? Worum geht es hier eigentlich?«

»Ich glaube, es kann nur einen Grund geben«, ruft Bruckmann. Eine weitere Regenböe erwischt ihn und Sita von der Seite und durchnässt ihrer beider Kleidung bis in die letzte Faser.

»Und der wäre?«, fragt Sita.

»Viola«, erwidert Bruckmann. »Es geht um Viola.«

11 Tage später

Kapitel 20

»Hallo? Mrs Miller?« Dr. Harris' Stimme dringt verzerrt aus der Sprechanlage neben der Tür. Offenbar ist der Lautsprecher nicht ganz in Ordnung. »Sind Sie da?«

Tom starrt auf das Bild der Ärztin. Was macht sie hier?

Jillian Harris klingelt ein weiteres Mal, sie bleibt hartnäckig. »Mrs Miller, mein Name ist Dr. Jillian Harris, aus dem St Thomas' Hospital. Hören Sie mich?«

Sie lauscht und wartet vergeblich auf eine Antwort.

»Ich bin auf der Suche nach Tom Babylon, könnten Sie ihn bitte ans Sprechgerät holen?«

Tom erstarrt. Woher weiß sie, dass er hier ist?

»Machen Sie doch die Tür auf, bitte«, ruft Dr. Harris. Sie lauscht kurz, dann runzelt sie die Stirn. »Tom? Sind Sie das?« Die Ärztin schaut jetzt direkt in die Kamera, als würde sie ihn sehen können, schlimmer noch, als könnte sie wie durch ein Fenster in die Wohnung schauen. Unwillkürlich wirft er einen Blick zur Badezimmertür. Sie ist einen Spaltbreit geöffnet und gibt den Blick auf ein paar Blutflecken frei. Tom ruft sich zur Ordnung. *Sie kann dich nicht sehen. Und sie kann auch nicht in die Wohnung sehen.* Das Bildsignal von Türsprechanlagen geht aus Sicherheitsgründen immer nur in eine Richtung: Man sieht von drinnen nach draußen. Nie umgekehrt.

»Ich weiß, dass Sie da sind, Tom. Ich muss mit Ihnen reden.«

Der dunkel gekleidete Mann im Hintergrund kommt näher heran. Jillian Harris macht eine abwehrende Geste; der

Mann bleibt zunächst unschlüssig stehen, dann geht er aus dem Bild.

»Tom, ich bitte Sie. Machen Sie auf. Ich will Ihnen helfen.«

Helfen? Meint sie das wirklich ernst? Tatsächlich könnte er etwas Unterstützung und Verständnis gut gebrauchen, und Jillian Harris ist bisher ausgesprochen hilfsbereit gewesen. Aber angesichts des übel zugerichteten Toten würde sich diese Hilfsbereitschaft mit Sicherheit in Luft auflösen. Wieso sollte sie ihm glauben, dass er nichts mit dem Mord zu tun hat? Und wie würde das alles erst für die britische Polizei aussehen? Ein Mann mit Gedächtnisverlust, der aus einer Klinik flieht, einen Tatort aufsucht und dort Spuren verwischt. Es ist eins, seine Spuren an einem Tatort zu verwischen, wenn einen nichts mit dem Tatort verbindet und man für die Polizei ein Unbekannter ist. Doch es ist etwas ganz anderes, wenn die Polizei weiß, wer man ist und dass man am Tatort war. Die Kriminaltechniker würden so lange nach Spuren suchen, bis ihnen ein Treffer bei einer Vergleichsprobe mit seiner DNA oder seiner Kleidung gelingt. Ein Haar, ein Fingerabdruck, den er beim Spurenverwischen übersehen hat, eine Faser, was auch immer ...

»Tom? Hallo?!« Jillian Harris schaut ihn immer noch an. Wieso ist sie so sicher, dass er hier ist? »Ich meine es gut mit Ihnen, glauben Sie mir.« Ihr Blick ist offen und klar, die blauen Augen, die besorgte Miene, ihre bisherige Hilfsbereitschaft – alles Gründe, ihr zu vertrauen. Aber wohin führt das? Wie soll er ihr das alles erklären? Er kann es sich ja nicht einmal selbst erklären.

Dr. Harris wendet sich von ihm ab und schaut fragend zur Seite, zu jemandem, der außerhalb des Blickfelds der Kamera steht. Tom muss an den Officer von letzter Nacht denken. Was, wenn sie bereits in Begleitung der Polizei hier ist?

Tom wirft einen prüfenden Blick durch den Spion in der Wohnungstür. Der Flur liegt im Halbdunkel, im Blickfeld der kleinen Fisheye-Linse ist niemand zu sehen. Vorsichtig öffnet er die Tür. Der Flur ist leer. Zeit zu verschwinden, am besten durch den Hinterausgang und dann über den Hof zur Rosebery Avenue.

Leise zieht er die Tür hinter sich zu, dann läuft er zur Treppe und eilt die Stufen hinab. Im Hausflur springt plötzlich Licht an, und er hört Geräusche. Was ist, wenn die Polizei auch schon den Hinterausgang gesichert hat? Er hastet weiter, nimmt die letzten Stufen, als Jillian Harris ihm geradewegs in die Arme läuft. Verblüfft bleiben sie voreinander stehen.

»Verdammt, Tom.« Sie schnappt nach Luft und schaut an ihm hoch. Einmal mehr fällt ihm auf, dass sie mindestens einen ganzen Kopf kleiner ist als er. »Was machen Sie hier?«, fragt sie vorwurfsvoll.

»Das könnte ich Sie fragen«, erwidert Tom kühl. Er geht zwei Schritte an ihr vorbei, um den Hausflur überblicken zu können. Außer Dr. Harris ist niemand da.

»Nach Ihnen suchen – was sonst?« In ihrer Stimme schwingt Ärger mit. »Und ich dachte, ich fange mal da an, wo man Sie gefunden hat.«

»Sind Sie allein?«, fragt Tom misstrauisch.

Sie schnaubt und zeigt mit einer ironischen Geste auf den leeren Flur.

»Und der Mann da draußen?« Tom deutet mit einem Blick Richtung Haustür.

Statt zu antworten, runzelt Dr. Harris irritiert die Stirn. Verschafft sie sich Zeit, um nach einer Ausrede zu suchen? Oder überlegt sie nur, woher Tom von dem Mann weiß? »Sie meinen den Obdachlosen?«, fragt sie.

»Der Obdachlose?«

»Der Mann, der in der Laube im Park campiert. Er hat mir von Ihnen erzählt und mir das Haus gezeigt. Und den Namen auf der Klingel.«

Plötzlich fällt es Tom wie Schuppen von den Augen. Gerard, natürlich! Der Stadtstreicher kennt das Foto von Viola und hat mit Sicherheit auch die Notiz mit ihrer Adresse und ihrem neuen Namen auf der Rückseite gesehen.

»Wie sind Sie auf Gerard gekommen?«, fragt Tom.

»Gerard? Heißt er so?«

Tom nickt.

»Ich verstehe die Frage nicht«, sagt Dr. Harris.

»Ich will wissen, warum Sie hier rumlaufen und Obdachlose nach mir ausfragen.«

»Was soll das werden?« Dr. Harris sieht ihn verärgert an. »Ein Verhör?«

»Sagen wir mal, es ist ein interessiertes Nachfragen«, erwidert Tom. »So wie Sie ja offenbar auch an mir interessiert sind.«

Jillian Harris errötet wie jemand, der sich ertappt fühlt, doch Tom ist nicht ganz sicher, wobei genau er sie ertappt hat.

»Das mit Gerard war Zufall«, erklärt sie. »Er hat gebettelt, wollte etwas Geld von mir. Ich hab ihm ein Pfund gegeben und ihn dann gefragt, ob ihm hier jemand aufgefallen ist. Da hat er von Ihnen angefangen.«

»Und von dem Foto und der Adresse erzählt«, ergänzt Tom.

»Erst nachdem er fünfzig Pfund verlangt hat.«

»Fünfzig?«

Dr. Harris lächelt. »Ich hab ihm fünf gegeben.«

»Ich hätte weiß Gott wo sein können«, sagt Tom, »woher wussten Sie, dass Sie mich hier noch antreffen?«

»Gerard hat Ihre Unterhaltung mit dem Police Officer mitbekommen.«

»Verstehe«, meint Tom. Wenn irgendwo die Polizei auftaucht, das kennt Tom aus eigener Erfahrung, werden Obdachlose meistens hellhörig. In der Regel bedeutet es Ärger, sie werden gefilzt, verscheucht oder es passieren andere unangenehme Dinge. Kein Wunder, dass Gerard den Polizeiwagen im Auge hatte. Dr. Harris' Erklärungen sind alle glaubwürdig, es bleibt nur noch eine Frage. »Warum machen Sie sich eigentlich diese Mühe? Weshalb wollen Sie mir unbedingt helfen? Nur weil ich Ihnen wegen meiner Amnesie leidtue?«

Die Ärztin weicht seinem Blick aus, zwar nur kurz, doch lange genug, dass Tom erkennen kann, dass sie etwas verbirgt.

»Was haben Sie eigentlich für ein Problem?«, sagt sie beinah trotzig.

»Im Krankenhaus sind jede Menge Patienten, die Ihre Hilfe brauchen. Warum gerade ich?«

Jillian Harris öffnet den Mund, um ihm zu antworten, als irgendetwas an Toms Jacke ihre Aufmerksamkeit erregt. Sie zieht die Stirn kraus und deutet auf seinen Ärmel und seine rechte Tasche. »Ist das etwa Blut?«

Irritiert schaut Tom an sich hinab. Auf seinem rechten Unterarm sind ein dunkler rötlicher Fleck und eine lange Schmierspur, die tatsächlich nach Blut aussieht. Ebenso an der Jackentasche. War er vorhin im Badezimmer etwa so unvorsichtig? »Ich, äh ... keine Ahnung«, beeilt er sich zu sagen.

Dr. Harris sieht ihn prüfend an.

Im selben Augenblick fällt Tom ein, wie das Blut an seine Jacke gekommen ist. »Ach, das ist von Gerard«, sagt er.

»Das ist Gerards Blut? Sie wollen mir jetzt nicht erzählen, dass Sie sich geschlagen haben, oder?«

»Mir blieb nicht viel übrig. Er hatte meine Kleidung gestohlen, und ich musste ihn überzeugen, mir die Sachen zurückzugeben.«

»Offenbar waren Sie *sehr* überzeugend.«

»Seine Nase hat etwas gelitten, und da er die Jacke noch anhatte …«

Dr. Harris nickt unangenehm berührt. »Machen Sie das häufiger, also zuschlagen?«

»Nur wenn's sein muss.«

»Oder wenn Sie wütend sind.«

»Ach, jetzt sind Sie offenbar auch Psychologin?«, sagt Tom.

»Nur wenn's sein muss«, gibt Dr. Harris zurück.

Einen Moment lang stehen sie schweigend voreinander.

»Sie haben meine Frage noch nicht beantwortet«, erinnert Tom. »Warum machen Sie sich die Mühe, ausgerechnet mir zu helfen?«

Dr. Harris seufzt. »Es ist einfacher, als Sie glauben«, sagt sie. »Jemand hat sich nach Ihnen erkundigt.«

»Wer? Wann?«

»Im St Thomas'.«

»Jemand wollte mich besuchen?«

»Nein, telefonisch. Ein Anruf aus Deutschland.«

»Meine Frau?«, fragt Tom und schöpft plötzlich Hoffnung.

»Leider nein. Tut mir leid.«

»Hat derjenige seinen Namen gesagt?«

Jillian Harris zögert einen Moment. »Er wollte mir seinen Namen nicht nennen.«

»Warum?«

»Er meinte, er wolle keine Schwierigkeiten mit seinem Vorgesetzten bekommen.«

»Aha«, murmelt Tom. Das klingt nach jemandem vom LKA, der nicht bei Morten in Ungnade fallen will. Im Kopf geht er den Kreis seiner Kollegen durch. Berti Pfeiffer? Wohl kaum. Lutz Frohloff vom Erkennungsdienst – vielleicht. Am wahrscheinlichsten scheint ihm Peer Grauwein von der Kriminaltechnik. »Und was wollte er?«

»Fragen, wie es Ihnen geht. Er hatte gehört, dass Sie Ihr Gedächtnis verloren haben. Also teilweise. Als ich ihm gesagt habe, dass Sie aus dem Krankenhaus verschwunden sind, klang er alarmiert. Er meinte, Sie bräuchten vermutlich dringend Hilfe.«

»Wieso das denn? Und das hat Ihnen gereicht, um sich auf die Suche nach mir zu machen? Das ergibt doch gar keinen Sinn.«

Dr. Harris errötet zum zweiten Mal. »Ich hab sowieso ein paar Tage frei«, erklärt sie.

Tom starrt sie an. In seinem Hinterkopf flüstert eine warnende Stimme, dass sie nicht die ganze Wahrheit sagt. Aber irgendwie möchte er der bildhübschen Ärztin mit den müden Augen glauben. Vor allem, weil er nichts so sehr nötig hat wie etwas Hilfe. »Und jetzt«, sagt er, »wollen Sie mir vermutlich raten, zurück ins Krankenhaus zu gehen.«

»Natürlich«, erwidert sie.

»Das ist der letzte Ort, wo ich hinwill.«

Dr. Harris rollt mit den Augen. »Welche Gründe auch immer Sie dafür haben, sie sind falsch.«

»Für Sie vielleicht. Für mich nicht.«

»Sie sind störrisch.«

»Das sagen meine Kollegen auch.«

»Und Sie riechen furchtbar …«

Tom zuckt innerlich zusammen. Bemerkt sie etwa den Leichengeruch? Sie ist Ärztin, und der penetrante Geruch von verwesendem Fleisch müsste ihr wohlvertraut sein. »Kein Wunder«, sagt Tom. »Ich lag in einem Müllcontainer, und ein Obdachloser hat meine Kleidung geklaut und sie getragen.«

Jillian Harris' Blick wandert an ihm herab und bleibt kurz an seinen ausgebeulten Taschen hängen. »Und Ihre Freundin, diese Shona Miller, bei der Sie übernachtet haben, die hat weder eine Waschmaschine noch eine Badewanne?«

Tom schweigt und versucht, ein unbeteiligtes Gesicht zu machen.

»Warum haben Sie mir nicht gesagt, dass Sie jemanden in London kennen?«, fragt Dr. Harris.

»Kennen wäre zu viel gesagt«, erwidert Tom heiser. »Sie hat mich gar nicht reingelassen.«

Dr. Harris runzelt die Stirn. »Wo haben Sie übernachtet, im Hausflur? Ich dachte, Sie haben einen Schlüssel?«

Tom verwünscht Gerard, der die nächtliche Szene zwischen ihm und dem Officer anscheinend bis ins letzte Detail beobachtet hat. »Sie hat das Schloss an der Wohnungstür ausgewechselt.«

Jillian Harris betrachtet ihn, als entdeckte sie gerade eine Seite an ihm, die sie höchst unangenehm findet.

»Es ist nicht, wie Sie denken«, sagt Tom.

»Was denke ich denn?«

»Ich ...« Tom seufzt. »Tut mir leid, ich weiß es selber nicht. Ich kann mich an die letzten Wochen nicht erinnern, und ich will mich jetzt nicht um Kopf und Kragen reden. Das alles ist mir irgendwie ... unangenehm.«

Jillian Harris' Blick wird etwas milder. »Schon okay. Ich bin kein Spießer. Und was auch immer Sie mit Shona Miller hatten, es geht mich nichts an.«

Tom nickt und ist erleichtert, dass sie es dabei belässt. Zu lügen fühlt sich falsch an, und er merkt, dass er sich mit jedem Satz nur noch mehr reinreitet, genau so, wie er es von den Verdächtigen kennt, die er als Ermittler vernommen hat. »Mein Kollege, der Sie im Krankenhaus angerufen hat«, sagt er, um das Thema zu wechseln, »war das vielleicht Peer Grauwein?«

Sie zuckt mit den Achseln. »Wie gesagt, er wollte seinen Namen nicht nennen.«

»Grauweins Stimme hört sich immer ein wenig nasal an …«

»Ich bin nicht sicher, Tom. Ich weiß nur, dass sein Englisch nicht so gut war wie Ihres.«

»Was genau hat er denn gesagt?«, hakt Tom nach.

Dr. Harris' Blick geht in Richtung Haustür. »Vielleicht gehen wir mal an die frische Luft«, schlägt sie vor.

»Weichen Sie mir aus?«

»*Sie* sind doch der Spezialist im Ausweichen.«

»Also ja«, stellt Tom fest.

»Hören Sie«, seufzt Dr. Harris, »ja, ich will Ihnen helfen. Aber ich bin nicht scharf drauf, mich aufzudrängen. Ist Ihre Entscheidung. Aber ganz ehrlich, in Ihrer Lage …« Sie wirft einen Blick auf seine ramponierte Erscheinung. »Sie sehen jedenfalls nicht sonderlich … *stabil* aus.«

Nicht sonderlich stabil.

Jämmerlich trifft es wohl besser, denkt Tom.

Sie lässt ihm einen Moment Zeit. Tom hat das Gefühl festzustecken, als wäre er außerstande, eine Entscheidung zu fällen. Nach einer Weile schürzt Dr. Harris die Lippen. »Es war wohl ein Fehler hierherzukommen.« Sie dreht sich um und geht zur Haustür, ihr Pferdeschwanz wippt zu ihren energischen Schritten.

Irgendetwas an ihrer Geschichte ist faul. Ihr Ausweichen, der Anruf eines angeblich namenlosen Kollegen, die Behauptung, sie hätte ein paar Tage frei. Welche junge Krankenhausärztin bekommt mitten in der Coronapandemie einfach so ein paar Tage frei? So oder so, sie verheimlicht etwas. Aber muss das etwas Schlimmes sein? Vielleicht ist es nur eine Kleinigkeit, oder sie mag ihn einfach etwas mehr, als sie es zugeben will. Außerdem ist sie gerade der einzige Mensch, der ihm Hilfe anbietet. »Warten Sie«, ruft Tom.

Jillian Harris öffnet die Haustür, bleibt auf der Schwelle stehen und dreht sich zu ihm um. Eine Spiegelung wirft etwas Sonnenlicht auf ihre rechte Gesichtshälfte; das Auge leuchtet strahlend blau, während der andere Teil ihres Gesichts im Schatten liegt.

»Solange wir nicht ins Krankenhaus oder zur Polizei gehen, ist mir alles recht.«

»Warum sollten wir zur Polizei gehen?«, fragt sie skeptisch.

Tom würde sich am liebsten ohrfeigen für seinen unbedachten Satz. »Keine Ahnung, vielleicht weil ich aus der Klinik geflohen bin?«, sagt er.

»Na ja, deswegen geht man ja nicht zur Polizei, oder?« Sie schaut ihn überrascht an. »Sollten Sie das nicht wissen, also ich meine, als Polizist?«

Tom beschließt, weiter auf der Hut zu sein. Bestenfalls hat sie einfach nur einen guten Instinkt, aber wie kann er da sicher sein? »Ich brauche etwas Ruhe«, sagt er, »das ist alles.«

»Sie haben offenbar nicht nur zu Frauen, sondern auch zu Ihren Kollegen von der Polizei ein gestörtes Verhältnis.«

»Weder noch«, seufzt Tom und gibt seiner tiefen Erschöpfung nach. »Wie gesagt, ich brauche einfach nur Ruhe.«

»Die bekommen Sie. Wir fahren erst mal zu mir nach Hause. Haben Sie eine Maske?«

Tom nickt. »Hören Sie, wenn ich vorhin etwas unfreundlich war, dann tut es mir leid ... Ich bin im Moment etwas ... gestresst. Das war alles ziemlich viel für mich.«

Sie lächelt; die Skepsis in ihrer Miene ist verflogen. »Ist okay. Ich mag Menschen, die sich entschuldigen können.«

Als Tom neben ihr hergeht, fühlt er so etwas wie Erleichterung. Gleichzeitig spürt er bei jedem Schritt die ausgebeulten Jackentaschen. Auf der einen Seite die Geschirrhandtücher, mit denen er seine Spuren beseitigt hat, auf der anderen Seite Lassie in der Box.

Wieso hat Viola diese kleine Hundefigur?

Bestimmt als Erinnerung an dich, flüstert ihm Vi ein.

Der Gedanke ist wie ein kleines wärmendes Feuer.

Vi zupft ihn am Ärmel, was sie gerne tut, wenn er nicht aufmerksam genug ist. *Glaubst du, sie ist in Gefahr?*

Sofort erlischt die kleine Flamme. In der Wohnung liegt ein Toter, erwidert Tom. Und sie und ihre Tochter sind weg.

Ja, klar. Aber was heißt denn das? Ist sie abgehauen? Hat sie vielleicht jemand ... mitgenommen? Vi scheut sich, es auszusprechen, aber eigentlich meint sie: entführt.

Also, was denn jetzt? Ist sie in Gefahr?

»Ich weiß nicht, vielleicht, ja«, murmelt Tom. »Auf jeden Fall in Schwierigkeiten.«

»Was?«, fragt Dr. Harris. Sie ist neben ihm auf dem Bürgersteig stehen geblieben und schaut ihn mit hochgezogenen Brauen an.

»Nichts, schon gut.« Tom versucht ein schiefes Lächeln.

Dann unternimm was!, flüstert Vi und boxt ihn in die Seite.

Kapitel 21

Dr. Jillian Harris fährt einen in die Jahre gekommenen silbernen Toyota Land Cruiser. Sie wirkt etwas verloren hinter dem Steuer des großen Geländewagens, lenkt ihn aber mit sicherer Hand. Die schwarze FFP2-Maske, die sie beim Einsteigen aufgesetzt hat, gibt ihren weiblichen Zügen etwas Hartes. Tom hat auf dem Rücksitz schräg hinter ihr Platz genommen und ebenfalls seine Maske aufgesetzt. Coronaregeln. Sie hat darauf bestanden, obwohl sie sich vorhin schon näher gekommen sind als eins fünfzig. Tom hat das Seitenfenster geöffnet, weniger aus Infektionsschutzgründen, sondern weil er immer noch fürchtet, der Leichengeruch könnte sich in seiner Kleidung festgesetzt haben und Dr. Harris könnte ihn in der Enge des Autos riechen. Angesichts ihrer dicht sitzenden FFP2-Maske eine eher unsinnige Befürchtung, aber seine Befürchtungen halten sich dummerweise gerade nicht an Sinn oder Unsinn.

Die Leiche in Violas Wohnung und die Frage, was sie zu bedeuten hat, gehen Tom nicht aus dem Kopf. Sein Gewissen mahnt ihn, den Mord wenigstens mit einem anonymen Anruf bei der Polizei zu melden.

Bist du verrückt?, flüstert Violas Stimme in seinem Kopf, so präsent, als säße sie neben ihm auf dem Rücksitz, direkt hinter Jillian Harris, und würde entrüstet den Kopf schütteln.

Vi, da ist ein Mord passiert, in deiner Wohnung. In ihrer Wohnung. Wie auch immer.

Eben. Und du steckst mittendrin. Ich will nicht, dass die dich verhaften.

Wolltest du nicht, dass ich etwas unternehme? Wenn die Polizei ermittelt, wird sie automatisch auch nach Viola und ihrer Tochter suchen. Das ist das Beste, was ich gerade für sie tun kann. Außerdem, früher oder später wird der Tote sowieso entdeckt. Und je länger es dauert, desto schwieriger wird es, den wahren Täter zu finden.

Und wenn … wenn du es warst?

Ist das dein Ernst?

Du kannst dich nicht erinnern, ich meine, woher willst du wissen, dass du nicht –

Tom will das nicht hören und versucht, Vi auszublenden. Er starrt zum offenen Fenster hinaus. Die Luft strömt ins Fahrzeug und zerrt an seiner Maske. So etwas würde ich niemals tun, denkt er. Doch kann er wirklich sicher sein, dass er nicht die Kontrolle verloren hat? Er hat oft genug erlebt, dass Menschen zu kaum vorstellbaren Dingen in der Lage sind, auch Menschen, von denen er es nicht erwartet hätte.

Tom? Vi tippt ihn von der Seite an.

So viel zum Ausblenden.

Und was ist, sagt sie leise, *wenn ich …*, sie macht eine Pause, als würde sie es nicht wagen, den Gedanken auszusprechen, … *wenn* ich *das war?*

Einen Augenblick lang lauscht er dem Fahrtwind. Jillian Harris überfährt eine gelbe Ampel und sieht sich nervös um.

Wir waren es beide nicht, entgegnet Tom.

Wie kannst du so sicher sein?

Ich bin nicht sicher.

Und trotzdem willst du die Polizei rufen?

Ich kann diesen Mann da nicht liegen lassen, Vi. Und vor

allem muss ich wissen, was mit Viola passiert ist, ob sie in Sicherheit ist.

Aber das kannst du doch auch rauskriegen, ohne uns gleich diese Typen von Scotland Yard auf den Hals zu hetzen, protestiert Vi.

Tom seufzt. Eine Weile starrt er schweigend aus dem Fenster. Londons Häuserzeilen huschen still vorüber, dann fliegt etwas Rotes an ihm vorbei. War das nicht …? Er schaut in den Außenspiegel. Eine rote Telefonzelle entfernt sich schnell und rutscht seitlich aus dem Blickfeld, als Dr. Harris abbiegt. Einer dieser Zufälle, die einem etwas sagen wollen. »Jillian, können Sie kurz anhalten, bitte.«

Verräter, zischt Vi.

Du übertreibst.

Und du machst es dir zu einfach. Als wenn's damit getan wäre, dass die Londoner Polizei Viola sucht.

Tom weiß, dass sie Angst hat, und sieht es ihr nach. Er hat ja selbst welche.

»Ich bin gleich wieder da«, sagt er zu Dr. Harris. Auf dem Weg zur Telefonzelle kramt er in seiner Hosentasche nach Münzen, bis ihm einfällt, dass der Notruf in den meisten Ländern der Welt kostenfrei ist.

Als Tom wieder in den Wagen steigt, sind seine Kopfschmerzen zurück. Dennoch fühlt er sich gut, er hat zum ersten Mal seit Langem das Gefühl, bei halbwegs klarem Verstand zu sein und etwas richtig gemacht zu haben. Jillian Harris beobachtet ihn neugierig im Rückspiegel. »Wen haben Sie angerufen?«

»Ich habe es noch mal in Berlin probiert«, lügt Tom.

»Und?«

»Nichts«, sagt er brüsk, um sich weitere Fragen zu ersparen und ihr nicht noch mehr Lügen auftischen zu müssen.

Dr. Harris lässt die Zurückweisung an sich abperlen und fährt wieder an. Die Häuser und Straßen wirken jetzt etwas weniger großstädtisch; zumindest sieht es nicht mehr nach Zentrum aus. Auf der linken Seite stehen einige mehrstöckige Wohn- und Verwaltungsgebäude, auf der rechten Seite liegen große Grundstücke mit altem Baumbestand und frei stehenden Häusern. Die beiden Straßenseiten wollen nicht recht zueinanderpassen. »Was ist das hier für ein Stadtteil?«, fragt Tom.

»Vanbrugh Park.«

Kurze Zeit später biegt Dr. Harris in eine Einfahrt ein, die zu einem großen Grundstück führt. Kies knirscht unter den Reifen. Zwei majestätische Bäume stehen vor einer rötlichen Stadtvilla in Ziegelbauweise. Von den weißen Sprossenfenstern und dem vorstehenden Eingangsbereich mit alten verzierten Holzbalken blättert die Farbe ab. Einige Dachschindeln sitzen schief, und die Fensterläden der oberen Etage sind allesamt verschlossen. Das Haus wirkt, als wäre es seit Längerem nicht bewohnt.

»Wir sind da«, murmelt Dr. Harris und parkt den Wagen vor dem Haus.

Tom steigt aus und folgt ihr zum Eingang. Die Bäume und eine umlaufende Mauer schirmen das Gebäude von der Straße ab. Auf der Klingel neben dem Eingang steht der Name Beecham.

Jillian Harris schließt die Tür auf und zieht ihre FFP2-Maske vom Gesicht. Einer der Gummiriemen schnalzt leise, als er von ihrem Ohr rutscht. »Wenn Sie wollen, können Sie das Ding jetzt abnehmen.« Der Schlüssel klappert, als sie ihn aus kurzer Distanz in eine Holzschale auf dem Sideboard neben der Tür wirft. Eine verblichene Tapete mit barocken Ornamenten und ein Kristalllüster unter der Decke geben dem Hausflur etwas Altmodisch-Behagliches und zugleich etwas Enges.

»Und warum dann die Maske im Auto?«, fragt Tom.

»Weil es teuer ist, wenn man erwischt wird. Macht sich auch nicht gut, als Ärztin.« Sie lächelt schief. »Aber hier drinnen gibt's keine Polizisten – außer Ihnen vielleicht.«

Ex-Polizist, denkt Tom und muss an das Telefonat mit Morten denken.

»Fühlen Sie sich unwohl damit?«

»Womit?«, fragt Tom abwesend.

Sie wedelt mit der Maske.

Tom schüttelt den Kopf und nimmt seine Maske ebenfalls ab. »Warum sollte ich. Sie werden doch bestimmt täglich in der Klinik auf Covid getestet, und mich haben Sie mit Sicherheit während der Behandlung überprüft.«

Dr. Harris nickt. »Ihr Gehirn scheint in Fahrt zu kommen.«

»Nicht so, wie ich es mir wünsche.«

»Haben Sie Schmerzen?«

Tom nickt und überlegt, die Ibus und das Novalgin zu erwähnen, doch das würde die Frage aufwerfen, woher er die Schmerzmittel hat, und das will er unbedingt vermeiden.

»Ich gebe Ihnen gleich etwas gegen die Schmerzen«, sagt Dr. Harris. »Unter einer Bedingung.« Ohne seine Antwort abzuwarten, geht sie die Treppe hinauf in den ersten Stock und fordert Tom mit einer ungeduldigen Handbewegung auf, ihr zu folgen. Die alten Holzstufen knarzen unter Toms Schritten. Im Flur des Obergeschosses liegt ein bordeauxroter Teppichboden, der jedes Geräusch schluckt; nur die Dielen unter dem Teppich knarren hin und wieder. An den Wänden hängen kleine Kristalllüster, auf denen sich Staub festgesetzt hat. Am Ende des Flurs öffnet Jillian Harris eine Tür und zeigt mit der Hand in ein dunkles Badezimmer. Für einen kurzen Moment hat Tom einen Flashback und sieht Violas Badezimmer vor sich.

»Sie nehmen ein Bad, und ich übernehme Ihre Kleidung«, sagt Dr. Harris.

Als sie das Licht einschaltet, sind das Blut und der Tote in der Wanne augenblicklich verschwunden. »Geht es Ihnen nicht gut?«, fragt die Ärztin. »Sie sehen aus, als ob Sie gleich –«

»Schon gut, alles in Ordnung«, murmelt Tom. »War nur etwas viel.«

Sie nickt. »Offenbar sind Sie die Sorte Patient, die chronisch untertreibt.« Sie sieht ihn prüfend an. »Oder die, die die Symptome nicht wahrhaben will.«

»Ist das nicht dasselbe?«, knurrt Tom.

Jillian Harris lächelt. »Ich bringe Ihnen gleich was, dann geht's Ihnen besser.« Sie dreht Tom das Wasser an der Badewanne auf und lässt ihn allein. Kaum hat sie die Tür hinter sich geschlossen, leert Tom die Taschen seiner Jacke und holt die Mülltüte mit den Geschirrhandtüchern heraus, Lassie, das Foto von Viola, ihren Haustürschlüssel und die Speicherkarte aus dem Fotoapparat. Es ist besser, wenn Dr. Harris nichts davon findet. Er sieht sich im Badezimmer um. Dunkle rötliche Marmorfliesen, roséfarbene Wände, eine Dusche, eine Wanne, ein WC und ein Waschtisch mit zwei Klapptüren. Zu auffällig. Dann fällt sein Blick auf eine fast unsichtbare quadratische Fuge am unteren Ende der Badewannenverkleidung. Eine Revisionsklappe. Tom geht auf die Knie, schiebt Violas Wohnungsschlüssel in die Fuge und hebelt die lose eingesetzte Marmorfliese aus der gemauerten Badewannenumrandung. Hinter der Öffnung ist der Abfluss der Wanne zu sehen. Auf dem Boden liegen Mörtelkrümel. Hastig legt er die Gegenstände aus seiner Jacke unter die Wanne und schließt die Klappe wieder. Dann dreht er das Wasser an der Wannenarmatur ab, zieht sich aus und stellt sich unter die Dusche.

Das Wasser ist heiß und brennt wohltuend auf der Haut. Er lässt es eine Weile auf seinen verspannten Nacken prasseln und versucht, die stärker werdenden Kopfschmerzen zu ignorieren. Dampfschwaden hüllen ihn ein. Als er beginnt, sich zu waschen, hat er für einen ganz kurzen Moment den Eindruck von Normalität. Genau in diesem Augenblick geht die Tür auf. Dr. Harris tritt ins Badezimmer und sieht ihn verblüfft an. »Oh.« Sie deutet auf die Badewanne. »Ich dachte …«

»Machen Sie das immer so?«, fragt Tom.

»Nein, ich …«, sie überlegt kurz, dann zuckt sie mit den Schultern. »Ist ja nicht so, dass ich Sie nicht schon unbekleidet gesehen hätte.«

»Da dürfen Sie ja bei einer ganzen Menge Leute einfach so ins Bad spazieren.«

Sie wendet verlegen den Blick ab. »Entschuldigung«, murmelt sie. »Ist wohl 'ne Art Berufskrankheit. Ich seh inzwischen nur noch Patienten.« Sie hält ein Becherglas mit einem bernsteinfarbenen Getränk darin hoch. »Schwarzer Tee. Und Ihre Schmerztabletten. Nehmen Sie eine, mehr nicht.« Sie stellt den Tee ans Waschbecken und legt die Packung mit den Tabletten daneben, dann hebt sie Toms Kleidung vom Boden auf. »Hinter der Tür ist ein Bademantel«, sagt sie. »Lassen Sie sich ruhig Zeit.«

Tom schaut über seine Schulter und sieht Dr. Harris dabei zu, wie sie mit flinken Händen seine schmutzige Kleidung in einen Wäschesack packt. Sie will gerade das Bad verlassen, als Tom plötzlich der gestohlene Ausweis des Arztes aus dem

St Thomas' Hospital einfällt. Der Mann ist ein Kollege von Dr. Harris, und was er jetzt gar nicht gebrauchen kann, ist, dass sie diesen Ausweis in seiner Hose findet. »Jillian, warten Sie. Einen Moment, die Hose brauche ich noch.«

Sie runzelt die Stirn. »Haben Sie etwas in den Taschen vergessen?« Sie legt den Wäschesack auf der Toilette ab und sucht darin nach der Hose.

Hastig schiebt Tom die Tür der Dusche einen Spalt auf. »Geben Sie mir doch bitte kurz die Hose.«

»Ist schon gut«, sagt Dr. Harris, »ich mach das schon.« Sie hat ein Hosenbein in der Hand und zieht das Kleidungsstück aus dem Wäschesack. Ihr nächster Handgriff wird mit Sicherheit dem Inhalt seiner Taschen gelten. Kurz entschlossen schiebt Tom die Duschkabinentür ganz auf und geht zu ihr. »Das würde ich gerne selbst machen«, sagt er und nimmt ihr die Hose aus der Hand. Das Wasser tropft von seinem Körper und bildet eine Lache um seine Füße. Jillian Harris starrt ihn an. »Wie Sie schon sagten, ist ja nicht das erste Mal, oder?«, sagt Tom leichthin.

»Ich, äh, ja. Natürlich«, stottert Dr. Harris.

Tom wurstelt seine nasse Hand in die Hosentasche und bekommt das Geld und den Ausweis zu fassen. Im Schutz der Tasche schiebt er den Ausweis zwischen zwei Pfundnoten und holt alles zusammen so heraus, dass sie den Ausweis nicht sehen kann.

»Das war's?«, fragt Jillian Harris sichtlich irritiert mit Blick auf das Geld.

»Das war's«, erwidert Tom, geht an ihr vorbei, nimmt ein Handtuch vom Waschbecken und bedeckt sich. Als er sich umdreht, hebt Jillian Harris rasch den Blick und errötet. »Oh, der Tee«, sagt sie. »Trinken Sie den zügig. Ihr Körper braucht Elektrolyte.«

»Elektrolyte«, wiederholt Tom.

»Und wenn Sie fertig sind, kommen Sie einfach runter. Ich vermute mal, Sie haben Hunger.«

»Danke.«

Dr. Harris nickt. Als sie mit dem Wäschesack das Bad verlässt, kommt sie Tom plötzlich zerbrechlich und verloren vor, nicht wie die taffe Ärztin Dr. Harris, sondern wie eine überforderte junge Frau. Nachdenklich dreht er das Wasser in der Dusche ab, dann zieht er den Bademantel an. Das verdammte Ding ist drei Nummern zu klein für seine eins sechsundneunzig.

Der Tee ist kräftig und stark gezuckert. Auf der Medikamentenschachtel steht *Tramal*. Tom spült eine Tablette mit etwas Tee hinunter. Sein Magen meldet sich und verlangt nach einer Mahlzeit, doch er will noch kurz allein sein und setzt sich auf die Fußmatte vor der Wanne. Für einen Moment schließt er die Augen und versucht, sich über seine Situation klar zu werden. Ohne es zu merken, dämmert er dabei weg und schreckt nach einer Weile hoch, mit dem Gefühl, wieder die Zeit verloren zu haben. Er muss an Jillian Harris denken. Will sie ihm wirklich helfen? Und war das Peer Grauwein, der aus Berlin angerufen hat? Auf jeden Fall verheimlicht Dr. Harris ihm etwas.

Das Gefühl, dass etwas nicht stimmt, lässt ihm keine Ruhe, also steht er auf, öffnet die Tür des Badezimmers und schaut in den Flur. Die Kristalllüster werfen kleine Regenbogenflecken an die Wände. Auf jeder Seite des Flurs sind mehrere Türen; bei der schräg gegenüberliegenden steckt ein Schlüssel im Schloss. Merkwürdig, denkt Tom. Warum steckt der Schlüssel außen?

Er tritt in den Flur und geht zur Tür hinüber. Nach der feuchtwarmen Luft im Bad erscheint es ihm eiskalt im Flur.

Seine nackten Füße versinken in dem dunkelroten Teppichboden. Auf einem rot lackierten Sideboard neben der Tür steht ein ebenfalls rotes Gefäß aus Ton. Das rote Haus, denkt Tom. Er hat plötzlich das Gefühl, die Wände stehen schief. Vorsichtig drückt er die Klinke der Tür. Das Zimmer ist abgeschlossen.

Tom schwankt und hält sich an der Klinke fest. Er fühlt sich seltsam leicht und schmerzfrei, beinah als hätte er etwas getrunken. Amüsiert über seinen Zustand, tastet er nach dem Schlüssel. Das blöde Metallding weicht ihm ein paarmal aus, dann bekommt er den Schlüssel zu fassen und dreht ihn um. Im Schloss klickt es. Tom drückt die Klinke.

Die Tür schwingt auf.

Vor ihm liegt ein dunkles Zimmer. Hinter den zugezogenen dicken Vorhängen zeichnen sich schwach die waagerechten Schlitze der geschlossenen Fensterläden ab. Seine Finger tasten an der Wand nach einem Lichtschalter und finden ihn.

Mit einem Schlag ist das Zimmer taghell. In der Mitte des Raumes befindet sich ein leeres Krankenbett, das mit einem dünnen weißen Laken abgedeckt ist. Unter dem Laken zeichnen sich waagerechte Linien ab, die ihn an Fixiergurte erinnern. Rechts neben dem Bett steht ein Gestell mit einer Reihe medizinischer Geräte, das mit einer schützenden Plastikfolie abgedeckt ist.

Tom hat das Gefühl, nicht mehr atmen zu können, und beginnt von der einen auf die andere Sekunde zu schwitzen. Er versucht, einen klaren Gedanken zu fassen, doch sein Herz rast. Panisch versucht er zu atmen, bekommt aber keine Luft in die Lunge. Es ist, als ob jemand auf seiner Brust sitzen würde. Was um Himmels willen ist das? Fühlt sich so ein Herzinfarkt an? Ein Schlaganfall? Müsste er dann nicht schon das Bewusstsein verloren haben?

Der Tee, schießt es ihm in den Sinn. Irgendetwas war in dem Tee.

Draußen im Flur hört er den Boden knarzen.

Er muss weg hier. Weg von diesem Bett, weg von Jillian Harris und fort aus diesem roten Haus.

Kapitel 22

Tom schlägt die Augen auf. Im ersten Moment fehlt ihm jede Orientierung. Es kommt ihm vor, als wäre er in einer psychotischen Zeitschleife gefangen: Wieder und wieder wacht er auf und weiß nicht, wo er ist.

Er atmet gierig, und seine Lunge füllt sich mit Luft.

Er spürt eine Hand auf seinem Arm. Schüttelt sie ab.

»Hey! Ganz ruhig«, sagt Dr. Harris leise. »Wie geht's Ihnen?«

Tom setzt sich ruckartig im Bett auf. Die Ärztin sitzt neben ihm auf einem Korbstuhl, den sie ans Bett geschoben hat, ein großes Doppelbett, das ganz anders aussieht als das Krankenbett in dem verschlossenen Zimmer. Gegenüber eine Kommode, vor dem Fenster durchscheinende weiße Vorhänge, draußen ist es dunkel. Es ist später Abend, oder Nacht? Das Geräusch von Blättern, die sich leicht im Wind bewegen, dringt durch das einen Spaltbreit geöffnete Fenster.

»Offensichtlich besser«, beantwortet sich Dr. Harris ihre Frage selbst.

»Was ist ... was haben Sie mit mir gemacht?«, stößt Tom hervor. Er schaut an sich hinab. Er trägt immer noch den Bademantel, der Gürtel hat sich gelöst, sein Oberkörper ist halb entblößt, und die Decke ist bis zur Hüfte hinabgerutscht. Der Bettbezug ist schweißnass. Auf dem Nachttisch liegt eine Nierenschale mit einer leeren Spritze und einer Medikamentenschachtel. »Was zum Teufel ist das?«, fragt Tom.

»Naloxon«, erwidert Jillian Harris. »Gewissermaßen der Gegenspieler von Tramadol.«

»Ich versteh kein Wort. Was haben Sie mit mir gemacht?« Tom zieht den Bademantel zusammen und bindet den Gürtel neu.

»Eigentlich nichts. Ich hab Ihnen ein Schmerzmittel gegeben. Tramal. Die Tabletten, die ich Ihnen ins Bad gebracht habe. Erinnern Sie sich?«

Tom nickt. »Klar, ja.«

»Wie viele haben Sie davon eingenommen?«

»Eine, wie Sie gesagt haben«, erwidert Tom.

Sie runzelt die Stirn und streicht sich eine Strähne ihrer roten Haare aus dem Gesicht. »Dann verstehe ich es ehrlich gesagt nicht. Vermutlich sind Sie allergisch dagegen.«

Das quälende Gefühl, nicht mehr atmen zu können, ist Tom gut im Gedächtnis geblieben, es ist, als ob sich jede Faser seines Körpers daran erinnerte. »Sie meinen, das war eine allergische Reaktion?«

»Anders kann ich es mir nicht erklären. Ihre Atemnot, die Schweißausbrüche, die Panik und die Desorientierung, das sind alles klassische Symptome einer Überdosis Schmerzmittel. Aber das passiert normalerweise nicht bei einer einzelnen Tablette.«

»Und der Tee? Was war in dem Tee?«, fragt Tom argwöhnisch.

Jillian Harris hebt die Augenbrauen. In ihrem Gesicht spiegeln sich Ärger und Enttäuschung. »Zucker«, erwidert sie schroff. »Sie haben nicht auf den Tee reagiert, schlagen Sie sich das aus dem Kopf. Sind Sie ganz sicher, dass Sie nur eine einzige Tramal genommen haben?«

»Natürlich«, braust Tom auf, »ich …« Plötzlich verstummt er. Die Ibuprofen-Tabletten und das Novalgin aus Violas

Wohnung schießen ihm durch den Kopf. Er hatte reichlich davon genommen. Möglicherweise war das die Erklärung für die Überdosis. Er hatte einfach nicht nachgedacht und auf das Novalgin und die Ibus noch Tramal genommen, und das auch noch auf fast nüchternen Magen. »Vielleicht«, sagt er und räuspert sich, »hab ich doch mehr genommen.«

»Wie viele?«

»Zwei oder drei vielleicht ... Ich war nicht ganz bei mir.«

Jillian Harris sieht ihn skeptisch an. Dann rollt sie mit den Augen. »Großartig. Viel hilft viel, hm?« Jetzt blitzt Ironie auf. »Und dann *mir* unterstellen, dass ich Ihnen was in den Tee gemischt habe.«

Tom schweigt betreten. Sie hat recht, und er fragt sich, ob er sich die ganze Zeit in ihr getäuscht hat, als ihm plötzlich das seltsame Krankenzimmer mit dem Bett und den Fixiergurten einfällt. »Was ist mit dem Bett?«, fragt er.

»Keine Sorge«, sagt sie ungerührt. »Ich ziehe das feuchte Bettzeug ab und wasche es. Können Sie aufstehen?«

»Nein, ich meine das andere Bett, in dem verdunkelten Zimmer gegenüber vom Bad. Das mit den Fixiergurten.«

Jillian Harris verzieht den Mund. Ein Schatten gleitet über ihr Gesicht. »Ach das ...« Sie schaut zu Boden, und Tom überlegt, ob sie Zeit gewinnen will, um ihm eine Lüge aufzutischen. »Das war das Bett meines Vaters«, seufzt sie. »Alistair Beecham. Das hier ist ... nein, *war*«, verbessert sie sich, »sein Haus. Er war dement. Und er hatte noch ein paar andere Erkrankungen. Ich hab ihn hier gepflegt. Vor zwei Monaten ist er gestorben.«

Tom bleibt der Mund offen stehen. Mit einem Mal fallen alle Verdächtigungen gegenüber Jillian Harris zusammen wie ein Kartenhaus. Natürlich! Sie hatte ja schon im Krankenhaus erwähnt, es gebe einen Fall von Demenz in ihrer

Familie. Sie hatte nur nicht gesagt, wer daran erkrankt war. »O Gott, das ... tut mir leid.«

»Danke.« Jillian Harris ringt sich ein Lächeln ab und versucht, Haltung zu bewahren.

»Dann haben Sie mir wirklich geholfen, weil mein Gedächtnisverlust Sie an ihn erinnert hat?«

»Ich ... ja«, sagt Jillian Harris leise. Dann hebt sie den Blick und setzt sich kerzengerade auf, als hätte sie sich zu etwas durchgerungen. »Aber da ist noch etwas.«

»Noch etwas?« Tom geht in Habtachtstellung.

»Das Telefonat mit Ihrem Kollegen.«

»Was ist damit?«

»Ihr Kollege«, sagt sie gedehnt, »er hat mir etwas erzählt, das Sie offenbar nicht wissen. Oder vielmehr ... nicht *mehr* wissen. Er wollte, dass ich es Ihnen sage, weil er mitbekommen hat, dass Sie sich wohl an einige Dinge nicht erinnern können.«

Tom erstarrt innerlich. Also doch. Jillian Harris hatte ihm etwas verheimlicht. Und so schwer, wie es ihr gerade fällt, es auszusprechen, muss es etwas Entscheidendes sein. Er spürt, wie sich sein Magen verkrampft. Das Loch in seiner Erinnerung ist wie ein Damoklesschwert, es kann jederzeit auf ihn herabfallen, und er fürchtet sich vor dem, was er angerichtet hat. Es muss einen Grund geben, warum sich alle von ihm abgewandt haben. »Was hat er Ihnen gesagt?«, fragt er. »Und warum haben Sie mir das nicht gleich erzählt?«

»Ich ... tut mir leid. Ich dachte einfach, Sie verkraften das noch nicht. Ich wollte abwarten, bis Sie etwas zur Ruhe kommen, um Ihnen –«

»Hören Sie auf, drum herumzureden. Sagen Sie endlich, was los ist. Geht es um meine Frau? Oder um meinen Sohn?«

Die Ärztin holt tief Luft. »Ihr Vater ist tot.«

Tom starrt sie ungläubig an. »Sagen Sie das noch mal.«

Jillian Harris blinzelt eine Träne fort. »Ihr Vater Werner ist gestorben.«

Die Information kommt in Toms Gehirn an, doch es ist, als ob die Instrumente zur Verarbeitung defekt wären. Die Worte sind da, aber sie bleiben irgendwie seltsam leer, finden keinen Widerhall.

»Wie?«, fragt Tom heiser.

»Wie er gestorben ist? Bei ... bei einem Unfall in der U-Bahn in Berlin.«

»Ein Unfall? Was für ein Unfall?«

»Ich weiß es nicht. Ein Unfall eben.«

»Ein Bahnunfall?«

»Ich ... es tut mir leid, ich weiß es nicht. Ihr Kollege hat nicht viel dazu gesagt.«

»Ist das wirklich sicher?«

»Ja, so habe ich ihn verstanden.«

»Wie lange ist das her?«

»Etwas mehr als vier Wochen.«

Mehr als vier Wochen. Dann ist er bereits beerdigt worden! Tom hätte gerne etwas zum Festhalten, um nicht in dieses Loch zu fallen, das sich unter ihm auftut.

Dr. Harris sieht ihn schweigend an, wartet auf eine Reaktion. »Tom, es tut mir so leid! Ich weiß, was Sie jetzt durchmachen, ich ...« Ihr versagt die Stimme, Tränen laufen ihr über die Wangen.

In Toms Kopf fliegen Bilder umher. Sein Vater am Steuer des Trabants, noch zu Zeiten der DDR, er und Viola auf der Rückbank. Violas kleine Finger um seine Hand geklammert.

Sein Vater, der ihm sagt, dass er Lassie weggegeben hat.

Sein Vater, mit einer Mütze auf dem Kopf und einem Gewehr in der Hand, wie er auf Bruckmann schießt, um Tom das Leben zu retten und Gott weiß was für eine Rechnung zu begleichen. Und sein Vater, wie er dann über den Stoppelacker davonstapft, um unerkannt der Verhaftung zu entgehen.

Sein Vater mit Gertrud. Sein Vater mit Phil auf dem Arm, glücklich. Sein Vater mit dem Foto von Viola in der Hand, zitternd, leugnend. Das sei nicht Viola, nur eine Frau, die ihr ähnlich sehe. Deshalb habe er das Foto aufgehoben.

Warum zum Teufel fühlt er nichts? Es kommt ihm vor wie ein Déjà-vu, als hätte er den Tod seines Vaters schon einmal erlebt und ihn betrauert. Er ist leer, und diese Leere ist schlimmer als Traurigkeit, sie macht, dass er sich schuldig fühlt. Warum ist Anne nicht hier, warum ist Phil nicht bei ihm? Er kommt sich vor, als hätte die Welt ihn ausgespuckt, alleingelassen, als würde er für etwas bestraft, von dem er nicht weiß, was es ist.

Was habe ich getan?

Zitternd atmet er ein.

»Es tut mir so leid«, sagt Jillian Harris und nimmt seinen Kopf in ihre Hände. Er lehnt seine Stirn an ihre. Zögert. Will das Richtige tun. Braucht etwas. Kann sich nicht entscheiden – und entscheidet sich dann doch.

Sein Kuss hat etwas Wildes, Verzweifeltes. Ihrer ist salzig, verloren, hungrig, sehnsüchtig.

Endlich fühlt Tom etwas. Es ist keine Trauer, nur Trotz und Sehnsucht und Gehaltenwerden und Vergessenwollen.

Sie zieht den Pullover aus. Er die Hose. Ihre. Seine hat er gar nicht an. Das Bett ächzt unter ihrer beider drängenden Bewegungen. Schmerz wegvögeln. Fliegen wollen. Nur bitte nie wieder landen. Sie krallt sich an seinem Rücken fest, zieht ihm Striemen in die Haut, und er nimmt den Schmerz, weil er so gut zu seiner Schuld passt. Seiner Schuld, seine

Frau verloren zu haben, seinen Sohn, seinen Vater, ohne zu wissen, warum das alles. Und zu seiner Schuld, die eine verloren zu haben, mit der alles angefangen hat. Hätte er doch nur nie den Schlüssel gefunden. Hätte er ihr nur nie davon erzählt.

Kapitel 23

Viola? Sita Johanns steht im tosenden Wind auf dem Balkon. Regen schlägt ihr ins Gesicht, sie ist nass bis auf die Haut und friert. Erst jetzt lässt sie das Gitter los. Ihr Verstand braucht eine Weile, bis er die Botschaft verarbeiten kann. Die Festung Tauenstein ragt düster neben ihr auf, die erleuchteten Fenster des Aufenthaltsraums wirken wie aus einer anderen Welt. »Sie meinen Toms Schwester?«, ruft sie gegen den Wind. »Warum sollte Forsberg sich für Viola interessieren? Wie kommen Sie darauf?«

»Forsberg hat mich nach ihr gefragt«, erwidert Walter Bruckmann. »Immer und immer wieder. Er ist geradezu besessen davon, sie zu finden.«

Zu der Kälte von außen kommt eine innere Kälte. Viola erscheint Sita wie ein Gespenst. Seit Jahren ist Sita Zeugin, wie Toms kleine Schwester seinen Verstand beherrscht, wie sie Toms Handlungen bestimmt, fast so, als wäre sie ein unsichtbares Gift, das seine Psyche seit Jahrzehnten atmet. Ja, sie hat Tom geglaubt, dass Walter Bruckmann hinter dem Anschlag auf seinen Vater steckt, sie hat geglaubt, dass er sich an Toms Familie rächen will. Doch als Tom behauptet hat, bei dem Überfall in der U-Bahn wäre es um Viola gegangen, war sie sicher gewesen, dass Tom sich das einbildete. Manchmal hatte sie den Eindruck gehabt, dass er einfach alles, was ihm zustieß, auf seine Schwester bezog. Sogar in den Momenten, in denen sie Tom am nächsten gewesen war, hatte sie seine Fixierung auf Viola immer etwas Distanz halten lassen. Sicherheitsabstand. Zu einem Mann, der vergeben war. Sie hatte nie verstanden, wie Anne das aushalten konnte, bis sie begriff, dass Tom seiner Frau fast nichts von Viola erzählte. Anne hatte keine Ahnung, dass er manchmal Vis Stimme hörte. Sie wusste nicht, wie oft Tom nachts nicht im Polizeidienst unterwegs gewesen war, sondern nach Viola gesucht hatte. Und obwohl sie all das nicht wusste, hatte Anne dennoch Vis Anwesenheit gespürt und Tom ein Ultimatum gestellt: Sie oder ich.

Anne wusste einfach nicht, dass sie gegen Viola keine Chance hatte.

Zwei Tage nach der Beerdigung von Werner Babylon hatte Sita mit Tom zusammen sein Elternhaus durchsucht. Tom hatte auf weitere Fotos von Viola gehofft, doch sie hatten nichts gefunden. Zuletzt hatte Tom ihr im Keller das alte Versteck in der Mauer gezeigt, in dem damals der Schlüssel gelegen hatte und wo ihm Viola den Zettel mit ihrem kindlichen »Tschuldigung« hinterlassen hatte, bevor sie mit dem Schlüssel spurlos verschwand.

Erschöpft von der erfolglosen Suche, setzten sie sich auf zwei Kisten. Die Lampe an der Decke schaukelte noch, weil Tom mit seinen eins sechsundneunzig kurz vorher dagegengestoßen war. Er rieb sich die Spinnweben aus dem Gesicht. Sein Blick war leer und weit fort. Man hätte denken können, er trauere um seinen Vater, doch Sita wusste es besser. »Du fühlst dich betrogen, oder?«

Tom sah überrascht auf. »Was dachtest du denn? Er wusste, dass sie lebt – und er hat's mir verschwiegen. Mein eigener Vater.«

»Und wenn es stimmt, was er gesagt hat?«

»Was denn? Dass die Frau auf dem Foto nicht Viola ist? Was für ein Blödsinn. Er hat gelogen. Er wollte nicht zugeben, dass er mich schon mein ganzes Leben lang angelogen hat.«

»Werner muss irgendeinen Grund dafür gehabt haben.«

Tom schnaubte wütend. »Der Grund ist mir ehrlich gesagt vollkommen egal. Es gibt keine Entschuldigung für das, was er getan hat.«

»Tom, ich suche doch nicht nach einer Entschuldigung. Nur nach einer Erklärung.«

»Die Erklärung ist, dass mein Vater nicht begriffen hat, dass man so etwas nicht macht«, sagte Tom bitter. »Egal, welche Gründe er hatte. Wenn er nur einen Funken Mitgefühl für mich gehabt hätte, wenn ich ihm auch nur das Geringste bedeutet hätte, dann hätte er mir das nicht angetan.«

»Dein Vater hat dich geliebt, Tom. Das habe ich ihm angesehen.«

»Einen Scheiß hat er«, knurrte Tom.

»Das glaube ich nicht, aber da war noch etwas Stärkeres.«

»Stärker als die Liebe zu seinen Kindern? Was soll das sein?«

»Angst«, schlug Sita vor. »Scham. Oder Schuld.«

»Schuld? Wie meinst du das?«

Sita zögerte. Sie war nicht sicher, ob Tom ihr die Antwort übel nehmen würde. »Was verbindet dich mit Viola?«

»Mich?«

»Ja, dich.«

»Was denkst du?«, fragte Tom. »Muss ich das erklären? Sie ist meine kleine Schwester. Sie fehlt mir.«

»Also Liebe?« Sita sah ihn fragend an.

»Geschwisterliebe. Ja, klar.«

»Weißt du, was ich denke, was dich wirklich seit vielen Jahren mit ihr verbindet?«, fragte sie behutsam.

Tom runzelte die Stirn, dann veränderte sich etwas in seinem Blick, und er sah zu dem losen Ziegel in der Kellerwand. Er wusste es, das konnte sie in diesem Moment sehen. Doch er wollte es nicht hören, weil es ihn ohnehin schon quälte, seit er vierzehn war, also hatte sie geschwiegen.

Der Regen ist jetzt spitz wie Nadeln. Inmitten des Sturms, vor Bruckmanns Augen, wird ihr klar, wie sehr sie Tom schützen wollte und warum sie eigentlich *den Weg von Berlin bis hierher auf sich genommen hat. Aus demselben Grund, warum sie sich dazu hergegeben hat, Toms Drohung an Bruckmann weiterzugeben, und warum sie immer noch bereit ist, alles, wirklich alles für Tom zu tun.*

Zum Teufel mit Morten. Er hat recht gehabt.

Und Tom? Nach dem, was Bruckmann gerade gesagt hat, scheint er auch recht zu haben, wenigstens zum Teil. Es geht um Viola. Auch wenn sie nicht begreifen kann, weshalb. »Warum sollte Forsberg nach Viola suchen? Viola ist tot«, ruft Sita, obwohl sie es besser weiß. Aber das muss Bruckmann nicht wissen. »Sie ist 98 im Teltowkanal ertrunken. Tom hat mir erzählt, dass Sie selbst auf der Beerdigung waren.«

»Ja, schon. Aber Forsberg scheint überzeugt zu sein, dass sie lebt. Und er will sie finden.«

»Aber wieso?«

»Das müssen Sie Forsberg fragen! Aber was ist mit Tom? Mal ehrlich. Er hat doch immer daran geglaubt, dass seine Schwester lebt. Warum sonst hat er all die Jahre nach ihr gesucht? Ich kann mich an mindestens zwei Disziplinarmaßnahmen wegen Amtsmissbrauchs und mehrere Dienstaufsichtsbeschwerden gegen ihn erinnern, weil er auf der Suche nach ihr ständig rote Linien überschritten hat.«

»Ich weiß nicht, was Tom glaubt oder nicht glaubt«, entgegnet Sita.

»Sie lügen. Wenn jemand weiß, was Tom glaubt, dann Sie.«

»Tom ist genauso paranoid wie Sie. Niemand weiß, was in seinem Kopf vorgeht.«

»Kommen Sie, all die Jahre, und er hat nie mit Ihnen darüber gesprochen?«

»Was genau wollte Forsberg über Viola wissen?«, fragt Sita, um auszuweichen.

»Also hat *er mit Ihnen gesprochen«, stellt Bruckmann fest.*

»Warum sollte er. Das ist seine Sache.«

Bruckmann schaut sie eine Weile schweigend an. »Warum machen Sie das hier?«, fragt er schließlich.

»Sie haben mich doch hier rausgeschleppt.«

»Ich frage Sie, warum Sie überhaupt hierhergekommen sind. Nach Tauenstein. Zu mir. Warum überbringen Sie mir Toms Drohungen? Warum das Risiko?« Bruckmann beobachtet jede ihrer Regungen. »Morten hat Sie wohl kaum geschickt, oder? Was ist es dann? Solidarität unter Kollegen? Freundschaft?«

Sita spürt, wie sich ihr ganzer Körper verspannt. Sein Blick geht ihr durch und durch.

»Freundschaft reicht dafür nicht, oder?«

Er weiß es, denkt Sita.

Walter Bruckmann lächelt humorlos. Ein Machtlächeln. Hungrig nach mehr Details. Jede kleine Intimität und jedes Geheimnis nährt ihn und sein Gefühl von Überlegenheit. Die einzige Antwort, die ihm das nehmen würde, wäre Ehrlichkeit. Sie könnte es einfach zugeben. Aber sie würde sich lieber die Zunge abbeißen, als es auszusprechen.

»Tom hat mit Ihnen über Viola gesprochen«, stellt Bruckmann erneut fest.

»Wer ist hier jetzt derjenige, der Fragen über Viola stellt? Forsberg? Oder Sie?«

»Ich interessiere mich nur für die Kleine, weil Forsberg es tut. Wenn jemand so oft fragt wie er, dann lohnt es sich zu wissen, was er wissen will.«

»Einmal Stasi, immer Stasi«, erwidert Sita.

»Das Prinzip ist uralt, das gab es schon im alten Rom. Und vermutlich noch früher.«

Eine Weile schauen sie einander an. Der Wind hat etwas nachgelassen. Der Regen kommt nicht mehr von der Seite, er fällt einfach und läuft kalt zwischen Sitas raspelkurzen Haaren herab.

Walter Bruckmann holt erneut die Kaugummipackung aus seiner Hosentasche, schüttet die flachen Kaustreifen in seine linke Hand, nimmt dann zwei von ihnen und hält sie hoch. »Sie – und ich«, sagt er und steckt die beiden Streifen zurück in die Aluhülle. Dann presst er sie in der Faust zusammen und wirft sie im hohen Bogen durch die offene Gittertür hinaus in den Regen. Schweigend schaut er der Packung nach, wie sie trudelnd im Dunst verschwindet, bevor sie weiter unten gegen die Felswand prallt. »Entweder«, sagt er, »wir gehen hier beide unter. Ich langsam – und Sie schnell, denn irgendeinen Weg wird Forsberg finden. Oder aber wir tun uns zusammen und kommen beide hier raus.«

»Wie kommen Sie nur auf die Idee, dass ich Ihnen hier raushelfe? Mal ganz abgesehen davon, dass ich im Moment gar nicht wüsste, wie.«

Bruckmann lächelt schmal. »Ich hatte zwei Gelegenheiten, Sie zu töten. Beide habe ich nicht genutzt. Forsberg wird dafür sorgen wollen, dass mir das leidtut. Sie *sollten dafür sorgen, dass es mir* nicht *leidtut. Sonst werde ich die dritte Gelegenheit nutzen müssen.« Er sieht zur offenen Gittertür. »Oder vielleicht doch schon die zweite?«*

Sita starrt ihn an und sucht nach einem Ausweg. Das Letzte, was sie tun will, ist, einem psychopathologischen Mörder zur Freiheit zu verhelfen.

»Der Zweck heiligt die Mittel«, sagt Bruckmann.

»Das tut er nie«, gibt Sita zurück.

»Tut er. Und Sie haben sich bereits darauf eingelassen.«

»Ich wüsste nicht, wann.«

»In dem Moment«, sagt Bruckmann, »als Sie mir Toms Drohung überbracht haben. Wenn einem Mitglied seiner Familie etwas passiert, dann passiert auch einem Mitglied meiner Familie etwas. Ihre Worte. Auge um Auge.«

»Das waren Toms Worte. Ich habe sie nur überbracht.«

»Und schon sind Sie auf der anderen Seite, oder? Sie haben eine Grenze überschritten.« Bruckmanns Blick bohrt sich in ihren. »Und jetzt sagen Sie nicht, es gäbe einen Unterschied zwischen etwas sagen und etwas tun. Das würde die ganze Drohung entwerten. Und das wollen Sie nicht, oder?«

Sita versucht, Bruckmanns Blick standzuhalten. Die Kälte, der Regen und die Dunkelheit bringen die Erinnerung an die Nacht im Wald zurück, in der sie wie von Sinnen auf einen ihrer Peiniger eingeschlagen hat. Auge um Auge. Sie hat die Grenze schon vor langer Zeit überschritten, aber sie hat sich damals geschworen, es nie wieder zu tun. Vielleicht gibt es ja eine Möglichkeit, mit Bruckmann die Flucht zu planen und ihn zurückzulassen oder ihn nach der Flucht der Polizei zu übergeben.

»Sie stehen mit dem Rücken zur Wand«, sagt Bruckmann.

»Sagen wir mal, ich würde mich darauf einlassen. Warum glauben Sie, dass ich hier einen Weg herausfinde?«

Bruckmann lächelt. »Das müssen Sie gar nicht.« Er fasst unter den Bund seiner Jogginghose. Für einen Augenblick sieht es aus, als ob er sich ans Gemächt fasste, dann fördert er ein schwarzes, sehr kleines Handy zutage, kaum größer als sein Daumen, mit der Aufschrift L8STAR. *Es ist mit Folie umwickelt, und Bruckmann drückt es ihr so schnell in die Hand, dass sie gar keine Möglichkeit hat, darüber nachzudenken, wo genau er das Handy aufbewahrt hat. »Halten Sie es gut versteckt«, sagt Bruckmann. »Sie müssen nur einen Anruf machen. Den besten Empfang haben Sie in der Toilette im Aufenthaltsbereich.«*

»Wenn Sie schon ein Handy haben, warum rufen Sie nicht selbst jemanden an?«, fragt Sita.

»Sie misstrauen mir«, stellt Bruckmann fest.

»Wundert Sie das? Warum soll ich für Sie telefonieren?«

Bruckmann schnaubt. »Hören Sie, es mag Ihnen ja komisch vorkommen, aber was glauben Sie, wer noch den Hörer abnimmt, wenn ich anrufe? In meinen Händen ist das Telefon wertlos.«

»Gut«, räumt Sita ein. »Aber wen bitte soll ich anrufen? Einen Anwalt? Ich bezweifle, dass –«

»Wer redet denn von einem Anwalt«, unterbricht Bruckmann sie. »Haben Sie das immer noch nicht begriffen? Kein Anwalt und kein Richter der Welt wird Sie hier rausholen. Sie müssten sich durch alle Instanzen klagen. Erinnern Sie sich an den Fall Gustl Mollath? Da hat es acht Jahre gedauert.«

»Und was ist die Alternative?«

»Rufen Sie meine Tochter an.«

»Ihre Tochter? Welche von beiden, Sabine oder –«

»Meine Älteste natürlich, Gisell.«

Vor Sitas innerem Auge taucht das Bild der rebellischen jungen Frau mit den blauen Haaren auf. »Warum rufen Sie sie nicht selbst an.«

»Sie würde kein Wort mit mir sprechen, das wissen Sie. Aber Ihnen wird sie zuhören. Sie vertraut Ihnen, nach dem, was Sie im letzten Jahr für sie getan haben.«

»Ich kenne nicht mal ihre Telefonnummer.«

»Steht im Verzeichnis, unter G.«

»Selbst wenn, wie soll Ihre Tochter uns hier jemals rausholen?«

»Sie können auch Bene Czech direkt anrufen, wenn Sie seine Nummer auswendig kennen ...«

Sita schaut Bruckmann wie vom Donner gerührt an.

»Dachten Sie etwa«, sagt Bruckmann, »ich weiß nicht, mit wem meine Tochter sich eingelassen hat?«

»Sie wussten das? Haben Sie Bene Czech etwa deshalb damals niedergeschossen?«

»Czech ist ein Berufsverbrecher, er war Verdächtiger in einem Entführungsfall ...« Bruckmann zuckt mit den Schultern. »Aber ja, einer der Gründe war, dass er meine Tochter vögelt.«

»Und jetzt glauben Sie, Bene würde helfen, ausgerechnet Sie hier rauszuholen?«

»Ihr Job ist es, ihn dazu zu bringen. Und wenn jemand das kann, dann Sie. Ich glaube, für Sie würde er immer noch alles tun, oder?« Bruckmann lächelt. Auch das scheint er also zu wissen. Sita fragt sich, über wen alles er noch so viel weiß. Tom hat immer vermutet, dass Bruckmann im Besitz einer Reihe alter Stasiakten ist, doch diese Akten sind nie aufgetaucht – auch nicht nach Bruckmanns Verhaftung. »Bene wird Sie umbringen, wenn er Ihnen begegnet.«

»Nicht wenn Gisell Bescheid weiß.«

»Sie glauben, dass Ihre Tochter ihn zurückhalten wird? Gisell hasst Sie.«

»Beziehungen zwischen Töchtern und Vätern können sehr besonders sein«, sagt Bruckmann. »Auf eine Weise, die Sie, glaube ich, nie erfahren haben, oder?«

»Lassen Sie meinen Vater da raus.«

»Ein kubanischer Gastarbeiter in der DDR, oder? Hat Ihnen Ihre Mutter nie seine Adresse genannt?«

»Es gibt keine Adresse. Niemand kennt sie«, sagt Sita brüsk.

»Und wenn ich sie doch weiß? Wenn ich sie Ihnen geben könnte, im Tausch gegen meine Freiheit?«

Sita spürt einen Stich im Herzen. »Sie bluffen.«

»Und Sie wollen es wissen. So sehr wie nichts anderes auf der Welt, oder?«

Wie wahrscheinlich ist es, überlegt Sita, dass Bruckmann die Adresse ihres Vaters tatsächlich kennt? Sie hat selbst danach gesucht, ohne jeden Erfolg. Die Stasi hatte zwar Informationen über Gastarbeiter gesammelt wie alle anderen Informationen auch, aber da Gastarbeiter immer mit großer Geringschätzigkeit behandelt worden waren, war das Interesse an diesen Akten nie groß gewesen. Wahrscheinlich ist es nur ein Bluff, und dennoch, zuzutrauen ist es ihm.

»Sita, hier drin«, Bruckmann tippt sich an die Schläfe, »ist alles fertig. Ich habe einen Plan. Ich erkläre Ihnen, was Sie tun müssen. Ich erkläre Ihnen, was Sie zu meiner Tochter sagen müssen – und was Sie zu Forsberg sagen müssen. Sie müssen mir vertrauen. In Ordnung?«

»In Ordnung ist hier gar nichts.«

»Tun Sie es für Tom – und für sich. Denken Sie an die Adresse.«

»Wenn ich etwas für Tom tun würde, dann würde ich Sie hier verrotten lassen.«

»Das würden Sie tun? So sehr lieben Sie ihn?«

Sita starrt Bruckmann an. Regentropfen laufen ihr übers Gesicht. Es ist, als ob er in ihrem Kopf sitzen würde, und egal, was sie jetzt antwortet, es ist falsch; sogar das Schweigen kommt ihr falsch vor.

Bruckmann lächelt immer noch. Er ist in seinem Element. »Die gute Nachricht ist: Sie tun Tom einen Gefallen, wenn Sie mich befreien. Er weiß es nur noch nicht. Also hören Sie mir jetzt gut zu und merken Sie sich jedes Detail. Ein Teil Ihrer zwei Stunden ist bereits um. Viel Zeit bleibt Ihnen also nicht mehr. Und Sie müssen gleich noch telefonieren.«

»Okay«, sagt Sita beklommen.

»Jeden Dienstag- und Freitagvormittag kommt ein Lieferwagen vom Wäschedienst.«

»Es gibt einen Wäschedienst? Wird das nicht im Haus gemacht?«

»Das hat Forsberg probiert, aber es gab ständig Probleme.« Bruckmann lächelt, und sein Blick lässt Sita vermuten, dass er seinen Anteil an den Problemen hat. Wie lange plant er seine Flucht schon?

»Die Wäschefirma fährt einen weißen Lieferwagen, das ist unser Weg nach draußen.«

Sita fällt der weiße Sprinter ein, der sie auf ihrer Fahrt über die Gebirgsstraße nach Tauenstein beinah abgedrängt hat. »So einfach?«

Bruckmann ignoriert ihre Frage. »Wir haben drei Probleme. Erstens: Wie kommen wir aus der Geschlossenen ins Wäschelager. Das ist meine Aufgabe. Zweitens: Die Wäschefirma muss mitspielen, der Fahrer muss ausgetauscht und gebrieft werden, oder noch besser: gekauft. Dafür müssen Sie sorgen. Und drittens, das größte Problem: der Sicherheitsdienst. Pantaleon heißt die Firma. Auf dem Gelände der Klinik gibt es tagsüber sechs bewaffnete Securitys. Zwei von ihnen patrouillieren auf dem Gelände, zwei kontrollieren den Zugang zum Gebäude, und die anderen beiden kontrollieren das Tor an der Zufahrt. Sie kontrollieren jedes Fahrzeug, das rein- oder rauskommt. Und die Kollegen am Gebäude kontrollieren ebenfalls. Das heißt, wir müssen mindestens vier der sechs Sicherheitsleute auf unserer Seite haben. Wenn es nur vier sind, müssen wir sicher sein, dass keine ungeplante Rotation zwischen den Männern stattfindet. Das, meine Liebe, ist auch Ihr Job.«

Sita starrt ihn ungläubig an. »Das sind fünf Leute. Vielleicht sogar sieben. Wie um Himmels willen soll das gehen?«

»Jetzt wissen Sie, warum ich das nicht alleine hinkriege«, erwidert Bruckmann.

Kapitel 24

Tom schlägt die Augen auf, und zum ersten Mal seit Tagen überkommt ihn dabei keine Furcht.

Durch den offenen Spalt des englischen Fensters dringt frische Luft und das Zwitschern einer Amsel. Von irgendwoher kommen leise Verkehrsgeräusche. Die Morgensonne fängt sich im Baum vor dem Fenster und zeichnet helle Flecken an die Wand. Die zartgrüne Tapete ist mit Blumen und Zweigen gemustert. Über einer dunklen Kommode hängt ein Spiegel, in dem er sich sehen kann.

Jillian liegt neben ihm und schläft noch; ihr Atem fließt leise über die leicht geöffneten Lippen. Sie hat sich auf die Seite gedreht, als hätte sie ihn lange angeschaut und wäre darüber eingeschlafen. Ihre Sommersprossen sind blasse Punkte auf der noch helleren Haut. Die roten Haare fallen offen über das zerwühlte Kissen, und ihre Brüste schauen über den Saum der Decke. Ihr Anblick hat etwas unwirklich Friedliches in all dem Chaos der letzten Tage.

Zu seiner Überraschung stellt Tom fest, dass seine Kopfschmerzen fort sind. Nicht die Schuldgefühle. Nicht die Zweifel und auch nicht die Verwirrung. Aber immerhin die Schmerzen.

Sein Vater kommt ihm in den Sinn. Wie kann es nur sein, dass er tot ist, vor Wochen gestorben, und dass Tom sich nicht einmal an die Beerdigung erinnern kann? War er überhaupt dort gewesen? Sie hatten ja seit fast einem Jahr nicht mehr miteinander gesprochen. Das letzte Gespräch mit ihm war ein Wendepunkt gewesen. Selbst jetzt, wo er so viel vergessen hat, erinnert er sich an jedes Detail.

Er hatte seinem Vater das Foto von Viola gezeigt, gleich nachdem er es bei ihm im Keller gefunden hatte, und ihn zur Rede gestellt. Tom war fassungslos gewesen und wütend, und er wollte eine Erklärung dafür, warum er all die Jahre belogen worden war.

Sein Vater hatte auf das Foto gestarrt und lange geschwiegen, dann sah er auf, mit Tränen in den Augen. »Tom, es tut mir leid, aber das ist nicht deine Schwester.«

»Wer soll es denn sonst sein, bitte?«, erwiderte Tom gereizt. »Sieh dir ihre Haare an, ihre Augen, das ganze Gesicht. Natürlich ist das Viola.«

»Woher willst du denn wissen, wie sie heute aussieht?«

»Kannst du bitte meine Frage beantworten?« Tom hatte Mühe, seine Wut zu unterdrücken. »Wer soll das denn deiner Meinung nach sein?«

Sein Vater presste die Lippen aufeinander und schloss die Augen, als müsste er tief im Inneren Kraft finden – oder eine alternative Wahrheit. »Sie ist deine Halbschwester«, sagte er schließlich.

Tom blieb der Mund offen stehen. »Bitte wer?«

Sein Vater seufzte. »Inge … hat mich«, er verstummte, rang um Worte, »sie hat mich betrogen, und die Frau auf dem Foto ist wie gesagt deine ältere Halbschwester, Nele. Sie ist drei Jahre vor dir auf die Welt gekommen.«

Tom starrte ihn ungläubig an. »Das denkst du dir gerade aus.«

»Ich wünschte, es wäre so«, sagte sein Vater bedrückt.

»Und warum hat diese Nele dann nicht bei uns gelebt? Warum weiß ich nichts von ihr?«

Sein Vater sah zu Boden. »Der Mann, mit dem Inge damals …«, er stockte, suchte nach Worten. »Er zählte zu einer Gruppe von Regimegegnern und wurde verhaftet. Die Stasi wusste von seinem Verhältnis mit Inge und hat uns Nele weggenommen.«

»Weggenommen? Du meinst, Zwangsadoption?«

»Du weißt doch, wie das damals in der DDR war.«

»Ich glaub dir kein Wort«, sagte Tom und tippte mit dem Finger auf das Foto. »Diese Frau ist Viola, und ich will wissen, woher du das Foto hast und wo ich sie finde.«

»Du täuschst dich, Tom. Du siehst etwas in ihr, das sie nicht ist.«

»Papa, ich bin Ermittler. Ich merke, wenn mich jemand anlügt.«

»Ist das ein Verhör? Läuft das jetzt *so* zwischen uns?«

»Das läuft *so* zwischen uns, weil du mir nicht die Wahrheit sagst.«

»Die Wahrheit ist, sie ist nicht deine Schwester.«

»Schön, dann gib mir die Adresse dieser Nele und ihren Nachnamen. Dann frage ich eben sie.«

Sein Vater schwieg einen Moment und starrte aus dem Küchenfenster auf den Schuppen im Garten, in dem bis heute Violas altes Fahrrad stand. Dann murmelte er etwas Unverständliches vor sich hin.

»Wie bitte?«, sagte Tom gereizt.

»Ich weiß nicht, wo sie lebt«, stieß sein Vater trotzig hervor.

»Natürlich nicht, sonst könnte ich es ja überprüfen, und dann würde ich herausfinden, dass du lügst.«

»Ich weiß es wirklich nicht.«

»Gib mir eine Stadt, ein Land, eine alte Adresse. Irgendwas, das mir beweist, dass du mich nicht anlügst.«

»Das kann ich leider nicht.« Sein Vater sah weiter aus dem Fenster, als wäre er in dieser Haltung eingefroren.

»Warum nicht? Sag mir ihren Nachnamen.«

»Keine Ahnung«, murmelte sein Vater.

»Verdammt. Weißt du, wie du mir gerade vorkommst? Wie Heribert Morten, der Vater von Jo Morten. Ein alter Stasisack, der völlig verbiestert auf einem Haufen von Geheimnissen hockt und nichts davon preisgeben will, selbst wenn es ihn den Kontakt zu seinen Kindern und Enkelkindern kostet.«

»Vergleich mich nicht mit diesem Abschaum«, stieß sein Vater wütend hervor.

»Was unterscheidet dich denn von diesem ›Abschaum‹?«

»Ich hab nicht in irgendwelchen Kellern gesessen und dabei geholfen, irgendwelche Leute zu foltern.«

»Nein, hast du nicht. Aber du hast deinen eigenen Sohn ein Leben lang leiden lassen, weil du ihn hast glauben lassen, seine Schwester wäre tot. Dabei lebt sie.«

»Diese Frau ist nicht deine Schwester.«

Tom stöhnte. »Wir drehen uns im Kreis.«

Sein Vater presste die Lippen aufeinander.

»Weißt du, was du noch mit Heribert Morten gemeinsam hast«, sagte Tom bitter.

»Ich warne dich, schmeiß mich nicht mit diesem Gesindel in einen Topf.«

»Du wirst deinen heiß geliebten Enkel nicht mehr sehen.«

»Wer verwendet jetzt Stasimethoden?«, blaffte sein Vater.

»Ach«, sagte Tom zynisch. »Du findest, dass ich dich erpresse?«

»Phil kann nichts dafür. Warum ziehst du den Kleinen da mit rein?«

»Weil, verdammt noch mal, du mich ein Leben lang belogen hast! Und weil ich davon ausgehe, dass du mich weiter belügen wirst, außer ich treffe dich genau da, wo es wehtut. Und da du offensichtlich bis heute nicht an einem guten Verhältnis zu mir interessiert bist – und dabei rede ich gar nicht von Liebe, die gibt's bei dir ja sowieso nicht! –, will ich mal sehen, ob du noch ein Herz für deinen Enkel hast.«

Für einen Moment war es totenstill.

Sein Vater sah ihn an, mit einem Blick, der seltsam taub wirkte, als hätte er versucht, sich von allen Gefühlen abzuschotten, um den Schmerz nicht ertragen zu müssen. »*So* siehst du mich?«, fragte er. »Wirklich?«

»So zeigst du dich. Was soll ich sonst glauben?«

Sein Vater wandte den Blick erneut ab und schwieg. »Krüger«, sagte er schließlich.

»Bitte?«

»Sie hieß Krüger. Aber das war vielleicht nicht ihr richtiger Name.«

»Aha. Nele Krüger.« Tom schnaubte. »Und wenn ich jetzt mit diesem Namen ins Bundesarchiv für Stasiunterlagen gehe, glaubst du, ich finde sie dann? Glaubst du, ich finde eine Geburtsurkunde von ihr? Irgendwelche Unterlagen in den Krankenhausarchiven in Berlin? Wo ist sie geboren?«

Sein Vater zuckte mit den Schultern.

»Woher hast du das Foto?«, fragte Tom.

»Sie ... hat sich einmal bei mir gemeldet, vor ungefähr zwei Jahren. Sie hatte Fragen damals, wegen Inge. Ich hab sie ihr beantwortet, so gut ich konnte. Damals hab ich auch ihre Tochter kennengelernt.«

»Das Mädchen auf dem Foto?«

»Ja ...«

»Und?«

»Ist nicht sonderlich gut gelaufen«, erwiderte sein Vater. »Seitdem habe ich nie wieder etwas von ihr gehört.«

»Und das soll alles sein?«, fragte Tom.

»Was soll ich tun? Du glaubst mir ja eh nicht.«

Tom ballte wütend die Fäuste. »Erspar mir dein Selbstmitleid. Du bist hier ganz sicher nicht das Opfer.«

»Du hast doch keine Ahnung«, murmelte sein Vater. Er griff nach einem Glas Wasser, das vor ihm auf dem Tisch stand, doch seine Hand zitterte so sehr, dass er es stehen ließ. »Dein Blick ist so verstellt, du würdest die Wahrheit nicht mal erkennen, wenn sie direkt vor deiner Nase ist.«

»Weißt du, was?«, erwiderte Tom bitter. »Du bist nicht wie diese Stasitypen. Wenn die gelogen haben, dann waren sie dabei meistens ziemlich arrogant und dumm. Du lügst besser. Für mich bist du noch schlimmer als diese Typen.«

Tom hatte den Satz kaum beendet, da fuhr sein Vater wutentbrannt auf und schlug ihn mit der flachen Hand ins Gesicht.

Jillian öffnet die Augen.

Grün.

Nein. Hellblau, aber die grüne Tapete im Zimmer gibt dem Blau einen Stich ins Grüne ...

Manchmal hat er das Gefühl, es gibt nichts, was ihn nicht an Viola erinnert. Tom versucht sich an einem Lächeln und schiebt die Gedanken an seinen Vater beiseite.

»Hey«, sagt sie. Abwartend, mit einem Lächeln, das mindestens so vorsichtig ist wie seins. Schämt sie sich, glaubt sie, einen Fehler gemacht zu haben?

Glaubt er selbst, einen Fehler gemacht zu haben? Er findet keine Antwort und beschließt, dass die Suche danach auch gerade keinen Sinn macht.

»Hey«, sagt er leise. Im normalen Leben würde er Jillian jetzt selbstverständlich duzen, doch in der englischen Sprache gibt es diesen Unterschied zwischen Du und Sie nicht. Dennoch hat es diese Sie-Distanz zwischen ihnen immer gegeben. Jetzt ist sie weg. »Wie geht's dir?«, fragt er.

»Ich weiß nicht«, erwidert sie. »Gut. Schlecht. Froh, alles Mögliche. Und du?«

»Noch mehr als alles Mögliche.«

Sie nickt. Das Kissen raschelt leise unter ihrem Kopf. Dann beugt sie sich über ihn und gibt ihm einen weichen, langen, aber nicht zu langen Kuss. Er hat etwas von Abschied und »Bitte bleib«. Für einen Sekundenblitz stellt sich Tom vor, alles loszulassen, alles zu vergessen und hier in diesem Haus in diesem Bett in dieser Stadt mit Jillian Harris sein Leben zu verbringen. Wie gut würde es tun, wenn alles normal wäre. Sofort hat er Anne und Phil vor Augen.

»Ich brauche Kaffee«, stellt Jillian fest. »Und du?«

Anne hat mich verlassen, denkt er. Sie hat alle Brücken abgebrochen und will mich nicht sehen.

Jillian schaut ihn an und wartet auf eine Antwort.

»Ja, Kaffee. Unbedingt«, seufzt Tom.

»Du solltest was essen.« Jillian steigt aus dem Bett. »Im Kühlschrank sind noch ein paar Eier, ich mach schnell was.« Sie läuft nackt aus dem Zimmer, ihre weiße Haut schimmert im Licht der einfallenden Sonne, und ihr birnenförmiger Po schwingt verführerisch, ohne dass sie es darauf anlegt, verführen zu wollen; sie tut es einfach, und Tom ist verblüfft, wie sehr er sich gerade daran festhalten kann. Jillian und dieses merkwürdige Haus sind wie eine Insel im Auge des Sturms.

Er steht auf, geht ins Badezimmer und ignoriert das Bild des Toten in Violas Badezimmer, das sich einmal mehr in den Vordergrund schieben will. Er spült es mit heißem Wasser unter der Dusche ab. Die Kratzspuren der letzten Nacht brennen auf seinem Rücken.

Und so willst du Viola finden?, flüstert Vi vorwurfsvoll.

Tom rutscht vor Schreck beinah in der Dusche aus, so plötzlich, wie sie bei ihm ist.

Niemand will dich mehr finden als ich, sagt er.

Warum bist du dann noch hier?

Weil ich Hilfe brauche, Vi. Ich bin überfallen worden, ich kann mich nicht erinnern, ich bin nicht bei Kräften, ich –

Für SIE hattest du Kraft …

Tom schweigt betroffen. Das heiße Wasser auf seinem Rücken tut weh, und er regelt die Temperatur nach. Er denkt an die Speicherkarte mit den Fotos und nimmt sich vor, Jillian nach einem Laptop zu fragen, um sich die Fotos anzusehen. Vielleicht findet er eine Spur, die er verfolgen kann, irgendetwas, das ihn zu Viola führt.

Als er aus der Dusche kommt, muss er feststellen, dass er weder Kleidung noch Bademantel hat, also schlingt er sich ein Handtuch um die Hüften und geht ins Erdgeschoss. Irgendwo läuft ein Fernseher oder ein Radio. Jillian hantiert in der Küche, sie hat einen Frotteebademantel übergezogen, der ein bisschen nach Großmutter aussieht. Ihre Haare sind wieder zum Pferdeschwanz gebunden, an ihrem Hals sind ein paar rote Flecken. Als sie ihn anschaut, liegt in ihrem Blick eine Spur Verlegenheit. Bereut sie etwas?

»Oh, schon angezogen?«, fragt sie und deutet auf das tief sitzende Handtuch um seine Hüften.

Tom zieht das Handtuch etwas höher und steckt den Stoff erneut ineinander. »Kleider machen Leute.«

Er sieht ihren schrulligen Bademantel an, verspürt das Bedürfnis zu lachen und hat das Gefühl, dabei eine Grenze zu überschreiten.

Jillian grinst verhalten, schenkt Kaffee in zwei Becher und deutet auf den Herd, wo eine Pfanne mit Rührei steht. »Für dich.« Dann nimmt sie eine Fernbedienung zur Hand, hebt sie schräg über ihren Kopf und zielt durch die offene Tür. Nebenan wird ein Fernseher lauter. »Kommst du aufs Sofa?« Sie schlendert mit ihrem Kaffeebecher durch die offene Tür ins Wohnzimmer. Tom kann nicht anders, als ihr nachzusehen.

Er nimmt den Kaffee von der Arbeitsplatte und nippt daran. Kein Espresso, aber besser als nichts. Dann schaufelt er etwas Rührei aus der Pfanne auf seinen Teller und nimmt sich vor, sie gleich nach einem Laptop zu fragen.

Vi schweigt. Mehr oder weniger zufrieden.

Sein Hunger ist so groß, dass er bereits in der Küche beginnt zu essen. Im Wohnzimmer läuft Werbung. Mit dem Teller und dem Kaffeebecher geht er nach nebenan und setzt sich zu Jillian auf die Couch. Sie hat die Beine untergeschlagen, hält den Becher mit beiden Händen und wirkt zerstreut.

»Danke«, sagt Tom und deutet mit der Gabel auf seinen Teller.

Sie nickt und betrachtet ihn von der Seite.

»Ihr Briten seid wohl doch ein bisschen wie die Amis.«

»Niemals. Warum?«

Tom zeigt auf den laufenden Fernseher.

»Ach das. Alte Angewohnheit«, sagt Jillian achselzuckend. »Ich brauchte immer was, um mich wegzubeamen, wenn ich da oben …« Sie zeigt an die Decke, ungefähr dahin, wo das Zimmer ihres Vaters liegt.

»Verstehe«, sagt Tom. »Sag mal, hast du vielleicht ein Laptop, das du mir –«

»Nein, verstehst du nicht«, erwidert Jillian und stellt den Becher auf den Couchtisch.

»Entschuldige, so war das nicht gemeint, ich –«

»Halt die Klappe«, flüstert Jillian. Mit einem schnellen Griff öffnet sie das Handtuch um seine Hüften und greift nach seinem Glied. Tom atmet scharf ein. Im Fernsehen macht ein gestylter Fußballer Werbung für einen Rasierer. Mit der freien Hand nimmt Jillian ihm den Kaffee ab, trinkt den Rest in einem Zug aus und lässt den Becher auf den Boden fallen. Vi pitscht ihn in den Arm, rüttelt an ihm. Es ist, als ob in der Ferne ein Hund bellte. Tom stellt den Teller zur Seite und zieht Jillian auf sich. Der Frotteebademantel hängt lose über ihre Schultern, die roten Flecken an ihrem Hals leuchten.

Tom keucht. »Was machen wir hier?«

»Steck ihn rein«, knurrt Jillian.

Teller und Gabel fallen scheppernd vom Sofa. Werbung für eine Mobilfunkfirma flimmert auf dem TV-Gerät hinter Jillian; Partikel jagen durch eine animierte Datenleitung wie Neuronen durch eine Nervenbahn. Sie zittert, als Tom eindringt, schließt die Augen und bewegt sich. Tom schiebt den Bademantel beiseite, packt ihre Hüften und drückt sie auf sich. Alles andere rückt in weite Ferne. Viola, sein Vater, der Tote in der Wanne. Im Fernsehen plärrt ein Jingle, irgendeine Moderatorin plappert Floskeln. Jillian streckt die Arme aus und stemmt ihre Hände gegen seine Brust, als wollte sie ihn auf Abstand halten und zugleich für immer auf dem Sofa haben. Sie wirft den Kopf in den Nacken, hält die Augen geschlossen und scheint alles abwerfen zu wollen, was sie ist, war und werden könnte, ist vollkommen im Moment gefangen, und Tom ist überwältigt von ihrer Entrücktheit und Schönheit. Sie streckt sich, bebt, atmet aus und gibt den Blick auf den Fernseher frei, auf einen Wagen der Metropolitan Police und gelbes Flatterband, das ein Haus absperrt, aus dem ein Zinksarg getragen wird.

Tom hält inne.

Das Haus ist Wilmington Square 8–11.

»Ein Mord im Stadtteil Clerkenwell hält Scotland Yard seit gestern Abend in Atem …«, sagt die Moderatorin im Off.

Jillians Bewegungen werden langsamer, sie öffnet die Augen. Tom würde sie ihr gerne zuhalten.

»Ein anonymer Anrufer hat das Verbrechen gestern am späten Nachmittag gemeldet …«

Jillian dreht sich um, schaut zum Fernseher und hört auf, ihre Hüften zu bewegen. »Ist das etwa …?«

»In der Wohnung einer alleinerziehenden Mutter fanden Beamte der Metropolitan Police die Leiche eines vierzigjährigen Mannes. Am Abend vorher wurde laut Polizei im selben Haus eine Ruhestörung gemeldet …«

»Oh, mein Gott.« Jillian starrt auf das Bild des Hauses Wilmington Square 8–11. Tom spürt, wie das Blut aus seinem Glied in seinen Kopf wandert.

»Ersten Ermittlungen zufolge sucht Scotland Yard nach einem Mann Ende dreißig, der gestern Abend vor der Haustür des Gebäudes gesehen wurde und der zur vermuteten Tatzeit ebenfalls in unmittelbarer Nähe des Tatorts war …« Tom sieht eine Bildabfolge, die den Hinterhof, den Hinterausgang und den Müllcontainer zeigt. Jillian starrt wie versteinert auf den Fernseher; Tom ist immer noch in ihr, und er kann fühlen, wie sich ihr Innerstes verkrampft. *»Offenbar wurde der Mann kurz nach dem Mord im St Thomas' Hospital in London wegen einer Kopfwunde und einer Gedächtnisstörung behandelt. Wie die Krankenhausleitung uns auf Nachfrage mitteilte, ist der gesuchte Mann gestern unter ungewöhnlichen Umständen aus dem Krankenhaus geflohen …«*

Eine Tafel mit zwei Fotos wird eingeblendet. Eine Zeichnung von Tom und eine Zeichnung von Viola, direkt nebeneinander.

»Die Besitzerin der Wohnung, eine Mrs Shona Miller, ist offenbar spurlos verschwunden, und die Polizei bittet um Ihre Mithilfe bei der Suche nach diesen beiden Personen ...«

Jillian dreht sich zu ihm um und schaut ihn mit großen Augen an. »Was hast du getan?«

»Jillian, bitte, lass mich das erklären, ich ...«

Sie steigt von ihm herunter, rafft ihren Bademantel zusammen und weicht vor ihm zurück. »Wer zum Teufel bist du?«

»Bitte beruhig dich, hör mir zu, ja?« Tom steht auf und hebt beschwichtigend die Hände. Jillian weicht zurück bis zum Esstisch, einer großen Tafel mit acht Stühlen drum herum. »Du warst in der Wohnung, oder?«

Tom schluckt. Es macht keinen Sinn mehr zu lügen, es würde alles nur noch schlimmer machen. Vielleicht hätte er von Anfang an die Wahrheit sagen müssen. »Ja«, gibt er zu. »War ich.« Er nimmt die Hände noch etwas höher, deutet eine Ich-ergebe-mich-Haltung an und geht vorsichtig hinüber zum Tisch. Jillian bringt sich hinter dem Tisch vor ihm in Sicherheit, ihr Blick fliegt durchs Zimmer, dann wieder zu ihm.

»Was kann ich tun, damit du keine Angst mehr vor mir hast?«, fragt Tom behutsam. Das Bild von ihm und Viola im Fernsehen hängt ihm nach. *Spurlos verschwunden.* Wie er diese Worte hasst.

»Das, was du schon längst hättest tun müssen«, erwidert Jillian. »Die Wahrheit sagen.« Nervös beobachtet sie jede seiner Bewegungen, für einen Augenblick wandern ihre Augen hinab zu seinem erschlaffenden Glied, und sie zieht ihren Bademantel noch enger um ihre Hüften.

»Jill, bitte«, sagt Tom ruhig und geht langsam auf sie zu.

»Nenn mich nicht so«, warnt sie.

»Okay ... *Jillian* ... bitte setz dich.« Tom deutet auf einen der Stühle an dem Tisch zwischen ihnen.

Sie schüttelt den Kopf und lässt ihn nicht aus den Augen. »Was hast du mit dem Toten in der Wohnung zu tun? Hast du ihn umgebracht?«

»Nein.«

»Woher willst du das wissen? Du hast dein Gedächtnis verloren.«

»Ich ...« Tom verstummt. Jillians Frage trifft ihn empfindlich und zerrt seine Selbstzweifel ans Licht. Kann er tatsächlich ausschließen, dass er etwas mit dem Mord zu tun hat? Dass er den Mann umgebracht hat? Ihm fällt kein Grund dafür ein, warum er das hätte tun sollen. Und selbst wenn es einen gäbe – er ist sicher, dass er so etwas trotzdem nicht tun würde. Aber wie viele Menschen hat er schon erlebt, die sich selbst niemals für fähig gehalten hätten, jemanden zu ermorden, und doch hatten sie es getan. Er hat selbst schon getötet. Aus Notwehr, um andere zu schützen, aus guten Gründen, ja. Und jeder der Toten verfolgt ihn. Sie waren ihm nie gleichgültig, manchmal hat er das Gefühl, sie wie im Rückspiegel zu sehen oder in den Schatten seiner schlaflosen Nächte. Aber Mord? Er würde niemals jemanden ermorden oder einen Menschen quälen oder ihn mit dem Tod bedrohen. Andererseits war die Grenze fließend, ein seltsames Niemandsland, eine Grauzone, die er bereits mit fünfzehn betreten hatte, als er mit Bene in einem Fotolabor einen Mann getötet hatte. Was spielte es für eine Rolle, dass es Notwehr gewesen war? Und Bene der Haupttäter? Sie hatten es getan. Wie kann er da mit Sicherheit sagen, dass er mit dem Tod des Mannes in Violas Badezimmer nichts zu tun hat?

Jillian liest jede Regung in seinem Gesicht. »Du warst es, oder?«, flüstert sie.

»Nein!«, entfährt es Tom.

»Dann hast du dein Gedächtnis nicht verloren? Hast du mich die ganze Zeit belogen?«

»Nein, Jillian!« Tom macht einen Schritt um den Tisch herum, doch Jillian weicht zurück und hält ihn auf Abstand. »Ich bin Polizist, um Himmels willen. Ich *helfe* Menschen. Ich bringe sie nicht um.«

»Du *warst* Polizist«, korrigiert Jillian. »Dir wurde gekündigt. Sie haben dich *rausgeschmissen.*«

»Ich habe selbst gekündigt«, protestiert Tom.

»Dein Chef hat was anderes gesagt.«

»Das war ein Missverständnis!«, sagt Tom hitzig. »Morten spricht nicht gut Englisch, vielleicht hat er sich falsch ausgedrückt. Oder du hast ihn falsch verstanden.« Tom macht einen weiteren Schritt um den Tisch herum, und Jillian weicht erneut zurück, der Tisch ist wie eine Barriere zwischen ihnen, und sie umkreisen ihn im immer gleichen Abstand. »Ich würde niemals jemanden umbringen, nicht so«, beteuert er.

»Nicht so?«, fragt Jillian. »Aber anders, ja? Hast du schon jemanden umgebracht?«

Tom würde sich am liebsten die Zunge abbeißen. »Herrgott, ja. Im Dienst, ich bin Polizist«, sagt er verzweifelt. Gleichzeitig hat er das Gefühl, dass sie ihm ansieht, dass es nicht die ganze Wahrheit ist. »Verdammt, bitte bleib stehen, ich kann dir alles erklären, wirklich.« Er macht einen weiteren Schritt, und plötzlich ergreift Jillian die Flucht und sprintet aus dem Wohnzimmer zurück in die Küche. Tom umrundet den Tisch und läuft ihr nach. Als er die Küchentür erreicht, sieht er, wie Jillian sich gerade ihr Handy schnappt, das auf dem Tresen liegt. Mit wehendem Bademantel rennt sie durch die offene Tür in den Flur. Tom erreicht ihn, gerade als Jillian durch eine weitere kleine Tür hastet und diese krachend hinter sich zuwirft. Im nächsten Moment hört Tom, wie das Türschloss verriegelt wird. Er packt die Klinke und rüttelt daran. »Jillian, bitte!«, ruft er. »Mach auf, ich tue dir nichts.«

Hinter der Tür hört er sie stoßweise atmen.

Er klopft, bekommt jedoch keine Antwort. An der Tür hängt ein kleines ovales Schild. *The loo.* Sie hat sich in der Toilette verschanzt.

»Hallo, Jillian?«

Stille.

Er muss an das Telefon denken und daran, was Jillian vermutlich als Nächstes tun wird. Wenn er sie nicht daran hindert, wird es nicht mehr lange dauern, bis Scotland Yard anrückt und ihn bis auf Weiteres in einem britischen Gefängnis festsetzt.

Das darf nicht passieren, drängt Vi in seinem Kopf.

Vielleicht ist das die beste Lösung, denkt Tom.

Du willst aufgeben?

Ich könnte die Wahrheit sagen, die Polizei wird ermitteln, und sie werden Viola finden …

Das ist doch Blödsinn. Und das weißt du!

Was zum Teufel ist daran Blödsinn?

Glaubst du an Zufälle?

Ja. Nein. Kommt auf den Zufall an.

Glaubst du, es ist Zufall, dass Papa ausgerechnet jetzt gestorben ist?

Stille.

Jillian hat gesagt, es war ein Unfall.

Und was, wenn es kein richtiger Unfall war? Also, ich meine, kein Unfall-*Unfall. Kein Zufall?*

Wer sollte meinem Vater etwas …? Toms Gedanken kommen ins Stocken, und plötzlich ist es, als ob sie einen Sprung machten. Mit einem Mal kommt ihm der Gedanke vollkommen logisch und vertraut vor, als hätte er ihn schon einmal gedacht:

Es gibt nur einen Menschen, der seinem Vater jemals wirklich schaden wollte. Und das ist derselbe, der ihn, Tom, in den Abgrund treiben wollte. Walter Bruckmann. Was, wenn er hinter alldem steckte? Wenn *er* hinter Viola her war? Der Gedanke ist unerträglich und schnürt ihm die Kehle zu.

Verstehst du, was ich meine?, fragt Vi.

Aber wie soll er das aus der Psychiatrie ...?

Keine Ahnung. Aber Bruckmann ist eben Bruckmann.

Das ist verrückt.

Aber die einzige Erklärung, oder?

Vielleicht nicht die einzige. Aber die beste.

Na, herzlichen Glückwunsch. Dann erklär das alles mal denen von Scotland Yard.

Tom starrt auf die verschlossene Tür.

Willst du immer noch riskieren, dass sie die Polizei ruft?

Anstelle einer Antwort schlägt Tom ein paarmal mit der flachen Hand auf das Türblatt. »Jillian!«

Keine Antwort.

Sein Herz rast. Er hat das Gefühl, die Kontrolle zu verlieren und nicht mehr die richtigen Entscheidungen treffen zu können. Vi kommt ihm mehr und mehr wie ein böser Geist vor, der ihn nicht loslassen will und ihn zu Dingen treibt, die er nicht tun sollte – und trotzdem nicht lassen kann. Zum ersten Mal in seinem Leben denkt er darüber nach, eine Tür einzutreten, hinter der eine wehrlose Frau vor ihm Schutz sucht.

»Jillian!« Seine Stimme klingt heiser, fordernd, irgendwie bedrohlich. »Ich will, dass du mir jetzt ganz genau zuhörst.«

Kapitel 25

»Ich versprech's dir, er wird auf keinen Fall entkommen«, flüstert Sita. Ihre Stimme erscheint ihr in der engen Kabine viel zu laut. Sie hält sich das kleine L8STAR-Telefon mit zwei Fingern ans Ohr und starrt abwesend in die Toilettenschüssel. Die Spülung ist defekt, und ein kleines Rinnsal läuft ununterbrochen in den Abfluss. Auch ihr vom Regen durchnässter Jogginganzug tropft stetig vor sich hin, und das Wasser sammelt sich unter ihr zu einer Pfütze. Nach dem Treffen mit Walter Bruckmann auf dem Balkon ist sie direkt in die Toilette gegangen. Sie weiß, dass ihr die Zeit davonläuft. Zwei Stunden im Aufenthaltsbereich hat sie bekommen, und die sind bald vorbei.

»Wie soll denn das klappen?« Gisells Stimme ist leise und klingt ein wenig verzerrt. Die Verbindung ist schlecht, und Sita muss sich auf jedes Wort konzentrieren, zumal es draußen auf dem Gang zu einem größeren Tumult gekommen zu sein scheint. Der Lärm ist beträchtlich, vielleicht sind zwei Patienten aneinandergeraten oder jemand randaliert. »Ich kenn doch meinen Vater«, sagt Gisell. »Der findet immer irgendeinen Weg, wenn er was will.«

»Verlass dich auf Bene«, flüstert Sita. »Der wird ihn in den Griff kriegen. Dein Vater hat eine Beinprothese und kann seine Schulter nicht gut bewegen. Er ist nicht mehr so vital wie früher.«

»Selbst wenn er im Rollstuhl sitzen würde, irgendwas fällt dem ein.«

»Hör zu, Gisell, du musst das mit Bene besprechen. Er findet eine Lösung.«

»Ich will gar keine Lösung. Ich will, dass mein Vater da bleibt, wo er ist.«

»Das würde heißen, dass ich auch hierbleibe.«

»Dann ruf doch die Polizei an.«

»Das geht nicht, das ist ja das Problem. Forsberg hat einen Richter in der Tasche. Die scheinen alle notwendigen Beschlüsse zu haben. Wenn die Polizei herkommt, dann zeigt Forsberg die richterliche Anordnung, und das war's.«

Gisell schweigt einen Moment lang. »Bist du sicher? Hast du die Anordnung selbst gesehen?«

Sita schnaubt. »Ich bin im Moment wohl die Letzte, die so etwas zu Gesicht bekommt. Aber du hast recht, sicher ist sicher. Sag Bene Bescheid, er soll über einen Anwalt nachfragen und den Beschluss einsehen. Es darf nur niemand mitbekommen, dass ich *euch informiert habe.«*

»Und wenn es den Beschluss tatsächlich gibt?«, fragt Gisell.

»Es muss ihn geben. Ich glaube nicht, dass Forsberg das riskieren würde.«

Stille auf der anderen Seite.

»Sag Bene Bescheid, bitte! Ich rufe morgen um genau diese Uhrzeit wieder an, dann können wir alles besprechen.«

Nichts. Keine Antwort, nur ein Knistern in der Leitung.

»Gisell, bist du noch da?«

»Ich will nicht, dass er Sabine was tut. Sie ist noch zu klein. Sie braucht endlich Ruhe.«

»Er würde deiner Schwester nie etwas tun. Gisell, ich weiß, dein Vater ist ein … schwieriger Mensch.«

»Er ist ein verdammtes Monster.«

»Ja, du hast recht. Aber ihr als Kinder seid vor ihm sicher. Er würde euch nie etwas tun.«

»Er muss uns gar nichts tun«, flüstert sie. »Er muss nur da sein, irgendwo in der Nähe, das reicht schon.«

Sita atmet tief ein. Sie kennt das Gefühl, das Gisell beschreibt, und ihr schlechtes Gewissen wächst mit jeder Minute. Aber hat sie eine Wahl? »Gisell, hör zu. Ich sorge dafür, dass er ein Sedativum bekommt, wenn es so weit ist. Er wird nicht mit mir ausbrechen.«

Stille. Knacken in der Leitung.

»Gisell?«

Das Geräusch einer Türklinke lässt Sita zusammenzucken. Jemand betritt den Waschraum. Hastig legt sie auf.

»Frau Johanns?«

O Gott, das ist Forsberg. Sita hält den Atem an.

»Sicher, dass sie hier drin ist?«, fragt Forsberg leise.

»Wendler hat sie hier reingehen sehen«, brummt Varga mit seinem Bariton.

»Frau Johanns? Hören Sie auf mit den Versteckspielchen. Ich weiß, dass Sie hier sind«, ruft Forsberg.

Sita starrt auf das kleine Handy in ihrer Hand. Wohin damit? Ihr Blick geht zur Toilette. Ob das Ding wasserdicht ist? Zu riskant. Und die Spülung? In der Wand eingelassen. Den Taster abzubauen ist zu kompliziert und zu laut.

»Hallo?« Forsberg klopft so kräftig an die Tür, dass die Kabinenwände zittern.

»Mein Gott, ja«, ruft Sita. »Jetzt warten Sie doch einen Moment.« Eigentlich bleibt ihr nur eine Möglichkeit, das Telefon zu verstecken.

»Machen Sie das Ding auf«, knurrt Forsberg.

»Klar, Chef«, murmelt Varga.

»Hören Sie, ich bin hier auf Toilette! Was soll denn das?«, ruft Sita.

Ein Schlüsselbund klappert. »Wir kommen jetzt rein«, sagt Varga. Sita nimmt das Handy, steckt es unter die Hose, macht die Beine so breit wie möglich, beißt die Zähne zusammen und schiebt das daumengroße Telefon tief in sich hinein. »Ich komm jetzt raus«, sagt sie, drückt die Spülung und öffnet die verriegelte Tür von innen.

Professor Forsberg und Varga starren sie misstrauisch an.

»Was machen Sie hier?«, fragt Forsberg.

»Ich versteh nicht … wonach sieht's denn aus?« Sita schaut vom einen zum anderen.

Varga schiebt sie wortlos beiseite, betritt die Kabine und sucht den Boden und die Toilettenschüssel ab.

»Was suchen Sie?«, fragt Sita. »Ich versteh nicht, was Sie von mir wollen. Sagen Sie mir doch einfach, was los ist.«

Forsberg sieht sie einen Moment lang scharf an. »Schön«, sagt er schließlich. »Den Gang runter ist ein kleiner Serviceraum, normalerweise ist er abgeschlossen. Diesmal war er es nicht.«

»Und was hat das mit mir zu tun?«

»Der Schrank für die Reinigungsmittel stand offen«, fährt Forsberg fort. »Richard Patzner aus der 521 hatte ein Stück Blumendraht in seinem Besitz und hat sich damit am Scharnier des Schrankes erhängt. Wir haben ihn vor ein paar Minuten dort gefunden.«

Sitas Nackenhaare stellen sich auf. Vor ihrem inneren Auge tauchen Bilder auf. Durch ihre Arbeit bei der Polizei ist sie einiges gewohnt, doch die Vorstellung eines dünnen Drahtes, der in eine Kehle einschneidet, bereitet ihr Übelkeit.

»Wer ist Richard Patzner?«, fragt sie leise.

»Ein Patient«, erwidert Forsberg knapp.

»Ein IT-Spezialist«, sagt Varga. Er kommt aus der Kabine zurück und baut sich neben Forsberg auf. »Er hat eine junge Frau in München –«

»Das reicht«, schneidet ihm Forsberg das Wort ab.

Sita schluckt und versucht, das Bild des erhängten Mannes

aus dem Kopf zu bekommen. »Das klingt grauenvoll, aber was habe ich damit zu tun?«

»Es gibt Gerüchte …«

»Gerüchte? Ich kenne diesen Patzner noch nicht einmal, wie kann es da Gerüchte über mich und ihn geben?«

»Es geht nicht um Sie«, sagt Varga.

»Es geht um etwas *…«, ergänzt Forsberg. »Etwas, das Patzner angeblich besessen hat. Und jetzt hat er es nicht mehr bei sich.«*

Sita läuft es eiskalt den Rücken hinunter. Sie muss unwillkürlich an das kleine Telefon denken, das sie in sich trägt. »Und wenige Minuten nach der Entdeckung seiner Leiche wissen Sie also schon, dass er dieses ›Etwas‹ nicht mehr hat?«

»Wie Sie wissen, halten wir die Zellen recht übersichtlich.«

»Und was ist dieses seltsame ›Etwas‹?«

Forsberg und Varga wechseln einen Blick, und Forsberg nickt unmerklich.

»Taschen«, sagt Varga und deutet auf Sitas Hose.

»Sie meinen …?«

»Hören Sie schwer?«

Sita zuckt resigniert mit den Schultern und zieht die Taschen ihrer Jogginghose auf links. Seltsamerweise scheint es weder Varga noch Forsberg zu kümmern, dass sie vollkommen durchnässt ist – was nur bedeuten kann, dass die beiden wissen, dass sie auf dem Balkon war.

»Hose«, sagt Forsberg emotionslos.

»Ich bitte Sie«, erwidert Sita.

»Varga«, meint Forsberg und wedelt mit der Hand, »machen Sie das.«

Der Pfleger setzt sich schwerfällig in Bewegung, doch bevor er an Sita Hand anlegen kann, streift sie hastig die Hose ab und reicht sie Varga, der sie sorgfältig ausschüttelt, bis er überzeugt zu sein scheint, dass nichts darin ist.

»Pullover.«

Die Prozedur wiederholt sich mit dem Oberteil des Jogginganzugs. Varga kontrolliert die Ärmel, dann wirft er den nassen Pullover ins Waschbecken, wo bereits die Hose liegt. Unschlüssig schaut er zunächst Sita an, die in Unterwäsche vor ihm steht, und dann seinen Chef.

»Holen Sie Ramona«, sagt Forsberg, »und bringen Sie einen frischen Jogginganzug mit.« Varga verlässt die Toilette, und Sita bleibt allein mit Forsberg zurück.

Justizvollzugsgesetzbuch – Strafvollzug, § 64, Abschnitt 10
(ebenfalls gültig für die Forensische Psychiatrie)

§ 64 Durchsuchung und Kontrollen [...]

(2) Nur auf Anordnung der Anstaltsleiterin oder des Anstaltsleiters oder bei Gefahr im Verzug ist es im Einzelfall zulässig, eine mit einer Entkleidung verbundene körperliche Durchsuchung vorzunehmen. Sie darf bei männlichen Gefangenen nur in Gegenwart von Männern, bei weiblichen Gefangenen nur in Gegenwart von Frauen erfolgen. Sie ist in einem geschlossenen Raum durchzuführen. Andere Gefangene dürfen nicht anwesend sein.

Kapitel 26

»Wer ist Ramona?«, fragt Sita mit einem unguten Gefühl.

»Die einzige Frau hier unter den Pflegern. Wir sind hier eigentlich auf Männer eingerichtet«, erwidert Forsberg und verschränkt die Arme, als wollte er jegliches weitere Gespräch unterbinden.

»Hier gibt es keine weiteren weiblichen Insassen außer mir?«

»Patientinnen«, korrigiert Forsberg.

»Wie auch immer Sie uns nennen ... Ich bin die Einzige?«

Forsberg zuckt mit den Schultern und sieht auf seine Armbanduhr. Aus irgendeinem Grund scheint ihm die Frage lästig zu sein.

»Warum gibt es dann Ramona?«, hakt Sita nach.

»Sie sollten froh sein, dass es Ramona gibt«, stellt Forsberg fest. Er betrachtet Sitas Körper, und erst jetzt wird ihr bewusst, dass ihr die nasse Unterwäsche so am Körper klebt, dass sie kaum etwas verbirgt. Für einen Moment verweilt Forsbergs Blick auf den Schnitten an ihrem Schenkel, die Bruckmann ihr zugefügt hat. Eigentlich müsste er bemerken, dass die Verletzung noch frisch ist, dennoch sagt er nichts und mustert sie nur weiter. Sita versucht, Ruhe zu bewahren. Das versteckte Telefon drückt unangenehm in ihrem Unterleib, sie muss den Beckenboden anspannen, um es zu halten, und der Gedanke an Ramona macht ihr ernsthafte Sorgen. Es gibt eigentlich nur einen Grund, warum die beiden eine Frau dazuholen wollen. Sita räuspert sich. »Ich glaube, ich muss noch mal auf die Toilette«, murmelt sie und öffnet die Kabinentür.

»Sie bleiben genau da, wo Sie sind«, sagt Professor Forsberg eisig.

»Wie bitte?«, sagt Sita. »Ich sagte: Ich muss, nicht ich möchte.«

»Sie bleiben hier, und wenn es sein muss, dann lassen Sie hier im Stehen Wasser.«

Sita wirft ihm einen vernichtenden Blick zu. Im selben Moment wird die Tür geöffnet, und Varga kommt zurück, mit einem sauberen und trockenen Jogginganzug. »Ramona ist nicht da, Chef.«

»Was heißt das, nicht da?«

»Ich kann sie nicht finden.«

»Haben Sie es über Funk probiert?«

»Sie antwortet nicht. Ich kann mich erinnern, dass sie nach Sonthofen wollte, ein paar Besorgungen machen.« Varga zeigt auf Sita und setzt einen fragenden Blick auf.

Forsberg zuckt mit den Schultern. »Dann eben so.«

Der Pfleger nickt, legt den Jogginganzug beiseite, fasst in seine Hosentasche und zieht einen Latexhandschuh heraus.

»Das ist nicht Ihr Ernst!« Sita weicht entsetzt in die Toilettenkabine zurück.

»Sie spielen mit oder Sie verbringen die nächsten zwei Wochen in Ihrer Zelle, auf dem Bett fixiert«, sagt Forsberg.

Varga schaut sie an und schüttelt unmerklich den Kopf.

»Die Unterwäsche«, fordert sie der Klinikleiter auf.

Sita bleibt wie versteinert stehen.

»Ist nur zu Ihrem Besten. Und je kooperativer Sie sind, desto schneller haben Sie es hinter sich. Oder wollen Sie ausgezogen werden?«

In Sitas Kopf schießen die Gedanken wild durcheinander. Sie will nichts als fliehen, sich in der Toilettenkabine verschanzen, doch jede Gegenwehr wird nur dazu führen, dass sich ihre

Situation noch weiter verschlimmert. Die Frage ist nur, wie schlimm wird es werden, wenn sie das Telefon finden?

Varga steckt routiniert die Finger seiner Rechten in den Handschuh, zieht am Saum, bis sich der Latex so weit dehnt, dass sich seine Hand in das enge, knirschende Gummi fügt, dann lässt er den Saum auf sein Handgelenk schnalzen. In Sitas Ohren klingt das Geräusch wie ein Peitschenhieb.

»Würden Sie bitte«, sagt Varga neutral und bewegt seine Finger wie bei einer gymnastischen Übung.

Sita wird übel. Sie versucht, die Angst hinunterzuschlucken, will weder Forsberg noch Varga signalisieren, Herr über ihre Gefühle zu sein, noch will sie Forsberg verraten, dass sie bereits den zweiten Tag keine Sedativa mehr einnimmt. Mit einem Achselzucken fügt sie sich und streift unter den Augen der beiden Männer ihre Unterwäsche ab. Varga nimmt sie entgegen und wirft sie ins Waschbecken, wo bereits der nasse Jogginganzug liegt.

»Ans Waschbecken, vorbeugen, Beine spreizen.«

Sita beißt die Zähne zusammen und tritt ans Waschbecken.

Das haben schon Millionen Menschen vor dir erlebt, *redet sie sich zu.* Millionen Männer, Frauen, in allen Gefängnissen dieser Welt ...

Als sie die Beine spreizt, versucht sie gleichzeitig, ihren Beckenboden anzuspannen, um das Telefon nicht zu verlieren.

»Locker bleiben, dann tut's nicht so weh«, murmelt Varga.

Sita presst die Lippen aufeinander.

Millionen Männer und Frauen ... beim Proktologen, beim Gynäkologen ...

Sie atmet scharf ein und hält die Luft an.

Vargas Finger dringt in ihr Gesäß ein und tastet sich suchend durch ihr Inneres. Sie will sich gerne umdrehen und ihm ins Gesicht schlagen. Beißt die Zähne zusammen. Zählt die Sekunden herunter. Fragt sich: Welche Sekunden? Wie lange dauert das noch? Und denkt gleichzeitig: Such, solange du willst, wenn du nur nicht auch noch vorne suchst!, und findet, dass es einer der absurdesten Gedanken ist, die sie je hatte.

Eine halbe Ewigkeit später zieht Varga seinen Finger wieder aus ihrem Rektum.

Ausatmen.

Das Gefühl der Erniedrigung hinunterschlucken. Das beschämende Gefühl, dass sie nicht sauber ist. Der Zorn, dass sie *die Scham empfindet, die gottverdammt noch mal Forsberg und Varga empfinden sollten.*

»Sind Sie jetzt fertig?«, fragt sie wütend. Der Zorn tut gut, hilft ein wenig. Doch Forsbergs misstrauischer Blick zeigt ihr sofort, dass sie nicht zu weit gehen darf. Die Medikamente, die sie eigentlich bekommen sollte, dämpfen die Gefühle, und ihr Mangel an Teilnahmslosigkeit ist ihm bereits aufgefallen.

»Seitenwechsel«, antwortet Varga.

Also auch das noch.

Panik steigt in Sita auf. Sie dreht sich um und wirft Varga einen trotzigen Blick zu. Verzweifelt versucht sie, das Telefon an seinem Platz zu halten. »Können Sie wenigstens einen neuen Handschuh anziehen«, knurrt sie. Varga sieht irritiert auf seinen Handschuh, als müsste er den Gedanken erst nachvollziehen. Offenbar untersucht er sonst wirklich nur Männer. Er verzieht das Gesicht, streift den Handschuh ab und meint: »Ich hab nur den einen, aber wenn's Ihnen wichtig ist … geht auch ohne.«

Sita beißt sich auf die Lippen. Sie will im Boden versinken, schreien, strampeln, um sich treten, und gleichzeitig lähmt sie die Furcht vor der Entdeckung. Das Telefon ist ihr einziger Weg hier raus, sie darf es auf keinen Fall verlieren. Die Frage ist nur, wie das gehen soll.

»Gerade hinstellen, Beine spreizen«, brummt Varga. »Is wie beim Frauenarzt.«

Frauenärztin! Ich habe eine Frauenärztin, du verdammter Arsch.

Ihre Lippen sind ein Strich. Forsbergs Blicke tasten jede Stelle ihres Körpers ab, bis hin zu der Brandnarbe an ihrer Seite, mit dem Tattoo, das sie verdeckt.

»Sie sind ziemlich erregt«, sagt Forsberg leise. »Varga, denken Sie bitte daran, ihre Dosis zu erhöhen?«

»Klär ich mit Hölscher«, murmelt Varga. Er kniet sich vor Sita, schiebt zwei Finger zwischen ihre Schamlippen und dringt in sie ein.

Sita presst die Zähne aufeinander und stöhnt vor Schmerzen. Sie schließt reflexartig die Augen, nur ja nicht hinsehen! Doch der Film, der sie bei geschlossenen Lidern überfällt, macht alles nur noch schlimmer. Hastig reißt sie die Augen wieder auf, spürt Tränen in den Augenwinkeln. Blinzelt sie fort.

Professor Forsberg lächelt herrisch.

Sie stellt sich vor, ihm einen Stift ins Auge zu rammen oder ihn mit seinem Stethoskop zu erdrosseln, das er leider nicht dabeihat. Varga tastet sich weiter in ihrer Vagina vor, seine Finger kommen dem Telefon näher und näher, er müsste es doch fühlen, jetzt! Der Pfleger hockt vor ihr, sieht mit einem abwesenden, überaus konzentrierten Gesichtsausdruck auf ihre Scham. Plötzlich fühlt Sita, wie sich das Telefon in ihr bewegt und tiefer in sie hineingeschoben wird. Vargas Finger sind jetzt ganz in ihr verschwunden. Er drückt noch einmal kräftig nach, und Sita spürt einen scharfen Schmerz, dann zieht er die Finger vorsichtig aus ihr heraus. »Nichts, Chef. Alles in Ordnung.«

Sita hat Mühe, ihre Gesichtsmuskeln zu kontrollieren.

»Na schön«, sagt Professor Forsberg. »Immerhin haben Sie

jetzt wohl verstanden, dass Sie nichts vor uns verstecken können.«

Varga richtet sich auf. Sita beobachtet den bulligen Pfleger. Er scheint ihren Blick zu meiden. Er muss gespürt haben, dass sie etwas versteckt, auch wenn er nicht wissen kann, was es ist. Hat er das Telefon mit Absicht etwas tiefer hineingeschoben, damit es nicht entdeckt wird?

»Ziehen Sie sich an«, sagt Forsberg. Seine Stimme klingt belegt, als hätte ihn die ganze Sache mehr mitgenommen, als er zeigen will. »Sie kommen mit mir.«

Unter dem Blick des Klinikleiters streift Sita umständlich ihre nasse Unterhose über, immer darauf bedacht, durch ihre Bewegungen nicht doch noch das Telefon zu verlieren. Forsberg beobachtet sie, als würde es ihn amüsieren, dass ihre Schamhaftigkeit sie zwingt, so etwas Unangenehmes wie nasse Unterwäsche anzuziehen. Doch solange er dabei an Scham denkt – und nicht daran, dass sie es tut, um etwas zu verbergen –, ist sie sogar bereit, seine Überheblichkeit zu ertragen.

Die Unterhose gibt ihr endlich das Gefühl, das Telefon nicht mehr verlieren zu können. Hastig zieht sie den trockenen Jogginganzug an, erst die Hose, sicher ist sicher, dann das Oberteil. Varga steht neben der Tür und hat den Blick abgewandt.

»Wir gehen in mein Büro«, stellt Forsberg fest und öffnet die Tür.

Zu dritt gehen sie den Gang entlang, unter den neugierigen Blicken einiger Patienten, Forsberg vorneweg, Varga als Letzter, dazwischen Sita. Das Telefon drückt bei jedem Schritt. Ihre Badeschlappen patschen leise über den Flur. Vor einer der Türen auf der linken Seite ist eine improvisierte spanische Wand aufgebaut. Etwas Blut ist unter den Füßen der Wand hindurchgesickert. Hölscher und zwei weitere Pfleger laufen hektisch umher.

Sitas Blick geht zur Decke, und sie zählt die Überwachungs-

kameras. Eins – zwei – über der Schleuse Nummer drei – und in ihrem Rücken Nummer vier, über der Tür des Aufenthaltsraums.

Wenn nur das Telefon bleibt, wo es ist.

Auf dem Gang kommt ihr ein Pfleger entgegen, den sie noch nicht kennt. Er ist höchstens Mitte zwanzig, zieht ein Bein nach und schiebt einen brusthohen kastenförmigen Gitterwagen mit einem Berg schmutziger Wäsche vor sich her. Im Vorübergehen nickt er Varga zu. Es wirkt ein wenig, als hätte er Angst vor ihm.

Der Aufzug erlöst Sita für einen kurzen Moment. Einfach nur stehen.

In den Sicherheitsschleusen meidet Varga ihren Blick, als fürchtete er, ihre stummen Fragen mit einem Blick beantworten zu müssen, der ihn verraten könnte.

Während Forsberg die Tür zu seinem Büro aufschließt, postiert sich Varga wie selbstverständlich auf einem Stuhl neben der Tür. Das Büro liegt im Halbdunkel, und als Sita über die Schwelle tritt, bemerkt sie die stabile Tür. Fast zehn Zentimeter dick mit einem dreifachen Falz. Forsberg drückt auf einen der Lichtschalter, und eine Stehlampe und die Schreibtischleuchte springen an. Als er die Tür hinter ihr schließt, knirscht es, als ob sich unter der Tür ein Schallschutzgummi auf den Boden senkt. Nach außen dringt vermutlich kein Laut aus diesem Büro. Mit ein paar raschen Blicken sucht Sita den Raum nach Kameras ab. Fehlanzeige. Was ihr wenig verwunderlich erscheint.

Forsberg weist ihr den Platz am Schreibtisch zu, auf dem sie schon einmal gesessen hat, nur unter ganz anderen Vorzeichen. Das Gebirge hinter der großen Panoramascheibe ist immer noch von schweren Regenwolken verhangen. Tropfen werden vom Wind über die Scheibe getrieben. Forsbergs Blick streift ihre Hüfte. Die nasse Unterwäsche hat feuchte Flecken auf der frischen Jogginghose hinterlassen.

Sita nimmt Platz und ignoriert Forsbergs Lächeln. Seine Überheblichkeit ist ihr nur recht, soll er sie nur unterschätzen. Auf dem Weg hierher hatte sie Bruckmann mit einem Löwen und die Psychiatrie mit seiner Höhle verglichen. Nach dem Ereignis mit Patzner bekommt dieses Bild neue Nahrung – falls es Patzners Telefon ist, das Bruckmann ihr gegeben hat.

Doch wenn Bruckmann mit dem, was er über Forsberg denkt, recht hat, dann sitzt sie jetzt in der eigentlichen Höhle des Löwen. Sie fragt sich, ob sie Angst haben sollte, allein mit dem Klinikleiter in einem schallgeschützten Raum ohne Kameras. Doch Forsberg macht ihr nicht den Eindruck, als sei er körperlich gefährlich. Physisch ist er ihr vielleicht sogar unterlegen. Wenn es stimmt, was Bruckmann behauptet, dann würde der Professor sie nicht selbst beseitigen, das würden andere für ihn tun.

Forsberg nimmt gewichtig auf seinem Stuhl Platz. »Was haben Sie mit Bruckmann auf dem Balkon besprochen?«, fragt er ohne Umschweife. Dass er diese Frage erst jetzt stellt, wo sie allein sind, findet sie zumindest bemerkenswert.

»Er hat mir Avancen gemacht«, erwidert Sita.

»Avancen? Was für Avancen?«

»Er findet mich offensichtlich scharf.«

Forsbergs Blick entgleist für einen kurzen Augenblick. Er hat etwas anderes erwartet. »Sie meinen – sexuell?«

»Was dachten Sie?«, fragt Sita.

So schnell, wie sich Forsberg irritiert gezeigt hat, so schnell hat er sich wieder unter Kontrolle. »Blödsinn. Versuchen Sie mir keinen Bären aufzubinden. Ich will die Wahrheit.«

»Das ist die Wahrheit.«

»Sie wollen mir erzählen, er hat da draußen mit Ihnen darüber geredet, dass er mit Ihnen schlafen will?«

»Nicht nur darüber geredet«, erklärt Sita.

Forsberg bleibt der Mund offen stehen. »Sie spielen sich auf«, sagt er schließlich. »Ich weiß nicht, was das soll, aber ich glaube Ihnen kein Wort.«

»Was denken Sie, warum ich die ganze Zeit so übervorsichtig laufe? Etwa wegen der kurzen Untersuchung durch Ihren Pfleger?«

Forsberg starrt sie erneut ungläubig an. Dann atmet er tief durch, faltet die Hände auf dem Schreibtisch und wippt unruhig mit den Daumen. »Tja«, meint er. »Sie sind leichter zu haben, als ich dachte … oder hat er Ihnen etwas dafür angeboten?«

»Er hat gesagt, er würde mich sonst vom Balkon stoßen«, erklärt Sita.

»Vom Balkon?« Er runzelt die Stirn. »Der Balkon ist vergittert, das ist Ihnen aufgefallen, oder?«

»Er hatte einen Schlüssel. Er meinte, Sie hätten ihm den gegeben.«

Forsberg verzieht keine Miene, nur seine Daumen wippen. »Sie wissen, dass das Unsinn ist, oder?«

»Und Bruckmann meinte auch, Sie würden mich hierherzitieren. Danach.«

Forsberg schaut sie eine Weile forschend an, als wollte er herausfinden, wer von ihnen beiden gerade mit wem spielt. Dann lächelt er milde. »Die Medikamente, die Hölscher Ihnen verabreicht, scheinen erschreckend wenig Wirkung bei Ihnen zu zeigen. Aber das lässt sich ja leicht beheben. Und zu Ihren merkwürdigen Behauptungen: Nur weil Sie unser Beisammensitzen in meinem Büro umdeuten zu etwas, das Bruckmann vorhergesagt hat, Frau Johanns, ist das kein Beleg dafür, dass all die anderen Behauptungen von Bruckmann ebenfalls richtig sind. Sie kennen ihn. Sie wissen, wie er das macht.«

»Bruckmann meinte außerdem«, fährt Sita ungerührt fort,

»dass Sie mich nur in Ruhe lassen, wenn ich Ihnen alles über Viola erzähle, also alles, was ich weiß.«

Wippende Daumen. Gerunzelte Brauen.

»Wer ist Viola?«

»Tom Babylons kleine Schwester. Sie ist vor dreiundzwanzig Jahren spurlos verschwunden.«

»Wer ist Tom Babylon?«

»Ein ehemaliger Kollege von mir und Bruckmann.«

»Und was genau«, fragt Forsberg, »sollte mich an dieser Viola so interessieren, dass ich einen so schwer beschädigten Menschen wie Sie einfach gehen lasse?«

Sita ballt innerlich die Fäuste. Äußerlich bewahrt sie Ruhe. Am liebsten würde sie Forsberg für das ›schwer beschädigt‹ zur Rechenschaft ziehen, doch der Moment ist zu wichtig, um ihn zu vergeben. »Ist das Ihr Angebot?«, fragt sie. »Mein Wissen über Viola für meine Freiheit?«

»Bis vor einer Minute kannte ich noch gar keine Viola. Bis auf die Cousine meiner Großtante, und die ist mit achtundvierzig bei einem Treppensturz in einer Abtei in Katalonien ums Leben gekommen. Aber wenn Sie möchten, erzählen Sie mir von Ihrer Viola. Die Geschichte scheint Sie ja ganz schön umzutreiben.«

»Meine Freiheit gegen mein Wissen über Viola?«, fragt Sita erneut.

»Haben Sie das Gefühl, Sie könnten sich auf mich verlassen, wenn ich Ihnen Ihre Freiheit verspreche?«

»Nein«, erwidert Sita.

Forsberg nickt anerkennend, als hätte sie soeben einen schwierigen Test bestanden. »Vielleicht ist es ja so, dass Bruckmann Sie betrogen hat. Hat er Sie selbst nach dieser Viola gefragt?« Der Klinikleiter taxiert sie mit einem langen Blick. »Er hat, richtig?«

»Und wenn?«, fragt Sita, obwohl sie Forsbergs Antwort schon kennt.

»Dann ist er möglicherweise selbst an dieser Viola interessiert. Haben Sie ihm etwas über sie verraten?«

»Nein. Warum sollte ich?« Sita beobachtet Forsberg aufmerksam. Fragt er das, weil er herausfinden will, ob es sich lohnt, Bruckmann nach Viola auszufragen? »Ehrlich gesagt«, fährt sie fort, »er war völlig okay damit, dass ich ihm nichts erzählt habe. Aber wie gesagt, er hat mir geraten, Ihnen alles über sie zu erzählen. Er meinte, dass Sie geradezu besessen davon wären, Viola zu finden.«

Forsberg schnaubt verächtlich. »Und, was mache ich für einen Eindruck auf Sie, wirke ich wie besessen?«

Für einen Moment herrscht Stille. Auf der Scheibe hinter Forsberg bilden die Tropfen ein Labyrinth.

»Was ist denn nun mit dieser Viola?«, fragt Forsberg. »Das scheint Ihnen wirklich auf der Seele zu brennen.«

Sita zuckt mit den Schultern. »Die Wahrheit ist, sie ist ertrunken, 1998, im Alter von zehn Jahren, in der Nähe von einem Campingplatz direkt am Treptowkanal in Berlin.«

Ein leises Pochen ertönt im Raum. Sita braucht einen Moment, bis sie versteht, dass es Forsberg ist, der das Geräusch mit den Daumen seiner gefalteten Hände macht. Er hält sie an den Kuppen zusammen und pocht leise und rhythmisch auf den Schreibtisch. Es klingt wie das dumpfe Ticken einer Uhr.

»Nehmen Sie sich in Acht«, sagt Forsberg. »Bruckmann arbeitet mit zwei Strategien. Die eine ist Furcht und die andere ist Vertrauen. Oder um es anders zu sagen: Im Moment will er, dass Sie mich *fürchten – und* ihm *vertrauen. Er manipuliert Sie, bis Sie ihm aus der Hand fressen wie ein kleines Vögelchen. Und wenn er hat, was er will, dann rupft er Ihnen die Federn aus und bricht Ihnen Ihren zarten Hals.«*

Kapitel 27

»Das ist dein Ernst, ja?« Jillians Stimme klingt dumpf durch die geschlossene Tür des Gäste-WCs. »Diese ganze Sache, der Mord in der Wohnung, der Überfall auf dich, der Tod deines Vaters – alles wegen deiner Schwester?« Sie stellt diese Frage bereits zum dritten Mal, immer in etwas anderer Form.

»Du wolltest die Wahrheit hören. Das ist sie«, sagt Tom. Er sitzt auf dem Fußboden gegenüber der Tür und fragt sich, ob Jillian nicht schon längst die Polizei gerufen hat und ihn gerade hinhält. Er hat zwar nicht gehört, dass sie mit jemandem gesprochen hat, aber ein Notruf per SMS würde schließlich reichen. Zeit hätte sie gehabt, seit Minuten reden sie miteinander. Minuten, in denen er versucht hat, alle Karten auf den Tisch zu legen und ehrlich zu sein, in der Hoffnung, dass sie ihm irgendwie glaubt – oder wenigstens erst einmal davon absieht, die Polizei zu rufen.

Denn anders als Jillian würde sich Scotland Yard nicht um seine Glaubwürdigkeit scheren. Für die Ermittler würden erst einmal nur die Fakten zählen. So arbeiten Polizeibehörden nun einmal – auch das LKA Berlin. Er hätte keine Chance. Gottverdammt, er hätte viel früher damit anfangen müssen, Jillian die Wahrheit zu sagen.

Die Frage ist, ob es nicht bereits zu spät ist. Er sollte sich längst aus dem Staub gemacht haben. Und trotzdem hofft er, Jillian noch überzeugen zu können. Es ist kaum eine Stunde her, dass sie nebeneinander im Bett gelegen haben, er kann sie noch riechen, sieht noch ihre Haare auf dem Kissen, ihre entspannten Züge, die geschlossenen Lider, das verspielte Blumenmuster auf der Tapete und dazu das idyllische Vogelgezwitscher durch das offene Fenster. Es kommt ihm beinah kitschig vor, aber auf ihn hatte dieses grüne Zimmer wie eine Oase in diesem sonst so roten Haus gewirkt. Er hatte den plötzlichen Frieden genossen, das Gefühl, zur Ruhe zu kommen – wenn auch nur für einen Augenblick – und etwas Schönes und Normales zu erleben.

»Im Krankenhaus hast du mir erzählt, deine Schwester ist mit zehn gestorben.« Jillians vorwurfsvolle Stimme klingt gedämpft durch die Tür. »Du warst auf ihrer Beerdigung ... Wie kommst du jetzt darauf, dass sie lebt?«

»Ich wollte im Krankenhaus nicht gleich die ganze Geschichte erzählen, Jillian. Ich kannte dich ja überhaupt nicht. Damals hieß es, Viola wäre im Treptowkanal ertrunken. Sie wurde erst Wochen später gefunden und identifiziert. Die Umstände waren damals ... kompliziert ... und total verwirrend. Und dann tauchten plötzlich Leute auf und stellten Fragen, wo meine Schwester sei.«

»Wussten die nichts von der Beerdigung?«

»Doch, wussten sie. Die haben trotzdem nach ihr gesucht.«

»Das klingt strange.«

»Eben.«

»Was waren das für Leute?«

»Ziemlich brutale Typen, Schläger«, sagt Tom ausweichend. Er will auf keinen Fall wieder auf den Mann im Fotolabor zurückkommen, den Bene und er getötet haben. »Damals ist mir klar geworden, dass da irgendwas nicht stimmt. Die waren nicht ohne Grund auf der Suche nach Viola. Und die waren sicher, dass sie noch lebt. Also hab ich selbst angefangen, nach ihr zu suchen, bis heute.«

»Zwanzig Jahre lang?«, fragt Jillian ungläubig.

»Dreiundzwanzig.«

»Und seit wann weißt du, dass sie hier in London lebt? In dieser Wohnung am Wilmington Square?«

»Das ist es ja, ich habe keine Ahnung. Ich muss es genau in dem Zeitraum herausgefunden haben, an den ich mich seit dem Überfall am Wilmington Square nicht mehr erinnern kann. Sonst hätte ich ja nicht ihr Foto, ihren Schlüssel und ihre Adresse bei mir gehabt. Wenn ich nicht zufällig –« Tom verstummt. Draußen nähert sich das Geräusch einer Polizeisirene. Hat Jillian ihn doch verraten? Sofort ist er auf den Beinen, bis ihm plötzlich klar wird, dass im Falle eines Notrufs der Metropolitan Police Service – oder kurz die Met – wohl kaum mit Blaulicht und Sirene vorgefahren käme, sondern sich vermutlich unauffällig dem Haus nähern würde, so wie es auch die deutsche Polizei tun würde. Im selben Augenblick entfernt sich das Geräusch der Sirene auch schon wieder, und es wird still.

»Tom?«

»Ja, ich ... dachte gerade, du hast die Polizei alarmiert.«

Wieder Stille.

»Hab ich nicht.«

»Okay. Danke«, sagt er heiser.

»Was wolltest du gerade sagen? Du hast von ihrem Foto und dem Schlüssel gesprochen ...«

»Ja«, nimmt Tom den Faden wieder auf. »Wenn ich nicht zufällig im Park auf Gerard gestoßen wäre, wüsste ich ja überhaupt nicht, dass ich sie gefunden habe.«

»Und nachdem du Gerard getroffen hast, bist du einfach so in die Wohnung reingestolpert und hast die Leiche gefunden?«

»So war's. Und ehrlich, Jillian, ich habe keine Ahnung, was

es mit dem Toten auf sich hat. Ich weiß nicht, wer er ist oder warum er in der Wohnung war, geschweige denn, wer ihn getötet hat.«

»Aber du kannst dich auch nicht an alles erinnern oder mit Sicherheit sagen, dass du es nicht warst«, stellt Jillian fest.

»Ja, leider«, räumt Tom ein. »Aber wie wahrscheinlich ist es, dass ich diesen Mann in der Wohnung töte und danach von jemand anderem niedergeschlagen werde, der mich zum Container im Hinterhof schleppt, um mich dort liegen zu lassen?«

Hinter der Tür bleibt es eine Weile still, dann klickt die Verriegelung, und Jillian tritt aus dem kleinen Raum. Der Bademantel ist straff um ihre Hüften gebunden, als hätte sie ihn eben noch gerichtet. Tom steht unschlüssig vor ihr. »Wo ist dein Telefon?«, fragt er.

Sie klopft auf die Tasche ihres Bademantels. »Machst du dir immer noch Sorgen, dass ich die Met gerufen habe?«

»Schon, ja.«

»Warum bist du dann noch hier?«

»Weil ich ...« Tom kommt ins Stocken.

Jillian runzelt die Stirn. »Etwa ... wegen mir?«

»Ich wollte das nicht so stehen lassen«, murmelt Tom.

Sie schaut ihn mit einem seltsamen Blick an. Irgendwie scheint es ihr fast unangenehm zu sein, dass Tom zugibt, so etwas wie Gefühle für sie zu haben. »Und warum hast du nicht die Polizei gerufen?«, fragt er. »Und jetzt sag bitte nicht wieder, weil ich dich an deinen Vater erinnere.«

Ein flüchtiges Lächeln. Ihre Augen wissen nicht so recht, wo sie hinschauen sollen. »Es war schön mit dir.«

Es war. Sie benutzt die Vergangenheit. Ist das Zufall? Ein Abschied? Nicht, dass Tom mehr wollte, jedenfalls nicht direkt, höchstens von dem Gefühl des Friedens mit ihr. Aber ihr *es war* kommt ihm zu kühl vor für das, was tatsächlich zwischen ihnen war.

»Ja, das war's«, erwidert Tom mechanisch.

Stille. Hat sich seine Ehrlichkeit gelohnt? Plötzlich kommt er sich auf eine Weise nackt vor, die ihm nicht gefällt. Er schaut auf ihren Frotteebademantel, in dessen Tasche, in der Jillians Handy steckt, etwas zu leuchten scheint.

Was ist das? Ein Anruf?

Er schaut sie an, doch sie scheint nichts von dem Leuchten zu bemerken. Jillians Blick ist stattdessen auf seine Körpermitte gerichtet. Einen Wimpernschlag später wird sie sich dessen bewusst und errötet. Für eine Frau, die noch vor etwa zwanzig Minuten gesagt hat: »Steck ihn rein«, ist sie auf einmal erstaunlich scheu.

»Willst du dir nicht vielleicht etwas anziehen?«, meint Jillian.

Tom verzieht den Mund. »Wenn ich wüsste, wo meine Sachen sind –«

»Ach, richtig«, sie lächelt entschuldigend, »ich gehe eben in die Waschküche ...« Mit schnellen Schritten huscht sie zur Kellertreppe. Ihre nackten Füße werden auf den Stufen leiser.

Tom überlegt fieberhaft. Hat sie doch die Met alarmiert, und die Polizei war die ganze Zeit in der Leitung und hat mitgehört? Oder hat sie das Gespräch mitgeschnitten?

Er läuft zur Treppe und horcht.

Kein Geräusch.

Leise setzt er seine Füße auf die erste Stufe und schleicht dann auf Zehenspitzen die Treppe hinab. Die Kellerdecke ist niedrig, und er hat das Gefühl, seinen Kopf einziehen zu müssen. Der Boden ist kalt, trocken und staubig. Keine Spur von Nässe und Moder wie in vielen alten Kellern, nur ein paar getrocknete Kalk- und Mineralienspuren zeichnen sich auf den Ziegeln der Flurwände ab. Von den drei Deckenlampen funktioniert nur eine. Sechs Türen liegen vor ihm, unter der hinteren auf der rechten Seite scheint etwas Licht durch. Tom tritt lautlos an die windschiefe Tür heran. Sie hängt an zwei kräftigen alten Eisenangeln und besteht aus Holzbohlen, die von Querlatten in Form eines aufgenagelten Z zusammengehalten werden. Zwischen den Bohlen sind Ritzen, und Tom erkennt in der Waschküche schemenhaft Jillian, mit der einen Hand presst sie das Telefon ans Ohr, mit der anderen gestikuliert sie erregt.

»... nein, verdammt, es reicht ...«, flüstert sie.

Tom erstarrt. Also doch. Sie telefoniert, die Frage ist nur, mit wem?

»Was soll das heißen?«, zischt Jillian. »Drohen Sie mir? – Ich hab verdammt noch mal meinen Job riskiert.«

Tom geht so nah an die Tür heran, dass er sie mit den Augenbrauen berührt. Die Ritze ist breit genug, um gut hindurchzusehen. Jillian läuft hinter einigen Wäschestücken auf und ab, die verteilt auf mehreren grünen Leinen hängen, die durch den Raum gespannt sind. Seine Hose und all seine anderen Sachen sind auch darunter.

»Dafür ist es nicht genug«, blafft sie ins Telefon. Ihr Blick fliegt zur Tür, und Tom tritt einen Schritt zurück. »Nein, würde es nicht. Egal wie viel.«

Tom beißt sich auf die Lippen. Geht es um Geld?

»Nein, nichts«, beteuert Jillian. Sie wirkt ebenso genervt wie verzweifelt. »Ob Sie's glauben oder nicht, die hängen direkt vor mir. Ja, alle!«

Sie verdreht die Augen himmelwärts.

»Fuck, dann fragen Sie ihn doch selbst«, zischt sie ins Telefon und schaut erneut zur Tür. »Nein«, sagt sie energisch.

»Ich hab gemacht, was Sie wollten, und jetzt ist Schluss. Beim nächsten Mal rufe ich die Met, dann können Sie mit denen reden, klar?« Mit einer resoluten Geste beendet Jillian das Gespräch und bleibt einen Moment mitten in der Waschküche stehen. Unschlüssig sieht sie auf das Handy.

Tom wartet einen kurzen Moment, dann öffnet er die Tür. Jillians Augen weiten sich vor Schreck. Hastig lässt sie das Handy in die Tasche ihres Bademantels gleiten.

»Wer war das?«, fragt Tom eisig.

Jillian weicht vor ihm zurück, bis sie mit dem Rücken zur Wand neben einer in die Jahre gekommenen Waschmaschine stehen bleibt. Die Deckenlampe wirft Schattenflecken von der aufgehängten Wäsche auf den Betonboden. »Spionierst du mir nach?«

Tom bleibt in der Mitte der Waschküche über einem rostigen Bodenabflussgitter stehen. Unangenehmer Geruch steigt aus dem Kanal auf. Er versperrt Jillian den Weg zur Tür, nimmt seine Unterhose von einer Leine und zieht sie an, ohne sie dabei aus den Augen zu lassen. »Jillian, noch mal: Wer zum Teufel war das? Mit wem hast du gesprochen?«

»Geht dich nichts an«, erwidert Jillian trotzig.

»Ihr habt über meine Klamotten geredet, oder?« Er greift nach oben, nimmt seinen Pullover von der Leine und streift ihn sich über. »Also geht's mich vielleicht doch was an.«

»Wir haben über die Bettwäsche geredet«, sagt sie und deutet auf zwei Kopfkissen- und Bettbezüge, die auf der hintersten von vier Leinen hängen, nah an der Wand, wo die Leinen an stabilen Haken verknotet sind.

»Bettzeug. Aha. Und worum ging's noch bei dem Gespräch?«

»Um meinen Vater.« Jillian schaut auf den Boden, ihre Stimme klingt gepresst. »Er hatte Schulden, und ich darf's jetzt ausbaden.« Sie deutet auf die Kissenbezüge. »Ich dachte, er hat Geld versteckt. Aber da war nichts.«

»Und was meintest du mit: ich habe meinen Job riskiert?«

»Was glaubst du? Ich hab mich mehrfach krankgemeldet – trotz Corona – und das Haus auf den Kopf gestellt, um das Geld zu finden, das mein Vater angeblich hier versteckt hat.«

»Und um mir zu helfen, hast du dir dann jetzt auch noch Urlaub genommen? Kam das gut an im Krankenhaus?«

»Ich hab mich wieder krankgemeldet«, blafft Jillian ihn an. »Schon wieder. Weil ich Kopfschmerzen habe, und Magenschmerzen. Ich bin übermüdet, ich musste Doppelschichten schieben«, bricht es aus ihr heraus. »Und zwischendurch habe ich meinen Vater bis zum Tod gepflegt ... Ich kann keine alten Leute auf der Intensivstation mehr sehen. Fuck! Schau mich an, ich bin neunundzwanzig und komplett ausgebrannt.«

»Und dann kümmerst du dich ausgerechnet um mich, ja?«

»Ich bin immer noch Ärztin. Und ja, ich fand dich vielleicht auch irgendwie von Anfang an attraktiv. Ich hab seit zwei Jahren keinen Typen mehr im Bett gehabt. Und außerdem hab ich wahrscheinlich einfach jede blöde Gelegenheit genutzt, um aus diesem Scheißkrankenhaus abzuhauen.«

Tom starrt sie an und versucht, ihren Ausbruch einzuordnen.

Jillian steht vor ihm, mit erhitztem Gesicht und zitternden Fingern.

»Du lügst beschissen«, sagt Tom leise. Was nicht ganz stimmt, denn eigentlich lügt sie schon die ganze Zeit ungewöhnlich geschickt. Es fühlt sich nur mies an, dass er bisher darauf hereingefallen ist.

»Ich lüge?«, sagt Jillian zornig. »Und was ist mit dir?«

»Um mich geht's gerade nicht. Es geht um *dein* Telefonat«, erwidert Tom mühsam beherrscht. »Hör zu, ich weiß, wie man lügt, Jill.« Er nimmt seine Hose mit einem wütenden Ruck von der Wäscheleine. Die grüne Schnur zittert in ihrer ganzen Länge. »Ich hab's tausendmal erlebt und Menschen dabei überführt. Nur weil du ein paar Dinge sagst, die vielleicht wahr sind, heißt das noch lange nicht, dass du damit aus dem Schneider bist.« Er steigt in seine Hose und tritt Jillian gegenüber. Sie funkelt ihn wütend an.

»Bist du wütend auf mich oder auf dich selbst?«, fragt er.

»Rate.«

Tom streckt die Hand aus. »Gib mir das Telefon.«

»Nein«, haucht sie.

»Gib es mir, oder ich nehme es mir.«

Eine Weile stehen sie schweigend voreinander. Jillians Mund ist ein schmaler, entschlossener Strich; sie macht keinerlei Anstalten, ihm das Telefon zu geben. Wütend greift Tom nach ihrer Bademanteltasche, doch Jillian fuchtelt energisch mit ihren Händen dazwischen. Eine wilde, wortlose Rangelei entsteht, bei der Tom versucht, an das Telefon zu kommen, ohne ihr dabei wehzutun, während Jillian sich windet und seine Hände von ihrer Tasche fortstößt.

»Schluss damit«, sagt plötzlich eine laute, schneidende Männerstimme.

Tom erstarrt. Die Stimme kommt von der Tür. Und der Mann hat die Worte nicht auf Englisch gesagt – sondern auf Deutsch. Er will sich gerade umdrehen, als Jillians Knie ihn genau zwischen den Beinen trifft.

Der Schmerz explodiert förmlich in seinem Unterleib – und schießt bis in den Kopf. Ihm wird schwarz vor Augen, und er geht in die Knie. Schlagartig ist ihm übel, und er krümmt sich, will sich nur noch zusammenrollen, es existiert nichts mehr außer der Mitte seines Körpers, alles andere ist unendlich weit weg – außerhalb seines Universums, das nur noch aus Schmerz besteht.

Jemand stößt ihn zu Boden.

Er hört einen dumpfen Schlag, und Jillian schreit laut auf.

Eine kräftige Hand packt ihn am Kragen, schleift ihn zur Wand und lässt ihn dort fallen. Tom versucht, sich aufzurichten, doch die Schmerzen lähmen ihn. Vor ihm steht ein Mann mit einem Bowiemesser, er greift nach der grünen Wäscheleine und schneidet sie durch. Wäschestücke segeln zu Boden. Der Mann nimmt das lange Ende der Leine und schlingt es Tom um den Hals. Bevor Tom weiß, wie ihm geschieht, zieht sich die Schlinge zu und nimmt ihm den Atem. Tom schnappt nach Luft, sieht aus dem Augenwinkel, wie der Mann das Ende der Wäscheleine über einen der eisernen Haken an der Wand legt und dann fest daran zieht. Die Schlinge um Toms Hals zerrt seinen Kopf nach oben und drückt ihm auch noch den letzten Rest Luft ab. Reflexartig versucht Tom, die Finger zwischen die Leine und seinen Hals zu bekommen, aber es ist zwecklos.

Der Zug auf der Leine zwingt Tom trotz der betäubenden Schmerzen im Unterleib in eine Aufwärtsbewegung. Er stemmt die Beine in den Boden, kommt stolpernd hoch und richtet sich mit dem Rücken an der Wand auf. Erbarmungslos zieht der Mann weiter an der Leine. Tom röchelt und geht auf die Zehenspitzen, um den Druck auf seinen Hals zu reduzieren und wenigstens etwas Luft zu bekommen.

In aller Ruhe knotet der Mann die Leine an einem Wandhaken fest, sodass Tom jetzt lang gestreckt und wie aufgeknüpft zwischen zwei Haken steht, die die Leine um seinen Hals straff spannen. Sobald er sich bewegt oder nicht mehr auf den Zehenspitzen steht, schnürt ihm die Wäscheleine den Hals so zu, dass er nicht mehr atmen kann.

»Hände weg von der Leine«, warnt der Mann. »Sonst wird es nur noch schlimmer.« Sein Deutsch ist akzentfrei. Er steht etwa einen Meter vor Tom, gerade außerhalb der Reichweite seiner Arme, trägt eine dunkelblaue Bomberjacke, eine blaue, tief in die Stirn gezogene Wollmütze, dazu einen medizinischen Mundschutz, der sich im Rhythmus seines Atems hebt und senkt.

Tom ächzt, lehnt sich rücklings an die Wand und balanciert auf Zehenspitzen, um Luft zu bekommen. Sein Blick geht zu Jillian, die immer noch neben der Waschmaschine steht. Sie hält sich den Bauch, ihr Gesicht ist aschfahl.

»Bleib, wo du bist«, zischt der Mann auf Englisch in ihre Richtung, dann wendet er sich wieder Tom zu. »Wo ist deine Schwester?«, fragt er auf Deutsch.

»Was?«, stößt Tom hervor.

»Ich will wissen, wo deine Schwester Viola ist. Was zum Henker ist an der Frage so schwer zu kapieren?«

»Ich hab keine Ahnung, wo sie ist«, stöhnt Tom. Er schielt zur Wäscheleine und fragt sich, bei wie viel Kilogramm Zug sie wohl reißt und ob sie, bevor sie reißt, ihm wie eine Garrotte den Hals durchschneidet.

»Soll ich nachhelfen?«, fragt der Mann. Ohne eine Antwort abzuwarten, geht er zwei Schritte zu dem Haken rechts von Tom, schließt seine Faust um die Wäscheleine und zieht daran. Sofort wird die Schlinge um Toms Hals enger und schneidet ihm die Luft ab.

»Ticktack, ticktack, ticktack«, sagt der Mann und imitiert mit der Messerspitze einen fortschreitenden Sekundenzeiger. »Ich hab Zeit, im Gegensatz zu dir.«

Tom schnappt panisch nach Luft. Aus seiner Kehle dringt

kein Laut, nur seine Lippen schmatzen trocken. Die Schmerzen in seiner Körpermitte sind plötzlich wie verflogen, seine Arme kribbeln, seine Beine wollen nachgeben, und seine Lunge brennt. Verzweifelt holt er mit seinem rechten Arm aus, um den Mann zu schlagen, erreicht ihn aber nicht.

»Mein Gott, lassen Sie ihn los, Sie bringen ihn noch um«, ruft Jillian.

»Shut up!«, bellt der Mann. »Mit dir bin ich durch.«

Mit dir bin ich durch? Was soll das heißen?

Toms Sichtfeld wird kleiner, als würde er in einem Brunnen nach oben sehen und langsam fallen.

»Bitte!«, fleht Jillian.

»Hättest du dir vorher überlegen müssen, Schätzchen«, knurrt der Mann.

Tom sieht Sterne, sein Herz verkrampft sich. Er spürt die Zehen und Finger nicht mehr.

Mit einem Mal lässt der Mann die Leine los. Gierig saugt Tom Luft in seine Lunge. Er taumelt, fühlt seine Beine kaum und hat Mühe, sich zu halten.

»Gleiche Frage«, sagt der Mann emotionslos. »Wo ist deine Schwester.«

»Ich hab verdammt noch mal keine Ahnung«, japst Tom. »Ich weiß nur, wo sie wohnt.«

»Da ist sie nicht mehr, und das weißt du nur zu gut.«

Tom starrt dem Mann in die Augen, mehr lässt die Maske nicht zu. Zwei stahlblaue Kugeln, die Pupillen ungewöhnlich groß, dichte Augenbrauen, die aussehen wie frisch rasiert und den Rand der Wollmütze berühren. »Wer sind Sie? Was wollen Sie von meiner Schwester?«

»Falsche Frage«, erwidert der Mann und zieht erneut an der Wäscheleine.

Tom röchelt und versucht, mit den Armen die Leine links

und rechts von sich zu fassen, um den Zug zu reduzieren, doch ihm fehlt die Kraft, und seine Finger rutschen immer wieder an der glatten Leine ab, als wäre sie mit Spüli eingerieben. Erneut hat er das Gefühl, das Bewusstsein zu verlieren – und genau in diesem Moment lässt der Mann los. Tom schnappt nach Luft und muss husten.

»Sag mir, wo sie ist«, fordert der Mann.

»Ich weiß es nicht«, bringt Tom heiser hervor.

»Was hast du in ihrer Wohnung gefunden?«

»Was? Was soll ich da gefunden haben?«

»Du warst fast sechzehn Stunden in der Wohnung. Was hast du da gemacht?«

Tom sieht den Mann ungläubig an. Der Kerl hat ihn beobachtet, während er in der Wohnung war?

»Erzähl mir jetzt keinen Scheiß, ich weiß, wenn du lügst.«

»Da war eine Leiche im Bad. Ein Mann«, stöhnt Tom.

Die blauen Augen zeigen keine Reaktion. Eine unwirsche Bewegung mit dem Messer, dann knurrt er: »Der Mann ist egal. Was hast du in der Wohnung gefunden?«

Tom starrt ihn fassungslos an.

Er weiß von der Leiche. »Sie waren das«, ächzt Tom.

»Was denn, der arme Kerl in der Wanne?« Der Mann legt den Kopf ein wenig schief und schaut ihn an. Tom könnte schwören, dass hinter seinem Mundschutz ein zynisches Lächeln liegt. »Das klingt mir aber ein wenig zu sicher für jemanden, der sein Gedächtnis verloren hat. *Du* hattest doch das Foto in der Tasche und den Haustürschlüssel. Ich weiß zwar nicht, warum du den armen Kerl umgebracht hast, aber du wirst schon deine Gründe gehabt haben, oder?« Er sieht ihm prüfend in die Augen, will wissen, wie es Tom damit geht. »Hast es nur vergessen, hm?«

»Schwachsinn«, zischt Tom. Er wirft Jillian einen vernichtenden Blick zu, und sie schlägt die Augen nieder. Irgendwie steckt sie mit diesem Kerl unter einer Decke. Sonst könnte er nicht all das wissen, was er weiß.

»Wir verlieren Zeit«, sagt der Mann. »Also, was hast du herausgefunden?«

»Was soll ich herausgefunden haben?«, stöhnt Tom. »Nichts. Die meiste Zeit hab ich auf dem Fußboden gelegen und mit meinen Schmerzen zu kämpfen gehabt.«

Wieder dieser Ausdruck in den Augen, bei dem Tom ein Lächeln hinter der Maske vermutet, als wüsste der Mann eigentlich schon alles.

»Was ist mit dem Hund?«

Tom erstarrt. Der Hund? Meint er etwa Lassie? Woher weiß er davon? Von Lassie hat er nicht einmal Jillian erzählt. Selbst vorhin nicht, als er die Karten auf den Tisch gelegt hat. Oder hat Jillian etwa das Versteck im Bad hinter der Fliesenklappe gefunden? »Welcher Hund?«, fragt Tom.

»Du weißt genau, welchen Hund ich meine«, blafft der Mann. »Der kleine schwarz-weiße Kläffer in der Box, die du abgehängt hast.«

In Toms Kopf rotieren die Gedanken. Gibt es Überwachungskameras in der Wohnung? Wie sonst könnte er das wissen?

»Ich hab nichts abgehängt«, stöhnt er.

»Aber nachdem du da warst, war die Box weg. Und soweit ich weiß, warst du der Einzige in der Wohnung. Wer also soll sie sonst abgehängt haben?«

Okay. Keine Überwachungskameras, denkt Tom. Wenn er das Fehlen der Hundebox so herleitet, dann hat er nicht *gesehen*, wie ich sie abgehängt habe. Er muss nach mir in der Wohnung gewesen sein. Und vor mir! Und er muss ein verflucht gutes Gedächtnis haben ... Wahrscheinlich hat er die

Wohnung durchsucht, sonst wäre ihm die kleine Box an der Wand nie aufgefallen. »Ich hab keine Ahnung«, ächzt Tom. Sein Mund ist wie ausgedörrt. Die Leine schneidet ihm in den Hals und macht ihm das Atmen schwer, aber wenigstens nicht unmöglich. Dafür fangen seine Waden und Füße an zu brennen, weil er sich permanent auf den Zehenspitzen halten muss, um Luft zu bekommen.

»Was ist mit dem Hund? Was hat's mit dem Vieh auf sich? Und was war in der Box?«, zischt der Mann. »Du musst sie doch untersucht haben.«

»Ich hab keine Ahnung«, sagt Tom. Was noch nicht einmal gelogen ist, er hat den Hund nicht mitgenommen, weil er etwas in der Box vermutet hat, sondern weil Lassie ihm etwas bedeutet – und weil er Viola offenbar auch etwas bedeutet.

»Ich will das Scheißvieh haben. Gib es mir.« Die Stimme des Mannes ist schneidend kalt. Seine Augen brennen förmlich, und die riesigen schwarzen Pupillen sind wie schwarze Löcher, die alles aufsaugen, was in ihre Nähe kommt. Entweder der Kerl ist psychisch krank, oder er nimmt Drogen oder Aufputschmittel, vielleicht sogar beides; und trotzdem wirkt er seltsam kontrolliert.

»Ich hab dieses Ding nicht, fragen Sie Mrs Harris, ich hatte nichts bei mir, nur meine Sachen. Sie hat sie gewaschen … sie muss es wissen …«

Der Blick des Mannes richtet sich auf Jillian, die verloren an der Wand steht. »Und?«, fragt er. Mehr nicht. Nur dieses eine Wort.

Sie zuckt mit den Achseln. Ihr Blick ist auf das Bowiemesser gerichtet; der Mann fuchtelt leicht mit der krumm zulaufenden Spitze des Jagdmessers in ihre Richtung. »Da war nichts. Er hatte nichts in den Taschen«, sagt sie leise. »Ein paar Pfund, mehr nicht.«

»Auch keinen Haustürschlüssel und kein Foto von seiner Schwester?«

Jillian wirft Tom einen flüchtigen Blick zu. »Nein«, flüstert sie, »da war nichts.«

Mit einem Ruck zieht der Mann die Wäscheleine wieder straff, und Tom schnappt vergeblich nach Luft. »Wenn da kein Foto war«, knurrt der Mann, »und kein Schlüssel, dann hast du beides versteckt, stimmt's?«

Tom öffnet den Mund, doch er bekommt keinen Laut heraus.

»Und ich wette, da, wo der Schlüssel und das Foto versteckt sind, da finde ich auch den kleinen Hund.« Er geht mit dem Gesicht ganz nah an Tom heran, Schweißperlen glitzern auf seiner Haut. Mit der linken Hand zieht er weiter an der Wäscheleine und hält mit der anderen Tom das Messer unter die Nase.

Tom stöhnt, sein Blick beginnt wieder enger zu werden, er ist zurück im Brunnen, fällt. Verzweifelt versucht er, die Leine zu fassen, sich Luft zu verschaffen. Die Messerspitze schwebt höhnisch vor seinen Augen. Er versucht, sich zu konzentrieren, gegen die Panik anzuarbeiten, gegen das Kribbeln in seinen Muskeln, gegen sein Herz, das pumpt und pumpt, ohne Sauerstoff zu bekommen. Das Messer vor seinem Gesicht ist wie ein Déjà-vu, ein Sekundenblitz in seinem Kopf. Mit einer verzweifelten Bewegung seiner linken Hand packt er das Messer an der Schneide, er kennt den Schmerz, er hat das schon einmal getan, vor ein paar Jahren, da war er bereit gewesen, sich gemeinsam mit einem Mann in die Tiefe zu stürzen, um ihn zu töten. Damals hatte er gedacht, auf der anderen Seite würde Vi ihn erwarten. Jetzt weiß er: Viola ist auf dieser Seite. Eisern hält er das Messer fest, ballt seine Rechte zur Faust und rammt sie dem Mann seitlich oberhalb der Maske an den Kopf. Der Schlag kommt ihm kraftlos vor, doch die Knöchel treffen genau dessen Schläfe. Der Mann taumelt, stürzt, lässt im Fallen das Messer los, hält sich aber gleichzeitig mit der anderen Hand an der Leine fest, an der jetzt beinah sein ganzes Gewicht hängt. Für einen Augenblick glaubt Tom, die Wäscheleine schneide durch sein Fleisch wie ein Draht durch Butter, und er spannt jeden Muskel an Hals und Nacken an. Panisch angelt er mit der Rechten nach dem Messergriff, kriegt ihn zu fassen, stochert mit der Klinge nach der Leine, die sich zitternd wehrt, säbelt daran herum, doch sie will und will nicht reißen. Verzweifelt tritt er nach dem Mann und erwischt ihn, doch der verdammte Mistkerl lässt nicht los. Tom wird es schwarz vor Augen. Er sticht weiter mit der Klinge in Richtung der Leine, verfehlt sie wieder, sein Arm kribbelt, er fällt weiter den Brunnen hinab, und auf einmal spürt er, dass ihm das Messer aus der Hand gerissen wird. Seine Kräfte schwinden. Es ist falsch, dass es so enden wird. Ein übler Winkelzug des Schicksals, an das er nicht glaubt, genauso wenig, wie er an Gott glaubt, denn Gott könnte all das nie gewollt haben. All die Toten, die er gesehen hat, ihre Mörder, die Schmerzen, vielleicht ist es doch eine Gnade, dass all dies jetzt endet. Ist die Erlösung vom Bösen der Tod des Bösen oder doch nur der eigene Tod?

Plötzlich gibt es einen Ruck, und das Seil um seinen Hals löst sich. Tom hört einen Körper auf den Boden aufschlagen, fragt sich, ob es seiner ist. Er fällt auf die Knie und saugt Luft in die Lunge, ihm ist schwindelig – und er sucht nach dem Mann. Jillian steht bei ihm und will ihm aufhelfen, in der Hand hält sie das Messer.

Hat sie ihn etwa losgeschnitten?

Zitternd atmet Tom ein. Der Schwindel wird weniger, in

seinen Ohren rauscht das Blut wie Wasser aus einem Hahn. Er starrt auf seinen eigenen Schatten auf dem grauen Fußboden. Da ist ein Abflussgitter. Ein paar Sprenkel Blut sind rundherum verteilt. Auf einmal sieht er ein Bein an sich vorbeifliegen, Jillian schreit auf, knallt durch die Wucht des Trittes gegen die Wand hinter ihm. Das Messer fällt klirrend zu Boden.

Der Mann mit der Maske will an ihm vorbei, streckt seinen Arm nach der Waffe aus. Tom schafft es im letzten Moment, das Messer wegzukicken, sodass es mit einem fiesen metallischen Geräusch kreiselnd über den Boden zur Waschmaschine schlittert. Mit einem halblauten wütenden Schrei ändert der Angreifer seine Richtung und stürzt sich auf das wenige Schritte entfernt liegende Bowiemesser.

Tom weiß sofort, dass er verloren hat, der Mann wird früher als er selbst bei der Waffe sein. Also, was kann er noch tun? Sein Blick fliegt durch die Waschküche. Rechts von ihm verläuft ein hellgraues, dickes Abwasserrohr aus Plastik. Zwei Schritte, dann tritt er seitlich gegen das Rohr. Mit einem dumpfen Geräusch bricht es an den Muffen auseinander. Der Geruch von Fäkalien schlägt ihm entgegen. Tom packt das etwa einen Meter lange Rohrstück, reißt es los, dreht sich um und verliert dabei fast das Gleichgewicht. Der Mann kommt gebückt und mit dem Messer in der rechten Faust auf ihn zu. Sein Blick ist trüb, seine Haltung zeugt von Schwindel. Der Hieb gegen die Schläfe scheint nachzuwirken, oder sind das die Drogen?

Tom lässt das Rohr warnend durch die Luft sausen. Ein dunkles Pfeifen ertönt, als würde man seitlich in einen Flaschenhals blasen. Der Mann macht einen Ausfallschritt auf ihn zu und sticht nach ihm, doch Tom weicht aus, und das Messer fährt ins Leere. Hinter Tom rappelt sich Jillian auf und schiebt sich an der Wand entlang, weg von ihnen Richtung Waschmaschine.

Einmal mehr macht der Mann einen Ausfallschritt in Richtung Tom und sticht von oben auf ihn ein. Tom wehrt das Messer mit dem Rohr ab, und die Klinge zischt um Haaresbreite an seiner Schulter vorbei, doch der Mann wechselt blitzschnell das Messer von der rechten in die linke Hand, als wäre er ein geübter Nahkämpfer, dreht es dabei und sticht jetzt aufwärts in Richtung von Toms Bauch. Im selben Moment gibt es einen hellen Knall. Der Kopf des Mannes ruckt zur Seite, irgendetwas hat ihn getroffen, und er strauchelt. Hinter ihm steht Jillian, breitbeinig, in ihrem Bademantel, mit einem Wischmopp, den sie beidhändig wie bei einem Stockkampf schwingt. Die Hand des Mannes, die das Messer führt, verliert die Richtung, die Klinge verfehlt Toms Bauch und dringt ihm in die Seite. Der Schmerz ist wie ein Biss.

Der Mann taumelt gleich einem angeschlagenen Boxer, hält aber das Messer fest. Tom beißt die Zähne zusammen, schwingt das Abflussrohr und trifft den Kerl an der Seite. Kaum eine Sekunde später trifft ihn ein weiterer Hieb von Jillian mit dem Wischmopp. Der Holzstiel zittert in ihren Händen von der Wucht des Aufpralls. Der Mann brüllt vor Schmerzen und zieht den Kopf schützend zwischen die Schultern. Ohne die Wollmütze auf seinem Kopf, die den ersten Schlag gedämpft hat, wäre er vermutlich schon ohnmächtig. Sein Blick geht in Richtung Tür.

Tom macht ein paar Schritte seitwärts und verstellt ihm den Weg.

Wie ein Stier lehnt sich der Mann vor, die Tür im Blick, und stürmt los, das Messer vor sich in Angriffshaltung. Tom weicht aus, gibt den Weg frei und drischt ihm das Rohr in den Rücken. Der Mann strauchelt, verliert das Messer und fällt mehr durch die Tür als alles andere. Dann prallt er im Flur gegen die Wand. Mit einem wütenden Knurren rappelt er sich auf. Tom setzt nach, erreicht schwankend und mit dem Rohr in den Händen die Tür, doch der Angreifer ist bereits wieder auf den Beinen und flieht den Flur entlang zur Kellertreppe.

Keuchend setzt Tom ihm nach. An der Kellertreppe wird ihm schwindelig, und er muss sich kurz am Geländer festhalten. Als er oben ankommt, ist die Haustür offen, und der Mann läuft über den Kies der Auffahrt. Seine Schritte knirschen. Er ist schnell. Viel schneller, als Tom es nach diesen Schlägen für möglich gehalten hätte. Er muss randvoll mit Adrenalin und Amphetaminen sein.

Mit rudernden Armen rennt er auf das Tor zu, verlässt das Grundstück und verschwindet hinter der Ecke. Einen Moment später hört Tom das Geräusch eines Motorrollers. Sekunden später entfernt sich der Roller mit hoher Geschwindigkeit. Tom tritt schwer atmend auf den Bürgersteig vor dem Tor und sieht die leere Straße hinunter. Aus seiner linken Hand, mit der er die Klinge gepackt hat, tropft Blut. Das Adrenalin hat ihn den Schnitt nicht spüren lassen.

Er muss an die geweiteten Pupillen des Mannes denken. Ein paar Amphetamine, denkt er, täten ihm selbst jetzt vielleicht auch ganz gut.

10 Tage vorher

Kapitel 28

Sita liegt auf dem Rücken und starrt an die Decke ihrer Zelle. Sie hat keine Uhr, doch dem Stand der Sonne und der Position des Gitterschattens auf der Wand nach müssten die Pfleger jeden Moment kommen und sie abholen, um sie zum zweiten Mal in den Aufenthaltsbereich zu bringen. Außer Forsberg hat nach dem gestrigen Vorfall mit Patzner und ihrem Gespräch entschieden, ihr den Ausgang zu streichen. Das kleine L8STAR-Telefon trägt sie bereits am Körper, sie hat es sich seitlich in die Unterhose gesteckt. Seit gestern beschäftigt sie die Frage, ob das Handy tatsächlich von Patzner ist und ob Bruckmann etwas mit dessen angeblichem Selbstmord im Serviceraum zu tun hat. Aber hätte ihn dann nicht eine der zahlreichen Kameras im Flur dabei aufnehmen müssen, wie er den Raum betritt und ihn wieder verlässt? In diesem Fall würde Bruckmann sicher für sehr lange Zeit isoliert werden, und damit wären seine Fluchtpläne dahin. War er wirklich bereit, das zu riskieren?

Was das Handy angeht, bereitet ihr außerdem die Akkulaufzeit Sorgen. Sie ist bereits auf ein Drittel gesunken, und das Telefon auszustellen wagt sie nicht, da sie den PIN-Code nicht kennt.

Doch am meisten beschäftigt sie das Gespräch in Forsbergs Büro. Beide, Bruckmann, aber auch Forsberg, wollen sie offensichtlich benutzen. Und bei allem, was passiert, scheint es um Viola zu gehen. Es ist, wie Tom es vermutet hat, und trotzdem ganz anders. Die Art, wie Bruckmann von Viola spricht, und die Art, wie Forsberg nicht *von ihr spricht, passt nicht zu einem schlichten Racheplan. Es geht um mehr. Um viel mehr. Nur was will Bruckmann wirklich, außer seiner Freiheit? Und was verschweigt Forsberg?*

In Gedanken geht sie noch einmal die Gespräche mit dem Klinikleiter durch, als die Tür geöffnet wird.

Varga und Schäfer sind da, um sie abzuholen. Der bullige Pfleger wirkt heute mürrisch, Schäfer dagegen scheint erstaunlich gut gelaunt. Seine Schritte sind flink, seine Hosenbeine flattern um die hageren Glieder.

Im Aufzug klappert ein loses Gitter. Als die Kabine auf der Zieletage stehen bleibt, gibt es einen starken Ruck, und der Fahrstuhl sackt etwa zwanzig Zentimeter ab.

»Gott! So ein Scheiß!«, flucht Schäfer erschrocken. »Die alte Kiste bringt mich noch um.«

»Hör auf zu jammern«, weist ihn Varga zurecht, öffnet die Tür und steigt auf den höher liegenden Etagenboden, dabei stützt er sich mit der rechten Hand ab, verzieht plötzlich vor Schmerzen das Gesicht und schüttelt seine Rechte aus. Auf dem Handrücken bemerkt Sita eine Schwellung.

»Was heißt denn hier jammern? Weißt du, wie viele Stockwerke das sind? Wenn das Ding abrauscht, dann war's das.« Schäfers gute Laune ist mit einem Schlag dahin. Als Sita aussteigt, bemerkt sie eine Frau mittleren Alters, die auf den Fahrstuhl gewartet hat. Ihre Kleidung weist sie als Pflegerin aus, ihre Haare sind kurz, sie ist dicklich, und alles an ihr scheint etwas zu kurz und zu rund geraten zu sein. Unter den Armen hat sie frische Schweißflecken, was Schäfer nicht davon abhält, sie offensichtlich attraktiv zu finden. »Steig da bloß nicht ein, Ramona«, warnt er ritterlich.

Sita wird hellhörig. Das also ist die einzige Pflegerin hier.

»Ha!«, macht Ramona. »Glaubst, ich schlepp das hier die

Treppe rauf?« Sie weist auf eine kleine Leiter, einen Farbeimer und Malerutensilien.

»Schon wieder? Kannst bald umschulen auf Malerin, hä?«, witzelt Schäfer.

»Hör bloß auf«, murrt Ramona. »Die Alte ist so durchgeknallt. Ich hasse es, dass ich die am Hals hab.«

»Die Patientin im Dachgeschoss? Musst du deswegen den Pinsel schwingen?«

Ramonas Blick geht besorgt in Richtung Varga, der einige Meter vorgelaufen ist, als befürchtete sie, dass er sie gehört haben könnte. »Es gibt keine Patientin im Dachgeschoss«, sagt sie leise.

»Ich helf dir eben«, sagt Schäfer und greift nach dem schweren Farbeimer.

»Was wird 'n das?«, ruft Varga. Er ist bereits an der Schleuse angekommen und wartet. Sita ist auf halbem Weg stehen geblieben und beobachtet die Szene.

»Nur 'ne Minute«, erwidert Schäfer. Er stellt den Eimer im Fahrstuhl ab, während Ramona die deutlich leichteren Malerutensilien durch die Tür an ihm vorbeibugsiert. Dabei reibt Schäfer sich kurz an ihrem Po. Die Bewegung ist zu eindeutig, um zufällig zu sein. Über Ramonas Lippen huscht ein flüchtiges Lächeln.

»Ich kapier nicht, warum eine Patientin, die es nicht gibt, ständig Farbe braucht«, flüstert Schäfer, sodass Varga ihn nicht hören kann. »Malt sie die Wände an, oder was? Dann lass sie doch, wenn sie's beruhigt.« Er holt die Leiter und streift erneut Ramonas Körper.

»Es ist so ekelhaft«, murmelt Ramona, »ich kann's dir gar nicht beschreiben. Und auch noch so sinnlos.«

Schäfer lacht leise meckernd. »Is doch immer irgendwie sinnlos, was diese Bekloppten so treiben.«

»Ja, aber nicht so«, zischt Ramona und wirft erneut einen Blick in Richtung Varga. »Die Alte schmiert wirklich alles mit ihrem Kalender voll, ich hab ihr schon die Wachsstifte und alles andere abgenommen, aber das macht's nur noch schlimmer …«

»Aha.« Schäfer kratzt sich verwundert den Nacken. Die Haut am Ansatz seines Hemdkragens sieht schuppig aus. »Und womit schmiert sie dann –« Er unterbricht sich selbst, und in seine Augen tritt ein angewiderter Ausdruck. »Ach du Scheiße, echt?«

»Ja, echt«, macht Ramona sich Luft. Ihre Pfunde zittern vor Empörung, und Schäfers Blick fällt auf ihr Dekolleté. »Und dann das ganze Jesus-Gefasel. Der Heiland hier, der Heiland da …«

Sita schaut Ramona irritiert an. Das Gespräch erinnert sie an etwas, aber vermutlich ist es nur ein Zufall.

»… und weißt du was?«, schimpft Ramona. »Dieser Kalender ist auch noch so was von idiotisch … also ich meine, nicht, dass es besser wäre, wenn er nicht idiotisch wäre, aber …«

»Was meinst du damit?«

»Na ja, die Zahlen eins, sieben und siebzehn fehlen immer … weil das die Zahlen des Teufels wären, sagt sie.«

Sita glaubt sich verhört zu haben. Eins, sieben und siebzehn? Die Zahlen des Teufels?

»Ist doch eigentlich 666«, meint Schäfer. »Six six six, the number of the beast, hell and fire was spawned to be released«, zitiert er halb singend, halb sprechend den Refrain eines alten Iron-Maiden-Songs.

»Jetzt hör mit der Flirterei auf und komm endlich«, ruft Varga dazwischen.

»Ich flirte nicht. Ich helfe einer Dame.«

»Is ja auch egal«, seufzt Ramona. »Lass gut sein.«

Schäfer beugt sich in die Fahrstuhlkabine, jedoch ohne sie zu betreten, und drückt eine Taste. Dann zieht er sich eilig zurück.

»Was wird 'n das?«, fragt Ramona und sieht dem Fahrstuhl nach, der sich klappernd in Bewegung setzt.

»So brauchst du das Zeug nicht zu schleppen, musst aber nicht mit der Kiste fahren. Ich trau dem Ding nicht ...«

Ramona zieht die Brauen zusammen. »Soll das heißen, ich bin zu schwer für den Aufzug?«, fragt sie empört und stemmt die Hände in ihre üppigen Hüften.

»Nein«, wiegelt Schäfer ab, »überhaupt nicht, ich meine ...« Er sucht nach Worten und bekommt hellrote Flecken am Hals.

Ramona grinst, legt den Finger auf die Lippen und erlöst ihn. Lächelnd drückt sie den Knopf für den Fahrstuhl und stellt sich neben den Eingang. Schäfer lächelt unsicher zurück und wendet sich der Schleuse und Varga zu. Erst jetzt fällt ihm auf, dass Sita das Gespräch mitbekommen haben muss. Für einen kurzen Moment bringt ihn das aus dem Tritt. »Weiter geht's«, brummt er, als müsste er sich selbst dazu aufrufen. Unnötigerweise fasst er Sita am Arm und schiebt sie zu Varga, der missmutig in den Irisscanner blickt und die Schleuse öffnet.

Sita ist immer noch wie elektrisiert. Siebzehn. Die Erwähnung der Zahl lässt ihr keine Ruhe. Es ist ein paar Jahre her, dass sie in der psychiatrischen Privatklinik Höbecke in Berlin einer Patientin namens Klara Winter begegnet ist, die ihre Zimmerwände von oben bis unten vollgemalt hat, mit einem Kalender, bei dem jeder Siebzehnte eines Monats fehlte. Klara Winter war der Schlüssel im Mordfall Berliner Dom gewesen. Noch heute hat Sita das Bild von Brigitte Riss, der Dompastorin, vor Augen, die wie ein schwarzer Engel drapiert in der Kuppel des Berliner Doms aufgehängt worden war. Um ihren Hals hatte sie genau den Schlüssel getragen, mit dem viele Jahre vorher Toms kleine Schwester Viola verschwunden war: ein silberner, recht gewöhnlich aussehender Sicherheitsschlüssel mit einer grauen Kappe, in die jemand die Zahl 17 eingeritzt hatte. Für Tom war dieser Fund ein Schock gewesen. Und zugleich die Hoffnung, endlich zu erfahren, was mit Viola geschehen war. Doch obwohl sie gemeinsam den Fall der Pastorin gelöst hatten, Violas Verschwinden blieb unerklärlich.

Die zweite Schleusentür öffnet sich summend und entlässt sie in den Gang vor dem Aufenthaltsbereich. Ihre Badeschlappen quietschen leise auf dem PVC-Boden. Ihr schwirrt der Kopf, und sie versucht, sich zu sammeln. Ist die Frau, von der Ramona gesprochen hat, Klara Winter? Sollte sie hier in der Klinik untergebracht worden sein? Das würde noch einmal bestätigen, dass Tom und auch Bruckmann recht haben: Alles, was hier passiert, scheint mit Viola zusammenzuhängen. Und dass Forsberg aus der Frau im Dachgeschoss offenbar ein Geheimnis macht, lässt ihn mehr als verdächtig erscheinen.

Varga öffnet die Tür zum Aufenthaltsraum mit einer ironisch einladenden Geste. Sita verscheucht den Gedanken an Klara Winter und versucht, sich auf das zu konzentrieren, was vor ihr liegt: ein Raum voller pathologischer Straftäter und das nächste Gespräch mit Walter Bruckmann. Ob Bruckmann von der Frau im Dachgeschoss weiß?

Die Atmosphäre im Aufenthaltsraum ist gedämpft, nicht zuletzt, weil wohl die meisten der Patienten in der einen oder anderen Form Tabletten einnehmen – angefangen bei Sedativa und Antidepressiva bis hin zu triebhemmenden Medikamenten. Um die Tische herum sitzen kleine Grüppchen. Die Sonne strahlt klar und hart durch die Fenster, Gardinen gibt es aus Sicherheitsgründen nicht. Ein paar Federwölkchen schweben still über dem Gebirgskamm. Das gute Wetter macht ein unbeobachtetes Gespräch auf dem Balkon unmöglich.

Bruckmann sitzt am selben Platz wie gestern. Er hat ein geschwollenes Auge, unter seiner Brille schimmert es bläulich, es sieht aus, als hätte er sich geschlagen. Doch allein seine Anwe-

senheit belegt, dass es offenbar keine Anhaltspunkte dafür gibt, dass er in Patzners Tod verstrickt ist. Dennoch hat Sita Zweifel. Als könnte Bruckmann das riechen, heftet er seinen Blick auf Sita und verzieht dabei keine Miene. Vor ihm liegt ein Heft mit Kreuzworträtseln, in das er mit einem Wachsmalstift schreibt.

Sita setzt sich ihm gegenüber an den Tisch.

»Was ist mit Ihrem Auge passiert?«

»Ein Unfall«, erwidert Bruckmann.

»Und der Unfallgegner?«

Bruckmann tippt mit seinem Wachsmalstift wie zufällig auf ein F inmitten des Kreuzworträtsels.

»Doch nicht wirklich?«, fragt Sita überrascht. Sie kann sich nicht vorstellen, dass der Professor selbst zuschlagen würde.

»Diese ganze Rätselei ist immer so indirekt«, sagt Bruckmann und zeigt auf das Rätselheft. »Manchmal hab ich damit etwas Schwierigkeiten. Vielleicht können Sie mir bei ein paar Antworten helfen.«

»Gerne«, murmelt Sita.

Er tippt auf eine Reihe mit dicken, etwas verschmiert geschriebenen Buchstaben. »Glauben Sie, das ist richtig?«

Sita beugt sich über das Heft und liest in einer senkrechten Zeile das Wort TELEFONAT. Dann weist Bruckmann auf eine waagerechte Zeile: GEKLAPPT? Kaum hat Sita die Zeilen gelesen, übermalt er einige der Felder.

»Nicht ganz richtig«, erwidert Sita.

»Und was, glauben Sie, ist die Lösung?«

Sita nimmt den Wachsmalstift und beginnt zu schreiben. Die Spitze ist stumpf und weich. Safety first. Selbst Stifte können zu einer Waffe werden. In dicken, schmierigen Buchstaben schreibt sie HEUTENOCHMAL ins Heft.

Bruckmann nickt, sieht jedoch unzufrieden aus. »Glauben Sie, Sie kriegen das Rätsel schnell gelöst?«

»Pff. Etwas Zeit brauche ich schon. All die … Wörter, das ist ziemlich kompliziert, und man weiß ja nicht immer, was richtig ist.«

»Dann sollten Sie dringend auf Ihre Energie achten«, erwidert Bruckmann. Sita stutzt, dann geht ihr auf, dass er vermutlich die Akkulaufzeit des Handys meint.

»Haben Sie *denn mehr Energie?«*

Bruckmann nickt. Was vermutlich heißt, dass er ein Ladekabel besitzt … »Lässt sich nur nicht so einfach übertragen«, sagt er.

Natürlich, er kann das Ladekabel ja schlecht mit sich herumtragen. Und selbst wenn, Sita wüsste gar nicht, wo sie das Handy unentdeckt an ein Kabel anschließen könnte. »Mir persönlich hilft ja abschalten ganz gut bei der Regeneration«, murmelt Sita. »Nur wenn ich mal so richtig off war, komme ich manchmal schwer zurück. Ich bin dann wie … abgeschaltet. Mir fehlt der Zugang zu allem.«

Bruckmann überlegt kurz, dann nimmt er den Wachsmalstift und schreibt die Ziffern 6842 in eine Reihe. Der PIN-Code der SIM-Karte. Für einen Augenblick erinnert sie das kryptisch anmutende Kreuzworträtsel mit den Zahlen und Buchstaben an ihre erste Begegnung mit Klara Winter und den mehrjährigen Kalender, den sie auf die Wand in ihrem Patientenzimmer gekritzelt hatte.

Sita nimmt den Stift und übermalt den PIN-Code, während sie sich die Zahlen einprägt. »Ach, und da ist noch eine interessante Frage«, sagt sie und tippt auf ein offenes Feld. Dann schreibt sie die Wörter ISTDAS und PATZNERS in zwei senkrechte Spalten direkt neben das von Bruckmann geschriebene Wort TELEFONAT und übermalt die letzten beiden Buchstaben.

IST DAS PATZNERS TELEFON, liest Bruckmann stumm. Er runzelt die Stirn. »Spielt das eine Rolle?«, fragt er.

»In einem Kreuzworträtsel spielt jede Antwort eine Rolle, oder?«, erwidert Sita. »Vor allem, wenn es eine schlechte Antwort ist.«

»Falsch«, meint Bruckmann. Er tippt auf die noch unausgefüllte Lösungszeile des Rätsels, die separat am unteren Ende der Seite steht. Jedes leere Feld ist mit einer kleinen Nummer markiert, die auf ein Feld im Rätsel verweist. »Für den Lösungssatz sind immer nur ganz bestimmte Felder wichtig. Alles andere ist egal. Solange am Ende der Lösungssatz dabei herauskommt.«

»Und wie lautet dann in diesem Fall der Lösungssatz?«, fragt Sita und tippt dabei auf den Namen PATZNER.

Bruckmann lächelt unergründlich. »Darf ich?« Er nimmt Sita den Stift ab, dann schreibt er mit energischen Bewegungen in die Felder für den Lösungssatz: DER ZWECK HEILIGT DIE MITTEL.

Sita dreht sich der Magen um.

»Alles in Ordnung?«, fragt Bruckmann und lächelt süßlich. »Sie sehen aus, als wäre Ihnen nicht gut. Mein Gott, vielleicht sollten Sie die Toilette aufsuchen?«

Sita lächelt gequält. »Ehrlich gesagt, ich weiß gerade gar nicht, ob ich das noch will.«

»Wir alle müssen hin und wieder mal scheißen«, sagt Bruckmann. »Ob wir wollen oder nicht.« Seine wässrigen Augen treffen Sita hart über den Tisch hinweg. »Aber irgendwie teilt sich die Welt doch immer wieder in die, die's tun, wenn sie mal müssen, und die, die's lassen, weil's ihnen zu sehr stinkt.«

Kapitel 29

Tom geht schwer atmend zurück zum Haus. Der Kies knirscht hart unter seinen Schritten. Zwischen den hellen Steinen sieht er dunkles Moos, verrottendes Laub und darauf leuchtende Blutstropfen in einer langen Spur bis zum Hauseingang. Die Schnitte in der Hand und in seiner Seite schmerzen, von seinem Unterleib ganz zu schweigen. Das Luftholen fällt ihm schwer, es ist, als ob das Seil immer noch um seinen Hals läge.

Jillian steht in der Haustür, außer Atem, mit schreckgeweiteten Augen, den Wischmopp in der Hand. »Du blutest.«

»Gib mir das Scheißtelefon«, knurrt Tom.

Sie blinzelt nervös, holt das Handy aus der Tasche ihres Bademantels und reicht es ihm herüber.

»Der Code?«

»Tom, ich ...«

»Gib mir den Code.«

Sie schluckt. »Sieben-sieben-drei-drei-eins-eins.«

Er gibt die Zahlen ein und öffnet die Kurznachrichten-App.

»Du wirst keine SMS finden«, murmelt sie niedergeschlagen. »Auch keine WhatsApp. Nur ein paar Anrufe.«

»Natürlich«, schnaubt er und wechselt zu den Anruflisten. Der letzte Anruf kommt von einer anonymen Nummer. Vermutlich Prepaid. Der Typ hat vielleicht ein Drogenproblem, aber er ist kein Idiot. »Was hat er dir gegeben? Und was wollte er dafür?«

»Tom, du blutest. Lass mich das ansehen.«

»Ich lasse dich gar nichts ansehen, bevor ich nicht weiß, wer du bist und was du getan hast.«

»Okay. Okay! Ich verstehe, dass du wütend bist, ich –«

»Wütend? Verdammte Scheiße, ja. Bin ich. Mehr als das! Ich weiß gar nicht, wie ich das beschreiben soll, was ich gerade bin.«

»Ich ... Herrgott, fuck! Es tut mir leid, ich wusste nicht ...«

»Ist mir scheißegal, was du wusstest. Du hast dich kaufen lassen. Du hast *mich* verkauft.«

Jillian starrt auf seine blutende Hüfte. »Bitte lass mich das ansehen, okay? Ich versorge das, dann kannst du mich immer noch hassen, aber bitte lass mich dir erst helfen.«

»Na klar«, schnaubt Tom. »Die Frau, die nur helfen will.«

»Sei kein Idiot, komm jetzt mit«, sagt Jillian.

Tom würde sie am liebsten fortstoßen, doch er weiß, dass sie recht hat. Die Schnitte brennen höllisch; jetzt, wo das Adrenalin nachlässt, werden die Schmerzen von Minute zu Minute stärker. Er braucht dringend ärztliche Versorgung. »Keine Betäubungsmittel«, sagt er. »Klar?«

»Keine Betäubungsmittel«, nickt Jillian. »Nur was gegen die Schmerzen.«

»Nichts, was ich nicht kenne. Ich will wissen, *was* du mir gibst und *wie viel*.«

»Ja, ist gut. Einverstanden.«

»Und wir müssen schnell machen«, sagt Tom. »Der Typ kommt wieder.«

»Was meinst du?«, flüstert Jillian entsetzt.

»Er hat nicht bekommen, was er will – das meine ich. Und er ist nicht der Typ, der aufgibt.«

Jillian nickt beklommen. »Vermutlich hast du recht.«

Kurz darauf liegt Tom mit freiem Oberkörper auf der Couch im Wohnzimmer. Auf dem Couchtisch stehen ein offener Verbandskasten und ein Notfallkoffer. Jillian kniet vor ihm, trägt Latexhandschuhe und hält eine leicht gebogene sterile Nadel in der Hand. »Sicher, dass du keine Betäubung willst? Die ist nur lokal …«

»Wie viele Stiche sind das?«, fragt Tom.

Jillian blickt auf die Fleischwunde über seiner Hüfte, die etwa eine Handbreit lang ist. »Zehn. Vielleicht zwölf.«

Tom nickt grimmig.

»Bei der Hand wird es mehr wehtun«, meint Jillian.

»Soll mir das jetzt helfen?«

»Nein … ich …«

»Mach einfach«, sagt Tom und presst die Zähne aufeinander.

Jillian ist schnell und geschickt beim Nähen der Wunde. Die ersten Stiche brennen wie Feuer, danach verschwimmt der Schmerz, wird nicht weniger stark, aber dafür diffuser. Es raschelt leise, als Jillian das Pflaster aufreißt und die Schutzfolie abzieht. Sie nimmt Maß, legt das Pflaster über die Wunde und streicht sanft die Ränder fest. »Sag mal, was ist denn das hier eigentlich?«, fragt sie. »Ich habe das schon im Krankenhaus gesehen, aber …« Ihre Finger gleiten ein Stück tiefer und tasten über den länglichen, schlecht verheilten Wulst zwischen der frischen Wunde und Toms Hüftknochen. Die Narbe, die ihm Klara Winter beigebracht hatte. »Das sieht aus wie …«

»Ist es auch«, sagt Tom. Der Moment im menschenleeren Dom schießt ihm wie ein Flashback in den Sinn. Der Altar, das fahle Licht, die enorme Kuppel wie ein dunkler Himmel über ihnen, Klaras verletzliche, durchscheinende Gestalt und seine Hoffnung, Vi endlich gefunden zu haben. Selbst der Schmerz ist der gleiche wie der, nachdem sie zugestoßen hatte.

»Was ist passiert?«, fragt Jillian.

»Ein Irrtum«, erwidert Tom.

»Im Einsatz?«

Was soll er sagen? Ja? Nein? Beides stimmt. »Ich dachte, ich hab meine Schwester gefunden.«

»Aber sie war's nicht?«

»Nein, war sie nicht.«

»Kann es sein, dass deine kleine Schwester dir nicht gerade viel Glück bringt?« Jillians Blick geht tiefer, als ihm lieb ist. Toms Lippen werden schmal.

»Ist dir jemals in den Sinn gekommen«, fragt Jillian leise, »dass es besser ist, *nicht* nach ihr zu suchen?«

»Ist dir jemals in den Sinn gekommen, deinen Vater *nicht* zu pflegen?«, schießt Tom zurück, ohne zu überlegen. Jillian zuckt merklich zusammen und verzieht die Lippen. Ein Tiefschlag, wütend. Frag ja nicht, denkt Tom.

»Du meinst so was wie das Richtige machen, obwohl es falsch ist?«, fragt Jillian. »Du hast keine Ahnung, wirklich. Wieso glaubst du, dass es falsch gewesen sein könnte, meinen Vater zu pflegen?«

»Weil ich's dir ansehe«, erwidert Tom.

»Ich hab ihn geliebt«, flüstert Jillian. »Er war mein Held. Der beste Arzt, den ich kannte, voller Humor, ich meine, *rich tig* witzig, klug, liebevoll, großzügig ... Ich weiß heute noch, wie es ist, auf seinen Schultern zu sitzen und mich an seinen Haaren festzuhalten.«

»Ich hab meine Schwester auch ...«, beginnt Tom und verstummt. Geliebt. Ja. Hat er.

Tue ich es noch?

Ja. Unbedingt.

»Mein Vater lag hier in diesem Haus, da oben im Bett. Das war *real.* Sein Stöhnen, sein Klingeln nach mir. Dass er das Badewasser anmacht, es vergisst und das halbe Haus überschwemmt. Dass er versucht, mit einem Messer die Steckdose aufzupulen. Alles real. Aber deine Schwester, ist die real? Ich meine, was weißt du über sie? Wer ist sie? Das Einzige, was dir von ihr geblieben ist, sind deine Erinnerungen. Wenn du mich fragst, du suchst ein Gespenst.«

Dreiundzwanzig Jahre. Du suchst ein Gespenst.

Hat sie recht, Vi?

Lass dir nichts einreden, flüstert Vi. *Sie hat keine Ahnung.*

»Schön«, knurrt Tom. »Lassen wir das.« Er hält Jillian seine linke Hand hin.

Sie hebt die Brauen und wendet sich der Verletzung zu. Schon die erste Berührung ist wie eine Stoßwelle, als würde Jillian ihm absichtlich Schmerzen zufügen, um ihm zu zeigen, was Viola mit ihm macht.

»Wie gesagt, das wird jetzt noch etwas mehr –«

»Ja, schon gut. Mach einfach.«

Konzentriert beugt sich Jillian über die Wunde und reinigt sie behutsam. *Absichtlich? Was für ein Blödsinn.* Sofort übermannt ihn ein schlechtes Gewissen und das Gefühl, ungerecht zu werden, sobald es um Viola geht. Es ist, als würde sie einen anderen Menschen aus ihm machen.

Als Jillian den ersten Stich setzt, ist der Schmerz fast unerträglich. Bei irgendeinem seiner alten Fälle hatte ein Pathologe einmal über die Zahl der Nervenzellen in der Hand referiert; Tom kann sich nicht mehr an die Zahl erinnern, nur daran, dass sie hoch war, höher als an fast allen anderen Stellen des Körpers.

Jillian braucht acht weitere Stiche, und jeder einzelne davon ist schlimmer als alle Stiche in der Hüfte. Danach verbindet sie die Hand so straff, dass Tom sie kaum mehr bewegen kann.

»Fertig«, sagt Jillian mit einem letzten kritischen Blick auf seine Hand. Während des Verarztens hat sich ihr Bademantel etwas gelöst, und da sie sich vorgebeugt hat, schaut er direkt auf ihre Brüste. Selbst jetzt, unter Schmerzen und voller Wut, kann er den Blick kaum abwenden, als würden seine Gefühle irrlichtern und nach einer Ablenkung suchen.

»Alles okay?«, fragt Jillian. Sie bemerkt Toms Blick und zieht den Bademantel zusammen.

Tom nickt. Nach einem Danke ist ihm nicht zumute.

Sie will etwas sagen, zögert jedoch.

»Was?«, fragt Tom.

Jillian deutet auf seinen Schritt. »Ich sollte mir das auch ansehen.«

Tom schnaubt. »Sicher nicht.«

»Im Ernst, du hast eine Hodenprellung, und die kann schwere Folgen haben. Hier geht's nicht darum, ein paar …«, sie malt Anführungszeichen in die Luft, »*dicke Eier* auszusitzen. Der Samenleiter kann was abbekommen haben oder das Samen und Testosteron bildende Gewebe. Du kannst unfruchtbar –«

»Es reicht, danke«, knurrt Tom.

Jillian seufzt, richtet sich auf und macht Anstalten zu gehen. »Wohin willst du?«

»Tiefkühltruhe.«

Jillian verschwindet für einen kurzen Moment in der Küche, als sie zurückkommt, hat sie eine große Packung Tiefkühlerbsen in der Hand und platziert sie unsanft in Toms Schritt. Tom beißt die Zähne aufeinander und bemüht sich, ihr nichts von seinen Schmerzen zu zeigen.

»Okay«, murmelt Jillian und setzt sich in den gegenüberliegenden Sessel. Die selbstbewusste Ärztin scheint von ihr abzufallen, und sie legt die Hände ineinander. »Frag.«

Tom setzt sich unter Schmerzen auf, streift sich seinen Pullover über und rückt die Tiefkühlerbsen zwischen seinen Beinen zurecht. »Wann hat dieser Typ zu dir Kontakt aufgenommen?«

»Als du im Krankenhaus warst.«

»Direkt am Anfang?«

»Nein, nachdem ich mit deinem Vorgesetzten telefoniert habe, und mit dem Makler für deine ehemalige Wohnung.«

Deine ehemalige Wohnung. Der Gedanke an sein Zuhause versetzt Tom einen Stich. »Was wollte er?«

»Es war eigentlich ganz harmlos, er rief mich an, fragte nach dir, ob ich deine behandelnde Ärztin sei. Ich hab gefragt, ob er ein Verwandter sei, er meinte, nein, ein Freund aus Kindertagen.«

»Hat er seinen Namen gesagt?«

»Benedikt Czech.«

Tom starrt sie verblüfft an. »Bitte was? Bist du sicher?«

»Ja, bin ich. Ich hab ein ganz gutes Namensgedächtnis. Warum, kennst du ihn?«

»Ja«, sagt Tom gedehnt. »Ich kenne einen Bene Czech. Aber das war er ganz sicher nicht. Das ist eine Lüge. Ich nehme an, er hat den Namen nur benutzt, weil er sichergehen wollte, dass er nicht auffliegt, wenn du mich nach ihm fragst.«

»Und ... du bist sicher, dass er es nicht war.«

»Hundert Prozent«, erwidert Tom. »Aber was wollte er?«

»Wie gesagt, er wollte wissen, wie es dir geht ... eigentlich nicht mehr. Ich hab ihm nur das Nötigste gesagt ...«

»Auch, dass ich mein Gedächtnis verloren habe?«

»Ja, auch das ...«, murmelt Jillian.

»Und deine ärztliche Schweigepflicht?«

Jillian errötet. »Ich weiß, er ...« Sie verstummt und massiert sich mit beiden Händen die Schläfen. »Das klingt jetzt vielleicht komisch, aber nachdem ich mitbekommen habe, wie es dir geht, dass deine Frau dich verlassen hat, du deinen Job los bist, ich war froh, dass sich jemand gemeldet hat, der sich anscheinend für dich interessiert.«

»Warum hast du mir nichts davon erzählt?«

»Er wollte es nicht.«

»Und das kam dir nicht komisch vor?«

»Schon, aber ...« Sie seufzt. »Er hat mir von deinem Vater erzählt, dass er gestorben ist, offenbar genau in der Zeit, an die du dich nicht erinnern kannst. Er meinte, es wäre wahrscheinlich ein Riesenschock für dich, und ich sollte es im Moment auf keinen Fall erwähnen. Genauso wenig wie seinen Namen, sonst würdest du nur mit ihm sprechen wollen, und er wollte dich nicht belügen, das würde er nicht übers Herz bringen.«

Tom sieht sie einen Moment lang sprachlos an. Er muss an den Blick des Mannes denken, die geweiteten Pupillen. Für jemanden, der Drogen nahm, hatte er seine Lügen außergewöhnlich gut unter Kontrolle. Und – vermutlich ohne es zu wissen – hatte er mit der Vater-Geschichte bei Jillian auch noch voll ins Schwarze getroffen, in Anbetracht des Todes ihres eigenen Vaters. »Was für eine rührende Geschichte«, murmelt er. »Was ist dann passiert?«

»Du bist abgehauen. Direkt am Morgen hat er wieder angerufen. Er war entsetzt, als er erfahren hat, dass du weg bist. Ich hab gesagt, wenn er dir einen Gefallen tun wollte, dann sollte er am Wilmington Square nach dir suchen. Ich war stinksauer auf dich.«

»Das mit dem Wilmington Square wusste er da vermutlich schon. Er muss vor mir in der Wohnung gewesen sein, und er hat die Wohnung wahrscheinlich durchsucht.«

»Warum glaubst du das?«

»Er hat bemerkt, dass ich etwas aus der Wohnung mitgenommen habe. Vielleicht ist er sogar derjenige, der den Mann im Badezimmer ermordet hat.«

»Mein Gott«, stöhnt Jillian und massiert sich erneut die Schläfen.

»Wie ging es weiter? Was hat er gesagt, als du ihn auf den Wilmington Square hingewiesen hast?«

Jillian presst die Lippen aufeinander und starrt auf den Couchtisch, wo sich die Verpackungen des Verbandmaterials und der sterilen Nadeln auftürmen. »Er meinte, er müsste etwas überprüfen, dann würde er mich wieder anrufen. Eine halbe Stunde später war er wieder in der Leitung. Er müsste mir jetzt reinen Wein einschenken, hat er gesagt. Er hätte mir ein paar Dinge verschwiegen. Ihr wärt zwar Freunde aus Kindertagen, das sei schon richtig, aber du hättest dich in den letzten Jahren zu jemandem entwickelt, den er nicht mehr wiedererkennen würde. Wie ausgewechselt, gewalttätig, deshalb hätte dir auch das LKA gekündigt ... aber das Schlimmste wäre, was du seiner Schwester angetan hättest.«

»Seiner Schwester?«, fragt Tom. »Bene hat keine Schwester ... jedenfalls der Bene, den ich kenne.«

»Er hat behauptet, er hätte eine. Viola.«

Tom stockt der Atem. »Moment. Er hat behauptet, Viola wäre *seine* Schwester?«

»Du wärst mit ihr zusammen gewesen, drei Jahre lang, eine Affäre. Du hättest deine Frau mit ihr betrogen. Hättest sie benutzt, finanziell ausgenommen, es wäre eine Amour fou gewesen, eine toxische Beziehung ...«

»Davon ist kein Wort wahr«, sagt Tom betroffen.

»... seine Schwester wäre daran fast zerbrochen, bis er, Bene, genug gehabt hätte. Er hätte dich angezeigt und das hätte alles ins Rollen gebracht. Deine Kündigung, dass deine Frau dich verlassen hat und euren Sohn mitgenommen hat ... Und Bene hat Viola unter falschem Namen hier in London untergebracht, in Wilmington Square 8–11, um euch zu trennen und sie vor dir zu schützen.«

Tom schüttelt stumm den Kopf. Er ist fassungslos, wie umfassend die Lügengeschichte seines angeblichen Jugendfreundes ist. Als hätte jemand seine Lebensgeschichte aufgedröselt und aus dem Faden einfach ein neues, vollkommen anderes Leben gestrickt. Die gleichen Fakten, nur anders sortiert.

Jillian hat aufgehört zu sprechen und beobachtet Tom, als wollte sie seine Reaktion überprüfen. Traut sie ihm immer noch nicht? Tom räuspert sich. »Wie ging es weiter?«

»Er wollte, dass ich ihm helfe. Er würde in Deutschland sitzen und könnte nicht tatenlos dabei zusehen, wie du dich wieder bei seiner Schwester einnistest.«

»Das ist absurd«, sagt Tom. »Und du hast ihm geglaubt?«

»Mehr oder weniger ... ja«, gibt Jillian zu.

»Was ist mit meiner Verletzung? Dass ich niedergeschlagen wurde und man mich im Container gefunden hat? Wie passt das in seine Geschichte?«

»Er war sich selbst nicht sicher ... aber er meinte, seine Schwester hätte einen sehr netten Typen kennengelernt, der ihr hin und wieder helfen würde und sich um sie bemüht. Vielleicht hätte er dich vor ihrer Tür erwischt ...«

»Das ist unglaublich«, murmelt Tom. »Und du warst bereit, ihm zu helfen?«

»Nein«, sagt Jillian leise.

»Aber du hast –«, beginnt Tom und bricht ab, als ihm der wahre Grund für ihre Hilfe klar wird.

»Er hat mir Geld geboten«, sagt Jillian und schlägt die Augen nieder.

»Wie viel?«

»Zehntausend Pfund.«

»Zehntausend? Und da bist du nicht misstrauisch geworden?«

Jillian hebt den Blick. In ihren Augen stehen Tränen. »Schau dich doch mal hier um. Siehst du, in welchem Zustand das Haus ist? Mein Vater hatte Schulden, seine Pflege hat Unsummen verschlungen, ich brauchte Hilfe, wenn ich gearbeitet habe, es war nichts da, jeden Penny, den ich verdient habe, habe ich sofort wieder ausgegeben ... es war ein Albtraum. Ich hab nur das Geld gesehen und gedacht, okay ... wenn's mehr nicht ist. Ein bisschen helfen, dafür ist es in Ordnung.«

»Was heißt denn ein bisschen helfen? Was wollte er denn von dir?«

»Er meinte, seine Schwester wäre verschwunden und er würde sich ernsthaft Sorgen machen und müsste sie dringend finden ...«

»Er hat behauptet, ich hätte seine Schwester entführt?«

»Nein, nein. Im Gegenteil. Er meinte, ihr wärt vielleicht wieder zusammen. Und du wärst vermutlich der Einzige, der wüsste, wo sie ist. Er wollte, dass ich dich suche und mit dir spreche, ich sollte einfach herausbekommen, was du über Viola weißt, wo sie ist ...«

»Und du hast das Geld genommen und mitgespielt ...«

Jillian schluckt und sieht erneut zu Boden.

»... und hast mich gleich noch mit nach Hause genommen ...«

»Das war sein Vorschlag. Er meinte, in einer vertrauten Umgebung ...«

»Du hast mich mit nach Hause genommen, obwohl er dir erzählt hat, ich wäre *so* ein Mensch? Gewalttätig? Unberechenbar?«

»Ich ...«, Jillian errötet. »Nein ... ich ... ehrlich gesagt, ich konnte das nicht richtig glauben.«

»Das kapier ich nicht«, sagt Tom. »Du hast ihm nicht geglaubt, aber trotzdem geholfen?«

»Irgendwas dazwischen«, sagt Jillian verlegen. »Ich hab nur das Geld gesehen, und ich hab diese irre Geschichte gehört, die nicht richtig zu dir passte, ich dachte, es kann auch sein, dass du einfach Hilfe brauchst ... und ...« Sie verstummt.

»Und der Sex? Warum hast du mit mir geschlafen? Wegen des Geldes? War das auch sein Vorschlag?«

»Himmel! Nein!« Sie breitet verzweifelt die Arme aus. »Ich hab dir die Wahrheit gesagt. Ich kann nicht mehr. Die Klinik, mein Job, die Überstunden, mein Vater, die Schulden, ich bin seit ich weiß nicht wie lange in diesem Albtraum. Und dann warst du da und diese verrückte Geschichte, dieser seltsame Typ mit seinem Geld ... und ich konnte irgendwie nicht glauben, dass das alles stimmt, was er über dich erzählt. Du warst dafür irgendwie ... zu ... anders. Und dann diese Nacht und das gemeinsame Aufwachen ... das war schön.« Sie macht eine Pause und verzieht die Lippen schmerzlich. »Bis dann ...«

»... der Bericht im Fernsehen kam«, ergänzt Tom.

»Plötzlich passte alles, was er gesagt hat«, schluchzt Jillian. Ihre Schultern beben, und sie wischt sich die Tränen mit dem Frotteeärmel aus dem Gesicht. »Ich hatte so eine Scheißangst, und dann steht er auf einmal unten im Keller vor mir, obwohl er behauptet hat, er wäre in Deutschland ... Da wusste ich es, aber da war's zu spät.«

Tom nickt, doch seine Wut auf Jillian bleibt, sie wird nur gerade von seinem Verstand ausgebremst. Er versucht zu verstehen, was das alles zu bedeuten hat. Wie gut wäre es jetzt, mit Sita zu sprechen, ihr Scharfsinn fehlt ihm, ihre Analysen, ihr Kontra.

Er schaut Jillian an.

Und Sitas Treue.

»Sag mal, kann ich dein Handy noch mal kurz haben?«, fragt Tom.

Jillian schaut ihn argwöhnisch und zugleich verletzt an. »Du glaubst mir immer noch nicht, oder?« Dann seufzt sie. »Schon okay. Ich bin ja selbst schuld.«

»Ich hab nicht vor, dich zu kontrollieren«, erwidert Tom. »Ich will jemanden anrufen, der mir vielleicht helfen kann. Den echten Bene Czech.«

Jillian hebt die Augenbrauen. Dann nickt sie. »Okay. Wenn du ihn dran hast, dann lass mich doch einmal kurz seine Stimme hören. Nur für den Fall, dass –«

»Er war's nicht. Dieser Typ ist nicht Bene«, sagt Tom. »Bene hätte ich sofort erkannt.«

»Und wenn dein Bene derjenige ist, der mich angerufen und ausgefragt hat, und dann hat er diesen Messerstecher beauftragt und hierhergeschickt?« Sie reicht ihm das Telefon.

»Du hast doch seine Stimme vorhin im Keller gehört. War das nicht die gleiche Stimme wie die am Telefon?«

Jillian hebt ratlos die Schultern. »Keine Ahnung. Es ging alles so durcheinander. Erst auf Deutsch, dann auf Englisch. Dazu diese Maske ...«

»Ich glaube, Bene spricht noch nicht mal richtig Englisch«, murmelt Tom. Er öffnet den Browser und sucht im Netz nach Benes Club *Odessa* in Berlin. An Benes Nummer kann er sich nicht erinnern, aber mit etwas Glück erreicht er vielleicht jemanden, der ihn weiterleiten kann.

Nach mehreren Freizeichen hebt eine Frau am anderen Ende ab. »*Odessa*, Anja Stegmeier, wie kann ich Ihnen helfen?«

Stegmeier. Tom überlegt, ob er den Namen schon einmal gehört hat. Aber im Moment kann er sich ohnehin nicht auf sein Gedächtnis verlassen. »Hallo, Tom hier, ich bin ein Freund von Bene und muss ihn dringend sprechen, ist er gerade da?«

»Wie ist denn Ihr Nachname?«, fragt Anja Stegmeier.

»Sagen Sie ihm einfach nur, Tom ist dran.«

»Tom, ja?«, wiederholt die Frau

»Sagen Sie einfach, *der* Tom, dann weiß er Bescheid.«

»Ich gebe Ihnen besser seine Nummer, er ist gerade nicht in der Nähe«, murmelt die Frau. »Haben Sie was zu schreiben?«

Jillian, die das Gespräch mit angehört hat, reicht ihm einen Kugelschreiber und die leere Hülle eines Pflasters. Tom notiert die Nummer, bedankt sich, legt auf und starrt auf den Zettel.

»Ist was nicht in Ordnung?«, fragt Jillian.

»Das ging zu einfach«, sagt Tom.

»Was meinst du damit?«

»Dass sie mir einfach so Benes Nummer gibt, das meine ich. Wenn sie mich an ihn weiterreicht, wenn Bene im Club ist, okay. Wenn sie mir anbietet, dass er mich zurückruft, auch okay. Aber Benes Handynummer einfach nur auf Nachfrage herauszugeben ... ich meine, sie kannte mich nicht mal.«

»Wer ist denn dieser Bene Czech, dass seine Nummer so ein Ding ist?«, fragt Jillian.

»Ist 'ne lange Geschichte«, wiegelt Tom ab, während er die Nummer wählt, die Anja Stegmeier ihm gerade gegeben hat. Jillian jetzt etwas von Benes Halbweltaktivitäten zu erzählen, würde sie in ihrem unsinnigen Verdacht nur weiter bestärken. Nach fünf Freizeichen hebt jemand ab. »Czech, hallo«, meldet sich eine heisere Stimme, die seltsam verstellt klingt. Tom schweigt und drückt das Handy fest ans Ohr. Im Hintergrund ist ein leises, unverkennbares Geräusch zu hören.

»Hallo?«, sagt die Stimme. »Wer is 'n da?«

Tom legt rasch auf und starrt verblüfft auf das Handy.

»Was ist?«, fragt Jillian.

»Da stimmt was nicht. Das war nicht Benes Stimme.«

Jillians Augen werden schmal. »War das etwa der Typ mit dem Messer?«

»Nein. Auch nicht«, sagt er leise. Das Geräusch im Hintergrund beschäftigt ihn immer noch. Es war das letzte Geräusch, das er in Verbindung mit Bene erwartet hätte: eine Polizeisirene. Und die Verfahrensweise der Leute am Telefon stinkt zum Himmel. Ein Ermittler spürt sofort, wenn er es mit anderen Ermittlern zu tun bekommt.

»Bene ist raus«, murmelt er. »Er kann mir nicht mehr helfen.«

8 Tage vorher

§ 50 PsychKHG: […] Videoüberwachung

(3) Die Nutzung optisch-elektronischer Vorrichtungen ist in Interventions-, Aufenthalts-, Wohn- und Schlafräumen im begründeten Einzelfall zeitlich befristet auf ärztliche Anordnung erlaubt, soweit dies zur Abwehr einer gegenwärtigen erheblichen Selbst- oder Fremdgefährdung durch die untergebrachte Person erforderlich ist. Die Speicherung personenbezogener Daten ist hierbei unzulässig.

Kapitel 30

Zwei Tage wie eine Ewigkeit. Die Übelkeit kommt in Wellen. Sita hat das Gefühl, das Telefon, das sie am Körper trägt, brennt ihr auf der Haut. Das kleine L8STAR ist ihr zuwider. Bruckmann hat sie zur Komplizin gemacht, ohne sie zu fragen. Wegen ihres Fluchtplans ist ein Mensch gestorben.

Seit Bruckmann ihr im Aufenthaltsraum zu verstehen gab, dass er Patzner getötet hat, um an dessen Handy zu kommen, nagen die Schuldgefühle in jedem stillen Moment an ihr. Und stille Momente gibt es hier eindeutig zu viele.

Inzwischen ist es kurz nach Mitternacht. Die Deckenbeleuchtung ist ausgeschaltet, und die spärliche Einrichtung hebt sich in schwarzen Feldern und Linien von den kaum helleren Wänden ab. Sie liegt auf dem Bett und starrt auf die Kamera, die jede ihrer Bewegungen erfasst, vermutlich sogar jetzt in der Dunkelheit. Varga hatte von Restlichtverstärkung gesprochen. Sita kennt sich mit technischen Feinheiten nicht aus, aber sie stellt sich das ähnlich vor wie die Bilder einer Infrarotkamera, die bei Nacht eine Art Grau in Grau zeigen, das recht grob gezeichnet ist und immer etwas rauscht, als würde über allem ein verwaschener digitaler Schneefall liegen. Nur das Areal um ihren Nassbereich mit Waschbecken und Toilette ist davon ausgespart, da er im toten Winkel hinter der kleinen raumtrennenden Wand liegt.

Teilnahmslos starrt die Kamera auf sie herab. Sita würde gerne den Mittelfinger in Richtung Linse strecken, aber das wäre vermutlich nur ein neuer Beleg für ihr Aggressionspoten-

zial. Oder mangelnde Impulskontrolle. Eine Möglichkeit mehr, ihr einen Strick aus ihrem Verhalten zu drehen.

Sie steht vom Bett auf und tritt ans Fenster. Hinter den Gitterstäben ist es finster, die Schemen der schwarzen Gebirgskette stoßen an den nicht ganz so schwarzen Himmel.

Als würde Bruckmann dort im Dunkeln warten und den letzten privaten Ort belauern, den die Kamera nicht sehen kann: ihr Innerstes.

Auf welche Seite hat sie sich da nur geschlagen?

Der Zweck heiligt die Mittel.

Die verschmierten Wachsmalstiftbuchstaben im Rätselheft kommen ihr vor wie Bruckmanns Unterschrift. Seine Losung. Seine Natur. Bruckmann ist ein wahres Monster, er ordnet alles seinem Ziel unter. Kurz nach ihrem letzten Treffen hat sie noch einmal mit Gisell telefoniert und dann endlich mit Bene.

Sie hat betteln müssen, hat ihn geradezu angefleht. Nicht weil er ihr nicht helfen wollte, sondern weil er das Unterfangen für fast aussichtslos hielt. Zu viele Leute, zu viel Geld, zu viel Risiko, dass doch alles scheitert. Sita weiß nicht genau, was sich Bene alles in seinem Leben hat zuschulden kommen lassen, genau genommen weiß das niemand. Aber er wäre nicht der Besitzer von mehreren Clubs in Berlin und auch nicht eine gefürchtete Unterweltinstanz, wenn er nicht bereit gewesen wäre, seine eigenen Gesetze über die der Justiz zu stellen und Risiken einzugehen, die jeder normale Mensch vermied. Wenn selbst Bene Zweifel an der Durchführbarkeit von Bruckmanns Plan hat, dann heißt das etwas.

Dennoch konnte sie Bene überreden, es wenigstens zu versuchen – ihrer eigenen Überzeugung zum Trotz. Sie weiß, sie darf auf keinen Fall zulassen, dass Bruckmann aus der Psychiatrie entkommt, und doch ist sie gerade im Begriff, ihm genau dabei zu helfen.

Wenn es doch nur einen Weg gäbe, ohne Bruckmann zu fliehen.

Sita starrt in die Finsternis und hat mehr und mehr das Gefühl, ein Teil von ihr zu werden.

Genau so – wie jemanden, in dessen Seele Finsternis herrscht – hat Hölscher sie gestern angesehen.

»Sie müssen dafür sorgen, dass ich hier rauskomme«, hatte Sita dem Assistenzarzt zugeflüstert, in der verzweifelten Hoffnung, noch einen anderen Weg aus der Psychiatrie zu finden als den mit Bruckmann zusammen.

Dr. Hölscher hatte ihr den Plastikbecher, der seit Tagen schon keine Medikamente, sondern nur trübes Wasser enthielt, gereicht und sie verdattert angesehen. Er begriff gar nicht, was sie meinte. Oder doch? Unauffällig sah er zur Tür, die er einen Spaltbreit offen gelassen hatte. Draußen im Flur wartete ein Pfleger, für den Fall, dass er Hilfe brauchte.

»Sie haben doch Ausgang«, sagte er leise. »Was wollen Sie noch.« Es klang fast, als würde er gar nicht in Betracht ziehen, dass es noch etwas außerhalb der Mauern von Tauenstein gab.

»Ich rede nicht von Ausgang, ich muss raus aus der Klinik.«

Hölschers Blick verengte sich. Erneut sah er zur Tür. »Das ist ausgeschlossen.«

»Sie verstehen das nicht, ich muss raus hier, ich hab Angst.«

»Wenn Sie Angst haben, vielleicht sollten Sie einfach wieder die Medikamente –«

»Ich bin nicht psychotisch«, zischte Sita. »Ich hab vor ihm Angst.«

Hölscher wog einen Moment lang seine Worte ab. »Wenn Sie mir sagen, wer er ist«, meinte er gedehnt, »vielleicht kann ich Ihnen dann ja helfen …«

»Damit wir beide enden wie Patzner?«, flüsterte Sita.

»Patzner?« Hölscher wurde blass. Seine Lippen bewegten sich auf der Suche nach Worten, aber er brachte nichts hervor. »Patzner hat sich umgebracht«, erklärte er steif. »Das hat der Amtsarzt bestätigt. Und die Pathologie wird das Gleiche tun.«

Die Pathologie? *Sita stutzte, bis ihr klar wurde, dass bei jedem nicht natürlichen Tod die Pathologie hinzugezogen wird, ebenso wie die Polizei. Gleichzeitig wurde ihr schmerzlich bewusst, wie sehr sie sich bereits daran gewöhnt hatte, dass in dieser Klinik vieles anders lief als vorgeschrieben. Tauenstein erschien ihr wie ein Ort mit eigenen Gesetzen. »War denn die Polizei schon hier?«*

»Kurz nach dem Amtsarzt«, meinte Hölscher. »Auch die haben nichts gefunden.«

»Sehen Sie, was ich meine?«, erwiderte Sita. »Wozu er in der Lage ist …?«

»Wie gesagt, die Polizei hat nichts –«

»Sie wissen doch, dass ich fürs LKA gearbeitet habe, oder?«, unterbrach ihn Sita. »Was glauben Sie, wie viele Fälle wir wieder aufrollen mussten, die kleine Dienststellen durchgewunken haben?«

Hölscher kratzte sich am Hals. Der Gedanke bereitete ihm sichtlich Unbehagen.

»Horst Herold … Sie wissen, was ich meine.« Sita ließ den Becher in ihren Händen kreiseln, sodass das Wasser sanft hin und her schwang.

»Horst Herold?«, fragte Hölscher verständnislos.

»Präsident des BKA. Ist schon 'ne Weile her. Er meinte, wenn auf jedem Grab eines Ermordeten, von dem wir irrtümlich annehmen, dass er eines natürlichen Todes gestorben sei, eine Kerze brennen würde, dann wären nachts alle Friedhöfe hell erleuchtet …«

Der Assistenzarzt zuckte mit den Achseln. Schweigend deutete er auf ihren Becher. Sita trank und verzog angewidert das Gesicht. Sie wusste, dass Forsberg Hölscher instruiert hatte, sie mit einer höheren Dosis ruhiger zu stellen. Falls jemand durch die Tür oder über die Kamera zusah, sollte er nicht den Eindruck haben, dass sie nur klares Wasser trank. »Die kleine Scheuer, Patzner ... ich muss hier raus«, sagte sie. »Wohnen Sie hier auf dem Gelände?«

»Ja, die Woche über schon, ich –«

»Und an den Wochenenden?«

»Manchmal besuche ich meinen Bruder ...«, sagte Hölscher verwirrt.

»Dann schmuggeln Sie mich hier raus, im Kofferraum.«

Er sah sie an, als hätte sie den letzten Rest Verstand verloren. »Das ist Wahnsinn, das würde nicht funktionieren. Die Sicherheitsleute kontrollieren jeden Wagen.«

»Auch die der Ärzte?«

Er nickte.

»Auch den von Forsberg?«

»Selbst wenn, ich helfe Ihnen nicht. Ich wäre doch verrückt ... Warum sollte ich das tun?«

»Aus dem gleichen Grund«, flüsterte Sita und blickte in Richtung Tür, »aus dem Sie mir Wasser statt Medikamenten bringen.« Draußen auf dem Gang spazierte der Pfleger mit hinter dem Rücken verschränkten Armen an der Tür vorbei und warf einen teilnahmslosen Blick durch den Spalt in die Zelle.

Sita wandte sich kurz ab. Als sie Hölscher wieder ansah, wirkte er noch nervöser. »Hören Sie ... ich kann Sie hier unmöglich rausbringen. Und selbst wenn ich es wollte, es würde mir nicht gelingen.« Er schüttelte noch einmal bekräftigend den Kopf. »Vergessen Sie's.«

»Wenn ich hier raus bin, könnte ich Ihnen sagen, wer es ist.«

»Ich will damit nichts zu tun haben«, wies Hölscher sie zurück.

»Sie wären der Held der Abteilung«, lockte Sita.

»Hören Sie schwer?«, stieß Hölscher hervor. »Ich sagte, vergessen Sie's! Auf keinen Fall.«

Sita biss sich auf die Lippen. Offenbar hatte sie ihm zu viel Angst gemacht. Die ganze Sache wuchs ihm über den Kopf. Wie auch immer sie es drehte, es gab keinen Weg hier raus, zumindest keinen ohne Bruckmann. Aber wenn Hölscher ihr schon nicht zur Flucht verhelfen konnte, dann wollte sie wenigstens wissen, was hier lief. Und die mysteriöse Patientin im Dachgeschoss war im Moment vielleicht die einzige Möglichkeit, einen Schritt weiterzukommen. Dass Klara Winter ausgerechnet in derselben Klinik einsaß wie Walter Bruckmann, konnte unmöglich ein Zufall sein.

»Dann müssen Sie etwas anderes für mich tun.«

Hölscher sah sie verdattert an. »Was zum Teufel wollen Sie noch?«

»Ich will eine andere Patientin besuchen.«

»Es gibt hier keine Patientinnen außer Ihnen.«

»Doch. Die Frau im Dachgeschoss.«

Hölschers Kiefermuskulatur verspannte sich, und eine Ader auf seiner Stirn trat bläulich hervor. »Das geht nicht«, sagte er leise.

»Es muss gehen.«

»Herrschaftszeiten«, stöhnte Hölscher. Er drehte sich um, ging zur Tür und wandte sich murmelnd an den Pfleger, der draußen wartete. Dann schloss er die Tür. »Was bringt Ihnen das?«, fragte er. »Ich meine, was wollen Sie von der Frau? Sie werden sie eh nicht verstehen. Sie redet wirres Zeug, kaum etwas von dem, was sie sagt, ergibt einen Sinn.«

»Immerhin geben Sie zu, dass es die Patientin gibt.«

In einer hilflosen Geste breitete Hölscher die Arme aus. »Sie wussten es ohnehin, oder? Aber erwähnen Sie das bloß nie gegenüber Professor Forsberg.«

»Ich erwähne es nicht, wenn Sie mich zu ihr bringen.«

»Hören Sie, es ist eins, Ihnen die Medikamente zu ersparen. Das ist schon riskant genug. Aber ich werde sicher nicht meinen Job riskieren und Sie hier durchs Gebäude schleusen. Das ist unmöglich, es wäre auf jeder Kamera zu sehen.«

»Aber das Treppenhaus ist nicht kameraüberwacht, oder?«

»Nein, nur der Aufzug.«

»Und die Abteilungen und die Zugangsschleusen zu den Abteilungen, richtig?«

»Ja, eben. Also, was soll das? Sie kommen hier nicht ungesehen raus.«

»Sind im Dachgeschoss Kameras?«

»Nein, das war nie für Patienten vorgesehen.«

»Haben Sie eine Schirmmütze?«

»Schluss damit«, zischte Hölscher. »Hören Sie auf, mir solche Fragen zu stellen, ich weiß überhaupt nicht, warum ich noch mit Ihnen darüber rede. Schlagen Sie sich das aus dem Kopf, sonst bin ich womöglich gezwungen, Ihnen wieder Medikamente zu geben. Oder ich gebe Ihre ärztliche Betreuung an einen Kollegen ab.«

»Nein.« Sita machte einen Schritt auf ihn zu, und er wich unwillkürlich zurück. »Das werden Sie ganz sicher nicht tun.«

»Ach ja? Und warum nicht?«

»Weil wir jetzt in einem Boot sitzen. Oder wollen Sie, dass Professor Forsberg erfährt, dass Sie mir keine Medikamente mehr geben?«

Anton Hölscher blinzelte irritiert. Er brauchte einen Moment, um zu verarbeiten, dass er sich durch seinen Deal mit ihr nicht etwa befreit, sondern nur noch tiefer reingeritten hatte. »Und das ist jetzt der Dank«, stellte er verbittert fest.

»Sie erwarten Dankbarkeit?«

»Ja, Herrgott. Das tue ich. Ich bin nett zu Ihnen.«

Mit einer schnellen Handbewegung packte Sita ihn am Handgelenk und zog ihn mit sich in den Nassbereich, in den toten Winkel der Kamera. »Okay. Ich bin dankbar«, hauchte sie, schob seine Hand unter ihre Jogginghose und führte seine Fingerspitzen über die frischen Narben auf ihrem Schenkel, die ihr Bruckmann beigebracht hatte. Hölscher erstarrte, in seinem Gesicht spiegelte sich Verwirrung. Seine Fingerspitzen waren kalt und schwitzig. Einen Moment später drängte Sita Hölscher wieder zurück in den Sichtbereich der Kamera. Hölscher sah nach oben ins Objektiv und riss seine Hand zurück, als hätte er sich verbrannt.

»So dankbar, dass ich ihn vielleicht nach einer Rasierklinge fragen werde. Um mich vor Ihrer Zudringlichkeit zu schützen. Aber wer weiß, vielleicht muss ich das auch gar nicht mehr. Vielleicht enden Sie ja wie Patzner und landen in der Pathologie, werden mit einem hübschen Y-Schnitt aufgemacht, wieder zugenäht und als Selbstmord deklariert.«

»Sie sind so was von krank«, sagte er heiser.

»Deshalb bin ich ja hier«, erwiderte Sita. »Beklagen Sie sich also nicht, wenn ich Ihre Erwartungen erfülle.«

»Ich werde Sie hier nicht rausschaffen«, presste Hölscher zwischen den Zähnen hervor.

»Alles, was ich will, ist ein Besuch bei der Frau im Dachgeschoss«, zischte Sita.

Über dem Gebirgskamm leuchtet der Himmel dreimal kurz hintereinander auf und versinkt wieder in der Finsternis. Das Wetterleuchten eines entfernten Gewitters. Noch bevor der

Himmel das nächste Mal hell wird, hört Sita, wie der Riegel an ihrer Tür zurückgeschoben wird.

Angst regiert die Welt.

Der Zweck heiligt die Mittel.

Was unterscheidet mich noch von Bruckmann?

8 Tage später

Kapitel 31

Tom schließt die Badezimmertür von innen ab, dreht den Kaltwasserhahn am Waschbecken auf und schaufelt sich mit der rechten, unverletzten Hand Wasser ins Gesicht. *Gott, tut das gut.* Sein Spiegelbild starrt ihn mit blutunterlaufenen Augen an; einige Äderchen sind durch die Luftnot geplatzt. Die Wäscheleine hat ein rotes Würgemal auf seinem Hals hinterlassen.

Er dreht das Wasser ab und geht vor der Wanne in die Knie. Die frisch genähte Wunde in der Seite schmerzt, auch die Kratzer auf dem Rücken, trotz Ibuprofen und Novalgin. Stärkere Mittel hat er sich nach den Erfahrungen der letzten Tage von Jillian nicht verabreichen lassen. Mit der rechten Hand löst er die rötliche Fliese aus der Badewannenumrandung und greift in den Revisionsschacht. Es ist alles noch an Ort und Stelle. Die Mülltüte mit den Handtüchern, der Ausweis des Arztes, Violas Foto, ihr Haustürschlüssel, die Speicherkarte aus ihrem Fotoapparat – und Lassie.

Neugierig dreht er die Box mit dem Hund um und betrachtet sie von allen Seiten. Weiß gestrichenes Holz, sowohl innen als auch außen, auf der Vorderseite eine sorgfältig eingelassene kleine quadratische Glasscheibe von etwa acht mal acht Zentimetern. Der kleine Hund ist auf dem Boden der Box festgeklebt, sodass er nicht in der Box umherpurzelt. Es gibt keine Beschriftungen, keine beweglichen Teile, nichts, was auffällig wäre.

Warum hatte Bowie unbedingt den Hund haben wollen?

Weiß er etwas über den Hund oder die Box, das Tom bisher nicht weiß? Oder ist es genau umgekehrt? Denkt Bowie vielleicht, der Hund bedeutet etwas, weil Tom ihn mitgenommen hat, als er in Violas Wohnung war?

Tom setzt sich auf den geschlossenen Toilettendeckel, um seine Seite etwas zu entlasten. Wie war Bowie überhaupt darauf gekommen, dass der Hund fehlte? Er musste die Wohnung genau untersucht haben, möglicherweise hatte er sogar nach dem Mord Fotos in der Wohnung gemacht, sodass er nach Toms Aufenthalt in der Wohnung sehen konnte, was sich verändert hatte und was fehlte. Aber warum dieser Aufwand? So geht doch nur jemand vor, der etwas sucht.

Geht es am Ende gar nicht um Viola selbst, sondern um etwas, das Viola hat?

Aber was soll das sein?

Was ist so wertvoll, dass jemand bereit ist, dafür zu bestechen, zu foltern und im Zweifel sogar zu töten? Das Bowiemesser kommt ihm wieder in den Sinn. Hat der Mann, der Jillian bestochen hat, auch den Toten in Violas Badezimmer auf dem Gewissen?

»Tom?« Jillian klopft an die Tür.

»Ich bin fertig, ich komme gleich.«

»Okay, ich bin im Wohnzimmer.« Ihre Schritte verklingen auf dem Teppichboden im Flur. Tom steckt seine Sachen in die Taschen seiner Jacke, nur den Schlüssel und die Speicherkarte schiebt er in die Hosentasche, dann setzt er die Fliese wieder ein und verlässt das Bad.

Im Wohnzimmer sitzt Jillian am Esstisch. Sie trägt einen eng anliegenden hellen Rollkragenpulli, blaue Jeans, braune hohe Lederstiefel mit Schrammen, die Reitstiefel sein könnten, wenn sie nicht so urban aussehen würden, dazu einen farblich passenden breiten Gürtel und ein beiges, etwas altmodisches Tweedjackett mit Flicken auf den Ellenbogen. Vor ihr auf dem Tisch steht ein aufgeklapptes Laptop, daneben liegen ein alter Revolver und eine kleine Pappschachtel. Vermutlich Patronen.

»Wo um Himmels willen hast du den denn her?« Tom hängt seine Jacke über einen Stuhl und betrachtet das angelaufene Metall der Waffe; auf dem für heutige Verhältnisse sehr langen Lauf ist 44 S&W eingraviert. »Sieht nach Erstem Weltkrieg aus.«

»Ist von meinem Vater, ich glaube, er hat ihn von seinem Großvater. Ich dachte, das könnte helfen.«

»Hat er jemals damit geschossen?«

»Nicht dass ich wüsste.«

»Darf ich?«, fragt Tom.

Jillian nickt.

Tom klappt den Revolver auf. Die Trommel ist leer, dreht frei und sieht sauber aus. Dann überprüft er Hahn und Abzug. Ein Single-Action-Abzug. Nicht unbedingt hilfreich, da man vor jedem Schuss den Hahn spannen muss. Aber besser als nichts, wenn man sich verteidigen muss. Irgendwo in seinem Hinterkopf schlummert noch die LKA-Weiterbildung in Sachen Schusswaffen. Ein ganz ähnlicher Colt war Anfang des 20. Jahrhunderts als *Peacemaker* bekannt geworden.

Mit latentem Unwohlsein beobachtet Jillian ihn dabei, wie er sechs Patronen aus der Pappschachtel nimmt, prüft, ob das Kaliber passt, und sie auf den Tisch legt. Mit einem Klicken schließt er den Colt und legt ihn neben die Patronen. Schweigend wechseln sie einen Blick. Jillian mag Schusswaffen ganz offensichtlich noch weniger als er.

Als Nächstes friemelt Tom die Speicherkarte aus seiner Hosentasche. »Das sind Fotos aus Violas Wohnung, die muss ich mir einmal ansehen.«

Jillian nickt und schiebt ihm das Laptop hin.

»Kannst du das ab?«, fragt Tom.

»Ich bin Ärztin«, entgegnet Jillian.

»Verletzte oder tote Menschen zu sehen ist eins. Aber Opfer von Gewaltverbrechen ... ich bin nicht sicher, ob ...« Er setzt sich neben sie.

»Ich komm schon klar«, murmelt Jillian. Sie klingt entschlossen und zugleich unsicher im Hinblick auf das, was sie erwartet. Tom steckt die Speicherkarte in den Slot und öffnet den Ordner mit den Fotos.

Das erste Bild ist eine Totale des Badezimmers. Jillian beugt sich interessiert vor. Als Tom das Foto auf die ganze Breite des Bildschirms vergrößert, wird Jillian sichtlich blass. Tom kennt die Wirkung solcher Bilder. Das viele Blut, auch an den Wänden, die Einstiche, die seltsame kalte Stille, die Bilder erzählen von der rohen physischen Gewalt, die dort stattgefunden haben muss. Das alles ist schwer auszuhalten. Selbst dann, wenn man sich im Operationssaal auskennt, oder in der Pathologie, und in die Körper von Menschen hineingeschaut hat.

Auf dem nächsten Foto ist der Kopf zu sehen, mit dem Stich durch die Wange und der klaffenden Wunde.

»Mein Gott«, flüstert Jillian.

»Sag mal, könntest du ein Maßband oder einen Zollstock holen?«, fragt Tom. »Und wir brauchen das Messer. Wenn das noch im Keller liegt, vielleicht kannst du es auch holen?«

»Klar«, murmelt Jillian und steht rasch auf.

»Nimm bitte eine frische Mülltüte mit und fass es nicht an, ja?«

Jillian verschwindet wortlos in der Küche. Er kann hören, wie sie sich ein Glas Wasser einschenkt und in einer Schublade kramt.

Die halb geschlossenen Augen des Toten sehen an der Kamera vorbei. »Wer bist du?«, flüstert Tom. Stück für Stück geht er die Bilder weiter durch.

Als Jillian mit dem Messer und einem Zollstock wieder zurückkommt, rückt sie ihren Stuhl ein wenig vom Tisch ab. Tom beginnt die Messerschneide zu vermessen und vergleicht die Maße mit der Breite der Stichverletzungen anhand der Fotos vom Tatort, auf denen er seinen Finger neben die Einstiche gehalten hat.

»Und?«, fragt Jillian.

»Na ja, exakt ist das alles nicht, aber mit dem, was ich hier messen kann, passen die Stiche zur Klinge.«

»Das heißt, dieser Benedikt Czech –«

»Lass ihn uns nicht so nennen, der Name ist falsch. Das war nicht Bene.«

»Okay, also wie nennen wir ihn dann?«

Tom deutet auf das Messer. »Bowie …?«

Jillian nickt. »Also hat *Bowie* den Mann in der Wohnung deiner Schwester umgebracht?«

Eine unangenehme Stille breitet sich aus. Für einen Moment hat die kurze Diskussion über den Namen für den Mann Jillian abgelenkt, doch jetzt tritt wieder der Gedanke in den Vordergrund, dass sie sich offenbar mit einem Mörder eingelassen hat und vielleicht nur durch Glück selbst mit dem Leben davongekommen ist.

»Das Messer könnte die Tatwaffe sein, ja. Das heißt allerdings nicht zwingend, dass *er* es war …«, sagt Tom.

»Aber wahrscheinlich schon, oder?«

»Ja. Wahrscheinlich ist es so.«

»Fuck.« Jillian presst die Lippen aufeinander. Schweigend klickt sich Tom weiter durch die Fotos.

»Warum hat er das gemacht? Hat der Mann ihn gestört,

also in der Wohnung?«, fragt Jillian. »Und was hat er mit diesem komischen Hund gemeint?«

Tom zögert und fragt sich einmal mehr, wie sehr er Jillian vertrauen kann. Ihre Geschichte erscheint ihm glaubwürdig, und ihr Entsetzen im Angesicht des Mordes ist echt. Also, warum zweifelt er noch?

»Ich weiß nicht, was er genau sucht, aber es würde mich wundern, wenn es wirklich um den Hund geht.« Er greift nach seiner Jacke, holt die weiße Box mit Lassie heraus und zeigt sie Jillian.

»Moment. Die hattest du die ganze Zeit?« Sie starrt ihn überrascht an. Sofort zieht sich ihr Gesicht zu, als würde sich eine dunkle Wolke bilden. Das Vertrauen zwischen ihnen ist so brüchig, dass der kleinste Anlass ausreicht, um es zu erschüttern. Tom tritt die Flucht nach vorne an und erzählt ihr alles über Lassie, was der kleine Welpe ihm bedeutet hat, wie überrascht er war, ihn bei Viola zu finden, und was er aus Bowies Fragen gefolgert hat.

Jillian betrachtet die Box aufmerksam von allen Seiten, kann aber wie Tom nichts Besonderes daran finden. »Okay«, sagt sie schließlich. »Also, wonach könnte Bowie gesucht haben?«

»Vielleicht sehen wir uns noch einmal zusammen die Bilder aus der Wohnung an«, schlägt Tom vor.

Gemeinsam beugen sie sich über das Laptop und rufen Bild für Bild auf. Die quälenden Fotos aus dem Badezimmer, der Flur, das Kinder- und das Schlafzimmer – und zuletzt das Wohnzimmer.

»Das ist seltsam«, meint Jillian. »Es macht gar nicht den Eindruck, als hätte er etwas gesucht. Die Wohnung sieht nicht aus, als hätte jemand alles durchwühlt, oder?«

»Entweder er hat sehr systematisch gesucht und wollte

nicht, dass überhaupt auffällt, dass er nach etwas sucht, oder aber er wusste genau, was er sucht und wo er es finden kann.«

»Aber es war nicht da«, murmelt Jillian. Sie fährt mit dem Finger über das Trackpad und klickt sich zurück durch die Wohnzimmerfotos. »Deine Schwester hat nicht viele Bücher, oder?«, fragt sie und zeigt auf ein dekoratives Regalelement an der Wand, in dem zwei Dutzend Bücher stehen.

»Wer hat heute schon noch Bücher«, meint Tom.

»Mein Vater hat eine ganze Bibliothek, oben im ersten Stock.« Jillian klickt weiter zu einem Bild vom Schlafzimmer.

»Warte«, sagt Tom. »Geh bitte zurück. Zeig mir noch mal das Bücherregal.«

Jillian springt zwei Fotos zurück und zoomt auf das Bücherregal. »Was ist damit?«

»Zoom noch etwas näher ran«, bittet Tom. »Ich meine, *richtig* nah.«

»Unglaublich«, murmelt Jillian, während sie die Bücher vergrößert. »Was für eine Auflösung.«

»Ich hab's mit einer von Violas Kameras fotografiert. Sie macht irgendetwas mit Fotografie, das Ding sah nach Profi-Equipment aus.« Tom starrt angestrengt auf den Monitor. »Hier, schau mal, geh mal etwas runter, dahin, wo die Buchrücken auf dem Bord stehen. Da, genau. Und jetzt ganz nach rechts, zum äußersten Buch. Siehst du das?« Er tippt auf den Screen, und Jillian runzelt die Stirn.

»Ist das Staub?«, fragt sie.

»Ja, ist es. Aber schau mal, der Staub liegt nur *neben* dem Buch, aber nicht *vor* dem Buch.«

»Klar. Sie hat das Buch wahrscheinlich kürzlich gelesen.«

»Darf ich mal?«, fragt Tom.

Jillian überlässt ihm das Trackpad, und Tom geht Stück für Stück alle Bücher auf dem Regal durch.

»Crazy«, sagt Jillian leise.

»Eben. Vor *keinem* der Bücher liegt noch Staub. Er ist fast überall weg oder zumindest verwischt. Nur *neben* den Büchern liegt eine dünne Staubschicht. Und da, wo gar keine Bücher sind.«

»Das heißt, deine Schwester hat entweder kürzlich alle Bücher umgeräumt oder jemand …«

»Wenn sie umgeräumt hätte, dann hätte sie doch vermutlich auch Staub gewischt.«

»Bleibt also nur eine Erklärung«, stellt Jillian fest.

Tom nickt und schaut nachdenklich auf das Foto. »Jemand hat die Bücher herausgeholt, und zwar jedes einzelne, und hat sie angeschaut, vielleicht auch aufgeschlagen und darin gesucht.«

»Aber was heißt das? Nach was für einem Buch sollte Bowie gesucht haben?«

»Vielleicht sucht er auch nach etwas, das in einem Buch versteckt sein könnte«, gibt Tom zu bedenken. »Warte, lass mich mal gerade …« Er verstummt, klickt sich erneut durch die Fotos, bis er ein Bild der Kommode im Wohnzimmer vor sich hat. »Schau mal.« Er zoomt auf die Füße und tippt auf den Boden daneben. »Kratzer. Da hat jemand die Kommode von der Wand abgerückt.« Er geht auf das Foto des Chesterfield-Sofas. »Und auch hier, Schleifspuren auf dem Boden. Wer auch immer dieser Bowie ist, er hat Violas Wohnung offenbar von oben bis unten gefilzt.«

»Aber warum? Was um Himmels willen hat er gesucht?«, murmelt Jillian. »Und warum hat er den Mann in der Badewanne umgebracht? – Ich meine, *wenn* er es war …«

»Ich habe nicht die geringste Ahnung«, erwidert Tom. »Fest steht, er hat wohl nicht gefunden, was er gesucht hat.«

»Und warum fragt er dich dann nicht konkret nach dem, was er sucht, sondern nach dem Hund?«

»Weil der Hund das Einzige ist, was ich aus der Wohnung mitgenommen habe, und vermutlich glaubt er, ich hätte damit eine Art Hinweis gefunden.« Tom überlegt einen Moment. »Und weil er nicht will, dass irgendjemand erfährt, wonach er sucht. Es muss etwas wirklich Wichtiges sein oder sehr wertvoll. Und etwas, das unbedingt ein Geheimnis bleiben soll.«

Jillian stöhnt auf und bedeckt ihr Gesicht mit den Händen. »Und ich hetz dir diesen Typen auch noch auf den Hals. Ich bin *so* naiv. Als er das mit dem Unfall deines Vaters erzählt hat, da hatte er mich ...« Plötzlich schaut sie auf, und ihre Augen weiten sich. »Sag mal, hältst du es für möglich, dass auch das gelogen war?«

Tom starrt sie ungläubig an. »Du meinst, der Tod meines Vaters?«

»Es war so gut wie alles, was er gesagt hat, gelogen. Warum sollte ausgerechnet das wahr sein?«

Toms Magen verknotet sich. Von einer Sekunde auf die andere fühlt es sich an, als ob kein Stein mehr auf dem anderen stünde. Er kann weder Freude noch sonst etwas empfinden, er fühlt sich einfach nur verloren, und irgendeine Stimme ihn ihm – und es ist nicht Vi! – sagt ihm, dass das falsch ist. Sein Vater ist tot. Woher auch immer er gerade diese Sicherheit nimmt. »Was hat Bowie noch mal gesagt?«, fragt er heiser. »Es war ein Unfall? In der U-Bahn?«

»Ja, genau so.«

Tom zieht das Laptop zu sich heran, ruft Google auf und tippt auf Deutsch *Berlin Unfall U-Bahn Werner Babylon* ein.

Es kommen zahlreiche Treffer, allerdings alle ohne Werner Babylon, und alle Suchergebnisse bis auf eins sind älter als sechs Wochen. »Triebwagen springt an Weiche aus dem Gleis«, murmelt Tom. »Zugführer leicht verletzt und alkoholisiert. Ursache vermutlich überhöhte Geschwindigkeit. Das ist es jedenfalls nicht.«

Nächster Versuch.

Berlin Tod U-Bahn.

Wieder zahlreiche Treffer. Der oberste ist ein Link zur *Morgenpost* und weckt sofort seine Aufmerksamkeit. *Zivilcourage nimmt tödliches Ende.* Er klickt den Artikel an, beginnt zu lesen, und sein Herz zieht sich mit jedem Satz ein wenig mehr zusammen.

Jillian legt ihm die Hand auf den Arm. »Hey, was ist?«

Er sieht sie verwirrt an. Die körperliche Nähe kommt ihm irgendwie unpassend vor – und er versteht die Frage nicht. Dann wird ihm klar, dass sie den deutschen Zeitungsartikel nicht verstehen kann. »Die schreiben hier, dass vor etwa fünf Wochen ein Mann, dessen Alter und Beschreibung genau auf meinen Vater passt, in der U-Bahn-Station Hermannplatz in Berlin überfallen wurde. Der Täter hat ihn gegen die einfahrende U-Bahn gestoßen und noch zwei weitere junge Menschen getötet, die dem ›älteren Herrn‹, so wie sie hier schreiben, zu Hilfe kommen wollten.« Tom starrt auf das Bild der mit Flatterband abgesperrten U-Bahn-Station. Auf dem Bahnsteig ist in einiger Entfernung ein Leichentuch der Kriminaltechnik zu sehen, unter dem man die Umrisse eines Körpers erahnt. Daneben sind ein paar gelbe Nummernaufsteller. Etwas weiter rechts ist ein tiefdunkler Fleck auf dem Boden zu sehen. »Alle drei sind gestorben«, sagt Tom. »Der Täter ist entkommen. Er hatte ein Messer.«

»O Gott«, stöhnt Jillian. »Bowie?«

Stille.

Der Lüfter des Laptops surrt.

Hab ich doch gesagt, flüstert Vi. *Papas Tod war kein Zufall.*

Ja, hast du gesagt. Aber mit Bruckmann, da lagst du falsch. Langsam glaube ich, er hat nichts damit zu tun.

Wieso Bruckmann?

Du hast gesagt, Bruckmann würde dahinterstecken.

Hab ich das? Bruckmann ist dein Film.

Jetzt red dich nicht raus, kleine Schwester! Du hast es vielleicht nicht gesagt, aber gedacht.

Aber nicht gesagt, wiederholt Vi störrisch.

Ich höre dich denken, also, was macht das für einen Unterschied?!

Er starrt die kleine Holzbox mit dem Hund an.

»Tom?«, sagt Jillian.

Er sieht auf. Helles Blau, umgeben von blassen Sommersprossen.

»Glaubst du, dieser Bowie hat auch deinen Vater getötet?«

Tom räuspert sich. »Ich glaube, wir müssen Viola finden. Ich hab Angst, was passiert, wenn er sie vor uns findet.«

Kapitel 32

Anton Hölscher betritt ihre Zelle und schaltet das Deckenlicht ein. Sitas Augen brauchen einen Moment, um sich an die Helligkeit zu gewöhnen. Der Assistenzarzt lächelt verkniffen. Er wirkt, als hätte er etwas zugenommen, sein weißer Arztkittel spannt um seinen sonst so hageren Körper. Er ist allein gekommen, ohne die sonst obligatorische schützende Begleitung eines Pflegers. In den Händen hält er eine Nierenschale mit einer fertig aufgezogenen Spritze, Desinfektionsmittel, Wundpads, einem Pflaster und einem Gurt zum Abbinden der Vene. Bevor er die Tür schließt, wirft er noch einen letzten Blick nach links und rechts in den Flur.

Mit gemischten Gefühlen krempelt Sita den linken Ärmel hoch und lässt sich den Venengurt anlegen. Die Kamera schaut teilnahmslos auf die beiden herab.

»Wie viel Uhr ist es?«, fragt Sita.

»Dreiundzwanzig nach zwölf. Sieben Minuten noch.« Auf Hölschers Stirn glitzern kleine Schweißperlen.

»Woher weiß ich, dass Sie mir nicht das Falsche spritzen?«

»Gar nicht. Aber wie gesagt, ich brauche einen Grund, warum ich jetzt schon komme. Noch sind die Kameras an.« Er hat bereits die Spritze in der Hand und schaut sie mit einem fragenden Blick an. Hofft er, dass sie einen Rückzieher macht? Versucht er, sie mit der Spritze einzuschüchtern?

»Machen Sie schon«, murmelt Sita.

Hölscher ist so nervös, dass er die Vene erst beim zweiten Anlauf trifft, dann drückt er Sita den Inhalt der Spritze in den

Arm, und sie betet, dass es tatsächlich nichts anderes als reines NaCl ist, was gerade in ihren Blutkreislauf gelangt.

Hölscher bleibt einen Moment bei Sita sitzen, bis sie leise stöhnt und sich den Magen hält. Dann sackt sie vornüber zusammen, und Hölscher fängt sie auf. Mit einiger Mühe schafft er es, ihr unter die Arme zu greifen und sie zur Toilette zu bugsieren. Als sie im toten Winkel ankommen, muss alles ganz schnell gehen.

Hölscher knöpft seinen Arztkittel auf, streift ihn ab und gibt ihn Sita. Darunter trägt er einen zweiten Arztkittel.

Sie tauscht ihren Jogginganzug gegen den weißen Kittel und eine dazu passende dünne Hose, die sie in der Seitentasche findet. In der anderen Tasche sind ein Stethoskop und eine Brille.

»Wie lange noch?«, fragt Sita und setzt die Brille auf. Hölscher verschwimmt vor ihren Augen.

»Zwei Minuten«, sagt Hölscher.

»Mein Gott, was sind das für Gläser?«

»Was haben Sie erwartet? Dass ich beim Optiker bestelle? Schauen Sie einfach über den Rand, wenn Ihnen schwindelig wird.«

Sita hängt sich das Stethoskop um und lehnt sich gegen die Wand. Hölscher macht seine Armbanduhr ab und reicht sie ihr. »Legen Sie sich die um. Eine halbe Stunde. Mehr haben Sie nicht.«

Sita schaut auf das Ziffernblatt. Eine Minute vor halb eins. »Woher wissen Sie, dass die Uhr richtig geht? Also, ich meine, ist halb eins auch wirklich halb eins?«

»Mehr oder weniger.« Hölscher zeigt ihr das Display seines Handys. »Aber das hier ist exakt.«

»Und die Dauer des Updates ist wirklich genau eine halbe Stunde?«

»Das variiert. Manchmal auch etwas länger.«

»Woher wissen Sie das?«

»Glauben Sie, Sie sind die Einzige, die mal etwas abseits der verdammten Kameras machen will?«

Sita schaut Hölscher überrascht an. Der Assistenzarzt blickt auf das Display seines Handys. Als die Uhr auf 00:30 umspringt, steckt er das Gerät ein und murmelt: »Dann los.«

Sie treten aus dem Nassbereich, und Sita folgt ihm durch die Tür auf den leeren Flur. Hölscher verriegelt die Tür und zeigt stumm Richtung Sicherheitsschleuse. Der Gang ist wie ausgestorben. Die Nachtbeleuchtung gibt dem kargen Flur etwas Gespenstisches, und die Objektive der Kameras blicken wie kalte schwarze Augen auf sie herab. Wüsste sie nicht von Hölscher, dass einmal im Monat nachts ein Update für das komplexe Steuerungssystem der Überwachungsanlage aufgespielt wird, würde sie schwören, dass die Kameras eingeschaltet sind.

An der Schleuse stellt sich Hölscher vor den Irisscanner. Mit einem Klick löst sich die Verriegelung. Erste Tür.

In der Schleuse überkommen Sita Zweifel. Ist das hier nicht viel zu riskant?

Ein zweiter Irisscanner, und auch die nächste Tür öffnet sich.

Sie wischt die Zweifel beiseite. Aus dem Augenwinkel erkennt sie auf dem Display der Schließanlage zwei Menüpunkte, »Fingerabdruck« und »N-Code«. Vermutlich lassen sich die Türen also auch anders öffnen.

Im Treppenhaus steuert Sita den Fahrstuhl an. Hölscher schüttelt den Kopf. »Zu unsicher, wir nehmen die Treppe.«

Die in den Stein gehauenen Stufen winden sich um den Fahrstuhl aufwärts. Auch hier herrscht Dämmerlicht, nur das Licht im Fahrstuhl brennt taghell und leuchtet aus der in der Tiefe geparkten Gitterkabine grell den Schacht empor. Beim Aufstieg mustert Sita die Wände. Nirgendwo ist eine Kamera zu erkennen. Durch eins der Fenster kann sie hinab in den Hof vor der Anlage schauen. Ihr Saab steht auf dem Parkplatz, daneben parkt eine Mercedes-Limousine mit laufendem Motor. Eine dünne Abgasfahne steigt empor, am Steuer sitzt jemand, der Zeitung liest. Sita meint ein Berliner Kennzeichen zu sehen, bleibt kurz stehen und späht angestrengt über den Rand der Brille. B ZS 600 – oder ist das eine 800? Was sucht ein Wagen mit Berliner Kennzeichen mitten in der Nacht auf diesem Parkplatz?

»Hey!« Hölscher tippt auf sein Handgelenk. »Die Zeit läuft.« Sita nickt und hastet weiter die Stufen hinauf. Nach drei Stockwerken erreichen sie eine schwere Holztür. Ein Schlüsselbund klappert leise in Hölschers Hand, er öffnet die Tür und winkt sie hinein. Das Treppenhaus ist jetzt schmaler, nicht mehr eckig, sondern rund. Die Wände sind aus geschliffenem Sandstein statt aus grob behauenem Felsgestein. Offenbar sind sie jetzt im oberen Teil der Festung. Hier gibt es auch keinen Aufzug mehr – und auch Kameras kann Sita weiterhin nicht entdecken. Am oberen Ende der Treppe schließt Hölscher eine weitere Tür auf.

Vor ihnen liegt ein Flur mit niedriger Decke. Das Dachgeschoss. Es riecht feucht und ein wenig ranzig. Der Geruch erinnert Sita an den in Altenheimen. »Gibt es hier keine Kameras?«, fragt sie leise.

»Das hier war nie für Patienten gedacht«, flüstert Hölscher und macht ihr ein Zeichen, ihm zu folgen. An der Decke hängen nackte Glühbirnen, stellenweise schält sich die Tapete von den Wänden. Einfache weiße Zimmertüren mit aufquellendem Furnier säumen den Gang. Am Kopfende des Flurs bleiben sie vor einer massiven Tür stehen, die offensichtlich erst vor Kurzem neu eingebaut wurde. An den Rändern sind Zementspuren und Spachtelscharten zu erkennen, an einer Stelle tritt grünlicher Bauschaum hinter dem Rahmen hervor.

Hölscher schaut durch einen Türspion, der offenbar andersherum als üblich in die Tür eingelassen ist.

»Sie ist wach«, flüstert er. Dann deutet er auf die Uhr an Sitas Handgelenk. »Zwanzig Minuten. Vier Minuten brauchen wir für den Rückweg. Und noch was«, er neigt seinen Kopf Richtung Tür, »da drin sind Sie auf sich allein gestellt. Bauen Sie ja keinen Mist. Die Alte ist gefährlicher, als sie aussieht.«

Sita nickt. Ein Schauer jagt ihr über den Rücken.

Wenn du wüsstest, was *ich* über sie weiß, dann würdest du mich hier nicht reinlassen.

»Ach ja, und am besten«, ergänzt Hölscher mit einem falschen Lächeln, »Sie achten auf Ihre Nase.«

Kapitel 33

Hölscher öffnet die Tür. Der Geruch von Fäkalien mit einer leichten Note von frischer Farbe steigt Sita in die Nase. Das Zimmer erinnert sie an die runtergerockten Wohnungen, in denen sie eine Weile lang in ihrer Jugend gehaust hatte, in der Zeit nach Bene, mit siebzehn, als sie dachte, das Leben sei zu Ende. Bene hatte sie zwar vom Gleis der U-Bahn gefischt, doch vor ihrer Scham nach der Vergewaltigung am Lagerfeuer hatte es kein Versteck gegeben. Und Bene, so dachte sie, war tot. Also hatte sie sich in die linke Berliner Szene geflüchtet, dahin, wo Menschen waren, die wussten, wie man sich wehrte. Das Leben ist kein Ponyhof, *groß in weißer Farbe an die Tür geschrieben, die später nach einer Straßenschlacht mit der Polizei verschwand und in der besetzten Rigaer Straße 94 wieder auftauchte. Häuser, übersät mit Graffiti, wellige Teppichböden, splittriges Holz unter Ochsenblut und abgerissene Tapeten.*

Nur dass es hier keine Graffiti gibt.

Eine ausgemergelte Frau mit einem grauen Dutt hat sich eilig von der Tür abgewandt, setzt sich auf das Bett, das in die Mitte des Zimmers gerückt ist, und schaut auf zwei Fenster in der Stirnwand, die mit vergilbten Gardinen verhängt sind. In der rechten Ecke ist ein Nassbereich mit Toilette und Waschbecken, einem Schaumstoffhocker, ein paar zerdrückten Plastikbechern und einigen weiteren harmlosen Gegenständen wie Waschlappen und Seife; nichts Spitzes und nichts zum Schreiben. Der abgenutzte Teppichboden hat weiße Farbflecken, vor den Bettpfosten schlägt er Wellen. Schleifspuren lassen erahnen, dass das Bett immer wieder bewegt wird. Die Wände und Dachschrägen sind frisch mit weißer Farbe gestrichen, doch das jungfräuliche Weiß ist bereits wieder von der Decke bis zum Boden mit Zahlenkolonnen bekritzelt, die zusammen einen riesigen Kalender ergeben, mit Tagen, Monaten und Jahreszahlen. Woher der Gestank kommt, kann Sita auf den ersten Blick nicht erkennen, doch es riecht, als ob die Toilette über Tage nicht gespült worden wäre.

Vorsichtig betritt Sita das Zimmer. Hinter ihr schließt Hölscher die Tür.

»Hallo, Klara«, sagt sie leise.

Die Frau sitzt da wie festgewachsen. Sie trägt ein fleckiges Nachthemd mit Spaghettiträgern, zwischen denen die Narben ihres geschundenen Rückens zu sehen sind. Sita weiß, dass Klara glaubt, sich nicht umdrehen zu dürfen, wenn jemand den Raum betritt, weil es ihr über viele Jahre lang eingebläut wurde.

»Bist eine von uns, haste damals gesagt.« Klaras Körper ist stocksteif, während sie spricht. Ihre Worte treffen Sita ins Mark. Klara hat sie an der Stimme erkannt, nur an zwei Worten. Entweder war ihre Begegnung für Klara damals sehr wichtig, oder sie hat ein ungewöhnlich gutes Gedächtnis. Vielleicht ist es auch nur einfach so, dass sich die wenigen Reize, die sie aufnimmt, umso stärker einprägen.

»War das gelogen?«, fragt Klara.

»Nein, war's nicht«, erwidert Sita.

»Warum dann der weiße Kittel?«

Sita stutzt. Klara sitzt mit dem Rücken zu ihr, wie kann sie …? Dann fällt ihr auf, dass eine der Gardinen nicht ganz schließt. In einem schmalen Streifen der Scheibe findet sie Klaras Blick, der sie mustert.

»Ist 'ne Verkleidung«, erwidert sie. »Ging nicht anders.«

»Du hast nicht gelogen?«, fragt Klara ein zweites Mal.

»Nein. Ich bin eine von euch.« Was stimmt. Und auch wieder nicht. So oder so, sie sind beide Missbrauchsopfer. Sita hat sich immer nachdrücklich dagegen gewehrt, traumatische Erfahrungen zu vergleichen oder, schlimmer noch, zu gewichten, doch für sie ist ganz klar, dass Klaras Missbrauchserlebnisse eine ganz andere Tragweite haben als ihre eigenen. »Erinnerst du dich nicht an meine Narben?«, fragt sie.

»Doch, die mit Bild.«

»Das ist ein Tattoo.«

»Aber das hat nicht der Teufel gemacht, damals.«

»Nein, nicht dein Teufel jedenfalls.«

»Jesus ist tot«, sagt Klara unvermittelt.

»Ich weiß«, seufzt Sita. »Es tut mir leid.«

»Woher?«, fragt Klara misstrauisch.

»Es stand in der Zeitung«, lügt Sita. Klara darf nicht wissen, dass sie damals auf dem Dach des Berliner Doms dabei war, selbst wenn sie zu spät gekommen ist, um einzugreifen. Es würde jede Form von Vertrauen zwischen ihnen zerstören. Und Vertrauen ist das Einzige, was ihr jetzt helfen kann. Sie will unbedingt herausfinden, ob Klara etwas über Viola weiß oder ob es einen Zusammenhang zwischen ihr und dem neu entbrannten Interesse an Viola gibt.

»Ich hab seine Kugeln gefangen«, sagt Klara. Sie hebt ihr Nachthemd. Auf dem vernarbten Rücken sind zwei alte Austrittswunden zu sehen. »Aber da war dieser Polizist«, zischt sie. »Er *hat Jesus getötet. Er hat gemacht, dass Jesus mich hasst.«*

»Klara?«

Nichts. Stille.

»Sieh mich an. Dreh dich mal um.«

Klara reagiert wie eine Marionette und wendet sich ihr zu. Ihr Gesicht ist eingefallen, ihre Augen huschen rastlos umher, als gäbe es keinen Ort, an dem sie bleiben dürften.

»Ich muss dich etwas fragen, Klara.«

»Ich werd andauernd gefragt, aber ich sag nichts.«

»Es geht um Viola. Hast du diesen Namen schon mal gehört.«

Klara lacht trocken auf. »Viola. Viola. Viola. Viola. Viola. Ich sag nichts. Gibt nichts zu sagen.«

»Also kennst du sie?«

Klara scheint einen Moment zu überlegen. »Einmal ist keinmal«, sagt sie unwirsch. »Und keinmal ist nicht kennen.« Sie verfällt in ein leises Kichern, die Logik scheint ihr zu gefallen.

»Also kennst du Viola nicht.«

»Sag ich doch. Viola kenn ich nicht.«

»Ein bisschen kennst du sie. Weißt du, warum?«

»N...nein.« Klara legt den Kopf schief.

»Sie ist wie wir.«

»Wie ich oder wie du?«, fragt Klara wie aus der Pistole geschossen.

Da ist er wieder. Der Unterschied zwischen ihnen. »Sie hat auch viel durchgemacht«, erklärt Sita.

»Sie ist wie du*«, sagt Klara nach einem kurzen Moment der Stille.*

»Warum?«, fragt Sita überrascht.

»Sie hat ein Fahrrad. Sie kann abhauen. Wie du. Ich kann nicht abhauen.«

»Sie hatte ihr Fahrrad dabei, als du ihr begegnet bist?«

»Hast du auch ein Fahrrad?«

»Nicht so ein schönes rotes«, sagt Sita, die sich vage an Toms Erzählungen aus seiner und Violas Kindheit erinnern kann. Sie meint sich sogar daran zu erinnern, im letzten Jahr im Schuppen hinter Toms Elternhaus zwei alte Kinderfahrräder gesehen zu haben, eins davon rot.

»Mit Rückspiegel«, ergänzt Klara. Ihre Augen leuchten für

einen Moment auf, als wäre ein Rückspiegel etwas ganz Besonderes.

»Was ist passiert, als ihr euch getroffen habt?«, fragt Sita.

»Hab sie nicht getroffen. Nur das Fahrrad gesehen. Gibt nichts zu sagen«, weist Klara sie schroff zurück.

»Ah. Du hast nur das Fahrrad gesehen. Wo denn?«

»Lag da. Im Gebüsch.« Ihr Blick fliegt hin und her.

»Und wo war Viola?«

»War nicht da, hab ich ja schon gesagt.« Klaras Lippen werden zu einem Strich. Sie wedelt mit den Armen, und der Geruch nach Fäkalien kommt in Wellen heran. Klara selbst scheint er nichts auszumachen.

Sita wirft rasch einen Blick auf Hölschers Armbanduhr. Zehn Minuten sind vergangen, seit sie das Zimmer betreten hat. Ihr bleiben nur noch weitere zehn Minuten, und noch ist sie nicht schlauer als vorher. »Ich glaube«, beginnt sie vorsichtig, »dass euch beide etwas verbindet.«

»Ja«, gibt Klara unumwunden zu. »Tut es.«

Sitas Herz macht einen Sprung. Ein Riss in Klaras harter Haltung. »Und was?«, hakt Sita nach. »Was genau, denkst du, verbindet euch?«

Klara hebt ihre rechte Hand und streckt all ihre Finger. »Fünf.«

»Fünf?«, fragt Sita heiser. Ihr Mund ist plötzlich ganz trocken. Es kommt ihr lächerlich vor, aber tatsächlich ist sie aufgeregt, hat das Gefühl, einen Zugang zu Klara zu finden und endlich einen Schritt voranzukommen.

»Buchstaben«, antwortet Klara wie selbstverständlich.

»Was für Buchstaben, ich versteh nicht, was du meinst.«

»K-L-A-R-A. Fünf. V-I-O-L-A. Auch fünf.« Ein seltsam stilles Lächeln huscht triumphierend über Klaras Lippen.

Sita starrt sie verblüfft an. Hat Klara sie etwa gerade veralbert?

Offensichtlich. Und jetzt kichert sie auch noch.

Sita schaut auf die Uhr. Noch acht Minuten. Die kostbare Zeit verstreicht, und Klara ist nicht bereit zu reden, im Gegenteil. Ihr Blick wandert zu den an die Wand gekritzelten Zahlen und Buchstaben. »Du hast ja immer noch deinen Kalender«, stellt sie fest und macht einen Schritt darauf zu.

»Nicht!« Klara springt plötzlich auf und stellt sich mit weit ausgebreiteten Armen vor die Wand, als gälte es, die Mona Lisa vor einer Attacke mit einem Farbbeutel zu retten.

»Ist schon gut, schon gut.« Sita lächelt beschwichtigend. »Ich mag den Kalender.«

Klara versucht, ihre Absichten zu lesen, und lässt schließlich die Arme sinken. »Die macht ihn immer weg, die Fotze«, murmelt sie und spuckt auf den Boden. Ihre Züge sind verbiestert, an ihren Handgelenken sind wunde Spuren von Kabelbindern, Handschellen oder etwas Ähnlichem. »Aber das macht nichts.« Urplötzlich kehrt das Lächeln wieder auf ihre spröden Lippen zurück. Ihre Stimmung wechselt innerhalb von Sekunden, und Sita hat das Gefühl, je länger das Gespräch dauert, desto fragiler wird Klaras Verfassung.

»Du hast ihn im Kopf und malst ihn immer wieder hin, oder?«

»Im Kopf«, wiederholt Klara grimmig, »und in den Fingern.« Wie eine Lehrerin streckt sie ihren rechten Zeigefinger in die Höhe. Unter dem Fingernagel ist ein dunkler Rand. Erst jetzt wird Sita der Zusammenhang zwischen dem durchdringenden Geruch und den fehlenden Schreibgeräten im Zimmer klar. Das ist es also, was Ramona ekelhaft findet. Mühsam schluckt Sita ihre Übelkeit hinunter. »Ich hab auch einen Kalender. Hier drinnen«, meint Sita und tippt sich an die Stirn. »Wir könnten etwas probieren. Ein Spiel«, schlägt sie vor.

»Ein Weißkittelspiel?«

»Ich bin kein Weißkittel.«

Klara zuckt mit den Schultern.

»All die vielen Tage in deinem Kalender«, meint Sita leise. »Und an genau einem dieser Tage hast du Viola getroffen. Ich rate, an welchem Tag, okay?«

Stille.

Sieben Minuten.

»Wenn ich den richtigen Tag sage, hab ich eine Frage frei.«

»Schaffst du nicht. Zu viele Tage.«

»Und wenn doch?«

»Keine Freifragen. Gibt nichts zu sagen«, wiederholt Klara, als wäre das ihr persönliches Mantra.

»Vielleicht weiß ich ja schon alles. Ich wusste ja auch von dem roten Fahrrad.«

»Das mit dem Gebüsch wusstest du nicht.«

Sita nickt und geht etwas näher an die Kalenderwand heran und sucht nach dem Jahr, in dem Viola verschwunden ist, 1998. Dann deutet sie auf den 10. Juli. »Es war dieser Tag, richtig?«

Klaras Kinnlade fällt herab, und sie macht ein langes Gesicht. »Du warst auch da?«, flüstert sie.

Treffer. Sechs Minuten. Weiter.

»Was ist passiert, als du Viola getroffen hast?«

»Halt den Mund!«, bellt Klara wütend. »Sag nicht mehr ihren Namen! Es gibt nichts zu sagen. Nichts!«

»Warum soll ich nicht ihren Namen sagen?«

»Weil ich's nicht will.«

»Aber warum nicht?«

»Weil sie sonst jemand findet. Niemand soll wissen, wie sie heißt. Niemand soll wissen, dass sie da war.«

»Aber warum, Klara? Warum willst du das nicht?«

»Weil sie meine Bibel hat«, platzt es aus Klara heraus. Plötzlich wird es ganz still im Zimmer.

»Bibel?«, fragt Sita.

Klara zupft an ihrem Nachthemd und presst die Lippen aufeinander.

»Du meinst, Viola hat deine Bibel?«

»Ich will sie wieder«, sagt Klara trotzig.

Sita nickt. »Natürlich willst du sie wieder, ist ja deine Bibel. Sie ist bestimmt besonders schön, oder?«

»Rot. Mit einem goldenen Kreuz.«

»Hast du sie denn Viola gegeben?«

»Die dumme Göre hat sie mir geklaut«, sagt Klara giftig. »Im Wald. Plötzlich war sie weg. Ich hab noch gesucht. Ich will ja nicht, dass die anderen sie finden. Das dürfen sie nicht.«

»Welche anderen?«

Klaras Augen werden schmal. Ihr Blick geht zur Tür.

Nur noch drei Minuten.

Klara schleicht auf Zehenspitzen zur Tür, legt ihr Ohr ans Holz und horcht.

»Klara?«

Sie legt den Zeigefinger an die rissigen Lippen und bleibt eine Weile reglos stehen, als wäre sie fest mit der Tür verbunden.

Kann es sein, dass Hölscher lauscht? Und Klara ihn gehört hat?

Zwei Minuten.

»Was ist mit der Bibel, Klara? Und warum sollen die anderen sie nicht finden?«

Klara löst sich von der Tür und zieht eine schelmische Grimasse. »Wegen der Musiiiik«, flüstert sie, trippelt auf den Zehenspitzen und dreht sich einmal um sich selbst.

»Musik? Du meinst ... wie bei einem Gesangsbuch?«

»Die Musik, nach der alle tanzen.« Klaras Hände dirigieren ein imaginäres Orchester, und sie schließt versonnen die Augen.

»Was meinst du damit?«, fragt Sita.

Klara hält abrupt inne und öffnet die Augen. »Du willst sie auch«, sagt sie kalt. Keine Frage, eine Feststellung. Ihr Gesicht verschließt sich.

»Nein«, sagt Sita, »aber ich mache mir Sorgen. Um dich, um Viola. Ich möchte nicht, dass irgendjemandem etwas passiert.«

»Viola!« Klara spuckt verächtlich aus. »Beschissene Diebin. Kann auf sich selbst aufpassen, mit ihrem beschissenen Fahrrad.« Die letzten Worte brüllt sie. Speicheltröpfchen fliegen durch die Luft. »Wer kann hier abhauen? Sie? Oder ich? Hä?« Wütend starrt sie Sita an. »Wir haben was gemeinsam? Hat sie Kugeln für Jesus gefangen? Hat sie ihn geliebt? Nein! Hat sie nicht. Aber jetzt ist sie weg, mit meiner Bibel und der ganzen Musik. Also, was haben diese Göre und ich –«

Es klopft leise an die Tür, und Klara verstummt, als hätte man ihr den Stecker gezogen. Einen Moment später geht die Tür ein Stück auf, ohne dass Hölscher sich blicken lässt, doch das Signal ist unmissverständlich. Die Zeit ist um.

»Jaaaa, klar. Hau nur ab«, faucht Klara. »Mit deinen Lügen und deinen Weißkittelspielchen.«

Sita schluckt alle Widerworte hinunter. Sie würden nichts bringen. Klara fühlt sich verraten und verkauft, und das zu Recht, sie wurde über viele Jahre, schon als kleines Mädchen, gefangen gehalten und immer wieder misshandelt.

»Ja, ich muss los. Ich hab etwas zu erledigen. Aber ich komme zurück und sehe nach dir«, verspricht Sita.

»Jesus hat nach mir gesehen. Du bist nur eine seiner Fotzen«, zischt Klara.

Hölscher streckt die Hand durch die Türöffnung und winkt hektisch.

»Bis bald, Klara. Ich komme zurück.« Sita versucht sich an einem letzten verbindenden Lächeln, das kläglich scheitert.

Hastig schlüpft sie durch die Tür und hat das Gefühl, sich davonzustehlen.

»Herrgott noch mal!«, schimpft Hölscher und schließt die Tür. Mit einem satten Knirschen fügt sie sich in den Rahmen. Einmal mehr fällt Sita die Dicke der Tür auf. Sie ist nachträglich eingefügt worden, und im Nachhinein kann sie sich nicht vorstellen, dass Hölscher, selbst wenn er an der Tür gelauscht hat, das Gespräch verfolgen konnte.

»Kommen Sie, worauf warten Sie noch?« Hölscher zieht Sita den Gang entlang.

Die Bibel, die Musik. Klaras Worte hallen in Sitas Kopf nach. Hölscher macht Tempo, als säße ihm der Teufel persönlich im Nacken. Im unteren Teil des Treppenhauses wird Sita für einen Moment langsamer, als sie das Fenster zum Parkplatz passieren. Der Wagen ist immer noch da, die Abgase steigen im Gegenlicht auf.

»Meine Uhr«, drängt Hölscher, als er die erste Tür der Schleuse öffnet. Sita nimmt sie vom Arm und reicht sie ihm. Hastig steckt er sie ein. Dann schaut er in den Irisscanner. Die zweite Tür springt auf, und sie hasten zu Sitas Zellentür. Die Riegel, dann das Schloss.

Anton Hölscher stößt sie beinah hinein und folgt ihr.

Wortlos entledigt sich Sita ihres Arztkittels und der übrigen Dinge, dann schlüpft sie wieder in den Jogginganzug. Hölscher steht da und starrt auf die Zeiger seiner Uhr.

»Fertig«, murmelt Sita und setzt sich auf das Bett.

Hölscher schaltet das Licht mit einem wütenden Hieb auf den Schalter aus. »Hätten Sie sich nicht ein bisschen mehr beeilen können? Wir wären beinah aufgeflogen.«

»Aber wir sind hier, oder? Rechtzeitig.«

»Rechtzeitig«, schnaubt Hölscher. »Fragen Sie mich ja nie wieder, hören Sie? – nie *wieder – nach so einer Nummer.«*

»Hab ich Sie gefragt?*«, erkundigt sich Sita lammfromm.*

Hölscher steht still im Dunkeln. Dann öffnet er die Tür und schlüpft wortlos hinaus auf den Flur, ein gebeugter Schatten vor der spärlichen Nachtbeleuchtung.

Das Vorschieben des Riegels lässt endlich alle Anspannung von Sita abfallen. Sie steht auf und geht zum Fenster. Das Wetterleuchten hat aufgehört.

Klaras Bibel und die Musik, nach der alle tanzen. Hat Viola tatsächlich etwas gestohlen, das ihr nicht gehört? Sucht Forsberg deshalb nach ihr? Und Bruckmann auch?

Oder ist Klara einfach eine verwirrte Frau, die Zusammenhänge vollkommen falsch interpretiert, die falschen Schlüsse zieht, wie Paranoide oder Menschen mit starken Anpassungsstörungen das oft tun?

Andererseits, irgendeinen Grund muss *es geben, warum alle von Viola sprechen und auf der Suche nach ihr sind. Was ist, wenn Bruckmann recht hat? Wenn es nicht um seinen persönlichen Rachefeldzug geht, sondern um etwas, das Viola hat – oder gestohlen hat – und das nun jemand mit allen Mitteln sucht?*

Aber was genau sollte das sein, eine Bibel und Musik?

Sie starrt in das Schwarz vor dem Fenster. Wie gerne würde sie jetzt mit Tom sprechen. Aber dafür müsste sie das Prepaidhandy haben, in dem seine Nummer einprogrammiert ist, und das liegt für sie unerreichbar in ihrem Saab auf dem Parkplatz vor der Klinik. Je länger sie nachdenkt, desto mehr hat sie das Gefühl, nicht mehr durchzusteigen, überfordert zu sein. Selbst wenn sie es schafft, mit Bruckmann zu fliehen, kommt sie nicht an ihr Handy. Gleichzeitig holt sie die Vorstellung ein, mit wem sie plant zu fliehen und was es bedeutet, wenn Walter Bruckmann wieder auf freiem Fuß ist. Kann sie die Verantwortung dafür tragen? Ein Opfer hat es bereits gegeben, und dabei wird es vermutlich nicht bleiben. Wie also lässt sich das verhindern?

Sie stöhnt. Schließt die Augen und legt die Stirn an die kühle Wand.

»Schritt für Schritt«, murmelt sie. Jetzt ist erst einmal Bene am Zug.

Sie muss erneut an Patzner denken und fragt sich, was passiert, wenn er in der Pathologie untersucht wird – falls es nicht schon längst passiert ist. Wenn die Gerichtsmedizin herausfinden sollte, dass Patzners angeblicher Suizid ein Mord ist, dann würde das weitere polizeiliche Ermittlungen in der Klinik nach sich ziehen, vielleicht sogar über Tage und Wochen. Aber würde Forsberg es wirklich so weit kommen lassen? Die Frage ist, wie viel Einfluss hat der Professor am Ende tatsächlich, und auf wen?

Erschöpft sinkt sie aufs Bett.

Ihr vorletzter Gedanke gilt einer roten Bibel mit einem goldenen Kreuz darauf. Nur für die Musik findet sie kein Bild.

Ihr letzter Gedanke ist ein Wagen auf einem Parkplatz, mit laufendem Motor und einer dünnen Abgasfahne in der Nacht.

Kapitel 34

Tom nimmt den Revolver vom Tisch. Die Waffe in seiner Hand fühlt sich kalt an, falsch. Er will das hier nicht tun, doch er braucht Gewissheit.

Mit dem Griff des Colts schlägt er zu.

Unter dem Handtuch splittert Glas.

Noch zwei weitere Schläge, dann knirscht das Holz.

Er schlägt das Handtuch zurück, das Jillian aus der Küche geholt hat, und beugt sich über den Inhalt. Die kleine weiße Holzbox ist zu einer Raute verbogen. Lassie hat sich nicht vom Fleck gerührt. Die Glasscheibe ist zerbrochen, und die rückseitige Wand ist eingeknickt.

Vorsichtig zieht Tom die Teile der dünnen Rückwand aus dem Gehäuse. Er hat vermutet, dass es vielleicht eine Art doppelte Wand geben könnte, in der etwas hinter dem Hund versteckt ist. Fehlanzeige.

»Tom?«, sagt Jillian.

»Hm?« Er beginnt die vier äußeren Holzplättchen zu untersuchen.

»Kannst du das mal einen Moment weglegen?«

Tom schaut auf, sieht ihren Blick und weiß, was kommt.

»Wir müssen die Polizei rufen«, sagt Jillian beklommen. »Wenn das alles stimmt, dann ist dieser Typ ein mehrfacher Mörder. Er hätte dich da unten im Keller fast umgebracht, und wenn er wirklich zurückkommt, dann bin ich dem nicht gewachsen.«

Tom lässt von der Untersuchung der Holzbox ab. »Jillian,

bitte. Wenn du die Polizei rufst, dann kriege ich Riesenschwierigkeiten. Die werden mich verhaften.«

»Ja, vielleicht. Aber wenn du die ganze Geschichte erzählst, so wie mir, und ich das durch meine Zeugenaussage bestätige, dann geht es dabei nur um ein paar Tage, vielleicht sogar nur ein paar Stunden.«

»Glaub mir, das ist nicht nach ein paar Stunden vorbei«, seufzt Tom. »Ich bin Polizist, ich weiß, wie das läuft. Bis die alles überprüft haben, vergehen Tage, im Zweifelsfall sogar Wochen. In dieser Zeit läuft dieser Kerl durch die Gegend und sucht nach meiner Schwester. Das kann ich nicht zulassen.«

»Aber du kannst zulassen, dass er zurückkommt und *mir* etwas antut?«

»Jill, ich –«

»Nicht Jill«, sagt sie warnend. »So hat mein Vater mich immer genannt. Immer wenn er was wollte ... Jill hier, Jill da ...«

»Okay. Entschuldige«, versucht Tom sie zu besänftigen. »Ich glaube nicht, dass dieser Typ dir etwas antut. Er will etwas von *mir*. Bei dem, was er sucht, kannst du ihm nicht helfen. Und ja, ich glaube, er ist skrupellos, aber er ist total fokussiert. Es würde ihm nichts bringen, dir etwas anzutun. Außerdem, wenn er dir wirklich etwas tun wollte, dann hätte er das vorhin schon machen können.«

»Ich weiß nicht, ob mich das überzeugt. Ich habe auf ihn eingeschlagen.«

»Mit einem Wischmopp, ja«, sagt Tom.

»Willst du dich über mich lustig machen? Wer, verdammt noch mal, hat dich losgeschnitten?«

»Jillian, nein. Entschuldige, alles, was ich zu sagen versuche, ist, er hat keinen Grund, dir etwas zu tun.«

»Ich hab dir geholfen. Vielleicht glaubt er, da läuft etwas zwischen uns und er kann dir drohen, indem er *mir* wehtut.«

»Hier geht's doch nicht zu wie bei Netflix«, widerspricht Tom.

»Was soll das denn jetzt?«, fragt Jillian gereizt.

»Hey, ich versteh dich ja. Ich verstehe, dass du Angst hast. Aber erstens, wenn er glauben würde, dass er nur dir wehtun müsste, um an mich ranzukommen, hätte er das vorhin schon getan ...«

»Er weiß es vermutlich erst jetzt, weil ich dich verteidigt habe.«

»... und zweitens: Er geht davon aus, dass ich jetzt weiß, dass du mich verraten hast. Warum sollte ich da noch Rücksicht auf dich nehmen?«

»Er weiß, dass du Polizist bist. Polizisten nehmen Rücksicht. Jeder normale Mensch nimmt Rücksicht.«

»Sehe ich noch normal aus?«, fragt Tom.

Jillian schweigt einen Moment, dann zuckt sie mit den Schultern. »Bist du noch normal?«

Tom seufzt und schaut auf das kleine Holztrümmerfeld, die Patronen und den danebenliegenden Revolver. »Ich bitte dich, gib mir noch etwas Zeit. Wenigstens ein, zwei Tage, okay? Das bist du mir schuldig.«

»Ach wirklich?«

»Zehntausend Pfund ...«, erinnert Tom sie.

Jillian schluckt ihre Antwort hinunter und weicht seinem Blick aus. »Okay. Einen Tag.«

»Zwei«, erwidert Tom. »Bitte.«

»Vierundzwanzig Stunden, und dann entscheiden wir neu.«

Tom nickt. Er weiß, dass ein Tag nicht reichen wird, aber es ist erst einmal besser als nichts. »In Ordnung. Danke!«

Jillian nickt ebenfalls, etwas streng, sie hat den Rücken durchgedrückt wie eine junge Polizeischülerin in Habtachtstellung, mit trotzigen Lippen und rosa Wangen.

Tom überkommt auf einmal das Gefühl, sie umarmen zu müssen, doch er nimmt schnell wieder Abstand davon und wendet sich den vier weißen Holzwänden der Box zu. Sie sind jeweils etwa einen halben Zentimeter stark, genug Platz für einen schmalen Hohlraum, in dem man Papier, eine Nachricht, einen Schlüssel oder etwas Ähnliches verbergen könnte.

»Und?«, fragt Jillian neugierig.

»Nichts«, erwidert Tom enttäuscht. Es kommt ihm plötzlich naiv vor, dass er dem Hund eine solche Bedeutung beimisst. Vermutlich hat Viola ihn irgendwann gekauft oder entdeckt, vielleicht sogar anfertigen lassen, weil er sie an Tom erinnert hat, aber das heißt noch lange nicht, dass die Box ein Hinweis ist. Auch Bowie hat die Bedeutung der Box überschätzt, eben weil Tom sie mitgenommen hat.

Tom nimmt Lassie in die Hand und bricht ihn von der Bodenplatte ab. Ein gelblicher Rest von Klebstoff, mehr ist auf dem weißen Holz nicht zu finden. Der Hund hat auf der Unterseite weder eine Prägung noch sonst irgendwelche Hinweise darauf, woher er stammt.

»Was hast du noch mal gesagt, wie hieß der Hund, den du damals hattest?«, fragt Jillian nachdenklich. »Lassie?«

»Ja, warum?«

»Sieht nicht gerade nach Collie aus«, meint Jillian und schaut sich den schwarzen Welpen mit dem weißen Fleck auf der Brust genauer an.

»Ich war fünf damals. Und hab die Serie geliebt.«

»Darf ich mal«, sagt Jillian und zieht das Laptop zu sich heran. »Mir geht da was nicht aus dem Kopf.« Sie skippt zurück zum Eingabefeld von Google und tippt *London Lassie* in die Suchmaske. Eine Reihe von Bildern eines Collies tauchen auf dem Bildschirm auf, eins davon mit einem Collie auf einem roten Teppich. *Dog Walk of Fame, Battersea Park London, 2006*, steht darunter. Jillian klickt es an, und sie lesen gemeinsam die Pressemeldung, laut der einer der Filmhunddarsteller für die Rolle von Lassie bei der Einweihung seines Sterns am Battersea Park dabei war. Sie schauen beide ratlos auf das Foto.

Jillian nimmt das kleine Hundemodell in die Hand und betrachtet es von allen Seiten. »Und der hier sieht deinem Lassie wirklich so ähnlich?«

Tom zuckt mit den Schultern. »Ich würde sagen, ja. Ich meine, das ist über dreißig Jahre her, aber ich hab das Gefühl, ich sehe ihn immer noch vor mir, und wenn ich ihn beschreiben müsste, dann würde genau dieser Hund dabei herauskommen.«

»Den muss doch irgendjemand gemacht haben, also angefertigt. Das ist ja kein Industrieprodukt, sonst gäbe es irgendeinen Stempel. Wie macht man so was?«

»Mit einem 3-D-Drucker würde ich sagen. Den kriegt man heute sogar für relativ kleines Geld. Die Frage ist nur, wer die 3-D-Modellierung für den Hund gemacht hat. Und wer ihn angemalt hat.«

Jillian öffnet ein neues Suchfenster und gibt London 3-D modeling dog ein. Das erste Suchergebnis ist eine Homepage, die jede Gattung von Tier als 3-D-Modell-Download anbietet.

»Bemalen und fertig, oder?«, sagt Tom. »Die Frage ist, wo kommt die Box her? Klickst du mal auf *Bilder*?«

Die Nachbildungen von künstlichen, naturgetreuen und stilisierten Hunden füllen den Bildschirm.

»Großartig«, murmelt Jillian ermattet und lehnt sich zurück. Tom scrollt durch die Bilder. Hunde, Hunde, Hunde. Dann hält er plötzlich verblüfft inne. Ganz rechts ist das JPEG eines Golden Retrievers in einer weißen Box, genau wie die, die jetzt zerbrochen vor ihnen auf dem Tisch liegt. Tom klickt auf den Link und wird weitergeleitet auf die Unterseite einer Homepage. *Yours forever*, steht unter dem Golden Retriever. *Tu was für den Tierschutz und nimm deinen Liebling als Andenken mit.*

»Gibt's ja nicht«, flüstert Jillian und beugt sich vor.

»Battersea Dogs & Cats Home, London«, liest Tom vor. »Kennst du das?«

»Ja, hab ich schon mal gehört. Das ist am Battersea Park. Ein Tierheim. Da, wo auch dieser *Dog Walk of Fame* ist.«

Tom klickt sich rasch zu den Öffnungszeiten durch und schaut auf die Uhr. »Mist. Die machen um sechzehn Uhr zu. Das ist in einer halben Stunde.«

»Du willst da vorbei?«, fragt Jillian ungläubig. »Du weißt schon, dass dein Foto heute Morgen quer durch alle Fernsehsender und vermutlich auch durch die Printmedien gegangen ist.«

»Eine Zeichnung, kein Foto«, sagt Tom. »Hast du vielleicht noch eine alte Mütze von deinem Vater? Dazu dann noch einen Mundschutz ...« Noch bevor Jillian antworten kann, nimmt er den Revolver vom Tisch und steckt ihn in seine rechte Jackentasche. Der Griff des Colts schaut noch heraus, also stößt er mit dem Lauf der Waffe ein Loch in das Innenfutter. Jetzt verschwindet der Griff in der Tasche.

»Du weißt schon, dass der Revolver mir gehört?«, meint Jillian.

Tom schüttet die Patronen in die andere Tasche. »Aber ich vermute, du hast noch nie damit geschossen, oder?«

»Du machst mir Angst«, flüstert sie.

»Ich mir manchmal auch«, erwidert er. »Aber noch mehr Angst machen mir Typen wie Bowie.«

Jillian starrt Tom einen Moment lang unentschlossen an. »Okay«, sagt sie schließlich, »sobald du die Patronen in das Ding steckst, bin ich raus.«

»Was heißt das?«, fragt Tom irritiert. »Etwa, dass du mitkommst?«

»Klar, ich fahr dich. Wie willst du sonst so schnell da hinkommen?« Jillian hebt die Brauen; Dr. Harris ist zurück.

Tom zuckt mit den Schultern. Sein Blick geht zum Wohnzimmerfenster hinaus, wo Jillians Wagen steht. Plötzlich werden ihre Augen schmal. »Jetzt sag nicht, du hattest eh vor, mein Auto zu nehmen …«

Tom will etwas erwidern, lässt es aber vorsichtshalber bleiben.

»Glaubst du etwa, dass ich hier alleine sitzen bleibe und darauf warte, dass dieser Typ wiederkommt? Mal abgesehen davon, hier ist Linksverkehr. Im Ernst, entweder du nimmst mich mit, oder ich rufe jetzt sofort die Polizei.«

»Ich hatte eigentlich vor, dich in die Klinik zu bringen«, sagt Tom. »Da bist du unter Leuten und wärst sicher.«

Jillian errötet, als er das St Thomas' erwähnt. »Ich bin krank«, sagt sie leise. »Schon vergessen?«

7 Tage vorher

Kapitel 35

Josef Basler beendet das Gespräch und knallt das Handy auf den Instrumententisch des Sektionssaals. Gottverdammte, verblödete Affenscheiße. Er hasst diese Doppelschichten, er hasst Dr. Lugner, diesen oberschlauen Schlips-Kittel-Schnösel mit seinem pomadigen Seitenscheitel und den dahergeschnarrten Anweisungen; und dabei ist das Schlimmste, dass er sich denen auch noch beugen muss.

Beugen. Fühlt sich an wie buckeln.

Er knurrt und näht die Hautlappen über dem offenen Sternum zusammen. Die Stiche geraten zu grob, aber wen interessiert's. Den Kerl auf dem Tisch jedenfalls nicht. Der hat's definitiv hinter sich. Manchmal hat Josef Basler selbst das Gefühl, es schon längst hinter sich zu haben. Sein ganzes Leben hätte anders verlaufen sollen. Erfolgreiches Medizinstudium, Oberarzt in einem Krankenhaus, oder von mir aus auch gerne Chef in der Scheißpathologie Sonthofen. Dann würde er *jetzt Lugner durch die Gegend scheuchen und Leichen von verunglückten Bergsteigern und anderen Lebensmüden obduzieren. Stattdessen hatte er abgebrochen. Katharina war schwanger geworden. Was hätte er denn tun sollen? Sie brauchten Geld. Katharina hatte Stress gemacht, bis er zusätzlich zum Studium wieder seinen alten Nebenjob angenommen hatte. Taxifahren. Spätschicht. In den Vorlesungen war er dann eingeschlafen. Zu Hause lernen war ebenfalls nicht drin, wie auch, bei dem Geschrei. Irgendwann hatte er das Studium geschmissen. Oder hatte das Studium ihn geschmissen? Eher das Leben.*

Nun gut. Katharina ist Geschichte.

Er schaut den Mann auf dem Stahltisch an. Selbstmord. Mal wieder. Hatte er damals auch dran gedacht, als alles in die Brüche ging.

Dann hätte mich auch jemand aufgeschnitten, vermutlich auf genau diesem Tisch hier.

Vielleicht sogar der Stümper Lugner.

Er hätte meine Leber gewogen, mein Herz, meine Nieren … und jemand wie ich hätte mich dann zugemacht.

Er schüttelt sich. Fragt sich, zu welchem Schluss Lugner wohl gekommen ist. Immerhin hat er viereinhalb Stunden für den Typen gebraucht. Es juckt ihn in den Fingern, sich den Bericht durchzulesen, aber das würde den Tag nur noch mehr in die Länge ziehen.

Josef Basler hievt den Mann vom Tisch auf den Wagen. Wo verflucht sind die Zeiten hin, wo man das zu zweit machte? Seit Covid ist Personalknappheit das geflügelte Wort. Klingt irgendwie kultiviert, als hätte es nur mit einem Sachverhalt zu tun und gar nichts mit Menschen. Aber in der Übersetzung heißt es eigentlich: Schnauze halten. Arschbacken zusammen. Für drei arbeiten.

Das kleine Schild am Zeh des Mannes wackelt.

Josef Basler stellt das Wasser an, nimmt den Schlauch vom Haken und spült das Blut und die Knochensplitter vom Tisch, bis alles wieder silbern glänzt. Als wär nichts gewesen. Er muss an die Fächer im Kühlhaus denken. Ist da überhaupt noch eins frei? Weder die Friedhöfe noch die Krematorien kommen zurzeit hinterher. Beerdigung? Bitte hinten anstellen.

Er spült seine Gummistiefel und den Boden ab, dann flitscht er sich die langen Stulpenhandschuhe von den Fingern und rollt den Wagen aus dem Sektionssaal zum Kühlhaus hinüber. Eins der Räder eiert störrisch, das Ding streikt – hat keinen Bock mehr, Leichen zu fahren, denkt Basler. Der Gedanke amüsiert ihn irgendwie. Weniger amüsant ist seine lange To-do-Liste für heute. So heißt das ja auf Neudeutsch. To do.

Gott sei Dank gibt's noch zwei freie Kühlzellen.

»Pfiat di«, brummt er, schiebt die Leiche ins Fach und schließt krachend die Tür. Oder Pfiat di Gott, aber das will ihm nicht über die Lippen. Warum auch sollte Gott Leichen behüten? Die Lebenden haben's viel nötiger.

Er verharrt einen Moment vor den Edelstahltüren. Eine Pause wäre jetzt nicht schlecht. Er schaut auf die Uhr. Kurz nach vier. Vor dreiundzwanzig Uhr kommt er hier sowieso nicht raus. Tiefkühlpizza, zwei Dosen Bier und vielleicht noch YouPorn, wenn er nicht vorher einschläft. Mehr Abend ist heute nicht. Außer ...

Er könnte noch einen Abstecher in die Schlickstraße machen. Und ohne den Zinksarg im Wagen war schön viel Platz hinten. Rein, raus. Quasi im Vorbeifahren. Der Gedanke ist so aufregend, dass er plötzlich ganz feuchte Finger bekommt.

Eine Stunde. Nein, vierzig Minuten müssen reichen. Rechnet er sich das schön? Und selbst wenn. Das muss drin sein.

Er hastet in die Umkleide. Klamotten wechseln, Autoschlüssel vom Haken nehmen und los.

Auf dem Hof steht der lange, dunkelgrau schimmernde Mercedes. Wenn das gleich klappt, wenn es eine von denen mitmacht, dann wird er in Zukunft bei jeder Fahrt daran denken können. Er grinst in sich hinein. Das ist mal ein Ziel. Auf dem Parkplatz kommt ihm eine junge Frau entgegengeschlendert, neben ihr ein Kerl mit Schirmmütze, groß und breite Schultern. Irgendwie sieht er zu alt für sie aus. Basler will gerade die Zentralverriegelung öffnen, da klingelt sein Handy. Mist.

Er nimmt das Gespräch an, während er der Frau nachschaut, die an ihm vorbeigeht.

»Papa?«, schluchzt eine Mädchenstimme aus dem Telefon.

»Sandyschatz.« Josef Baslers Stimme wird wachsweich. »Was ist denn los?«

»Papi, ich darf die Katze nicht mehr haben.«

»Wer sagt das?«, fragt er, obwohl er die Antwort schon kennt.

»Die macht zu viel Dreck, sagt Mama. Das ist unhygne… nisch.«

Basler schnaubt leise beim Gedanken an Katharinas chaotische Wohnung. Wenn es dort eins nicht ist, dann hygienisch. »Schatz«, sagt er sanft, »wenn deine Mutter das sagt, dann –«

»Lilli soll ins Tierheim, sagt Mama. Aber die is noch so klein, wie soll denn das gehen?«

Basler muss an die Fotos denken, die Sandy ihm erst gestern geschickt hat. Seine sechsjährige Tochter mit einem flauschigen kleinen Fellbündel auf dem Arm und Augen voller Glück. Es gab eine Zeit, da hätte er alles für Katharina getan. Die Frage war nur, wann tat Katharina mal etwas für jemand anders?

»Papa, bitte, kannst du mit ihr reden. Ich mach auch immer alles sauber.«

So weit kommt's noch, denkt Basler. »Sandy, du weißt doch, wie Mama ist, wenn ich –«

»Papa, bitte. Bitte, bitte, bitte!«

Josef Basler schluckt. Am liebsten möchte er Katharina schütteln, aber das hat noch nie etwas gebracht. Sein Blick wandert über den Parkplatz, als könnte die Lösung hier irgendwo liegen, was sie natürlich nicht tut. Der viereckige Typ ist verschwunden. Nur die Frau ist noch da, ihr Blick fängt ihn ein, sie lächelt.

»Hör mal, Süße, ist Mama gerade da?«

»Nee«, schnieft Sandy. »Ist nicht da. Wegen mir.«

Himmel hilf, wegen ihr! »Sandyschatz, hör zu, deine Mama

hat viele Probleme, aber bitte glaub mir, du bist keins davon. Und wenn sie so was sagt, dann liegt das nur daran, dass sie die Probleme im Kopf durcheinanderbringt, verstehst du?«

»Hmm«, murmelt Sandy.

»Okay, pass auf. Du musst mir jetzt genau zuhören, ja?«

»Ja, okee.«

»Du gehst jetzt rauf in den dritten Stock zu der alten Dame, Frau Schleebusch, und besuchst sie. Nimm Lilli mit – und deinen Haustürschlüssel …«

»Papi, ich will aber nicht zu Frau Schleebusch –«

»Frau Schleebusch hatte mal eine Katze, vor ein paar Jahren. Sie mag Katzen.«

Stille.

»Setz ihr Lilli doch mal auf den Arm.«

Noch längere Stille.

»Dann könnte ich Lilli besuchen und sie mich«, sagt Sandy leise.

Schlaues Mädchen! Baslers Herz glüht vor Stolz. »Ist das eine Idee?«

»Und wenn sie Lilli nicht mag?«, fragt Sandy ängstlich.

»Das ist ganz und gar ausgeschlossen«, sagt er mit fester Stimme.

Eine Weile ist nichts zu hören, dann ein leises Maunzen. »Papa, ich muss jetzt los!«, flüstert Sandy.

»Ja, ist gut«, sagt er. »Und denk an den Schlüssel.« Doch Sandy hat bereits aufgelegt.

Mit einem Anflug von Glück und dem Gefühl unendlicher Müdigkeit steckt er das Handy wieder ein.

»Alles in Ordnung?«

Er zuckt zusammen. Die Frau steht vor ihm.

»Ja, geht so«, sagt er mechanisch.

»Das war ziemlich nett von Ihnen.« Ihr Gesicht hat diesen

weichen Ausdruck, wenn Katharina früher wegen etwas gerührt war, hat sie genauso geschaut.

»Finden Sie?« Erst jetzt bemerkt er ihren Ausschnitt. War der vorhin auch schon so tief? Oder hat sie erst jetzt die Knöpfe geöffnet?

»Ich hab auch eine kleine Schwester«, sagt die Frau. »Ich bin Maria.«

Er nickt. »Josef.«

Sie lacht silberhell. »Na, das passt ja.«

»Entschuldigung, ich will nicht unhöflich sein. Ich muss noch was ausladen«, sagt er.

»Soll ich helfen?«, bietet sie an.

Er stellt sich vor, wie sie mit anfasst und den leeren Zinksarg mit ihm aus dem Auto holt. Eine Frau beim Tragen helfen lassen, sein Vater hätte ihm die Ohren lang gezogen. Gleichzeitig stellt er sich vor, wie sie sich bückt und er vielleicht einen kurzen Blick ... Nein. Sie ist sowieso zu jung für ihn. Mitte zwanzig. Nicht, dass er junge Frauen nicht hübsch finden würde, aber dieses unbedarfte Selbstvertrauen, das dem Jungsein, straffer Haut und scheinbar unendlicher Kraft geschuldet ist, macht ihm immer etwas Angst. Da ist ihm die Schlickstraße schon viel näher ... »Danke, ich krieg das allein hin.«

»Jetzt kommen Sie schon, ich mag Gentlemen, aber ich bin nicht aus Zucker.«

Gentlemen. *Im Geiste nickt ihm sein Vater freundlich zu, was er im Leben nicht getan hätte. Nicht aus Zucker. Er schluckt. Sieht sich plötzlich im Wagen mit ihr, wie er über ihre Nippel leckt. Himmel, Arsch! Du siehst zu viele Pornos.*

»Wenn Sie mögen«, sagt er.

»Wird ja kein Kühlschrank sein, oder?« Sie lacht.

Schätzchen, mach die Augen auf, man kann doch sehen, was das für ein Auto ist, oder?

Er drückt auf dem Schlüssel den Knopf für die Zentralverriegelung. Der Kofferraum öffnet sich automatisch. Spätestens jetzt, denkt er, wird sie etwas sagen. Ein »Oh« oder »Ups«. Vielleicht auch: »Äh, ist da jemand drin?«

Tatsächlich sagt sie gar nichts.

»Ich zieh ihn erst mal raus«, murmelt er und fasst nach den beiden Griffen am Kopfende des Sarges. Das Bild ihrer Brüste will einfach nicht verschwinden. Als ob er daran festklebt. Nicht aus Zucker. Von wegen. Er beschließt, sie gleich fortzuschicken. Im selben Augenblick trifft ihn ein harter Schlag am Hals, und alle Lichter gehen aus. In der letzten halben Sekunde nimmt er noch wahr, dass er nach vorne auf die Ladefläche fällt, doch der Aufprall ist nichts außer einem dumpfen Ton, der mit keinerlei Schmerzen mehr verbunden ist.

Kapitel 36

Links majestätische alte Bäume, auf der anderen Straßenseite eine mehrere Hundert Meter lange fünfstöckige viktorianische Häuserzeile. Akkurat geschnittene immergrüne Hecken, hellrote Ziegel, Sandstein, blendend weiße Fenster und Türen. Die Gebäude sind so hoch wie die Bäume des gegenüberliegenden Battersea Park. Prince of Wales Drive. Selbst das Straßenschild sieht aus wie frisch poliert.

»Noble Gegend«, murmelt Tom hinter seiner Coronamaske.

Jillian schnaubt. »Unerschwinglich. Ein Bekannter wollte hier eine Wohnung kaufen. Hundertzwanzig Quadratmeter, zwei Millionen Pfund.«

»Hm«, brummt Tom. Auch Berlin ist teuer geworden, doch das hier ist noch einmal eine völlig andere Dimension. Jillian sieht mit ihren braunen Tu-so-Reiterstiefeln und dem beigen Tweedjackett am Steuer des Geländewagens so aus, als könnte sie hierhergehören. Nur der Wagen ist nicht ganz so neu wie die SUVs, die hin und wieder den Straßenrand säumen.

Am Ende des Parks liegt ein Kreisverkehr, und Jillian biegt nach halb rechts ab und fährt unter einer Eisenbahnbrücke hindurch. Schlagartig verändert sich die Gegend. Rechts ein paar verlorene Wohnhäuser, links Gewerbe- und Industriebauten. Direkt hinter der nächsten Eisenbahnbrücke deutet Jillian nach links auf ein mehrstöckiges verspiegeltes Gebäude. »Das ist Battersea Dogs & Cats Home.«

»Das soll ein Tierheim sein?«, fragt Tom verblüfft und sieht dem vorbeigleitenden Gebäude nach. »Sieht eher aus wie ein kapitalstarkes Hightech-Start-up.«

»London halt«, meint Jillian.

Sie parkt den Land Cruiser eine Straße weiter. Als sie aussteigen, lüftet Tom einmal seine Maske. Das Ding nervt, und seit er gewürgt worden ist, wird er das Gefühl von andauernder Atemnot nicht mehr los. Andererseits ist die Maske die beste Garantie dafür, nicht erkannt zu werden.

Das Gebäude des Tierheims wirkt vom Bürgersteig aus noch imposanter. Auf die verspiegelte Fassade sind zwei riesige halbtransparente Plakate aufgeklebt. Das eine zeigt einen Hund mit süßen Knopfaugen und einem Knickohr, das andere eine getigerte Katze. *Ready to be loved*, steht daneben. Tom muss an die Baracken der Tierheime in Berlin denken und an die beschränkten Mittel im deutschen Tierschutz. Er hätte nur zu gerne einen Hund gehabt und war ein paarmal auf der Suche gewesen. Doch im letzten Moment hatte immer die Vernunft gesiegt. Als Polizist war das ein Unding. Der Hund würde immer auf ihn warten müssen, und Anne hatte mehrfach gesagt, dass sie keine Verantwortung für ein Tier übernehmen wollte, solange Phil noch so klein war.

Beim Gedanken an Phil verspürt Tom einen Stich. Sein Sohn fehlt ihm, auch wenn er gar nicht sein leiblicher Sohn ist, wie sich vor einem Jahr herausgestellt hat. Aber nach dem ersten Schock und dem Gefühl, betrogen worden zu sein, hat die Liebe einfach nicht weggehen wollen. Sein Herz hängt an Phil, so wie es an Vi hängt. Nein, anders. Vielleicht sogar auf eine viel bessere Weise, das wird ihm immer mehr klar. Phil ist *echt.* Er ist da – auch wenn er gerade nicht da ist, weil Anne ihn anscheinend verlassen hat und keinen Kontakt mit ihm will. Trotzdem ist ihm Phil fast körperlich nah, und sein warmer Kopf, der sich, wenn er ihn auf dem Arm trägt, in die Mulde zwischen seinem Hals und seiner Schulter schmiegt, ist so etwas wie ein wärmendes Feuer in seinem Inneren. Von dieser Wärme abgeschnitten zu sein, tut weh, und er beginnt, es Anne übel zu nehmen.

»Du oder ich?«, fragt Jillian. Sie ist stehen geblieben und deutet mit dem Kopf in Richtung Pforte. Ein Tierheim mit einem Pförtner! Hinter der Scheibe sitzt ein dicklicher Mann mit Halbglatze und wulstigen Lippen. Tom schaut an ihm vorbei durch das geschlossene schmiedeeiserne Gitter der Einfahrt. Auf der linken Seite befinden sich der Bahndamm und die Brücke, nach rechts öffnet sich ein riesiges Gelände mit mehreren Gebäuden. »Gehört das alles zum Tierheim?«, fragt Tom ungläubig.

Jillian nickt, und Toms Hoffnungen verflüchtigen sich. Er hat gehofft, auf ein kleines lokales Tierheim zu treffen, in dem sich vielleicht jemand an Viola erinnern kann, weil sie dort einen speziellen Hund hat anfertigen lassen. Doch angesichts der Größe stehen die Chancen wohl gleich null. Der Pförtner in seinem Glaskasten blickt auf und runzelt die Stirn.

»Du«, entscheidet Tom und reicht Jillian das Foto von Viola und die kleine Figur von Lassie. Jillian nimmt beides entgegen und marschiert Richtung Pforte, Tom im Schlepptau. Mit wiegendem Schritt und einem Lächeln, das über die Maske hinweg die Augen erreicht, tritt Jillian vor den Mann in seinem Häuschen. »Entschuldigen Sie bitte, hätten Sie einen Moment Zeit für mich? Ich brauche Ihre Hilfe …«

In den Pförtner kommt Bewegung. Er lächelt mild, mustert kurz Tom, dann sagt er mit einer überraschend hellen Stimme in einem etwas überbetonten Singsang: »Hübschen jungen Frauen helfe ich doch immer gerne.« Sein zweiter Blick in Richtung Tom lässt erahnen, dass er hübschen Männern vielleicht sogar noch lieber hilft.

Jillian gerät kurz aus dem Konzept, Tom grinst still und grüßt ihn mit einem freundlichen Blick.

»Was kann ich tun, Sweetie?«, fragt der Pförtner.

Jillian zeigt ihm die kleine Hundeskulptur. »Wissen Sie, ob man irgendwie erkennen kann, ob dieser Hund hier gemacht wurde?«

Der Pförtner runzelt die Stirn und betrachtet Lassie. »Na ja, also davon machen wir ja dauernd welche. Ist der Renner, dein Liebling als 3-D-Print. Aber bei uns gibt's die immer in diesem weißen Kästchen, da müssen Sie mal auf die Homepage gucken, in unserem Webshop. Dreißig Pfund, alles für den Tierschutz. Und bemalen können Sie die Dinger dann hier vor Ort, bevor sie ins Kästchen kommen. Aber wie gesagt, bei uns nie lose, sondern immer im Kästchen, hintendrauf kleben wir auch immer unser Logo.« Er hebt einen Flyer hoch, auf dem ein blaues Signet zu sehen ist, mit einem comicartig gezeichneten Hunde- und Katzenkopf. Tom vermutet, dass Viola es abgelöst hat.

»Dieser kleine Schatz«, Jillian wedelt mit Lassie, »war tatsächlich in so einer Kiste. Meine Schwester Viola hat ihn anfertigen lassen. Das Blöde ist, ich hab mich mit meiner Schwester gestritten, wissen Sie ... Ich bin Ärztin«, sie seufzt, als wäre das eine echte Last, »und meine Schwester ist krank, also schwer krank. Das Problem ist, ihr gefällt das nicht, sie will nichts dagegen tun. Schon seit Langem. Und wenn es dabei bleibt, wird es nicht lange dauern, bis ...« Sie macht eine längere Pause.

Der Blick des Pförtners wird weich. »Ist das ihr Freund?«, fragt er und sieht Tom an.

»Äh, eigentlich … *nein*«, meint Jillian und wirft Tom einen Seitenblick zu.

»Nicht Ihrer, Schätzchen. Der Freund von Ihrer Schwester … er sieht so besorgt aus.«

»Ach so, äh …«

»Ich wär's gerne gewesen«, sagt Tom. »Aber Viola ist manchmal, na ja, sagen wir mal, kein sonderlich zugänglicher Mensch …«

»Hach«, seufzt der Pförtner mit einem Perlen-vor-die-Säue-Unterton.

»Das Problem ist«, versucht Jillian den Faden wieder aufzunehmen, »ich weiß einfach nicht, wie ich meine Schwester erreichen kann. Sie weicht mir seit Jahren aus. Sie gibt weder mir noch unserer Mutter ihre Adresse und –«

»Sweetie, also, um es kurz zu machen«, unterbricht sie der Pförtner, »ich kann Ihnen da auch nicht helfen. Diese 3-D-Drucker-Geschichte ist so ein Rein-raus-Geschäft. Da kommen täglich, also jetzt nicht, jetzt ist Covid, aber *früher*, also täglich dreißig, vierzig Leute. Und wir speichern auch nicht deren Namen und schon gar nicht deren Adressen, nebenbei, dürften wir ja auch gar nicht.«

»Und Sie können auch nicht sehen, wann der Hund hergestellt wurde?«, fragt Tom. »Oder uns vielleicht zu demjenigen bringen, der diesen Drucker bedient? Vielleicht kann er sich an Viola erinnern. Vielleicht hat sie irgendetwas erzählt –«

»Ist 'ne Sie«, unterbricht ihn der Pförtner. »Die Frau am Drucker, meine ich. Aber helfen wird's Ihnen auch nicht. Charleen ist dreiundzwanzig, mit Computern kann sie, aber was alles andere angeht …« Er schüttelt sanft den Kopf. »Die Kleine hat das löchrigste Gedächtnis in ganz London.«

»Vielleicht können wir trotzdem mit ihr sprechen?«

Er zuckt mit den Schultern, als wäre er darüber ein wenig

verstimmt. »Klar. Morgen, ab neun.« Dann bemerkt er die Enttäuschung in Toms Gesicht, und er verordnet sich ein verbindliches Lächeln. »Haben Sie denn vielleicht ein Foto von Ihrer ...«, er sieht zu Jillian hinüber, »Schwester?«

Jillian legt ihm das Bild von Viola auf den Tresen. Der Pförtner betrachtet es aufmerksam durch die Scheibe. »Was hat sie denn?«

»MS«, seufzt Jillian.

Einmal mehr zuckt Tom angesichts der Leichtigkeit, mit der Jillian lügen kann. Aber gilt das nicht für sie beide? Vermutlich denkt sie das Gleiche von ihm.

»Hach«, seufzt der Pförtner. »So 'ne Hübsche. Aber nee, die hab ich hier nie gesehen. Und ich seh ja alle, die hier vorbeikommen.« Er wedelt mit dem Zeigefinger, als würde er Leute verfolgen, die im Zeitraffer den Eingang des Tierheims passieren. »Aber die Kleine da, die kenn ich«, sagt er und deutet auf das Mädchen auf dem Foto. »Das ist Finja.«

Tom glaubt aus allen Wolken zu fallen. »Finja?« Er tippt auf das Foto. »*Das* Mädchen hier?«

»Ist aber nicht Ihre, oder?«, fragt der Pförtner.

»Meine? Ach, Tochter, meinen Sie ... Nein«, erwidert Tom.

»Wenn das so 'ne Sorgerechtsnummer ist, bin ich raus.« In die Miene des Pförtners schleicht sich Argwohn.

»Nein, im Gegenteil«, beteuert Jillian. »Aber können Sie sich vorstellen, was wir durchmachen, also, auch *meine* Mutter? Finja ist immerhin ihre Enkelin. Es kann doch nicht sein, dass die Kleine auf ihre kranke Mutter aufpassen muss, das ist doch nicht richtig, oder? Meine Schwester ist da, na ja, ehrlich gesagt ... etwas ... verantwortungslos.«

Der Pförtner schaut noch einmal auf das Bild und nickt still. »Ich hab mich schon gewundert, warum die Kleine immer alleine kommt. Sie war ja 'ne Zeit lang ständig hier, jeden zweiten, dritten Tag. Die Mutter hat nicht erlaubt, dass sie einen Hund hat, hat sie gesagt. Deshalb ist sie immer rüber zu uns.«

»Rüber?«, fragt Tom. »Was meinen Sie mit rüber?«

Der Pförtner beugt sich vor und zeigt auf die gegenüberliegende Straßenseite, auf ein heruntergekommenes Eckhaus direkt am Bahndamm. »Aus dem Haus da, über der Kneipe.«

Tom starrt das Gebäude am Bahndamm an. Es fühlt sich an, als ob plötzlich ein elektrischer Strom unter seiner Haut kribbelte. »Sind Sie sicher?«

Der Pförtner hebt die Brauen. »Na, also bitte ... ich sitz hier den ganzen Tag ...«

»Und ... wissen Sie, wann Sie sie hier gesehen haben? Also zuletzt?«

Der Pförtner schürzt die Lippen und bläst Luft aus den Wangen. »Na ja, wie lange wird das her sein? Zwei, drei Jahre vielleicht?«

Tom fühlt sich, als hätte ihm jemand die Luft herausgelassen. Zwei oder drei Jahre. Dennoch, falls Violas Tochter wirklich hier war, muss ihre Mutter ja ebenfalls hier gewesen sein. Vielleicht gibt es im Gebäude auf der anderen Straßenseite jemanden, der ihm weiterhelfen kann.

»Wobei«, sagt der Pförtner, »vor ein paar Tagen hab ich dahinten ein Mädchen gesehen, die hat mich irgendwie an sie erinnert. Also, sie sah anders aus, aber –«

»Was genau heißt anders?«, fragt Tom.

»Andere Haarfarbe, etwas größer und schlanker ...« Der Pförtner legt die Stirn in Falten. »Aber die Art zu laufen, die hat mich irgendwie an sie erinnert. Die Kleine hatte immer so einen ... *Schritt*, ich kann's gar nicht beschreiben, und umgesehen hat sie sich einige Male. *Das* hat mich auch an sie erinnert. Wissen Sie, die Kleine hat sich ständig umgesehen, als ob sie fürchten würde, dass ihre Mutter angelaufen käme und ihr irgendwas verbieten würde ...«

»Und wie lange ist das her?«

»Pfff. Vier, vielleicht fünf Tage?«

Mit einem Mal ist Tom wieder hellwach. »Vier, fünf Tage? Sind Sie sicher?«

»Ja ... nee. Also nicht mit dem Wochentag. Kann Montag oder Dienstag gewesen sein. Aber nicht Sonntag. Und auch nicht Mittwoch, da war ich krank.«

»Und die Uhrzeit?«

»Morgens. Das weiß ich noch genau. Ich hatte gerade meinen ersten Kaffee in der Hand.« Wie zum Beweis hebt er einen weißen Henkelbecher mit dem Signet des Tierheims hoch. Darunter steht groß *Ready to be loved.*

»Ist Ihnen sonst noch irgendetwas an ihr aufgefallen?«

»Pfffff. Also, wenn Sie so fragen ... Sie ist da halt so langgelaufen mit ihrem Rucksack. Ich dachte erst, sie kommt vielleicht her, aber sie ist einfach nur da drüben um die Ecke, und dann war sie schon wieder weg.«

Tom nickt. »Okay. Und mehr haben Sie nicht gesehen?«

Der Pförtner macht ein ahnungsloses Gesicht und zieht entschuldigend die Schultern hoch. »Ich wünschte, ich hätte.«

»Schon gut, das ist ehrlich gesagt schon eine ganze Menge«, sagt Tom. »Vielen Dank, das hilft uns sehr.«

»Ja, wirklich. Vielen Dank«, sagt Jillian.

»Immer wieder gerne.« Der Pförtner lächelt in Toms Richtung. »Ich hoffe, Sie finden die arme Frau und bringen sie zur Vernunft. MS ist wirklich eine üble Sache. Und wenn's dann auch noch Kinder ausbaden müssen ...« Er schüttelt missbilligend den Kopf.

»Ach, eine Frage noch«, sagt Tom. »Hat in der letzten Zeit schon mal jemand nach ihr gefragt?«

Der Pförtner legt den Kopf ein wenig schief. »Nee. Warum?«

»Nur so«, wiegelt Tom ab.

Der Pförtner blickt ihn prüfend an.

»Nochmals vielen Dank«, sagt Tom und lächelt gewinnend. »Sie haben uns wirklich sehr geholfen.« Er nickt Jillian zu. Gemeinsam verabschieden sie sich und überqueren die Straße in Richtung Kneipe.

»Ich bin mir nicht sicher, ob das am Ende schlau war«, sagt Jillian leise und dreht sich noch einmal nach dem Pförtner um.

»Was denn?«

»Na, die Nummer mit: ›Hat schon mal jemand nach ihr gefragt?‹ Das ist doch 'ne typische Copperfrage.«

»Copperfrage?«

»Wie nennt man in Deutschland Polizisten im Straßenjargon?«

»Bullen«, sagt Tom.

»Dann war's 'ne Bullenfrage.«

»Und wo ist das Problem dabei?«

»Dass deine Frage nicht zu unserer herzerwärmenden Geschichte passt. Sieh dich jetzt bloß nicht um, aber der schaut uns hinterher, als gäb's was zu gewinnen.«

Tom zuckt mit den Schultern. »Solange er glaubt, dass wir Cops sind, okay. Hauptsache, er kommt nicht auf die Idee, die Polizei zu rufen.«

Das Haus, auf das der Pförtner gezeigt hat, ist ein heruntergekommenes und kastiges dreistöckiges Gebäude, das etwas verloren zwischen dem Bahndamm auf der rechten und einem deutlich größeren Bürogebäude auf der linken

Seite liegt. Das Erdgeschoss ist knallrot gestrichen. Auf einem grünen Schild steht *Kilduffs Pavilion.* Die Kneipe verspricht *Large Screen Sports* und *Live Entertainment.* Die Tür ist verrammelt, und hinter den Fenstern herrscht Tristesse. Die Bar hat seit mindestens einem Jahr geschlossen, wenn nicht noch länger. Die zwei Stockwerke darüber sind einfach gehalten, aus Ziegeln gemauert, mit einem flachen Dach und Sprossenfenstern, von denen der Lack blättert. Auf der Brücke rauscht ein Zug vorbei und macht genau die Art von Lärm, die Anwohnern in der Nacht den Schlaf raubt.

Tom rüttelt an der Kneipentür. Sie ist verschlossen und sieht aus, als würde sie schon lange nicht mehr benutzt. Auf der Suche nach einem anderen Eingang geht er zusammen mit Jillian um die Ecke, in die Havelock Terrace, eine kleine Seitenstraße, die parallel zum Bahndamm liegt. Am Ende des Gebäudes ist tatsächlich ein zweiter Eingang. Statt einer normalen Haustür wurde eine Platte aus Pressspan eingesetzt, wie es Tom sonst nur von Baustellen kennt. Die provisorische Tür hat keine Klinke und wird von einem schweren Vorhängeschloss gesichert. Auf Brusthöhe ist ein schlampiges Graffito über die Spanplatte gesprüht worden.

Tom klopft mit der Faust an die Tür und wartet eine Weile.

Nichts regt sich.

Jillian ist zwei Schritte zurückgetreten, sodass sie an der Hausecke vorbei bis zum Pförtner auf der anderen Straßenseite sehen kann.

»Beobachtet der uns immer noch?«, fragt Tom.

»Er verrenkt sich den Hals«, meint Jillian. »Aber solange du direkt vor der Tür bist, kann er dich nicht sehen.«

Tom klopft erneut kräftig mit der Faust an die Spanplatte. Die Tür wackelt, und das Vorhängeschloss klappert in der Halterung. Im Haus bleibt es weiter still.

»Sieht nicht so aus, als könnten wir hier jemanden fragen«, meint Jillian.

»Hast du Werkzeug im Wagen?«, erkundigt sich Tom.

Jillian runzelt die Stirn. »Im Kofferraum, mein Vater hatte immer eine kleine Kiste dabei, die ist, glaube ich, noch drin.« Dann wird ihr plötzlich klar, was Tom vorhat. »Nein, das kannst du nicht bringen, das ist Einbruch. Da mach ich nicht mit.«

»Musst du ja auch nicht. Ich brauche nur dein Werkzeug.«

»Tom, du reitest dich immer nur noch weiter rein. Hör auf damit.«

»Ich muss ins Haus, Jillian. Viola war vermutlich hier, vor wenigen Tagen.«

»Woher willst du das wissen? Nur weil der Pförtner zufällig eine Rucksacktouristin beobachtet hat, die hier um die Ecke gelaufen ist? *Andere Haarfarbe, etwas größer und schlanker*«, sie ahmt den Pförtner in seiner Tonlage nach, *»aber die Art zu laufen, die hat mich irgendwie an sie erinnert. Die Kleine hatte immer so einen …* Schritt, *ich kann's gar nicht beschreiben.«*

»Er hat das Mädchen auf dem Foto erkannt. Es war Finja. Und Finja ist, so wie's aussieht, Violas Tochter.«

Jillian breitet die Arme aus, als würde sie sich wünschen, dass es Verstand regnet. »Sie hat ihr noch nicht mal ähnlich gesehen.«

»Blonde Haare kann man dunkel färben«, sagt Tom. »Größer und schlanker, na klar, weil, wenn er sie zuletzt vor zwei Jahren gesehen hat, dann ist sie inzwischen gewachsen. Sie ist jetzt ein Teenager. Und bei vier, fünf Tagen, klingelt da nicht etwas bei dir? Vor fünf Tagen bin ich am Wilmington Square in einem Müllcontainer gefunden worden, im Hinterhaus von Violas Wohnung.«

Jillian reibt sich die Stirn und stößt einen undefinierbaren Laut aus. »Fuck! Wo bin ich da nur reingeraten?«

»Das hättest du dich fragen müssen, bevor du die zehntausend Pfund von einem Unbekannten angenommen hast.«

»Scheiße noch mal, ja!«, faucht Jillian. »Das war falsch. Aber das kann doch jetzt nicht immer so weitergehen.«

»Ich brauche nur zwei Schraubenschlüssel. Der Rest ist meine Sache.«

»Und wenn dich die Polizei erwischt?«

»Das Haus ist nicht mal bewohnt, was soll da passieren? Wenn nicht gerade im falschen Moment eine Bahn voller neugieriger Menschen vorbeifährt, wird's keiner mitbekommen.«

»Und der Pförtner?« Sie deutet mit einer Kopfbewegung auf die andere Straßenseite, wo die verspiegelte Fassade von Battersea Dogs & Cats Home die Nachmittagssonne reflektiert. »Oder wenn doch jemand da drinnen ist? Willst du wieder niedergeschlagen werden?«

Tom zuckt mit den Schultern. »Das wird nicht passieren.«

Jillians Blick wandert zu Toms Jackentasche, in der der alte Colt ihres Vaters steckt. »O nein!«, sagt sie entschieden. »Ganz sicher nicht. Ich hab gesagt, sobald du *den* benutzt, bin ich raus und ruf die Polizei.«

»Du hast gesagt, sobald ich ihn *lade*, bist du raus«, erwidert Tom trocken. Ihre Vorsicht mochte ja begründet sein, aber sie beginnt ihm damit langsam auf die Nerven zu gehen.

Jillian starrt ihn mit offenem Mund an. »Fuck!«, sagt sie erneut. »Worauf hab ich mich bloß eingelassen? Wer zum Teufel bist du nur?«

»Ich suche meine Schwester, das ist alles«, sagt Tom.

»Eben«, gibt Jillian zurück. »Genau das ist das Problem.«

5 Tage vorher

Kapitel 37

Sita schließt die Kabinentür von innen ab, zieht das kleine L8STAR-Handy aus ihrer Unterhose, schaltet es ein und schickt ein Stoßgebet in Richtung – ja wohin eigentlich? – Himmel? Hölle? Irgendwohin, wo jemand zuhört. Hauptsache, der Akku hat noch Kraft für eine einzige Nachricht, vielmehr für die *Nachricht. Das fingernagelgroße Display erwacht mit einem fahlen Leuchten und verlangt nach der PIN. Sita gibt rasch 6842 auf den winzigen Tasten ein.*

Beim Empfang leuchtet nur ein einzelner kleiner Balken. Lausig, aber Empfang ist Empfang. Die Meldung Battery low *blinkt auf. Es ist 15:13 Uhr. Sie klickt sich im Menü zu den Kurznachrichten durch, findet aber nichts Neues.*

Bitte nicht!

Sie hält das Handy ein wenig in die Höhe, dann noch etwas höher, in der Hoffnung, dass sich vielleicht der Empfang etwas verbessert. Da die Töne abgeschaltet sind, muss sie immer wieder aufs Display schauen, was zusätzliche Akkulaufzeit kostet. Nach zehn Minuten vergeblichen Wartens ist sie so weit, dass sie am liebsten mit den Fäusten gegen die Wände trommeln möchte.

Nach zwölf Minuten meldet das Display erneut Battery low. *Sita wippt auf den Zehenspitzen. Der Empfangsbalken erlischt. Dann leuchtet er wieder auf. Einen Augenblick später poppt die Eingangsmeldung einer neuen Nachricht auf. Der Absender ist eine Nummer, die sie nicht kennt. Vermutlich Prepaid. Hastig öffnet sie die SMS.* Heute 18:15 Plan B. *Sofort tippt sie ein* JA, *versendet die Nachricht an die fremde Nummer und stößt einen tiefen Seufzer aus.*

Bene hat offenbar das Unmögliche geschafft.

Mit etwas Glück wird sie heute Abend um sieben frei sein, während Bruckmann, sofern alles nach Plan läuft, weiter in dieser Hölle im Grenzgebiet zwischen Deutschland und Österreich schmort.

Sie versichert sich noch einmal, dass ihre Antwort verschickt wurde, dann schaltet sie das Handy aus, versteckt es wieder in ihrer Unterwäsche und verlässt die Toilette in Richtung Aufenthaltsraum.

Die Zeiger der Wanduhr stehen auf 15:36 Uhr. Bruckmann sitzt an seinem Lieblingsplatz, mit seinem obligatorischen Rätselheft. Ein Mann, den Sita in einem Zweiminutengespräch als Roman Kohl kennengelernt hat, sitzt bei ihm und füllt eifrig einige Zeilen in einem anderen Rätselheft aus. Als Bruckmann Sita bemerkt, verscheucht er Kohl. Dass Sita sich zu ihm setzt, nimmt Bruckmann ohne jede Regung zur Kenntnis.

»Heute«, sagt Bruckmann, und deutet auf das Heft, »geht's um den D-Day. Wissen Sie, wann der war?«

D-Day. Die Landung der Alliierten während des Zweiten Weltkriegs in der Normandie mit über 300 000 Mann. Bruckmann hatte schon immer ein Faible für große Bilder. »Vielleicht ... heute?«, meint Sita und zuckt mit den Schultern, als hätte sie von nichts eine Ahnung. Dabei wirft sie einen Blick auf den Pfleger, der mit auf dem Rücken gekreuzten Armen durchs Zimmer spaziert und die Anwesenden beobachtet.

»Haha. Sehr witzig«, murmelt Bruckmann. Doch seine Augen leuchten, er hat verstanden.

»Okay, neuer Versuch«, meint Sita. »Vielleicht achtzehnfünfzehn?«

Bruckmann lächelt. »Zweiter Weltkrieg, Schätzchen. Der An-

fang vom Ende. In Geschichte sind Sie wirklich eine Niete. Gibt's was, worin Sie gut sind? Oder muss ich das ganze Rätsel allein lösen?«

»Tja, Psychologie und Wäschewaschen, würde ich sagen«, meint Sita. »Wobei, den Lieblingspullover meines Freundes, den hab ich mal bei 30 Grad Baumwolle statt Wolle gewaschen. Danach war er so groß wie ein Kinderpulli und konnte von alleine stehen«, lacht sie. »Seitdem ist die Waschküche abgesperrt.« Sita klopft auf das Rätselheft. »Und apropos Rätsel, ich frage mich bis heute, wo er den Schlüssel versteckt hat.«

»Na, über die Schlüssel müssen Sie sich ja jetzt keine Gedanken mehr machen«, erwidert Bruckmann. »Hier sind ja Leute wie Varga die Herren der Schlösser.«

Varga also. Er würde ihnen bei der Flucht helfen. Wer auch sonst. Sita schaudert beim Gedanken an den Pfleger mit dem tiefen Bariton und den groben Händen. Sie weiß, sie sollte ihm dankbar sein, dass er sie nicht verraten hat, aber sie kann nicht vergessen, wie er seine Finger unter Forsbergs Blicken in ihre Körperöffnungen gesteckt hat.

»Sie hatten schon das Vergnügen, wie ich gehört habe?«, Bruckmann lächelt.

»Reden wir lieber über zukünftige Vergnügungen, ich halte mich ungerne mit der Vergangenheit auf.«

Bruckmann schürzt die Lippen und beugt sich über das Rätsel. »Hier«, sagt er. »Negative Zukunftsentwürfe. Neun Buchstaben. Was halten Sie von Dystopien?« Während er spricht, schreibt er Buchstaben und Zahlen mit dem Wachsmalstift in die leeren Felder: VA1745WÄSCHEWC.

Varga, 17:45, Wäsche, WC. Was wohl so viel heißen soll wie: Varga kommt um Viertel vor sechs mit einem Wäschewagen zum WC des Aufenthaltsbereichs. Seltsam ist nur, dass es dort keinerlei Wäsche gibt, die eingesammelt werden muss. Ande-

rerseits ist das WC der einzige Ort, an dem es keine Kameras gibt, sodass sie dort unbeobachtet in den Wagen klettern kann. Bleibt nur noch die Frage, ob es nicht viel zu auffällig ist, dass ausgerechnet der Oberpfleger die Wäsche einsammelt.

»Sie scheinen Zweifel zu haben?«, fragt Bruckmann, der sie genau beobachtet. Jetzt bloß keinen Fehler machen! Bruckmann muss unbedingt glauben, dass er Herr der Lage ist und sie auf seinen Plan einsteigt. »Ich hab mich nur gefragt«, sagt sie, »ob das richtig ist.« Sie tippt auf das VA für Varga.

»Oh«, macht Bruckmann. »Sie haben recht. Es war so schön kurz, ich dachte, das passt, aber genau genommen ist es nicht ganz richtig.« Er übermalt das V. »Waljäger mit vier Buchstaben. Hm. Wie hieß noch mal dieser verrückte Kapitän aus Moby Dick*? AHAB, oder?« Er schreibt die Buchstaben in die Felder neben dem VA. »Der Freak mit dem Hinkebein«, sagt Bruckmann und zwinkert ihr zu.*

Bei Hinkebein macht es klick bei Sita. Der junge Pfleger, den sie mit dem Wäschewagen im Flur gesehen hat, nach der Untersuchung durch Varga. Er hat ein Bein nachgezogen, und dem Blick nach zu urteilen, den er Varga zugeworfen hat, würde er vermutlich alles für ihn tun.

»Ahab weiß Bescheid«, murmelt Bruckmann und macht eine kurze Pause, bevor er weiterspricht. »Ich meine, wie man mit weißen Walen umgeht.«

Sita nickt. Weiß wie Wäsche. »Wie ging denn noch mal genau die Geschichte mit Käpt'n Ahab?«

»Mm, Moby Dick *… is lange her«, brummt er und beginnt plötzlich zu kichern. Sita schaut ihn irritiert an; das indirekte Spiel mit der Sprache scheint ihm Spaß zu machen, vielleicht ist es auch die Vorfreude auf seine Befreiung, oder er berauscht sich an seiner eigenen Intelligenz, wie es Narzissten gerne tun. »Also, ich für meinen Teil«, sagt Bruckmann, »erinnere mich*

noch ganz gut an Pinocchio. Wie er im Bauch des Walfisches eingeschlossen wird und dort seinem Vater begegnet. Die beiden mussten ja etwas warten, bis sie da rauskamen, aber dann ging es wie von selbst.«

Der Bauch des Walfisches. Bruckmann meint die Wäschekammer. Dort werden sie aufeinandertreffen. Wenn sie ihn richtig versteht, wird er dort bereits auf sie warten. Und das Wort eingeschlossen *ist wohl wörtlich zu nehmen. Die Kammer, in der die Wäsche aufbewahrt wird, bis man sie abholt, ist logischerweise abgeschlossen. Die Wäschekammer funktioniert wie eine große Sicherheitsschleuse mit einer inneren Tür und einer äußeren Tür. Der Wagen der Wäscherei fährt zum Abholen der Wäsche von außen heran, jemand vom Sicherheitsdienst öffnet die Tür, und das Personal vom Wäschedienst rollt die Gitterwagen mit der Schmutzwäsche in den Wagen. Danach gibt es nur noch ein Hindernis. Den Sicherheitsdienst am Tor.*

Bruckmann kichert erneut. »Ich glaube, wenn die *hier«, er lässt seinen erhobenen Zeigefinger kreisen und schließt damit die ganze Klinik ein, »so einen Walfisch hätten, die würden sogar in seinem Bauch eine Überwachungskamera anbringen.«*

Sita muss wider Willen lachen. Doch was Bruckmann damit sagen will, ist klar: Bleiben Sie bloß in Deckung, wenn Sie in der Kammer eingeschlossen werden. »Ja, denen entgeht nichts. Die hätten auch Pinocchios Feuer im Walfischbauch im Keim erstickt.«

»Und sie hätten ein paar Sicherheitsleute am Maul des Walfisches postiert«, lacht Bruckmann. »Übrigens, geniale Idee von Pinocchio, mit dem Wrack eines alten Schiffes im Bauch des Wals ein Feuer zu machen, damit das Monstrum niesen muss und er und sein Vater so hinausgeschleudert werden ... Aber in

unserem Fall«, seufzt er, »würde das vermutlich nicht klappen. Die Kontrollettis am Maul würden alles vermasseln.«

»Ich bin sicher, auch dafür hätte Pinocchio eine Lösung gefunden. Ich stelle mir gerade vor, dass in diesem alten Schiffswrack im Walbauch vielleicht eine Schatzkiste war. In jeder anständigen Geschichte auf See kommt doch ein Schatz vor. Gold, Edelsteine und so weiter. Ich würde sagen, Pinocchio hätte damit die Kontrollettis bestochen – und, schwupp, schon ist der Weg frei.«

»Gefällt mir, wie Sie die Geschichte umschreiben.« Bruckmann nickt anerkennend und hat offenbar verstanden, dass Bene die Situation mit den Sicherheitsleuten im Griff hat.

»Man sollte Pinocchio nie unterschätzen«, meint Sita und zwinkert ihm zu. »Aber nach der ganzen Rätselei ist mir ehrlich gesagt etwas nach frischer Luft.« Sie deutet auf den Balkon und steht auf. »Wir sehen uns nachher. Grüßen Sie den Walfisch von mir.«

»Werde ich tun«, sagt Bruckmann und lehnt sich in seinem Stuhl zurück. Auf dem Weg zum Balkon kann sie seinen Blick in ihrem Rücken spüren.

Die Luft draußen ist frisch, etwas zu kalt, aber wohltuend, und hilft ihr, klar im Kopf zu bleiben. Bruckmann hat ihr geglaubt, kein Zweifel. Sie schaut auf die Gebirgsformation. Die Sonne steht zwischen ein paar zerfaserten Wolken über dem Kamm und ist noch nicht bereit unterzugehen. Noch zwei Stunden bis D-Day, um noch einmal Bruckmanns Bild zu bemühen.

Sie muss an Klara Winter und ihre Bibel denken. Das zweite große Thema, das sie neben ihrer Flucht die letzten Tage umgetrieben hat. Es erscheint ihr inzwischen immer wahrscheinlicher, dass es all denen, die nach Viola suchen, gar nicht um Viola selbst geht, sondern um etwas, das Viola hat *– oder, wie Klara behauptet, etwas, das Viola am 10. Juli 1998 gestohlen* *hat: eine Bibel mit unbekanntem Inhalt. Die Frage ist nur, was ist dieser Inhalt? Was kann so wichtig sein, dass ein zehnjähriges Mädchen spurlos verschwindet, für tot erklärt wird, um dann dreiundzwanzig Jahre später eine verhängnisvolle Kette an Ereignissen in Gang zu setzen, angefangen bei den Morden in der Berliner U-Bahn bis hin zu ihrem Eingesperrtsein in dieser Klinik. Wie viele Menschen sind inzwischen eigentlich auf der Suche nach Viola?*

Tom auf jeden Fall.

Und Bruckmann?

Forsberg?

Was ist mit dem Wagen mit Berliner Kennzeichen vor der Klinik? Ein Chauffeur, der auf jemanden wartet. Nur auf wen?

Und der Unbekannte, der das Blutbad in der Berliner U-Bahn angerichtet hat.

Wenn sie doch nur mit Tom sprechen könnte. Aber Tom ist in London, auf der Suche nach Viola, und die einzige Verbindung zu ihm ist das Prepaidhandy, das sie in ihrem Wagen gelassen hat. Ob Tom inzwischen Viola gefunden hat? Die Frage ist nur, ob er überhaupt eine Ahnung davon hat, worum es hier eigentlich geht. Würde Viola ihm sagen, was sie versteckt? Ist sie sich der Tragweite bewusst?

Vermutlich ja. Warum sonst war sie verschwunden?

Die Musik, nach der alle tanzen ... *Klaras Satz geht ihr nicht aus dem Kopf. Was konnte mit dieser Musik gemeint sein? Wenn es überhaupt um Musik ging. Im Grunde genommen klang das, was Klara gesagt hat, eher nach Musik im übertragenen Sinn. Geht es um Geld? Um Macht? Politik? Ist eine wie auch immer verschlüsselte Nachricht in dieser Bibel versteckt? Die Musik muss ein Bild für irgendetwas sein. Doch egal, wie sehr sie sich den Kopf zermartert, sie kommt nicht darauf.*

Sita bleibt noch eine Weile auf dem Balkon stehen und betrachtet die langsamen Bewegungen der Wolken und der Sonne durch das Gitter.

Als sie anfängt zu frieren, verlässt sie den Balkon. Das Handy in ihrer Unterhose kommt ihr vor wie ein Klotz. Ein Symbol ihrer Schuld. Wegen dieses verdammten kleinen Dings ist ein Mann gestorben, und sie hat sich geschworen, dass das nicht noch einmal passieren wird. Im Aufenthaltsraum setzt sie sich auf einen freien Sessel. Bruckmann ist fort, wohin auch immer. Vielleicht ist er sogar schon unterwegs zum Bauch des Walfisches.

Sie schließt die Augen. Die Zeit will nicht vergehen. Sie stellt sich Bruckmann unter einem Berg von Wäsche vor, wie die Sicherheitsleute ihren Check machen und mit Stangen in der Wäsche stochern. Spitze Stangen wären gut.

Die Geräusche der anderen Patienten werden in ihren Ohren lauter, treten deutlicher hervor. Das allgemeine dumpfe Gemurmel trennt sich in die Sätze und Laute einzelner Menschen; nicht Gefangene, nicht Patienten, nicht Insassen, sondern Menschen. Sie hat sich auf Bruckmann konzentriert in der ganzen Zeit, in der sie hier ist. Sie hat alle anderen ignoriert, weil sie so überfordert war, doch jetzt, in diesem Moment, kurz bevor sie hier rauskommt, tun ihr die Männer in dieser abgeschiedenen Hölle leid. Es sind Mörder, Verbrecher, Getriebene, so wie sie auch zu einer Getriebenen geworden ist in dieser Anstalt. Sie hat gelogen, erpresst, manipuliert und letztlich sogar getötet, wenn auch nicht selbst. Aber wie weit würde sie noch gehen, um fliehen zu können? Was war bei all den anderen in dieser Klinik schiefgelaufen, bevor sie hierherkamen?

Sie öffnet die Augen. Schaut zur Uhr. Fünf vor halb sechs. Noch fünf Minuten. Plan B. Bruckmann wird toben.

Sie faltet die Hände vor ihrem Bauch, presst die Daumen

gegeneinander. Ihr Herz schlägt schneller, und die Zeit vergeht noch langsamer.

Fünf Minuten wie eine Ewigkeit.

Sie steht auf und geht zur Toilette. Tritt in die Kabine. Erleichtert sich noch einmal.

Dann hört sie, wie die Tür zum Toilettenraum geöffnet wird.

»Frau Johanns?«

»Ja, Sekunde.« Sie spült und verlässt die Kabine. Anton Hölscher wartet in der offenen Tür. Ihr Plan B. Inzwischen ist Hölscher Wachs in ihrer Hand.

»Ich soll Sie zu Forsberg bringen«, sagt er.

»Alles klar«, erwidert Sita heiser.

Anton Hölscher lotst sie hinaus auf den Flur. Ihre Badelatschen schlagen gegen ihre Fersen. Die Sicherheitsriegel an der Schleuse klicken, als Hölscher in den Scanner schaut. Sie nehmen nicht den Aufzug. Hölscher hat darauf bestanden. Das Treppenhaus wird nicht von Kameras überwacht, und er hat versprochen, dafür zu sorgen, dass die Kabel für die Kameras vor dem Lager im Erdgeschoss durchtrennt werden. Anders als die Unterputzleitungen in der Geschlossenen verlaufen sie dort offen auf der Wand.

Im Erdgeschoss angekommen, öffnet Hölscher die Tür zum Lagerbereich. Vor ihnen liegt ein breiter Flur ohne Tageslicht. Am Ende des Ganges ist eine Gittertür und dahinter eine massive zweiflügelige Metalltür, vermutlich der Ausgang. Die Versuchung, durch diese Tür zu gehen, ist übermächtig. Doch sie würde nicht weit kommen.

Hölscher legt den Finger an die Lippen. Winkt ihr, ihm zu folgen. Mit schnellen Schritten gehen sie an einer Reihe von Türen vorbei, die Beschriftungen sprechen für sich. Werkzeug. Haustechnik. Wäsche.

Sie muss an Bruckmann denken, der jetzt hinter dieser Tür

in der Wäschekammer liegt, unter einem Berg von Schmutzwäsche, und vergeblich darauf wartet, dass sie zu ihm gebracht wird und sie beide die Anstalt im Lieferwagen einer Wäscherei verlassen.

Auf der nächsten Tür steht Hygiene. *Danach kommt ein* Lager. *Dann die Tür zu den Kühlräumen.*

Hölscher öffnet sie und betritt mit Sita einen weiteren flurartigen Raum mit drei nummerierten Türen, die mit Hebelgriffen versehen sind und an die Kühlkammern in Schlachthäusern erinnern. Hölscher zieht an dem Hebel der mittleren Tür. Die Dichtungen schmatzen. Kalte Luft kommt ihnen entgegen. Sie stehen vor einer etwa zwei mal drei Meter großen Kammer, in der blaue Styroporboxen gestapelt sind, von der Decke hängen zwei große rohe Rinderkeulen an stabilen Haken, die jeweils mit kleinen Seilwinden an der Wand der Kühlkammer verbunden sind.

»Wo ist Patzner?«, fragt Sita verblüfft. Im selben Moment versetzt ihr jemand einen kräftigen Stoß in den Rücken, und sie stolpert in die Kühlkammer.

»Patzner ist nebenan in der Eins«, sagt Hölscher hinter ihr.

Ungläubig dreht Sita sich um.

Hölscher betritt den Kühlraum, schließt die Tür hinter sich und schaut sie emotionslos an. Die Kälte dringt ihr durch die Haut bis ins Herz. Ihr Verstand gefriert, als ob er nicht fassen will, was hier passiert. Ihr Plan B hat sich gerade in Luft aufgelöst. Wie konnte sie nur so dumm sein? Sie hat tatsächlich geglaubt, alles im Griff zu haben, aber das war offenbar ein furchtbarer Irrtum.

Kapitel 38

Tom sieht sich sorgfältig nach allen Seiten um. Niemand zu sehen. Er steht dicht an der Hauswand, direkt neben der Baustellentür, die den Hauseingang sichert, sodass er vor den neugierigen Blicken des Pförtners von Battersea Dogs & Cats Home geschützt ist. Jillian ist beim Wagen geblieben, um nicht hier mit ihm gesehen zu werden. Auf dem Bahndamm rauscht ein Güterzug heran und rumpelt über die Brücke zwischen dem heruntergekommenen Haus und dem Tierheim an der Battersea Park Road.

Jetzt.

Er setzt zwei Schraubenschlüssel links und rechts am Bügel des Vorhängeschlosses an, drückt die Mäuler der beiden gegeneinander und hebelt die Griffe nach außen. Ein scharfer Schmerz brennt in seiner linken Hand, und er verlagert den Druck auf den Handballen. Mit einem lauten Knacken bricht das Metall des Schlosses auseinander. Tom steckt die Schraubenschlüssel hastig in seine linke Jackentasche, entfernt das geborstene Schloss und betritt den halbdunklen Hausflur. Im einfallenden Tageslicht reicht sein Schatten bis zum Fuß einer abgenutzten Treppe. An den Wänden bröselt der Putz. Drei Briefkästen hängen auf Brusthöhe. Auf einem steht *Kilduff's Pavilion*, der Name der Kneipe. Die anderen sind nicht beschriftet. Tom drückt den Lichtschalter, doch es bleibt dunkel, bis auf etwas Licht aus dem Obergeschoss, wo vermutlich ein Fenster im Treppenhaus ist. Leise öffnet er die Klappen der Briefkästen. Nichts. Keine Post.

Weiter hinten im Flur, neben dem Treppenaufgang, ist eine Tür mit einem grünen Schild *Kilduffs Pavilion.* Der Zugang zur Kneipe.

Tom drückt die Eingangstür zu, um von der Straße nicht mehr gesehen zu werden, doch sie schwingt immer ein paar Zentimeter zurück. Das Vorhängeschloss hat sie im Rahmen gehalten, jetzt steht sie immer einen Spaltbreit offen. Tom nimmt einen der Schraubenschlüssel und klemmt ihn unter die Tür, sodass sie geschlossen bleibt. Dann schleicht er die Treppe hoch in den ersten Stock. Bei jeder Stufe schmerzt seine Wunde an der Hüfte.

Im ersten Stock erwartet ihn Tristesse. Neben der einzigen Tür ragt ein loser Klingeldraht aus der Wand. Das Holz der Tür ist dunkel und voller Kratzer. Zwei kleine Schraublöcher und ein Schmutzrand auf Augenhöhe zeugen von einem Namensschild, das entfernt wurde.

Kann es wirklich sein, dass Viola an einem so deprimierenden Ort gelebt hat? Sicher, das Haus hat vermutlich auch bessere Zeiten erlebt. Doch der Pförtner hat davon gesprochen, dass Finja vor zwei, drei Jahren häufig im Battersea Dogs & Cats Home gewesen ist, und auch da hat es hier vermutlich nicht viel besser ausgesehen. Das Haus ist eine Absteige, ein billiges, abgewracktes Versteck mitten in London, und liegt dennoch abseits von allem, mit einem kaum einsehbaren Seiteneingang gegenüber einem mehrere Meter hohen Bahndamm.

War das hier vielleicht nur ein Rückzugsort? Wie lange hatte Viola schon die Wohnung am Wilmington Square? Wenn man von den Londoner Preisen ausging, dann war die Wohnung in Clerkenwell sicher kein Schnäppchen – im Gegensatz zu dieser hier.

Tom steht grübelnd vor der Tür.

Dann klopft er. Einmal. Dreimal.

Wartet.

Im Haus bleibt es still.

Wer sollte auch hier sein? Die Baustellentür im Erdgeschoss ist schließlich von außen mit einem Vorhängeschloss gesichert worden.

Vorsichtig drückt er gegen die Tür. Prüft den Rahmen und das Schloss. Dann drückt er fest mit dem Fuß gegen den unteren Teil der Tür. Sie gibt etwas nach. Er kramt den zweiten Schraubenschlüssel hervor, drückt mit dem Fuß noch stärker gegen die Tür, bis sich ein kleiner Spalt ergibt, in den er den Schraubenschlüssel schieben kann. Dann arbeitet er sich langsam nach oben, hebelt den Spalt immer ein Stückchen weiter auf, sodass er mit dem flachen Stahlgriff des Schraubenschlüssels immer näher an das Türschloss herankommt. Als das Werkzeug etwa dreißig Zentimeter unterhalb der Klinke zwischen Tür und Rahmen steckt, geht er einen Schritt zurück und tritt mit dem rechten Fuß kräftig gegen das äußere Ende des Schraubenschlüssels. Mit einem lauten Krachen springt die Tür auf, und der Stahlschlüssel fällt klirrend zu Boden. Knarrend schwingt die Tür nach innen.

Die späte Nachmittagssonne lässt Staub im Licht tanzen. Zwei durchgesessene Sofas um einen ranzigen Couchtisch. Ein ausgeblichener fleckiger Teppich, eine Lampe mit Troddeln und eine braun übermalte Küchenzeile. In der Spüle stapelt sich Geschirr. Über dem Couchtisch hängt eine Fliegenfalle, ein spiralförmiges Klebeband mit schwarzen Flecken, das sich im Luftzug der aufgebrochenen Tür dreht. Tom tritt in die Wohnung. Das hier sieht ganz und gar nicht nach der Viola aus, in deren Wohnung er zuletzt war. Hat er sich eine falsche Vorstellung von ihr gemacht? In seinem Hinterkopf meldet sich eine warnende Stimme. Was, wenn er gerade in eine fremde Wohnung eingebrochen ist? Hat Jillian recht und der Pförtner hat nur eine Rucksacktouristin beobachtet oder irgendeinen beliebigen Teenager?

Er hat Finja hier gesehen, flüstert Vi ihm zu.

Aber vor zwei oder drei Jahren. Das ist ewig her! Ich meine, was mach ich hier? Ich hab die Tür aufgebrochen, Vi.

Und deswegen kriegst du jetzt kalte Füße?

Vielleicht hat Jillian recht. Das geht zu weit.

Willst du mich jetzt finden oder nicht?

Toms Blick fällt auf den Couchtisch. Zwei leere Bierflaschen, daneben liegen eine Reihe geöffneter Briefe. Er muss an das Vorhängeschloss denken und an die leeren Briefkästen. Wie kommt hier Post an, wenn die Tür von außen mit einem Vorhängeschloss gesichert ist?

Er geht näher an den Tisch heran, um die Adresse auf dem Briefkopf zu lesen. Die Bodendielen knarren leise unter seinen Schritten. Er bückt sich, nimmt einen der Briefe. Die Dielen hinter ihm knarren *immer* noch.

Tom erstarrt. Die von außen zugesperrte Bautür; der Eingang zur Kneipe; die Tür im Hausflur, ebenfalls zur Kneipe – zu spät erkennt er seinen Irrtum.

Hastig dreht er sich um und kann im letzten Moment einem herabsausenden Gegenstand ausweichen. Tom stolpert nach rechts auf eins der Sofas zu. Ein bulliger Mann mit aufgekrempelten Ärmeln und Tattoos auf den Unterarmen setzt ihm nach. In der Hand hält er einen Baseballschläger und schwingt ihn mit kräftigen Bewegungen. Tom weicht keuchend aus und flieht über das Sofa. Der Mann steigt auf das Sofa, springt über die Lehne, als wäre er in einem früheren Leben einmal Sportler gewesen, und drängt Tom an die Wand. Im letzten Moment kann Tom einem weiteren Hieb mit dem Schläger ausweichen, der mit einem hellen

Ton gegen die Wand knallt. Der Mann tritt nach Tom und erwischt ihn am Bein, sodass Tom das Gleichgewicht verliert und rücklings auf den Boden fällt.

Mit einem wütenden Grinsen unter einer tief in die Stirn gezogenen Baseballcap holt der Mann zu einem wuchtigen beidhändigen Schlag aus. Tom sieht den Prügel in der Luft schweben, ahnt die Kurve, die der Schläger gleich nehmen wird, und das Ziel – seinen Kopf –, sieht die muskulösen tätowierten Arme, greift in seine rechte Jackentasche. Keine Chance, die Waffe herauszuziehen. Er packt den Griff, spannt den Hahn. Der Schläger saust herab. Tom reißt die Hand hoch und feuert durch das Futter seiner Jacke.

Der Schuss ist ohrenbetäubend laut.

Ja, er hat Jillian gesagt, die Waffe sei nicht geladen.

Aber das war gelogen.

Kapitel 39

»Was wollen Sie von mir?«, fragt Sita und weicht vor Hölscher zurück.

Der Assistenzarzt mustert sie eine Weile schweigend. »Sie werden hier nicht rauskommen«, sagt er schließlich.

»Warum haben Sie mich dann hierhergebracht?«

»Hatte ich das nicht erwähnt? Wir sind mit Professor Forsberg verabredet. Ich sagte doch, ich bringe Sie zu ihm. Sie dachten, das war nur zum Schein?«

»Warum bringen Sie mich dann nicht in sein Büro?«

»Weil das hier … beweist, was Sie vorhaben?«

Sita starrt Hölscher wütend an. »Und Sie denken, er wird Ihnen das glauben?«

»Wird er, ganz sicher«, erwidert Hölscher ruhig. »Ich vermute, er ist schon unterwegs.«

»Ach ja? Und was ist, wenn ich …«, mit einem Ruck zieht Sita sich den Pullover ihres Jogginganzugs über den Kopf, wirft ihn beiseite und zerrt sich den BH herunter, »… ihm erkläre, dass Sie sich an mir vergriffen haben?«

»Dann würde ich sagen, wie es wirklich ist.« Hölscher betrachtet ihre Brüste und das Tattoo an ihrer Seite. »Dass Sie eine Verrückte sind, die sich ganz gerne mal auszieht und versucht, mich damit zu erpressen.«

Sita beißt sich auf die Lippen. Forsberg kann jeden Moment da sein. Wenn ihr nicht schnell etwas einfällt, dann wird sie die nächsten Wochen fixiert und sediert auf ihrem Bett verbringen. Was hat sie also noch zu verlieren? Entschlossen geht sie auf

Hölscher zu und stößt ihn vor die Brust. Der Assistenzarzt taumelt zurück. Sie will ihn erneut stoßen, doch er fängt ihre Arme ab und hält sie fest.

»Was, denken Sie, wird Forsberg sagen, wenn ich blaue Flecken am Arm habe? Oder Kratzer? Oder wenn ich blute?« Sie versucht, sich aus Hölschers Griff zu winden, und stößt mit dem Knie nach ihm. Hölscher weicht aus und lässt sie los.

Sita stößt ihn erneut vor die Brust. Sie würde ihn gerne ohrfeigen, ihm ins Gesicht spucken, aber all das könnte man sehen, und sie hat nur eine Chance, wenn sie Hölscher so sehr provoziert, dass er selbst handgreiflich wird, also verpasst sie ihm weiter Stöße vor die Brust. Hölscher versucht, ihre Arme mit seinen Händen wegzuschieben, sie fangen an zu rangeln, und Sita legt es verzweifelt darauf an, dass sie wenigstens ein paar Kratzspuren seiner Hände auf ihrem Oberkörper davonträgt. Doch Hölscher pariert sie geschickt, es hat fast den Anschein, als ob ihm die Rangelei gefiele. Mit einer schnellen Handbewegung greift sie Hölscher zwischen die Beine, erwischt seine Hoden und drückt zu. Hölscher stöhnt laut auf. »Verdammtes Miststück.« Dann schlägt er Sita kräftig mit der Faust in den Magen, sie stolpert zurück und geht auf die Knie.

Mit einem wütenden Knurren richtet sich Hölscher auf und schaut auf Sita herab. »Ich sag nicht Nein, wenn du dich freiwillig vor mir ausziehst, aber lass den anderen Scheiß. Forsberg wird dir sowieso nicht glauben.«

»Ach ja?«, stöhnt Sita. »Das sehe ich anders.«

»Forsberg vertraut mir. Er war sowieso in alles eingeweiht.«

Eingeweiht? Forsberg? Sita starrt Hölscher fassungslos an.

»Hast du ernsthaft die Geschichte mit dem monatlichen Software-Update für die Kameras geglaubt?«

Sita hat plötzlich das Gefühl, der Boden tut sich unter ihr auf. »Es gab keine Kamerawartung?«

»Frauen und Technik«, schnaubt Hölscher. »Die Systeme sind wartungsfrei. Updates gibt's, wenn überhaupt, mal alle fünf Jahre, und dann ist mit Sicherheit nicht das ganze System blind.«

Sita presst die Zähne aufeinander und versucht, den Schmerz im Magen zu verdrängen. Sie hatte sich so überlegen gefühlt und sich so sehr geirrt. »Das heißt, Forsberg wusste, dass Sie mich zu Klara bringen?«

»Natürlich. Das war so abgemacht.«

Sita kommt sich erbärmlich vor. Sogar das Gespräch mit Klara hat Forsberg also vermutlich gehört. Vielleicht gibt es sogar eine Kamera in Klaras Zimmer, samt Mikrofon, und er hat alles aufgezeichnet. Forsberg hat sie benutzt, und sie hat es nicht gemerkt, im Gegenteil.

»Ich bin deine einzige Chance, Sita Johanns«, sagt Hölscher leise. »Forsberg hat jetzt, was er will. Er weiß, was Klara ihm nicht sagen wollte. Was, glaubst du, wird er mit dir machen? Dich wochenlang fixieren? Absondern? Wenn du dich gut mit mir stellst, verspreche ich dir, ich mach's dir leichter.«

Wie betäubt richtet sich Sita auf. Nichts scheint mehr einen Sinn zu haben. Ihre Flucht ist gescheitert, vermutlich wird Bene gerade von den Sicherheitsleuten festgenommen, sie hat sich Bruckmann zum Feind gemacht und wird ihm weiter in der Klinik begegnen, und sie hat Forsberg etwas geliefert, was er offenbar dringend haben wollte. Die Kälte kriecht ihr unter die Haut und lässt sie zittern. Erschöpft rückt sie ihren BH zurecht.

»Ts, ts, ts«, macht Hölscher und schüttelt den Kopf. »Unter gut stellen verstehe ich was –« Er verstummt. Hinter ihm schmatzt die Dichtung der Tür, und der Verschluss springt auf. Forsberg, denkt Sita. Auf Hölschers Gesicht malt sich Überraschung. Vielleicht hat er seinen Chef später erwartet. Die Tür geht auf, Hölscher dreht sich um und keucht. Sita erkennt *nicht mehr, als dass jemand im Trainingsanzug Hölscher gegenübersteht. Der Arzt greift in seine Kitteltasche und weicht zurück, doch der andere ist schnell bei ihm und versetzt ihm einen Schlag mitten ins Gesicht. Es knackt, als ob ein Knochen bricht. Hölscher ächzt, stolpert rückwärts und gibt den Blick auf Walter Bruckmann frei. Blut tropft auf den Boden. Hastig zieht Hölscher seine Hand aus der Kitteltasche. In der Faust hält er ein Skalpell, sticht damit nach Bruckmann und versucht, ihn sich vom Leib zu halten. Bruckmann nimmt den Deckel von einer der großen blauen Styroporboxen herunter, drischt die Kante des Deckels in das Gesicht des Arztes, der aufschreit und vor Schmerzen das Skalpell fallen lässt.*

Mit einem Schritt ist Bruckmann bei ihm und versetzt ihm einen gezielten Schlag mit der Handkante auf den Hals. Hölscher klappt zusammen wie eine leblose Puppe.

Entgeistert starrt Sita Bruckmann an.

»Wag ja nicht abzuhauen«, zischt er.

»Forsberg kommt gleich«, bricht es aus Sita heraus. »Er ist gleich ... er weiß Bescheid.«

Bruckmann zögert. Er blickt auf Hölscher hinab, der bewusstlos zu seinen Füßen liegt, und auf das Skalpell neben ihm, als wollte er alles in einen logischen Zusammenhang bringen. Die Schultern etwas schief, das Bein mit der Prothese leicht abgewinkelt, steht er ein paar Sekunden regungslos da. Schließlich beugt er sich zu Hölscher hinab, nimmt das Skalpell und schneidet ihm mit einer einzigen kräftigen Bewegung den Hals von links nach rechts bis zur Halsschlagader durch. Eine kleine, aber kräftige Fontäne sprudelt aus der Wunde.

»Ich glaub nicht, dass Forsberg kommt. Ich glaub auch nicht, dass er Bescheid weiß«, sagt Bruckmann.

Sita schaut entgeistert auf Hölschers Hals. Seine Lider flattern, und sein Körper zuckt unkontrolliert. Der weiße Arztkittel färbt sich rot, und neben Hölschers Schulter breitet sich eine glänzende Lache aus.

»Warum haben Sie das getan?«, flüstert Sita.

Bruckmann zuckt mit den Achseln. »Typen wie der haben auf der Welt nichts verloren.« Hölscher hat aufgehört zu zucken, und sein Körper erschlafft.

»Und das entscheidet wer? Etwa Sie?«

»Was, denkst du, hatte Hölscher mit dem Skalpell vor?«

»Er war bewusstlos. Und Forsberg kann jeden Moment hier sein. Was hätte er schon tun können?«

»Wir verlieren nur Zeit«, sagt Bruckmann. »Hölscher hat dich hier runtergebracht, weil er dich wollte. Warum sonst hat er das Skalpell in der Tasche gehabt? Denk dran, was der kleinen Küchenhilfe passiert ist.«

Sita bleiben die Worte im Hals stecken. Hölscher? Er *hatte Frieda Scheuer so zugerichtet? Wie im Zeitraffer blitzen die Szenen vor ihrem inneren Auge auf. Das Skalpell in Hölschers Hand, seine begehrlichen Blicke, seine seltsame Reaktion, als sie vor ein paar Tagen seine Hand an ihren Schenkel geführt hatte ... Da hatte sie gedacht, er hätte es mit der Angst zu tun bekommen. In Wahrheit hatte sie bei ihm genau den Impuls gesetzt, der bei Triebtätern den Zwang auslöst, jemanden besitzen oder zerstören zu wollen. Und zuletzt war da noch Hölschers überraschter Blick, als gerade eben die Tür hinter ihm geöffnet wurde. Er hat nicht damit gerechnet, dass jemand kommt; weder Forsberg noch irgendjemand anders. Bruckmann hat recht. Wie betäubt angelt sie nach dem Pullover ihres Jogginganzugs.*

Walter Bruckmann schiebt mit dem Fuß Hölschers Arm zurecht, sodass er dessen Armbanduhr lesen kann. »Drei Minuten nach sechs«, murmelt er. »Hat wenigstens die Uhrzeit in deiner beschissenen Lügengeschichte gestimmt?«

Sita nickt mechanisch.

»Dann ist Czech in zwölf Minuten hier?«

Sie nickt erneut. Streift sich hastig den Pullover über.

»Wie wolltest du hier raus?«

»Patzner«, sagt Sita heiser und kommt auf die Beine. »Er liegt nebenan. Er soll in die Pathologie. Bene hat dafür gesorgt, dass er erst jetzt abgeholt wird.«

Bruckmann sieht sie einen Moment lang still an. »Clever«, sagt er schließlich. Er wischt das Skalpell an Hölschers Hose ab und steckt es in die Tasche seiner Jogginghose. »Komm mit. Noch haben wir eine Chance, hier rauszukommen.«

Wir. Sita wird übel.

Bruckmann stößt die Tür auf. »Wo?«

»In der Eins.«

Bruckmann orientiert sich kurz, dann reißt er die Tür zur linken Kühlkammer auf. In dem Raum steht eine Massageliege, auf der ein Körper in einem grauen Leichensack aufgebahrt ist. Bruckmann zieht den Reißverschluss auf. Der Fäulnisgeruch nimmt ihnen beiden den Atem. »Schnell«, knurrt Bruckmann, »fass mit an.«

Sitas Arme und Beine funktionieren automatisch, als wäre das nicht sie, die tut, was sie tut. Patzners Beine umfassen. Ihn aus dem Leichensack heben. Rüber in die Zwei schleifen. Neben Hölscher ablegen. Bloß nicht ins Blut treten. Als sie die Kammer verlassen will, tritt ihr Bruckmann in den Weg. Seine Hand fasst nach dem Skalpell in seiner Hosentasche. »Wer ist alles an Bord? Die Leute, die uns abholen? Der Sicherheitsdienst?«

Sita starrt auf seine Hand. Die kalte Wut in seinem Blick. Die Haltung, mit der er ihr den Weg versperrt. Bruckmann scheint zu überlegen, ob er sie zurücklässt. »Nur die Leute, die uns abholen, nicht der Sicherheitsdienst«, sagt sie beklommen. »Aber die Sicherheitsleute werden nicht mit in die Kühlkammer ge-

hen. Allein schon wegen des Gestanks. Eine verwesende Leiche, da ist keiner scharf drauf.« Sie schluckt. »Aber meine Leute werden nachsehen, und wenn sie mich nicht in dem Sack finden, dann bringen sie Sie auch nicht raus. Wenn Sie sich alleine in den Sack legen, sind Sie erledigt.«

Bruckmann überschlägt kurz seine Chancen. »Alles klar. Dann zusammen.«

Sitas Knie werden weich vor Erleichterung. Sie folgt Bruckmann auf den Flur, schließt die Tür und starrt auf den Fußboden. »Scheiße.«

Bruckmann folgt ihrem Blick. Auf dem Boden sind Tropfen und rötliche Schmierstreifen. Aus Patzners Körper sind Flüssigkeit und Blut ausgetreten.

»Wegmachen?«, fragt Bruckmann. »Oder kommt der Sicherheitsdienst gar nicht bis hier?«

»Keine Ahnung. In die Kühlkammer werden die nicht mitgehen, aber wenn die von draußen auch nur einen Blick in den Flur werfen, war's das.«

Sita zieht ihren Pullover aus und beginnt, damit die Flüssigkeit aufzuwischen, Walter Bruckmann tut es ihr gleich. Er beginnt zu schwitzen, während Sita einfach nur kalt ist. Ihre Finger sind taub, so wie alle ihre Sinne taub zu sein scheinen. Nur ihr Verstand funktioniert.

Als die Schmierspuren beseitigt sind, hasten sie beide zurück in die Eins und schließen die Tür. Bruckmann zieht sich den schmutzigen Pullover über. »Okay«, sagt er. »Ich geh zuerst in den Sack. Du machst das Licht aus, legst dich auf mich drauf und musst dann irgendwie den verdammten Reißverschluss zukriegen. Und nicht vergessen. Ich hab ein Skalpell bei mir.«

Sita nickt. Nur der Verstand. Wie eine Maschine.

Während Bruckmann umständlich in den Sack klettert, streift sie ihren Pullover über. Er ist feucht und riecht nach Tod.

Sobald sie die Kühlkammer verlassen, wird der Gestank vermutlich noch schlimmer werden.

»Okay. Jetzt du«, fordert Bruckmann.

Sita macht das Licht aus, steigt rücklings auf Bruckmann, der ein ärgerliches Knurren von sich gibt, beugt sich vor, tastet nach dem Zipper des Reißverschlusses und zieht ihn bis zu ihrer Hüfte hinauf. Gott sei Dank, der Sack scheint groß genug für sie beide zu sein! Vermutlich gibt es nur eine Einheitsgröße, die auch für beleibte und sehr große Menschen reichen muss. Vorsichtig legt sie sich auf Bruckmann. Mit zwei Fingern schließt sie den Sack, bis nur noch ein winziges Luftloch über ihrem Kopf bleibt.

Sie spürt, wie Bruckmann schwer unter ihr atmet. Sein Brustkorb drückt gegen ihren Rücken. Patzners Leichengeruch steigt ihr beißend in die Nase. Es ist stockdunkel, und ihr Puls rast. Jetzt bloß keine Panikattacke! Atme! Langsam und konzentriert, wie eine Maschine. Ein – aus. Und aus immer doppelt so lange wie ein.

Ein – aus.

Ein – aus.

Kapitel 40

Der Moment des Schusses löst sich in seine Einzelteile auf. In Splitter, Sekundenblitze, nein, kürzer, viel, viel kürzer. Der Rückstoß des Revolvers. Der herabsausende Baseballschläger. Wie er den Kopf beiseitewirft. Wie der Mann zuckt und der Schlag trotzdem seine Bahn zieht. Das Krachen des Schlägers auf dem Holzboden, direkt neben seinem Ohr. Der Boden, der bebt. Der Mann, der den Schläger loslässt, die Arme hochreißt und rückwärts stolpert. Das Geräusch des Schlägers, der klappernd zu Boden fällt. Toms Hand, die sich mit der Waffe im Futter der Jackentasche verhakt. Und der Mann, der rücklings gegen die Wand prallt, sich schützend beiseitedreht, obwohl der Schuss längst gefallen ist.

»Fuck!«, brüllt der Mann und taumelt.

Tom zerrt den Revolver aus der Jackentasche und versucht, sich aufzurappeln. Die Wunde an seiner Seite schmerzt, als wären die Nähte aufgerissen. Mühsam kommt er auf die Beine.

Der Mann ist noch weiter zurückgewichen und starrt mit einer Mischung aus Angst und Wut auf die Waffe in Toms Hand. Die Kugel hat ihn verfehlt und ist hinter ihm in die Wand eingeschlagen.

»Da rüber, auf die Couch«, sagt Tom und dirigiert den Mann mit dem Lauf des Revolvers auf das Sofa am Fenster. Dann nimmt er stöhnend auf dem gegenüberliegenden Sofa Platz. Der Geruch des Schusses liegt in der Luft.

»Sie haben meine Tür aufgebrochen«, knurrt der Mann.

»Und Sie hätten mir fast den Schädel eingeschlagen.«

»Scheiße, Mann. Sie sind bei mir eingebrochen, was haben Sie gedacht? Dass Sie 'n Bier von mir kriegen?«

»Zumindest, dass Sie mich nicht gleich totprügeln. Ich dachte, hier wohnt niemand«, erwidert Tom.

Der Mann presst die Lippen zu einem Strich zusammen. Er ist um die fünfzig, hat ein aufgedunsenes Gesicht, ein schweres Kinn und ein knopfgroßes Muttermal am Hals, das entzündet ist.

»Wie heißen Sie?«, fragt Tom.

»Geht Sie 'n Scheißdreck an«, knurrt der Mann.

Tom nimmt einen der Briefe vom Tisch. »Angus Kilduff«, liest er vor. »Ihnen gehört die Bar im Erdgeschoss, richtig?«

Der Mann verzieht grimmig den Mund. »Gehört-*e*.«

»Das hier ist Ihre Wohnung?«

»Wonach sieht's 'n aus?« Der Blick des Mannes verweilt für einen Moment auf Toms verbundener linker Hand.

»Wer wohnt über Ihnen?«, fragt Tom.

»Wie gesagt, geht Sie 'n Scheißdreck an.« Angus Kilduff setzt ein bitteres Grinsen auf und entblößt eine Zahnlücke im Oberkiefer.

Tom nickt und fixiert ihn schweigend.

Das Grinsen lässt etwas nach.

»Okay, Mr Kilduff. Ich denke, wir sind hier unter uns, oder?«

»Darauf können Sie wetten.«

»Schön. Das hier kann jetzt auf zwei Arten weitergehen. Entweder wir reden, oder ich könnte auf die Idee kommen, den hier zu benutzen.« Tom spannt den Hahn des Revolvers.

Kilduffs Mundwinkel zucken. »'s bleibt, wie's is, oder? Wenn Sie mich umbringen, erfahren Sie auch nichts.«

»Ich hab nicht vor, Sie umzubringen«, erwidert Tom. »Aber ich könnte auf Ihre Kniescheiben schießen. Erst links, dann rechts …« In dem Moment, als er die Drohung ausspricht, zuckt Tom innerlich zusammen. Hat er das gerade wirklich gesagt? Ist ihm das tatsächlich *so* leicht über die Lippen gekommen?

Angus Kilduff starrt auf den Lauf der Waffe, dann kratzt er sich am Hals, dort, wo das Muttermal ist. »Fuck«, murmelt er und rollt im Schatten seiner Cap mit den Augen. »Fuck. Fuck. *Fuck!*«

»Sind Sie jetzt fertig mit fuck?«

Kilduff stöhnt und kratzt sich erneut am Hals. »Shona hat gesagt, dass Sie kommen. Ich wollt's nich glauben.«

Shona. Also doch. Der Name, den Viola auch am Wilmington Square benutzt hat. »Shona Miller?«, fragt Tom.

Kilduff zieht die Stirn kraus. »Miller? Nee, Davies. Also, sie hat den Nachnamen eigentlich nie … aber am Briefkasten stand Davies.«

Noch ein falscher Nachname. Tom zieht das Foto von Viola aus seiner Jackentasche. »Ist das Shona Davies?«

Angus Kilduff wirft einen raschen Blick auf das Bild und nickt. »Klar. Shona und ihre Kleine. Die ist immer rüber zu Dogs & Cats. Hat sich gelangweilt, glaub ich. War ganz versessen auf die Tiere.«

»Und Shona hat Ihnen gesagt, dass *ich* kommen würde?«

»Nicht Sie. Irgendwer. Einer, der blöde Fragen stellt und hinter ihr her ist. Sind Sie ihr Ex?«

»Hat sie einen Ex?«

»Keine Ahnung. Ich dachte. Hat nicht jede irgendwie 'nen Ex?«

»Ich bin ihr Bruder«, sagt Tom.

»Klar«, schnaubt Kilduff, »und ich ihr Enkel.«

»Ich *bin* ihr Bruder«, bekräftigt Tom.

»Shona und 'n Bruder aus Deutschland? Was 'n das für 'n Bullshit.«

Natürlich, mein Akzent, denkt Tom. »Shona kommt selbst aus Deutschland«, erklärt er.

»Hat man aber nix von gehört«, knurrt Kilduff misstrauisch. »Im Gegensatz zu Ihnen.«

»Wem gehört das Haus hier?«

»So 'ner scheiß Investment Company. Ist vor 'n paar Jahren verkauft worden. Da musste ich auch die Bar dichtmachen.«

»Aber wohnen dürfen Sie hier noch?«

»Solang ich meine Miete zahle.«

»Und Shonas Wohnung?«

»Die is Untermieterin.«

»Bei wem?«

»Äh, bei mir.«

Tom stutzt. »Sie haben die Wohnung hier drüber auch gemietet?«

»Früher mal das ganze Haus. Die Bar bin ich jetzt Gott sei Dank los. Is eh nicht mehr gelaufen.«

»Das heißt, Sie sind offiziell Mieter der beiden Wohnungen hier und vermieten die obere Wohnung an Shona?«

Kilduff nickt und kratzt sich wieder am Hals. »Ich kenn Sie doch irgendwoher, odcr?«

Tom ignoriert die Bemerkung. Je mehr Zeit Kilduff hat, darüber nachzudenken, desto eher könnte er darauf kommen, dass er Tom vielleicht in den Nachrichten gesehen hat. »Hat Shona Ihnen je ihren Pass gezeigt?«

»Sind Sie jetzt vom Amt, oder was?«

»Haben Sie jetzt den Pass gesehen oder nicht? Ist doch eigentlich üblich, wenn man Mietverträge macht.«

»Üblich.« Kilduff grunzt verächtlich. »War nich nötig! Wieso auch. Hat immer bezahlt. Bar, im Voraus. Is mir nie was schuldig geblieben.«

»Und sie wohnt immer noch hier?«, fragt Tom.

»Ja, nee. Is vor drei Jahren hier raus, kurz danach is die Kneipe pleitegegangen.« Er versinkt einen Moment in seinen Gedanken. »Hatte aber nichts mit ihr zu tun ... na ja, wie auch immer ... Aber die *Bude*, die wollte sie unbedingt behalten. Zahlt immer noch die Miete, die ganze Zeit durch, was 'n verdammtes Glück is.«

»Sie meinen, sie kommt immer noch bei Ihnen vorbei, um die Miete zu zahlen?« In Tom keimt Hoffnung auf, Viola vielleicht bei der nächsten Übergabe zu sehen.

»*Nee!* Nee-nee-nee.« Kilduff schüttelt den Kopf. »Bar war früher. Jetzt krieg ich die Kohle digital. Bitcoin.«

Bitcoin. Die Hoffnung wird im Keim erstickt. Die digitalen Kryptocoins und ihre Transfers sind quasi unsichtbar. Keine Banken, kaum nachvollziehbare Überweisungen. Das digitale Geld existiert nur verschlüsselt in der Blockchain auf dezentralisierten Servern weltweit. Tom hatte das Prinzip nie richtig verstanden, bis es ihm die LKA-Kollegen für Organisierte Kriminalität und Cybercrime erklärt hatten. Wobei »erklärt« es eigentlich nicht richtig traf. Sie hatten eher deswegen geflucht. Viola muss ihr Versteckspiel mit der Zeit offenbar immer mehr perfektioniert haben.

»Haben Sie eine Telefonnummer von ihr? Oder eine E-Mail-Adresse?«

Kilduff schüttelt den Kopf. »Nee, wollte sie alles nich. Sie hat ein paarmal angerufen, aber immer anonym. Ich hab immer gedacht, sie hat vielleicht nich mehr alle Latten am Zaun, wegen dem ganzen Getue. Aber sie hat bezahlt ...« Plötzlich muss er husten. Mit rotem Kopf greift er nach einer der Bierflaschen auf dem Tisch und kippt sich den letzten Rest in den Mund. Als er sich etwas beruhigt hat, sagt er heiser: »Die war echt immer in Ordnung. Hat sogar, als das mit der Kneipe passiert ist, mir Geld geliehen, also … so unter der Hand …« Er verstummt und sieht Tom prüfend an. »Sie sind echt ihr Bruder?«, fragt er argwöhnisch.

»Keine Sorge, ich will das Geld nicht zurück, wenn Sie das meinen.«

Kilduff versucht, seine Erleichterung zu verbergen, was ihm nicht gelingt, und greift nach der zweiten Flasche, doch die ist zu seinem Leidwesen leer. »Aber die Kniescheiben wollen Sie mir schon wegschießen, ja?«

»Nicht solange Sie reden.«

»Fuck, ey«, knurrt Kilduff und reibt sich den Nacken. »Hab immer gedacht, is auch 'n bisschen paranoid, die Kleine. Tja. War wohl nicht umsonst, die Warnung.«

»Wovor genau hat Shona Sie denn gewarnt?«

»Na ja, sie meinte, da wären 'n paar fiese Typen hinter ihr her. Fies?, hab ich gefragt. Meinte sie: Gefährlich, sie müsste aufpassen. Ich hab ihr gesagt, sie kann ganz ruhig sein. Hast was gut bei mir, hab ich gesagt. Wenn diese Typen auftauchen, die kriegen's mit mir zu tun. Ich hab Rugby gespielt, Leicester Tigers, mich haut so schnell keiner um.« Er senkt den Kopf, seine Augen verschwinden hinter dem Mützenschirm, und er versinkt wieder einen Moment in seinen Gedanken, als würde er sich selbst in einer jüngeren Version auf dem Rugbyfeld sehen. »Wär danach besser Trainer geworden. Das mit der Sportsbar war 'ne Scheißidee«, murmelt er.

»Und was hat sie noch gesagt?«

Kilduff sieht auf, ist wieder zurück. »Nichts. Gelächelt hat sie. Und gesagt, dass es besser wäre, wenn ich's lasse. Sie wollte nicht, dass mir was passiert. Hab ich gesagt, ich kann ganz gut auf mich aufpassen. Sagt sie: Weiß ich doch. Als würd sie mit ihrer Kleinen reden.« Er zieht geräuschvoll die Nase hoch und blickt auf den Lauf des Revolvers. »Jetzt weiß ich, was sie meint.«

»Wann war denn das?«

»Was? Das mit der Warnung?« Er runzelt die Stirn und schiebt die Cap ein wenig nach oben. »Is vier Tage her. Dienstag, ja!« Kilduff nickt nachdenklich. »Morgens früh. Ihr Anruf hat mich aus dem Bett geschmissen, sie wollte wissen, ob jemand hier war, also, ob einer nach ihr gefragt hätte oder so. Sag ich: Nee. Sagt sie: Okay. Ich brauch was aus der Wohnung, ich komm vorbei. Und dann steht sie fünf Minuten später auf der Matte, und als sie dann geht, haut sie das mit diesen Typen raus.« Er schaut Tom an, dann den Colt. »Können Sie den nicht mal wegpacken? Ich red doch mit Ihnen.«

Tom schüttelt den Kopf. »Tut mir leid, schlechte Erfahrungen.«

Kilduff starrt ihn an, als suchte er immer noch nach einer Erklärung, woher er Tom kennt. »Sind Sie jetzt einer von denen oder nicht?«

»Ich weiß nicht, wer *die* sind. Ich bin, wie schon gesagt, ihr Bruder. Vielleicht komme ich Ihnen ja deshalb bekannt vor.«

Kilduff legt den Kopf schief. »Hmmm. Jetzt, wo Sie's sagen.«

»Wie lange war Shona denn am Dienstag oben?«

»Pffff. Gibt ja keine Stechuhr hier. Halbe Stunde? Sie ist jedenfalls weg, ohne sich zu verabschieden.«

»Woher wissen Sie dann, dass sie weg ist?«

Angus Kilduff zieht die Stirn kraus. »Keine Ahnung«, murmelt er. »Ich meine, weg ist weg. Merkt man doch.«

»Haben Sie nachgesehen? Ich meine, ist ja Ihre Wohnung. Sie haben bestimmt einen Schlüssel.«

Er sieht verlegen beiseite. »Nee. Würd ich nich machen, geht mich nichts an.«

»Verstehe«, sagt Tom. »Sie haben gar keinen Schlüssel mehr, sie hat das Schloss ausgetauscht.«

Kilduff zuckt mit den Schultern. »Is ihre Wohnung, was soll ich –« Ein schabendes Geräusch unterbricht ihn, und er blinzelt. »Also, was soll ich da?«, beendet er den Satz.

»Haben Sie das gehört?«, fragt Tom und sieht nach oben zur Decke.

»Hier gibt's Mäuse«, sagt Kilduff achselzuckend. »Ich stell immer Fallen auf, aber ich erwisch nie alle von den Viechern.«

»Mäuse. Verstehe.« Tom sieht ihn prüfend an. Lügt er? Ist Viola vielleicht doch noch hier?

Kilduff zieht die Cap ein wenig tiefer. »Ah!«, sagt er und tippt sich an die Stirn. »Jetzt weiß ich's wieder. Das Schloss unten.«

»Das Schloss unten?«

»Ja, das Vorhängeschloss. Es war abgeschlossen. Ich geh ja immer durch die Bar. Also, wenn das Vorhängeschloss dran ist, ist sie weg. Deswegen war ich so sicher. Weil das Vorhängeschloss wieder dran war.«

Tom nickt. Was Kilduff sagt, klingt plausibel, bis auf die Sache mit dem Geräusch. Er ist sich sicher, dass es von oben kam. Das Problem ist, dass er nicht einfach nach oben gehen kann, um das zu überprüfen, Kilduff könnte abhauen, die Polizei rufen oder sonst etwas tun. Mit dem Revolver im Anschlag geht Tom zur Wohnungstür und öffnet sie weit. So bekommt er es wenigstens mit, falls jemand das Haus verlassen will. »Haben Sie Klebeband?«

Kilduff sieht ihn verständnislos an. Der Themenwechsel überfordert ihn.

»Paketband«, hilft Tom nach.

»Ich verschick keine Pakete. Gaffa Tape hab ich hier, zum Reparieren.«

»Noch besser. Wo?«

Kilduff zeigt zur Spüle in der Küchenzeile. »Da drunter, beim Werkzeug.«

Tom geht zur Spüle, öffnet den Unterschrank, findet das Textilklebeband und wirft es Kilduff zu. »Auf den Stuhl da.«

Angus Kilduff wird blass.

»Hinsetzen, Füße eng zusammenbinden, dann die Füße an ein Stuhlbein, danach wickeln Sie sich das Klebeband dreimal um das rechte Handgelenk und reißen die Rolle aber nicht ab.

»Verdammter Motherfucker«, knurrt Kilduff.

Eine kleine Bewegung mit dem Lauf des Revolvers überzeugt ihn zu tun, was Tom verlangt. Mit einem wütenden Schnauben steht er auf, setzt sich auf den Stuhl und fesselt sich selbst die Füße. Zuletzt wickelt er das Band um sein rechtes Handgelenk.

»Hände hinter dem Rücken zusammen.« Kilduff leistet widerspruchslos Folge. Mit einer schnellen Handbewegung nimmt Tom die vom rechten Handgelenk baumelnde Rolle Klebeband und schlingt sie zweimal um das linke Handgelenk des Mannes. Erst jetzt legt er den Revolver beiseite. Kilduff ist ein Kraftpaket, und Tom will nichts riskieren, dafür ist er selbst zu geschwächt mit seinen Verletzungen.

»Wo ist Ihr Handy?«, fragt Tom, während er das Gaffaband mehrfach um die Hände des Ex-Rugbyspielers wickelt – und dann die Hände an den Stuhl fesselt.

»Fick dich, Arschloch.«

»Wenn's Ihnen hilft, können Sie mich gerne beschimpfen. Hauptsache, ich krieg das Telefon.«

»Dann such's doch«, sagt Kilduff trotzig.

Tom schaut in den Hausflur. Das Gefühl, die Wohnung im zweiten Obergeschoss kontrollieren zu müssen, wird immer drängender. »Das Handy und die PIN. Sofort. Sonst reden wir noch mal über die Kniescheiben.«

Der Ex-Rugbyspieler taxiert ihn. »Glaub ich nich«, sagt er schließlich. »So einer bist du nich.«

Tom ballt innerlich die Fäuste. Angus Kilduff ist nicht auf den Kopf gefallen, und er hat inzwischen genau kapiert, wo für Tom die Grenze zu sein scheint.

Ein grimmiges Lächeln schleicht sich in Kilduffs Züge.

Du brauchst das Handy, flüstert Vi, *falls sie noch mal anruft ... Das ist deine beste Chance!*

Weiß ich selbst, Schwesterherz.

Dann sei nicht so zimperlich, mach ihm Angst.

Was meinst du mit zimperlich?

Willst du das Telefon oder nicht?

Ja, verdammt, aber –

... du willst nicht schießen.

Natürlich nicht, was dachtest du denn?

Mir egal, nimm den Kolben, schlag zu ... hol dir das Telefon ...

Aus Kilduffs grimmigem Lächeln ist ein Grinsen geworden. »Fick dich, Mann. Shona ist sowieso schlauer als du. Die findest du nie.«

Tom beißt die Zähne so fest aufeinander, dass die Kopfschmerzen jäh zurückkehren.

Du bist so kurz davor wie nie!, zischt Viola.

Du findest sie nie, klingt Kilduffs Satz nach.

»Her mit dem Scheißtelefon.«

»Wie gesagt. Such's doch!«

Toms linke Hand schießt vor, packt Kilduff an beiden Seiten des Kiefers und drückt seinen Mund auf. Mit der rechten stößt er Kilduff den Lauf des Colts zwischen die Zähne, tief in die Mundhöhle hinein. Der Schmerz in seiner linken Hand raubt ihm den Verstand. Der Revolver zittert. Der Hahn ist gespannt, und sein Finger liegt auf dem Abzug. Kilduffs Augen sind groß, die Häme ist aus seinen Zügen gewichen, er starrt Tom angsterfüllt an, spürt, dass er sich furchtbar geirrt hat, dass Tom *nicht* derjenige ist, für den er ihn zuletzt gehalten hat. Sein Blick ist wie ein Spiegel, in dem Tom sich schonungslos und kristallklar erkennt: einer, der zu allem bereit ist, vor nichts mehr haltmacht, der besessen ist, der jedes Maß verliert und dem jedes Mittel recht ist, weil er glaubt, dass ihm Unrecht geschehen ist, und, noch viel schlimmer, weil er schuld ist an dem, was Viola geschehen ist, und wenn er das nicht wiedergutmacht, wenn er Viola nicht findet, dann gibt es für ihn keine Chance mehr auf ein normales Leben.

Kilduffs Kinn zittert. Seine Zähne schlagen klappernd an den Lauf. Er schielt, die Pupillen sind auf Toms bebende Hand am Abzug gerichtet.

Was um Himmels willen tu ich hier?

Tom lässt die Waffe sinken.

»Entschuldigung«, flüstert er. »Entschuldigung!«

Kilduff atmet zitternd aus.

Was tust du da?, flüstert Vi entsetzt.

Halt verdammt noch mal die Klappe, denkt Tom.

Für einen Moment herrscht Stille.

»Verraten Sie mir eins«, sagt Tom zu Kilduff, »mögen Sie Shona?«

Angus Kilduff starrt ihn an, als hätte er den Verstand verloren. »Ja … klar, Mann.«

Tom nickt. »Ich mag sie auch. Sehr sogar. Und ich würde ihr nie etwas tun.« Er schweigt einen Moment, dann fügt er hinzu: »Wir beide, Sie und ich, wir sind auf derselben Seite.«

Kilduff hebt die Augenbrauen. »Macht aber nicht den Eindruck bisher.«

Kapitel 41

Wie lange kann man gegen die Panik anatmen, wenn kaum Luft zum Atmen da ist?

Wo bleibt Bene?

Wie lange kann man eine Maschine sein?

Die lähmende Kälte innerhalb der Kammer verwandelt sich in dem Leichensack in ein stickiges, stinkendes, süßliches Etwas. Sita liegt auf Bruckmann, spürt seinen Brustkorb, seinen Bauch, seinen Schritt, seine Beinprothese und jede noch so kleine Regung von ihm. Sie verdrängt die Übelkeit, versucht, dankbar zu sein für die Körperwärme, die er ausstrahlt, sonst würde sie jetzt zittern. Sie bewegt ihre Zehen, die eiskalt sind und bei denen sie nicht mehr das Gefühl hat, dass sie zu ihr gehören. Der eine Fuß fühlt sich seltsamerweise anders an als der andere. Warum eigentlich?

Sie stutzt. Reibt vorsichtig ihre Füße aneinander.

O Gott, die Badelatschen! Sie hat ihren rechten Schlappen verloren. Die Frage ist, wo. Etwa draußen? In der Kühlkammer oder, schlimmer noch, im Flur? Hastig tastet sie mit dem nackten rechten Fuß zwischen Bruckmanns Füßen auf dem Grund des Leichensacks umher. Es fühlt sich glitschig an, und sie muss an Patzners Leiche und die Spuren am Boden denken, die sie aufgewischt haben. Der Plastiksack knistert verräterisch. Da ist nichts, oder?

»Lass den Scheiß«, knurrt Bruckmann direkt neben ihrem Ohr.

Sita hält still. Wo auch immer die Badelatsche jetzt liegt, es ist zu spät, sie kann nichts mehr daran ändern. Kalter Schweiß bricht ihr aus.

Am liebsten würde sie Bruckmann bitten, mit dem Skalpell ein Loch in den Sack zu schneiden, damit sie etwas besser Luft bekommen.

Plötzlich hört sie, wie der Hebel an der Tür bewegt wird. Die Dichtung gibt seufzend nach, und die Tür wird geöffnet.

»Der Lichtschalter ist rechts«, sagt eine ihr unbekannte Männerstimme. Einer der Sicherheitsleute? Vermutlich, wenn er sich hier auskennt.

»Danke, war schon mal hier. Erinnern Sie sich nicht? Vor etwa 'nem halben Jahr oder so … dieser andere Suizid.« Noch eine unbekannte Männerstimme. Nasal. Näher dran als die erste.

Das Licht geht an, ein Schimmer dringt durchs dunkle Plastik.

»Gibt's hier häufiger mal Ungeklärte, oder was?«, fragt eine dritte Stimme. Sita möchte weinen vor Erleichterung. Das ist Bene, Gott sei Dank.

»Bei den Freaks hier drinnen kein Wunder, oder?«, sagt der Typ von der Sicherheit. Seine Stimme ist leiser als die der anderen. Hoffentlich heißt das, er ist auch am weitesten weg, im Flur zum Beispiel. »Mörder, die sich selbst umbringen. Is irgendwie ausgleichende Gerechtigkeit, oder?«, meint der Sicherheitsmann.

»Wenn du mich fragst«, sagt eine vierte Stimme, die ebenfalls aus dem Flur zu kommen scheint, »ich find's scheiße, wenn die so billig davonkommen. Die sollen in der Hölle schmoren und hier verrotten.« Ein zweiter Sicherheitsmann.

»Könnt ihr uns mal den Wagen rüberschieben?«, fragt Bene. Einen Moment später ist ein leises metallisches Klappern zu hören.

»Mann, das Ding eiert ja ganz schön«, sagt Sicherheit eins.

»Meine Rede«, knurrt Bene. »Aber Lugners Antwort ist immer nur Budget, Budget, Budget.«

»Euer Chef?«, fragt Sicherheit eins.

»Yep«, sagt Bene. »Läuft das bei euch auch so?«

»Dieser Professor Oberschlau kann ein ziemlicher Arsch sein«, murmelt der Sicherheitsmann.

»Kommt mir ziemlich bekannt vor«, sagt Benes Helfer.

»Ich mach jetzt den Sack auf, Leute, einmal reingucken. Also Nase zuhalten und am besten ein paar Schritte zurück, sonst klebt euch der Gestank noch beim Feierabendbier in der Nase.«

Sita hält den Atem an. Es dauert einen Moment, dann wird der Reißverschluss vorsichtig aufgezogen. Benes Gesicht taucht zwischen den Rändern des Plastiksacks auf. Er trägt eine schwarze Wollmütze und einen Mundschutz. »O Scheiße, stinkt der!«, stöhnt er, als er Sita sieht, und zwinkert ihr zu. Sita würde ihn am liebsten umarmen. Dann fällt Benes Blick auf Bruckmann, und sein Gesicht verfinstert sich. Sita ahnt, was ihm gerade durch den Kopf geht, und deutet ein Kopfschütteln an. Nicht hier. Nicht jetzt.

Bene nickt. »Ganz schöner Brocken. Ich wünschte, der Typ könnte seinen eigenen Gestank riechen«, knurrt er und sieht dabei Bruckmann an. Mit einem letzten grimmigen Blick zieht er den Reißverschluss wieder zu. »Dann mal rüber auf den Leichenrolli.« Es klappert leise neben ihnen. »Auf drei.«

Der Sack knistert, als die beiden anpacken.

»Eins –zwei – DREI!«

Mit einem Ruck werden sie beiseitegewuchtet. Sita droht von Bruckmann herunterzurutschen, doch Bruckmann schlingt geistesgegenwärtig die Arme um sie. Bene und sein Helfer ächzen unter dem doppelten Gewicht und zerren den Sack hinüber, *vermutlich auf einen Rollwagen, der neben der Massageliege zu stehen scheint.*

»Okay, geschafft«, sagt Bene etwas außer Atem. »Hübsch liegen bleiben, ja?« Sie kann sein leises Lachen hören und stellt sich sein spöttisches Gesicht vor, während der Wagen beginnt, sich zu bewegen.

»Ihr habt echt 'n speziellen Humor«, meint der Sicherheitsmann.

»Mein Humor ist das Einzige, was mich bei dem Scheiß hier rettet«, erwidert Bene.

Der Wagen bebt, als er über die Schwelle der Kammer gerollt wird.

Sita versucht, so flach wie möglich zu atmen. Jetzt, unter den Augen der Sicherheitsleute, kommt es auf jede kleine verräterische Bewegung an. Sei es das Zittern eines Fingers oder eine zu starke Atembewegung unter der Folie.

Im Flur macht sich das eiernde Rad bemerkbar. Der Wagen schlingert und vibriert unter ihr, und sie fragt sich, ob Bene ihn mit Absicht beschädigt hat, um verdächtige Bewegungen zu kaschieren. Bruckmann hält sie an sich gedrückt. Eine Hand auf ihrer Brust, die andere auf ihrer Hüfte, und sie ist auf eine absurde Weise fast dankbar dafür, dass er sie festhält. Es ist beinah, als hätte auch er das Gefühl, sich festhalten zu müssen. Sie fragt sich, ob er Angst hat, ob jemand wie Bruckmann überhaupt so etwas wie Angst empfindet. Der Moment, als er Hölscher die Kehle durchgeschnitten hat, fällt ihr plötzlich wieder ein. Es waren dieselben Hände, die sie jetzt festhalten.

Ein elektromagnetischer Verschluss klickt.

»So, dann mal rein mit dem Patho-Express.« Sicherheitsmann Nummer zwei. Sie sind an der Schleuse. Der Wagen kommt zur Ruhe, und Sita hält die Luft an. Bruckmann tut das Gleiche. Eine Tür wird geschlossen.

»Stinkt das wirklich so schlimm?«, fragt Sicherheit zwei neugierig. Der Stimme nach steht er direkt neben ihnen in der Schleuse.

»Mörderisch«, murmelt Bene.

»Machen Sie doch mal auf.«

Sita gerinnt das Blut in den Adern.

»Das wollen Sie nicht wirklich«, erwidert Bene.

»Nein, ehrlich. 'n Kollege von mir strunzt immer rum mit seinen Storys aus Afghanistan. Tut, als wär er 'n Fremdenlegionär, und meint immer, wer noch nie den Geruch einer Leiche inhaliert hätte, wär kein Kerl.«

»Ganz ehrlich, der Kollege redet Scheiße. Und ziemlich respektlos is er auch noch.«

»Sie reißen doch selber die ganze Zeit Witze.«

»Fuck, ja. Is so 'ne Art Notwehr.«

»Mensch, Kollege, jetzt mach schon auf.«

»Hast du 'ne Freundin?«, fragt Bene.

»Hä? Klar, Mann, wieso?«

»Dann kannst du dir jetzt aussuchen, ob du beim Vögeln lieber ihren Geruch in der Nase hast oder den von diesem Typen hier. Das hält sich nämlich wochenlang in deinen Schleimhäuten. Und ich hab für heute auch genug von der Scheiße. Also geh mir nicht auf den Sack mit eurem Schwanzlängenvergleich.«

Für einen Moment ist es still in der Schleuse.

»He! Wart mal«, ruft eine Stimme aus einiger Entfernung. »Hier ist noch was.«

»Hm, was denn?«, fragt Sicherheit zwei.

»Ich hab gerade 'nen Schlappen in der Kammer gefunden«, sagt Sicherheit eins und kommt näher.

O Gott, nein! Sitas Herz setzt für einen Moment aus. Bitte, bitte nicht.

»Schlappen? Wie jetzt?«, fragt Sicherheit zwei.

»Na, von Patzner wahrscheinlich. Muss rausgefallen sein. Mach mal auf, dann kann er noch mit.«

»Ich glaub, den braucht er nich mehr«, knurrt Sicherheit zwei und schaut Bene an.

»Laufen wird er wohl in der nächsten Zeit nicht.« Bene schnaubt belustigt. »Behalt ihn als Andenken oder schenk ihn deinem Kollegen. Wenn er mal wieder Lust auf Leichengeschmack hat, soll er dran nuckeln.«

»Ha«, macht Sicherheit zwei.

Es summt, und der Riegel einer elektronischen Tür schnappt zurück.

»Bist 'n ziemliches Arschloch«, sagt Sicherheit zwei und schafft es, das wie ein Lob klingen zu lassen. »Und jetzt raus hier mit eurem Patho-Express.«

»Alles klar, Mann. Wir sehen uns«, sagt Bene und ruft dann: »Festhalten, Patzner, jetzt kommt die Rampe.«

Bruckmanns Klammergriff wird noch stärker, und Sita spürt, wie es plötzlich bergab geht. Dann hört sie das Geräusch einer Zentralverriegelung. Eine Klappe wird geöffnet. Der Wagen wird hochgewuchtet, zwei Metallhaken rasten ein, und dann werden Bruckmann und sie auf Schienen in den Wagen geschoben. Eine Heckklappe wird zugeschlagen, dann zwei Autotüren. Einen Augenblick später startet der Motor.

»Wir sind allein«, sagt Bene. »Jetzt noch die Pforte. Durchhalten, bald ist's geschafft.«

Sita atmet tief ein und aus. Der Sack knistert. Bruckmann hat immer noch die Arme um sie geschlungen.

Nachdem der Wagen ein paar Meter gefahren ist, sagt Bene plötzlich: »Wart mal, wart mal. Fahr mal da rüber und halt direkt rechts neben dem an.«

Der Wagen geht in eine enge Kurve und bleibt stehen. Eine Autotür wird geöffnet, und jemand steigt aus.

Sitas Herzschlag hat sich gerade etwas beruhigt, jetzt wird er sofort wieder schneller.

»Mein Gott«, stöhnt Benes Helfer, der offenbar am Steuer sitzt. »Jetzt geht er pissen? Ich fass es nicht.«

Eine Weile später hört sie ein dumpfes Knacken und splitterndes Glas.

»Scheiße«, flüstert der Fahrer.

Sita erstarrt. War das ein Schuss? Bruckmanns Hände auf ihrem Körper verkrampfen sich.

Die Beifahrertür wird aufgerissen. »Sorry«, sagt Bene und steigt ins Auto. »Das musste sein.« Er schlägt die Tür zu. »Und jetzt weg hier.«

Was verdammt noch mal hat Bene da getan?

Der Wagen schleicht über Kies, dann nimmt er Fahrt auf. Nach einer Weile wird er wieder langsamer, und das Geräusch eines Fensterhebers ist zu hören.

»Hey, Leute«, ruft Bene. »Ladung an Bord und ab nach Hause.«

»Du nimmst den doch hoffentlich nicht mit nach Hause«, flachst der Sicherheitsmann am Tor.

»Bist du der Kollege, der in Afghanistan war?«

»Ja, wieso?«

»Scheinst 'n harter Hund zu sein. Dein Kollege schwärmt von dir«, sagt Bene.

»Is mir nich neu! Ich mach euch auf. Viel Spaß beim Aufschneiden.«

»Danke!«, erwidert Bene. Die Scheibe fährt hoch, dann fährt der Wagen langsam an. Weiter, weiter, weiter. Der Fahrer atmet prustend aus und gibt Gas.

»Wahooo«, stöhnt Bene. »Wir sind durch, das war's. Noch 'ne Weile liegen bleiben für den Fall, dass uns noch jemand sieht oder jemand entgegenkommt.«

»O Gott!«, stößt Sita hervor. »Oh, mein Gott, mein Gott.« Ihr kommen die Tränen. Bruckmann scheint sich ebenfalls zu entspannen, doch er lässt nicht los. In der nächsten Serpentine ist sie dankbar dafür; einem mordenden Ungeheuer dankbar, dass es sie nicht aus der Kurve fliegen lässt.

Selbst dass seine Hand auf ihrer Brust liegt, ist egal. Alles ist gerade egal, weil sie raus ist aus dieser verfluchten Klinik. Ein paar Meter noch, dann wird sie erlöst sein.

Wenig später biegt der Wagen auf einen Waldweg ein. Es holpert, und einmal schlägt sie mit dem Hinterkopf an Bruckmanns Schädel. Kaum hat der Wagen angehalten, lässt Bruckmann sie los, macht ein paar hektische Verrenkungen, und dann spürt sie plötzlich, wie er ihr etwas an den Hals drückt.

»Keine Bewegung, klar?«

Das Skalpell, denkt Sita alarmiert. Er hat immer noch das Skalpell!

Bene steigt aus, der Fahrer ebenfalls. Dann geht die Heckklappe auf, und als jemand zu ihnen nach hinten auf die Ladefläche klettert, senkt sich der Wagen merklich ab. Der Reißverschluss wird mit einem Sirren aufgezogen. Sita schaut in Benes Gesicht und auf eine Pistole, deren Mündung er direkt auf Bruckmann richtet.

»Gottverdammter Scheißkerl«, zischt Bene. »Lass sie los.«

»Ein Schnitt, und sie verblutet«, sagt Bruckmann heiser.

»So schnell, wie die Kugel durch dein Auge ins Hirn geht, kannst du gar nicht zustechen.«

»Bereit, es zu riskieren?«, fragt Bruckmann. »Ich schon, du willst mich sowieso erschießen.«

»Stimmt genau«, knurrt Bene. »Aber wenn du sie loslässt, denk ich vielleicht doch noch mal drüber nach.«

»Ich will nicht, dass du drüber nachdenkst. Ich will, dass du mir die Waffe gibst.«

»Sicher nicht, Bruckmann.«

»Und wenn du mich erschießt, was willst du dann mit dem armen Teufel tun, der den Wagen gefahren hat? Is doch keiner von deinen Leuten, oder? Wäre dann Zeuge eines Mordes. Willst du das? Oder hast du vor, ihn auch zu erschießen?«

Bene starrt Bruckmann hasserfüllt an.

»Bene«, sagt Sita leise. »Lass ihn.«

»Auf keinen Fall.«

»Bene, er hat recht, es reicht. Bring ihn nicht um. Das macht alles nur noch schlimmer.«

»Was heißt hier, bring ihn nicht um. Er drückt dir ein Messer an die Kehle.«

»Ja, verdammt. Aber er hat mich auch gerettet, da drinnen. Ohne ihn wär ich nie rausgekommen.«

»Schön, aber für mich ändert das nichts. Der Scheißkerl hat auf mich geschossen. Zwei Mal. Ich hab nur noch eine verdammte Niere wegen ihm.«

»Lass ihn gehen, Bene. Guck dich doch mal um. Wo soll er denn hin, wenn wir ihn hierlassen?«

Bene starrt auf das Skalpell und dann auf Bruckmann. »Du lässt sie in Ruhe, klar?«

»Ich hab nichts gegen sie. Wenn du die Waffe runternimmst, ist alles okay.«

»Du zuerst.«

»Nicht so.«

»Bene, er wird mir nichts tun. Er hat nichts davon«, flüstert Sita. »Wenn ich sterbe, stirbt er auch. Das alles macht keinen Sinn. Lass ihn gehen, verdammt.«

Bene verzieht das Gesicht zu einer Grimasse. »Okay. Ich steige aus. Aber die Waffe bleibt auf dich gerichtet. Ich seh dich, Bruckmann. Ich seh dich ganz genau.« Langsam klettert Bene rückwärts aus dem Wagen, die Waffe weiter auf Bruckmann gerichtet. Mit jedem Meter, den er sich entfernt, erhöht sich die Wahrscheinlichkeit, bei einem Schuss nicht zwingend Bruckmann zu treffen. Drei Meter vom Wagen bleibt er stehen.

»Okay, jetzt du«, sagt Bruckmann zu Sita. »Steh auf und bleib ja in der Schusslinie.«

Langsam streift Sita den Leichensack ab und klettert von Bruckmann herunter. Mit zitternden Knien steigt sie aus dem Wagen. »Lass mich gehen«, flüstert sie.

Bene zögert, dann lässt er die Waffe sinken. »Raus da, Bruckmann.«

»Denk dran, wenn du mich erschießt, musst du deinen Fahrer gleich mit erschießen«, ruft Bruckmann.

Sita schaut sich nach dem Fahrer um, der kreidebleich neben dem Leichenwagen steht, Bene anstarrt und langsam vor ihm zurückweicht.

»Josef«, ruft Bene. »Alles okay. Bleib hier, ich tu dir nichts.«

Bruckmann klettert langsam aus dem Wagen, die Prothese behindert ihn dabei sichtlich. Unter Josefs Schuhen knacken Äste, während er weiter zurückweicht. Bruckmann kommt ächzend auf die Füße. Die Strapazen der letzten Stunden sind ihm deutlich anzusehen.

»Weg vom Auto«, sagt Bene. Im selben Moment dreht sich Josef um und rennt stolpernd den Hang hinunter in den Wald.

»Scheiße«, flucht Bene. »Josef! Bleib hier, verdammt.«

Bruckmann nutzt den Moment, dreht sich ebenfalls um und beginnt seitwärts parallel zum Hang zu flüchten. Mit seiner Prothese und seinem gesunden Bein sieht sein Lauf seltsam schief aus, doch er ist erstaunlich schnell in dem unwegsamen Gelände.

Bene hebt die Waffe und zielt konzentriert auf Bruckmanns Rücken. Sita legt ihm die Hand auf den Arm. »Nicht«, sagt sie leise.

Benes Kieferknochen treten hervor, seine Lippen sind ein wütender Strich. »Scheiße, verdammte«, knurrt er schließlich und lässt die Waffe sinken.

Erst jetzt fällt Sita auf, dass Bene Latexhandschuhe trägt. »Ist schon okay«, murmelt sie. »Wo soll er auch hin. Wenn er Glück hat, finden die ihn, bevor die Nacht anbricht. Hier wird bald die Hölle los sein, wenn die merken, dass wir beide weg sind.«

Bene nimmt seinen Mundschutz ab und nickt grimmig. »Hoffentlich fällt er in einen Bachlauf und ertrinkt.«

Sita schaut Josef nach, der panisch weiter hangabwärts stolpert. »Wer ist das?«

»Josef Basler, eine Hilfskraft aus der Pathologie Sonthofen. Mit Gisells Hilfe hab ich ihn überredet mitzumachen.«

»Überredet? Womit?«

»Geld.«

»Nur Geld?«

»Geld und Überredungskunst.« Er grinst schief.

Sita formt die Hände zu einem Trichter, doch Bene hält sie vom Rufen ab. »Das hört man hier kilometerweit in den Bergen. Wir sollten jetzt keine Aufmerksamkeit erregen. Wir müssen hier weg.«

»Meinst du, er kommt klar?«, fragt Sita.

»Er ist nicht so lädiert wie Bruckmann, einige Jahre jünger und kennt sich hier aus, glaube ich. Außerdem weiß er, wo mein Wagen steht, und er geht mit Sicherheit davon aus, dass ich diese stinkende Pathologenkarre da gleich abstellen werde. Komm. Wir müssen –«

Sita fällt ihm wortlos um den Hals und drückt ihn an sich. »O Gott, danke«, flüstert sie. »Noch nie in meinem Leben war ich so froh, dich zu sehen.«

Bene umarmt sie und hält sie fest.

»Du bist irre, weißt du das?«, haucht sie, und ihr kommen erneut die Tränen.

»Gut irre oder blöd irre?«, fragt Bene.

»Beides«, sagt sie, lässt ihn los, nimmt sein Gesicht in die Hände und gibt ihm einen Kuss. »Aber heute vor allem gut.«

Bene lächelt. Es soll verwegen aussehen, wirkt aber eher etwas verlegen. Sita muss an den jungen Bene denken, an ihre erste Begegnung mit dem rothaarigen Schlaks. »Wo ist Gisell?«, fragt sie.

»Hab sie in den Zug gesetzt. Pathologen einfangen ist eins, aber das hier …«

Sita nickt und ist froh, dass Gisell nicht ihrem Vater begegnet ist. Bene scheint dasselbe zu denken und verzieht das Gesicht. »Ach«, sagt sie, »und du hast dir den Bart gefärbt.« Sie zupft an seinen Barthaaren. »Von rot auf schwarz.« Sie wischt sich die Tränen aus dem Gesicht.

»Abrasieren ging nicht, und rot war zu auffällig. Aber wir müssen los …«

Sita nickt. Sie wirft noch einen Blick in die Richtung, in die Basler gelaufen ist, doch die Bäume haben ihn längst verschluckt. Auch von Bruckmann ist nichts mehr zu sehen. Der Abendhimmel färbt sich gerade dunkelblau, und die tief stehende Sonne taucht die Spitzen der gegenüberliegenden Berge in oranges Licht.

Hoffentlich hat Bene recht mit Basler. Widerstrebend steigt sie in den Leichenwagen, ein Mercedes, dunkelgrau. »Auch von der Pathologie Sonthofen?«, fragt sie.

»Yep. Geliehen«, sagt Bene. Er setzt sich hinters Steuer und wird plötzlich blass. Hektisch tastet er nach dem Wagenschlüssel. Dann seufzt er erleichtert auf. »Mann. Ich dachte schon, Josef hat ihn mitgenommen.«

Er startet den Wagen, legt den Rückwärtsgang ein und hol-

pert zurück bis zur Straße. Dann gibt er Gas und steuert den Mercedes durch die Serpentinen Richtung Tal.

»Zurück nach Berlin?«, fragt er.

»Zurück nach Berlin«, erwidert Sita.

Nach zwanzig Minuten biegt er erneut in einen Waldweg ein, wo ein dunkelblauer Audi geparkt ist. Sie steigen aus, und Bene holt eine Sporttasche aus dem Kofferraum des Audi. »Frische Kleidung und was zum Waschen«, sagt er. »Und schau mal, da drüben ist ein kleiner Bach.«

Dankbar nimmt Sita die Tasche an sich. Der Gebirgsbach plätschert freundlich. Es riecht nach feuchtem Moos. Sie zieht die stinkende Anstaltskleidung aus, dabei fällt ihr das kleine L8STAR vor die Füße. Sita hebt es auf und steckt es in die Tasche. Mit reichlich Shampoo versucht sie hastig, sich den Leichengeruch vom Körper zu waschen, dann schlüpft sie in die neue Kleidung.

»Sag mal, das eiernde Rad an dem Rollwagen«, fragt sie Bene, als sie zurückkommt, »war das deine Idee?«

Bene grinst nur. Das ist Antwort genug.

Er sitzt bereits hinter dem Steuer des Audi, hat die Latexhandschuhe entsorgt und startet den Motor.

Sie sprechen kein Wort, als er zurück auf die Straße fährt. Auch die nächsten Kilometer verbringen sie schweigend. Die Uhr am Armaturenbrett zeigt 19:43 Uhr. Immer wieder schaut Sita in den Rückspiegel. Sie spürt, wie ihr Adrenalinspiegel sinkt und sie langsam müde wird, und dennoch kann sie nicht schlafen. Einen seltsamen Augenblick lang fragt sie sich, ob sie je wieder wird schlafen können.

»Ach, richtig«, sagt Bene neben ihr plötzlich laut, und sie zuckt zusammen. »Schau mal ins Handschuhfach.«

Sita klappt das Fach auf und findet darin ein Telefon. Das Telefon, das Tom ihr gegeben hat, damit sie ihn erreichen kann, und das sie so schmerzlich in der Klinik vermisst hat. »Deshalb hast du noch mal angehalten und warst pinkeln? Gott, ich hab Blut und Wasser geschwitzt.«

»Du hattest mir doch gesagt, du brauchst es. Also hab ich's geholt. Ich musste nur leider die Scheibe von deinem Wagen einschlagen, hatte ja keinen Schlüssel.«

»Du bist so was von irre! Danke.« Sita lehnt sich zu ihm rüber und küsst ihn auf seinen kratzigen Vollbart. »Aber gewöhn dich nicht dran, ja.«

»Woran? Ans Irresein oder an die Küsse?«

»Woran wohl?«, sagt sie und schaltet das Handy ein. Sie muss an das so teuer erkaufte L8STAR denken, das ihr das Leben gerettet hat. Sofort schießen ihr die Erlebnisse in der Psychiatrie in den Sinn. Forsberg. Vargas Finger. Dass er sie geschützt hat und auch misshandelt. Klara und ihre rote Bibel. Die Musik, nach der alle tanzen. Und Bruckmann, dessen Flucht sie unbedingt verhindern wollte und der jetzt irgendwo da draußen im Wald durch die Finsternis irrt. Ob er weiß, was er tut? Ob er einen Plan hat?

Sie starrt eine Weile ins Licht der Scheinwerfer und auf den auf sie zufliegenden Asphalt. Bene überholt einen Lastwagen, der Fahrer scheint unaufmerksam zu sein, und für einen Moment sieht es so aus, als ob der Laster ausbrechen und sie seitlich rammen würde. Bene gibt Gas, der Laster schlingert, fängt sich, und im nächsten Augenblick ist die Gefahr vorbei. Wie ironisch, denkt Sita bitter. Nach all diesem Wahnsinn, den ich gerade überlebt habe, hätte mich dieser dumme kleine Moment und ein übermüdeter Lastwagenfahrer das Leben kosten können.

Dann wählt sie Toms Nummer.

Er geht nicht dran.

Gottverdammte Scheiße, wo bist du?

Sie seufzt und nimmt sich vor, es während der Fahrt alle halbe Stunde zu versuchen. Irgendwann muss er ja drangehen.

»Kannst du Musik ab?«, fragt sie Bene.

»Klar, mach.«

Sita stellt das Radio an und skippt die Sender durch. Bei SWR3 stutzt sie. Was für ein Zufall. Sie dreht die Musik lauter und summt mit, während Tracey Thorn dunkel »The hunter gets captured by the game« singt.

Wenige Stunden später

Kapitel 42

Das ist es also?, denkt Tom. Wilmington Square 8–11, London Clerkenwell. Zum allerersten Mal nach dreiundzwanzig Jahren Suche steht er an dem Ort, wo Viola lebt. Es fühlt sich unwirklich an. Das Haus sieht schön aus, aber so ... normal. Es passt nicht zu seinem Herzschlag, zu seinem trockenen Mund, dem flauen Gefühl in seinem Magen. Was hat er erwartet? Vielleicht etwas, das mehr nach einem Versteck aussieht, etwas abseits, nicht ganz so schick und bürgerlich. Andererseits, Viola ist Mutter, vielleicht lebt sie hier mit ihrem Mann zusammen, hat einen Hund und geht im Park spazieren. Schwer vorstellbar.

Er schaut auf sein Handy. 23:29 Uhr. Das Display zeigt acht Anrufe von Sita, alle in den letzten viereinhalb Stunden, und das, nachdem sie wochenlang abgetaucht war. Sollte er sie zurückrufen? Nach ihrem letzten Treffen in Berlin hat sie sich nicht ein einziges Mal gemeldet. Dabei hatten sie abgemacht, dass sie Bruckmann in Tauenstein aufsuchen sollte, um bei ihm auf den Busch zu klopfen und ihm Toms Botschaft zu überbringen. Auge um Auge, Zahn um Zahn. Für ein Mitglied meiner Familie nehme ich dir ein Mitglied deiner Familie. Er hatte die Zweifel in ihrem Blick gesehen. Die gleichen Zweifel, die alle anderen von ihm fortgetrieben hatten. Morten, Grauwein, Frohloff und zuletzt Anne und Phil, wobei das ein ganz eigenes Thema war.

Dabei, verdammt noch mal, war es doch so offensichtlich. Er hat immer noch Walter Bruckmann nach der Urteilsverkündung vor Augen, wie er mit dieser kleinen beiläufigen Geste den Daumen von links nach rechts über seine Kehle geführt hatte und ihn dabei ansah. Bruckmann war auf Rache aus, er würde dort weitermachen, wo er aufgehört hatte: alle zu vernichten, die Tom liebte. Wie sonst sollte der Mord an seinem Vater zu erklären sein? Und um einen Psychopathen wie Bruckmann zu stoppen, war Tom nur noch dieser eine letzte Weg eingefallen: Bruckmann mit seinen eigenen Waffen zu schlagen und ihm damit zu drohen, dass seiner, Bruckmanns Familie etwas zustoßen könnte – wenn er weiter versucht, Toms Familie etwas anzutun.

Anfangs war es für ihn ein Bluff gewesen, ein Versuch, Bruckmann zu täuschen. Und er wäre nie ernsthaft in der Lage, einem unschuldigen Menschen etwas zu tun. Aber allein diesen Gedanken auszusprechen, hatte etwas mit ihm gemacht – und das war es, was Sita ihm angesehen hatte. Sie war Psychologin. Sie ahnte, dass er mehr als je zuvor bereit war, eine Linie zu überschreiten.

Vielleicht hatte sie es anfangs nicht glauben wollen, aber sie war zu klug, um sich selbst zu betrügen. Vor ihren Augen hatte er sich in jemanden verwandelt, der nur noch eine Handbreit von der dunklen Seite entfernt war.

Hatte sie ihn aufgegeben? War es ein Fehler gewesen, ihr zu vertrauen?

Am Ende ist sie wie alle anderen, flüstert Vi in sein Ohr.

Eigentlich ist sie genau das nicht.

Und warum meldet sie sich dann nicht? Nicht ein einziges Mal?

Vielleicht ist ihr was passiert?

Blödsinn. Sie vertraut dir nicht mehr. Sie hält uns für verrückt.

Warum ruft sie dann plötzlich achtmal an?

Schlechtes Gewissen? Hätte ich an ihrer Stelle auch!

Ich sollte zurückrufen und fragen, was los ist …

Damit sie dir mal wieder erklärt, dass du unter Paranoia leidest? Dass du Stimmen hörst?

Mit den Stimmen hat sie recht ...

Das sind keine Stimmen, das sind wir! Und das darfst du dir nicht nehmen lassen.

Tom schaut auf den Eingang des Hauses, in dem Viola lebt.

Worauf wartest du noch?

Es ist halb zwölf, sie schläft bestimmt.

Ich und schlafen? Kannst du dich noch daran erinnern, wie ich mit zehn war?

Ich weiß, eine kleine Nachteule ... Aber sie ist nicht du. Sie ist erwachsen, sie hat eine Tochter!

Egal, was kommt, ich werd doch nicht erwachsen, um dann um halb zwölf ins Bett zu gehen! Jetzt klingel schon, das bist du uns schuldig.

Und wenn sie mich gar nicht sehen will?

Ich würde dich sehen wollen. Aber so was von! Und außerdem, wer sollte sie sonst vor Bruckmann warnen? Ich meine, hier geht's um *ihr* Leben ...

»Hast recht«, murmelt Tom. Er steckt das Handy ein und geht auf die Haustür zu. Schwarz lackiertes Holz unter einem Bogen aus Stein. Ein goldglänzendes großes Klingelschild mit zig Parteien. Zweiter Stock, S. Miller. Da ist sie. Sein Herz schlägt so schnell, als wollte es aus seiner Brust springen.

Dass er hier ist, hat er nur Gertrud zu verdanken.

Nach der Beisetzung seines Vaters hatten sie lange gesprochen. Gertrud litt darunter, Phil nicht mehr zu sehen, sie hatte sich im letzten Jahr immer wieder mit Werner gestritten. Sie ahnte – wie Tom –, dass Werner log, wenn es um Viola ging. Doch Werner blieb stur, auch ihr gegenüber. Das Mädchen auf dem Foto sei Nele, Toms ältere Halbschwester, und wo sie woh-

ne, wisse er verdammt noch eins nicht. Nur ein einziges Mal, kurz vor seinem Tod, hatte er sich in einem ihrer inzwischen regelmäßigen abendlichen Streits verhaspelt. Er war müde gewesen, drei Gläser Rotwein, dazu sein fortschreitendes Alter und Gertrud, die genug hatte und nicht lockerließ.

»Verflucht, ich weiß doch selbst nicht, wo sie ist«, hatte er mit rotem Kopf gebrüllt. »Was soll ich tun? Ganz London absuchen?« Er war kurz verstummt. »Paris? Madrid? Peking? New York? Nele könnte überall sein«, fügte er hastig hinzu. Aber die Pause nach London konnte er nicht mehr ungeschehen machen.

Drei verschiedene Location-Scout-Agenturen hat Tom daraufhin in London kontaktiert, auf der verzweifelten Suche nach einer Spur. Auf dem Foto von Viola und ihrer Tochter war nicht viel außer den beiden zu sehen, nur etwas Grün, der Teil einer Bank, eine unscharfe Häuserzeile, ein Laternenpfahl, Kleinigkeiten eben. Doch die Leute in den Location-Scout-Agenturen leben von diesen Kleinigkeiten. Sie sind darauf spezialisiert, Locations für Film- und Fernsehproduktionen zu finden, und sind tagtäglich auf der Suche nach Motiven unterwegs, quer durch die ganze Metropole.

In der dritten Agentur hatte Tom Erfolg. Ein Praktikant, flachsblond mit einer teuer aussehenden Brille und kurzem buntem Schlips tippte auf das Foto, auf die angeschnittene Silhouette eines sehr unscharfen Hochhauses, das scheinbar weit entfernt am Ende einer Straße hervorlugte. Eigentlich war es kaum zu erkennen. Der Kerl mit dem bunten Schlips hatte einen guten Blick. »Das hier«, meinte er, »ist das nicht das Michael Cliffe House in Clerkenwell?«

Tom war daraufhin eine ganze Weile durch die Straßen um das Michael Cliffe House gelaufen, ein fünfundzwanzigstöckiges fantasieloses graues Wohngebäude, und hatte mit seinem Handy immer wieder die Perspektiven überprüft, bis er schließlich nach Tagen vor genau der Parkbank stand, auf der Viola fotografiert worden war – in Spa Green Garden an der Rosbery Ave. Die nächsten zweieinhalb Wochen hatte er damit verbracht, die Bäcker, Supermärkte, Kioske und Cafés in der Gegend abzuklappern und das Foto von Viola herumzuzeigen. Niemand hatte sie gesehen.

Tom war schon drauf und dran gewesen zu glauben, das Foto sei vielleicht ganz bewusst weit weg von Violas eigentlichem Versteck gemacht worden. Bis eine liebenswürdige ältere Dame, die mit ihrem in die Jahre gekommenen, etwas zerrupften weißen Labrador in einem Café bei Tee und Kuchen saß, auf Violas Tochter zeigte.

»Die Kleine da, die *kenn ich.«*

Tom kann sich noch genau daran erinnern, wie sein Atem kurz stockte, wie sich die Gänsehaut anfühlte, die ihn überkam, und danach dann die Welle der Euphorie.

»Die ist vorgestern mit meinem Buddy ein paar Schritte gegangen. Ich saß auf der Bank, hab mich ausgeruht, sie kam vorbei und hat gefragt, ob sie ihn streicheln darf. Ganz höfliches Mädchen. Hat ihn durchgekrault, hier.« Sie bückte sich, was ihr nicht leichtfiel, und streichelte ihren Labrador hinter dem Ohr. Der Hund rollte sich genüsslich auf den Rücken und hob die Pfoten. »Und dann ist sie für mich 'ne Runde mit dir gegangen, oder, Buddy?«

»Und in welchem Park war das?«, fragte Tom.

»Wilmington Square. Sie hat sich noch eine Weile neben mich gesetzt, und wir haben über Hunde gesprochen. Ihr Handy hat irgendwann geklingelt, ihre Mutter war dran, und die war ziemlich genervt. Das Mädchen hat total auf Durchzug geschaltet und hat immer nur noch trotzig ja Mum, ja Mum, ja Mum gesagt. Die beiden hatten ordentlich Streit.«

»Wissen Sie, worum es dabei ging?«

»Wahrscheinlich ist sie eine von diesen Helikoptermüttern, nennt man das inzwischen nicht so? Ich hab ja meinen Sohn einfach laufen lassen … Na jedenfalls, die Kleine legt auf, rollt mit den Augen und sagt: Meine Ma. Ich muss. Ich frag sie: Habt ihr Ärger? Sie zuckt nur mit den Achseln, und dann ist sie los.«

»Und haben Sie gesehen, wohin sie gegangen ist?«, fragte Tom.

Die ältere Dame sah ihn plötzlich misstrauisch an. »Wer sind Sie eigentlich, warum wollen Sie das wissen?«

»Ich bin ihr Onkel«, sagte Tom wahrheitsgemäß. »Meine Schwester und ich, wir haben uns vor Jahren aus den Augen verloren.«

Die ältere Dame musterte ihn. »Das tut mir leid für Sie. Wenn ich Ihnen helfen könnte, ich würd's ja tun.«

»Das heißt, Sie wissen nicht, wo sie hingegangen ist?«

»Bestimmt irgendwohin in der Nähe, aber wo …« Sie zuckte mit den Achseln, und der Hund rollte sich zurück auf den Bauch.

Und jetzt steht er hier, vor dem Klingelschild.

S. Miller. Shona.

Es gibt nichts, was man nicht mit Ausdauer und den richtigen Fragen herausfinden kann. Solange man nur eine erste Spur hat.

In der Jackentasche summt plötzlich sein Telefon. Hat er das nicht auf stumm gestellt? Er holt es heraus und schaut aufs Display. Es ist Sitas Nummer, zum neunten Mal. Aus irgendeinem Grund hat er das Handy vorhin wohl doch wieder auf laut geschaltet.

Er überlegt, sie wegzudrücken.

Was zum Teufel willst du? Ausgerechnet jetzt.

Er tritt von der Haustür zurück auf den Gehsteig. Das Klingeln hört auf, dann setzt es wieder ein. Sie lässt nicht locker.

Schalt das Ding aus, flüstert Vi.

Und wenn's wichtig ist?

Was kann wichtiger sein als das hier! Du bist am Ziel. *Wir* sind am Ziel. Also mach das Ding aus.

Ich will ja gar nicht drangehen. Aber zehn *Anrufe?*

Dann ruf sie später zurück.

Jetzt komm schon, Sita war lange Zeit die Einzige, die an uns geglaubt hat.

Halt sie bloß raus aus unserem uns!

Tom gibt ein wütendes Knurren von sich und nimmt das Gespräch an. »Was ist los, was willst du?«

Am anderen Ende der Leitung herrscht Stille. Es rauscht, als ob sie in einem Auto sitzen würde.

»Tom? Bist du das?«

»Ja, klar, was willst du?«

Wieder Stille. Sie ist überrascht von seiner Schroffheit.

»Ich war bei Bruckmann«, sagt sie.

Jetzt ist es Tom, der still ist.

Und wenn schon, *flüstert Vi.*

»Hör zu, Tom, du täuschst dich, es geht nicht darum, dass Bruckmann auf Rache aus ist ...«

»Er hat meine Mutter getötet und meinen Vater. Und er hat versucht, meinen Sohn umzubringen. Was glaubst du, wer als Nächstes dran ist?«

»Ja, ich weiß, aber ich glaube, dass der Tod deines Vaters nichts mit Bruckmann zu tun hat.«

Siehst du, was ich meine?, *flüstert Vi.* Sie glaubt dir nicht, sie hat dir nie geglaubt.

»Sita, wir besprechen das ein anderes Mal«, sagt er brüsk, »ich hab Viola gefunden.«

»Du hast – was?«

»Ich steh vor ihrem Haus. Ich geh da jetzt rein. Lass uns später telefonieren.«

»Nein, warte«, ruft Sita. »Tom? Hör mir zu, ich war in der Psychiatrie und bin da unter die Räder gekommen, die haben mich eingesperrt, mit Bruckmann.«

Tom glaubt sich verhört zu haben. »Du warst mit Bruckmann zusammen *in Tauenstein eingesperrt?«*

»Nicht direkt mit ihm zusammen. Aber ja. Hör zu, das –«

»Ist dir was passiert? Bist du okay?«, fragt er bestürzt.

»Ja, ich bin abgehauen, ich bin auf dem Weg zurück nach Berlin. Aber das ist jetzt nicht wichtig. Hör mir bitte zu, ja? Es scheinen mehrere Leute hinter Viola her zu sein, ich durchschaue das noch nicht so ganz, aber es geht nicht darum, dass Bruckmann dir schaden will. Es geht um etwas, das Viola hat, seit dem Tag, an dem sie verschwunden ist. Klara Winter ist hier, in der Klinik, meine ich, du kannst dich an sie erinnern?«

Und ob er das kann. Noch heute hat er Albträume, steht im Dom, und sie stößt ihm das Messer in den Leib. »Ja, klar«, sagt Tom.

»Klara sagt, Viola hätte ihr eine Bibel gestohlen. Rot. Mit einem goldenen Kreuz darauf. In dieser Bibel muss irgendetwas gewesen sein, sie sprach von Musik, aber das glaube ich nicht. Das muss ein Sinnbild für irgendetwas anderes sein. Sie sprach von der ›Musik, nach der alle tanzen‹. Sagt dir das was?«

»Nicht im Geringsten«, erwidert Tom. »Wer sind diese Leute, die hinter Viola her sein sollen?«

»Vor allem ein Professor Forsberg, der Leiter der Klinik. Vielleicht auch Bruckmann, aber nicht so, wie du denkst, er ist nicht auf Rache aus. Und dann ist da noch dieser Typ, der deinen Vater in der U-Bahn überfallen hat. Erinnerst du dich noch an das Gespräch zwischen deinem Vater und dem Täter,

das Lotte Wißmann geschildert hat? Da war die Rede von einer Kopie. Was, wenn es darum *geht. Um eine Kopie von irgendetwas, versteckt in einer Bibel?«*

Tom steht wie erstarrt auf dem Bürgersteig vor Violas Wohnung. Ihm ist schwindelig. Er hat das Gefühl, die Informationen nicht aufnehmen zu können. Es auch nicht zu wollen. Er will eigentlich einfach nur da hoch und nach dreiundzwanzig Jahren seine Schwester wiedersehen und umarmen. Er will sehen, dass es ihr gut geht, will sich nicht mehr schuldig fühlen müssen. Und er will sie vor dem Mann beschützen, der seine Familie auslöschen will. Doch jetzt, mit Sitas Anruf, gerät alles ins Wanken.

Viola soll etwas gestohlen haben?

Von Klara Winter? Und das soll so wichtig sein, dass mehrere Leute nach ihr suchen?

»Tom?«

»Ja, ich bin hier.«

»Hast du schon mit Viola gesprochen?«

»Nein, ich wollte gerade klingeln.«

»Jetzt? Ist das nicht sehr …«

»Jetzt umso mehr.«

»Okay. Okay. Vielleicht hast du recht.«

Stille.

»Pass bitte auf dich auf«, sagt Sita. »Diese Typen, angefangen bei Forsberg und seinen Helfern in der Klinik bis hin zu diesem Kerl in der U-Bahn, die sind skrupellos. Ich weiß nicht, worum es genau geht, aber diese Kopie scheint wirklich wichtig zu sein. Da steckt mehr dahinter als ein rachsüchtiger Bruckmann.«

»Alles klar. Ich pass auf«, sagt Tom. »Ich melde mich morgen.«

»Morgen?«

In der kurzen Stille schwingt Betroffenheit mit.

»Sita, ich steh vor Violas Tür. Begreifst du, was das bedeutet?«

»Verdammt, ja. Ich glaube, es gibt kaum jemanden, der –«

»Gut. Dann gib mir doch jetzt die Zeit.«

»Ist okay, ja. Aber Tom? Meld dich bitte danach, ja? Nicht erst morgen …«

Tom lässt das Telefon sinken, beendet das Gespräch und schaltet das Handy aus. Er schaut hoch zu den Wohnungen im zweiten Stock. Ob Viola von alldem weiß? Ist ihr bewusst, dass sie gesucht wird, wegen dieser Kopie, von der Sita gesprochen hat, oder dieser Bibel? Und wie lange suchen diese Leute sie schon? Sind sie vielleicht schon in London?

Im zweiten Stock sind alle Fenster dunkel. Sie könnte genauso gut schon wieder verschwunden sein. Jemand könnte in ihrer Wohnung gewesen sein und sie durchsucht haben. Er strafft die Schultern, schaut in den Himmel. Ein scharfer Sichelmond steht über dem Park.

Er geht zur Tür, stellt sich vor, dass auf dem kleinen Schild Viola Babylon steht, und klingelt bei S. Miller.

Sita sieht verblüfft auf das Display ihres Handys. Rasch wählt sie Toms Nummer noch einmal.

Verdammt, er hat abgeschaltet. Sie steckt das Handy ein und starrt auf die Rücklichter eines Porsche, der vor ihnen über die Autobahn rast. Der Tacho des Audi zeigt 190.

»Warum hast du ihm nicht gesagt, dass Bruckmann entkommen ist?«, fragt Bene.

»Hätte ich gerne, er hat aufgelegt.«

»Fuck.«

»Aber so was von.«

»Hab ich das richtig verstanden? Er hat Viola gefunden?«

»Er steht vor ihrer Haustür.«

»Unglaublich«, sagt Bene und schlägt aufs Lenkrad. »Das glaub ich einfach nicht! Wie irre ist das denn? Und jetzt?«

»Keine Ahnung.«

»Wie, keine Ahnung? Ich meine, ist sie da? Was passiert jetzt? Er muss doch irgendwas gesagt haben?«

»Eben nicht, Bene. Er hat aufgelegt«, sagt Sita gereizt.

»Das gibt's doch nicht«, schnaubt Bene. »So ein Idiot.«

Sita starrt auf ihr Handy. Dann wählt sie eine der wenigen Nummern, die sie auswendig kennt. Niemand geht dran. Sie versucht es ein zweites Mal. Nach sechs weiteren Freizeichen meldet sich eine verschlafene Stimme. »Hallo, wer is 'n da?«

»Lutz«, ruft Sita, »schläfst du immer noch auf der Liege im Büro?«

»Mm«, brummt Frohloff, »gute Dinge sind ja rar. Warum sie aufgeben.«

Sita kann den Zynismus in seinem Gesicht förmlich vor sich sehen. »Mensch, ich bin froh, dass ich dich erreiche. Ich brauch deine Hilfe.«

»Äh, sag mal, bist du etwa wieder draußen?«, fragt Frohloff verwirrt.

»Du wusstest, wo ich gelandet bin?«

»Nee. Also ja. In 'ner Klinik, hieß es. Du hättest einen Rückfall – Kollege Promille und so. Stimmt das?«

»Überhaupt nicht, aber das ist 'ne lange Geschichte. Im Moment ist was anderes wichtiger.«

»Okay«, sagt Frohloff konsterniert. Sita kann die Enttäuschung in seiner Stimme hören. Der Erkennungsdienstler in ihm ist naturgemäß neugierig, und wenn es um Sita geht, dann ganz besonders. »Warum rufst du an?«

»Ich brauch dringend eine Halterabfrage. Ich wüsste gerne, zu wem das Kennzeichen B ZS 800 oder B ZS 600 gehört.«

»Okaaaay«, sagt Frohloff gedehnt. Sita hört leises Geklapper; Frohloff malträtiert die Tastatur seines Rechners.

»Oh«, sagt Frohloff nach einer Weile.

»Was oh?«

Anstatt zu antworten, tippt Frohloff erneut auf seiner Tastatur.

»Hm«, sagt er schließlich. »Die 600 am Ende gehört zu einem Ferdinand Steuker.«

»Sagt mir nichts«, meint Sita. »Und die 800?«

»Tja«, sagt Frohloff. »Das ist ehrlich gesagt ... etwas überraschend.«

»Mensch, jetzt spann mich nicht auf die Folter, sag schon!«

Als Lutz Frohloff ihr den Namen des Fahrzeughalters nennt, ist es, als ob ihr jemand kalt in den Nacken atmete.

»Wo hast du den Wagen denn gesehen?«, fragt Frohloff.

»Egal«, murmelt Sita. »Danke. Hast was gut bei mir.«

»Moment mal«, beschwert sich Frohloff. »Kannst du mir nicht wenigstens sagen, was –«

Sita legt auf und versucht, die Information, die ihr Frohloff gegeben hat, zu verdauen. Bisher hat sie gedacht, Bruckmann und Forsberg seien ihr größtes Problem. »Fuck«, flüstert sie. »Fuck, fuck, FUCK!«

Auch nach dem dritten Klingeln öffnet niemand. Tom geht ein paar Schritte zurück auf den Bürgersteig, schaut erneut hoch zum zweiten Stock. Dunkle Fenster, sonst nichts. Nur im dritten Stock brennt Licht. Er nimmt sein Handy, googelt das Haus und sieht, dass es einen großen Innenhof hat, mit einer Zufahrt über die Rosebery Ave. Auf Street View kann man erkennen, dass der Zugang mit einem Gitter versperrt ist.

Zwei Minuten später klettert er über die Mauer neben dem Gitter, läuft durch den Innenhof und steht vor dem Hinteraus-

gang. Die Lampe über der Tür taucht Tom plötzlich in grelles Licht. Er hebt einen Stein auf, wirft ihn mit Schwung gegen die Lampe und weicht dem herunterfallenden Glas aus. Es ist dunkel um ihn.

Verdammt, was mache ich hier? Ich benehme mich wie ein Einbrecher. Ich sollte morgen wiederkommen.

Bist du verrückt?, *haucht ihm Vi ins Ohr.* Wer weiß, was morgen ist, stell dir vor, sie packt heute Nacht ihre Sachen und verschwindet, dann stehst du wieder mit leeren Händen da.

Tom schluckt. Sein Herz schlägt viel zu schnell. Die letzten achtundvierzig Stunden hat er kaum geschlafen. Auf seiner Stirn stehen Schweißtröpfchen. Er schaut sich im Innenhof um. Ein paar geparkte Autos, Müllcontainer, wenige erleuchtete Fenster, und niemand, der sich gerade für den Hof interessiert.

Er rüttelt vorsichtig an der Tür.

Verschlossen.

Kriegt man die nicht irgendwie auf?, *drängelt Vi.*

Ja, kriegt man.

Tom holt sein Portemonnaie aus der Innentasche seiner Jacke, checkt seine Karten und entscheidet sich für die halbtransparente IKEA Family Card. Das Plastik ist dünn und biegsamer als das der anderen Karten. Er muss kurz an Anne und Phil denken, hofft inständig, dass sie dort bleiben, wo sie jetzt sind: in Sicherheit. Ob sie das nun tun, weil er sie darum gebeten hat, oder weil Anne wütend ist und Abstand von ihm will. Am Ende ist es egal, solange die beiden sicher sind.

Er nimmt die Family Card, biegt sie ein paarmal durch, um das Plastik geschmeidiger zu machen, dann schiebt er die Karte zwischen Rahmen und Tür, bis er den Schnapper erwischt, ihn zurückdrücken kann und sich die Tür fast lautlos öffnet.

Tom schlüpft in den Flur und schließt die Tür leise.

Die verbogene Family Card steckt er zurück ins Portemonnaie.

Im Treppenhaus schleicht er die Stufen hoch. Versucht, seinen Puls zu kontrollieren. Seine Erinnerungen überschlagen sich. Er hat das Gefühl, Vi vor sich zu sehen, wie sie mit dem Schlüssel in der Hand den Flur entlanghüpft, eine Feder hinters Ohr gesteckt. Das letzte Mal, dass er sie gesehen hat. Das Bild hat sich in sein Gedächtnis eingebrannt, und seine Erinnerung projiziert es in den Flur, als wäre es real. Er blinzelt, schüttelt den Kopf.

Sie ist weg.

Er geht die Türen im zweiten Stock ab. Vor der einzigen Tür ohne Namensschild bleibt er stehen.

Wo sonst, wenn nicht hier.

Neben der Tür sind zwei schwarze, ein wenig stumpfe Bakelitschalter, einer davon mit dem Symbol einer Glocke. Er klingelt. Nicht, dass er das nicht schon draußen getan hätte. Aber hier fühlt es sich anders an. Näher. Besser.

Von drinnen klingt ein leises Schellen durch die Tür.

Nichts passiert.

Er klingelt wieder. Zweimal.

Dann lässt er den Daumen für eine halbe Minute auf dem Klingelknopf.

Sie muss da sein. Sie muss einfach.

5 Tage später

Kapitel 43

Angus Kilduff weiß nicht, was er von diesem Deutschen halten soll. Der Scheißkerl hat auf ihn geschossen, ist verflucht noch mal bei ihm eingebrochen und hat ihm die Waffe in den Mund gesteckt. Und jetzt will er auch noch Shonas Wohnung sehen, und das ist wirklich das Letzte, was Kilduff ihm zeigen will.

Aber seit dieser Typ sich entschuldigt hat und diese filmreife Story mit seiner verschwundenen Schwester zum Besten gegeben hat, findet er irgendwie: Der Kerl ist gar nicht so verkehrt.

Oder ist er dabei, sich von dem Deutschen einlullen zu lassen?

Es gibt Leute, die so verflucht gut lügen, dass man ihnen einfach alles glaubt. Sogar zu der Sache mit dem Namen haute er eine Erklärung raus. Welche Deutsche heißt denn bitte Shona!?

Nee, so würde sie gar nicht heißen.

Ja, wie denn jetzt?

Wolle er nicht sagen, meinte der Deutsche, es gebe ja einen Grund, warum Shona ihm, Kilduff, nicht ihren richtigen Namen gesagt habe. Und da wolle er jetzt nicht dazwischen.

Kann man glauben. Oder auch nicht.

Die ramponierte Treppe hoch ins zweite Obergeschoss ächzt bedenklich unter Kilduffs schweren Tritten, und der Deutsche ist auch nicht gerade ein Leichtgewicht, bei seiner Größe. Außerdem stöhnt er immer wieder, als hätte er

Schmerzen. Vor Shonas Tür bleibt Kilduff stehen und deutet mit einem müden Wink auf das stahlverstärkte dicke Etwas, das Shona anstelle der alten Tür hat einbauen lassen. Aus Sicherheitsgründen, hat sie damals gesagt. Shona war schon immer etwas paranoid. Kein Namensschild, keine Klingel, kein gar nichts.

»Hier?«, fragt der Deutsche.

»Gibt hier nur eine Tür«, erwidert Kilduff achselzuckend. Er beäugt den Deutschen. Die Tür scheint ihn vor ein Problem zu stellen, er sieht unzufrieden aus. Kilduff fragt sich, ob die ganze Geschichte nicht so oder so zum Bumerang für ihn selbst wird. Wenn Shona den Eindruck hat, ihre Wohnung ist nicht mehr sicher, wird sie vermutlich die Biege machen. Und dann? Wie soll er ohne die regelmäßigen Zahlungen über die Runden kommen? Ihm wird flau bei dem Gedanken. Allein bringt er nicht mal seine eigene Miete auf die Kette. Um ehrlich zu sein, Shona drückt für ihre Wohnung einen ziemlichen Wucherpreis an ihn ab, jedenfalls viel mehr, als er selbst für die Bruchbude berappt. Aber gut, versucht er sich gut zuzureden, alles hat irgendwann mal ein Ende. Er fragt sich sowieso die ganze Zeit, wann diese verdammten Investment-Vögel hier aufkreuzen und alles abreißen.

»Sie sind sicher, dass Sie keinen Schlüssel haben?«, fragt der Deutsche.

»Hören Sie mir eigentlich zu?«, knurrt Kilduff. »Sie hat das Schloss ausgetauscht.«

»Tun Sie mir den Gefallen und rufen einmal, Sie kennt sie, mich hat sie seit über zwanzig Jahren weder gesehen noch gehört.«

Kilduff hebt die Brauen. »Sie ist sowieso nicht da. Und selbst wenn«, er deutet mit dem Daumen den Flur hinunter, wo eine Kamera unter der Decke angebracht ist, die den Bereich vor der Tür im Blick hat, »sie wüsste, wer vor der Tür steht.«

»Tun Sie's bitte einfach«, sagt der Deutsche.

Kilduff zuckt mit den Achseln und seufzt. Dann schlägt er ein paarmal gegen die Tür. Es wummert dunkel. »Shona? Ich bin's. Hier is einer, der sagt, er wär dein Bruder.«

Hinter der Tür bleibt es still. Der Deutsche sieht nervös aus, als würde er ein Gespenst erwarten. Gut, wenn er seine Schwester wirklich seit *fucking* zwanzig Jahren sucht, kein Wunder. Muss ihn irre gemacht haben, jedenfalls sieht er ein bisschen so aus. »Shona!«, ruft Kilduff ein weiteres Mal.

Nichts.

»Und, was sag ich?« Kilduff breitet resigniert die Arme aus.

Der Deutsche steht still vor der verschlossenen Tür. Ganz starr, in sich gekehrt, beide Hände in den Jackentaschen vergraben. Angus Kilduffs Blick fällt auf das kleine Loch, das der Schuss in die rechte Jackentasche gerissen hat. Besorgt mustert er den Deutschen, der auf das Schloss stiert. Er wird doch nicht etwa ...? Jedenfalls macht er gerade dieses Gesicht, das Kilduff so gut von früher vom Spielfeld kennt. Der Augenblick, bevor man sich entscheidet. *Rumble or defence.*

Kapitel 44

Warum bloß hat er das Gefühl, das hier ist ein Déjà-vu?

Vor dieser Tür hat er noch nie gestanden, oder etwa doch? Tom starrt auf das massive Türblatt, als müsste er nur lange genug hinschauen, um auf die andere Seite sehen zu können. Die Finger seiner rechten Hand liegen am Colt. Der Handgriff der Waffe erinnert ihn an etwas, als hätte er kürzlich schon mal mit einer Waffe in der Hand vor einer Tür gestanden, den Griff gespürt, seinen viel zu schnellen Herzschlag und den Schweiß auf der Stirn. Aber es kann unmöglich diese Waffe gewesen sein. Nicht der Revolver von Jillians Vater.

Die Tür am Wilmington Square?

Es ist, als ob seine Erinnerung sich weigerte, über eine kleine Mauer zu springen, gerade einmal hüfthoch und trotzdem unüberwindlich. Als hätte er etwas zu befürchten. Etwas, vor dem sein Gedächtnis ihn schützen will, einen Ort, den es meidet, weil es weiß, er bedeutet Schmerzen.

Er schließt die Augen, stellt sich die Wohnungstür am Wilmington Square vor. Die Erinnerung ist zum Greifen nah, ein Lagerfeuer in der Dunkelheit, von dem er weiß, er hat schon einmal daran gesessen.

Er klopft, nein, schellt. Da sind diese zwei Bakelitschalter. Einer mit dem Glockensymbol.

Er klingelt wieder. Zweimal.

Dann lässt er den Daumen für eine halbe Minute auf dem Klingelknopf.

Sie muss da sein. Sie muss einfach.

Und danach, ganz plötzlich, reißt der Faden ab. Mit einem Schlag verlischt das Feuer in der Dunkelheit und lässt ihn in der Finsternis zurück.

Es ist zum Verrücktwerden, immer und immer wieder steht er vor verschlossenen Türen.

Seine Hand schließt sich um den Revolvergriff, er zieht den Colt aus der Jackentasche, richtet ihn auf das Türschloss und spannt den Hahn.

»He, nich in meinem Haus«, protestiert Angus Kilduff und weicht vorsichtshalber zwei Schritte zurück.

»Das ist nicht Ihr Haus«, hört sich Tom sagen. Sein Finger krümmt sich um den Abzug.

Gut so!, wir müssen da rein!, flüstert Vi.

Tom starrt auf das Schloss. Dann lässt er den Abzug los.

Was machst du?

Aufhören, mich wie ein Irrer zu benehmen?

Er steckt die Waffe wieder ein.

Vi schweigt betroffen.

Angus Kilduff gibt ein erleichtertes Knurren von sich und lässt die angespannten Schultern wieder sinken, dann blickt er überrascht zur Tür. Es klickt leise im Schloss, die Tür geht einen Spaltbreit auf, eine Sicherheitskette spannt sich, ein Gesicht taucht auf – und verschwindet wieder.

Die Kette wird ausgehakt. Zögerlich öffnet sich die Tür. Tom schaut auf den breiter werdenden Spalt und hält den Atem an. Sein Herzschlag setzt aus, als er ihr Gesicht sieht.

»Hallo, Tom«, sagt sie.

»Hallo«, bringt Tom mühsam hervor.

Sie hat die Augen seiner Mutter Inge. Sie hat die Sommersprossen, die er von Vi so gut kennt, nur dass sie älter ist als Vi.

»Ich hab dich wiedererkannt.« Sie deutet auf die Kamera im Flur. »Weißt du noch? Kakao am Potsdamer Platz.«

»Und ob ich das weiß«, sagt Tom leise, löst den Hahn des Revolvers und steckt die Waffe ein. »Du bist abgehauen, danach.«

Sie nickt.

Er starrt auf ihre Haare. Schwarz, Pagenschnitt, mit einer roten Strähne. Schwarzer Nagellack. Um den Hals trägt sie einen violetten Kopfhörer, um den Mund den Zug eines rebellischen Teenagers.

»Du bist gewachsen«, sagt er.

»Soll vorkommen, in meinem Alter.« Sie lächelt schief. Trotzig und irgendwie verlegen. Ihre Augenlider sind mit einem kräftigen schwarzen Kajalstrich betont.

Vor ihm steht Finja, Violas Tochter.

»Ist deine Mutter da?«

»Nope. Mum ist weg.«

»Was heißt denn weg?«

»Ja, weg eben. Nich um die Ecke.«

»Und kommt sie wieder?«

Finja stöhnt und verdreht die Augen. »Klar kommt sie wieder, und dann geht der ganze abgefuckte Scheiß wieder von vorn los.«

Kapitel 45

»Der ganze Scheiß geht von vorne los? Was meinst du damit?«, fragt Tom konsterniert.

»Dass ich die Schnauze gestrichen voll von diesem Versteckspiel hab. Was sonst?«, erwidert Finja. Ihr Blick wandert zu Kilduff. »Ist okay, Angus.« Sie deutet mit einer Kopfbewegung auf Tom. »Er is mein Onkel.«

Angus Kilduff steht mit offenem Mund da.

»Äh, schön«, murmelt er verwirrt. »Schön, ja.«

Finja öffnet die Tür etwas weiter. Es wirkt wie eine unausgesprochene Einladung.

»Darf ich?«, fragt Tom.

»Mum wird mich vermutlich umbringen. Aber ja.«

Tom geht an ihr vorbei in den Flur. Kilduff setzt sich ebenfalls in Bewegung, doch Finja tritt ihm in den Weg. »Angus, ich komm allein klar, wirklich.«

Kilduff zögert und wirft einen Blick auf Tom. »Echt?«

Sie verdreht die Augen. »Ich bin dreizehn.«

»Ja, eben«, sagt Kilduff. »Und er hat 'ne Knarre.«

»Und was willst du gegen die Knarre tun?«

Kilduff öffnet den Mund – und schließt ihn wieder.

»Ist okay, Angus, wirklich.«

»Er hat auf mich geschossen!«

»Um zu verhindern, dass Sie mir mit Ihrem Baseballschläger den Schädel einschlagen«, erwidert Tom.

Finja schaut von einem zum anderen. »Angus, wie gesagt, er ist mein Onkel, er wird mir nichts tun.«

Kilduff seufzt. »Na schön. Familientreffen, was? Ich bin unten, wenn du mich brauchst.«

»Danke.« Ihre Stimme ist leise und ernst, doch die roten Wangen verraten, wie aufgeregt sie ist.

Während Finja die Tür schließt, sieht sich Tom mit einem raschen Blick in der Wohnung um. Grüne Wände, wie in der Wohnung am Wilmington Square. Die Einrichtung ist hier allerdings viel spartanischer, Factory Style, ein bisschen wie eine Studentenbude. Unter einer großen Industriependelleuchte steht ein langer Esstisch, der gleichzeitig als Schreibtisch genutzt wird. Ein MacBook der neuesten Generation thront auf der schrabbeligen Holzplatte.

»Wie hast du uns hier gefunden?«, fragt Finja.

»Lassie«, sagt Tom. »Und der Pförtner vom Tierheim.«

»Owen? Hm.« Sie seufzt. »Mum hat's schon geahnt.«

Diese Selbstverständlichkeit, mit der Finja ihm begegnet, Tom kann es nicht fassen. »Machst du dir keine Sorgen, ich meine, ich stand gerade mit einer Waffe vor deiner Tür ...«

»Nee. Ich kenn dich ja«, sagt Finja. »Also, noch von damals, aus Berlin. Da wusste ich nicht, wer du bist, deshalb bin ich abgehauen. Als ich Mum dann von dir erzählt hab, ist sie aus allen Wolken gefallen. Sie war völlig durch den Wind. Hat mir ein Loch in den Bauch gefragt. Sie wollte jedes kleine Detail wissen, und dann hat sie angefangen zu erzählen, von ihrem großen Bruder Tom, eine Geschichte nach der anderen ... verbotene Filme gucken, mit dem Blasrohr auf den Postboten schießen, weil der nach Hunden tritt, euer Schokoladenvorrat im Keller, der Mäuse angelockt hat, und dass du Fallen aufgestellt hast und sie die Mäuse immer heimlich wieder freigelassen hat, und dass sie sauer war, weil sie nie mitdurfte, wenn du mit deinen Freunden losgezogen bist, dass du mal einen Hund hattest, der Lassie hieß ...«

Tom steigen Tränen in die Augen, er kann die Bilder vor sich sehen, zum Greifen nah, er meint sogar die Schokolade riechen zu können und erinnert sich an die Mäuseköttel. »Und vor dieser Nacht in Berlin, hat sie da nie etwas von mir erzählt?«

»Nicht ein Wort.« Finja verzieht ärgerlich den Mund. »Ich wusste nicht einmal, dass ich einen Onkel habe.«

Tom spürt einen Stich im Herzen. All die Jahre hat Viola ihn verleugnet? »Du hast vorhin gesagt, du bist das Versteckspiel leid ...«

»Und wie«, stöhnt Finja. »Ich hasse es.«

»Weißt du, *warum* ihr euch versteckt habt?«

»Keinen Schimmer. Mum meinte immer, sie will mich schützen, es wäre besser, wenn ich nichts darüber weiß.«

»Sie hat nichts erzählt? Gar nichts?«

»Nope. Immer nur gewarnt. Sei vorsichtig. Pass auf, dass dir niemand folgt. Nein, wir laden keine Leute zu uns ein. Nein, du gehst heute nicht raus. Wen hast du heute getroffen? Und so weiter und so weiter. Sie ist echt ein bisschen ...« Finja spricht das Wort nicht aus, stattdessen zuckt sie mit den Schultern. »Immer wenn sie davon anfängt«, murmelt sie, »nenne ich sie inzwischen *Freaky-Mum.* Das regt sie furchtbar auf.«

Tom versucht, sich das Leben einer Dreizehnjährigen vorzustellen, die sich ständig umschauen soll, vorsichtig sein muss und die ganze Zeit in ihrer Bewegungsfreiheit eingeschränkt wird. Der Gedanke schnürt ihm den Hals zu. Kein Wunder, dass Finja anfängt zu rebellieren.

»Was ist denn eigentlich damals passiert?«, fragt Finja.

»Ehrlich gesagt, das wüsste ich selbst gerne«, erwidert Tom.

Finjas Gesicht wird mit einem Mal finster. Offensichtlich

hat sie mit einer anderen Antwort gerechnet. »Ernsthaft? Machst du jetzt auch diesen Ich-muss-die-Kleine-schützen-Scheiß? Davon hab ich nämlich echt die Schnauze voll.«

»Nein, um Gottes willen. Ich weiß nur selbst zu wenig. Ich suche seit dreiundzwanzig Jahren nach deiner Mutter. Sie ist im Juli 98 verschwunden, mit einem kleinen silbernen Schlüssel. Etwas später hieß es, die Polizei hätte ihre Leiche im Kanal gefunden, ertrunken. Wir haben sie beerdigt, auf dem Waldfriedhof Stahnsdorf bei Berlin.«

»Krass«, sagt Finja leise. »Mum gilt offiziell als tot? Davon hat mir nie jemand was gesagt. Selbst Opa nicht.«

»Opa?«

»Opa Krügi. Den hab ich doch mal in Berlin besucht, deshalb war ich doch in diesem Kino. Und als wir raus sind, wegen diesem krassen Film, haben wir uns verloren, und danach hast du mich aufgesammelt.«

Tom wird schwindelig. Er weiß seit etwa einem Jahr, dass sein Vater ihn belogen hat, aber dass er sogar Besuch von seiner Enkelin hatte, unter falschem Namen, und ihm kein Wort gesagt hat, das schlägt dem Fass den Boden aus. »Dein Opa war ein ziemlicher Geheimniskrämer.«

Finja runzelt die Stirn. »Wieso *war*?«

Tom sieht sie sprachlos an. *Sie weiß es nicht!*

»O Gott, nein!«, flüstert Finja. Ihr Gesicht fällt in sich zusammen, alle Neugier ist verschwunden, und an ihre Stelle ist plötzlich eine tiefe Traurigkeit getreten. »Sag bitte, dass das nicht wahr ist.«

Tom schnürt es die Kehle zu. Erst jetzt, im Angesicht von Finjas Trauer, hat er das Gefühl, selbst wirklich Trauer über den Tod seines Vaters zu empfinden. »Es tut mir leid«, sagt er heiser. »Aber dein Opa ist tot.«

Tränen steigen in Finjas Augen. Sie versucht, sie wegzublinzeln, und starrt wütend zum Fenster hinaus. »Fuck«, flüstert sie mit erstickter Stimme. »Ich dachte, ich seh ihn noch mal. Ich wollte doch …« Sie bricht ab und wischt sich mit dem Ärmel die Tränen aus dem Gesicht. *»Fuck.«*

Tom steht hilflos da, er hat das Gefühl, sie in den Arm nehmen zu müssen, und gleichzeitig denkt er, dass er ein Fremder ist und es ihm nicht zusteht.

Finja ballt die Fäuste. »Diese Bitch«, sagt sie leise.

Scheiß auf »Fremder« und »steht mir nicht zu«.

Tom macht zwei Schritte auf Finja zu und berührt sie am Arm. »Darf ich?«, fragt er.

Die Wucht, mit der sie ihn umarmt, nimmt ihm den Atem. Sie hält sich an ihm fest wie eine Ertrinkende, weint nicht, schluchzt nicht, doch sie löst auch nicht ihre Fäuste in der Umarmung. Sie will so erwachsen sein, *muss* so erwachsen sein, dass es ihm das Herz zerreißt, und gleichzeitig spürt er ihr stummes Beben, während sie sich an ihn drückt, als würde sich eine lebenslange Anspannung entladen. Tom kommt sich mit seiner Verzweiflung und seiner Sehnsucht nach Viola plötzlich ganz klein vor, weil er spürt, dass Finja, seine kleine Nichte, mindestens ebenso verzweifelt ist und ein ebenso großes Loch in ihrer Seele mit sich herumträgt wie er.

Sie stehen eine Weile still in ihrer Umarmung da, wortlos. Vor dem Fenster rauscht ein Zug vorbei. Tak-tak. Tak-tak. Tak-tak. Die Brücke ist ein riesiger Resonanzkasten.

»Deine Mutter kann nichts dafür«, sagt er sanft.

»Ach ja?« Sie löst sich von ihm. »Und das weißt du woher?«

»Ich weiß es nicht. Aber ich glaub das.«

Finjas Gesicht ist verschlossen und voller Trotz.

»Viola ist mit zehn Jahren verschwunden, von einem Tag

auf den anderen, und was auch immer passiert ist, es ist mit Sicherheit nicht ihre Schuld gewesen. Im Gegenteil, es muss ein Albtraum für sie gewesen sein.«

»Aber was zum Teufel ist denn passiert? Ich kapier das nicht. Sie hat nie was gesagt. Und warum ist Opa tot?« Sie schaut Tom an, und mit einem Mal wird ihr Gesicht weich, als würde sie begreifen, dass nicht nur sie ihren Opa verloren hat, sondern auch Tom seinen Vater. »Was ist mit Opa passiert? Ist er einfach so ... weil er schon älter war ...?«

Tom schüttelt den Kopf und ringt mit sich, fragt sich, ob sie alt genug für die Wahrheit ist. Aber eigentlich stellt sich die Frage nicht. Viola hat sie schon falsch beantwortet. »Kennst du überhaupt den Namen deines Opas?«

Sie zuckt mit den Achseln. »Krügi.«

»Hat dir deine Mutter diesen Namen gesagt?«

»Mum und er.«

»Dein Opa hieß Werner. Werner Babylon. Und deine Oma hieß Inge.«

»Inge und Werner Babylon«, flüstert sie.

»Deine Oma ist schon lange tot. Sie wurde 1989 an der Grenze zur damaligen Tschechoslowakei erschossen, weil sie mit deiner Mutter und mir auf dem Rücksitz die DDR verlassen wollte. Ohne Erlaubnis. Damals hatten die Soldaten an der Grenze den Befehl zu schießen.«

»Oh, mein Gott«, haucht Finja.

»Aber ich bin sicher, dass sie deshalb erschossen wurde, weil es jemanden gab, der das unbedingt wollte. Ein Mann namens Walter Bruckmann. Er hat deine Oma für seine Interessen benutzt. Er hatte ein Verhältnis mit ihr und wollte sie zwingen, für ihn zu arbeiten. Aber unsere Mutter hat sich gewehrt.«

Finja sinkt auf einen der Stühle am Tisch. In ihrem Gesicht arbeitet es. Das alles ist neu für sie und überwältigend, aber sie saugt es mit großen Augen auf.

»Dein Opa«, fährt Tom fort, »ist vor ein paar Wochen in Berlin gestorben, in der U-Bahn. Bei einem Überfall. Ich habe zunächst geglaubt, dass dafür derselbe Mann verantwortlich ist, der auch den Tod deiner Oma veranlasst hat. Walter Bruckmann.«

»Wer ist dieser Walter Bruckmann?«, flüstert Finja.

»Ein sehr mächtiger Mann, er war früher der Chef des LKA 1 in Berlin, der Polizeibehörde, für die ich gearbeitet habe. Inzwischen sitzt er im Gefängnis, unter anderem, weil er versucht hat, mich und meinen Sohn zu töten. Aber ich glaube, dass er so gute Verbindungen hat, dass er auch von dort aus noch gefährlich sein kann.«

Wortlos greift Finja nach dem Laptop auf dem Tisch. Ein paar Handgriffe und schnelle Tastenkombinationen später erscheinen zahlreiche Artikel über Bruckmann, die sie überfliegt. Sie wirkt geübt am Laptop, und Tom vermutet, dass sie deutlich mehr Zeit an Rechnern verbracht hat als mit Freunden oder an der frischen Luft. Plötzlich kommt ihm der Gedanke, dass sie heute im Netz auf den Mord in der Wohnung am Wilmington Square gestoßen sein könnte und damit auch auf die Suchmeldung der Polizei mit der Zeichnung von ihm. Aber müsste Finja dann nicht viel verstörter sein?

»Eigentlich bin ich nach London gekommen, um euch vor ihm zu warnen«, sagt Tom. »Das Problem ist, ich bin selbst überfallen und bewusstlos geschlagen worden, vor fünf Tagen, und gefunden worden bin ich am Wilmington Square, im Hinterhof eurer Wohnung.«

Finja starrt ihn mit großen Augen an. »Fuck. Vor fünf Tagen?« Plötzlich wirkt sie unsicher. »Dann war das doch kein Zufall?«

»Was meinst du damit?«

»Na ja, vor fünf Tagen hat Mum mal wieder einen Riesenfilm geschoben. Irgend so ein Blödmann hat in der Nacht geklingelt, ein paarmal hintereinander. Sie ist raus vor die Tür, hat sich umgesehen, und dann ist sie wieder reingekommen und meinte nur, wir müssen gehen. Ich so: Wie, gehen? Jetzt? Sie: Jetzt sofort. Ich hab gesagt, ich muss noch packen. Meinte sie: Nee, geht nicht. Ich hatte noch nicht mal Schuhe an, ich hab meine Kopfhörer geschnappt, mein Laptop, hab's in meinen Rucksack geschmissen ... Mum hat eh immer ihren Rucksack gepackt, und dann sind wir raus.« Sie betrachtet Tom argwöhnisch. »Im Hinterhof, hast du gesagt?«

»Im Hinterhof, ja.«

»Dann kannst du das ja nicht gewesen sein. Der geklingelt hat, meine ich. Dahinten ist ja keine Klingel.«

»Ich bin nicht sicher. Dass ich im Hinterhof gefunden wurde, heißt ja nicht automatisch, dass ich auch da niedergeschlagen wurde.«

»Versteh ich nicht«, sagt Finja verwirrt. »Wo wurdest du denn jetzt überfallen?«

»Das ist es ja – ich weiß es nicht mehr. Der Schlag war ... ziemlich kräftig.«

»Du hast eine Amnesie?«

Tom hebt die Brauen. Finja scheint sich für ihre dreizehn Jahre erstaunlich gut auszukennen. »Ja, leider.«

»Krass«, meint Finja. »Wie bei *Tabula Rasa.*«

»Tabula rasa?«

»Ist 'ne Netflix-Serie.«

»Ah. Verstehe«, nickt Tom. Es fühlt sich irgendwie befremdlich an, dass das eigene Schicksal mit Serien verglichen wird. »Habt ihr denn jemanden gesehen, als ihr aus der Wohnung rausgegangen seid?«

»Nee, da war niemand, also nur Marv.«

»Marv? Wer ist das?«

»Marvin. Marvin Gastrell. Aber der war ja drinnen bei uns, hat gepennt wie nur was.«

Tom horcht auf. *Marvin Gastrell?* Ist das etwa der Tote in der Badewanne? »Ist Marv dein Vater?«, fragt er vorsichtig.

»Marv?« Sie lacht plötzlich auf. »Nee, sicher nich. Marv ist schwul. Mum hat ihn für ein paar Tage bei uns einquartiert, weil er Liebeskummer hat. So was macht sie sonst nie, aber Marv ist 'ne Ausnahme, und sein Freund ist echt 'n Arsch.«

»Das heißt, ihr seid raus aus der Wohnung und Marv ist drinnen geblieben?«

»Mum hat versucht, Marv zu wecken, aber da ging nichts. Er hatte auch einiges getrunken, glaube ich. Ich wünschte, ich hätte auch so 'n Schlaf, hab ich noch gedacht, dann könnte ich auch dableiben. Obwohl ...«. Sie zögert einen Moment, bevor sie weiterspricht. »Was ist denn mit diesem Bruckmann, vor dem du Mum warnen wolltest? Hat er dich niedergeschlagen?« Langsam schwindet ihr Trotz, und ihr wird klar, dass ihre Mutter vielleicht doch einen guten Grund gehabt haben könnte, so plötzlich aus der Wohnung zu flüchten.

Eine weitere Bahn fährt am Fenster vorbei. Das Rumpeln auf der Brücke und das nervöse Tak-tak füllen die Stille. Toms Blick geht zum Fenster, und er ringt mit der Frage, was er Finja sagen kann. Sie ist wirklich weit für ihr Alter, und sie hat es verdient, die Wahrheit zu hören. Aber gilt das auch für diese Wahrheit?

»Ist was mit Marv?«, fragt Finja leise.

»Wie alt ist Marvin Gastrell?«

Finja bläst die Backen auf. »Pfff. Ich weiß nicht ...« Wie vielen Teenagern fällt es ihr sichtlich schwer, das Alter von

Menschen jenseits der dreißig zu schätzen. »Vielleicht fünfunddreißig, vierzig?«

»Blond? Schlank?«, fragt Tom. »Und einen Bart ums Kinn rum?«

»Fuck, ja«, flüstert Finja. »Was ist mit ihm?«

Tom holt tief Luft, sieht Finja an. »Er ist tot.«

Finja starrt ihn ungläubig an. Ihre Unterlippe zittert, und sie beißt sich rasch darauf. Erst jetzt begreift sie die ganze Tragweite der Situation. Tom will sie erneut in den Arm nehmen, doch sie hebt abwehrend die Hände.

»Wie?« Ihre Stimme ist dünn wie Papier. »Was ist ihm passiert?«

Tom schüttelt stumm den Kopf.

Sie schaut beiseite, presst die Lippen zusammen und kämpft mit den Tränen.

»Kanntest du ihn gut?«, fragt Tom vorsichtig.

Sie nickt. »Wenn Mum wegen ihrer Fotos weg war, dann war immer Marv da.«

Tom muss an die Bilder aus Violas Wohnung denken, Kindersoldaten, Schlagbäume in der Wüste. Fotos aus Krisengebieten, nicht gerade die Art von Bildern, die man schießt, wenn man einen Kurztrip macht. Wahrscheinlich war Marv immer mal wieder über längere Zeit bei Finja geblieben. »Es tut mir so leid, Finja. Wirklich.«

Finja schnieft und wischt sich mit dem Ärmel über das Gesicht. Ihr Kajal ist verschmiert und hat dunkle Schatten um ihre Augen gezogen. »Danke«, sagt sie leise. »Dass du's mir gesagt hast ...«

Tom nickt. Es schnürt ihm den Hals zu. Er geht zur Küchenzeile, nimmt ein Glas von der Spüle, schenkt etwas Wasser ein und gibt es ihr. Mit großen Schlucken trinkt sie das Glas in einem Zug leer.

»Hör zu, Finja«, sagt Tom. »Das alles ist sehr, sehr ernst. Ich glaube, deine Mum weiß, was sie tut. Es war richtig, schnell aus der Wohnung zu fliehen. Ich kann dir noch nicht genau sagen, was hier passiert und wer dahintersteckt. Was ich aber weiß, ist, dass die Leute, die dafür verantwortlich sind, etwas suchen. Etwas, das deine Mum hat, und deshalb sind sie hinter ihr her. Hast du irgendeine Idee, was das sein könnte?«

Finja schluckt und denkt angestrengt nach. »Ich weiß nicht … mir fällt nichts ein. Vielleicht … Bitcoins?«

»Bitcoins?«, fragt Tom verblüfft.

»Keine Ahnung, ja. Meine Mum hat ganz früh welche gekauft, also, jede Menge, die sind inzwischen ein Vermögen wert und –«

Tom schüttelt den Kopf. »Ich bin mir ziemlich sicher, dass es dabei nicht um Bitcoins geht«, sagt er.

»Aber das ist richtig viel Geld.«

»Diese ganze Sache ist älter als der Bitcoin. Ich glaube, das alles hat angefangen, als Viola damals verschwunden ist. Da gab es noch gar kein digitales Geld. Fällt dir nicht noch irgendetwas anderes ein?«

Finja schüttelt den Kopf. »Aber wir können sie fragen«, meint sie und holt ein Handy aus ihrer hinteren Hosentasche.

Tom starrt das kleine schwarze Gerät an. Sein Herz macht einen Satz. »Ja«, sagt er heiser. »Das ist vielleicht eine gute Idee.«

»Aber nur dass du Bescheid weißt, sie wird ausrasten wegen der ganzen Sache.«

»Das kann ich mir gut vorstellen«, erwidert Tom.

Finja aktiviert ihr Telefon und wählt eine Nummer.

Tom sieht ihr dabei zu, und es fällt ihm schwer, sich zu beherrschen. Die gleichen Gefühle, die ihn schon vor der Tür überwältigt haben, überrollen ihn auch jetzt wieder. Es gibt so viel zu besprechen, so viele dringende Fragen, die er Viola stellen möchte. Doch das Einzige, woran er denken kann, ist, ihre Stimme zu hören. Er fragt sich, wie sie klingen wird und ob er sie erkennt. Ob sie *ihn* überhaupt erkennt.

»Mist«, murmelt Finja.

»Hm?«

»Ich erreich sie nicht. Vielleicht ist sie gerade im Flieger.«

»Flieger?«, fragt Tom verwirrt. »Wohin fliegt sie denn?«

»Sie wollte es mir nicht sagen«, meint Finja, »aber ich hab's gesehen, als sie das Ticket gebucht hat. Sie wollte nach Berlin.«

1989

Kapitel 46

Benno Kreisler stand an der Ecke Clara-Zetkin- und Otto-Grotewohl-Straße im Ostteil von Berlin. Vom Brandenburger Tor her drang das Jubelgeschrei von Zehntausenden von Menschen in die Nacht. Raketen stiegen zischend in den Himmel, explodierten und ließen Schwärme von Funken auf die Stadt herabregnen. Überall flogen Sektkorken, leere Flaschen klirrten auf dem Asphalt, und durch den Nebel der Feuerwerkskörper pflügten schwarz-rot-goldene Fahnen in allen Größen.

Was für ein Chaos. Er hatte ja geahnt, dass es so kommen würde, nur nicht so plötzlich, und dann auch noch ganz ohne Gewalt. Die DDR-Führung lag wie ein Käfer auf dem Rücken. Die Mauer war nicht mehr zu halten gewesen. Achtundzwanzig Jahre, und seit gestern Abend war das Ding Geschichte. Alles, was jetzt noch kam, war ein Totentanz auf dem Kadaver der DDR.

Benno Kreisler sah auf die Uhr. Halb zehn. Wo zum Teufel blieb Bruckmann? Er schob die Hände tief in die Taschen seines Mantels und sah hinüber zur Hausnummer 3a. Der freudlose Bau beherbergte die Botschaften des Königreichs Schweden, der Demokratischen Republik Afghanistan und der Republik der Philippinen. Auch sie gehörten der Vergangenheit an, hier blieb bestimmt kein Stein auf dem anderen.

Er sah sich um. Immer noch kein Bruckmann.

Hoch über ihm entlud sich eine Rakete. Ein goldener Lamettapilz regnete auf die Stadt nieder. Warum, verdammt noch mal, musste er ausgerechnet jetzt an Inge denken? Hätte er an-

ders gehandelt, wenn er gewusst hätte, wie das alles hier enden würde? War das, was er getan hatte, wirklich nötig gewesen? Vielleicht hätte er über seinen Schatten springen müssen, zum ersten Mal etwas dulden müssen, das wie eine Niederlage aussah. Gottverdammt, er war einfach nicht bereit zu verlieren. Aber Inge hatte ihm imponiert, und das hatte bisher noch keine geschafft. Diese Lusche von Werner hatte eine Frau wie sie ganz sicher nicht verdient.

Nervös blickte er wieder auf seine Armbanduhr, auch weil er nicht daran denken wollte, dass er vielleicht sein Glück mit Füßen getreten hatte. Manchmal musste man einfach tun, was nötig war, redete er sich ein. So wie jetzt.

In einiger Entfernung wechselte ein Mann auf der Clara-Zetkin die Straßenseite. Dunkle Wolljacke, schneller Schritt, ein fast kahler Schädel. So kam er auf ihn zu.

Walter Bruckmann, endlich.

Sie schüttelten sich die Hand.

»Verrückte Nacht, oder?«, murmelte Bruckmann.

»Die nächsten werden nicht weniger verrückt«, entgegnete Kreisler. »Alles klar?«

»Bauer hat drei Laster organisiert. Siebeneinhalbtonner. Nicht zu groß, nicht zu klein. Wir müssen schnell sein. Wir brauchen die Zeit, und bei der Stasi kriegen gerade alle kalte Füße. Wir müssen handeln, bevor die es tun. Und das werden sie, ganz sicher.«

»Kriegen wir hin, ich bin vorbereitet.«

Bruckmann nickte zufrieden und reichte ihm eine geöffnete Schachtel Zigaretten.

»Marlboro, hm«, brummte Kreisler und nahm sich eine.

»Wir sind alle Cowboys …«, erwiderte Bruckmann mit einem ironischen Lächeln, »… und reiten mit vollen Satteltaschen in die neue Zeit.« Es ratschte, als er ein Zippo entzündete und

Benno Kreisler Feuer gab. Irgendwo in der Nähe donnerte ein Kanonenschlag. Westböller. Als wäre Krieg.

Benno Kreisler inhalierte den Rauch und stieß ihn genüsslich aus. »Es bleibt dabei. Nur wir drei!«

»Drei Pferde, drei Cowboys«, bestätigte Bruckmann, »und in zehn Jahren drei Könige.«

»Jetzt hätte ich gerne eine von diesen Champagnerpull-« Im selben Moment krachte es über ihm zweimal so schnell hintereinander, dass es beinah klang wie ein einziger Laut. Kreisler dachte in der allerersten Sekunde an Feuerwerkskörper, doch dann sah er die zwei Löcher in Bruckmanns Bauch und seiner Brust. Bruckmann ächzte und drehte sich in einer halben Pirouette, als hätte ihn jemand mit großer Wucht gestoßen, dann kippte er nach vorne und schlug auf dem Pflaster auf.

Benno Kreisler stand wie versteinert da und starrte auf Bruckmann, mit dem er noch vor zwei Sekunden gesprochen hatte.

Was zum Teufel ...?

Er sah sich um.

Keine offenen Fenster. Lärm vom Brandenburger Tor. Keine Menschenseele in der Nähe. Waren die Schüsse nicht von oben gekommen? Sein Blick flog zum Dach des Botschaftsgebäudes auf der anderen Straßenseite. Auf dem Dach sah er einen dunklen Halbkreis, wie ein Kopf, der jetzt, wo er hinsah, sofort verschwand. Wieder leuchtete eine Rakete am Himmel auf, und für einen Augenblick meinte er einen Gewehrlauf aufblitzen zu sehen, der von der Brüstung fortgenommen wurde und schon im nächsten Moment ebenfalls verschwunden war. Ein Attentat? Ausgerechnet hier und jetzt?

Plötzlich fühlte er sich wie auf dem Präsentierteller.

Was, wenn der Attentäter ...?

Hastig warf er seine Zigarette fort, wich von Bruckmann

zurück und schob sich um die Ecke, bis er dicht an der Häuserwand stand, von wo er angestrengt zum Dach spähte. Doch der Gewehrlauf und der Umriss des Kopfes blieben verschwunden.

Benno Kreisler starrte Bruckmanns leblosen Körper an. Verfluchte Scheiße.

Und jetzt?

Denk nach!, zwang er sich.

Würde Bruckmanns Tod irgendetwas ändern?

Sein Tod durfte *nichts ändern.*

Jede Krise war auch eine Chance, oder?

Er beugte sich über Walter Bruckmanns Leichnam, zog die losen Schöße des Mantels unter dessen Körper hervor. In der linken Tasche steckte Bruckmanns Portemonnaie. Hastig zog er es heraus. Ein paar Scheine in Westmark, sein Ausweis, sein Führerschein. Er starrte auf das Foto. Vielleicht war das *die Chance. Bruckmann hatte schließlich nie für die Stasi gearbeitet. Er hatte eine vermeintlich saubere Weste, jedenfalls was den MfS-Apparat anging. Was konnte ihm Besseres passieren?*

Er steckte das Portemonnaie des Toten ein, zog seine eigene Brieftasche hervor, nahm den größten Teil des Geldes und das Foto von Inge heraus und steckte dann seine Brieftasche in die Jacke des Toten. Zuletzt las er eine leere Bierflasche von der Straße auf, drückte sie Bruckmann in die Hand und sah sich rasch noch einmal um.

Eine Gruppe Feiernder kam die Otto-Grotewohl entlang auf ihn zu, Fahnen schwenkend und angetrunken. Ein Pärchen kam aus der anderen Richtung, schwankend, sich aneinander festhaltend. Alle waren mit sich selbst beschäftigt, niemand sah genau hin. Das Chaos in den Straßen würde ein Übriges tun.

Er stand auf, drehte Bruckmann den Rücken zu, beschloss, dass es das Beste war, Ruhe zu bewahren, und ging mit gemessenen Schritten die Straße hinunter in Richtung Brandenbur-

ger Tor, wo sich zwischen Zehntausenden von Menschen seine Spur verlieren würde.

Drei Cowboys. Drei Pferde.

Jetzt gab es nur noch zwei Cowboys. Bauer und ihn. Zwei waren zu wenig. Sie würden einen dritten Mann brauchen. Und er hatte auch schon eine Idee.

Er lächelte grimmig. Jede Krise war eine Chance. In der Tat.

2021

Kapitel 47

Von hier oben, aus etwa zwanzig Metern Höhe, sieht Lutz Frohloffs Halbglatze aus wie ein flaumiges Hufeisen mit einer hellen Insel in der Mitte. Seine Füße haben eine leichte X-Stellung, und seinem Gang ist anzumerken, dass er zu viel sitzt. Frohloff steuert wie verabredet den Eingang an. Ein paar Schritte noch, dann verschwindet das Hufeisen im Rohbau. Die Bagger und Kräne stehen still, es ist Feierabend. Die tief stehende Sonne streift die Baustelle nah der Nord-Süd-S-Bahntrasse im Zentrum von Berlin.

Sita weicht ein Stück vom Geländer des Gerüstes zurück und lässt noch einmal prüfend ihren Blick über die Umgebung wandern. Es ist niemand zu sehen, Frohloff scheint Wort zu halten. Trotzdem fragt sie sich, wie ehrlich sie ihm gegenüber sein darf.

Die ganze Nacht über hat sie kein Auge zugetan. Während Bene die über achthundert Kilometer von Tauenstein bis nach Berlin über die Autobahn preschte, versuchte sie das Puzzle zusammenzusetzen, doch sie kam zu keinem klaren Ergebnis. Allmählich gewann die Erschöpfung Oberhand. Sie nickte mehrfach ein und schrak wieder aus dem Schlaf hoch. Einmal träumte sie von Tom, der gefesselt auf einem Stuhl saß, eine gesichtslose blonde Frau drückte eine brennende Zigarette auf seine Wange.

Einige Kilometer vor der Stadtgrenze Berlins wechselten sie erneut das Auto. Bene wollte auf Nummer sicher gehen. Am frühen Morgen betraten sie das Odessa *durch die Hintertür.*

Benes Club war wegen Corona geschlossen, und das unterirdische Gewirr aus Bars, Gängen und Nischen unter dem ehemaligen Stage Theater am Marlene-Dietrich-Platz wirkte wie ausgestorben.

Bene gab ihr zwei Schlaftabletten und brachte sie in eins der Zimmer im Rotlichtbereich. Fensterlos. Mit einem verstörend großen Spiegel an der Decke und einem Kingsize-Bett darunter. Fürs Erste das sicherste Quartier, das sie kriegen konnte. Unter der Dusche versuchte sie, sich den Leichengeruch vom Körper zu schrubben, dann endlich wirkten die Schlaftabletten.

Gegen Mittag wachte sie mit bohrenden Kopfschmerzen auf. Sie nahm zwei Ibuprofen und zwei Espressos zu sich, anschließend versuchte sie, Tom zu erreichen. Ohne jeden Erfolg.

Sollte sie sich Sorgen machen? Sauer sein?

Tom war seltsam ablehnend gewesen, schwer zu erreichen, und sie hatte das Gefühl zu stören. Angesichts seiner bevorstehenden Begegnung mit Viola konnte sie das nachvollziehen, sie wusste, sie musste ihn lassen. Doch am Ende waren es immer genau diese Momente gewesen, die Tom an den Abgrund geführt hatten. Nur weil er jede Vernunft ausgeschaltet hatte, konnte ihn damals Klara Winter lebensgefährlich verletzen. Immer wenn es um Viola ging, war Tom auf mindestens einem Auge blind. Es war, als könnte er nicht anders.

Und doch ist sie verärgert. Oder trifft wütend es besser? Sie hat ihr Leben für Tom riskiert, hat ihre Freiheit verloren, ist gedemütigt worden, und jetzt lässt er sie stehen und ruft sie nicht einmal zurück?

Von der Treppe des Rohbaus her hört sie ein Schnaufen, Frohloff betritt die Etage, sieht sich um und kommt zu ihr herüber. Seine Schritte knirschen auf dem Beton, und er umrundet eine Palette mit Baumaterial. »Wow«, meint er. »Ich sag's nicht gern, aber du siehst echt mies aus.« Er fummelt eine Maske her-

vor, setzt sie auf und schiebt seine schwarze Hornbrille wieder zurecht.

Sita lächelt schief. »Wenn du wüsstest …«

»Hast du auch eine?« Frohloff deutet auf das Vlies in seinem Gesicht.

Sie schüttelt den Kopf, und Frohloff bleibt im Abstand von etwa drei Metern stehen. »Ich bin ja ehrlich gesagt fast vom Stuhl gefallen, als du heute Mittag noch mal angerufen hast. Dass du dich das noch traust.«

»Danke, dass du hier bist.«

»Muss ja immer einen geben, der Scheiße baut. Wenn's um dich geht, bin ich das wohl.« Frohloff scheint unter seiner Maske zu grinsen, die Fältchen um seine Augen ziehen sich zusammen.

Und wenn's um Tom geht, denkt Sita, dann bin's wohl ich. »Wie ist denn der Stand der Dinge im Dezernat?«, fragt sie.

Frohloffs Grinsen verschwindet. »Morten schäumt. Er würde dir am liebsten den Hals umdrehen. Heute früh ist er vom Anruf des Innensenators geweckt worden.«

»Der Innensenator ruft wegen mir *an?«, fragt Sita.*

»Auch. Aber vor allem wegen Bruckmann. Die Presse überschlägt sich gerade. Gibt 'nen veritablen Shitstorm. Und das LKA und das Dezernat 11 werden mit reingezogen.«

»Ich hab's befürchtet«, stöhnt Sita. Dass der ehemalige Leiter des Berliner LKA 1 vor einem guten Jahr verhaftet wurde, war an sich schon ein Skandal. Dass er jetzt aus einer psychiatrischen Anstalt geflohen war, sah man vermutlich im Senat als hochnotpeinlich an; und hochnotpeinlich heißt, es müssen Verantwortliche her. Also bringen sich wohl gerade alle in Stellung. »Das heißt, ihr habt keine Spur von ihm?«

Frohloff lacht meckernd, was er gerne tut. Oft auch dann, wenn etwas ganz und gar nicht komisch ist. »Keine Spur von

Bruckmann. Der Einzige, den sie gefunden haben, ist der Assistent aus der Pathologie, Josef Basler heißt der, glaube ich. Aber das weißt du ja vermutlich besser als ich.«

»Gefunden? Was heißt denn das? Im Wald?«, fragt Sita bestürzt.

»Nee, zu Hause, in seiner Wohnung. Stockbesoffen und nicht vernehmungsfähig. Der Leichenwagen stand vor seiner Tür im Halteverbot.«

Sita atmet erleichtert auf. Wenigstens ist Basler nichts zugestoßen. »Und hat Basler denn noch irgendwas gesagt? Über Bruckmann?«

»Nee, sonst gäb's ja 'ne Spur, oder? Aber hey, vielleicht liegt Bruckmann ja gerade irgendwo bewusstlos an einem Berghang und keiner findet ihn.«

»Walter ist ein zäher Hund«, meint Sita. Im gleichen Moment möchte sie sich am liebsten auf die Zunge beißen, dass sie Bruckmann beim Vornamen genannt hat. Die Vorstellung, wie sie auf ihm gelegen hat und wie er sie umarmt hat, damit sie nicht von ihm herunterrutscht, verursacht ihr Übelkeit. Und dennoch hat er ihr in der Klinik das Leben gerettet, und sie hat Bene davon abgehalten, ihn zu erschießen.

»Walter, ja?«, sagt Frohloff. Seine Missbilligung klingt wie ein Echo ihrer Gedanken. »Du weißt schon, dass die Kollegen aus dem Allgäu einen Haftbefehl für dich ausgestellt haben? Beihilfe zur Flucht, Verstoß gegen richterliche Verfügungen«, zählt er auf, »Nötigung, Störung der Totenruhe, Verdacht auf Mord ... da kommt einiges zusammen.«

»Ich hab's mir gedacht, ja. Das Risiko musste ich eingehen«, murmelt Sita.

Frohloff hebt die Brauen, wobei seine schwarze Hornbrille ein wenig abwärtsrutscht. Mit dem Mittelfinger schiebt er sie zurück auf den oberen Nasenrücken. »Und, was davon trifft zu?«

»Machst du davon abhängig, ob du mir hilfst?«

Er zuckt mit den Achseln. »Sagen wir mal, bei Mord hört's auf. Das reißen auch deine Beine nicht mehr raus.«

»Du bist so was von zynisch und sexistisch«, erwidert Sita scharf. »Glaubst du, das war wie eins von diesen Escape-Room-Spielchen?«

Lutz Frohloff schürzt die Lippen und hält einen Moment inne. Dann schaut er auf seine Schuhspitzen. »Scheiße, nein. Entschuldige.«

»Die haben mich tagelang fixiert, eingesperrt, wollten mich umbringen, haben mich betäubt, ausgezogen ...«

»Hey, entschuldige, es tut mir leid. Wirklich«, versucht Frohloff die Wogen zu glätten. »Ich ...«, er räuspert sich. »Manchmal bin ich da oben«, er tippt sich an die Stirn und dann an die Brust, »schneller als hier.«

»Genau deshalb schläfst du auf einer Liege im Büro, statt mit deiner Frau zu reden.«

»Touché«, murmelt Frohloff.

Sita räuspert sich. »Mit dem Mord an diesem Assistenzarzt hab ich nichts zu tun. Das war Bruckmann.«

»Verstehe«, nickt Frohloff. »Was ist mit Alkohol- und Drogenmissbrauch, Gewaltbereitschaft, paranoiden Schüben?«

Sita schnaubt. »Das steht in meiner Akte, oder? Hat Professor Forsberg die übermittelt?«

»Nee, ein Dr. Bach, Richter in Sonthofen. Die Details zu deiner psychischen Verfassung stehen im Beschluss zu deiner Sicherungsverwahrung, die der Richter unterzeichnet hat.«

»Was für eine Farce«, stößt Sita hervor. »Das sind nichts als Lügen und Verdrehungen. Die wollten mich dabehalten.«

»Aber warum? Das kapier ich nicht. Wer sind denn überhaupt ›die‹? Der Leiter einer psychiatrischen Klinik, ein Richter, das Personal ... und alle machen mit? Was läuft denn da? Ich

meine, warum sollten diese Leute das riskieren?« Frohloff blickt sie skeptisch an. »Ehrlich gesagt, das hört sich ein bisschen nach Verschwörungstheorie an.«

Sita holt tief Luft und beschließt, ihm das Wort nicht übel zu nehmen. »Wenn ich dir das erkläre, hältst du mich vermutlich für noch verrückter als Tom.«

»Vielleicht solltest du es besser Morten erklären. Der kann dir vielleicht noch irgendwie da raushelfen. Ich meine, Jo hat wenigstens die Mittel.«

»Glaub mir, Lutz, wenn ich recht habe, dann ist Jo Morten der Letzte, der mir helfen kann. Im Gegenteil, er wird mich einsperren und an Forsberg ausliefern.«

»Was sich erst recht nach Verschwörungstheorie anhört«, merkt Frohloff an.

»Ich sag's ja«, stöhnt Sita. »Ich fang besser erst gar nicht an, es zu erklären.«

»Okay.« Frohloff schaut zu Boden und schiebt mit dem Fuß ein paar Steinchen auf dem Beton hin und her. »Andererseits«, sagt er, »bei deiner Diagnose halten dich ja eh gerade alle für verrückt. Schlimmer kann's also nicht werden. Zumindest nicht, solange du es nur mir erzählst.«

Sita wendet den Blick ab und schaut durch das offene Geschoss auf das Gerippe des benachbarten Gebäudes. Die Sonne fällt mit geradezu unwirklicher Schönheit in den Rohbau ein. »Okay«, sagt sie schließlich. »Du versprichst mir, dass du dichthältst?«

Frohloff zuckt mit den Achseln und nickt gleichzeitig. »Klar.«

»Schön, ich probier's.« Stockend beginnt sie zu erzählen, was seit ihrer Fahrt nach Tauenstein passiert ist.

Als sie fertig ist, steht sie im Halbdunkel. Der Himmel über ihnen kündigt die Nacht an. Frohloff zieht die Schultern zusammen, als fröre er, und schaut sie mitfühlend an. »Ich gebe zu«, *meint er, »wenn das alles so zutrifft, was du vermutest, dann ist Morten wirklich der Letzte, der dir helfen wird.«*

»Siehst du denn eine andere Erklärung?«, fragt Sita.

Frohloff zuckt mit den Achseln. »Ich weiß nicht, mir sind das etwas zu viele Vermutungen und zu wenig handfeste Beweise. Ich meine, nur weil du seinen Wagen auf dem Parkplatz gesehen hast.« Er schweigt einen Moment. »Aber wenn es wirklich *so ist ... Scheiße noch mal ... ich glaube, dann solltest du auswandern.«*

Sita starrt Frohloff an. »Ich bin doch nicht aus dieser Hölle raus, um mich irgendwo zu verkriechen.«

»Aber niemand wird dir glauben.«

»Und Tom? Und seine Schwester?«

»Darf ich ehrlich sein?«

Sita hebt die Brauen.

»Wie wär's«, sagt Frohloff, »wenn du zur Abwechslung mal an dich denkst?«

Die Sonne ist am Horizont abgetaucht. Frohloffs Gesicht liegt im Schatten.

»Und wenn ich das nicht kann?«, fragt Sita leise.

»Wie meinst du das? Aus moralischen Gründen?«

Sita zuckt mit den Achseln. Tränen steigen ihr in die Augen.

Frohloff steht regungslos da. »Ach du Scheiße«, sagt er leise. »Deshalb?«

Sita schluckt und nickt. »Ja, deshalb.«

»Du weißt, dass der Kerl 'ne Frau hat?«

»Ja. Weiß ich.«

»Und 'nen Sohn? Und dass er eher zwanzig Jahre lang einem Phantom nachjagt, als sich mal in seiner Nähe umzuschauen?«

»Ja, Lutz. Ich weiß.« Sita wischt sich die Tränen aus dem Gesicht. »Aber ich weiß auch, warum er so ist.«

»Wie jetzt, verstehen heißt verzeihen, oder was?« Frohloff

starrt sie aus dem Dunkel heraus an. »Könntest du das vielleicht bitte mal meiner Frau erklären?«

»Ich glaube, das ist was anderes«, entgegnet Sita vorsichtig.

Frohloff schweigt einen Moment. »Und du erwartest ernsthaft, dass ich dir dabei *helfe?«*

»Nein, tu ich nicht. Ich erwarte nur, dass du dichthältst.«

Frohloff stöhnt und reibt sich nervös mit der Hand über den Kopf. »Scheiße!«, presst er zwischen den Zähnen hervor. Er macht ein paar Schritte, bleibt am Gerüst stehen und starrt hinaus auf die Stadt im Abendverkehr. Der Wind stellt seine wenigen verbliebenen Haare auf. »Okay«, sagt er und klatscht einmal kräftig in die Hände. Der harte Ton hallt in dem nackten Betongeschoss wider. »Was kann ich tun? Und erwarte bloß keine Wunder! Ich schlaf zwar nicht mehr mit meiner Frau, aber ich bringe weder sie noch mich in Gefahr.«

»Danke, Lutz.«

»Dank mir nicht zu früh. Vielleicht überleg ich's mir noch anders. Geht ja schließlich nicht um irgendwen.«

»Versuch bitte, herauszufinden, ob es zwischen ihm und Bruckmann vor 98 eine Verbindung gab«, sagt Sita.

»Vor 98? Du meinst, weil da Viola verschwunden ist.«

»Viola und offensichtlich auch die Bibel, von der Klara Winter gesprochen hat.«

»Okay. Ich probier's. Aber ich warn dich vor. Ich hab den ganzen Tisch voll mit Arbeit, alles Aufträge von Morten. Der darf nicht merken, dass ich was schleifen lasse.«

Sita nickt. »Versteh ich.«

»Und was machst du?«, fragt Frohloff und dreht sich zu ihr um.

»Seiner Frau auf den Zahn fühlen. Sein Wagen war auf Tauenstein, vielleicht weiß sie ja irgendwas. Zum Beispiel ob er Forsberg kennt – und seit wann.«

Frohloff schnaubt und breitet in einer verzweifelten Geste die Arme aus. »Wie willst du das denn hinkriegen? Bei ihm zu Hause vorbeigehen und klingeln?«

»So ähnlich«, murmelt Sita.

»Bist du jetzt völlig irre?«, echauffiert sich Frohloff.

»Ich hab nur nicht viele Möglichkeiten, das ist alles.«

»Sita, im Ernst. Das kannst du nicht bringen. Wenn du recht hast und er dich erwischt, ist das der direkte Weg zurück in diese verdammte Anstalt, und zwar mit Brief und Siegel. Und glaub mir, diesmal werden sie die Tür zumachen und den Schlüssel wegwerfen.«

4 Tage später

Kapitel 48

Zwei Umarmungen, wie sie unterschiedlicher nicht sein könnten. Finja war ein widerspenstiger Teenager, die sich an ihm festhielt, als ob Tom sie vor dem Ertrinken retten könnte. Sie kannten sich seit kaum einer Stunde und hatten trotz aller offenen Fragen schon das Gefühl, Familie füreinander zu sein; die Familie, nach der sie sich beide auf unterschiedliche Weise so gesehnt hatten. Sich jetzt wieder loslassen zu müssen fühlte sich falsch an. Zumal Finja inzwischen verstanden hatte, dass es hier um etwas ging, das ihre Wut und Genervtheit über ihre Mutter weit in den Schatten stellte. Sie bekam es langsam mit der Angst zu tun. Das Einzige, was sie etwas beruhigte, war Jillian, die sich bereit erklärt hatte, bei ihr zu bleiben, während Tom versuchen würde, nach Berlin zu kommen.

Im Flur dann die zweite Umarmung, abseits der Kameras vor Violas Wohnung.

Jillian gab ihm einen langen Kuss. Ihr standen Tränen in den Augen, und für ein paar Sekunden fiel Tom zurück in die Nacht mit ihr, ins Bett im Morgenlicht, auf das Sofa vor dem Fernseher, und er hatte plötzlich das Gefühl, das hier war ein Abschied, den er nicht wollte.

»War's das jetzt?«, fragte Jillian leise.

Ihm fiel nichts Besseres ein, als sie noch einmal an sich zu ziehen.

»Ich will nicht, dass du gehst«, flüsterte sie. Jillian sah ihn an und küsste ihn erneut.

»Ich hab mich ein paarmal gefragt, ob ich einfach hierbleibe«, sagte Tom, »alles loslasse, mich von allem frei mache. Die Sache ist nur, ich kann's nicht. Ich bin nicht frei.«

»Ich weiß«, nickte Jillian und setzte ein Lächeln auf.

»Mit dir hab ich mich ein paarmal so gefühlt, als könnte ich's sein.« Er schwieg eine Weile, wischte ihr die Tränen von der Wange. »Das war großartig. Danke.«

»Der Mann ohne Geschichte in meinem Bett, der so viel Geschichte hat wie kein anderer.« Jillian legte ihre Hände auf seine Brust.

»Pass auf dich auf, ja?«, sagte Tom.

»Ich dachte, ich soll auf deine Nichte aufpassen.« Jillian bemühte sich, es leichthin zu sagen. In ihrer Manteltasche steckte der Colt, den Tom ihr zurückgegeben hatte.

»Wenn's geht, pass bitte auf euch beide auf. Und halte dich von deinem Haus, Wilmington Square und dem St Thomas' Hospital fern, das sind die besten Möglichkeiten für Bowie, euch zu finden.«

»Du weißt, dass ich das nicht lange kann?«, gab Jillian zu bedenken.

»Gib mir zwei, drei Tage, dann geh zur Polizei, okay?«

Wenig später war Tom in ein Taxi gestiegen, mit Mundschutz und Mütze – solange er beides trug, konnte er sicher sein, dass ihn niemand erkennen würde, selbst dann, wenn die Metropolitan Police die Straßen mit seinem Plakat pflastern würde.

Jetzt, um kurz vor acht am Abend, steht er am Check-in der Lufthansa in London Heathrow und reicht einer jungen Inderin seine Buchungsbestätigung und den britischen Ausweis des Arztes aus dem St Thomas' Hospital, den er hat mitgehen lassen. Daneben legt er den Nachweis über den negativen Corona-Schnelltest, den er gerade am Flughafen hat machen lassen. Die Frau am Check-in wirft einen irritierten Blick auf den rosafarbenen Koffer ihres Fluggastes.

»Von meiner Nichte«, erklärt Tom. Tatsächlich ist es ein alter Koffer von Finja. Um nicht als Fluggast ohne Gepäck aufzufallen, hat er ihn auf die Schnelle mit ein paar nutzlosen Dingen gefüllt und mitgenommen. Nachdem Tom auch den Sicherheitscheck durchlaufen hat, kauft er in einem Handyshop ein Prepaidtelefon.

Wenig später sitzt er im Flieger, der gerade einmal halb voll ist, und schaut auf das Lichtermeer von London hinab. Ein Passagier in der Sitzreihe neben ihm starrt ihn an. Im ersten Augenblick fürchtet Tom, dass er ihn trotz Mundschutz und Mütze erkannt hat, bis ihm auffällt, dass der Mann das Würgemal um seinen Hals gesehen hat. Tom beugt sich vor, schaut ihn fragend an, worauf der Mann hastig beiseitesieht. Verlegen nestelt er an seiner Maske.

Das Flugzeug stößt durch die Wolkendecke, und London verschwindet.

Am Flügel blinkt ein einsames Positionslicht.

All die Fragen, die er in den letzten Tagen verdrängt hat, kommen ihm in den Sinn. Wo sind Anne und Phil, und warum hat sie ihn verlassen? Und wenn seine Wohnung aufgelöst wurde, wo sind dann seine Sachen? Dass er bei der Polizei gekündigt haben soll, erscheint ihm noch irgendwie plausibel, sicher hat er nach dem Tod seines Vaters gedacht, Bruckmann würde nach seiner Mutter und seinem Vater Viola finden und töten wollen. Aber hätte er dann nicht eher die Unterstützung seiner Kollegen eingefordert, als zu kündigen? Die Frage ist nur, ob sie ihm geglaubt hätten. Schließlich sitzt Bruckmann von der Außenwelt abgeschottet in einer psychiatrischen Anstalt weit, weit weg von Berlin. Waren deshalb die Kollegen von ihm abgerückt? Weil seine Vermutungen in ihren Augen absurd waren?

Als das Flugzeug nach eineinhalb Stunden zum Landeanflug auf Berlin ansetzt, tritt Viola wieder in den Vordergrund. Wenn Finja recht hat, dann muss sie ein paar Stunden vor ihm in Berlin gelandet sein. Und der einzige Grund, dass sie so überstürzt nach Berlin fliegt, kann in seinen Augen nur sein, dass Viola dort ein Versteck hat, in dem genau das liegt, wonach Bowie gesucht hat. Viola muss mitbekommen haben, was in ihrer Wohnung am Wilmington Square passiert ist. Sie weiß vermutlich, wie bedrohlich die Lage ist, und aus irgendeinem Grund scheint sie zu glauben, dass ihr Versteck nicht mehr sicher ist.

Das Flugzeug setzt hart auf der Landebahn auf, und Tom wird für einen Moment aus seinen Gedanken gerissen. Die Wunde an seiner Seite schmerzt, und die Verletzung an seiner linken Hand pocht. Er kramt das Schmerzmittel hervor, das Jillian ihm mitgegeben hat, und schluckt zwei der Tabletten. Dann ruft er sich den Angriff von Bowie in Erinnerung. Der Mann hat nicht gerade wie ein kaltblütiger Stratege gewirkt. Eher wie ein skrupelloser aufgeputschter Schläger, die Art von Mann, der von Leuten im Hintergrund angeheuert wurde. Die Frage ist nur, von wem? Und wie schnell würde Bowie mitbekommen, dass Viola vor ein paar Stunden nach Berlin geflogen war?

Als Tom aus dem Flieger steigt, spürt er dank der Tabletten deutlich weniger Schmerzen, dafür aber eine überwältigende Erschöpfung. In einer Wechselstube tauscht er ein paar Pfund gegen Euro, dann läuft er Richtung Ausgang zu den Taxis. Wohin fährt man, wenn man alles verloren hat? Wenn nichts mehr übrig ist?

Im Moment fällt ihm nur eine Anlaufstelle ein.

Auf dem Weg zur Taxistation bleibt sein Blick am Zeitungsständer einer Buchhandlung hängen. Er bleibt stehen, nimmt die *Berliner Morgenpost* aus dem Ständer und starrt auf die Schlagzeile: *Innenminister Keller: »Das ist jetzt Chefsache«.* Darunter ist ein Foto von Walter Bruckmann.

Tom wird schwindelig. Er klemmt sich die Zeitung unter den Arm, bezahlt im Laden, eilt hinaus und schlägt sie auf.

BERLIN. Der Skandal um den aus einer psychiatrischen Anstalt entflohenen ehemaligen Leiter des Berliner LKA 1, Dr. Walter Bruckmann, hält die Politik weiter in Atem. Während die Opposition aus dem rechtskonservativen Spektrum eine allgemeine Verschärfung der Haftbedingungen in der Psychiatrie fordert, hat der vor sechs Tagen vereidigte neue Bundesminister für Inneres Otto Keller erklärt, er werde diesen Fall zur Chefsache machen. Dr. Walter Bruckmann war nach einem Jahr Haft vor fünf Tagen die sowohl spektakuläre als auch gewalttätige Flucht aus der Forensischen Klinik Tauenstein gelungen, einer Anstalt für psychisch kranke Straftäter. Im Zusammenhang mit der Flucht kamen ein Assistenzarzt und möglicherweise noch ein weiterer Patient ums Leben. Seitdem fehlt von Bruckmann jede Spur.

Aufsehen erregte auch, dass ihm die Flucht offenbar durch die Hilfe einer psychologischen Mitarbeiterin des Berliner LKA 1 gelang, die unter fragwürdigen Umständen kürzlich ebenfalls in die Forensische Klinik Tauenstein eingewiesen wurde und nun ebenfalls auf der Flucht ist. (dpa, rm)

Tom presst die Zähne aufeinander. Schließt die Augen. Die Geräusche des Flughafens dröhnen in seinen Ohren. Bruckmann ist frei, seit fünf Tagen! Hat er doch recht gehabt?

Steckt Bruckmann hinter allem? Die Erwähnung der psychologischen Mitarbeiterin geht ihm nicht aus dem Kopf. Wie viele Psychologinnen gibt es beim LKA 1? Zwei? Oder drei? Er persönlich kennt nur eine: Sita Johanns. Morten hatte doch bei ihrem letzten Telefonat erwähnt, dass Sita wieder einen Rückfall erlitten hatte und wegen ihrer Alkoholsucht in stationärer Behandlung war. Aber wie zum Teufel konnte sie dann ausgerechnet in Tauenstein landen und auch noch Bruckmann zur Flucht verhelfen?

Du musst Bruckmann aufhalten, flüstert Vi in seinem Kopf.

Tom zuckt zusammen.

Du hast gedacht, du bist mich los?, fragt Vi.

Ich wollte nur, dass du Ruhe gibst, erwidert Tom.

Nicht solange Bruckmann noch lebt.

Ach ja, und was soll ich deiner Meinung nach tun?

Ihn nicht wieder davonkommen lassen, wie beim letzten Mal. Bruckmann versteht nur eine Sprache. Auge um Auge, Zahn um Zahn.

Sagt meine zehnjährige Schwester?

Nein, das hast du *gesagt. Kannst du dich nicht mehr erinnern?*

Erinnern woran?

Du *hast das zu Sita gesagt.*

Auge um Auge, Zahn um Zahn? Warum?

Na ja, nicht direkt. Für jedes Leben von einem deiner Familienmitglieder nimmst du ihm eins von seinen, das war's, was du gesagt hast. Du wolltest, dass Sita das Bruckmann ausrichtet, damit er aufhört. Damit er gewarnt ist ...

In Toms Kopf rastet etwas ein.

Die Brücke am Dom, auf der er mit Sita gestanden hat, als sie dieses Gespräch geführt haben.

Sita, die ihn zweifelnd angesehen hat, trotzdem das Telefon entgegengenommen hat, trotzdem zu Bruckmann fahren wollte – und seine eigene Erleichterung, weil er gedacht hat, es gibt wenigstens *einen* Menschen auf der Welt, dem er vertrauen kann.

Erinnerungsblitze fluten sein Gehirn, grell, unvollständig, mit schwarzen Löchern dazwischen.

Die Beerdigung seines Vaters.

Sein furchtbarer Streit mit Anne.

Seine Reise nach London und die Suche nach Viola.

Wie er vor ihrer Tür niedergeschlagen wird.

Wie er draußen vor Violas Wohnung am Wilmington Square steht und Sitas Anruf annimmt. Sie sei bei Bruckmann gewesen, hatte sie gesagt. Es gebe noch jemand anders als Walter Bruckmann, der hinter Viola her sei. Und Viola habe Klara Winter eine Bibel gestohlen ...

Geht es darum? Eine Bibel? Was für einen Sinn ergibt das? Tom hat plötzlich das Bücherregal in Violas Wohnung vor Augen, den fehlenden Staub ...

Sita hatte nicht nur von einer Bibel, sondern auch von Musik gesprochen. Was hatte sie noch einmal genau gesagt?

Die Musik, nach der alle tanzen?

»Hey. Passen Sie doch auf!«, ruft eine Frauenstimme.

Ein Gepäckwagen rammt schmerzhaft Toms Knöchel, er strauchelt, stützt sich am Griff des Wagens ab und rempelt dabei eine Frau mit schwarzen langen Haaren an.

»Mein Gott, Idiot«, schimpft sie und stößt ihn erschrocken von sich. Sie ist Anfang dreißig, teuer gekleidet und richtet sich die Maske.

»Entschuldigung«, stammelt Tom und wankt auf die Tür zu, die zum Taxistand führt.

3 Tage vorher

Kapitel 49

Kein Anruf von Tom. Es ist, als wäre sein Telefon tot. Auch Frohloff hat sich seit gestern Abend nicht mehr gemeldet. Vielleicht hat er doch kalte Füße bekommen? Oder Morten deckt ihn mit Arbeit ein.

Sita biegt lautlos um die Ecke in die Lassenstraße im Grunewald. Bene hat ihr eine schwarze E-Vespa besorgt, sodass sie sich unauffällig und mit Helm durch die Stadt bewegen kann. Im Zweifelsfall muss sie davon ausgehen, dass die Polizei sie sucht – solange sie als Komplizin von Bruckmann gilt.

Die Dämmerung hat vor einer halben Stunde eingesetzt, und es ist inzwischen fast dunkel. In den Villen links und rechts der Straße gehen die Lichter an und schimmern warm durch die Hecken. In den Einfahrten hinter den Toren parken Luxus-SUVs und Sportwagen im Schein von dezenten Bodenlampen.

Sita stellt die Vespa zwischen zwei Bäume, setzt den Helm ab und schaut auf die Armbanduhr, die sie entgegen ihren sonstigen Gewohnheiten trägt. 19:18 Uhr.

Sie geht die Lassenstraße in nordwestlicher Richtung entlang und hält sich dabei auf der rechten Seite immer nah an den dicken Baumstämmen, die in kurzen Abständen die Straße säumen. Ein leichter, für die Jahreszeit zu kalter Wind löst erste Blätter aus den Kronen. Die majestätischen Linden sind auf Hüfthöhe mit einem weißen Ring bepinselt. Straßenlaternen gibt es hier keine.

In einer Entfernung von gut fünfzehn Metern erkennt Sita einen schwarzen Audi, der direkt am Straßenrand neben dem mannshohen Tor des Gebäudes parkt, das ihr Ziel ist. Am letzten Baum vor dem Audi bleibt sie stehen, lehnt sich an die vom Wagen abgewandte Seite des Stammes und schaut auf den hohen schmiedeeisernen Gitterzaun mit nach außen gebogenen Spitzen. Dahinter liegt eine immergrüne Kirschlorbeerhecke, die das Haus vor neugierigen Blicken schützt.

Sie nimmt ihr Handy, geht auf WhatsApp und verschickt ein Daumen-hoch-Emoji.

In der Nähe springt ein Moped an. Der Motor jault ein paarmal rhythmisch auf, dann nähert es sich langsam, mit dem typischen sägenden Geräusch einer Enduro. Das hochbeinige Dirtbike knattert an ihr vorbei, auf dem Sitz hocken zwei Männer mit Helmen und Schutzbrillen. Auf der Höhe des schwarzen Audi drosselt der Fahrer das Tempo, der Sozius holt aus und wirft ein grünliches Päckchen im hohen Bogen über das Tor aufs Grundstück. Der Fahrer gibt Gas, und die beiden rasen johlend die dunkle Straße hinunter.

Aus dem Audi springen zwei Männer in dunklen Anzügen und hasten zum Tor. Einer von beiden klingelt, der andere spricht hektisch in sein Funkgerät. Das Rücklicht der Enduro glüht auf, dann verschwindet es in einer der Seitenstraßen, und das Motorgeräusch verklingt in der Ferne. Schnarrend öffnet sich das Tor, und Sita läuft im Rücken der beiden Sicherheitsleute mit schnellen Schritten darauf zu. Die zwei Männer eilen auf das Grundstück, schwärmen nach links aus, in die Richtung, wo sie das Paket vermuten. Sita schlüpft direkt hinter ihnen durchs Tor und schlägt sich nach rechts in die Büsche.

Durch die Blätter hindurch sieht sie die Schemen des Hauses, eine zweigeschossige Architektenvilla im Bauhausstil. Ein Bewegungsmelder lässt das Licht vor der Haustür anspringen, doch die Tür bleibt zu. Ob jemand zu Hause ist, lässt sich nicht erkennen.

Die Sicherheitsleute suchen im Schein der Lampe den Weg zum Haus und den Rasen ab.

»Ouh! Verdammt«, ruft der Größere der beiden plötzlich.

»Mein Gott, stinkt das«, stöhnt der andere. Er ist etwas kleiner und agiler, bückt sich und öffnet das Päckchen mit einer vorsichtigen Bewegung.

Der Größere macht einen Schritt zurück. »Scheiße, Mann, ich hasse diesen Job. Ständig hast du's mit irgendwelchen Spinnern zu tun. Pass auf, dass du nicht reintrittst. Dann kannste die Schuhe erst mal vergessen.«

»Schon passiert«, knurrt der Kleinere.

Das Funkgerät knackt. »Ja ... nee, alles unter Kontrolle«, sagt der Größere. »Faule Eier, mehr nicht.«

Aus dem Gerät knattert ein unverständliches Kauderwelsch.

»Ja, der Kollege hat reingeguckt. Ist wirklich nur 'ne Stinkbombe. – Ja. Danke und aus.«

»Und, was machen wir jetzt?«, fragt der Kleinere. »Müssen wir das mitnehmen?«

»Pff. Wenn's ungefährlich ist, isses nich unser Bier.«

»Find ich gut«, murmelt der Kleinere. »Hast du noch was von dem Desinfektionsspray? Ich hab was an den Fingern von dem Mist.«

»Im Wagen. Hauptsache, du ziehst gleich die Schuhe aus.«

Mürrisch treten die beiden Männer den Rückweg zum Tor an. Sita rümpft die Nase. Der Geruch weht bis zu ihr herüber. Einen Moment später verlassen die Sicherheitsleute das Grundstück und schließen das Tor von außen.

Sita schaut auf die Uhr. Kurz vor halb acht. Sie tritt hinter dem Busch hervor und schleicht an der Kirschlorbeerhecke entlang in den von der Straße abgewandten Teil des Gartens. Nach hinten raus ist das Grundstück von einem kleinen Wäldchen geschützt.

Die Villa liegt auf der Rasenfläche wie eine moderne kubistische Installation. Kühl in der Linienführung, weiß, mit wandhohen dunkel gerahmten Fensterflächen. Im Inneren streiten warme Töne und kühle Formen um die Vorherrschaft. Drei Terrassen auf unterschiedlichen Ebenen verlängern den Wohnraum nach außen. Die mittlere reicht am weitesten in den Garten hinein und endet an der Kante eines opulenten Infinitypools. Unter Wasser strahlen Lampen blau schimmernde Mosaikfliesen an. Das Becken ist beheizt; von der spiegelglatten Wasseroberfläche steigt Dunst in die kühle Luft auf.

Nur noch wenige Minuten.

Ihr ist bewusst, dass sie völlig danebenliegen kann.

Sita hat ihre Vermutung aus nur zwei Begegnungen abgeleitet, eine im Präsidium des Dezernats 11 in der Keithstraße und eine hier an diesem Pool, um halb acht am Abend, vor über zwei Jahren. Und trotzdem würde sie fast all ihren Besitz darauf verwetten, dass sie recht hat.

Sie schaut auf ihre Uhr. Zwei weitere Minuten vergehen. Es ist exakt halb acht.

Obwohl fast in jedem Zimmer Licht brennt, ist niemand im Haus zu sehen; was bei der Größe der Villa vielleicht nicht weiter verwunderlich ist. Sie muss an Frohloff denken, der sie gestern Abend gemustert hat, als wäre sie verrückt. Frohloff hätte gegen sie gewettet.

Zwei Minuten nach halb acht.

Behält Frohloff etwa recht? Bringt sie sich völlig umsonst in Gefahr?

Ein Windstoß treibt ein loses Blatt zum Pool hinüber, wo es auf die Wasseroberfläche trudelt.

Vier Minuten nach halb.

Die große Glastür zur Terrasse wird aufgeschoben.

Frohloff verliert.

Elisabeth Keller betritt in einem dunkelgrünen Badeanzug die Terrasse. Auf dem Kopf trägt sie eine weiße Badekappe, unter dem Arm hat sie ein sorgfältig zusammengerolltes Handtuch. Sie schließt die Schiebetür und geht zum vorderen Beckenrand, von dem aus Stufen ins Wasser führen. Ihre Badeschlappen stellt sie parallel zueinander und mit den Fersen zum Beckenrand ab. Das Handtuch findet seinen Platz daneben, auf einem rechteckigen grauen Kubus, der so aussieht, als wäre er speziell für diesen Zweck dorthin gebaut worden.

Elisabeth Keller ist ein ängstlicher Mensch, der sich leicht verunsichern lässt, das war es, woran Sita sich nach der letzten Begegnung deutlich erinnern konnte. Die meisten ihrer Handlungen hatten zwanghaft gewirkt, ritualisiert, als bräuchte sie die Ordnung und Gleichförmigkeit, um etwas zu haben, woran sie sich festhalten konnte. Und eins ihrer Rituale ist ihre abendliche Aquafitness-Runde, so wie schon vor zwei Jahren, immer zur gleichen Zeit, um halb acht.

Elisabeth Keller steigt gemessenen Schrittes ins Wasser und beginnt zu schwimmen, in einer geraden Linie, die das Becken akkurat in zwei Hälften teilt. Auf dem Weg zum gegenüberliegenden Ende des Pools hält sie inne, pflückt das Blatt von der Wasseroberfläche und watet dann zum Rand des Beckens, um dort das Blatt abzulegen.

Sita weiß, dass jetzt der schwierigste Moment kommt. Wenn es schlecht läuft, wird Elisabeth Keller um Hilfe rufen. Sie nimmt einen kleinen Ast vom Boden auf und wirft ihn an den Rand des Pools, wo er platschend ins Wasser fällt. Elisabeth zuckt zusammen und starrt ins Gebüsch.

»Nicht erschrecken, Frau Keller«, ruft Sita leise und tritt gerade so weit aus dem Schatten der Bäume, dass Elisabeth sie erkennen kann. »Dr. Sita Johanns vom LKA. Sie erinnern sich?«

Elisabeth Keller ist stocksteif am Beckenrand stehen geblie-

ben und schaut zu Sita. »Sind Sie wahnsinnig, mich so zu erschrecken«, haucht sie.

»Es tut mir leid, ich muss mit Ihnen sprechen. Es ist wirklich dringend.«

»Dann machen Sie um Himmels willen einen Termin.«

»Wir haben uns doch schon einmal hier unterhalten, oder?«

»Da hatten wir uns verabredet. Das gibt Ihnen noch lange nicht das Recht, hier einfach aufzutauchen. Ich werde jetzt meinen Mann –«

»Bitte warten Sie! Tun Sie das nicht.«

»Und warum bitte?«, fragt Elisabeth Keller ängstlich. »Was haben Sie hier zu suchen?«

»Ich glaube, dass Sie in Gefahr sind. Sie und die politische Karriere Ihres Mannes.«

Stille.

Elisabeth Keller bewegt die Arme. Um ihre Schultern kräuselt sich das Wasser.

»Hat Ihr Mann Ihnen gesagt, dass Walter Bruckmann wieder frei ist?«

»Jaa«, sagt sie zögerlich. »Er hat gesagt, dass er sich persönlich darum kümmern will.«

»Hat er auch mich dabei erwähnt?«

Elisabeth Keller zögert einen Moment. »Nein …«

»Ich war bei Bruckmann in der Klinik«, erklärt Sita.

*»Oh, mein Gott«, haucht Elisabeth Keller. »*Sie *waren das? Sie haben ihm geholfen –«*

»Und wissen Sie auch«, fährt Sita fort, »dass Ihr Mann ebenfalls in dieser Klinik war? Nachts, vor vier Tagen, als Bruckmann noch dort war?«

»Das … das verstehe ich nicht …«

»Ich habe seinen Wagen dort gesehen, und seinen Chauffeur.«

»Nein … das versteh ich nicht«, sagt Elisabeth Keller erneut. »Otto meinte, er wollte nach München … sich mit einem alten Freund treffen, es ging um irgendwas Politisches. Ich hab nicht so genau nachgefragt. Otto darf mir ja eh nichts über seine Arbeit sagen.«

Nach München, denkt Sita. Wenn es noch eine Bestätigung braucht, dass Otto Keller heimlich nach Tauenstein gefahren war, dann hat sie die gerade bekommen. »Er war nicht in München, er war in Tauenstein. Hören Sie, ich bin sicher, es gibt eine Verbindung zwischen Walter Bruckmann und Ihrem Mann.«

»Na…natürlich«, stammelt Elisabeth Keller. »Die beiden kennen sich. Mein Mann war Bürgermeister, und Walter Bruckmann war der Leiter des LKA 1, ich meine, Bruckmann hat doch damals ermittelt wegen …«, ihr versagt für einen Moment die Stimme, »wegen des Falls mit unserer Tochter …«

»Ich weiß, Frau Keller.« Sita schaut sie mitfühlend an. »Ich kann mich gut erinnern. Der Täter hat damals etwas behauptet, das sich nie beweisen ließ, nämlich dass Walter Bruckmann, ein Mann namens Wolf Bauer und Ihr Mann sich schon in der DDR kannten, und dass die drei eine Zeit lang gemeinsame Geschäfte gemacht haben. Wissen Sie darüber etwas?«

»Ach, hören Sie doch auf! Diesen ganzen Blödsinn bin ich damals schon gefragt worden«, erwidert Elisabeth Keller. Ihre Stimme wird höher, und sie spricht jetzt sehr schnell. »Hier geht's doch bloß wieder darum, Otto zu schaden. Sie wühlen auf gut Glück im Mist und wollen ihm was anhängen.«

»Frau Keller, ich will nur verstehen, warum Ihr Mann in dieser Nacht in der Klinik Tauenstein war.«

»Was sollte mein Mann denn bei Bruckmann verloren haben?«

»Sagt Ihnen denn der Name Professor Karl Forsberg vielleicht etwas?«

»Nein, warum?«

»Oder hat Ihr Mann jemals in der letzten Zeit von einer Bibel gesprochen, die er sucht?«

»Pff«, schnaubt Elisabeth Keller. »Bibel. Wenn Otto eine Bibel sieht, macht er einen Bogen drum, außer es sind Fotografen in der Nähe.«

»Und eine Frau namens Klara Winter, hat er die einmal erwähnt? Oder einen Mann namens Benno Kreisler?«

»Was soll das? Warum nennen Sie mir ständig irgendwelche Namen?« Elisabeth Keller gestikuliert hektisch mit den Armen. Ihre Stimme wird immer lauter und schriller. »Ich kann Ihnen das nicht sagen, ich will's auch gar nicht mehr ...«

»Frau Keller, bitte.« Sita schaut besorgt zum Haus. Im ersten Stock sieht sie die Silhouette eines rundlichen Mannes, der näher ans Fenster tritt. Der Statur nach ist es Otto Keller. Dann geht plötzlich das Licht hinter ihm aus.

»Ich lass mich doch nicht von Ihnen benutzen, um meinen Mann ans Messer zu liefern, was glauben Sie, wer Sie sind?«

»Ich bin die Frau, die damals geholfen hat, den Mörder Ihrer Tochter zu stellen«, sagt Sita hart.

Auf einmal wird es ganz still. Elisabeth Kellers Arme sinken kraftlos ins Wasser. »Und, macht sie das wieder lebendig?«, flüstert sie mit gebrochener Stimme.

Sita verstummt betroffen. Sie ist zu weit gegangen, und nun überfällt sie die Scham, es nicht früher gemerkt zu haben. Es ist, als ob die Klinik ihre Grenzen verschoben hätte und sie nicht mehr sie selbst wäre. »Entschuldigung«, sagt sie leise. »Wirklich, es tut mir leid, ich wollte nicht –«

»Haben Sie aber«, sagt Elisabeth Keller mit bebender Stimme. Zittrig weist sie zur Straße. »Und jetzt verschwinden Sie, bevor ich meinen Mann hole.«

Kapitel 50

Stahnsdorf bei Berlin liegt still in der Nacht. Ein feiner Nieselregen benetzt die Scheiben des Taxis. Der Fahrer sieht immer wieder mit einer Mischung aus Neugier und Misstrauen in den Rückspiegel. Beim Einsteigen am Flughafen hat er das rote Würgemal an Toms Hals gesehen. Immer wieder muss Tom sich bewusst machen, dass er hier in Deutschland nicht gesucht wird. Keine Zeitungsartikel mit seinem Bild, keine Fernsehberichte. Er muss an Bene denken und fragt sich, was ihm zugestoßen sein könnte. Benes Hilfe ist genau das, was er jetzt brauchen könnte. Doch nach dem Telefonat verbietet es sich von selbst, zu ihm zu fahren.

»Wir sind da«, brummt der Fahrer.

Tom schreckt aus seinen Gedanken auf.

»Dann sind's vierundvierzig fuffzig, bitte.«

Tom bezahlt den Fahrer, steigt vorsichtig aus dem Fond des Taxis und hält sich die schmerzende Seite. Jede ungewohnte Bewegung zerrt an den Fäden der Wunde. Er nimmt die Maske ab, holt das Röhrchen mit den Schmerztabletten heraus, zögert – und steckt es wieder ein. Es ist gerade mal eine Stunde her, dass er zwei Tabletten genommen hat.

Die nasse Luft legt sich wie ein Film auf seine Haut. Nach dem Irrsinn in London ist hier in Stahnsdorf alles so klein und still und normal. Als würde er in eine surreale Puppenstube zurückkehren. Hinter ihm fährt das Taxi an, wendet und verschwindet dann in Richtung Hauptstraße. Tom schaut auf das Haus, vor dem er sich hat absetzen lassen.

Wo geht man hin, wenn einem nichts mehr geblieben ist?

Nach Hause.

Wenn es noch ein Zuhause gäbe.

Das Einzige, was es jetzt noch gibt, ist sein Elternhaus. Nur ohne Eltern. Ein Erdgeschoss, ein Satteldach, zwei Kinderzimmer, die keine mehr sind, ein Fahrradschuppen im Garten, ein Jägerzaun und die Frau, die darin wohnt, die ihm so fremd ist, wie sie seinem Vater über die letzten zwanzig Jahre vertraut war. Gertrud war für ihn immer nur die *Neue* seines Vaters gewesen. Er hatte sich mit Händen und Füßen gegen sie gewehrt. Hatte sie verachtet, geschnitten und ihr übel genommen, wofür sie nichts konnte: dass sie nicht seine Mutter war. Gegen Inge hatte sie keine Chance. Bis Gertrud dann vor einem Jahr dem kleinen Phil begegnet war, und plötzlich wurde aus der ungeliebten Stiefmutter eine Oma, die Phils Herz eroberte und buchstäblich bis zum Letzten für ihn gekämpft hatte. Inzwischen empfindet Tom sogar so etwas wie Zuneigung für seine Stiefmutter.

Er öffnet die Pforte im Zaun. Sie wackelt, das Holz an den Angeln ist morsch geworden. Der Rasen war früher immer kurz geschnitten, und die Blumen waren so gepflegt wie die Tischdecken und Gardinen im Haus gewaschen und gebügelt. Gertrud eben. Alles hatte seine Ordnung. Möglichst auch die Gefühle. Jetzt ist die Ordnung aus den Fugen und das Gras lang. Er geht die schmalen Platten auf dem Gehweg entlang bis zur Haustür. Steht vor der Klingel, drückt, hört das Schellen und sieht, wie sich Gertruds vor Kummer gebeugte Gestalt hinter dem welligen Glas in der Tür nähert. Die Tür schwingt auf, und sie schaut ihn aus wunden Augen an. Ihre Haare sind zerrauft. Sie hat immer ausgesehen wie eine ewig Sechzigjährige. Jetzt ist sie um zehn Jahre gealtert.

»Kann ich reinkommen?«, fragt er heiser.

Sie nickt, tritt beiseite und bringt kein Wort hervor.

Tom betritt das Haus. Die Beerdigung seines Vaters holt ihn ein. Bilder in einem Trauer-Daumenkino, und zwischen den Bildern lauter Leerstellen. Im Flur riecht es wie immer. Kann ein Geruch Heimat sein? Gertrud schließt hinter ihm die Tür.

»Ich brauche einen Platz, wo ich für ein paar Tage unterkommen kann«, sagt Tom. »Viola ist in Berlin, und ich –« Er dreht sich zu Gertrud um und erstarrt.

Neben Gertrud, an der Treppe zum Dachgeschoss, steht Bowie, mit Mütze, Corona-Schutzmaske und in den Händen das Gewehr von Toms Vater, eine doppelläufige Merkel, die dieser hinter einem Schrank im Keller versteckt hatte.

Gertrud beißt sich auf die Lippen. Ihr Blick ist schuldbewusst und verängstigt.

»Dann sind wir ja endlich komplett«, knurrt Bowie. Mit dem Gewehrlauf dirigiert er Gertrud und Tom ins Wohnzimmer. Gertrud läuft vor und öffnet die Tür. Die Vorhänge sind zugezogen. Alle Regale und Schränke sind ausgeräumt, Schubladen wurden herausgerissen, der Inhalt liegt in Häufchen auf dem Boden. Die Bilder sind von den Wänden abgehängt, aus den Rahmen gerissen, die Kissen sind aufgeschlitzt, und die Polsterung der Möbel hängt in Fetzen. Tom starrt auf das zerstörte Sofa. Eine Frau sitzt darauf, ganz in Schwarz gekleidet, die Seiten ihres Kopfes sind zu einem modischen Undercut rasiert, ihr Haupthaar ist deutlich länger, altrosa gefärbt und in einem lässigen Irokesenlook nach vorne und oben aufgestellt. Sie ist an Händen und Füßen mit Kabelbindern gefesselt, in ihrem Mund steckt ein Knebel. Ihre Augenlider hat sie mit einem starken Kajalstrich betont, und ihr Blick sprüht vor Zorn.

2 Tage vorher

Kapitel 51

Ralf Neubauer schlurft um die Ecke zum Marlene-Dietrich-Platz. Die Räder seines Einkaufswagens schlackern. Der frühe Vogel, das war einmal. Seit diesem verfluchten Corona gibt es kaum mehr Flaschen hier draußen. Er könnte länger pennen, würde ja keinen Unterschied machen. Tut er aber nicht. Sechs Uhr, dann ist finito mit schlafen. Sein innerer Wecker lässt ihn einfach nicht. Also macht er seine Runde wie immer. Viertel vor sieben dann die Mülleimer auf dem Marlene-Dietrich. Ralle, ein Penner wie ein Uhrwerk. Die anderen Jungs auf Platte spotten immer. Aber das hier ist die einzige Routine, die ihm noch bleibt.

Gar nicht Routine ist allerdings die Wagenkolonne, die geradewegs vor seiner Nase auf den Platz rauscht. Bullerei hoch sechs. Drei Mannschaftswagen, zweimal Streife und einmal Zivilbullen. Der Schreck fährt ihm in die Glieder, und er bleibt abrupt stehen.

Sind die etwa wegen mir hier?

Blödsinn, natürlich nicht.

Streife, gut, das könnte sein. Aber der Rest?

Aus den Mannschaftswagen steigen Männer mit Helmen, Schutzwesten und schweren Waffen. Was für 'ne Action, denkt Ralle. Wen nehmen die denn hoch?

Sita schließt die Tür zu Benes Büro auf.

Seit vier Uhr in der Früh hat sie kein Auge mehr zugetan. Der Gedanke an Otto Keller treibt sie um. Elisabeth Kellers Vorwürfe sitzen tief, und in der Nacht sind ihr alle die Zweifel gekommen, die sie bei Tageslicht nicht hat zulassen wollen. Ihre Gedanken sind immer und immer wieder im Kreis marschiert. Hat sie sich vielleicht in etwas verrannt, nur weil sie Kellers Wagen gesehen hat? Immerhin hat sie ihn nicht persönlich dort gesehen. Warum sollte Otto Keller, frisch vereidigter Bundesinnenminister, mitten in der Nacht eine psychiatrische Klinik am Rande der Republik aufsuchen?

Hat die Klinik sie paranoid gemacht? Oder ihre Gefühle für Tom, der sich ständig in ihre Gedanken schleicht?

Sie hat im Lauf der Nacht wieder ein paarmal seine Nummer gewählt, doch Tom meldet sich nicht, und das macht sie schier verrückt. Seit er vor Violas Tür gestanden hat, hat sie nichts mehr von ihm gehört, kein Lebenszeichen, nichts. Vielleicht sollte sie Frohloff bitten, seine Kanäle zum Yard zu bemühen oder eine Anfrage bei den Londoner Krankenhäusern zu machen. Aber ob das in Zeiten von Corona Erfolg hat?

In dem fensterlosen Zimmer sind ihr ständig Erinnerungen an Tauenstein hochgekommen. Und zu Beginn der Nacht hat sie im Flur – trotz Corona – oft laut die Türen schlagen hören, wenn Freier kamen und gingen. Das Odessa *ist zwar geschlossen, und die unterirdischen Hallen mit dem Dancefloor, den Bars, Separees und den verwinkelten Gängen wirken wie ausgestorben, doch einige Frauen betreiben ihr Gewerbe in den Hinterzimmern weiter, und Bene ist der Ansicht, dass sie in seinen Räumen besser aufgehoben sind, als wenn sie zu Hause arbeiten, denn arbeiten, das würden sie so oder so, sagt Bene.*

Jetzt ist es kurz nach sieben, und ihr Körper ruft nach Koffein.

Sie öffnet die schwere stahlverstärkte Tür. In der kleinen Bar sind die roten Lampen über dem Tresen heruntergedimmt und tauchen Benes opulentes Büro in ein sehr spezielles Licht. Der blaue Stoff des Billardtisches wird von dem Rot in ein tiefes Lila getaucht. Die Luft ist stickig, und das apokalyptische Gemälde von Dix, das schützend vor dem Safe hängt, wirkt wie ein im Dunkeln lauernder Albtraum.

Sita tritt ein, schaltet das Licht an und schließt die Tür.

Ein mürrisches Schnauben lässt sie zusammenzucken.

Sita dreht sich um. Rechts an der Wand steht ein Bett, das sonst nicht dort steht. Ein ausgekleideter Hohlraum in der Wand macht ihr klar, warum. In dem Klappbett setzt sich eine nackte Frau auf und schaut Sita aus kleinen Augen an. »Du?«, fragt Gisell schläfrig. Offenbar scheint ihr die Situation nicht sonderlich unangenehm zu sein. Neben ihr liegt Bene auf dem Bauch, er knurrt unwirsch, sein linker Fuß ragt über die Bettkante, als wollte er frische Luft schnappen.

»Ich brauch Kaffee«, murmelt Sita, geht an den beiden vorbei zu Benes kleiner Privatbar und schaltet die Nespresso-Maschine ein.

»Shit«, gähnt Gisell, »wie spät is es?«

»Sieben«, erwidert Sita.

Gisell verdreht die Augen und lässt sich ins Kissen zurückplumpsen.

Das sind doch mindestens vierzig oder fünfzig Leute, denkt Ralle. In der Mitte steht der Einsatzleiter, ebenfalls in schwerer Montur, daneben einer, der aussieht wie ein schwarzer dürrer Raubvogel. Der Einsatzleiter gestikuliert knapp, deutet auf die Lücke zwischen dem Stage Theater und dem Casino. Ein knappes Dutzend Einsatzkräfte macht sich auf. Sieht nach dem Trupp für die Hintertür aus.

Der Raubvogel zündet sich eine Zigarette an.

Der Einsatzleiter spricht in das kleine Mikro, das ihm an einem Bügel vor dem Mund hängt, dann stiefelt er los, direkt auf die Tür des Odessa *zu.*

Krass, denkt Ralle. Er fragt sich, wie einer aussieht, der so was auslöst. Oder geht's etwa um 'ne Frau? Nee, wegen 'ner Frau machen die doch nicht so 'n Aufstand. Irgendwie hofft er, dass sie ihn kriegen, damit er ihn zu Gesicht bekommt, und gleichzeitig hat der Typ seine volle Sympathie. Wär auch nicht schlecht, wenn die Bullen am Ende lange Gesichter machen würden. Er beschließt zu bleiben. Die paar Flaschen können warten.

»Was machst du hier?«, fragt Sita.

»Pfff«, prustet Gisell. »Mal sehen, lass mich überlegen ... vielleicht verdauen, dass mein Scheißvater wieder auf freiem Fuß ist?«

»Hör auf, Gisell, sie kann nichts dafür«, brummt Bene. »Weder sie noch ich.«

»Ich hab's euch doch gesagt, oder?«, entgegnet Gisell. »Wie auch immer, er findet einen Weg.« Sie steht auf, geht zu Benes Schreibtisch und sammelt ihre dort verstreuten Kleidungsstücke auf. Dabei scheint ihr Ärger ein wenig nachzulassen. »Ist schon okay«, sagt sie in Sitas Richtung. »Ich hab ja gehört, was das für ein Horrortrip für dich war. Freu mich, dass du raus bist. Das mit meinem Vater ist trotzdem scheiße.« Sie schlüpft in ihre Unterhose, dann streift sie einen knallblauen Pullover über.

»Das tut mir leid, wirklich«, sagt Sita. »Und noch mal danke für deine Hilfe.«

»Machst du mir auch einen?« Gisell deutet auf die Nespresso-Maschine.

Bene steigt aus dem Bett. Seine roten Haare sind zerzaust und nicht wie sonst zu einem straffen Dutt gebunden. Das einzige Kleidungsstück, das er trägt, ist die silberne Kette mit dem schweren Kreuz; es baumelt vor seiner kräftigen Brust, während er auf Sita zuläuft.

»Das ist neu«, sagt Sita und deutet auf seinen Unterleib.

Bene bleibt kurz stehen und schaut verständnislos auf sein Gemächt.

»Der Bauch«, meint Sita trocken, wendet sich der Kaffeemaschine zu und lässt den ersten Espresso durchlaufen.

»Mhm«, knurrt Bene. »Nichts, was nicht mit ein bisschen Training wieder verschwindet.«

Gisell wirft ihm von der Seite eine Hose zu. Bene fängt sie auf, steigt hinein und stellt sich zu Sita an die Bar. »Meine Jungs haben mir erzählt, das hat gut geklappt bei Keller gestern?«

Sita stellt Gisell einen Espresso auf den Tresen, wechselt die Kaffeepatrone und drückt erneut auf die Wahltaste. »Reingekommen bin ich gut«, sagt sie. »Aber mit Elisabeth Keller, das war ein Reinfall. Ich hab mich total verschätzt. Entweder sie weiß nichts, oder sie lügt und hält zu ihrem Mann. Oder beides. Ich dachte eigentlich, sie hat Probleme mit ihrem Mann. Aber die scheint sie für sich zu behalten.«

Bene grunzt unzufrieden, nimmt den für Gisell gedachten Espresso vom Tresen und kippt ihn in einem Zug hinunter. »Irgendwas von Tom?«

Sita schüttelt den Kopf.

»Scheiße«, murmelt Bene. »Konntest du die Keller nach Klara Winter fragen – und nach dieser Bibel?«

»Nur kurz. Sie hat gedroht, ihren Mann und die Security zu rufen. Ich bin dann über den Zaun und abgehauen.«

»Du bist über den Zaun da raus? Warum dann das Theater, um reinzukommen?«

»Die Spitzen sind nach außen gebogen. Raus geht, nur rein nicht.« Sita reicht Gisell einen frischen Espresso.

»Hab ich das richtig verstanden, es ging doch um die Musik in der Bibel, oder?«, fragt Gisell.

Sita und Bene wechseln einen Blick. »Du hast ihr alles erzählt?«, fragt Sita.

Bene zuckt mit den Achseln. »Sie hat dir geholfen, sie hat mir geholfen – mit diesem komischen Pathologievogel. Und außerdem geht's um ihren Vater.«

»Bei Musik immer die DJane fragen«, sagt Gisell lakonisch. »Ich hätte da nämlich 'ne Idee.« Sie stellt klappernd ihre Espressotasse auf den Tresen, geht zu Benes Schreibtisch, wo ihre Jacke liegt, fischt ihr Handy aus einer der Taschen und hebt es demonstrativ hoch. Ein Paar In-Ear-Kopfhörer baumelt an einem langen Kabel von dem Gerät herab.

»Und?«, fragt Sita.

»Na, hier ist doch Musik drauf.«

»Klar, aber was –«

»Und jede Menge andere Daten«, sagt Gisell und kommt zurück zur Bar. Auf dem Schreibtisch ertönt ein leises Klingeln. Bene runzelt die Stirn und läuft dorthin.

»Ich versteh immer noch nicht, worauf du hinauswillst«, meint Sita.

Bene scheint sich ausgeklinkt zu haben, öffnet sein Laptop und studiert das Display.

»Na, die Sache mit der Bibel ist doch 1998 passiert, als Viola verschwunden ist, oder?«, fragt Gisell.

»Ja, stimmt.«

»Und wie hat man 98 Musik gespeichert?«

Sita muss einen Moment lang überlegen, dann verdreht sie die Augen. »O Gott, natürlich, du hast recht!«

»Verdammt«, ruft Bene plötzlich laut. »Das gibt's doch nicht!« Er dreht das Laptop zu ihnen, sodass sie den Bildschirm sehen können. Mehrere kleine symmetrisch angeordnete Fenster zeigen die Überwachungskameras vom vorderen und hinteren Eingang des Clubs. Vor den Türen sind schwer bewaffnete Einsatzkräfte zu sehen, auf ihren Schutzwesten steht in dicken weißen Blockbuchstaben das Wort Polizei.

Kapitel 52

Tom starrt die Frau mit dem Irokesen ungläubig an. Ihre Blicke treffen sich. Mit einem Schlag hat er die kleine zehnjährige Vi vor Augen, die ihn wütend anfunkelt, eine zornige Falte zwischen den Brauen, ihr Gesicht ein einziges »Warum?«, wenn er mit seinen Freunden zur Brücke am Teltowkanal abgezogen ist und sie nicht mitnehmen wollte.

Du bist zu klein.

Das ist zu gefährlich da.

Ich will nicht, dass dir was passiert.

Ich will nicht, dass *ich* nachher schuld bin, wenn dir was passiert.

Es war trotzdem etwas passiert. Und er *ist* schuld.

Wo um alles in der Welt sind ihre blonden, widerspenstigen langen Haare hin?

Bowie stößt ihm das Gewehr in den Rücken. »Hinsetzen. Da, bei deiner Schwester.« Mit dem Lauf der Waffe dirigiert er Tom zu einem Sessel, der über Eck zu dem zerfledderten Sofa steht, auf dem Viola sitzt. Überall am Boden liegen Daunenfedern, die aus den Polstern der Möbel herausgerissen worden sind. Als Tom sich in den Sessel setzt, wirbeln ein paar Federn auf und segeln zu Boden.

Was für eine Ironie. Vi in einem Meer aus Federn.

»Du! Bind ihn fest«, weist Bowie Gertrud an.

Mit der Linken wirft er ihr zwei lange Kabelbinder zu. Mit der Rechten hält er die doppelläufige Merkel. Gertrud nimmt die Plastikbinder und schnürt Toms Handgelenke und seine

Fußgelenke zusammen. Kaum ist sie fertig, tritt Bowie hinter sie und gibt Gertrud mit dem Gewehrkolben einen kräftigen Schlag auf den Hinterkopf. Gertrud fällt mit dem Gesicht nach vorne in Toms Schoß, und ihr Körper erschlafft.

»Sitzen bleiben«, sagt Bowie emotionslos. Mit seiner linken Hand packt er Gertrud am Kragen und schleift sie aus dem Zimmer. Die grauen Haare verdecken ihr Gesicht, am Hinterkopf tritt etwas Blut aus einer Platzwunde. Tom beißt sich auf die Lippen. Er kann Bowie auf der Kellertreppe hören und das leise gleichmäßige Aufschlagen von Gertruds Körper auf den Stufen. Er schaut zu Viola hinüber, die ihren Blick gesenkt hat und finster vor sich hin starrt.

Nach einer Weile kommt Bowie zurück.

»Was haben Sie mit ihr gemacht?«, fragt Tom.

»Eingesperrt, was sonst. Die stört nur, jetzt, wo du da bist.«

Bowie tritt an Viola heran, zerrt ihr den Knebel aus dem Mund, sodass er lose um ihren Hals hängt.

Viola spuckt aus und keucht. »Gottverdammte Scheiße«, sagt sie auf Deutsch, mit einem leichten britischen Akzent. Ihr bohrender Blick trifft Tom mit voller Wucht. »Warum konntest du nicht bleiben, wo du bist?«

Tom sieht sie sprachlos an.

Im nächsten Moment trifft ihn ein Schlag mit dem Gewehrkolben ins Gesicht, und ihm wird schwarz vor Augen.

»Für den Scheiß im Keller von der Krankenhaus-Bitch«, knurrt Bowie.

Tom schmeckt Blut im Mund. Helle Flecken flirren vor seinen Augen und verblassen langsam. Er tastet mit der Zunge durch seine Mundhöhle und spürt zwei lockere Zähne auf der Seite, von der der Schlag gekommen ist. Einen Augenblick später trifft ihn ein Faustschlag von der anderen Seite.

Die Sterne sind zurück, und sein Schädel dröhnt. Benommen versucht er, seinen Kopf gerade zu halten.

»Den ganzen Tag lang könnt ich das machen«, zischt Bowie. »Aber Scheiße noch mal, ich hab keine Zeit dafür.«

Er nimmt das Gewehr und richtet den Lauf auf Toms Unterschenkel. »Also, was ist?«, fragt er Viola. »Willst du 'n Bruder mit zwei Beinen?«

Viola beißt sich auf die Lippen, schaut beiseite und schiebt den Unterkiefer vor.

»Sieh hin, wenn ich deinem verfickten Bruder das Bein wegschieße«, brüllt Bowie. »Oder verrat mir endlich, wo das verdammte Buch ist!«

Buch? Was für ein Buch? Tom starrt auf das Gewehr. Bowies Worte dringen wie durch Watte zu ihm. Er ist immer noch damit beschäftigt, nach den beiden Schlägen überhaupt wieder einen klaren Gedanken zu fassen. Mit einem Mal hat er das Regal mit den Büchern in Violas Wohnung vor Augen.

»Also was?«, drängt Bowie.

Viola schließt die Augen. »Er hat sowieso bei mir verschissen«, flüstert sie.

»Weißt du was?«, sagt Bowie. »Ich glaub dir nicht.«

Tom sieht, wie sich sein Zeigefinger um den Abzug krümmt, ungläubig sieht er auf den Lauf, dann zu Viola. Krachend löst sich der Schuss. Tom spürt den Luftdruck der Kugel, Viola zuckt zusammen, als hätte sie einen Schlag bekommen. Die hölzerne Unterkonstruktion des Sofas zersplittert. Ein paar Holzspäne bohren sich in Toms Bein, oder ist das die Kugel? Daunenfedern fliegen auf und sinken langsam zu Boden. Tom wagt es nicht, sein Bein zu bewegen, will nicht hinsehen, obwohl er sicher ist, dass Bowie danebengeschossen haben muss.

Bowie tritt zwei Schritte zurück und lädt das Gewehr nach.

Viola starrt auf Toms Bein. Ihr Kinn zittert.

Bowie hebt das wieder vollständig geladene Gewehr, tritt seitlich neben Tom und hält ihm den Lauf an das Kinn.

»Okay«, sagt Bowie leise. »Ich krieg sowieso, was ich will. Aber ich will's *jetzt*. Ich geb dir noch eine Chance, das hier abzukürzen. Sonst schieß ich ihm den Kiefer weg. Falls du also weiter so 'ne sture Bitch bist, musst du dein restliches Leben lang drauf klarkommen, dass ich deinem Bruder die Fresse weggeschossen hab. Hast du so was schon mal gesehen? Kein Kiefer, keine Zähne, keine Zunge, da ist dann einfach nichts mehr außer Brei.«

Toms Eingeweide verkrampfen sich. Sein Körper verselbstständigt sich, er zittert und spannt jeden Muskel, jede Sehne an, um irgendwie die Kontrolle zu behalten.

Violas Lippen beben, in ihre Augen treten Tränen. Sie versucht, sie zurückzuhalten, sich zu beherrschen, aber die Tränen laufen einfach über ihre Wangen.

»Wenn du nur heulst und nicht redest, muss ich schießen. Und glaub mir, ist kein Bluff diesmal.«

»Fuck«, presst Viola zwischen den Zähnen hervor. »Ist okay, ist okay. Ich zeig's Ihnen.«

Tom überkommt eine Welle der Erleichterung.

»Sagen reicht mir. Ich find's schon.« Bowie lässt die Merkel sinken.

»Ist nicht hier im Haus«, meint Viola. Sie zieht geräuschvoll die Nase hoch, hebt die zusammengebundenen Hände und fährt sich mit dem Ärmel übers Gesicht. Ihr Kajal verwischt, und Tom muss plötzlich an Finja denken. Was auch immer mit Viola in den letzten zwanzig Jahren passiert ist, es scheint seine kleine Schwester ausgelöscht zu haben.

»Wo dann?«, fragt Bowie.

Viola deutet mit dem Kopf hinter sich. »Im Garten. Im Schuppen.«

Bowie nickt und mustert Viola und Tom, als wäre er gerade dabei, einen Plan zu machen. Er lässt den Blick über das Chaos im Wohnzimmer schweifen, dann geht er zu einer der ausgekippten Schubladen, schiebt mit dem Fuß ein Häufchen von Sachen auseinander, bis er eine kleine Nagelschere freigelegt hat, die er zu Viola hinüberkickt. »Mach dir die Füße frei, und ihm auch. Danach wirfst du die Schere weg.«

Viola beugt sich vor, hebt die Nagelschere mit ihren an den Gelenken zusammengebundenen Händen auf und schneidet mühsam mit der kleinen Schere den stabilen Plastikriemen durch, der ihre Füße zusammenhält. Dann geht sie zu Tom und beugt sich zu seinen Fußfesseln hinab.

»Wird das noch was?«, fragt Bowie.

»Mein Gott, ja.« Viola verzieht vor Anstrengung das Gesicht. »Ich komm schlecht ...« Sie verstummt und stöhnt leise, dann klickt es zweimal kurz hintereinander. »Jetzt.« Sie richtet sich auf und wirft die Schere mit einer schwungvollen Bewegung von sich. Klappernd landet sie hinter dem Sofa.

»Okay«, sagt Bowie. »Zur Terrassentür raus und dann zum Schuppen. Glaubt bloß nicht, ich würde zögern zu schießen.« Bowie richtet die Merkel auf Tom, den er offenbar für den gefährlicheren Gegner hält. Oder er glaubt, so weiterhin Druck auf Viola ausüben zu können. »Rüber zur Tür. Aufmachen.«

Tom erhebt sich schwerfällig vom Sofa und tut, was Bowie verlangt. Ihm ist immer noch schwindelig, nur die Schmerzen halten sich dank der beiden Tabletten, die er vorhin noch genommen hat, in Grenzen. Er fragt sich, wo genau im Schuppen Viola etwas versteckt haben könnte – und vor allem, wann. Im Schuppen kennt er eigentlich jede Ecke.

Der Nieselregen empfängt sie wie ein nasser Schleier. Bowie schaut sich argwöhnisch nach allen Seiten um. Das Gewehr ist auffällig, doch die umlaufenden Hecken schirmen den Blick der Nachbarn ab.

Der Weg zum Schuppen ist kurz, er liegt gerade einmal zehn Schritte abseits des Hauses. Der nasse Boden schmatzt leise unter Toms Schuhen. Die Luft ist kühl geworden, und blasse Atemwolken steigen in die Nacht.

Der Schuppen kommt Tom seltsam klein vor, seine Erinnerungen aus der Kindheit halten sich hartnäckig, und da war er ungleich größer. Tatsächlich misst er etwa drei mal zweieinhalb Meter, ein aus Brettern und Balken zusammengenagelter Verschlag mit einem vernagelten Fenster, einem angeschrägten Dach aus Teerpappe und einer schiefen Regenrinne, von der Wasser in ein Fass tropft. Daneben steht eine alte Gießkanne aus Zink, seine Mutter hat sie immer ins Fass getaucht, um das Kräuterbeet zu gießen. Er wirft einen schnellen Seitenblick auf Viola. Ihre Haare ragen störrisch in die nasse Luft, ihr Kiefer ist verspannt, und die linke Hand hat sie zur Faust geballt. Was hat sie noch für Erinnerungen an damals? Oder hat sie alles abgespalten?

Sie bemerkt seinen Blick, schaut zu Boden und sagt leise: »Ist besser, du findest mich nie, hab ich immer gedacht. Und ich hatte recht, verdammte Scheiße.«

»Halt den Rand.« Bowie drückt Viola das Gewehr in den Rücken und stößt sie auf den Schuppen zu. Viola stolpert ein Stück vorwärts und prallt mit der Schulter gegen die Holztür. Sie presst die Lippen aufeinander, dann löst sie den rostigen Haken, der die Tür geschlossen hält.

Knarrend schwingt die Tür nach außen.

Sie tastet nach dem Lichtschalter. Über der Tür leuchtet eine schwache Glühbirne hinter einem verschmutzten Glas auf. Im Innern baumelt eine schwarze Kellerlampe an einem kurzen Draht von der Decke und wirft gelbes Licht in den Schuppen. Links an der Wand stehen drei Fahrräder, das vorderste gehört Gertrud, dahinter steht das alte Rad seines Vaters und wiederum dahinter, ganz an der Wand, ein rotes Kinderfahrrad mit Bonanza-Lenker. Für Tom war dieses Fahrrad immer der Grund, warum er den Schuppen gemieden hat. Sein Vater hatte es einfach nicht übers Herz gebracht, Violas altes Rad wegzuwerfen. Toms hingegen ist schon lange entsorgt.

Auf der rechten, dem Haus zugewandten Seite des Schuppens stehen ein Rasenmäher, eine Heckenschere, ein Regal mit Pflanzenschutzmitteln, Schlauchverbindern, Müllsäcken und Ähnlichem. An ein paar Wandhaken sind ein Spaten, ein Rechen und eine Axt aufgehängt.

»Wegbleiben von dem Werkzeug«, knurrt Bowie und hebt drohend den Lauf der Merkel. »Wo?«, fragt er.

»Hier drunter.« Viola stampft mit dem Fuß auf den Holzboden.

Tom schaut sie ungläubig an.

»Die Räder müssen rüber an die Rückwand«, sagt sie und wirft Tom einen Blick zu.

»Erst die Axt und den Spaten«, fordert Bowie. »Langsam nach draußen tragen und fallen lassen.«

Viola nimmt die Axt von der Wand, trägt sie nach draußen und lässt sie fallen; Bowie hebt sie auf und schleudert sie im hohen Bogen in den hinteren Teil des Gartens, wo sie mit einem Knacken im Gebüsch einschlägt. Mit dem Spaten passiert das Gleiche.

»Worauf wartet ihr noch?«, fragt Bowie. »Na los, die Räder.«

Tom packt Gertruds Fahrrad am Lenker, Viola hebt es am Gepäckträger hoch. Es ist abgeschlossen, also wuchten sie es von der Seite zur Rückwand hinüber. Die Plastikriemen scheuern an Toms Gelenken, und die Wunde an seiner Seite brennt beim Anspannen der Bauchmuskulatur wie Feuer.

Als schließlich alle Fahrräder an der Rückwand stehen, geht Viola in die Knie und fasst mit den Fingerspitzen unter den Rand der Bodendielen. Auf einer Breite von etwa einem halben Meter hebt sich der Boden ein kleines Stück. Offenbar sind mehrere Bodendielen miteinander zu einer Art Klappe verbunden. »Du musst mit anfassen«, stöhnt Viola. »Da drüben.«

Tom nickt stumm.

Gemeinsam heben sie die Bretter an. Vor dem Regal mit den Gartenutensilien muss ein Scharnier unter den Bohlen verborgen sein, denn ein Teil des Fußbodens klappt nach oben auf.

Das Deckenlicht fällt auf einen schmutzigen Streifen Kies.

»Und?«, fragt Bowie.

»Hilf mir, Tom, der Kies muss weg.« Viola beginnt, mit ihren gefesselten Händen die Steine beiseitezuschaufeln. Tom kniet sich neben sie und schiebt den immer wieder nachrutschenden Kies beiseite, in den schmalen Hohlraum unter den Dielen, auf denen er kniet. Seine verletzte Hand schmerzt, und die gelblich braunen Steine reiben mit einem unangenehmen mahlenden Geräusch aneinander. Die Kiesschicht ist etwa eine Handbreit tief, und nach zwei Minuten haben sie den Untergrund freigelegt. Eine stabile Falltür mit einem Griff und zwei Riegeln.

Tom verschlägt es die Sprache.

Er wusste alles über dieses Haus. Nach dem Tod seines Vaters hatte er mit Gertruds Erlaubnis alles durchsucht, in der Hoffnung, irgendeinen weiteren Hinweis auf Viola zu finden. Doch es gab nichts weiter als das Foto, das er bereits kannte.

Wie hatte er das hier übersehen können?

Viola schiebt die beiden Riegel zurück und öffnet die Falltür. Der Geruch von feuchter Erde steigt ihnen entgegen. Das Licht der Kellerlampe fällt auf eine steile, schmale alte Holztreppe, die in die Tiefe führt. Ein paar Kieselsteine fallen polternd ins Dunkel. Von Violas Kleidung löst sich eine Daunenfeder und segelt in die Tiefe.

Tom starrt fassungslos auf die Stufen. »Was um alles in der Welt ist das?«

»Was glaubst du, wo mich Papa versteckt hat, nachdem das alles passiert ist?«, murmelt Viola.

Tom dreht sich der Magen um. Viola war hier gewesen?

Hier, unter dem Schuppen, während sie alle verzweifelt nach ihr gesucht hatten?

»Da unten ist es?«, fragt Bowie. Er tritt an die Falltür heran und starrt misstrauisch ins Dunkel. »Gibt's da Licht?«

Viola beugt sich vor und berührt einen Schalter unterhalb der Falltür. Es klickt, doch nichts passiert. »Ist kaputt.«

Bowie tritt von der Luke zurück und richtet die Waffe auf Tom. »Okay, Viola. Du gehst runter und holst es. Dein Bruder bleibt hier oben an der Treppe. Wenn ich merke, dass irgendwas nicht stimmt, blas ich ihm den Kopf weg. Klar?«

»Ja.« Viola setzt einen Fuß auf die Treppe und klettert durch die Luke hinab. Tom bleibt am Rand der Öffnung stehen und sieht zu, wie sie allmählich im Dunkeln verschwindet. Bowie steht zwei Schritte hinter ihm, das Gewehr im Anschlag.

»Wenn du's hast, gib's deinem Bruder«, ruft Bowie ihr nach.

Tom starrt in die Finsternis und versucht, sich vorzustellen, wie sein Vater dort unten ein kleines zehnjähriges Mädchen versteckt hat. Was um Himmels willen hatte er sich dabei gedacht? Warum war dieser Wahnsinn nötig gewesen?

Aus der Luke dringen Geräusche nach oben. Ein leises Klopfen oder Rütteln. Metall, das an irgendetwas entlangschrammt. Viola stöhnt ein paarmal leise. Plötzlich ist es vollkommen still, als ob niemand dort unten wäre.

»Was soll der Scheiß?«, knurrt Bowie. »Wenn du irgendwas vorhast, dann war's das mit deinem Bruder, klar?«

Von unten kommt ein Rascheln, als würden Mäuse über eine leere Tüte laufen.

»Viola?«, ruft Tom. Er späht angestrengt hinab, doch da ist nichts außer ein paar steil abwärts führenden Holzstufen und Dunkelheit.

Bowie tritt an die Kante der Luke, hält Tom mit dem Gewehr in Schach und schielt angespannt nach unten.

Wie ein bleicher Mond taucht Violas Gesicht am Fuß der Treppe auf. Sie hält ein Päckchen in der Hand.

»Na bitte«, brummt Bowie zufrieden. »Wirf's hoch.«

Sie holt Schwung, dann fliegt das Päckchen aus der Luke und landet inmitten einer kleinen Staubwolke auf dem Boden des Schuppens. Das Paket ist rechteckig, zwei Handbreit groß und straff in eine alte Supermarkttüte gewickelt. Um das Plastik sind mehrere rote Haushaltsgummis gespannt.

»Du bleibst unten«, ruft Bowie Viola zu. Er tritt einen Schritt von der Luke zurück. »Und du«, er stößt mit dem Gewehrlauf nach Tom, »pack es aus.«

Tom starrt das Päckchen an. Sein Herz jagt.

Das soll es sein?

Dieses Paket, eingewickelt in eine schmutzige alte Tüte, ist der Grund, warum Viola verschwunden ist?

»Bist du schwer von Begriff? Auspacken.«

Tom geht vor dem Paket in die Knie.

Die Fesseln schnüren ihm die Hände ab. In seinem Mund der Geschmack nach Kupfer. Ein taubes Gefühl auf der Seite, wo ihn der Gewehrkolben getroffen hat. Mit zitternden Fingern zieht er ein Gummi nach dem anderen von dem Paket ab. Ein paar davon reißen. Das Plastik knistert, und das letzte rote Band flitscht leise, als es vom Paket springt. Vorsichtig entfaltet er die Tüte, nimmt einen Zipfel des unteren Endes und schüttelt den Inhalt aus dem Plastikbeutel. Polternd fällt ein Buch auf den Fußboden des Schuppens – eine tiefrote Bibel mit einem goldenen Kreuz darauf.

»Aufmachen«, sagt Bowie. Seine Stimme ist heiser vor Erregung.

Tom starrt das Buch an. Es hat eine kleine rote Schnalle, die es zusammenhält.

Das kann es nicht sein.

Bei alldem kann es unmöglich um eine Bibel gegangen sein.

Für einen kurzen Moment kommt ihm der absurde Gedanke, ob das eine Strafe ist. Ob eine höhere Macht ihn Demut lehren will, weil er nicht an Gott glaubt.

Bowie stößt ihm die Mündung des Gewehrlaufs schmerzhaft an die Schulter. Er zuckt zusammen, schaut verwirrt zu ihm auf.

»Worauf wartest 'n du? Aufs Jüngste Gericht?« Bowie lacht spöttisch. »Is nur 'ne Bibel, Mann. Is wie jedes andere Scheißbuch auch.«

Das Buch liegt vor Toms Knien. Das goldene Kreuz glänzt im Licht der Schuppenlampe.

Am liebsten möchte er, dass es verschwindet. Dass diese ganze Geschichte verschwindet. Dass er wieder vierzehn ist und nicht von der Brücke springt, dass er keinen Schlüssel findet, dass Viola wieder zehn ist und er sie nicht zurücklässt, sondern sie mit zur Brücke nimmt. Soll sie doch dabei sein, wenn er mit Bene und den anderen auf Dosen schießt. Sie ist alt genug dafür.

Hauptsache, sie ist bei ihm.

Hauptsache, sie bleibt so, wie sie ist, und wird nicht diese fremde Frau, die dieses Buch aus einem schwarzen Loch hervorholt und ihm vor die Füße wirft.

Bowie stößt ihm die Mündung der Merkel vor die Stirn. »Aufmachen jetzt. Ich sag's nich noch mal.«

»Schon gut, schon gut«, murmelt Tom.

Mit seiner gesunden Hand friemelt er an der Lasche des Verschlusses und zieht ihn aus der Schlaufe. Dann schlägt er die Bibel auf. Zwei silberne Scheiben rutschen zwischen den Seiten heraus. Alte CDs. Blanke silberne Rohlinge, und sie sind handschriftlich nummeriert.

Kapitel 53

»Die stürmen meinen Laden«, sagt Bene fassungslos.

»Scheiße«, entfährt es Sita. »Das muss von Keller kommen.«

»Aber warum, verdammt? Weiß er, dass du hier bist?«

»Irgendjemand muss geredet haben.« Sie starrt auf den Bildschirm. Am Haupteingang erkennt sie Jo Morten, der in der zweiten Reihe hinter den Einsatzkräften wartet. Ihr letztes Gespräch mit Lutz Frohloff kommt ihr in den Sinn. Ist es ein Fehler gewesen, ihn ins Vertrauen zu ziehen?

»Das ist doch Morten, oder?« Bene tippt auf die hagere Gestalt. »Hast du Frohloff gesagt, dass ich dir bei der Flucht geholfen habe?«

»Nein, das war so ziemlich das Einzige, was ich ihm nicht gesagt habe. Aber Frohloff kennt mich – und dich. Es reicht, wenn er eins und eins zusammenzählt. Oder der Kerl mit dem Leichenwagen hat geredet.«

»Josef Basler? Möglich, aber der weiß zu wenig über mich. Vielleicht bist du gestern auch der Keller zu sehr auf die Nerven gegangen, und sie hat mit ihrem Mann geredet.«

»Und wie kommen die dann auf dich?«

»Eins und eins? Schätze mal, der Innenminister kann auch rechnen. Der weiß doch, dass wir uns kennen.«

»Das reicht doch nicht, um so einen Einsatz zu rechtfertigen«, protestiert Sita.

»Ey, der Typ ist der Innenminister«, sagt Bene hitzig, »und du scheinst ihm gewaltig auf die Füße getreten zu sein mit deinem kleinen Besuch gestern Abend. Und wenn's um die ganze

Action hier geht«, er tippt gereizt auf den Monitor, »um das zu rechtfertigen, muss er doch nur behaupten, einer seiner Nachrichtendienste hätte die Info, Bruckmann ist hier ... und fertig!«

»Und jetzt?«, fragt Gisell und schaut von Bene zu Sita.

»Fuck. Die sind drinnen.« Bene ballt die Fäuste. Polizisten laufen durch den Eingangsbereich und die Flure. »Ihr müsst weg hier, schnell. Gisell, zeig ihr, wo's rausgeht.« Er läuft zu dem Gemälde von Otto Dix, hängt es ab und macht sich am Safe dahinter zu schaffen.

Gisell klemmt sich ihre Jacke, Hose und Sneakers unter den Arm, hastet mit Sita zur Tür, reißt sie auf und streckt den Kopf hinaus.

»Was ist mit dir?«, fragt Sita.

»Ich muss aufräumen«, knurrt Bene. »Und dann ruf ich meinen Anwalt an. Ein paar Tage, dann bin ich wieder raus. Egal, was Keller will, der kommt nicht durch damit.«

»Komm, schnell.« Gisell zieht Sita zur Tür hinaus, den Gang entlang und dann nach links. Vom anderen Ende des Gangs sind schwere Schritte und Rufe zu hören. Einen Augenblick später geht das Licht aus. »Das war Bene«, flüstert Gisell. »In seinem Büro gibt es einen Sicherungskasten, für den Notfall.« Sie schalten beide die Taschenlampen an ihren Handys ein, und Gisell zieht Sita weiter. In ihrem Rücken werden die Rufe lauter.

Dann erreichen sie einen Vorraum mit zwei WC-Türen, biegen um eine Ecke, hasten eine schmale Treppe hinunter und durch eine grau lackierte Stahltür. Plötzlich stehen sie in einer Art breitem Servicetunnel, auf der Wand verlaufen Strom- und andere Versorgungsleitungen. Sita kann sich erinnern, hier schon einmal gewesen zu sein, während der Ermittlungen zum Berlinale-Fall. Offenbar hat Gisell sie in den Backstagebereich des früheren Stage Theaters gelotst.

Es geht im Zickzackkurs weiter, durch zwei Türen und wieder eine Treppe hinauf. Sita hat das Gefühl, in einem Labyrinth gefangen zu sein. Gisell ist immer noch barfuß, ihre Schritte patschen leise auf den Stufen. »Glaubst du, dass Bene wirklich nach ein paar Tagen wieder raus ist?«, fragt sie besorgt.

»Ich hab keine Ahnung, was die Polizei gegen ihn hat. Aber was Bruckmanns und meine Flucht angeht, hat Bene zwei Zeugen, die aussagen werden, dass sie mit ihm die Nacht über Billard in seinem Büro gespielt haben. Normalerweise sollte das reichen.«

»Und dieser Typ mit dem Leichenwagen aus der Pathologie?«, fragt Gisell.

»Bene meinte, er hätte mehr zu verlieren, als zu gewinnen.«

»Sicher?«

»Kommt darauf an, mit welchen Mitteln Keller spielt.«

»Ich hasse solche Typen«, zischt Gisell. »Der ist wie mein Vater.«

Sie schiebt einen schwarzen Moltonvorhang beiseite, öffnet den rechten Flügel einer großen Metalltür, und plötzlich stehen sie auf der Bühne des Stage Theaters. »Okay«, flüstert Gisell. »Wenn du jetzt durch den Zuschauerraum bis zur nächsten Tür gehst, dann musst du nur noch der Beschilderung Notausgang *folgen. Dann kommst du bei einem Seiteneingang raus.«*

»Und du?«, fragt Sita.

»Ich geh zurück zu Bene.«

»Mach keinen Blödsinn. Das hilft ihm nicht.«

Gisell schiebt trotzig das Kinn vor, und Sita weiß nur zu gut, was in ihr vorgeht. »Noch bist du nicht bei der Polizei auf dem Schirm. Für die bist du bisher nur eine DJane, die hin und wieder im Club arbeitet. Wenn die einmal verstanden haben, dass du ein Verhältnis mit Bene hast, werden die versuchen, dich zu benutzen. Und glaub mir, das kann wirklich unangenehm werden. Zumal du keinen Vater mehr bei der Polizei hast, der die Hand über dich halten könnte. Die sind schon seit Jahren hinter Bene her und werden nicht damit aufhören, bis sie ihn irgendwann kriegen.«

Gisell steht einen Moment lang verloren auf der leeren Bühne. Ihre nackten Beine leuchten weiß. Sitas und ihr Handy bilden eine kleine gemeinsame Aura aus Licht, die bis in den großen Zuschauerraum mit seinen rot gepolsterten Sitzreihen hineinreicht. Gisell schaut auf die leeren Sitze, als wäre gerade eine Illusion zerplatzt. Für Gisell ist Bene unbesiegbar, doch Sita weiß es besser. Trotzig wischt sich Gisell mit dem Ärmel übers Gesicht. Ihr Mund wird schmal. »Okay«, sagt sie schließlich. »Wir gehen zu mir. Ich hab 'ne Bude am Savignyplatz.«

»Bist du da gemeldet?«, fragt Sita.

»Wie meinst du das, gemeldet?«

»Ob du da offiziell wohnst, als Gisell Bruckmann?«

»Oh, shit«, meint Gisell und fasst sich an den Kopf. »Du hast ja völlig recht.«

»Hat sich die Polizei bisher noch gar nicht bei dir gemeldet? Normalerweise werden die nächsten Verwandten eigentlich immer als Erstes abtelefoniert.«

»Doch, natürlich. Gleich am nächsten Tag. Ob ich wüsste, wo mein Vater wäre, ich sollte mich melden, wenn er Kontakt zu mir aufnehmen würde, bla, bla, bla, der übliche Kram halt. Kenn ich ja inzwischen schon. Aber ich hab überhaupt nicht mehr dran gedacht, dass die wahrscheinlich trotzdem jemanden bei mir vor die Tür stellen …«

»Ist schon okay«, murmelt Sita. »Fahr du nach Hause, ich find was anderes.«

»Hast du schon 'ne Idee?« Gisell schlüpft in ihre Hose und angelt sich die Sneakers. »Ich meine, wir haben Corona. Wird nicht ganz leicht, irgendwo unterzukommen.«

Kapitel 54

»Endlich«, stößt Bowie hervor, als er die CDs sieht.

»Was ist das? Was ist da drauf?«, fragt Tom.

»Dein Handy.«

»Wie bitte?«

»Gib mir dein Scheißhandy.«

Tom holt das Prepaidtelefon, das er gerade erst am Flughafen gekauft hat, aus seiner Jackentasche und hält es ihm hin.

»Wirf es rüber zu mir.«

Tom gehorcht. Statt das Telefon zu fangen, macht Bowie einen Schritt zur Seite und lässt es zu Boden fallen. Dann tritt er mehrmals auf das Gerät, bis das Gehäuse splittert, der Akku sich löst und das Display erlischt.

»Und jetzt steig da runter.«

»Was?«

»Da. Runter.« Bowie deutet mit dem Gewehrlauf auf die Luke. »Zu deiner Schwester.«

»Wer zum Teufel sind Sie? Was ist auf diesen CDs?«

»Spielt keine Rolle für dich«, erwidert Bowie.

»Keine Rolle? Wegen dieser CDs ist mein Vater gestorben. Und noch zwei weitere Menschen.«

»Das war ein Unfall«, wiegelt Bowie ab. »Und jetzt runter.«

»Und Marvin? War das auch ein Unfall?«

Bowie sieht ihn aus schmalen Augen an. »Wer ist Marvin?«

»Der Mann in Violas Wohnung. Neun Messerstiche, abgerissene Fingernägel.«

»Ach der«, schnaubt Bowie. Die blaue Maske vor seinem Mund bläht sich. »Der Idiot war besoffen, er wusste nichts und hat sich auch noch gewehrt. Schade nur, dass die vom Yard dich nicht dafür eingebuchtet haben. Hab dir sogar noch den Schlüssel untergeschoben. Und das Messer.«

Tom verschlägt es die Sprache. Das eine ist, dass er endlich eine Erklärung dafür hat, warum der Schlüssel von Violas Wohnung in seiner Jackentasche war. Und das mit dem Messer? Bowie hatte doch in Jillians Haus noch sein Messer gehabt. Hatte er mehrere? Wenn Bowie ihm die Tatwaffe untergeschoben hatte, dann war sie vielleicht zwischen den Müllsäcken verloren gegangen. Doch was ihn am meisten beschäftigt, ist die Leichtigkeit, mit der Bowie den Mord zugibt, denn das kann eigentlich nur eins heißen: Er ist sich sicher, dass er unerkannt davonkommt. Oder er plant, Viola und ihn zu töten. Falls es so ist, dann ist dieses Loch hier die einfachste Lösung dafür. »Für wen arbeiten Sie?«, fragt Tom, um Zeit zu gewinnen.

»Für wen *ich* arbeite? Für niemanden. Für mich«, blafft Bowie. »Und jetzt runter, verdammte Scheiße.« Er stochert mit dem Gewehrlauf nach Tom und stößt ihn Richtung Luke.

»Ich glaub Ihnen kein Wort. Sie sind nicht der Typ, der so was allein macht. Hier geht's nicht um was Persönliches, richtig?«

»Ihr Scheißbullen seid ja immer so oberschlau«, zischt Bowie. »Haltet euch für die Größten, hä? Aber glaub mir, es gibt immer noch einen drüber, der noch größer ist, und der hat euch an den Eiern.« Er stößt mit dem Gewehr zwischen Toms Beine, doch Tom weicht aus, schlägt erst den Lauf beiseite und dann Bowie die zusammengebundenen Fäuste unters Kinn. Bowie weicht im letzten Augenblick aus, der Schlag erwischt ihn zwar, aber nur mit halber Kraft. Bowie taumelt, packt das Gewehr und rammt den Lauf mit einem giftigen Blick in Toms frisch genähte Wunde an der rechten Seite. Tom geht zu Boden und krümmt sich vor Schmerzen, während Bowie sich zu seiner vollen Größe aufrichtet. »Zum letzten Mal, Arschloch. Runter da, sonst schieß ich dir ein Bein weg, und danach zerlege ich deine Stiefmutter, und ich verspreche, wenn ich mit ihr fertig bin, sieht sie noch hübscher aus als dieser Marvin.«

Tom stöhnt und kriecht zur Luke. Mühsam stellt er die Füße auf die Treppe und beginnt, wie auf einer Leiter die steilen Stufen rückwärts in die Finsternis hinabzuklettern. Als er eineinhalb Meter unter der Erde ist, schleudert Bowie ihm die Bibel hinterher. Das Buch trifft ihn am Kopf, er strauchelt, verliert den Halt und fällt. Als er auf dem Boden aufschlägt, setzt seine Atmung aus. Es ist, als ob alle Luft aus seiner Lunge herausgepresst würde und er keine neue bekäme. Tom ächzt, schnappt nach Luft. Das schreckliche Gefühl zu ersticken erfasst ihn wieder, so wie im Keller von Jillian. Die Falltür ist ein helles Quadrat in der Dunkelheit, hoch über ihm. Bowie ist ein Schatten am Rand, er legt das Gewehr beiseite und knallt die Falltür zu. Mit einem Schlag ist es vollkommen finster. Die zwei Riegel werden vorgeschoben. Toms Atmung setzt wieder ein, und er holt keuchend Luft. Das scharrende Geräusch von Kies auf Holz dringt dumpf durch die Falltür. Dann, nach einer Weile, hört er einen gedämpften Schlag, als der Boden über der Falltür geschlossen wird. Um ihn herum ist es finster wie in einer Grabkammer.

Er hört nichts mehr außer seinem eigenen Atem. Und dem von Viola.

Kapitel 55

»Hey. Ist alles okay?«

Er spürt Violas Hände an seiner Schulter und stöhnt.

»Kannst du dich bewegen?«

Tom versucht, seine Gliedmaßen zu testen. Er hat Schmerzen am ganzen Körper, aber er scheint sich bei dem Sturz wenigstens nichts gebrochen zu haben. »Ist okay, glaube ich«, ächzt er. »Aber ich hab eine frisch genähte Wunde an der Hüfte. Kann sein, dass die aufgeplatzt ist.«

»Hier kannst du nicht bleiben«, sagt Viola. »Der Boden ist zu kalt. Kannst du aufstehen?«

»Ich weiß nicht, ich probier's.« Tom rollt sich auf die Seite und kommt trotz der gefesselten Hände auf alle viere. Er kauert jetzt auf den Knien und den Ellenbogen und spürt plötzlich Violas Hände an seinem Oberarm.

»Ich helf dir. Auf drei, okay? Eins, zwei ...«

Auf drei wuchtet sich Tom mit Violas Hilfe hoch und kommt auf die Füße.

»Wohin?«

»Ich führ dich«, sagt Viola. »Da drüben ist eine Art Bank, da können wir sitzen.«

Unter Violas Anleitung schleppt sich Tom gebeugt ein paar Schritte nach rechts. »Stopp. Jetzt umdrehen.« Sie führt ihn sanft mit den Händen. »Und setzen.«

Vorsichtig lässt sich Tom nieder. Die Lehne der Bank knarrt, als er sich zurücksinken lässt. »Was um Himmels willen ist das hier unten?«

»Erklär ich dir später, streck erst mal deine Arme aus.«

Ihre Finger tasten nach seinen Händen und dem Plastikriemen. »Okay, jetzt ein bisschen hochheben und stillhalten, ja? Ich versuch, das Ding durchzuschneiden.«

»Womit?«, fragt Tom und hebt die Hände etwas an.

»Die Nagelschere von vorhin.«

»Die hast du doch weggeworfen.«

»Ich hab sie vorher in zwei Hälften gebrochen, war nur 'ne kleine Schraube in der Mitte ... Eine hab ich behalten.«

Tom spürt, dass Viola die halbe Nagelschere an dem Plastikriemen ansetzt und anfängt, mit kleinen energischen Bewegungen daran herumzusäbeln. Er muss an ihre kleinen Hände denken, daran, wie sie damals, mit zehn, nachdem er sich im Fluss am Rücken verletzt hatte, seine Wunde versorgte. Er kann sie vor sich sehen, mit ihrer verwuschelten blonden Mähne, ihrem besorgten Blick und der grünen Betaisodona-Flasche in der Hand.

Nach einer Weile reißt der Riemen mit einem leisen Knacken, und Toms Hände sind frei. Erleichtert seufzt er auf. »Danke. Jetzt du.«

Tom richtet ihre gefesselten Hände so aus, dass er das Scherenblatt gut ansetzen kann, nimmt es in die gesunde rechte Hand und beginnt zu schneiden. Nach einer Weile knackt es, und auch Violas Hände sind frei.

»Gott, tut das gut«, stöhnt sie. Dem Geräusch nach reibt sie sich die Handgelenke. »Kannst du aufstehen?«

»Besser als vorhin jedenfalls«, sagt Tom und erhebt sich vorsichtig von der Bank.

»Wo bist du?«, fragt Viola und tastet nach ihm. Ihre Finger wandern an seiner Brust hoch, über den Hals, suchen seine Wangen. Er kann ihren Atem spüren, sie steht direkt vor ihm. Er bekommt die Bilder von ihr nicht übereinander – die zornige Frau mit dem Irokesen auf dem verwüsteten Sofa – die Viola auf dem Foto – der kleine zehnjährige Wildfang Vi mit den blonden Locken. Ihre warmen Hände auf seinen Wangen zu spüren, rührt ihn zu Tränen. Viel zu früh lässt sie ihn wieder los, und plötzlich bekommt er eine schallende Ohrfeige. »Die ist dafür, dass du dieses miese Schwein direkt zu mir geführt hast«, sagt Viola.

Tom schwirrt der Kopf, helle Punkte flimmern in der Dunkelheit.

»Und das hier …«, Viola umarmt ihn so inbrünstig, dass ihm die Luft wegbleibt, »… ist dafür, dass du nie aufgehört hast, mich zu suchen.«

Sie presst ihren Kopf an seine Brust.

Ihre steifen Haare kitzeln an seinem Kinn. »Ich hab dich so furchtbar vermisst.« Viola schluchzt auf, und ihm schnürt es die Kehle zu. Tom nimmt sie in die Arme und drückt sie an sich. Seine Hüfte brennt, aber das ist egal. In der Dunkelheit fliegen ihm die Bilder zu, er weiß noch, wie sie im Citroën auf der Rückbank gesessen haben und Viola sich im Kindersitz mit ihrer winzigen Faust an seinem Zeigefinger festgehalten hat. Sie kommt ihm jetzt so merkwürdig groß vor, bei ihrer letzten Umarmung war sie noch ein Kind. In diesem Augenblick fällt alles von ihm ab. Die Dunkelheit ist wie ein unendlich großer schützender Raum, als gäbe es keine Bedrohung, keine Gefahr mehr, jetzt, wo alles gut ist. »Ich hab dich gefunden«, sagt er leise. Und noch einmal: »Ich hab dich gefunden.« Es hört sich seltsam an, so unwirklich, als müsste er sich das selbst immer und immer wieder sagen, um es zu glauben.

»Ja, das hast du …«, flüstert sie.

Tränen laufen seine Wangen hinab, und sein ganzer Körper bebt. »Es tut mir so leid, ich weiß nicht, was alles mit dir passiert ist, aber es tut mir so unendlich leid ... Ich hätte dir nie von dem Schlüssel erzählen dürfen, ich hätte niemals zulassen dürfen, dass –«

»Ssssch«, wispert sie. »Das ist nicht deine Schuld. Nichts davon ist deine Schuld. Manche Dinge passieren einfach, und wir müssen damit klarkommen, dass es so ist.«

»Hast du nicht gesagt, ich habe Bowie zu dir geführt ... der Typ mit dem Gewehr ...«

»Ja, hast du auch. Ich war wütend, Tom ... wirklich unglaublich wütend. Ich bin's immer noch. Marv war ein toller Mensch, er hat's nicht verdient, so ...«, sie verstummt. Holt Luft und versucht, sich zusammenzureißen. »Marv ist für Finja ...«, sie stockt erneut, Tom hört sie schlucken, »... *war* für Finja ein bisschen wie ein Onkel. Marvin war Familie.«

»Es tut mir leid, ich hatte keine Ahnung, ich war blind, ich wollte einfach zu dir und ...« Tom versagt die Stimme. Erst jetzt wird ihm vollends bewusst, dass Bowie sich an seine Fersen geheftet haben musste und dass Marvin vielleicht noch leben könnte, wenn er vorsichtiger gewesen wäre.

Viola streicht ihm in der Dunkelheit über die leicht taube Wange. »Ich hätte ihn nicht zurücklassen dürfen. Es hat geklingelt, mitten in der Nacht, vor fünf Tagen ...«

»Das war ich«, sagt Tom.

»Ich weiß ... aber da war niemand an der Tür.«

»Woher weißt du dann, dass ich das war?«

»Na ja, wissen vielleicht nicht ganz. Eher geahnt. Seit ich die Nachrichten gesehen habe. Die haben deinen Namen genannt.«

»Hast du die Tür aufgemacht?«

»Ja, aber wie gesagt ... da war niemand, und dann habe ich neben der Tür diesen kleinen Blutfleck gesehen. Ich wusste sofort, hier stimmt was nicht. Ich hab mir Finja geschnappt und bin weg. Marv hatte getrunken, und ich hab ihn nicht richtig wach gekriegt ... ich hab zu früh aufgegeben. Ich hatte Angst und bin einfach los, ohne ihn.« Sie unterdrückt einen Schluchzer. Ihre Stimme bebt, als sie weiterspricht. »Und jetzt hab ich auch noch Finja in London allein gelassen, ich weiß nicht, wie's ihr geht ... Und jetzt ist noch nicht mal mehr Marvin bei ihr.«

»Ihr geht's gut«, versucht Tom sie zu beruhigen. »Ich bin heute erst aus London gekommen. Ich hab sie getroffen, eine Freundin ist bei ihr. Und Mr Rugby, dein größter Verehrer.«

»Angus.« Sie weint und muss zugleich lachen. Für eine Sekunde ist die kleine Viola zurück.

2 Tage vorher

Kapitel 56

Die E-Vespa fährt geräuschlos mit knapp 50 Stundenkilometern über den Zehlendorfer Damm. Der Helm schirmt sogar die Windgeräusche ab, und Sita fühlt sich wie entkoppelt von der Welt. Ein Teil von ihr ist immer noch in Tauenstein.

Keller hat seine Macht demonstriert. Bene ist vermutlich in Gewahrsam, zumindest vorübergehend, Frohloff hat sie möglicherweise verraten, und Tom ... ja was zum Henker ist eigentlich mit Tom? Hat Frohloff recht und Tom ist einfach nur an sich selbst interessiert? Macht sie den gleichen Fehler wie Gisell, die ihr Herz an jemanden hängt, der es ihr früher oder später brechen wird?

Sie biegt vom Zehlendorfer Damm ab und fährt durch das Wohnviertel. Es ist menschenleer, und sie kommt sich vor wie in einem postapokalyptischen Traum, nur dass die Gebäude noch stehen.

Toms Elternhaus liegt still am Straßenrand. Das Gras hinter dem Zaun wuchert, verblichene Werbesendungen haben sich in den Rosenbüschen verfangen. Erst vor ein paar Wochen ist sie mit Tom hier gewesen, zur Trauerfeier für seinen Vater.

Sie parkt den Roller vor dem Jägerzaun und setzt den Helm ab. Neun Uhr früh. Noch vor zwei Stunden hat sie gedacht, im Odessa *sei sie sicher. Jetzt scheint ihr dieses Haus die letzte Anlaufstelle zu sein.*

Sie pflückt die Werbesendungen aus den Büschen und wirft sie in den Mülleimer. Dann klingelt sie. Wartet.

Wenn doch nur Tom diese Tür aufmachen würde.

Sie klingelt ein zweites Mal.

Gertrud öffnet die Tür, in einem Morgenmantel, um Jahre gealtert, mit einem Mundschutz.

Wenig später sitzen sie gemeinsam in der Küche am Tisch. Beide mit Corona-Schutzmaske. Sita schlingt die Finger dankbar um eine heiße Tasse Kaffee. Ein paar vertrocknete Plätzchen liegen auf einem Teller. Für Sita schmecken sie köstlich, auch wenn sie bei jedem Bissen an ihrem Mundschutz herumfummeln muss.

»Du kannst Toms altes Zimmer nehmen«, sagt Gertrud.

»Danke. Hast du vielleicht einen Computer, den ich benutzen darf?«

»Ich hab ein Laptop. Ist schon ein bisschen älter, aber vielleicht tut es das ja.« Sie wirft einen Blick auf den leerer werdenden Plätzchenteller. »Weißt du, wo er gerade ist?«

»Tom? Nein, leider nicht.«

Gertrud schweigt eine Weile und schiebt mit den Fingern ein leeres Wasserglas hin und her.

»Ich weiß es wirklich nicht«, versichert Sita. Dass Tom in London offenbar Viola gefunden hat, will sie nicht verraten. Jedenfalls nicht, solange Keller, Forsberg, Bruckmann und der Unbekannte aus der U-Bahn auf der Suche nach Viola sind.

Gertrud wendet den Blick ab. Zwischen ihnen schließt sich ein unsichtbarer Vorhang. »Was hab ich auch erwartet. Erst Werner, dann Tom, jetzt du ...« Sie seufzt. »Keiner in dieser Familie redet mit mir ...«

Sita lächelt schief. »Ich gehör nicht zur Familie.« Sofort kommt sie sich schäbig vor. Immerhin hat Toms Stiefmutter ihr gerade Unterschlupf gewährt.

»Nicht?« Gertrud hebt die Augenbrauen. »Ich bin zwar ein bisschen spießig, aber nicht dumm, meine Liebe.«

Sita kann nicht verhindern, dass sie errötet. »Da täuschst du dich, da ist nichts«, beeilt sie sich zu sagen.

Gertrud nickt, als würde Sitas Antwort all ihre Vermutungen bestätigen. »Weißt du, im Grunde ist das alles nicht viel anders als vor 89.« Gertrud schnaubt müde. »Berge von Akten über alles und jeden. Wer mit wem, warum, jedes Detail, jede Gefühlsregung, alles da. Aber niemand soll davon wissen. Am wenigsten die, die es betrifft. Eine Freundin und ich, wir haben damals für das MfS gearbeitet. Nicht, was du jetzt denkst. Wir waren Sekretärinnen. Verwaltung. Herrgott, diese Betonköpfe. Ich war's schon damals leid mit der Geheimniskrämerei und bin's heute erst recht. Aber die Stasizentrale konnte man wenigstens stürmen, als die Mauer gefallen war. Bei Werner, Tom und dir … na ja.« Sie presst bitter die Lippen aufeinander.

»Findest du nicht, dass dieser Vergleich ein bisschen zu weit geht?«

»Ich finde, dass deine Offenheit nicht weit genug geht.«

»Gertrud, es tut mir leid, ich … ich bin dir wirklich dankbar, dass ich hier bei dir unterkomme. Ich hab dir reinen Wein eingeschenkt, was Bruckmann angeht, und dass ich gesucht werde. Aber alles, was Tom und Viola betrifft, das muss er dir selbst sagen …«

Gertrud schnaubt erneut. »Als wenn er das tun würde.«

»Du weißt, wie er ist. Und dass Werner ihn so lange wegen Viola belogen hat, macht es nicht besser.«

»Werner hat nicht nur ihn, sondern auch mich belogen. Aber Tom macht jetzt genau da weiter, wo Werner aufgehört hat?«

Sita seufzt und zieht es vor zu schweigen.

In Gertruds Augen treten Tränen. »Werner kommt mir inzwischen vor wie diese Leute mit ihren Schreddermaschinen und ihren Aktenlastern.« Sie nimmt die Atemschutzmaske ab und wischt sich über das Gesicht. »Ich hasse diese Dinger«, murmelt sie und pfeffert die Maske Richtung Spüle.

»Wie meinst du das?«, fragt Sita.

»Na, als klar war, dass die Mauer nicht zu halten ist, haben die bei der Stasi doch angefangen, Akten zu vernichten. Die haben wochenlang Papiere geschreddert. Zehntausende Säcke waren das. Meine Freundin hat erzählt, die wären mit Lastern vorgefahren und hätten Akten weggeschafft.«

»Und wo genau ist der Zusammenhang mit Werner?«

»Wie hat Werner denn das alles vertuscht? Ich meine, Tom hat nach seinem Tod das ganze Haus durchsucht und nichts gefunden. Es gab nur dieses eine Foto von Viola.«

»Gertrud, das hatte nichts mit dir zu tun. Ich glaube, Werner hat niemandem vertraut, nachdem das mit Inge passiert ist.«

»Du meinst, ich soll das nicht persönlich nehmen, ja? Dass er mir nicht vertraut hat?« Sie lacht zynisch auf. »Entschuldige bitte, aber jemandem nicht zu vertrauen ist immer persönlich.« Gertrud steht auf und nimmt den halb leeren Teller mit den Plätzchen vom Tisch. »Die sind alt und schmecken abscheulich.« Sie öffnet den Mülleimer unter der Spüle und kippt die restlichen Kekse in den Abfall.

Sita beobachtet sie schweigend. Als Gertrud sich wieder setzt, nimmt Sita ihre Maske ab. »Ist das okay für dich?«

»Ich sag doch, ich hasse die Dinger.« Gertruds Lippen sind ein schmaler Strich.

Sita nickt. »Tom ist in London«, sagt sie. »Wir haben vor drei Tagen telefoniert. Er meinte, er hat Viola gefunden, dann hat er einfach aufgelegt. Seitdem habe ich nichts mehr von ihm gehört.«

Gertruds Augen weiten sich ungläubig.

»Willst du wissen, was ich glaube, warum Viola damals verschwunden ist?«, fragt Sita.

Kapitel 57

»Was machen wir jetzt, wie kommen wir hier raus?«, fragt Tom.

»Ich fürchte, gar nicht«, erwidert Viola. »Zwei Riegel, der Kies auf der Falltür, der Boden im Schuppen …«

»Es gibt keine Möglichkeit, die Tür von innen zu öffnen?«

»Nein, leider.«

»Was ist mit rufen? Kann uns hier jemand hören?«

»Das wird nichts bringen, außer jemand ist direkt im Schuppen und legt sein Ohr an den Boden. Aber der Typ mit dem Gewehr … wie hast du ihn genannt?«

»Bowie. Seinen richtigen Namen kenne ich nicht.«

»Bowie … okay. Ich bin mir sicher, der kommt wieder.«

»Warum glaubst du das?«

»Er wird die CDs überprüfen, sagt Viola. »Und dann wird er feststellen, dass zwei CDs fehlen.«

»Oh«, sagt Tom und versucht, die neue Information zu verarbeiten. »Müsste er das nicht relativ schnell merken?«

»Kommt drauf an. Wenn er eingeweiht ist, sich mit Kryptotechnologie aus den späten Achtzigern auskennt und einen älteren Rechner mit CD-Laufwerk bei sich hat, dann könnte er relativ schnell darauf kommen«, meint Viola. »Aber ehrlich gesagt, so wirkt Bowie nicht auf mich. Und derjenige, der dahintersteckt, würde jemanden wie diesen Bowie niemals einweihen. Ich vermute, Bowie wird seinen Auftraggeber treffen, der wird die CDs checken, und spätestens dann wird Bowie hier wieder auftauchen.«

Tom bleibt der Mund offen stehen angesichts von Violas kühler Analyse. Einmal mehr wird ihm klar, wie wenig er von ihr weiß und wie sehr diese Viola sich von der Viola, die er erwartet hat, unterscheidet. »Okay«, sagt er mit belegter Stimme. »Und kannst du mir dann bitte mal verraten, was es mit diesen verdammten CDs auf sich hat? Was ist passiert? Warum bist du verschwunden? Was ist das hier unten?«

Plötzlich herrscht Stille in der dunklen Kammer.

»Kann es sein, dass du blutest?«, fragt Viola. »Das fühlt sich feucht an hier.« Sie drückt ihre Hand an Toms Hüfte.

»Oh, Mist, ja«, stöhnt Tom. Vorsichtig tastet er nach dem Verband. Er ist nass und klebrig. »Die Wunde war eigentlich frisch genäht, aber durch den Stoß vorhin von Bowie ...«

»Scheiße«, flüstert Viola. »Wie ernst ist das?«

»Ich bin nicht sicher.« Tom fällt plötzlich Jillian ein, wie sie seine Wunden verarztet hat. »Solange ich nicht zu viel Blut verliere, ist es zumindest nicht lebensbedrohlich, glaube ich.« Jetzt, wo die Schmerzen wieder mehr in sein Bewusstsein rücken, wird ihm flau. »Ich muss mich setzen«, murmelt er.

Viola kommt ihm zu Hilfe und führt ihn vorsichtig zu der Bank, wo Tom sich auf die Sitzfläche sinken lässt. »Danke«, stöhnt er und schließt wie aus einem Reflex heraus die Augen. Im ersten Moment irritiert ihn, dass sich dadurch nichts verändert. Trotzdem kehrt so etwas wie Ruhe in ihm ein. »Wir müssen uns überlegen, was wir machen, wenn Bowie zurückkommt.«

»Ich weiß nicht, ob wir gegen das Gewehr viel ausrichten können.«

»Erzähl mir was über den Raum«, sagt Tom. »Wie groß ist er? Wie ist er aufgebaut? Gibt es hier unten noch irgendetwas anderes außer der Bank?«

»Früher waren hier eine Campingliege, ein Klapptisch und noch ein Stuhl drinnen. Außerdem Bücher, Malsachen, Zahnbürste, Getränkedosen, eine Schüssel und Wasser zum Waschen ... Papa hat für die ersten Wochen, in denen er mich versteckt hat, alles Mögliche hier runtergebracht. Aber davon ist nichts mehr da. Nur die Bank. Ich glaube, die gab es schon immer.«

Tom liegen tausend Fragen auf der Zunge, die er am liebsten alle sofort stellen würde, doch er muss seine Neugier vorläufig zügeln. Die Antworten nützen nichts, wenn sie keinen Weg hier herausfinden. »Was ist das hier? Ein alter Luftschutzkeller?«

»Soweit ich weiß, ja. Papa hat mir mal gesagt, der Raum war schon da, als sie damals in das Haus eingezogen sind.«

»Gibt es hier so etwas wie eine Lüftung?«

»Es gibt zwei kleine Öffnungen, die Luftzufuhr ist mechanisch und geht über eine alte Handkurbel.«

»Dann müsste man uns doch hören, wenn wir durch das Rohr rufen«, sagt Tom und schöpft etwas Hoffnung.

»Das ist zwecklos«, entgegnet Viola. »Papa hat's mir damals erklärt. Durch die alte Filteranlage wird der Schall gedämmt.«

»Funktioniert die Anlage noch?«

»Ich weiß nicht«, sagt Viola. »Ich probier's mal.« Tom spürt, wie sich die alten Bretter der Bank bewegen, als Viola aufsteht. Einen Moment später hört er sie in der Dunkelheit schwer atmen. »Mist«, keucht sie. »Das Ding bewegt sich keinen Millimeter mehr. Es sitzt fest.«

»Bist du sicher?« Tom steht auf und tastet sich an der Wand entlang zu Viola, und sie führt seine Hände zu der Kurbel. Kühles Metall und ein rissiger alter Holzgriff. Tom packt die Kurbel mit beiden Händen und versucht, sie mit einem kräftigen Ruck zu bewegen. Das Anspannen der Bauchmuskeln lässt ihn vor Schmerzen stöhnen, doch die Kurbel bewegt sich nicht das kleinste Stückchen.

»Alles klar, das hat keinen Sinn«, stöhnt Tom. »Wie groß ist der Raum?«

»Etwa fünf mal fünf Meter.«

»Das ist gut, dann haben wir zumindest noch für eine ganze Weile Luft.« Langsam tastet er sich zurück zur Bank und setzt sich wieder. »Und der Einstieg, ist der am Rand oder in der Mitte?«

»Ziemlich genau in der Mitte«, erwidert Viola. »Warum?«

»Wenn du dich mit dem Rücken direkt an die Wand stellst und ganz tief in die Hocke gehst, könntest du dann durch den Treppenschacht hinauf bis zur Luke sehen?«

»Nein, auf keinen Fall«, sagt Viola.

»Sicher?«

»Ganz sicher. Warum?«

»Gut«, murmelt Tom. »Das verschafft uns vielleicht einen Vorteil gegenüber Bowie.« Er schließt erneut die Augen und versucht, die verschiedenen Möglichkeiten durchzugehen.

»Was hast du vor?«, fragt Viola.

»Wo sind die anderen CDs? Hier?«

Viola schweigt einen Moment. »Ja«, sagt sie schließlich. »In dem Lüftungsschacht. Ich hab sie vorhin aus dem Buch herausgeholt und wieder dahin zurückgelegt.«

Tom nickt und versucht, sich im Stillen den Moment vorzustellen, wenn Bowie erneut die Falltür öffnet. Er wird wütend sein, dass sein Plan nicht aufgegangen ist. Ob Bowie allein zurückkommt? Oder mit seinem Auftraggeber? Wie ist Bowie überhaupt so schnell darauf gekommen, dass Viola in Berlin ist? Genau genommen muss er ja schon vor Tom gewusst haben, dass Viola auf dem Weg nach Berlin war.

Und um hierher zu finden, muss er ihr vom Flughafen aus gefolgt sein.

»Tom?«, sagt Viola.

»Sag mal, unter welchem Namen hast du dein Flugticket gebucht?«

»Was? Wie kommst du denn jetzt darauf?«

»Shona Miller?«

»Ja, aber –«

»Und wo bist du auf Bowie getroffen?«

»Hier im Haus. Ich war keine zwei Minuten hier, da hat er Gertrud und mich überfallen.«

»Warte«, murmelt Tom. »Lass mich einen Moment ...« Er verstummt und gleitet in seine Gedanken ab. Entweder Bowie war Viola bereits in London gefolgt, was ihm nicht logisch erscheint, oder aber er musste herausbekommen haben, dass eine Shona Miller ein Ticket nach Berlin gebucht hatte. Aber auch das erscheint ihm unlogisch, außer Bowie kennt jemanden, der Zugriff auf alle Buchungsdaten von nationalen und internationalen Fluglinien hat, was eigentlich nur für Ermittlungsbehörden gilt. Wer also konnte da seine Finger im Spiel gehabt haben? Er muss an die Morgennachrichten denken. Gut, es war möglich, dass die Metropolitan Police Shona Miller suchte, im Zusammenhang mit dem Mord an Marvin. Aber wenn die Met von dem Flug erfahren hätte, dann wäre Shona doch vermutlich noch in London am Flughafen aufgehalten worden.

Also musste es jemanden in Deutschland geben, bei einer deutschen Ermittlungsbehörde, mit unbeschränktem Zugriff. Ihm läuft eine Gänsehaut über den Rücken.

»Tom?«

»Hm?«

»Kannst du mir bitte endlich mal sagen, was in deinem

Kopf vorgeht? Ich meine, es ist stockfinster, wir sitzen hier zusammen, und du schweigst und lässt mich außen vor …«

»Du hast recht«, sagt Tom, »entschuldige.«

Viola gibt einen nervösen Stoßseufzer von sich. »Diese Stille hier unten macht mich fertig. Das war damals schon so.«

Stille, denkt Tom. Urplötzlich kommt ihm eine Idee. »Hast du schon mal von Schrödingers Katze gehört?«

»Bitte was?«

»Ein Gedankenexperiment von einem Mann namens Schrödinger. Da geht's um eine Katze in einer verschlossenen Kiste und –«

»Kannst du mal aufhören mit diesem Großer-Bruder-Ding«, unterbricht ihn Viola. »Ich kenne Schrödingers Katze, das Tier in der Kiste kann sowohl tot als auch lebendig sein, man weiß es nicht, beides ist möglich. Jedenfalls so lange, bis man nachsieht. Aber was hat das mit uns zu tun?«

»Wir sind die Katze«, sagt Tom. »Das ist der Plan.«

Kapitel 58

»Daten-CDs?«, fragt Gertrud ungläubig. »Und die soll Viola gestohlen haben?«

»Ich bezweifele, dass sie die CDs gestohlen hat«, meint Sita. »Aber irgendwie sind sie in ihren Besitz gelangt, und der Inhalt muss entweder sehr wertvoll oder sehr brisant sein.«

»Und du glaubst, Werner und diese beiden bedauernswerten jungen Leute sind wegen dieser CDs umgebracht worden?«

Sita nickt. »Ich fürchte, ja.«

Gertrud stützt die Hände auf den Tisch und richtet sich stöhnend auf. Wortlos geht sie zum Küchenschrank, holt eine Flasche Cognac heraus und gießt sich etwas davon in ein Wasserglas. »Du auch?«

»Nein, danke«, sagt Sita. Die Flasche ist bereits halb leer.

Gertrud kippt den Inhalt des Glases hinunter, verzieht keine Miene und stellt Glas und Flasche auf den Tisch. »Aber was ist auf diesen CDs drauf?«, fragt sie und setzt sich wieder. »Viola ist doch bis heute verschwunden geblieben. Das heißt, was auch immer auf diesen CDs wäre, es müsste immer noch genauso gefährlich sein wie damals.«

»Wegen der CDs sind auch in der Klinik Tauenstein Menschen gestorben, ich wurde eingesperrt, ein Richter wurde bestochen«, zählt Sita auf und bemüht sich, an der Flasche vorbeizusehen. »Vier Männer, wenn man mal von Tom absieht, sind auf der Suche nach Viola – und damit eigentlich auf der Suche nach den CDs. Bruckmann, Forsberg, Keller und der Mann, der die Morde im U-Bahnhof verübt hat. Wobei ich vermute –«

Ein lautes Schellen an der Haustür unterbricht Sita. »Wer ist das?«, fragt sie argwöhnisch.

Gertrud runzelt die Stirn. »Ich weiß nicht. Ich erwarte niemanden.«

Sie rafft ihren Morgenmantel zusammen. »Ich seh mal nach.« Mit langsamen Schritten geht sie Richtung Haustür.

»Warte«, flüstert Sita und huscht an ihr vorbei durch die Wohnzimmertür. Vorsichtig nähert sie sich dem Fenster zur Straße und lugt an der Gardine vorbei nach draußen. Vor dem Haus parkt ein Streifenwagen.

Verdammter Mist!

»Stopp, Gertrud. Das ist die Polizei.«

Gertrud streckt ihren Kopf ins Wohnzimmer und deutet auf die Terrassentür. »Du gehst hinten raus. Wenn ich die Terrassentür höre, dann mach ich vorne auf und bitte sie rein«, flüstert sie. Sie zerrt hastig am Stoff um ihre Taille und lockert ihr Dekolleté, sodass ihre beträchtliche Oberweite hervorlugt.

Sita schaut ihr verblüfft nach, dann eilt sie zur Terrassentür, öffnet sie leise, schlüpft aus dem Haus, wirft einen letzten prüfenden Blick hinein und zieht die Tür lautlos zu. Als sie sich umdreht, schreit sie vor Schreck kurz auf.

Vor ihr steht Jo Morten. Seinen dunklen Trenchcoat hat er an der rechten Hüfte hinter das Holster gerafft. Seine Hand ruht auf dem Pistolengriff. »Alte Polizeiregel«, sagt er trocken. »Immer einen Mann am Hinterausgang. Ist bei dem kleinen Vorstadthäuschen auch ein bisschen einfacher als beim Odessa*, oder?«*

»Scheiße, Jo, hast du mich erschreckt.«

»Ach ja?«, knurrt Morten. »Bei dir *erschreckt mich inzwischen gar nichts mehr.« Ein paar Regentropfen fallen vom Himmel, und er starrt griesgrämig in die Wolken. Eilig fischt er Handschellen aus seinem Mantel, und Sita wird schwindelig. »Ist das wirklich nötig?«*

»Ich fang grad erst an mit dem, was nötig ist. Kriegen wir das friedlich hin?«

»Komm schon, Jo. Du weißt, dass ich so nicht bin.«

»Dein behandelnder Arzt und die Kollegen aus Sonthofen sagen da was ganz anderes. Also gib mir deine Hände und mach's nicht noch schlimmer.«

Widerwillig streckt Sita ihm die Arme entgegen. Morten legt ihr die Handschellen an und schiebt sie ins Haus zurück. Im Flur begegnen ihnen zwei weitere Polizisten und Gertrud. Sie starrt Sita verwirrt an. Mortens Blick fällt auf ihr Dekolleté, und er runzelt die Stirn. Die beiden anderen Beamten grinsen.

»Wir gehen in die Küche«, sagt Morten zu Sita. »Sie beide vernehmen die Dame im Wohnzimmer.«

»Alles klar, Chef.«

Morten sieht Gertrud nach. Dann konzentriert er sich wieder auf Sita.

Am Küchentisch rückt er ihr einen Stuhl zurecht, nimmt ihr gegenüber Platz und legt seine Dienstpistole in sicherer Entfernung von ihr auf den Tisch. »Dir ist klar, dass du in der Scheiße sitzt?«

Sita starrt ihn wütend an. »Wer hat's dir gesagt?«, fragt sie. »Frohloff?«

»Spielt das eine Rolle?«, erwidert Morten kühl. Er zündet sich eine Zigarette an, dann stößt er eine lange Wolke Rauch in ihre Richtung aus. »Wo ist Bruckmann?«

»Ich habe keine *Ahnung«, entgegnet Sita gereizt. »Und ganz ehrlich, ich hoffe, er liegt irgendwo am Berg und erfriert.«*

»Ich glaub dir kein Wort.«

»Bruckmann ist ein Psychopath. Wie kannst du glauben, dass ich ihm helfe.«

»Du hast ihm geholfen. Das ist Fakt.« Morten angelt sich das leere Wasserglas, ascht hinein und riecht dann irritiert daran.

Sein Blick geht zu der halb leeren Flasche und dann zu Sita. »Er hat dich eingewickelt mit seiner manipulativen Art. Komm schon, wir wissen beide, wie er ist ... Professor Forsberg meinte, du wärst Bruckmann vermutlich hörig. Und Josef Basler hat ausgesagt, du hättest Bruckmann am Berg das Leben gerettet. Richtig?«

»Ich hab nur verhindert, dass er erschossen wird. Das ist was anderes.«

»Für mich ist's das Gleiche.«

Sita schüttelt den Kopf. Ihr wird schlecht, und sie beißt die Zähne aufeinander. Die Handschellen sind eine Demütigung. Ein Vorgeschmack auf ihre Zelle, die Gurte am Bett, die Medikamente. Sie muss an Frohloffs Worte auf der Baustelle denken: »Der direkte Weg zurück in diese verdammte Anstalt. Und glaub mir, diesmal werden sie die Tür zumachen und den Schlüssel wegwerfen.«

Sie setzt ihr bestes Scheiß-der-Hund-drauf-Lächeln auf und greift nach der Cognacflasche. Ihre Handschellen klirren am Flaschenhals, als sie den Deckel löst und beiseiteschnippt.

Der Alkohol rinnt warm und mit dem vertrauten Brennen durch ihre Kehle und den Hals hinab. Es ist wie zu Hause sein, im Kreis fahren. Nicht ein Schluck, sondern fünf ... sieben ... neun ... Morten beugt sich vor, versucht, ihr die Flasche abzunehmen, doch sie dreht sich weg, trinkt einfach weiter. Der Cognac läuft ihr aus den Mundwinkeln und übers Kinn. Ihr Kopf brüllt Hurra, ihr Herz schlägt die Hände überm Kopf zusammen, und ihr Magen rebelliert. Morten haut ihr mit einer wütenden Bewegung die Flasche aus den Händen.

Sita kann nicht anders, als schallend zu lachen, dann wird ihr plötzlich so übel, dass sie sich auf den Küchenfußboden übergibt, wo ihr Mageninhalt sich über die Scherben der Cognacflasche ergießt.

Kapitel 59

Tom sitzt neben Viola auf der Bank. Dass sie einen Plan haben, ist schön und gut, doch gerade bleibt ihnen nichts, als zu warten und zu hoffen, dass Bowie tatsächlich zurückkehrt. Die vollkommene Dunkelheit beginnt ihm allmählich zuzusetzen. Gerade noch ist er eine langsame Runde durch den Raum gegangen, immer mit der Hand an der rauen Betonwand entlang, bis zurück zur Bank und von dort noch einmal zur Treppe.

Jetzt sitzt er wieder auf der Bank und hofft, dass er nicht zu schnell zu viel Blut verliert.

»Was ist auf diesen CDs?«, fragt er nun schon zum dritten Mal, seit sie hier unten eingesperrt sind.

»Etwas, das auf keinen Fall in die Hände der falschen Leute geraten darf«, sagt Viola. »Deshalb bin ich überhaupt wieder hier. Nach dem, was in London passiert ist, war mir klar, dass die Daten hier nicht mehr sicher sind.«

»Welche Daten denn? Was ist so wichtig an diesen CDs?«

»Auf den CDs sind Informationen über etwa fünfzehntausend Menschen. Richter, Polizisten, Staatsanwälte, Bürgermeister, Entscheidungsträger in der Verwaltung, Beamte in Ministerien – die meisten von ihnen sind Juristen und Beamte in der Verwaltung.«

»Fünfzehntausend?«, sagt Tom fassungslos. »Und was sind das für Informationen? Wer hat das alles zusammengetragen? So was dauert doch Jahrzehnte.«

»Zusammengetragen hat das damals die Stasi. Über die

eigenen Leute, ironischerweise. Papa hat mir das erzählt, damals war ich ja noch nicht mal geboren. Als dann die Mauer fiel, war den meisten Leuten klar, dass die DDR damit am Ende ist und mit ihr die Staatssicherheit. Alle riefen: Weg mit der Stasi und den alten Kadern. Zu Recht. Die Stasi war verantwortlich für Erpressung, Zwangsadoption, Schikane, Freiheitsberaubung, Waffenhandel, Folter – bis hin zu Mord. Alles im Namen des sozialistischen Arbeiter- und Bauernstaats. Die haben sich sogar Friedensstaat genannt, hat Papa erzählt. Als dann aber Deutschland wiedervereinigt wurde, gab es ein Problem. Es gab Zigtausende von Stellen, die neu besetzt werden sollten mit Personal ohne Stasivergangenheit, um die neuen Bundesländer zu organisieren. So viele Leute zu finden, und dann auch noch mit den nötigen Kompetenzen, war schlichtweg unmöglich. Hätte man jeden, der für die Stasi gearbeitet hat, vom Staatsdienst ausgeschlossen, dann wäre das Land damals ins Chaos gestürzt. Außerdem war ja auch nicht jeder von denen eine echte Gefahr. Was hat man also gemacht? Zehntausende Juristen, Staatsdiener, Polizisten und Verwaltungsleute wurden weiterbeschäftigt oder einfach nur versetzt. Sie waren systemrelevant. Und über die Jahre sind viele von ihnen in der Bundesrepublik immer weiter aufgestiegen. Trotz ihrer früheren Machenschaften. Und heute sitzen sie zum Teil in höchsten Positionen.«

»Und über diese Leute gibt es Stasiakten?«, fragt Tom. »Das würde bedeuten, sie sind erpressbar.«

»Sicher nicht alle, aber viele«, sagt Viola. »Systemrelevanz ist heute kein Argument mehr, auch nicht, dass man seit dreißig Jahren einen guten Job macht im vereinten Deutschland. Noch heute löst die frühere Stasizugehörigkeit eines Richters, Staatssekretärs oder Ministers einen handfesten

Skandal aus, und er oder sie ist weg vom Fenster. Solche Leute kriegen dann kein Bein mehr auf den Boden. Erst recht, wenn sich in den Akten dann noch Beweise für ihre früheren Verbrechen im Namen der Stasi finden.«

Tom muss an das Telefonat mit Sita denken, vor Violas Haus am Wilmington Square. *Die Musik, nach der alle tanzen.* Jetzt ergibt alles einen Sinn. »Okay, die CDs bedeuten Macht«, sagt er. »Aber woher kommen diese Akten überhaupt? Die muss doch jemand beiseitegeschafft haben.«

»Ich glaube, das war Bruckmanns Idee«, sagt Viola. »Als die Mauer fiel, sah er das alles kommen. Ihm war klar, dass man nicht jeden würde rausschmeißen können, der für die Stasi gearbeitet hat, im Gegenteil, man würde diese Leute brauchen – außer es waren prominente Hassfiguren. Ich vermute, dass er da schon angefangen hat, Akten zu sammeln. Juristen, Verwaltungsleute, Polizisten … nicht die alten Knochen, eher die *young guns*, junge vielversprechende Leute, die schon einen gewissen Erfolg hatten, aber die verstrickt genug waren. Ich nehme an, um schnell entscheiden zu können, hat er Suchkriterien festgelegt.«

»Aber wie zum Teufel ist er an *fünfzehntausend* Akten gekommen?«

»Im Chaos nach dem Mauerfall …«

»O Gott, natürlich«, stöhnt Tom. »Die Aktenvernichtung.«

»Genau. Damals wurden kilometerweise Akten vernichtet. In den Archiven muss der Teufel los gewesen sein. Die Stasimitarbeiter haben bis hin zur kleinsten Hilfskraft wochenlang Akten hin und her transportiert, geschreddert, in Säcke gefüllt, die Säcke wiederum irgendwohin überführt. Das reinste Chaos. Papa hat mir erzählt, damals hätte sich die zentrale Befehlsstruktur aufgelöst. Es ging nur noch darum, sich in Sicherheit zu bringen, während im Land über den

Dritten Weg, Abwicklung, die D-Mark und alles andere diskutiert wurde. Wenn man da mit einem Laster vorfuhr und ihn mit Kartons vollpackte, fiel man garantiert nicht weiter auf.«

»Fünfzehntausend«, flüstert Tom. »Das müssen mehrere Lkw gewesen sein.«

»WikiLeaks in analog«, meint Viola. »Nur ohne Julian Assange und nicht für die Öffentlichkeit bestimmt. Später wurden die Akten dann Stück für Stück digitalisiert.«

»Und du glaubst, das war Bruckmann?«

»Ich bin *sicher*, es war Bruckmann. Nicht allein, er muss Helfer gehabt haben, aber ja, es war Bruckmann.«

»Woher weißt du das?«

»Weil er derjenige ist, vor dem Papa mich versteckt hat. Erst hier unten und dann später in England.«

»Das heißt, Papa wusste von Anfang an, was auf den CDs ist?«, fragt Tom fassungslos.

»Ich bin nicht sicher. Eigentlich ging es anfangs noch gar nicht um die Akten. Die Bibel mit den CDs ist mir zufällig in die Hände gefallen. Ich war zehn damals. Ich hatte nicht die geringste Ahnung, was das ist«, sagt Viola. Ihre Stimme, die bisher klar und fest war, als hätte sie alles im Griff und würde etwas erzählen, das ihr nicht selbst geschehen ist, bekommt plötzlich einen anderen Klang. »Ich hatte einfach nur furchtbare Angst wegen dem, was passiert war. Also bin ich heim zu Papa, in dieser Nacht, und hab's ihm erzählt …«

»Was um Himmels willen ist damals denn passiert?«

Viola seufzt. Einen Moment lang wird es totenstill. Es riecht nach feuchten Mauern und Erde.

»Außer Papa hab ich das noch nie jemandem erzählt«, sagt sie leise.

Tom tastet im Dunkeln nach ihrer Hand.

»Deine Hände sind riesig«, murmelt sie und schiebt ihre Hand in seine. »Wie früher.«

Tom muss an Violas Faust um seinen Finger denken, fünf war er da.

»Ich würde gerne die Zeit zurückdrehen«, sagt Tom, »und diesen verdammten Schlüssel wieder in den Kanal werfen.«

»Ich hätte die Finger davon lassen sollen«, erwidert sie. »Ich träume heute noch davon. Auch in der Nacht, als du vor meiner Tür gestanden hast.«

»Was hast du mit dem Schlüssel gemacht?«

»Ich hab ihn zum Mann der Pastorin bringen wollen. Ich wusste, dass der Schlüssel eigentlich ihm gehört. Er hat ihn mir mal gezeigt und mir eine Überraschung versprochen.«

»Berthold Riss«, sagt Tom. »Tatsächlich war er da schon tot, aber das wusste noch niemand. Er hatte mit einem anderen Mann zusammen Mädchen entführt und über Jahre gefangen gehalten und misshandelt. Vor zwei Jahren gab es den ersten Hinweis, dass dieser Mann Bruckmann ist, aber wir konnten es nie richtig beweisen.«

»Es war Walter Bruckmann«, sagt Viola. »Ganz sicher. Ich habe ihn dort am Haus gesehen.«

»An welchem Haus?«

»Dort, wo sie wahrscheinlich die Mädchen gefangen gehalten haben. Dort waren auch die Akten und die CDs. Die Pastorin ist mit dem Schlüssel dahin, und ich bin ihr gefolgt. Ich glaube, sie war geschockt, als sie verstanden hat, was ihr Mann dort trieb, und dann hat sie das Haus in Brand gesteckt.«

»Und Bruckmann?«

»Der kam erst dazu, als das Haus bereits gebrannt hat.«

»Glaubst du, die Pastorin wusste, dass er gemeinsame Sache mit ihrem Mann gemacht hat?«

»Sie hat es da erst begriffen. Und ihn damit konfrontiert.«

»Mein Gott!«, stöhnt Tom. »Du bist die Zeugin, die wir damals gebraucht hätten. Deshalb war er hinter dir her.«

»Zuerst ja, um die Akten ging es dann –« Sie hält plötzlich inne und drückt Toms Hand. »Hast du das auch gehört?«, flüstert sie.

»Das war der Boden im Schuppen«, sagt Tom. »Jemand hebt die Tür hoch. Schnell, das ist Bowie.«

Über ihnen ist das Scharren von Kies auf Holz zu hören. Hastig stehen sie beide auf und tasten sich entlang der Wand zur gegenüberliegenden Seite des Raumes, auf die Rückseite der Treppe. Das Scharren hält noch eine ganze Weile an. Dann werden die Riegel zurückgeschoben. Leise knarrend öffnet sich die Falltür über der Luke. Ein paar Kiesel holpern die schmalen Stufen hinab. Das Licht aus dem Schuppen fällt in einem hellen Viereck auf den Boden. Die Helligkeit brennt in Toms Augen und lässt ihn blinzeln.

»Gottverdammte beschissene Bitch«, sagt Bowie. »Wo sind die anderen CDs?«

Tom und Viola geben keinen Laut von sich.

»Hört ihr schwer da unten?«

Stille.

Dann knarren die Bodendielen im Schuppen. Bowie scheint um die Luke herumzugehen. Doch er kann nicht bis zu den Wänden sehen. Er weiß weder, wo sie stehen, noch weiß er, ob sie überhaupt hier unten sind.

»Na schön«, knurrt er. »Ihr wollt toter Mann spielen? Wir machen's so. Kurz und schmerzlos. Gebt mir die restlichen CDs. Werft sie einfach rauf. Ich nehm sie und verschwinde. Keinem passiert was. Ich lasse die Luke offen. Einverstanden?«

Tom sieht Viola an und schüttelt den Kopf. Viola nickt. Sie wissen beide, das ist keine Option.

»Ich warte, klar? Aber ich warte nicht ewig.«

Bowie läuft nervös im Schuppen auf und ab. Die Stille fuchst ihn.

»Die Uhr tickt, Leute. Ich mein's nur gut mit euch.«

Wieder eine Weile Schritte.

»Hallo?«

Er wartet eine weitere Minute.

Dann taucht am Rand des Treppenschachtes die doppelte Mündung des Gewehrlaufes auf. Bowie muss in die Hocke gegangen sein, um die Waffe so tief in den Schacht zu halten. Vorsichtig bewegt er die Merkel hin und her, um zu testen, ob es einen Winkel gibt, aus dem er wirkungsvoll nach unten schießen kann. »Na schön, ihr Schlaumeier«, zischt er, »das Ding hier ist mit Schrot geladen. Ich kann euch zwar nicht sehen, aber wenn ich einfach mal auf Verdacht schieße, dann wird ein Teil der Schrotladung euch schon irgendwie erwischen. Und wenn's euch nur die Beine zerfetzt. Ich hab 'ne ganze Menge Patronen, wir können das Spiel also 'ne Weile machen.«

Viola sieht besorgt zu Tom, doch er schüttelt den Kopf und macht mit den Händen eine Bewegung, als würde eine Kasperlepuppe sprechen. Er kennt das Gewehr seines Vaters. Die Merkel muss Bowie auf der vergeblichen Suche nach den CDs hinter der alten Anrichte im Keller gefunden haben, und Tom weiß, dass die Patronen, die dort ebenfalls lagen, ganz sicher keine Schrotpatronen sind.

»Bereit für 'ne Ladung?« Bowies Stimme klingt gepresst. Er wird ungeduldig, die Situation gefällt ihm nicht. Ein Gewehrschuss würde die Nachbarschaft aufschrecken. Erst recht, wenn er mehrmals schießt.

»Bringt euch schön in Sicherheit«, zischt er. Die Treppe knarrt leise, als er einen Fuß daraufsetzt, dann einen zweiten. Der Gewehrlauf reicht jetzt etwas tiefer. Sein gebückter Schatten zeichnet sich scharf auf dem Boden ab. Tom drückt sich mit dem Rücken an die Wand.

Bowies Füße tasten sich auf die nächste Stufe, die dritte.

Es knarrt, doch seine Schuhe sind immer noch nicht zu sehen. Der Gewehrlauf wird länger und länger. Bald ist der Winkel so günstig, dass Bowie auf die Wände schießen kann, nur nicht auf die Wand, die auf der Rückseite der Treppe liegt. Aber selbst wenn Bowie nur blind feuert, kann es sein, dass ein Querschläger Tom oder Viola trifft.

Tom starrt auf die oberste Stufe der Treppe vor sich. Die Stiege ächzt, als Bowie erneut sein Gewicht verlagert. Lautlos kommt ein Schuh von oben herab, ein schwarzer Sneaker, flach. Bowies Schatten bewegt sich in Zeitlupe. Die Sohle berührt die Holzstufe. Der Lauf der Merkel lugt bedrohlich aus dem Treppenschacht.

Tom ballt die Faust um den Griff der kleinen Scherenhälfte, mit der sie sich vor einer Weile gegenseitig ihre Fesseln von den Händen geschnitten haben. Mit zwei schnellen Schritten ist er bei der Treppe, richtet sich zu seiner vollen Größe auf und rammt Bowie die Schere von hinten in die Achillesferse.

Bowie stößt einen spitzen Schrei aus. Tom versucht, die Schere seitwärts zu bewegen, doch sie steckt fest. Er rechnet jeden Moment damit, dass Bowie schießt, doch stattdessen verschwindet der Gewehrlauf, es poltert, und Bowie versucht, nach oben zu flüchten. Tom packt Bowies rechtes Fußgelenk mit beiden Händen, während Bowie sich an den Rand der Luke klammert und sich mit aller Kraft nach oben zieht. Gleichzeitig tritt er mit dem anderen Fuß nach Toms

Händen und trifft dabei seine verletzte linke Hand. Der Schmerz geht Tom durch und durch. Er lässt los und hält jetzt den Fuß nur noch mit der rechten Hand fest.

Mit einem Ächzen stemmt sich Bowie hoch, und Tom hält verzweifelt dagegen. Wenn Bowie es schafft, sich aus der Luke zu retten, ist alles verloren.

Plötzlich spürt er Viola neben sich, sie ist längst nicht so groß wie er, doch sie springt hoch, hält sich mit einer Hand an der Stufe fest und greift mit der anderen Hand nach der Scherenhälfte, die immer noch in Bowies Ferse steckt, und dreht sie um. Bowie gibt einen erstickten Schrei von sich, verliert den Halt und rutscht polternd die Treppe hinab. Tom und Viola lassen gleichzeitig los. »Achte auf das Gewehr«, ruft Tom und stürzt sich auf den am Fuß der Treppe halb sitzenden, halb liegenden Mann.

»Ich seh's nicht, hier ist keins«, schreit Viola.

Bowie versucht, sich unter Toms Faustschlägen zur Seite zu drehen und gleichzeitig Toms verletzte Hüfte mit einem Hieb zu treffen, landet jedoch nur auf der Brust. Tom probiert es mit einem Uppercut unters Kinn, verfehlt Bowie aber ebenfalls. Stattdessen erwischt Bowie Toms verletzte Hand, reißt sie an sich und beißt hinein. Der Schmerz jagt einen Stromstoß durch Toms Nervenbahnen. Wie von Sinnen drischt Tom mit der Faust seitlich gegen Bowies Kopf und trifft ihn mit einem der Schläge genau aufs Ohr. Bowie ächzt, und seine Zähne lassen locker. Er verliert kurz die Orientierung. Tom zieht die Hand aus seinem Mund, packt mit seiner Rechten von vorne wie mit einer Klaue Bowies Gesicht und stößt seinen Schädel mit aller Kraft rückwärts gegen die Treppe.

Es klingt, als ob ein fingerdicker Ast zerbräche. Im ersten Augenblick denkt Tom, dass er ihm das Nasenbein zertrümmert hat. Bowies Augen werden leer. Sein Körper verliert von einer Sekunde auf die andere jede Spannung. Tom lockert den Griff um sein Gesicht, und Bowies Kopf rutscht holpernd die letzten Stufen hinab und folgt seinem erschlafften Körper zu Boden.

Tom keucht und sinkt erschöpft neben die Treppe.

»Mein Gott«, stöhnt Viola. »Ist er tot?«

Tom nickt nur; er zittert am ganzen Körper.

Ein Schatten fällt von oben durch die Luke auf ihn herab.

»Ich bin beeindruckt«, sagt eine leise sonore Stimme. »Was für ein Team. Mein Protegé und meine Tochter.«

3 Stunden vorher

Kapitel 60

Sita sitzt im Vernehmungsraum des Dezernats 11 im LKA 1 und starrt zwischen den beiden Männern auf der anderen Seite des Tisches hindurch auf einen Fleck an der Wand. Jo Morten rutscht auf seinem Stuhl hin und her und versucht, sich zu zügeln. Links neben ihm sitzt Professor Forsberg, der extra aus Tauenstein angereist ist. Der Klinikleiter trägt ein knittriges weißes Hemd unter einem schlecht sitzenden Tweedjackett. Er ist unrasiert, und sein Blick hat etwas Konzentriertes, Fiebriges. Er ist auf der Hut, und zugleich beflügelt es ihn, Sita so vor sich zu sehen.

Der Fleck an der Wand kommt ihr irgendwie gelblich vor. Cognacfarben.

Sita blinzelt. Egal, wohin sie schaut, sie sieht etwas, das sie nicht sehen will. Am schlimmsten ist der Blick zur Seite, dahin, wo der Spiegel eingelassen ist. Ihr sonst bronzefarbener Teint – ein fahles Grau. Ihre Augen rot, voller geplatzter Äderchen. Sie ist ein Schatten ihrer selbst. Da ist nicht nur die Scham wegen ihres Rückfalls, sie hat das Gefühl, in jeder Hinsicht versagt zu haben. Sie hat mit Bruckmann paktiert, ihretwegen ist er frei. Ihretwegen ist in der Klinik ein Patient gestorben. Und auf der Flucht ein weiterer Mann. Sie hat es nicht geschafft, Tom dazu zu bringen, ihr zuzuhören; es kommt ihr vor, als hätte sie ihn verloren. Sie hat Frohloff falsch eingeschätzt, hat Elisabeth Keller an das Trauma wegen ihrer ermordeten Tochter erinnert und Otto Keller so sehr provoziert, dass nun auch Bene Schwierigkeiten am Hals hat.

»Hören Sie«, sagt Forsberg, und seine Stimme klingt weich wie Butter, »Ihre Gefühle für Herrn Babylon sind vollkommen verständlich. Ihre Kollegen haben berichtet, wie lange und intensiv Sie zusammengearbeitet haben. Da passiert das manchmal …«

Sita starrt weiter auf den Fleck an der Wand, stellt sich vor, der Fleck wäre Frohloff und sie würde die Wand mit einem Farbroller überstreichen.

»… was nicht passieren sollte, ist, dass Sie noch tiefer in die Co-Abhängigkeit von Herrn Babylons Schizophrenie abgleiten. Sie müssen lernen zu unterscheiden, was seine Welt ist und was Ihre Welt ist. Grenzen Sie diese beiden Welten gegeneinander ab.«

»Natürlich«, schnaubt Sita verächtlich. »Abgrenzen von Herrn Babylon. Und weil Sie das ach so fein unterstützen, haben Sie mich vorhin auch nach dem Verbleib seiner Schwester gefragt.«

»Ihr Zynismus ist wirklich kontraproduktiv, meine Liebe. Und diese Frage habe ich Ihnen lediglich gestellt, um die Absurdität Ihrer geteilten Visionen zutage treten zu lassen. Hätten Sie auf die Frage nach ihrem Verbleib eine vernünftige Antwort, könnten Sie mich ja überzeugen.«

»Die Antwort hat Ihnen ja schon mein freundlicher Kollege vom Erkennungsdienst gesteckt, oder?«

»London ist nur ein weiterer Beweis für die Ausuferungen von Tom Babylons Fantasie«, erklärt Forsberg geduldig.

Jo Morten räuspert sich, als wäre er in der Pflicht, seine Wortmeldungen gegenüber Forsberg anzukündigen. Der Respekt vor dem Leiter der Klinik ist ihm deutlich anzumerken. »Sita, wir wissen, dass Tom in London ist. Das ist nichts Neues für uns.« Er zögert kurz und schaut auf seine Notizen, ohne darin zu lesen. »Neu ist allerdings«, sagt er vorsichtig,

»dass heute früh bekannt wurde, dass Tom möglicherweise in einen Mord in einer Wohnung in London Clerkenwell verwickelt ist.«

Sita glaubt aus allen Wolken zu fallen und starrt Morten an. »Das … das kann nicht sein«, stammelt sie.

»Heute Mittag kam eine Anfrage von den Kollegen der Metropolitan Police. Und zeitlich passt dieser Mord leider genau zu den Angaben, die du gegenüber Frohloff über Toms mutmaßlichen Besuch bei Viola gemacht hast.«

Sita wird es schwindelig, und sie muss die Augen schließen. Eine Cognacflasche, wie zum Greifen nah, lässt sie die Augen schnell wieder öffnen. »Gibt es denn Beweise dafür, dass Tom …?«

»Ich kenne noch keine Details, aber die Kollegen vom Yard werden nicht umsonst ermitteln. Dazu kommt, Tom ist vor drei Tagen in London unter fragwürdigen Umständen aus einem Krankenhaus geflohen und hat dabei wohl den Pass eines britischen Arztes gestohlen. Dieser Pass wurde heute Abend benutzt, um in ein Flugzeug nach Berlin zu steigen. Wir nehmen an, dass Tom sich seiner Verhaftung entziehen wollte.«

Krankenhaus? Flucht? Flug nach Berlin?

Sita versucht, die Worte in einen logischen Zusammenhang zu bringen und die Lücken dazwischen zu füllen, aber es gelingt ihr nicht.

»Sita, hast du irgendeine Ahnung, wo Tom hingehen würde, wenn er zurück nach Berlin kommt?«

Sie starrt Morten mit offenem Mund an.

»Frau Johanns«, sagt Forsberg, »ziehen Sie eine Grenze, hier und jetzt. Arbeiten Sie mit uns zusammen.«

Sita schluckt den bitteren Geschmack in ihrem Mund hinunter. Ihre Kehle ist wie ausgedörrt. »In welchem Krankenhaus war Tom denn?«

»Das spielt jetzt keine Rolle, Frau Johanns. Wir brauchen Ihre Kooperation.«

»Im St Thomas'«, sagt Morten.

Forsberg wirft ihm einen strafenden Blick zu.

»Und warum wurde er ins Krankenhaus eingeliefert?«, fragt Sita.

Morten verzieht den Mund. »Er wurde offenbar überfallen und hatte eine Kopfverletzung. Ich habe mit der behandelnden Ärztin gesprochen. Ehrlich gesagt, es war ziemlich deprimierend.«

»Herr Babylon«, ergänzt Forsberg, »hat vorgegeben, sein Gedächtnis verloren zu haben.«

»Er hat ... was?«

»Er hat eine retrograde Amnesie vorgetäuscht.«

»Es klingt für uns«, ergänzt Morten, »als würde Tom sich damit vor einer Mordanklage schützen wollen.«

»Aha«, meint Sita, »und da seid ihr sicher?« Sie schaut erst Morten und dann Forsberg an. »Immerhin hatte er eine Kopfverletzung.«

Forsberg zuckt mit den Achseln. »Angesichts der Umstände ist das Vortäuschen naheliegend. Und selbst wenn die Amnesie nicht vorgetäuscht ist, dann spricht doch einiges dafür, dass es eine Amnesie aufgrund einer posttraumatischen Belastungsstörung ist. Ein wohlmeinender Versuch der Psyche zu verdrängen.«

»Sita, um es kurz zu machen, wir halten die Situation gerade für mehr als kritisch. Bruckmann ist nach wie vor verschwunden, Tom ist inzwischen vermutlich wieder in Berlin und offensichtlich außer Kontrolle. Du weißt, was passiert ist, als die beiden zuletzt aufeinandergetroffen sind? Ich würde gerne Tom und Bruckmann verhaften, bevor etwas geschieht. Also hilf mir bitte. Es sind schon genug Menschen zu Schaden gekommen.«

In Sitas Kopf dreht sich ein Karussell aus widersprüchlichen Informationen. Verwirrt versucht sie, einen Fixpunkt zu finden, und starrt den Fleck an der Wand an. Ist Tom tatsächlich außer Kontrolle? Hat er in England ein Verbrechen begangen?

»In Ordnung, Jo«, sagt sie. »Ich helfe dir, Tom zu finden. Unter einer Bedingung.«

Morten nickt. Für einen Moment ist es, als ob der Chef in ihm mit dem Menschen in ihm ränge. Sosehr er Tom auch verurteilt – er scheint ihm nicht gleichgültig zu sein.

»Und was ist das für eine Bedingung?«, fragt Morten.

»Ich will mit der Ärztin sprechen, mit der du gesprochen hast«, sagt Sita. »Weißt du noch ihren Namen?«

»Dr. Harris«, erwidert Morten. »Aber ich glaube kaum, dass das etwas ändert.«

Kapitel 61

Tom starrt fassungslos nach oben. Im Licht des Schuppens erkennt er Walter Bruckmann, der locker die Merkel in der Hand hält.

»Ist wie nach Hause kommen«, sagt Bruckmann und wedelt mit dem Gewehr. »Ich hatte auch mal so eins. Ist aber im Grunde völlig ungeeignet, außer man schießt aus großer Entfernung, oder, Tom?«

Er stellt das Gewehr beiseite und holt eine Pistole mit Schalldämpfer aus seiner Jacke. Viola zieht sich lautlos in den Schatten zurück.

Tom sieht von Bruckmann zu Bowie und versucht, die Dinge in einen sinnvollen Zusammenhang zu bringen, doch es gelingt ihm nicht. »Tochter?«, keucht er und sieht zu Viola, die mit schockstarrer Miene im Halbschatten an der Wand kauert. An der Luke steht der Mann aus ihren Albträumen.

»Ja, Tochter«, sagt Bruckmann. »Viola ist meine Tochter.«

»Sie sind verrückt«, stöhnt Tom und versucht aufzustehen, doch vor lauter Erschöpfung kommt sein Kreislauf nicht in die Gänge. Aus dem Augenwinkel sieht er Viola, die ihn anstarrt und langsam den Kopf schüttelt.

»Ich weiß es selbst erst seit einem Jahr«, sagt Bruckmann. »Nach meiner Verhaftung, im Krankenhaus zwischen den Operationen und während der Reha habe ich viel an eure Mutter Inge gedacht. Und irgendwann kam mir dann der Gedanke, dass es zeitlich passen könnte ... Mein Anwalt hat dann für mich den Vaterschaftstest organisiert.«

Vaterschaftstest. Das Wort hallt in Toms Kopf nach. Der Boden tut sich unter ihm auf, als würde sich eine zweite Luke öffnen.

»Das kann nicht sein«, flüstert Viola. »Wie wollen Sie einen Vaterschaftstest gemacht haben ohne meine DNA.«

»Der Karton aus der Asservatenkammer«, sagt Tom heiser und sieht Viola an. »Da war deine Haarbürste drin und noch einige andere Sachen. Die haben wir der Polizei übergeben, als wir dich vermisst gemeldet haben. Ich hab jahrelang dafür gesorgt, dass die Sachen in der Asservatenkammer bleiben, obwohl dein Fall abgeschlossen war, und vor einem Jahr sind sie dann auf einmal verschwunden.«

»Nein!«, flüstert Viola entsetzt.

»Ist das nicht ironisch«, sagt Bruckmann. »Ich konnte es nicht fassen, als mein Anwalt mir das Ergebnis mitgeteilt hat.«

»Meine Schwester hat schon einen Vater«, knurrt Tom. »Das Ergebnis des Tests ändert nichts daran.«

»Ich finde schon. Es gibt Dinge, die bekommt man nicht wieder zurück in die Kiste, wenn sie einmal draußen sind.«

»Darum geht's hier die ganze Zeit?«, fragt Tom. »Deswegen haben Sie diesen Wahnsinnigen hier auf uns losgelassen?«

»Den da?«, sagt Bruckmann und deutet auf Bowies Leiche am Fuß der Treppe. »Mit dem hab ich nichts zu tun.«

Tom blinzelt ins Licht, hinauf zu Bruckmann. Er muss an Sita denken, an das Telefonat mit ihr. Es ist nicht Bruckmann, hatte sie gesagt. Es sei anders, als sie gedacht hätten. Es gebe mehrere Männer, die Viola finden wollten. Erneut schießt ihm die Frage in den Sinn, wie Bowie von Violas Flug nach Berlin erfahren hat. »Wer zum Teufel hat ihn dann geschickt?«, fragt Tom.

»Offensichtlich der Mann, der die CDs, um die es hier

geht, am meisten fürchtet«, erwidert Bruckmann. Kann es sein, dass er lächelt?

»Und wer ist dieser Mann?«

»Komm schon, Tom, du bist Polizist. Denk nach.« Bruckmann lächelt nicht, er grinst. »Aber auf jeden Fall danke ich dir, du hast mir Arbeit abgenommen. Wer auch immer dieser Kerl da unten ist ... er scheint ein harter Brocken gewesen zu sein. Und jetzt«, sagt Bruckmann, »gebt mir die CDs. Ich will, dass Viola sie zu mir raufbringt.«

Tom schaut zu seiner Schwester. Sie hat sich aufgerichtet und steht mit zusammengepressten Lippen an der Wand.

»Ganz sicher nicht«, zischt Tom.

»Spiel jetzt nicht den Helden«, warnt Bruckmann. »Ich will nur die CDs und einen Blick auf meine Tochter werfen. Das ist schon alles.«

»Wenn ich eins über Sie gelernt habe, dann, dass es so etwas wie ›Das ist schon alles‹ nicht gibt.«

»Verdammt, Tom, mach's jetzt nicht kompliziert. Ich will nicht viel. Aber das, was ich will, ist nicht verhandelbar. Und soweit ich das sehe, bist du nicht in der Lage, mir etwas entgegenzusetzen.«

Tom schaut an sich hinab. Auf seiner Jacke hat sich ein mehr als tellergroßer dunkler Fleck ausgebreitet. Auch der Verband an seiner linken Hand ist durchgeblutet.

»Tom«, sagt Viola. »Ist okay.« Sie ist zwei Schritte zur Seite gegangen, steht neben der Bank und hält zwei CDs in der Hand.

»Nichts ist okay«, sagt Tom.

»Er bekommt die CDs, und wir alle können von hier verschwinden.«

»Du kennst ihn nicht. So wird das nicht laufen.«

»Das hat Papa auch immer gesagt. Aber ich bin es leid. Ich

will das nicht mehr. Diese Akten sind wie Gift. Soll er sich doch selbst damit herumschlagen.«

»Sie hat recht, Tom«, sagt Bruckmann. »Gebt mir, was ich will. Ich werde keinem von euch etwas tun.«

»Viola, bitte«, stöhnt Tom. »Es wird immer so weitergehen. Er wird dafür sorgen, dass Menschen erpresst werden, dass Menschen sterben oder irgendwie anders zu Schaden kommen. Er hat unsere Mutter umbringen lassen, er hätte beinah meinen Sohn getötet, glaub mir, er wird nicht aufhören.«

»Und was ist die Alternative?«, fragt Viola. Ihre Stimme bebt. Sie löst sich von der Wand und kommt langsam näher. »Dass er dich erschießt? Oder uns beide? Dass du hier unten verblutest, weil das alles immer noch länger und länger dauert?«

»Viola, nein. Tu das nicht!«

Sie tritt ins Licht, das durch die Luke herabfällt, und bleibt vor Bowies Leiche am Fuß der Treppe stehen, kreidebleich, mit geröteten Augen, in der rechten Hand hält sie die CDs.

»Tu's nicht«, sagt Tom erneut.

Viola schaut nach oben. Die CDs glänzen silbrig im Licht und werfen einen zitternden Fleck an die Decke. Der altrosafarbene Irokese gibt ihr etwas Unwirkliches, Schräges.

»Hallo, Viola«, sagt Bruckmann. Er betrachtet sie einen Moment schweigend, dann atmet er tief ein. »Mein Gott. Bis auf die Haare ... du könntest Inge sein ...«

Tom versucht, Viola zurückzuhalten, doch sie schüttelt ihn ab, steigt über Bowies Leiche und klettert langsam die Treppe hoch. Bruckmann schaut begierig herab. Sein Gesicht liegt im Schatten, Tom spürt den Triumph in seinen Zügen mehr, als dass er ihn sieht. Viola steigt die letzten Stufen hinauf, tritt aus der Luke und steht vor ihm.

In der Ferne sind leise Polizeisirenen zu hören.

»Hallo, Vater«, sagt Viola leise.

Tom kann nicht glauben, was sie da tut.

Für einen irritierenden Augenblick wirkt Walter Bruckmann, als wäre er zutiefst ergriffen. Viola wechselt die CDs in einer fließenden Bewegung von der rechten in die linke Hand und reicht sie Bruckmann. Sein Blick folgt den CDs, und im selben Augenblick schlägt Viola mit der rechten Faust in sein Gesicht.

Bruckmann brüllt vor Schmerzen. Viola stößt noch einmal mit der Hand nach, und erst jetzt sieht Tom, dass der kleine silberne Griff der Nagelschere aus Bruckmanns Auge ragt. Viola duckt sich und stößt ihn zur Luke, Bruckmann taumelt, fuchtelt mit der Pistole, und ein Schuss löst sich. Holz splittert. Er verliert das Gleichgewicht, fällt in die Luke, prallt mit der Schulter gegen den Rand und stürzt dann die Treppe hinunter. Tom, der immer noch neben der Treppe sitzt, weicht Bruckmanns Körper aus. Mit einem dumpfen Schlag landet Bruckmann auf dem toten Bowie. Er verliert die Pistole, die klappernd seitwärts schlittert und gut zwei Meter entfernt von ihm liegen bleibt. Bruckmann ächzt, versucht, sich aufzurichten, und angelt nach der Pistole.

Die Polizeisirenen kommen näher.

»Tom, Vorsicht!«, ruft Viola von oben.

Tom klammert sich an Bruckmanns Beine, um ihn aufzuhalten, doch Bruckmann tritt nach ihm. Seine Hand ist kaum noch eine Armeslänge von der Pistole entfernt. Tom sieht plötzlich, dass die Bibel in Griffweite liegt, lässt Bruckmann los, packt das rote Buch und schleudert es in Richtung Pistole. Die Bibel trifft die Pistole und kickt die Waffe in den Schatten bis an die Wand.

Bruckmann brüllt wütend auf. Tom kommt auf alle viere,

rutscht in einer Pfütze aus und begreift, dass es sich dabei um sein eigenes Blut handelt. Ein weiterer Tritt von Bruckmann trifft ihn an der Schulter. Tom rollt sich zur Seite, sieht, dass Viola die Treppe herabkommt, um ihm zu Hilfe zu eilen. Bruckmann robbt zur Wand, in die Richtung, wo die Pistole im Dunkeln verschwunden ist.

Mit einer letzten großen Kraftanstrengung schafft es Tom zurück auf alle viere, stürzt sich auf Bruckmann, der sich auf den Rücken dreht und wild um sich schlägt. Tom schiebt sich halb liegend, halb sitzend auf ihn, holt mit der Rechten aus und rammt seine Faust auf die Schere in Bruckmanns Gesicht. Mit einem Knacken bricht die Augenhöhle, und die Schere dringt ins Gehirn vor.

Bruckmann ächzt und beginnt spastisch zu zucken.

Die Polizeisirenen sind jetzt ganz nah. Aus dem Dunkel taucht plötzlich Viola mit der Pistole auf, sieht auf den zuckenden Mann vor ihr hinab und richtet zitternd die Pistole auf seinen Kopf. Tränen laufen ihr über die Wangen.

Autotüren werden geöffnet. Stimmen dringen durch die Luke zu ihnen herab.

Tom legt seine Hand auf Violas Arm, nimmt ihr sanft die Pistole aus den Händen und wirft sie beiseite. Er sieht Viola an, legt den Zeigefinger auf die Lippen, dann stützt er sich mit seinem Unterarm und dem ganzen Gewicht seines Oberkörpers auf Bruckmanns Kehlkopf, bis der Mann unter ihm aufhört zu zucken und erschlafft.

Am ganzen Körper zitternd, rollt sich Tom von Bruckmann herunter. Viola setzt sich neben ihn und bettet Toms Kopf in ihren Schoß.

»Hier!«, ruft sie laut. »Wir sind hier unten, im Schuppen!«

Tom hört Schritte auf dem Holzboden. Gesichter tauchen in der Luke auf. Er spürt Violas Hände heiß an seinem Kopf.

»Schnell, einen Krankenwagen. Wir brauchen einen Arzt«, ruft jemand.

»Wo kommen die her?«, lallt Tom.

»Ist mir gerade so egal«, schluchzt Viola. »Hauptsache, die sind da.«

Der Raum scheint sich mit Leuten zu füllen.

»Können wir hier mal etwas Licht haben?«, ruft jemand.

Eine Gestalt beugt sich über Tom, eine Frau mit dunklem Teint und kurzen Haaren. Ihre Augen sind blutunterlaufen, und ihr Gesicht ist ausgemergelt. »Sita«, stöhnt Tom. »Du siehst ganz schön erledigt aus.«

»Gott, bin ich froh, dich zu sehen«, sagt Sita.

Die nächste Hand an seiner Wange. Auch so heiß, denkt Tom.

»Er ist ganz kalt«, flüstert Viola.

»Sind Sie Viola Babylon?«, fragt eine Männerstimme. Ist das etwa Morten?

»Gertrud«, murmelt Tom matt in seine Richtung.

»O Gott, ja!«, ruft Viola. »Sie müssen ins Haus, schnell. Irgendwo im Keller ist eine Frau eingeschlossen, Gertrud Babylon, sie braucht dringend Hilfe.«

Anweisungen werden gerufen. Von irgendwoher kommt Licht. Zu viel Licht.

»Sie bluten«, sagt Morten.

»Das ist nicht mein Blut«, erwidert Viola. »Das ist seins.«

Dann wieder Sitas Stimme. »Halt bloß durch, ja.«

»Ich hab dich nicht angerufen«, murmelt Tom. »Tut mir leid. Es ging nicht, weil –«

»Ssssch. Ich weiß. Ich hab mit Dr. Harris telefoniert, deiner Ärztin.« Sita lächelt. Sie hat Tränen in den Augen.

»Ich hab sie gefunden«, lächelt Tom zurück.

»Und ich hab dich gefunden«, flüstert Sita.

2 Tage später

Immunität

(Auszug aus der Homepage des Deutschen Bundestages)

Ein Abgeordneter darf nur mit Genehmigung des Bundestages wegen einer strafbaren Handlung zur Verantwortung gezogen und verhaftet werden, es sei denn, er wird auf frischer Tat ertappt oder im Laufe des folgenden Tages festgenommen. Die Immunität ist auf die Dauer der Mitgliedschaft im Parlament begrenzt und kann nur auf Beschluss des Bundestages aufgehoben werden.

Kapitel 62

Sita stellt die schwarze E-Vespa vor dem Tor von Elisabeth und Otto Kellers Villa ab. Es ist früher Abend, kurz vor Einbruch der Dunkelheit.

Aus dem schwarzen Audi steigen zwei Sicherheitsleute. Sita erkennt sie auf den ersten Blick wieder. Der Kleinere der beiden steuert rasch auf sie zu, macht seine Schultern breit und die Augen schmal. »Sie dürfen hier nicht parken, sehen Sie zu, dass Sie hier wegkommen«, blafft er.

»Ich wollte zu Herrn Keller«, sagt sie arglos.

Der Größere der beiden, glatt rasiert, mit einem kräftigen Kinn und ersten grauen Haaren, hält seinen Kollegen am Arm zurück. Offenbar ist er derjenige, der für die Impulskontrolle zuständig ist. »Wenn Sie von der Presse sind, junge Frau, dann machen Sie doch bitte einen Termin.« Er reicht Sita eine Visitenkarte mit dem Logo des Ministeriums für Inneres, Bau und Heimat.

Sita lächelt ihn gewinnend an, ignoriert die Karte und reicht ihm stattdessen ihren LKA-Ausweis. »Ich bin nicht von der Presse.«

»Oh«, meint der Sicherheitsmann. »Das tut mir leid, aber das ändert nichts. Wir haben strikte Anweisungen.« Er hält ihr immer noch die Visitenkarte hin. »Herr Dr. Keller besteht auf seiner Privatsphäre.«

»Dafür habe ich vollstes Verständnis, aber –«

»Hören Sie«, mischt sich der Kleinere ein. »Was mein Kollege Ihnen gerade freundlich zu erklären versucht, ist, dass

Sie hier nicht erwünscht sind. Also machen Sie sich vom Acker und klären Sie Ihr Anliegen *bitte* über Ihren Vorgesetzten.« Sein *bitte* klingt, als hätte er *gefälligst* gesagt.

Sita nickt. »Ich möchte nur nicht, dass Ihnen aus der Situation Nachteile erwachsen.«

Der Glattrasierte runzelt die Stirn und schiebt dabei sein Kinn ein wenig zur Seite. »Wie meinen Sie das?«

»Mein Anliegen betrifft Herrn Kellers Privatsphäre auf das Empfindlichste. Sagen Sie ihm doch bitte, Dr. Johanns ist hier, mit dringenden Informationen von Dr. Bruckmann bezüglich seiner Datensammlung. Sie werden sehen, er wird mit mir sprechen wollen.«

Das Kinn des Mannes wechselt zur anderen Seite und wieder zurück. Schließlich zuckt er mit den Schultern. Dann drückt er einen kleinen Knopf an seinem dunklen Jackett und spricht in sein Headset.

Nach einer Weile nickt er und schaut Sita bemüht neutral an. »Alles klar, Dr. Johanns. Er erwartet Sie.«

Das Torschloss summt, und Sita drückt es auf, dann wendet sie sich noch mal dem kleineren Sicherheitsmann zu. »Übrigens, Ihre Schuhe ...«, sie rümpft die Nase, »die riechen nicht gut. Was haben Sie damit gemacht?«

Der Mann schaut verblüfft an sich hinab. Noch während er seine Schuhspitzen betrachtet, betritt Sita das Grundstück und läuft über den Weg zur gut beleuchteten Haustür. Otto Keller erwartet sie bereits. Seine ohnehin rundliche Statur ist rundlicher, sein Haarkranz dagegen dünner geworden. Er trägt einen dunkelblauen Bademantel mit einem silbernen aufgestickten OK auf der Brust und mustert sie. »Frau Johanns, wie schön«, sagt er ruhig.

»Ich bin nicht ganz sicher, wie schön Sie mich in Erinnerung behalten werden.«

»Sagen wir so, Sie sind eine Augenweide, von ein paar Blessuren vielleicht abgesehen. Alles andere wird sich zeigen.«

»Ich will es nicht unnötig in die Länge ziehen«, meint Sita und holt die beiden CDs aus ihrer Jacke hervor.

Keller hebt die Brauen. »Ich bin verblüfft«, lächelt er gut gelaunt. »Ich wollte gerade schwimmen gehen. Tun Sie mir doch den Gefallen und kommen Sie mit. Im Garten ist ein großer Infinitypool. Ich glaube, den kennen Sie schon, oder?«

»Ehrlich gesagt, mir ist nicht danach, Ihnen beim Schwimmen zuzuschauen.«

»Von zuschauen war nicht die Rede. Sie schwimmen mit mir.«

Sita schaut ihn verblüfft an.

Keller zuckt nur mit den Schultern. »Sie wollten mit mir reden, oder?« Er klopft sich auf die Brust, als wäre dort etwas. »Das geht nur im Pool. Oder gar nicht.«

Erst jetzt begreift Sita, worum es Keller geht. Er will sicher sein, dass sie nicht verkabelt ist. »In Ordnung«, meint sie. »Schwimmen wir.«

Keller lächelt kühl und lässt sie ein. »Haben Sie Badesachen dabei, oder soll ich Ihnen etwas leihen?«

»Danke«, entgegnet Sita, »ich fürchte, in die Sachen Ihrer Frau passe ich nicht rein.« Sie wirft ihm einen Blick zu. »Und in Ihre vermutlich auch nicht.«

»Sie sind witzig«, stellt Keller fest und öffnet die Schiebetür zum Garten. Er zieht den Bademantel aus und steigt mit einer gestreiften Badehose, die ihm bis zu den Knien reicht, in den blau schimmernden Pool. Sita legt die CDs auf den Block, auf dem Elisabeth Keller sonst immer ihr Handtuch platziert. »Das sind Ihre. Ich hab noch Kopien.«

»Sehr freundlich«, erwidert Keller desinteressiert und schwimmt ein paar Züge bis zur Mitte des Pools. Sita weiß, woher sein Desinteresse rührt, ist aber fest entschlossen, Kellers Mauer einzureißen. Rasch zieht sie sich bis auf die Unterwäsche aus, sortiert ihre Kleidung am Beckenrand, legt ihr Handy daneben und steigt mit BH und Slip bekleidet in den Infinitypool. Das Wasser ist ungewöhnlich warm, und in der kühler werdenden Abendluft steigen dezente Schwaden auf. Mit ein paar raschen Schwimmzügen ist sie bei Keller. »Beeindruckend«, kommentiert er. »Beim Wettschwimmen sind Sie sicher vorne. Also, was wollen Sie?«

»Sie haben Ende 89 mit Wolf Bauer und Bruckmann fünfzehntausend Akten aus Stasibeständen gestohlen, richtig?«

Er schüttelt den Kopf. »Was erwarten Sie? Dass ich Ja sage?«

Sita zeigt auf die weite, stille Wasseroberfläche um sie herum. »Wir sind im Pool, oder?«

»Mein Gott, sind Sie naiv«, sagt Keller.

»Ihre Karriere ist ohnehin vorbei, sobald die Akten publik werden.«

»Sie verschätzen sich.« Keller steht in der Mitte des Schwimmbeckens wie ein fleischgewordener Fels.

»Sie müssen mir etwas erklären. Warum wollten Sie die Akten so unbedingt haben? Reicht Ihnen Ihre neue Position nicht? Sind Sie so machthungrig, dass Sie wirklich all das brauchen?«

Keller schüttelt amüsiert den Kopf. Das Wasser um ihn herum gerät kurz in Wallung. »Wissen Sie, vielleicht ging es ja nie um die Akten.«

»Ich glaube Ihnen kein Wort.«

»Eigentlich ging es nur um *eine* Akte. Und darum, wer sie zuerst hat. Es war ein Wettschwimmen.«

Sita starrt ihn mit offenem Mund an.

»Sie finden das zynisch?«, fragt Keller.

»Widerwärtig trifft es wohl besser.«

»Jetzt tun Sie doch nicht so selbstgerecht«, sagt Keller ärgerlich. »Sie hatten doch mit Bruckmann zu tun, oder? Was hat er Ihnen angetan? Hat er Sie eingewickelt? Haben Sie sich schuldig gemacht?« Keller schnaubt. »Ich kann's Ihnen doch ansehen, dieses Schwein wirkt noch über seinen Tod hinaus. Wissen Sie, ich hab mein Leben lang versucht, das Richtige zu machen, und irgendwie ist immer wieder das Falsche dabei herausgekommen, weil *er* seine Hände mit im Spiel hatte. Was glauben Sie, wozu er in der Lage wäre, wenn er *meine* Akte in den Händen hielte? Würden Sie das wollen, ein Innenminister in der Hand eines Psychopathen?«

»Was sind Sie für ein kleiner weinerlicher Mann«, meint Sita verächtlich. »Wollen Sie ernsthaft Bruckmann für alles, was Sie getan haben, verantwortlich machen? *Sie* konnten entscheiden. Damals wie heute. Und *Sie* haben die falschen Entscheidungen getroffen – und jetzt stehen Sie hier in Ihrem Riesen-Infinitypool und jammern, dass Sie keine Wahl hatten?«

»Sie wissen, dass es nicht so einfach ist.«

»Sie meinen, wenn's kompliziert wird, dann lässt man auch schon mal Leute umbringen?«

»Ich glaube, unser Gespräch ist beendet«, sagt Keller eisig.

»Im Gegenteil, ich fange gerade erst an.«

»Seien Sie vorsichtig, ich werde eine ganze Weile Innenminister sein.«

»Wollen Sie mir drohen?«

»Nennen Sie es, wie Sie wollen. Hauptsache, Sie verschwinden aus meinem Pool.«

»Was, denken Sie, wird passieren, wenn die Ermittlungen in Forsbergs Klinik losgehen? Glauben Sie nicht, dass Forsberg einknicken wird und gesteht, wer ihn beauftragt hat?«

Keller zuckt mit den Achseln. »Zum einen bin ich Abgeordneter des Bundestages und genieße Immunität vor Strafverfolgung. Außerdem könnte ich mir vorstellen, dass Professor Forsberg recht überzeugend darlegen kann, dass er das Opfer seines beträchtlichen Engagements für psychisch kranke Straftäter geworden ist. Der Mann hat ein Herz für diese traurigen Auswüchse unserer Spezies. Es liegt in der Natur der Sache, dass manche Dinge dabei nicht vorhersehbar sind. Eine Entscheidung, die zum einen Zeitpunkt richtig erscheinen mag, erweist sich hinterher vielleicht als ungeeignet. Ein guter Anwalt wird damit vor Gericht sicher auf wohlwollende Betrachtung stoßen.«

»Hören Sie sich eigentlich reden?«

»Sie werden lachen, das tue ich den ganzen Tag lang. Und jetzt gehen Sie bitte und nehmen Sie Ihre albernen CDs mit.«

»Sie finden die CDs albern?«

»Ich finde *Ihre* beiden CDs albern«, korrigiert Keller mit einem seifigen Lächeln. »Die zwei anderen CDs, die finde ich deutlich weniger albern.«

Sita nickt und erwidert das Lächeln. »Weil auf denen Ihre eigene Akte ist …«

»Das haben Sie gesagt.«

»… und weil Ihr Handlanger Beyer Ihnen diese beiden CDs bereits gebracht hat.«

»Ich weiß nicht, wovon Sie da reden«, erwidert Keller, lässt sich aber dennoch zu einem Grinsen hinreißen.

»Ich glaube«, meint Sita, »dann sind die beiden CDs, die ich Ihnen da hingelegt habe, doch nicht so albern. Es sind nämlich Kopien von Ihren CDs.«

Otto Keller runzelt die Stirn.

»Sie haben nicht damit gerechnet?«, fragt Sita.

»Sie bluffen«, erwidert Keller herablassend. »Die CDs sind passwort- und kopiergeschützt.«

»Nicht ganz. Passwortgeschützt trifft immerhin zu, aber klonen ließen sich die CDs trotzdem. Und Viola hat sich einige Zeit in ihrem Leben mit Computern und Kryptografie beschäftigt. Sagt Ihnen der Begriff Brute Force etwas?«

Keller steht schweigend im Pool. Sein Lächeln ist zerfallen. Zarte Dampfschwaden steigen rund um ihn auf. Sein Bauch ist eine leuchtende bleiche Kugel im Wasser.

»Viola hat ihn mir erklärt«, fährt Sita fort. »Brute Force ist eine Methode, die in rasend schnellem Tempo Passwörter durchprobiert. Und zwar mit jeder beliebigen Buchstaben-, Zahlen- und Zeichenkombination. Nicht etwa tausend oder zehntausend Kombinationen, sondern Hunderte von Millionen Kombinationen in rasender Geschwindigkeit. Es ist so, als würde man vor einem Schloss stehen und jeden Schlüssel, den es auf der Welt gibt, einmal hineinstecken – und zwar sehr schnell nacheinander. Es ist nur eine Frage der Zeit, bis der richtige Schlüssel gefunden wird. Und Zeit, davon hatte Viola wirklich jede Menge.«

Otto Kellers Gesicht ist zu einer Maske erstarrt.

Sita lässt ihm einen Moment Zeit, das Gehörte zu verarbeiten. »Ich gehe übrigens davon aus, dass sich auf den vier CDs auch Akten über Forsberg und über den Richter in Sonthofen befinden, der die Rechtmäßigkeit meiner Einweisung bestätigt hat. Möglicherweise hat ja auch Ihr Handlanger eine Akte. Die Polizei hat inzwischen auch seinen Namen ermittelt: Rupert Beyer. Und im besten Fall«, erklärt Sita, »finden wir sogar Informationen, die zwischen Ihnen und ihm eine Verbindung herstellen.«

»Eine Verbindung beweist noch lange nicht, dass ich ihn beauftragt habe«, presst Keller heiser hervor.

»Glauben Sie etwa, der Richter und Forsberg hätten noch etwas zu verlieren, wenn sie wissen, dass wir die Akten haben?«

»Zwischen einer Stasivergangenheit und der Verabredung zum Mord gibt es ein paar gewichtige Unterschiede. Das sollte Ihnen als Mitarbeiterin des LKA eigentlich klar sein.«

»Dann wird es Sie sicher interessieren, dass Ihr Handlanger gegenüber Viola und Tom sehr redselig war. Beyer dachte offenbar, dass er das Wettschwimmen gewonnen hat, und war der Meinung, dass Viola und Tom sterben würden und deshalb weder ihm noch Ihnen gefährlich werden könnten. Daher hat er wohl übersehen, dass Tom noch ein Handy bei sich hatte und die Aufnahmefunktion aktiviert war.« Sita fixiert Keller und hofft, dass er die Lüge schluckt. »Rupert Beyer«, setzt sie nach, »war recht freimütig bei der Nennung seines Auftraggebers.

Keller schnaubt. »Was auch immer dieser Beyer erzählt haben soll, es beweist nichts. Es gibt nichts Schriftliches, keine Zeugen für ein Treffen. Er könnte genauso gut behaupten, ich hätte den Auftrag zur Ermordung von Olof Palme gegeben. Kein Gericht würde mich dafür verurteilen können.«

»Und was ist mit Ihrem Chauffeur, der Sie nachweislich nach Tauenstein gefahren hat?«

»Und wenn schon«, knurrt Keller. »Ich hab einen alten Freund besucht. Wissen Sie, vielleicht schaffen Sie es, mich aus dem Amt zu jagen. Das ist ein Erfolg, das gebe ich zu. Und wenn es so kommt, sind Sie für immer ein Dorn in meinem Fleisch. Aber *mehr* werden Sie nie sein. Genießen Sie, was Sie erreicht haben, weiter kommen Sie nicht. Aber in Zukunft werden Sie sich immer umsehen müssen, und Sie werden sich Tag für Tag fragen, ob Sie sicher sind.«

Sita schüttelt müde den Kopf. »Sie drohen mir? Zum zweiten Mal? Glauben Sie, weder Ihre Drohungen noch die Aufnahmen von Beyers Aussagen würden vor Gericht eine Bedeutung haben?«

Otto Keller lächelt grimmig. »Ihnen hilft nur eins. Wenn ich vor Zeugen aussage, ich hätte Beyer beauftragt. Aber sehen Sie hier irgendwelche Zeugen?« Keller hebt die Arme aus dem Wasser und zeigt auf den leeren Garten, der den Pool umgibt. »Und wissen Sie was?«, sagt er giftig. »Spaßeshalber spreche ich es einfach aus: Ja, ich habe Beyer beauftragt, Viola zu finden. Ja, ich habe auch Forsberg beauftragt, Sie einzusperren. Und ich habe den Richter aufgefordert, dafür zu sorgen, dass Sie Tauenstein nie wieder verlassen. Ich habe sogar Forsberg angewiesen, nach einer Möglichkeit zu suchen, wie wir Sie ohne großen Lärm beseitigen können. Vielleicht etwas voreilig, schließlich hatten wir bei Klara Winter ja doch noch Verwendung für Sie. Aber spätestens dann, wenn klar ist, wo Viola und die Akten sind – und ich wünschte, er hätte es längst getan, dann würden Sie hier nicht so selbstgerecht vor mir stehen und mit dem Finger auf mich zeigen.« Keller holt tief Luft und starrt sie wütend an. »Und *obwohl* ich Ihnen das jetzt alles sage, wird es Ihnen nichts helfen. Geht das in Ihren kleinen hübschen Schädel? Stattdessen werden Sie damit leben müssen, dass Sie sich einen Feind gemacht haben, der nichts lieber möchte, als dass Sie im nächstbesten Krematorium enden.« Keller schiebt das Kinn vor und schaut sie herausfordernd an.

Sita schweigt. Nach einer Weile nickt sie und sagt leise: »Danke.« Dann wendet sie sich von ihm ab, schwimmt mit ein paar ruhigen Zügen zur Treppe, steigt aus dem Wasser, wohl wissend, dass Keller ihr nachschaut. Sie sammelt ihre Kleidung vom Beckenrand und nimmt ihr Handy in die

Hand, dessen Mikrofon sie sorgfältig auf die Mitte des Pools ausgerichtet hat. Sie stoppt die Tonaufnahme und drückt auf *Speichern*, dann streift sie sich ihre Sachen über.

Mit einem letzten kurzen Winken in Kellers Richtung verlässt sie den Poolbereich. »Grüßen Sie Ihre Frau«, ruft sie ihm zu. An der Hausecke bleibt sie noch einmal kurz stehen, schaut zum Innenminister, hebt ihr Handy hoch und ruft: »Wussten Sie übrigens, dass sich Schall über glatten Wasseroberflächen besonders gut überträgt?«

Otto Keller steht in der Mitte des Schwimmbeckens und starrt sie an. Sita speichert seinen Gesichtsausdruck in ihrem Gedächtnis und hofft, dass sie sich noch lange an jedes Detail seiner engleisten Züge erinnern kann. Dann geht sie um die Ecke, den Weg zum Tor entlang und verlässt zügig das Grundstück, noch bevor Keller die Sicherheitsleute auffordern kann, sie aufzuhalten oder ihr das Handy abzunehmen.

Die ersten paar Hundert Meter auf der Vespa kommen ihr noch vor wie eine Flucht.

Um das Gefühl loszuwerden, bleibt sie in der übernächsten Querstraße stehen und verschickt Kellers Geständnis an Jo Morten und zur Sicherheit auch noch einmal an Toms Mail-Account. Sie hat immer noch Zweifel, ob das Geständnis ausreichen wird, um Keller tatsächlich wegen Anstiftung zum Mord verurteilen zu können. Aber wenigstens sollte es reichen, um ihn für eine gewisse Zeit hinter Gitter zu bringen.

Die Baumstämme mit den hellen Warnstreifen wischen still vorbei. Ein paar Blätter segeln ins Licht des LED-Scheinwerfers. Sie ruft sich noch einmal den Gesichtsausdruck des Innenministers vor Augen. Sie muss daran denken, dass Elisabeth Keller ihr vor langer Zeit gesagt hat, dass ihr Mann eine Makarov in seinem Safe aufbewahrt, eine alte Pistole aus russischer Produktion. Für einen winzigen Moment ertappt sie sich dabei, sich vorzustellen, wie Otto Keller die Waffe gegen sich selbst richtet.

Bruckmann würde das gefallen.

Sie verscheucht den Gedanken und steuert die E-Vespa durch den Grunewald. Lautlos lässt sie die Villen hinter sich und Otto Keller in seiner blau schimmernden Infinitykloake.

Kapitel 63

Tom schlägt die Augen auf. Eine weiße Bettdecke, ein Tropf, medizinische Geräte; für einen Augenblick glaubt er, wieder in London zu sein. Doch im nächsten Moment ist die Erinnerung wieder da. Er liegt in der Charité in Berlin, nicht im St Thomas' Hospital. In den letzten eineinhalb Tagen ist er operiert worden, hat mehrere Bluttransfusionen bekommen, und es gibt keinen Körperteil an ihm, der nicht untersucht wurde.

Sein Blick fällt auf die Frau, die neben seinem Bett in einem Stuhl eingenickt ist. Durch die halb geschlossene Jalousie fällt mattes Licht auf ihr Gesicht. Sie muss gekommen sein, als er geschlafen hat. Violas Kinn ist auf ihr Brustbein gesackt, ihre Züge sind entspannt, ihre Haare widerspenstig nach vorne aufgestellt. Altrosa. Sie trägt ein schwarzes mittellanges Kleid, kräftige schwarze Schnürstiefel und eine ebenfalls schwarze Jeansjacke, auf die mit silbernem Garn *The Nightmare before Christmas* gestickt ist. Er hat immer noch Mühe, sich an den irokesenartigen Schnitt anstelle von Vis blonder Mähne zu gewöhnen. Was hat er sich nur gedacht? Dass seine kleine Schwester für immer seine kleine Schwester bleibt?

Tom angelt nach der Fernbedienung für sein Bett und fährt die Rückenlehne ein Stück nach oben. Das Surren des Elektromotors weckt Viola auf.

»Hey«, murmelt sie bei Toms Anblick. »Du bist wach.« Sie richtet sich im Stuhl auf.

»Wach ist übertrieben«, sagt Tom. Seine Kehle ist rau und

trocken. Auf dem Nachttisch steht ein Glas Wasser, und er trinkt einen Schluck. »Wie lange bist du schon hier?«

Viola schaut auf ihr Handy. »Oh, Mist, schon so spät.« Sie bemerkt Toms irritierten Blick. »Tut mir leid, ich ... schon eine ganze Weile. Ich war gestern auch hier, aber offensichtlich erwische ich immer die Momente, wo du schläfst.«

»Hab ein bisschen nachzuholen«, murmelt Tom. »War etwas viel, die letzten Wochen.«

Viola nickt, als wüsste sie, wovon er redet. »Ich hab mit Finja und Jillian gesprochen – und mit der Polizei. Ich bin halbwegs im Bild. Wie geht's dir?«

Tom zuckt mit den Achseln. Die spontane Bewegung spannt an seiner frisch genähten Wunde, und er zieht eine Grimasse. »Wie soll's mir schon gehen«, stöhnt er und lächelt dann. »Ich hab meine Schwester wiedergefunden, nach dreiundzwanzig Jahren.«

Violas Mundwinkel zucken, in ihren Augen glänzen Tränen. Sie steht auf und kommt zu ihm ans Bett. Wortlos umarmt sie ihn.

»Bist du verletzt, wie geht's dir?«, fragt Tom.

Sie schüttelt den Kopf. »Lass mal den großen Bruder stecken. Dir geht's, glaube ich, deutlich schlechter als mir.«

»Einmal großer Bruder, immer großer Bruder«, sagt er.

»Verdammt«, lächelt sie. »Da haben wir uns gerade wiedergefunden, und schon fängst du an zu nerven.«

Tom spürt, wie ihm vor Glück das Wasser in die Augen steigt. Eigentlich wollte er fragen, wie es ihr damit geht, dass ausgerechnet Walter Bruckmann ihr Vater ist, sofern Bruckmann die Wahrheit gesagt hat, doch er hat das Gefühl, diese Frage nicht stellen zu können. Er will den Moment nicht zerstören, und er hat Angst davor, was die Antwort auf diese Frage mit Viola und ihm macht. »Kannst du dich daran erinnern, wie du mich damals mit Betaisodona verarztet hast, diese kleine grüne Flasche mit dem braunen Zeug?«

Sie grinst verhalten. »Du hattest 'ne ziemliche Schramme am Rücken und hast auf harter Kerl gemacht. Ich hab dich so bewundert. Und ich war *so* sauer, dass ich nicht mit zur Brücke durfte.«

Tom nickt und schweigt einen Moment. »Als deine Tochter zehn Jahre alt war«, sagt er schließlich, »hättest du sie zu so einer Aktion mitgenommen? Ich meine, die Brücke war über zehn Meter hoch, oder zwölf, sie war gesperrt und –«

»Ich bin nicht deine Tochter.«

»Aber ich war für dich verantwortlich. Schon immer.« Er schaut zum Fenster hinaus. Die Jalousie schneidet den Himmel in Streifen. Berlin ist trüb und wolkenverhangen. »Ich hab tausend Fragen an dich«, stöhnt er. »Was ist passiert, nach dieser furchtbaren Nacht? Wie lange hat Papa dich unter dem Schuppen versteckt?«

»Ich denke, etwa sechs Wochen.«

»Sechs Wochen? Ich fass es nicht. Du warst direkt in meiner Nähe, und ich habe nichts davon mitbekommen.«

»Glaub mir, das waren die längsten sechs Wochen meines Lebens. Ich war so verängstigt, ich konnte kaum schlafen, und wenn, dann hab ich ständig geträumt. Von Bruckmann, von der Pastorin, von dem Feuer und den Schreien dieser Frau, die in dem Haus verbrannt ist.«

»Wie konnte er das machen? Dich da unten einsperren! Du warst ein Kind.«

»Er wollte mich beschützen, Tom. Ich hab ihm erzählt, was ich gesehen habe, und ihm war klar, wozu Bruckmann fähig ist.«

Bruckmann, der Mann, der dein Vater ist, denkt Tom. Ob es einen Unterschied gemacht hätte, wenn Bruckmann das schon früher gewusst hätte? »Weißt du, dass Bruckmann einen Tag nach deinem Verschwinden bei uns im Haus war?«, fragt Tom.

Viola schüttelt den Kopf.

»Papa hat dich vermisst gemeldet, und Bruckmann war damals schon bei der Polizei. *Er* hat die Ermittlungen geleitet. Also ist er zu uns ins Haus gekommen. Bruckmann hat jeden Winkel durchsucht, glaube ich. Sogar den Schuppen. Und ich war ihm dankbar dafür. Ich hab gehofft, dass er dich irgendwie findet. Damals habe ich beschlossen, Polizist zu werden. Ich wollte sein wie Bruckmann und nach dir suchen.«

Viola schluckt und schaut einen Moment beiseite. »Ich hatte keine Ahnung ...«

»Und Papa hat die ganze Zeit nur eine Rolle gespielt«, sagt Tom bitter. »Er hätte es mir sagen müssen. Wenigstens danach. Ich bin beinah verrückt geworden. Ich hätte bei dir sein können, da unten. Du hättest weniger Angst gehabt, ich hätte gewusst, wo du bist ... Warum zum Teufel hat er mir nichts gesagt?«

Viola nimmt seine rechte Hand – die linke ist mit einem dicken Verband umwickelt – und drückt sie. »Wir können ihn nicht mehr fragen ...«, sagt sie leise.

Tom holt tief Luft und wird sofort mit einem scharfen Schmerz an der Seite bestraft. »Was hat dir Papa denn erzählt? Ich meine, irgendetwas muss er dir doch gesagt haben, wann er dich dort wieder rauslässt.«

»Er hat nur gesagt, dass ich eine Weile dortbleiben müsse, bis es wieder sicher sei. Ich dachte immer, es ist bald vorbei und dann wird alles wie immer. Bis er mich dann nach Göteborg mitgenommen hat.«

»Göteborg?«, fragt Tom.

»Papa hat mir damals erzählt, er würde jemanden in

Schweden kennen, aus seiner Zeit, in der er als Kulturbeauftragter für den Friedrichstadt-Palast gearbeitet hat. An den Namen kann ich mich nicht mehr erinnern, aber er war wohl bis zum Mauerfall schwedischer Botschafter in Berlin und gehörte dann später der schwedischen Regierung an. Er war Papa wohl etwas schuldig.«

»Das heißt, du warst danach in Schweden?«

»Nein, in Göteborg habe ich von Papa einen neuen Pass bekommen, auf den Namen Shona Miller.«

»Einen schwedischen Pass auf Shona Miller?«

Viola zuckt mit den Schultern. »Er hatte von Anfang an vor, mich in England unterzubringen, bei einer Freundin, die er – wie den Botschafter – noch aus der Zeit am Friedrichstadt-Palast kannte. Eine ehemalige Tänzerin, Jana Salzinger. Nach der Wende sind viele vom damaligen Ensemble fortgegangen, alle waren froh, endlich rauszukommen. Jana zog nach London, hat dort gearbeitet und war ein paar Jahre mit einem Architekten verheiratet. Benjamin Miller. Die Ehe scheiterte, weil Jana keine Kinder bekommen konnte.«

»Und du bist bei dieser Jana Miller untergekommen und hast in London gelebt? Die ganze Zeit? Und das ist nie jemandem seltsam vorgekommen?«

Viola schnaubt und zuckt erneut mit den Schultern. »Na ja, man glaubt, was man sieht, oder? Ich hatte einen Pass. Alles schien ganz selbstverständlich. Wenn jemand gefragt hat, dann war ich Janas Nichte, und sie hatte mich adoptiert. Ihre Schwester sei ausgewandert und bei einem Autounfall ums Leben gekommen. Die ersten drei Jahre hab ich stillgehalten und mitgemacht. Da dachte ich noch, Papa holt mich irgendwann wieder nach Hause. Danach habe ich Jana zur Weißglut getrieben. Als Teenager hab ich wirklich alles dafür getan, irgendwie aus der Rolle zu fallen. Ich bin von drei Schulen geflogen, ich bin nachts abgehauen, hab mich heimlich in Clubs herumgetrieben. Jana hatte sich anfangs wohl vorgestellt, dass ich so eine Art späte Wunscherfüllung für sie bin. Später war ich nur noch das Kind, das sie nie haben wollte. Im Nachhinein tut sie mir wirklich leid. Sie hat es versucht, nicht gerade besonders geschickt, aber ich hab ihr auch keine Chance gelassen. Mit achtzehn war ich dann weg ... also, nicht aus London, aber von ihr.«

»Unglaublich«, murmelt Tom. »Weißt du, dass wir dich beerdigt haben? Im Teltowkanal wurde ein Mädchen gefunden, in deinem Alter, sie war ertrunken.«

Viola nickt. »Papa hat mir das später einmal erzählt. Ich hab so gedrängelt zurückzukommen. Und dann meinte er, das würde nicht gehen.«

»Angeblich wurde sogar ein DNA-Abgleich gemacht«, sagt Tom.

»Davon hat Papa nie was erzählt. Ich weiß nur, dass man das Mädchen kaum mehr erkennen konnte. Papa ist dann zur Gerichtsmedizin gefahren und hat mich identifiziert. Hinterher hat er gesagt, dass Bruckmann wohl Verdacht geschöpft hätte. Es gab damals ein polnisches Mädchen, elf Jahre alt, das mit seinen Eltern Urlaub auf einem Campingplatz am Kanal gemacht hatte, ich meine, sie hieß Bozana. Sie wurde ebenfalls vermisst. Aber Bruckmann hat sich trotz seiner Zweifel entschieden, Papa zu glauben. Im Nachhinein hat Papa das noch mehr Angst gemacht. Er dachte, wenn ich offiziell bereits tot bin, ist es für Bruckmann vielleicht einfacher, mich zu beseitigen, wenn er mich findet. Möglicherweise hat Bruckmann auch genau deshalb der falschen Identifizierung nie widersprochen.«

»Und du?«, fragt Tom. »Hast du nie daran gedacht, einfach zurückzukommen?«

»Anfangs, ja. Besonders wenn ich verzweifelt oder wütend war. Allein der Gedanke hat mich irgendwie gerettet. Aber ich hab es nie ernsthaft überlegt, dafür hat mir der Mut gefehlt.«

Tom mustert Viola, ihre Frisur und ihre Kleidung, und er muss daran denken, wie sie im Schuppen Bruckmann attackiert hat, und das, obwohl er behauptet hat, ihr Vater zu sein – oder vielleicht auch gerade deswegen.

Viola bemerkt seinen Blick und lächelt schief. Ihre Augen bleiben dunkel und ernst. »Vielleicht hört sich das jetzt alles so an, als wäre ich ein durchgeknallter Teenager gewesen, der sein Ding durchgezogen hat, aber eigentlich war ich genau das Gegenteil, ich war zutiefst verängstigt. Diese Nacht damals, und dann die Wochen danach in dem Fluchtkeller ... Papa hat mir so sehr eingebläut, dass ich in permanenter Gefahr schwebe, dass ich mich nie zurückgetraut hätte. Vermutlich habe ich deshalb auf jede andere Art Krawall gemacht, die mir nur einfiel. Und später, als Bruckmann immer weiter bei der Polizei aufstieg, wurde das Problem ja immer noch größer.«

»Was ist mit den Akten?«, fragt Tom. »Wäre das nicht vielleicht eine Möglichkeit gewesen zurückzukommen? Hättest du sie nicht einsetzen können?«

»Uns war lange Zeit nicht klar, was genau auf diesen CDs ist. Wir wussten nur, dass sie passwortgeschützt sind. Also musste es irgendwie wichtig sein. Irgendwann wollte ich Gewissheit, das war vor gut zwei Jahren. Tatsächlich war es das einzige Mal, dass ich wieder in Deutschland war. Damals habe ich die CDs geklont und die Duplikate mitgenommen. Die Originale habe ich im Keller unter dem Schuppen gelassen.«

Tom schweigt einen Moment lang betroffen. »Warum hast du dich damals nicht bei mir gemeldet?«

»Du warst Polizist, Tom. Und Bruckmann dein Chef. Und dann ist auch noch diese Geschichte auf der Berlinale passiert, und Finja war mittendrin. Ehrlich gesagt, ich hab Panik bekommen und bin so schnell wie möglich wieder zurück.«

»Verstehe«, murmelt Tom. »Und die Akten?«

»Als ich zurück in London war und die Verschlüsselung geknackt hatte, wurde mir klar, was ich da in den Händen hielt. Das Ganze war politisch so brisant, es gab so viele Namen und so viele Leute, die etwas zu verlieren hatten, dass ich heilfroh war, in England unter einem anderen Namen zu leben. Und die Akten zu benutzen, um mir damit die Freiheit zu erkaufen oder irgendeinen fragwürdigen Deal mit irgendjemand zu machen, das erschien mir viel zu riskant. Ich hab eine Tochter. Ich hab ein Leben in England. Und ich hab mich so lange versteckt, dass ich mich inzwischen daran gewöhnt habe. Ich kenn es nicht anders.« Sie nimmt erneut Toms Hand und drückt sie. »Nimm's mir nicht übel«, sagt sie leise, »aber ein Teil von mir wollte, dass du mich niemals findest.«

Tom schluckt und muss daran denken, wie wütend Viola ihn angestarrt hat, als sie sich zum ersten Mal begegnet sind.

»Kannst du das verstehen?«

Für einen Moment ist es still im Zimmer. Tom schaut auf Violas Hand, die auf seiner liegt. Am Ringfinger trägt sie einen breiten schwarzen Ring.

»Was ist mit Finjas Vater?«, fragt er.

Sie lächelt und hebt die Hand mit dem Ring hoch. »Ist kein Ehering, falls du das meinst. Den hat Finja mir geschenkt. Seitdem ziehe ich ihn nicht mehr aus.« Sie schweigt einen Augenblick. »Ihr Vater ist eine andere Geschichte, lass uns bitte jetzt darüber nicht reden.«

»Und Bruckmann?«, fragt Tom. »Darüber sollten wir reden.«

Viola zuckt mit den Schultern. »Muss ich nicht«, sagt sie trotzig. »Ich lass nicht zu, dass der sich noch mal in mein Leben drängt. Egal, was er ist oder nicht ist.«

»Ich glaub nicht, dass du so deine Albträume loswirst«, erwidert Tom vorsichtig.

Sie schaut ihn an, schlägt die Augen nieder und will etwas entgegnen, als ihr Handy klingelt. »Oh«, meint Viola. »Mein Flug geht bald, ich muss los.« Viola stellt den Alarm aus und steckt das Handy wieder ein. »Ich muss zu Finja, und die Polizei in London will mich sprechen.« Verlegen schaut sie Tom an, der sichtlich irritiert von dem plötzlichen Gesprächsabriss ist.

»Kommst du mich besuchen, wenn du hier raus bist?«

Er nickt.

»Und dann erzählst du mir deinen Teil der Geschichte?«, fragt sie.

Wieder nickt er. »Aber Bruckmann wird uns dabei nicht erspart bleiben.«

Viola stößt einen tiefen Seufzer aus. »Ist okay. Solange du dabei bist.« Dann umarmt sie ihn so impulsiv und kräftig, dass er aufstöhnt. »Oh, entschuldige«, lacht sie mit Tränen in den Augen.

»Ich hab so lange auf diese Umarmung gewartet, da ist das bisschen Schmerzen egal«, sagt er.

»Mein großer starker Bruder.« Sie nimmt sein Gesicht in ihre Hände.

»Meine große starke Schwester«, erwidert Tom und küsst sie auf die Wange.

Viola lächelt. Ihr Kinn bebt. »Wenn ich jetzt nicht schnell gehe«, flüstert sie, »dann muss ich, glaub ich, furchtbar flennen.«

2 Wochen später

Kapitel 64

»Brrrroom, Ftsssschh.« Ein paar Spucketröpfchen fliegen aus Phils Mund. Mit großen leuchtenden Augen betrachtet er das Ungetüm, das rückwärts in den Garten gesetzt und mit seinen großen Reifen den feuchten Rasen aufgewühlt hat. Es ist diesig, und die Furchen sind dunkel. Die Hydraulik ächzt, als sich die Ladefläche des Kipplasters schräg aufstellt. Dann, mit einem Mal, löst sich die Erde und rutscht polternd von der Schütte in die ausgehobene Grube, wo vor Kurzem noch der Schuppen stand. Tom und Phil stehen beieinander am Haus und beobachten das Spektakel. Phil drückt fest seine rechte Hand; seine linke ist immer noch verbunden. Die kleine warme Kinderhand ist ihm lieber als all das, was derzeit um ihn herum passiert. Er hat sämtliche Interviews abgelehnt. *Morgenpost*, *Der Spiegel*, dpa, ARD, ZDF, verschiedene Privatsender und Radiostationen. Ein Streamingdienst hat ihm bereits zweihunderttausend Euro für die Exklusivstory geboten. Doch er will sich weder zu Bruckmanns Tod noch zu Viola oder den Stasiakten äußern, die im ganzen Land Wellen schlagen.

Der alte Schuppen ist erst gestern von einem Abrissunternehmen niedergerissen worden, ebenso wie der Boden und die Treppe, die nach unten geführt hat. Übrig geblieben ist ein quadratisches Loch, das sich jetzt bis zum Rand mit Erde füllt. Ein paar letzte Kiesel klackern die leere Schütte hinunter.

Der Streamingdienst hatte hier drehen wollen. Am Originalschauplatz, hieß es.

Der Fahrer will noch eine Unterschrift von Tom und lässt Phil einmal auf den Fahrersitz klettern.

Der Weihnachtsmann wird wohl einen Kipplaster bringen.

Zurück im Haus, gibt es Kakao in der Küche. Gertrud hat eine kleine Espressomaschine gekauft und stellt Tom wie selbstverständlich eine dickwandige kleine weiße Tasse mit einem frischen Kaffee auf den Tisch. Die Crema ist dünn, aber der Espresso wunderbar stark.

»Danke«, sagt Tom. Er ist vorübergehend bei Gertrud untergekommen, der Mietvertrag für seine neue Wohnung beginnt erst in fünf Wochen.

Gertrud nickt. Dort, wo der Gewehrkolben sie getroffen hat, sind ihre Haare abrasiert worden. Auf der Kopfhaut sieht man immer noch die Schwellung und die Wunde. Sie hat mehrere Tage mit Verdacht auf ein Schädel-Hirn-Trauma im Krankenhaus verbracht, doch die Folgen des Schlages blieben am Ende überschaubar. So ist sie bereits mehrere Tage vor Tom entlassen worden.

»Bist du sicher, dass du da hinwillst?«, fragt Gertrud und schaut ihn besorgt an.

»Die werden mich schon nicht verhaften«, erwidert Tom. »Ein oder zwei Vernehmungen im Yard, und das war's. Inzwischen ist für die Kollegen in London klar, wer Marvin getötet hat. Außerdem will ich unbedingt Viola und Finja sehen.«

»Wann geht dein Flieger?«

»Erst um fünf.« Tom sieht Phil an, der eine Sahnekrone auf seiner Oberlippe hat.

»Fliegsu nach Amerika, wie ich?«, nuschelt Phil.

»Nein, nach England«, lächelt Tom.

»Warum?«

»Weil da im Herbst so tolles Wetter ist«, lügt Tom. Gertrud rollt mit den Augen und schmunzelt.

»Und wegen der Polizei«, stellt Phil fest. Tom seufzt. Er muss daran denken, wie oft er und Viola es Werner übel genommen haben, dass er sie vor der Wahrheit schützen wollte. Wann sollte man anfangen, seinen Kindern die Wahrheit zu sagen? Phil ist noch nicht einmal vier und hat schon ein erstaunliches Gefühl dafür, wann etwas nicht stimmt.

»Wie war's denn eigentlich in Amerika, mein Schatz?«, erkundigt sich Gertrud.

»Groß«, erwidert Phil ernst und leckt sich umständlich die Sahne von der Lippe.

»War Amanda nett?«, fragt Tom.

»Joah«, meint Phil. »Das Haus von Onkel Brad ist soo groß, und es hat ein Schwimmbecken, und da scheint fast immer die Sonne, Mama und ich sind jeden Tag geschwommen.«

Tom spürt einen Stich in der Brust. Ursprünglich hatte er Anne und Phil nach Kanada geschickt, zu seiner Jugendfreundin Nadja, die dort seit einer Weile mit ihrer Familie in Toronto lebt. Anne und Phil sollten möglichst weit weg von Deutschland und Bruckmann sein. Dass Anne nach ihrem Streit alles umgeworfen hatte und, ohne mit ihm zu sprechen, zu Amanda Lee in die USA geflogen war, macht ihm zu schaffen.

Draußen ertönt ein mehrmaliges kurzes Hupen.

»Ich glaube, das ist deine Mama«, murmelt Tom. Phil springt auf und läuft zum Fenster. »Ja, Mama«, kräht er, hibbelt auf den Zehenspitzen herum und winkt zu dem silberfarbenen Ford, der auf der anderen Straßenseite geparkt hat. »Aber sie kommt nicht raus.«

»Bringst du bitte Phil zu ihr?«, wendet sich Tom an Gertrud.

»Na hör mal, jetzt sei kein Feigling«, entrüstet sich Gertrud. »Wie lange wollt ihr das noch durchziehen?«

»Was ist ein Feigling?«, fragt Phil.

»Es macht gerade einfach keinen Sinn«, seufzt Tom. »Nicht hier und jetzt.« Er deutet auf Phil. Seit Anne wieder zurück in Deutschland ist, gibt es kein Gespräch zwischen ihnen, das nicht im Streit endet. Anne fühlt sich betrogen. Vielleicht war es ein Fehler, ihr von Jillian zu erzählen. Doch eigentlich liegt die Ursache tiefer. Im Grunde hat er sie nicht mit Jillian betrogen, sondern mit Viola. Seine jahrelange, oft heimliche Suche nach ihr, all die Stunden, die Nächte, die Aufmerksamkeit, und vor allem die Risiken, die er auf der Suche nach Viola eingegangen ist. Als er nach Bruckmanns Tod ins Krankenhaus gebracht wurde, hat er gedacht, dass nun alles anders werden würde. Vi war aus seinem Kopf verschwunden, seit er Viola endlich gefunden hat; er war wie befreit.

Doch für Anne scheint die Tatsache, dass Viola zurück in seinem Leben ist, nichts besser zu machen. Sie hat sich für ihn gefreut, ja, aber im Grunde hat sie das Gefühl, Viola und Finja würden einen so großen Platz in seinem Leben einnehmen, dass für sie und Phil zu wenig bleibt. Ein Irrtum, gerade was Phil angeht! Aber Tom weiß, er ist selbst schuld daran. Über all die Jahre hat er ihr das Gefühl gegeben, Viola sei ihm das Wichtigste, und zuletzt hat er Anne und Phil allein nach Kanada geschickt – aber um Viola hat er sich persönlich gekümmert.

»Papa, was ist ein Feigling?«, fragt Phil erneut.

»Jemand, der sich vor seinen Gefühlen versteckt«, murmelt Tom und schaut zu dem silbernen Ford.

Phil runzelt die Stirn und versucht, die komplizierte Antwort zu entschlüsseln. Anne ist immer noch nicht ausgestiegen.

»Ich bringe ihn zu ihr«, seufzt Gertrud und steht auf.

»Papa, ich will bei dir bleiben.« Phil läuft zu ihm und umklammert seine Hüfte mit aller Kraft. Tom hebt ihn hoch, drückt ihn an sich und prustet ihm an den Hals. Phil gluckst und strampelt und wehrt sich zugleich. Noch ein Jahr, und er wird sagen, dass er zu alt dafür ist. »Komm, ich bring dich zu Mama«, sagt Tom.

Draußen am Wagen ist die Luft kühl. Annes Miene hellt sich auf, als sie Phil begrüßt. Sie witzelt mit ihm herum, setzt ihn auf den Rücksitz und schnallt ihn in seinem Kindersitz fest. Tom beobachtet sie dabei. Jede ihrer Bewegungen ist ihm vertraut, und doch ist da auch etwas Fremdes.

Sie schaffen es, sich gut voneinander zu verabschieden. Gerade als Anne einsteigen will, kommt sie noch einmal zu ihm zurück. »Tom?« Sie nimmt seine Hand. »Meldest du dich, wenn du zurück bist?«

»Ich dachte, du bist froh, wenn du erst mal nichts von mir hörst.«

»Ich bin froh, wenn ich das *Richtige* von dir höre«, entgegnet Anne. Ihr Blick ist eine Mischung aus Bitte und Mahnung.

»Wegen Jillian, meinst du?«

»Triffst du sie?«

»Ja, vermutlich. Aber das ist vorbei«, sagt Tom und ist selbst überrascht von der Klarheit, mit der ihm dieser Satz über die Lippen kommt.

Anne nickt, sie hält noch immer seine Hand. Phil drückt seine Nase von innen an die Scheibe. Sie schluckt etwas hinunter, von dem er nicht weiß, was es ist. Ihre Wut und Enttäuschung der letzten Tage scheinen etwas verraucht zu sein, und sie wirkt unsicher. »Und das mit uns?«, fragt sie.

»Wir drei sind eine Familie«, sagt Tom und zwinkert Phil zu. »Wenn's um ihn geht, mein ganzes Leben lang. Aber ob wir beide noch eine Familie sind …« Er sieht Anne in die Augen und verspürt die gleiche Klarheit wie vorhin bei Jillian, nur dass er sie nicht ganz so klar aussprechen kann. »Ich weiß nicht, ob ich noch einen Weg zurückfinde.«

Annes Mund wird schmal. »Meld dich, wenn du zurück bist, okay?«

»Okay«, sagt Tom.

Als sie einsteigt und den Wagen startet, weicht sie seinem Blick aus. Phil winkt ihm, bis der silberne Ford um die Ecke biegt.

Zwei Stunden später klingelt es an der Tür.

»Stör ich?«, fragt Sita. Ihr Gesicht ist wieder etwas voller, auch wenn ihr die Strapazen der letzten Wochen noch deutlich anzusehen sind.

»Komm rein«, erwidert Tom.

Sita tritt sich die feuchte Erde unter den Sohlen auf der Fußmatte ab. »Du betreibst Vergangenheitsbewältigung?« Sie deutet mit einem Kopfnicken Richtung Garten. Der Lkw hat nicht nur tiefe Furchen auf dem Rasen hinterlassen, sondern auch eine lehmige Schmutzspur auf der Straße.

»Sofern man zuschütten als Bewältigung gelten lassen kann, ja.«

»Musik in den Ohren einer Psychologin«, meint Sita und tritt ein.

Kaum sitzen sie beide am Küchentisch, zieht es Gertrud ebenfalls in die Küche. »Ach, hallo!«, sagt sie freudig bei Sitas Anblick, als hätte sie gerade erst zufällig festgestellt, wer da gekommen ist. Sita begrüßt sie, schaut Tom an und lächelt still. Er ist dankbar, dass sie ihn gerade nicht fragt, wie es ihm geht. Sita reicht ein Blick – und dass sie hört, was er sagt und was er nicht sagt. So war es auch die beiden Male, als sie ihn im Krankenhaus besucht hat.

»Wie geht's dir?«, fragt Gertrud Sita.

Sita zuckt mit den Schultern. Nicht, dass sie es nicht wüsste, aber die Antwort wäre ein Buch. Gertrud hält die Stille nur kurz aus. »Sag mal, dieser Kollege von dir«, sagt sie, »der Dürre mit den Zigaretten …«

»Morten. Jo Morten, mein Vorgesetzter.«

»Ist der eigentlich verheiratet?«

Sita schaut sie irritiert an.

»Um Gottes willen, nicht, was du denkst.« Gertrud hält sich mit ausgestreckten Händen einen imaginären Morten vom Leib. »Ich frage nur, weil er solche Stielaugen gemacht hat, als ich …« Sie reckt sich ein wenig und weist mit einer leichten Handbewegung auf ihren Oberkörper.

»Hat er?«, fragt Tom.

»Hat er«, meint Sita lakonisch. »Und er *ist* verheiratet. Du hast es aber auch wirklich darauf angelegt.«

Tom stutzt und fragt sich, ob er die Situation gerade richtig deutet.

»Jetzt guck nicht so«, beschwert sich Gertrud. »Als wenn ich so eine wäre. Ich hab nur versucht, die Polizisten vor der Tür abzulenken.«

»Aha«, sagt Tom ratlos.

»Was heißt denn hier aha?«, entgegnet Gertrud spitz. Das Missverständnis, das sie selbst erzeugt hat, scheint sie zu ärgern. »Du musst gerade reden, mit dieser Jillian. Das hat deine Chancen bei Anne nicht gerade verbessert.«

»Wer verdammt hat dir das erzählt?«, fragt Tom.

Gertrud öffnet den Mund – und schließt ihn wieder.

Natürlich, Anne, denkt Tom. Wer sonst.

»Jillian Harris? Deine Ärztin?« Sita wirft Tom einen Blick zu.

»Ich glaube, das gehört hier jetzt nicht hin, oder?« Tom schaut von Sita zu Gertrud und wieder zurück. Sita wirkt verstimmt, und Tom fragt sich, ob hier jetzt plötzlich alle für Anne Partei ergreifen. »Gibt's was Neues im LKA?«, fragt er, um das Gleis zu wechseln.

Sita quittiert den allzu offensichtlichen Themensprung mit erhobenen Brauen. »Dass der Bundestag Otto Kellers Immunität aufgehoben hat, weißt du, oder?«

Tom nickt. »Ja, und dass er notgedrungen zurückgetreten ist, auch. Ich hab's gestern Abend in den Nachrichten gesehen. Unglaublich, dass er sich trotz der Veröffentlichung seiner Stasiakte noch so an sein Amt geklammert hat. Dazu kommen ja noch Bestechung, Nötigung, Amtsmissbrauch und Anstiftung zum Mord. Wenn dieser Scheißkerl nicht Bowie beauftragt hätte, würde mein Vater noch leben. Er hat vier Tote auf dem Gewissen – und es hat nicht viel gefehlt, und er hätte Viola und mich auch noch umgebracht.«

»Dieser scheinheilige Dreckskerl«, sagt Sita. »Wisst ihr, was er bei seinem Geständnis am Pool vorausgeschickt hat? Er meinte: ›Spaßeshalber spreche ich es einfach aus.‹ Und genau darauf berufen sich jetzt seine Anwälte. Es sei kein Geständnis, es sei lediglich eine scherzhafte Behauptung gewesen.«

»Und damit kommt er durch?«, fragt Tom wütend.

»Ich hoffe nicht. Unstrittig ist, dass er Rupert Beyer alias Bowie beauftragt hat. Die Frage ist nur, was genau der Auftrag war. Im Moment redet er sich darauf hinaus, dass sein Handlanger psychotisch gewesen sei, er habe ihm einzig und allein den Auftrag gegeben, nach seiner alten Stasiakte zu suchen. Von Beyers Methoden habe er keine Ahnung gehabt. Laut Staatsanwalt ist das aber eine Schutzbehauptung. Keller hätte spätestens nach den Morden in der U-Bahn über die Methoden seines Handlangers Bescheid wissen müssen. Die Tatsache, dass Beyer auch nach diesen

Morden noch Geld bekommen hat – unter anderem auch, um Jillian Harris zu bestechen –, ist ein starkes Indiz für die Billigung der Verbrechen durch Keller, möglicherweise sogar für die Beauftragung. Der einzige Haken ist, dass die Zahlungen an Beyer wohl über Kanäle liefen, die sich Keller noch nicht eindeutig zuordnen lassen. Die IT-Abteilung ist dran. Aber wenn es schlecht läuft, dann kann Keller nur für die Taten nach den Morden in der U-Bahn mitverantwortlich gemacht werden.«

Tom ringt still um Beherrschung und beißt die Zähne aufeinander. Wenn er am Polizist sein etwas besonders gehasst hat, dann immer wieder mit ansehen zu müssen, wie die Drahtzieher davonkommen.

»Dieses Schwein hat Werner umbringen lassen, und jetzt will er sich rauswinden?« Gertrud ist blass vor Wut. Sie steht hinter Sita am Waschbecken und ringt die Hände umeinander.

»Er wird nicht davonkommen.« Sita streckt die Hand nach ihr aus und berührt sie am Arm. »Es wird nur ein sehr, sehr langer Ritt. Keller ist mit allen Wassern gewaschen. Aber am Ende kriegen wir ihn.«

»Dein Wort in Gottes Ohr«, knurrt Gertrud. Sie geht zum Küchenschrank und holt eine ungeöffnete Flasche Cognac hervor. Dann bemerkt sie Sitas Blick.

»Oh, Mist«, nuschelt Gertrud, »ich wollte nur ...« Sie dreht sich um und stellt die Flasche zurück in den Schrank.

Sita verzieht den Mund und schaut zu Boden. »Schon gut. Ist ja mein Film, nicht deiner.«

»Tut mir leid«, sagt Gertrud.

Es wird kurz still in der Küche.

Tom räuspert sich. »Sag mal, was ist eigentlich mit Forsberg?«

»Oh, der.« Sita lächelt grimmig. »Den hat's erwischt. Sowohl er als auch der Richter in Sonthofen sind über ihre früheren Stasiaktivitäten gestolpert. Beide mussten ihren Posten verlassen. In Zusammenarbeit mit dem Bundesbeauftragten für Stasiakten sind wir immer noch mit der Aufarbeitung beschäftigt. Bisher haben die Kollegen der Kommission knapp ein Drittel der Akten sichten können. In über dreihundert Fällen haben wir Leute ausmachen können, die in Machtpositionen aufgestiegen sind. Staatsanwälte, Baudezernenten, Stadtdirektoren, Richter, Klinikleiter, Mitarbeiter beim BND, sogar ein Vorstand bei der Bundesbank, aber auch Leute in der zweiten Reihe, die Einfluss haben ... Die Liste nimmt kein Ende. Die Kollegen sprechen nur noch von den Babylon Papers. Fast jeden Tag kippt ein neuer Stuhl.«

Babylon Papers. Tom bereitet es Unbehagen, wenn er den Namen seiner Familie im Zusammenhang mit den Akten hört, doch seit der Terminus vor ein paar Tagen zum ersten Mal in den Medien aufgetaucht ist, lässt er sich nicht mehr zurückholen.

»Du fliegst heute Abend?«, fragt Sita.

»Ja. Um fünf«, sagt Tom mit Blick auf sein Handy. Es ist kurz nach eins.

»Wie geht's dir dabei?«

Tom sieht einen Moment schweigend aus dem Küchenfenster. Von hier aus hat man bis gestern noch den Schuppen gesehen. »Mir geht dieser eine Satz von ihr nicht aus dem Sinn«, murmelt er.

»Welcher Satz?«

»Es ist besser, du findest mich nie, hat sie gesagt.«

»Das ist doch Unsinn«, mischt sich Gertrud ein. »Das hat sie nicht so gemeint.«

»Sie hat es genau so gemeint, und sie hat recht gehabt.«

»Tom, bitte! Das –«

Sita hebt ihre Hand und stoppt Gertrud.

»Ich habe Beyer und damit auch Keller überhaupt erst zu Viola geführt. Wegen mir ist ihr Freund Marvin gestorben, und ich will gar nicht daran denken, was Finja und Viola passiert wäre, wenn sie nicht sofort die Wohnung verlassen hätte.«

Sita fasst über den Tisch und legt ihre Hand auf seine. »Tom? Tust du mir bitte einen Gefallen?«

Er hält ihren Blick nur kurz aus und muss aus dem Fenster sehen.

»Ersetzt du bitte nicht deine alten Schuldgefühle durch neue?«

»Hm? Wie meinst du das?«

Sita wendet sich Gertrud zu. »Kannst du uns bitte einen Moment allein lassen?« Gertrud schluckt die Worte hinunter, die ihr auf der Zunge liegen. »Gut, ich wollte sowieso staubsaugen«, brummt sie. »Aber beklagt euch nicht, wenn's zu laut wird.« Sie verlässt die Küche und geht ins Wohnzimmer, die Tür bleibt einen Spaltbreit offen.

Sitas Hand liegt immer noch auf seiner. »Früher hast du dich immer schuldig gefühlt«, beginnt Sita, »weil du Viola von dem Schlüssel erzählt hast. Du hast immer gedacht, sie ist wegen dir verschwunden. Aber eigentlich ist sie wegen Bruckmann verschwunden oder weil sie zu neugierig war. Weil sie eine Grenze überschritten hat, als sie so spät und ganz allein mit dem Schlüssel losgezogen ist. Deshalb ist sie in all das hineingeraten. Sie ist mitverantwortlich. Sie ist verschwunden, weil dein Vater sie schützen wollte, vor einem, wie er wusste, skrupellosen Verbrecher. Und vielleicht – ganz vielleicht – wollte dein Vater sie nicht nur schützen; vielleicht hat sogar der Gedanke eine Rolle gespielt, dass sie nicht seine Tochter ist, sondern ausgerechnet die Tochter des Mannes, der ihm seine Frau genommen hat. Was, wenn er das gewusst oder geahnt hat?«

Tom schaut Sita verblüfft an, der Gedanke ist ihm völlig neu, und er scheut davor zurück, ihn zu Ende zu denken.

»Ich will nicht sagen, dass er sie nicht auch geliebt hat«, fährt Sita fort, »aber sie hat ihn vielleicht auch immer an etwas erinnert, an das er nicht erinnert werden wollte.« Sie hält kurz inne, gibt ihm Zeit. »Ich will damit sagen, es gibt viele Gründe, warum das alles passiert ist. Und das ist ganz sicher nicht deine Schuld. Jetzt, wo du die Gründe kennst, hatte ich das Gefühl, du erkennst das auch. Ich dachte, du kannst dich von dem Schuldgefühl lösen, das du, seit du vierzehn bist, mit dir rumschleppst.«

Tom nickt, schaut ihr in die Augen. Braun, mit Sprenkeln. Tiefe Ringe, so wie er.

»Aber weißt du, was wir tun, wenn wir so lange mit einem solchen Schuldgefühl gelebt haben und auf einmal ist es weg?«

Stille.

Tom ahnt die Antwort, und er ist nicht sicher, ob er sie hören will.

»Wir vermissen es«, sagt Sita. »Weil wir uns in diesem Schuldgefühl eingerichtet haben. Es hat etwas von sich zu Hause fühlen. Ein unschönes Zuhause. Aber das einzige Zuhause, das wir kennen. Also sucht unsere Psyche sich ein neues Schuldgefühl, in dem sie sich zu Hause fühlen kann. Und *genau* das tust du gerade. Du willst dich schuldig fühlen, weil du Beyer zu Viola geführt hast.«

»Aber es ist so, sie hat recht. Ich *habe* Beyer zu ihr geführt. Ich war wie besessen. Ich konnte an nichts anderes mehr denken als daran, sie zu finden.«

»Du hast deine Schwester gesucht. Du wolltest verhindern, dass ihr etwas passiert. Und du hast dich bis zum Letzten für sie eingesetzt. Das ist alles, was zählt.«

»Aber zu welchem Preis«, sagt Tom. Er muss an Anne denken, an Phil, an all die Toten und das, was Sita durchgemacht hat. »Was ist mit dir? Und wie geht's eigentlich Bene?«

Sita zuckt mit den Schultern. »Hier geht's gerade nicht um mich. Und auch nicht um Bene, der fällt schon wieder auf die Füße, du kennst ihn doch.«

Tom sieht sie schweigend an.

»Hör auf, dich schuldig zu fühlen«, meint Sita. »Die Welt ist nicht perfekt, und wir sind's auch nicht. Bene hat das längst kapiert.«

»Und was ist mit dir?«, fragt er. »Hast du's für dich denn kapiert?«

Sita lässt seine Hand los und lehnt sich im Stuhl zurück. »Sagen wir, ich bin noch dabei.«

»Dabei? Wie viel Prozent?«

Sie runzelt die Stirn. »Mal zwanzig, mal siebzig.«

»Ziemlich durchwachsen, nach *der* Ansprache.«

»Therapeuten sind keine guten Patienten.«

»Soll das heißen, du siehst dich als meine Therapeutin?«

»Ich dachte, Freundin, oder?«, meint Sita.

Stille kehrt ein. Sie schaut zur Wohnzimmertür, die einen Spaltbreit offen steht. »Wollte Gertrud nicht staubsaugen?«

Die Lampe über dem Küchentisch wirft ihr Licht auf die Narben an ihrem Hals. Er muss an seine eigenen Narben denken. Mit einem Mal wird Tom klar, wie wenig Anne ihn wirklich verstanden hat, wie wenig überhaupt jemand verstehen kann, was er durchgemacht hat und wo er heute steht. Bis auf Sita, die auf ihre Weise Ähnliches erlebt hat.

Er schaut sie an, ihre bronzefarbene Haut, die raspelkurzen schwarzen Haare, die markanten Wangenknochen und die warmen braunen Augen. Er hat immer dabei zugesehen, wie sich die Kollegen nach ihr umgedreht haben.

Sie war für ihn nie infrage gekommen.

Warum eigentlich?

Wegen Anne?

Viola?

Sita spürt seinen Blick, schaut zurück. Verletzlich, stark, seltsam distanziert, als müsste sie einen Sicherheitsabstand einhalten. Liegt es daran, was Gertrud vorhin über Jillian gesagt hat?

Jetzt würde er gerne noch einmal ihre Hand nehmen. Wie würde sich ein Kuss anfühlen. Richtig? Falsch?

Für einen Augenblick sieht er sich, wie er sie im Arm hält.

Reicht es, wenn man glaubt, der andere sei der Einzige, der einen verstehen kann?

Da muss mehr sein. Da ist mehr.

Was würde er jetzt tun, wenn Jillian in diesem Augenblick anrufen würde? Sie wegdrücken? Anne hat er gerade noch gesagt, das mit Jillian wäre vorbei.

Er holt das Handy aus der Tasche und schaltet es aus.

»Wolltest du jemanden anrufen?«, fragt Sita.

»Nein«, sagt Tom. »Im Gegenteil.«

Sie lächelt.

Weiß sie, wen er damit meint?

Ihre Augen funkeln unergründlich.

Sein Herz schlägt laut und schnell.

Gertrud schaltet im Wohnzimmer den Staubsauger ein, und sie müssen beide lachen.

Epilog

Dr. Otto Keller sieht auf das Display seines Handys. 22:35 Uhr. Was für ein beschissener Tag. Entgegen seinen sonstigen Gewohnheiten meidet er die Nachrichten, zumal seit gestern seine Akte auch noch offen im Netz zu sehen ist. Vermutlich steckt Wißmann dahinter, der Vater des toten Mädchens aus der U-Bahn, anders ließ sich sein Anruf wohl nicht verstehen. Der Mistkerl hatte sogar durchklingen lassen, eine Mailingliste zu erstellen, mit allen Freunden, Verwandten und Kollegen, denen er die Akte persönlich zukommen lassen würde. Wißmann weiß, wie man jemanden isoliert, das muss man ihm lassen.

Kaum eine halbe Woche aus dem Amt, und schon kommt ihm sein eigenes Haus vor wie ein Gefängnis. Keine Angestellten, niemand bringt eine Mappe zur Unterschrift, keine Termine, nur Elisabeth mit ihren stillen Blicken, ihren penetranten zwanghaften Handlungen und ihrem devoten »Was kann ich noch für dich tun?«. Wenn er nur daran denkt, dass er gleich ins Bett gehen muss, mit der Aussicht, dass es morgen früh genauso weitergehen wird, und am nächsten Morgen wieder und wieder, dann wird ihm schlecht.

Er stürzt den Rest seines Whiskeys in einem Zug hinunter und starrt durch die Scheibe hinaus auf die schimmernde Wasseroberfläche. Elisabeth sitzt vor dem Fernseher und schaut *Little Fires Everywhere*, bereits zum dritten Mal. Rechts von ihr steht ein Glas Wasser auf einem Deckel. Daneben, im rechten Winkel zur Tischkante, die Fernbedienung. Die Lautstärke ist auf exakt 20 eingestellt. Wie immer. Früher hat er Elisabeths Ängste als beruhigend empfunden, sie haben ihm das Gefühl gegeben, der Herr im Haus zu sein. Elisabeth hatte sich immer, wenn es nötig war, lenken lassen. Jetzt, wo er gerade einmal drei Tage am Stück zu Hause ist, macht ihn ihre Art verrückt.

Er seufzt und schaut auf den Pool, versucht, sich vorzustellen, wie ihn das Wasser umschmeichelt, wärmt und er die wunderbare klare Luft einatmet. Aber nichts davon bessert seine Stimmung. Diese verdammte Sita Johanns. Seit ihrem letzten Besuch war ihm die Freude am Pool vergällt. Vor Ärger rumort sein Magen. Auch das ist neu. Sonst ist ihm selten etwas auf den Magen geschlagen, bis auf den Tod seiner Tochter.

Keller pult mit der Zunge an seinem rechten unteren Weisheitszahn. Ein Sesamkorn hat sich dort festgesetzt und gibt ihm das Gefühl, dass dort ein ganzer Kirschkern quer sitzt. Selbst das Sushi macht ihm nur noch Ärger. Er grunzt ärgerlich und beschließt, dass er Otto Keller ist und dass keine Sita Johanns dieser Welt darüber zu bestimmen hat, ob er gerne in seinen Pool geht oder nicht.

»Ich geh schwimmen«, knurrt er.

Elisabeth sagt kein Wort, ihr Blick klebt an ihrer Serie.

Entschlossen betätigt er den Hebel der Schiebetür und zieht sie lautstark auf. Frische Luft dringt ins Zimmer. Elisabeth rührt sich nicht einmal jetzt, wo es zieht.

»Elisabeth?«

Keine Regung.

Verärgert zieht er seine Sachen aus, sogar die Unterhose, und schiebt das zerknüllte Kleiderhäufchen mit dem Fuß genau auf die Führungsschiene der Tür. Dann geht er zu Elisabeth, baut sich keinen Meter von ihr entfernt auf, nimmt die Fernbedienung, regelt die Lautstärke herab auf 3 und sagt: »Ich gehe jetzt schwimmen.« Ohne ihre Antwort abzuwarten, legt er die Fernbedienung zurück auf den Tisch, verkehrt herum, in einem schrägen Winkel zur Tischkante, und schaut von oben herab auf seine Frau.

Elisabeth zieht die Brauen zusammen. Ihr Scheitel ist nervtötend akkurat. Sie vermeidet angestrengt den Blick auf sein Gemächt, beugt sich ihm entgegen, muss ihm nah kommen, dreht die Fernbedienung um und rückt sie zurück an ihren Platz. »Viel Spaß«, murmelt sie.

Etwas wenig Reaktion für so viel Aufwand. Kellers Magen rumort erneut vor Ärger, gleichzeitig fühlt er sich unendlich müde bei alledem hier.

Er tritt ins Freie und setzt die Füße ins Wasser.

Johanns, du kannst mich mal.

Das warme Wasser ist eine Wohltat.

Vielleicht sollte er Elisabeth ihre abendliche Wassergymnastik verbieten. Das würde sie möglicherweise endlich aus ihrem Koma schubsen.

In der Mitte des Pools lässt er sich etwas treiben und starrt in den sternenlosen Himmel. Diese elende Müdigkeit. Nachdem er am Ziel war und sein Amt eingenommen hatte, war ihm der Verlust seines Amtes, als hätte jemand sein ganzes Leben durchgestrichen. Da musste man ja müde werden.

Er versucht, die Arme zu bewegen, doch das Wasser kommt ihm vor wie Gelee. Sein Brustkorb fühlt sich an wie eingeschnürt, seine Beine sind plötzlich wie Gummi, als hätte er weder Knochen noch Muskeln. Er stellt die Beine auf den Boden. Unsicher stakst er durch den leuchtend blauen Pool, knickt ein und taucht unter. Was zum Teufel …? Er rudert mit den Armen und versucht verzweifelt, den Kopf über Wasser zu bekommen. Einen Moment später gelingt es ihm, und er schnappt nach Luft. Hastig dreht er sich zum Haus um und will zur Treppe zurück. Vor dem hell erleuchteten Wohnzimmer zeichnet sich Elisabeths Silhouette ab, die seine Kleidung mit einer Bewegung ihres Fußes nach draußen auf die Terrasse schiebt.

»Elisabeth«, ruft er heiser.

Sie schaut zu ihm und schließt die Tür, langsam und konzentriert.

Er schnappt nach Luft, stemmt sich in Richtung Treppe, versucht, ihr zu winken, doch ihm fehlt die Kraft, um die Arme zu heben. Das Wasser kommt ihm vor wie flüssiger Beton. Seine Beine rutschen unter seinem Körper weg, und erneut taucht er unter. Panisch rudert er mit seinen Gliedmaßen, schafft es kurz, das Kinn über Wasser zu heben, und sieht Elisabeth, die still hinter der Scheibe steht und ihn beobachtet. Seine Nase gerät unter Wasser, Flüssigkeit läuft ihm den Rachen hinab, er verschluckt sich, röchelt, reckt sich vergeblich, gleitet aus und taucht vollständig unter. Es gurgelt dumpf in seinen Ohren. Durch die Wasseroberfläche sieht er den Schatten seiner Frau am Fenster. Für einen Sekundenbruchteil schießen ihm Fragen durch den Kopf. Ob es das jetzt war, ob das ein Herzinfarkt ist oder ob sie ihm etwas in den Whiskey getan hat. Vielleicht war es auch das Sushi? Oder Wißmann? Aber warum hilft sie ihm dann nicht? Um seine Brust liegt ein eiserner Ring, ihm fehlt die Kraft, zu atmen, aufzustehen, sich alldem entgegenzustemmen. Seine Lippen öffnen sich wie selbstverständlich, und das Wasser dringt ihm in die Kehle, den Hals und die Lunge. Er würgt ein paarmal kraftlos und sieht ein letztes Mal von unten herauf zu seiner Frau.

Durch die Wellen sieht es aus, als ob sie tanzt.

Danke

Nach vier Bänden Tom Babylon und über zweitausend geschriebenen Seiten wird es mir nicht leichtfallen, ihn loszulassen. Tom, Sita, Bene und all die anderen sind im wahrsten Sinne des Wortes ein Teil von mir geworden. In jeder und jedem steckt etwas von mir, auch in den Schurken. Vielleicht sollte ich das nicht zu laut sagen?! Egal, das Gute hat ja irgendwie gesiegt – vorläufig jedenfalls. Ob es einen Band fünf geben wird? Im Moment kann ich das noch nicht sagen. In meinem nächsten Buch wird es auf jeden Fall um etwas Neues gehen. Höchste Zeit also, mich zu bedanken, bei denen, die mir bei dieser Serie am meisten geholfen haben.

Da ist zuerst meine Frau Meike, der ich mein Wissen über Psychologie und so viel an Wissen über Menschen verdanke. Ohne dich wären meine Bücher ärmer. Hab bitte weiter Geduld mit mir, wenn ich beim Schreiben mit dem Kopf im Buch versinke.

Rasmus und Janosch, meine beiden Jungs, dank euch habe ich viel gelernt über das Vatersein und über Familie. Ohne dies wären viele Figuren in meinen Büchern leerer.

Meine lieben Testleser, ihr macht mir das Leben im richtigen Moment schwer und einfacher zugleich. Norik, dein Lob, deine Begeisterungsfähigkeit, deine Liebe zur Literatur und Spannung, dein »ich habe noch mal alles von vorne gelesen, und ich habe eine Frage!« motiviert mich immer weiter zu gehen und an der richtigen Stelle stehen zu bleiben. Wilfried, großer Krimifuchs, dein »cool« und dein »das kauf ich dir nicht ab« zeigen mir punktgenau, wo ich besser werden muss. Clara, Peter, Verena (auch wenn du beim letzten Band gefehlt hast), von Herzen Danke für eure Feedbacks und die langen Telefonate – auch an dich, Susanne, fürs so aufmerksame Lesen aller vier Bände hintereinander.

Ihr alle habt diese Serie besser gemacht.

Und damit zu dir, Meike. Ich bin froh, dass ich mit dir nicht nur eine tolle Literaturagentin, sondern auch eine feinfühlige Text-Spezialistin mit einer klaren Meinung an meiner Seite habe. Beides so zu vereinen, das ist besonders.

Katrin, meine Lektorin, dir danke ich für deine nie nachlassende Freude an meinen Büchern und deine kraftvolle Unterstützung auf allen Ebenen – von der klugen »Frage an den Text« ;-), dem Ringen um das Beste bis zuletzt und dem Blick aufs große Ganze. So viel Vertrauen! Wie schön, dass das so wachsen konnte, von beiden Seiten.

Mit euch ist das Arbeiten an einem Buch eine Freude. Auf zum Nächsten. Ich hoffe, ihr seid alle dabei.